괴물의 순결한 심장

괴물의 순결한 심장 1

초판 1쇄 인쇄일 2015년 9월 16일
초판 1쇄 발행일 2015년 9월 24일

지은이 | 임 혜
펴낸이 | 김기선

편집장 | 김은지
디자인 | 금장미

펴낸곳 | 와이엠북스(YMBOOKS)
출판등록 | 2012년 7월 17일 (제2014-17호)
주소 | 서울시 도봉구 노해로 379, 1005호(창동, 대성빌딩)
전화 | 02)906-7768 / 팩스 | 02)906-7769
E-mail | ymbooks@nate.com

ISBN 979-11-322-3148-6 (04810)
ISBN 979-11-322-3147-9 (set)

© 임혜 2015 Printed in Korea

값 12,800원

괴물의 순결한 심장

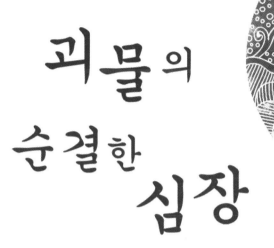

vol.1

임혜 장편소설

BOOKS

목차

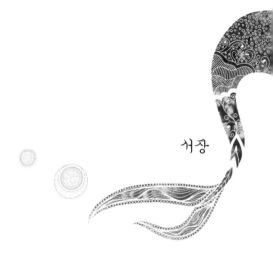

사내는 긴 여행 중이었다.

달리고 또 달린 후엔 배를 타고 끝없는 망망대해를 향해 나아갔다. 이번 만큼은 바다의 끝을 보리라는 작심을 한 그였다. 지쳤다 싶을 즈음, 바다가 하늘과 만나는 그 끝에 도착했다.

하늘과 바다가 뒤엉켰다. 어디가 하늘이고 어디가 바다인지 구분할 수 없을 만큼 푸르른 지점을 향해 깊숙이 들어갔다.

바닷속 깊은 곳, 캄캄해서 빛 하나도 없는 심해를 지나면 나타나는 나라, 해국(海國).

바다의 신 해무(海霧)가 만들어 축복을 받았다는 찬란한 대지. 물과 하늘, 그리고 땅이 함께 있는 곳. 아름다운 인어의 나라.

당도하기까지의 과정이 험난해서 문제였지, 도착하고 해국에서 자라는 풀을 조금만 먹으면 물속에서도 쉽게 호흡이 가능했다.

사내는 여행 중에 가끔 인어의 모습을 한 해국인들을 마주친 적도 있었지만 그들은 대부분은 다리를 사용했다. 얼마간 나라를 둘러본 그는 해국의 중심을 향해 갔다. 가는 길마다 아름다운 해초(海草)와 해화(海花)가 흔들렸고, 여인의 흘러내리는 옷자락 같은 지느러미를 가진 물고기가 떠다녔다.

다섯 개의 나라가 모여 만들어졌다는 해국의 중심에는 각 나라의 왕이 사는 궁이 있고, 그 아래에 거대한 객사(客舍)가 있다고 했다.

궁과 객사는 그 크기를 가늠할 수 없는 산에 자리 잡고 있었기 때문에 해국의 어디에서도 볼 수 있었지만 사내는 더 가까이서 보고 싶었다.

더구나 오늘은 해국의 특별한 날인지 어둑해진 하늘 위로 불꽃이 수놓아졌다.

휠- 릴리. 휘- 리- 리.

길을 걷던 그는 멀리서 들려오는 구슬픈 가락에 귀를 기울였다.

점점 가까이 다가가자 작은 돌 위에 앉아 피리를 불고 있는 청년을 발견했다. 슬픈 가락과는 반대로 잔잔한 미소를 머금고 있었다.

"흠흠."

헛기침에 사내의 연주가 중단됐다. 결코 멈추게 할 뜻은 없었으나 그리되고 말았다.

"여행객이시군요."

청년이 활짝 웃었다. 해국인들은 자신과 다른 외지인을 금방 알아봤다.

"네, 먼 곳에서 왔습니다. 헌데 오늘 무슨 날입니까? 나라가 평소와 달라 보입니다."

"아…… 해국의 사람이 아니니 모르시겠군요. 오늘은 백해국(白海國)의 왕이 심장을 갖게 되는 날이랍니다."

사내의 미간에 볼록, 주름이 잡혔다.

심장을 갖게 되는 날이라니. 심장이 없는 생물도 있는가. 아무리 그들이 인어라지만 심장이 없는 채로 살아갈 수는 없을 텐데.

청년이 그의 마음을 읽기라도 한 듯이 미소를 거두지 않고 말을 이어 나갔다.

"해국의 왕들은 심장이 없이 태어납니다."

"그럼 심장을 어떻게 가지게 되는 건가요?"

심장 없이 살아갈 수 있다는 것도 놀라웠지만 심장을 어떻게 취하는지도 궁금했다.

"왕은…… 자신을 사랑하는 여인을 안으면 됩니다. 왕을 사랑하는 여인은 몸도, 마음도 그에게 모두 바치는 셈이지요. 자신의 심장과 함께."

"그럼 그 여인은 아무것도 모른 채 그리 바치는 겁니까?"

"후에 알게 되죠. 하지만 지금은 아마도 모르고 있을 겁니다. 빠르면 잠시 후에 알게 될 수도 있습니다. 남들은 다 알아도 정작 자신만 모르죠. 대부분 이 일에 대해 전혀 모르는 외지인들 중에서 고르거든요."

이 일에 대해 전혀 모르는 외지인. 모두가 한통속이 되어 속이는 일이었다.

"그럼 그 뒤, 심장을 빼앗긴 그 여인은 어찌 됩니까."

"글쎄요."

청년이 길게 한숨을 쉬자 사내가 고개를 끄덕였다.

"잔인하군요. 하지만…… 죽음 앞에 놓인 왕도 피할 수 없는 선택이겠습니다."

"당신은 그를 이해하나요? 여행객들은 절대 이해하지 못하던데……. 오히려 분노하지."

목숨이 붙어 있는 생물이라면 모두 살고자 하는 욕망이 있다. 왕이라고 다를 바가 있겠는가. 다만, 취하는 그 방법이 너무나 가혹했다.

본 적도 없는 그 여인에게 동정이 일었다.

심장을 빼앗긴다면 과연 살 수나 있을까. 사내는 고개를 저었다. 불가능한 일이었다.

　사랑에 빠지는 여인은 왕을 위해 스스로 내어주는 길을 택하는 건가.

　"목숨이 걸린 일이니 이해하는 것입니다."

　"오늘 밤, 백해국의 왕과 함께하는 여인이 불쌍합니다. 그래서 저는 해국의 왕들이 심장을 취하는 날에는 이렇게 여인을 위한 위로의 연주를 하지요. 남들은 왕이 심장을 갖는 것에만 축하하느라 정신이 없어서요."

　"좋은 분이시군요."

　"그렇지도 않습니다."

　사내는 청년의 옆자리에 털썩 앉았다. 참으로 서글픈 밤이 될 것 같았다.

　청년은 다시 연주를 하려는지 피리의 구멍에 손가락을 맞추고 입에 댔다. 곧이어 가냘프고 처량한 가락이 공기를 타고 흘러, 흘러 하늘 위로 퍼져 나갔다.

　사내와 청년은 어둠이 깊게 내려앉을 때까지 함께 있었다.

　까만 하늘 위로 여전히 불꽃이 그림을 그렸다.

　펑펑 터지는 불꽃 소리가 하늘을 울리며 해국의 곳곳으로 전해졌으나, 단 한 곳만이 그 소리가 들어가지 않았다. 불꽃의 오색 빛깔도 스며들 수 없었다. 그곳은 밖과는 달리 숨이 막힐 정도로 고요했다.

　오늘이 어떤 날이라는 것을 아는지 언제나 솔루의 곁에서 노닐던 물고기들이 사라졌다.

　캄캄한 어둠 속을 밝히고 있는 것은 오로지 여린 몸짓으로 흔들리는 호롱불뿐. 초야(初夜)를 치르기 위해 마주 앉은 남녀의 긴 그림자가 벽에 그려졌다.

　희미한 빛에 어른거리는 그림자를 보던 솔루는 입술에서 나오는 나직한 숨소리를 삼켰다.

이 방을 들어오기 전에 태랑에게 물어보고 싶은 것들을 머릿속에 정리해 뒀다. 하지만 문지방에 발이 닿는 순간 지워져 몇 개만이 남아서 떠돌았다.

그중에서도 가장 궁금한 것이 입안에서 맴돌고 있었다.

물어봐야 한다. 정말 나에 대한 마음이 조금도 없었느냐고 물어봐야 하는데…….

차마 입이 떨어지지 않은 그녀가 앞에 앉아 있는 태랑을 눈에 담았다.

어둠 속에서 유난히 빛나는 그의 은빛 머리카락이 가슴 앞으로 내려와 바닥에 흩어져 있었다.

전신을 감싸고 있는 머리카락 때문에 아름다운 그가 눈부시게 빛났다.

머리카락에 가려져 한쪽만 보이는 늪처럼 깊은 눈동자. 빨려들어 갈 듯한 태랑의 눈동자가 해국의 하늘 위에 떠 있는 바닷물만큼이나 진한 푸른빛을 띠었다.

솔루는 태랑을 사랑했다.

지금도 사랑하고 있다.

그리고 그도 같은 마음이라고 믿었었다.

적어도 오늘 밤을 기대하며 들떠 있었던 어젯밤까지는 그렇게 생각했다. 모든 진실을 알기 전까지는…… 그랬었다.

생각에 빠져 있는 그녀를 기다리다 지쳤는지 태랑이 한숨을 길게 뱉었다.

"어찌하겠느냐."

"……."

"결정은 네가 하는 것이다. 나는 네게 강요하지 않는다."

입술을 꽉 무는 솔루.

"결정은…… 이미 끝났습니다."

"이 순간이 지나면 후회해도 소용없다."

"후회하지 않습니다."

"그래? 그럼, 시작할까."

솔루의 대답도 듣지 않고 태랑이 손을 뻗었다. 그녀는 그의 하얀 손가락이 자신의 옷고름 끝자락을 잡는 모습을 물끄러미 바라보다 조용히 입술을 움직였다.

"왜…… 저입니까?"

훗. 작게 터진 실소와 함께 그는 잡고 있던 옷고름을 놨다. 잠자리 날개처럼 얇은 천이 가볍게 내려앉았다.

"그 이유는 누구보다 네가 더 잘 알고 있지 않느냐? 내가 안을 수 있는 여인이 너뿐이니까 그렇지."

알고 있는 답이었다. 혼자서 수도 없이 질문하고 답을 했었다. 솔루가 눈가가 시큰해지며 눈물이 차오르려 하는 것을 참아냈다.

"정말, 그 이유뿐입니까?"

"다른 이유가 필요한가?"

쓸데없는 걸 물어본다는 듯이 태랑이 손가락을 들었다. 한쪽 눈앞을 가리고 있는 자신의 긴 머리카락을 살며시 쓸어 넘겼다. 가느다란 은색 실타래가 춤을 추며 날렸다. 동시에 가려졌던 눈동자가 드러났다 머리카락에 다시 덮였다.

"무엇이 문제냐."

서늘해진 음성은 아직 하지도 않은 질문에 대한 답인 것만 같아서 솔루의 심장이 찌르르 아파왔다. 그래도 확인하고 싶었다. 그가 어떤 답을 하건 이 밤이 지나기 전에 들어야지만 답답한 가슴이 뚫릴 것 같았다.

"저를…… 저를 잠시라도…… 마음에 담으신 적이 없습니까?"

"음?"

태랑의 미간에 옅은 주름이 생기는 것을 본 솔루는 목소리가 떨려왔지만 힘을 실었다.

"제가 잠깐이라도 태랑 님의 마음 한구석을 차지한 적이 없냐고 묻고 있습니다."

젖어가던 그녀의 눈망울이 또렷해졌다.

잠시라고 했다. 아주 잠깐이라고 했다. 이제는 저를 향한 마음이 사랑이길 바라지도 않는다. 그저 좋은 적도 없었는지 묻고 싶었다. 그녀는 자꾸 목이 타는 듯한 갈증을 느끼며 마른침을 삼켰다.

착각이었다 해도 좋습니다. 지금은 전혀 그런 마음이 없다 해도 좋으니 좋아했었다고 말해주십시오.

답을 기다리는 동안 호흡을 멈추고 두 손으로 치맛자락을 꽉 움켜쥐었다. 침묵의 시간은 길고 조용했다. 방 밖의 멀리서 들려오는 작은 소음이 들릴 정도였다. 항상 그랬듯이 태랑의 표정을 읽을 수가 없었다. 무심하게 아래로 내려앉았던 짙푸른 눈동자가 느른하게 떠지고 솔루를 똑바로 응시했다.

"없다."

'없다'라는 말이 이명처럼 그녀의 귓가를 울렸다. 심장이 바닥으로 곤두박질치고, 긴장해서 빳빳하게 굳어 있던 어깨가 무너져 내렸다. 참고 참았던 눈물이 결국 작은 구슬처럼 흘러내렸다.

"내 대답에 따라 너의 결정이 바뀌는 것이냐. 그것이 그렇게 중요한가?"

아무렇지도 않게 '없다'라고 답했다. 눈물이 떨어지는 것을 보면서도 잔인하게 '그것이 그렇게 중요하느냐'라고 묻는다.

그리 답하는 그가 미웠다. 그러나 미워하는 마음보다 사랑하는 마음이 더 크기에 태랑의 질문에 그녀는 고개를 저었다.

"제 결정은 바뀌지 않아요. 다만, 중요한 건 맞습니다."

"흠."

눈을 감은 태랑이 손가락으로 이마를 지그시 눌렀다. 참고 있다는 뜻이었다. 골치 아픈 문제에 부딪히거나 화가 나면 꼭 저런 행동을 했다. 그는 한 번도 큰 소리를 낸 적이 없었고 화가 날수록, 처한 문제가 복잡할수록 더 차분해지고 냉정해졌다.

속눈썹이 긴 그림자를 드리운 채로 한참 동안 움직이지 않았다. 태랑이 천천히 눈을 뜨며 자신의 이마를 누르고 있던 손을 거뒀다.

"네가 뭘 원하는지는 모르겠지만, 억지로 너를 이 자리까지 끌고 온 것이 아니다."

"예, 제 뜻이었습니다."

볼을 타고 흐르는 눈물을 손으로 훔쳐내며 솔루가 답했다.

그녀는 태랑과 달랐다. 그를 향한 마음이 있었기에 오늘 밤, 함께하는 것이었다. 태랑처럼 필요에 의해서가 아닌 오직 그를 위해서였다.

여태껏 차마 입으로 전하지 못한 이야기를 하기로 다짐했다. 그녀는 침을 꿀꺽 삼키고 맑은 눈으로 태랑을 조용히 바라봤다.

"저, 저는 태랑 님을…….."

숨을 멈췄다. 평소에 속으로 수십 번도 넘게 한 말이건만 왜 이렇게 어려운지 모르겠다.

"사랑…… 합니다."

한숨과 함께 토해진 고백에 태랑의 눈동자가 말없이 그녀를 응시했다. 푸른 눈동자는 깊이를 가늠할 수 없는 심해와 같았다. 아무리 발버둥 치고 허우적거려도 끝내는 가라앉고 마는 바다였다.

"알고 있다. 그래서?"

너무나도 쉽게 흘려보내는 말에 솔루의 가슴이 또 한 번 내려앉았다. 날이 서 있는 칼이 가슴을 헤집는 것 같았다.

"너도 내게 같은 것을 원하는 것이냐."

"원한다면 주시겠습니까?"

태랑이 한 손을 내밀어 솔루의 작은 얼굴을 잡았다. 그녀는 여인의 손보다도 부드러운 살의 감촉을 느끼며 답을 기다렸다.

"내가 타인에게 줄 마음 따위가 없다는 것쯤은 너도 알지 않느냐? 줄 것이 없다. 해서 줄 수도 없지."

엄지로 말랑한 솔루의 볼을 쓰다듬은 그가 비릿한 미소를 흘렸다. 수려한 용모에 걸맞은 아름다운 미소였지만, 감정이 실리지 않은 움직임에 불과했다. 볼을 만지던 태랑이 엄지로 솔루의 입술을 쓸더니 얼굴을 바짝 가깝게 댔다. 호흡이 섞이고 눈빛이 섞인다.

"대신, 너는 내가 유일하게 곁을 내준 여인이다."

볼을 잡고 있던 손이 서서히 아래로 내려가 솔루를 어깨를 끌어안았다. 입술에서 부서지던 그의 숨결이 볼을 타고 지나 귓가에 머물렀다.

"또, 오늘 밤이 지나면 너는 나의 처음을 가진 여인으로 남을 것이다."

커다란 손이 작은 등을 어루만졌다. 가느다랗게 뿜어져 나오는 한숨 속에서 느껴진 태랑의 체취가 그녀를 스쳤다.

"이만하면 네 마음에 대한 대가로 충분하지 않느냐."

분명 태랑은 솔루를 안고 있었지만 제대로 안겨 있지 않았다. 어정쩡하게 거리를 두고 있는 두 사람의 가슴 사이가 다른 세상에서 해국(海國)으로 들어오는 길보다 더 멀게 다가왔다.

대가를 원한 게 아니었다. 지금까지 태랑이 제게 해주었던 그 모든 것들이 이 밤을 위한 것이라는 게 믿기지 않았다.

또르르 흘러내린 눈물방울이 태랑의 머리카락 위로 떨어졌다.

"마지막으로 말한다. 벗어나고 싶으면 그리해라."

강요하지 않는다고 했지만 초야를 치른다는 뚜렷한 목적을 향해서 가고 있는 태랑.

마음에도 없는 말을 늘어놓는 그의 어깨를 밀어내며 품에서 벗어난 솔루가 바로 앉았다. 태랑의 어깨 너머에 있는 창을 응시하자 하얀 종이에 어른 거리는 색색의 불빛에 유유히 떠다니는 물고기의 그림자가 보였다.

솔루를 제외한 모두에게 즐거운 밤이었다.

"제가 태랑 님의 마음을 여쭸던 것은…… 이곳에서 밤을 보내기로 한 제 결정에 위로를 하고 싶어서였습니다."

"이해하기 힘들다."

"이해하지 마십시오. 평생이 지나도 태랑 님은 제 마음을 이해할 수 없으 십니다. 아까도 말씀드렸지만 전 결정을 바꾸고자 질문을 했던 것이 아닙니 다."

그는 고개를 끄덕이는 대신 눈을 감았다 떴다.

"시간을 지체하여 죄송합니다. 시작하십시오."

시작하라는 말에도 태랑이 가만히 솔루를 보고 있었다. 그러자 그녀는 크 게 한숨을 뱉고 제 옷고름에 손을 댔다.

"무엇을 하는 것이냐."

"시, 시작이요."

"누가 너더러 시작하라 했지?"

"……."

기분이 상한 그의 목소리에 손을 내리는 솔루가 바닥을 보며 입술을 물 었다.

그녀가 고개를 들고 시작하라고 다시 말하려던 찰나였다. 태랑의 손가락 끝이 방 한쪽에 밀쳐져 있었던 술상을 향했다. 그가 손가락을 까딱하자 미 끄러지듯이 움직이는 술상이 마주 본 그들 가운데서 정확하게 멈췄다. 상 위에 있던 술병과 잔, 음식들이 조금도 흐트러지지 않았다.

술병을 든 태랑이 술 받으라는 듯이 눈빛을 보내자 얼른 두 손으로 잔을 잡은 솔루가 팔을 쭉 뻗었다.

"내가 너무 성급했던가 보구나. 네가 긴장하고 있을 거란 생각은 미처 하지 못했다."

그녀는 술잔을 한 번에 비웠다.

"술은 그렇게 마시면 쉽게 취한다 말하지 않았느냐."

혀를 쯧쯧 찬 태랑이 술을 한 모금 마셨다.

"그러는 태랑 님은 취하지도 않는 술을 왜 드십니까."

벌써 취기가 올라오는지 얼굴에서 열기가 피어올랐다. 손등으로 볼을 쓱 문지른 솔루가 불만 섞인 음성으로 묻자 그가 남은 술을 털어 넣었다.

"술에 취하지는 않지만 분위기에 취하고, 향에 취하는 것이 좋다."

"전 술에 취하니 더 주십시오."

"누구 마음대로. 중요한 밤을 네 주사로 망칠 수는 없다."

태랑은 다시 내민 솔루의 손에서 술잔을 빼앗아 자신의 앞쪽에 놓더니 술상을 원래 있던 자리로 되돌려놨다. 그녀는 처음 술을 마신 날, 태랑에게 꼴사나운 주사를 부렸던 것을 기억하고 얼굴을 찡그렸다.

"천천히 음미하며 긴장을 푸는 시간을 갖길 바랐는데, 네가 한 번에 끝냈으니 어쩔 수가 없구나."

그가 손을 뻗어 솔루의 무릎을 잡았다. 그렇게 잠깐 그 상태로 멈춰 있던 태랑이 손을 떼고 그녀 앞으로 다가왔다. 두 사람의 무릎이 닿았다. 맞닿아 있는 건 무릎인데 심장이 닿은 것처럼 그 부분이 콩닥콩닥 뛰었다.

갑자기 솔루는 머리카락이 쭈뼛 서는 기분이 들었다. 긴장이 되고 등줄기에 식은땀이 흘렀다.

왜 이러지? 바로 조금 전까지만 해도 스스로 옷고름을 풀려고 할 만큼 대범했었는데.

고개를 푹 숙이고 맞닿아 있는 무릎을 봤다.

태랑 님 마음이 이렇게 나와 닿아 있으면 참 좋겠다.

그의 긴 손가락이 늘어진 옷고름을 잡고 당기려던 순간이었다.

"태랑 님께서는 소중한 것을 잃어본 적이 있으십니까."

"⋯⋯."

멈칫하던 그는 아무 말 없이 그대로 하던 일을 계속했다.

"태랑 님께서는 가슴이 아파보신 적이 있으십니까."

"쉿."

그는 한 손으로 솔루의 반질반질한 머리카락을 쓰다듬다가 귀 뒤로 넘겼다. 고개를 옆으로 비스듬히 기울이더니 살포시 그녀의 입술에 자신의 입술을 댔다.

솔루의 입술에서 해국에서만 자라는 달달한 해감초(海甘草) 향이 났다. 단것을 싫어하는 그였지만 이상하게도 지금 느껴지는 이 다디단 향은 좋았다. 그녀가 미세하게 떨고 있었다. 작은 등을 안아 토닥이며 입술을 뗐다.

후-

그가 호롱불이 있는 쪽을 향해 옅게 입김을 불었다.

팟. 불이 꺼지고 타다 만 심지 위로 희미한 연기가 피어올랐다.

태랑은 보이지 않는 미소를 지었다.

드디어 갖게 됐구나, 나의 심장을.

푹신한 요가 무게에 눌리는 묵직한 소리가 들렸다.

"하아!"

갑작스레 느껴지는 원인 모를 통증에 태랑은 제 가슴을 쥐고 크게 숨을 뱉었다. 손바닥으로 가슴을 두어 번 문지르고 나니 진정이 되는 듯했다.

태랑이 눈을 감고 아래에 누워 있는 솔루의 이마에 입을 맞췄다. 그리고 코끝에 한 번, 턱 끝에 한 번, 입술에 한 번.

느릿하게 입을 맞추고 고개를 든 그의 눈동자가 젖어들어 어둠 속에서 반짝거렸다.

백해국의 왕 태랑이 저를 사랑하는 여인에게서 심장을 빼앗는 잔인한 밤이 시작됐다.

밤이 깊어져 불꽃놀이가 끝났다.

한참 동안 계속되었던 청년의 피리 연주도 멈췄다. 그는 자리를 뜨기 위해 앉아 있던 돌에서 일어나 엉덩이를 탈탈 털었다.

"백해국의 왕에게 심장을 주는 여인은 어떤 사람이랍니까? 어떤 사람이기에 제 심장을 내어준답니까?"

사내가 걸음을 옮기려는 청년에게 고개를 들며 물었다. 사실은 사내의 가까운 사람 중에도 자신의 목숨이 아깝지 않을 만큼 남자를 사랑한 여인이 있었다.

그저 지켜만 보고 있었으나 항상 궁금했다. 이해할 수 없는 그 마음이 대체 무엇인지. 소위 미쳤다고 할 정도로 사랑에 빠지는 여인들만의 특징이 있는 것인가. 마냥 바보 같은 마음은 누구에게나 가능한 것인가.

사내를 돌아보는 청년의 입가가 휘어졌다.

"왜요?"

"호기심이라고 해두지요."

"그 호기심을 제가 만족시켜 드려야겠군요. 아…… 얘기가 길어지겠습니다."

청년이 다시 돌 위에 앉았다.

"그 여인은 해국인이 아닙니다. 즉, 인어가 아니란 말이지요. 우선 백해국의 왕과 여인이 어떻게 만났는지부터 시작하겠습니다."

자신의 다리에 팔을 세워 턱을 괸 그는 마치 옛날이야기를 하는 듯한 눈빛을 보이고 말을 이어갔다.

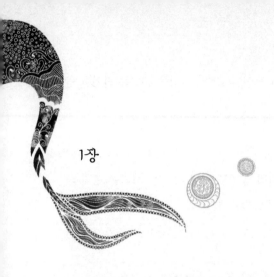

1장

짙은 안개가 깔린 바다는 더없이 조용했다. 출렁거리는 파도가 배에 닿아 부서지는 소리가 들렸고, 돛을 스치는 바람이 낮게 울었다. 배의 측면에서 길쭉하게 나온 널빤지 위에 서 있는 솔루는 중심을 잡지 못하고 이리저리 흔들렸다. 뒤에서 들려오는 뱃사람들의 침을 꿀꺽 삼키는 소리가 바람 속으로 사라졌다.

그녀의 심장이 공포 때문에 터질 듯이 뛰었다. 잔잔한 파도였지만 입을 크게 벌리고 있는 악귀와 같아 치맛자락을 잡고 있는 두 손이 달달달 떨렸다.

둥! 둥! 둥!

북소리가 조용한 바다를 진동했다. 순간 저 먼 하늘에서 까만 먹구름이 몰려와 솔루가 타고 있는 큰 배를 에워쌌다. 안개가 소용돌이를 치며 바다 안으로 사라지자 바람이 거세지고 파도가 높아졌다. 곱게 빗은 머리카락이 얼굴을 때렸다.

널빤지 위에 있는 솔루의 몸이 금방이라도 바닷속으로 떨어질 것처럼 위태로웠다. 눈앞으로 다가온 죽음을 감지한 솔루가 두 손으로 얼굴을 감싸고 소원을 빌었다.

어머니, 건강하세요.

바다 제물로 저를 팔았을 때도, 죽을 것을 알았을 때에도 눈물이 나오지 않았는데 몸져누워 있는 어머니를 떠올리자 하염없이 눈물이 흘렀다.

둥둥둥둥둥! 북소리가 점차 빨라졌다.

한 걸음, 한 걸음 널빤지의 끝으로 걸어간 그녀의 발이 허공에 닿았다.

풍덩! 짙푸른 바닷물 속으로 빠졌다.

잘게 일어난 기포가 그녀를 감쌌다. 누군가가 그녀의 허리를 잡고 몸을 끌어당기는 것처럼 속절없이 빨려 들어갔다. 긴 머리카락이 물속에서 꽃같이 한들거렸다. 허우적거리는 팔다리는 살기 위한 몸부림이었으나 춤을 추듯이 흐느적댈 뿐, 바다 밑으로 가라앉기만 했다.

짠물이 코와 입으로 들어와 숨통을 조였고, 기침이 나왔지만 뱉을 수 없었다. 짜다 못해 매운 바닷물이 그녀의 남은 생명을 금방 갉아먹었다. 정신이 흐릿해지는 찰나, 저 멀리서 커다랗고 검은 물체가 다가왔다. 움직이는 모양이 살아 있는 생물이었다.

뭘까? 물고기?

아니, 물고기는 아닌데…….

멀어져가는 정신 때문인지, 감기는 눈꺼풀 때문인지 자세히 볼 수가 없었다. 검은 연기 같기도 했고, 검은 수초 같기도 했다. 그런데 엉켜 있는 사이로 빛나는 구슬 두 개가 보였다. 눈이었다. 정체 모를 검은 생물에 겁이 날 법도 했지만 죽음 앞에 선 솔루에게는 무섭지 않았다.

"슬퍼?"

나오지 않는 목소리였다. 그러나 그녀는 분명이 그렇게 물었다.

살기가 번뜩한 눈. 그 안에 어려 있는 아픔, 고통, 슬픔, 번민이 보여서였다.

손을 내밀자 솔루의 손에 검은 실이 엉키기 시작하며 그녀의 몸을 감쌌다. 덕분에 더는 가라앉지 않았다. 솔루가 옅게 웃었다.

"너, 착하구나. 예쁘다."

스르륵! 갑자기 몸을 잡아주고 있던 검은 실이 풀렸다. 무슨 일이 일어났는지 알 새도 없이 빠른 움직임으로 멀어져갔고, 솔루도 다시 가라앉아갔다.

이제 정말 죽는구나.

기묘한 노랫소리에 꺼져가던 정신이 설핏 돌아왔다. 끊어질 듯 가느다란 노랫소리는 비파의 음색과 비슷했다.

사랑을 속삭이던 그 음성은 달콤한 거짓말.
부드러운 손길은 어둠의 유혹.
믿지 마라, 여인아.
믿지 마라, 여인아.
찢기고 아파와도 내 마음은 그만을 향하네.
흘러버린 눈물은 강처럼 넘쳐.
사랑하네, 그이를.
사랑하네, 그이를.

이어서 까르르 웃는 여자들의 목소리가 들려왔다. 감기는 눈꺼풀 사이로 흐릿하게 인영들이 보였다.

사람? 여긴…… 바닷속인데…….

나풀거리는 그들의 옷자락이 고왔다. 꽃잎과 비슷한 분홍색, 막 돋아난 여린 잎과 같은 연두색, 하늘을 닮은 푸른색.

옷자락이 아닌 것 같기도 했지만 솔루를 그것을 구분할 힘이 없었다.

"누구지?"

누군가의 목소리가 들렸다. 메아리처럼 연이어 옆에 있는 다른 여자들이 '누구지? 누구지?' 서로에게 물었다.

"바다에 빠진 사람 같아."

또 메아리가 되어 들린다.

"바다에 빠진 사람 같아."

"바다에 빠진 사람 같아."

솔루는 더는 버틸 힘이 없었다. 눈꺼풀이 감기고 눈앞에 새카매질 때였다.

"내가 널 도와주마."

이번엔 남자의 음성이 울렸다. 가늘게 뜬 눈으로 자세히 보이지 않았지만 그는 웃고 있었다. 그리고 솔루는 저 깊고 깊은 바다로 가라앉았다.

그녀는 꿈을 꿨다. 아름다운 세상이었다.

쪽빛의 맑은 물속을 지나 솜처럼 푹신해 보이는 구름 안으로 들어갔다. 구름에서 빠져나오자 짙은 녹음으로 빽빽한 산들이 보였고, 넓은 들판이 끝도 없이 펼쳐 있었다. 커다란 새가 날아다녔다. 아니, 새의 모양은 아니었다. 서책에서 봤던 용(龍)과 비슷했다. 날개처럼 보이는 것은 상상했던 것보다 훨씬 아름다웠다.

산을 휘감고 흐르는 푸른 강 위로 특이한 모양의 배가 떠 있었다. 떼 지어 다니는 물고기가 군무를 추는 장면에 솔루는 마음이 편해졌다. 죽어서 하늘 나라에 가는 것이라 생각했다.

품 안에 감기는 정체 모를 촉감에 태랑은 기분이 좋아졌다. 무엇이기에 이리도 말랑하고 부드럽지. 코끝을 간질거리는 향은 어디선가 맡아본 적이 있었지만 도무지 기억나지 않았다.

아무렴 어떠리.

더 깊은 잠으로 유도해주니 그저 만족스러웠다.

뺨에 닿는 보드라움이, 손안에 들어오는 작은 물컹함이, 입술을 스치는 따스함이 오래간만에 잠든 그에게 안락함을 선사했다. 부족한 듯하여 더 느끼고 싶어 끌어당길 때였다.

"흐응, 어머니……."

가느다랗게 흐느끼는 음성에 태랑이 눈을 번쩍 떴다. 그리고 저가 무엇을 안고 있는지 확인하는 순간, 있는 힘껏 날려버렸다.

젠장, 계집을 안았다!

좋았던 기분이 불쾌감으로 바뀌었다.

한편 아무것도 모르고 태랑의 품에 안겨 있었던 솔루는 하늘나라에 온 것일까 했다. 좋은 향기도 나고 포근해서 계속 이리 있기를 원하며 눈을 감은 채로 그녀는 얼굴을 비벼댔다.

이 천은 무엇으로 만들어졌기에 이리도 매끄러울까. 정말 하늘나라에 온 것이구나.

배에서 뛰어내리자 지독하게 짜서 매웠던 바닷물이 코와 입을 파고들어 숨이 막혔다. 정신을 놓을 때쯤 나타난 한 사람. 유쾌한 표정으로 저를 도와주겠다던 남자의 목소리만 어렴풋이 떠오르고, 그 이후론 기억이 나질 않았다.

죽은 줄 알았다. 헌데 이리 따뜻하고 푹신한 느낌이 드는 것을 보니 분명 여기는 하늘나라라고 확신하는 솔루. 이렇게 계속 잠만 잤으면 좋겠다고 생각하는 순간, 그녀의 몸이 붕 떠올랐다. 죽죽 뒤로 밀려나더니 한구석에 처박혔다.

"누구냐."

소름이 오싹 끼칠 만큼 공허하고 낮은 목소리였다. 솔루가 되레 묻고 싶었다.

누구세요? 여기는 하늘나라가 아닌가요?

그녀가 감고 있던 눈을 살며시 떴다. 몸이 떠 있는 줄은 알았는데 천장에 닿을 만큼인 줄은 몰랐다. 떠진 눈이 놀라서 동그랗게 커졌다.

"으악!"

너무 높은 탓에 겁에 질려 어쩔 줄 모르는 솔루의 팔과 다리가 허우적거렸다.

"누구냐니까."

소리 나는 쪽으로 눈을 돌리니, 침상 위에 남자 하나가 앉아 고개를 들고 솔루를 바라보고 있었다. 은색의 머리카락과 흰 피부를 가진 아름다운 남자였다. 거리가 있어 자세히 볼 수는 없으나 존재만으로도 빛이 났다.

입고 있는 옷도 값비싸 보였다. 널찍한 방과 갖가지 장식장, 화려한 침구가 상상하던 나라님 것보다 더 좋았다. 천장에서 벌벌 떨면서도 눈을 굴리는 솔루를 본 태랑의 눈빛이 서늘해졌다.

"누, 누구십니까."

둥둥 떠 있는 상태였지만 금방이라도 떨어질 것 같아 천장의 벽을 잡고 그녀가 말했다.

"내가 먼저 물었다."

"솔, 솔루라 합니다."

"누가 네 이름을 물었느냐. 누가 보냈지?"

"예에…… 예?"

솔루는 누가 보냈냐는 질문에 할 말이 없었다.

"저도 잘 모르겠습니다."

"몰라?"

모르는 게 당연했다. 병든 어머니와 어린 동생들이 살아갈 수 있도록 쌀 오백 석에 팔려 거친 바다의 제물로 바쳐졌는데, 누가 보냈냐고 하면 무어라 답을 한단 말인가.

하늘나라인 거야, 아닌 거야.

감을 잡을 수 없었다.

"파고! 파고, 밖에 있느냐!"

태랑이 문을 향해 큰 소리로 외쳤다.

"저기요, 저 좀 내려주십시오."

솔루의 부탁은 허공에서 흩어졌다. 태랑은 못 들은 것인지, 아니면 듣고도 모르는 척하는 것인지 그녀의 말에 신경 쓰지 않았다.

순간 등이 천장에 닿아 손을 뻗어 벽을 붙잡았지만, 아무런 도움이 되지 않았다. 금방이라도 바닥에 내동댕이쳐질 것 같아 무서웠다.

내려줬으면 좋으련만 그는 아랑곳하지 않았다.

드르륵! 문이 열리고 파고가 들어왔다. 큰 키에 다부진 체격을 가진 남자였다. 긴 칼을 허리춤에 찬 그가 허리를 숙여 인사를 했다.

"저것이 무엇이냐."

침상 위에 앉아 있는 태랑이 손가락으로 천장에 떠 있는 솔루를 가리켰다.

"저것이라니요?"

손가락 방향을 따라 천장으로 시선을 옮긴 그의 동공이 확장됐다.

"어, 어찌 된 일인지……."

"네가 어찌 된 일인지 모른다면 누가 알지?"

스르릉. 태랑이 파고의 허리춤에 달린 칼을 쑥 뽑아 그의 목을 겨눴다.

"죄송합니다. 허나 분명 저 아이가 들어가는 것을 보지 못했습니다. 제 불찰입니다."

"하마터면 큰일 날 뻔했다. 몸에 닿기 전에 날려버렸길 망정이지, 이러고도 네가 호위무사더냐."

금방이라도 파고의 목을 벨 것 같았으나 태랑은 들고 있던 칼을 솔루에게 날렸다. 휘리릭! 푹! 그녀의 머리 옆에 꽂힌 칼이 쇳소리를 내며 위아래로 흔들렸다. 솔루는 너무 놀란 나머지 입을 벌리고 '어버버' 하는 소리만 냈다.

태랑이 그렇게 침소에 계집을 넣지 말라 했건만 오늘도 누군가가 시도했다. 갑자기 나타난 솔루 때문에 화들짝 놀라기도 했고, 그녀를 안았던 탓에 발작이 일어날까 싶어 발견 즉시 천장으로 날렸다.

대체 저 못생긴 계집은 어느 놈의 계략으로 여기에 있단 말인가. 요새 조용한 것 같더니 마음이 해이해져 그간 너무 방심했다.

못마땅한 기색이 역력한 표정으로 솔루를 노려봤다. 마음 같아선 칼을 던져 솔루의 사지 중 하나에 꽂고 싶었지만, 예상과 달리 여인에게 닿았던 몸이 멀쩡해서 조금 봐줬다. 그래서 손끝의 힘 방향을 살짝 틀었다.

"저 아이의 기운이 남아 있을지도 모르니 다른 곳으로 가시지요."

파고가 천장에 떠 있는 솔루를 보며 말했다.

"저…… 저기요?"

그녀가 조그마한 목소리로 몇 번이나 불렀다. 그들은 하얗게 질려가는 그녀를 보면서도 전혀 상관하지 않고 이야기를 이어 나갔다.

침상에서 느릿하게 일어난 태랑이 옷을 손으로 툭툭 털어냈다. 옷에 솔루의 잔재라도 남아 있을까 꺼림칙해서였다.

"파고, 난 나갈 테니 네가 알아서 처리해라."

곁눈질로 솔루를 힐끔 본 태랑이 밖으로 쌩하니 나가버리자 곧장 공중에 떠 있는 그녀의 몸이 낙하했다. 파도처럼 몰려오는 공포에 질끈 눈을 감았다.

"꺄악!"

소리 지를 힘이 없는 줄 알았는데 위험해지니 절로 나왔다. 차라리 바다에 빠졌을 때 죽지, 이건 또 뭐야! 온몸이 부러지는 고통 속에서 죽을 것만 같았다.

그러기를 잠시간. 지금쯤이면 바닥에 내동댕이쳐져 아파야 하는데 아무 느낌도 없었다. 어? 눈을 뜨고 주위를 살피던 솔루는 자신을 안고 있는 파고를 올려다봤다.

아, 살았구나.

"감사합니다."

"누가 널 이리로 보냈지?"

"누가 보낸 것이 아닙니다. 눈을 뜨니 이곳이었습니다."

순간 저를 도와주겠다던 남자가 떠올랐지만 그는 얼굴도 기억나지 않는다. 솔직히 뭘 도와준 건지도 모르겠고.

파고의 눈이 빠르게 움직였다.

"인어가 아니네."

"인어요? 예, 아닙니다. 저는 사람인걸요. 대체 여긴 어딥니까?"

"이제는 몰래 뭍으로 나가 인간계의 여인을 데려오는 건가?"

파고는 솔루를 바닥에 내려주고 다친 곳은 없는지 찬찬히 뜯어 살폈다.

어쩐지 한동안 뜸하다 싶었다. 이번에는 누가 또 태랑 님의 침소에 여인을 넣었을까. 거기다 인간 여인이라니.

그런데 눈앞에 있는 이 아이는 지금까지 태랑의 방에 들어왔었던 여인들과 달랐다. 여인이라 하기에는 어린감이 있었다. 제법 청초한 얼굴을 가지고 있었으나 늘 들어왔던 성숙한 여인들보다 훨씬 나이가 적은 듯했다. 거기다 항상 눈에 띌 정도로 고운 여인들만 넣었는데 솔루는 그에 반해 볼품이 없었다. 금방이라도 쓰러질 듯이 허약해 보였고, 입은 옷도 초라했다. 누군가의 계획이라고 하기엔 좀 의심스러운 부분도 있었다.

인간 세상에 나가 데려오기는 위험했을 텐데, 급하다 느낀 모양이었다.

하긴 급하기도 하겠지. 태랑이 25살의 생일은 다가오는데 여인을 안을 생각을 하지도 않고 있으니.

어쩌면 워낙 태랑이 여인에게 눈길도 주지 않으니 색다른 방법을 쓴 것이라 여겼다. 어차피 태랑 님을 미모로는 휘어잡을 수 없으니 독특함으로 가겠다는 건가.

태랑이 다스리는 백해국은 물론이고 해국을 이루는 다섯 나라를 통틀어 그의 미모를 따라갈 자가 없었다. 그래서인지 태랑의 신하들은 해국의 곳곳에서 내로라하는 미인을 찾아다가 몰래 침소에 넣어놨다. 알고 보면 미모의 문제가 아닌데 말이다. 그 비밀을 알고 있는 파고로서는 한숨만 나올 뿐이었다.

말해서 무엇할까. 다 소용없는 것을.

태랑이 선천적으로 여인을 안을 수 없는 몸이란 사실을 만천하에 공개할 수도 없었다. 그러니 어떤 어리석은 작자가 보냈는지나 알아보자.

"거짓말은 안 된다. 너를 사주한 놈이 누군지 당장 말해."

"정말입니다! 누가 시켜서 온 것이 아닙니다. 정말 눈을 떠보니 이곳이었다니까요! 만날 속고만 사셨습니까?"

솔루가 인상을 잔뜩 찌푸리며 믿어달라는 표정을 지으며 말했다. 억울했다. 있는 그대로를 말했는데 거짓말이라 하니 울컥 울화통이 터지기도 했다.

바다에 빠지면서부터 많은 일이 한꺼번에 휘몰아쳤다. 사나웠던 파도가 정신을 쏙 빼놓은 것처럼 복잡해서 머리가 아팠다.

"어디서 꼬박꼬박 말대꾸야."

솔루의 이마를 파고가 꾹꾹 눌렀다. 이곳에 들어온 다른 여인들은 서슬이 퍼런 태랑에게 겁먹고 사주한 이가 누군지 다 불었다. 그런데 이 아이는 계속 고집을 피우고 있었다.

"태랑 님이 네 목을 부러뜨리지 않은 것만으로 감사해라. 그러니 거짓은 그만 고하지?"

"거짓이 아니라는데 왜 자꾸 거짓이라 하십니까? 우⋯⋯!"

'우이 씨' 하며 따지려던 찰나 솔루는 몸에서 힘이 빠져나가는 것을 느꼈다. 살아오며 하루에 수도 없이 겪는 현상이었지만 매번 적응이 되지 않았다. 어릴 적부터 그녀를 괴롭히던 병은 이 중요한 때에도 어김없이 찾아왔다. 늘 그랬듯이 뭔가가 영혼을 빨아들이는 듯한 기분이었다. 힘을 잃은 무릎이 꺾였다.

아! 이 몹쓸 병.

생각은 거기까지였다. 몸이 쓰러지며 맑았던 정신도 함께 잃었다.

갑자기 휘청이던 솔루의 몸이 뒤로 넘어가자 파고가 얼른 그녀를 안아 들었다. 아직 영글지 못한 작은 계집이 많이 긴장하고 놀란 모양이었다. 보아하니 바닷가에서 놀고 있는 그녀를 납치해 이런 일에 매수한 것 같아 언짢아졌다. 죽음을 무릅쓰고 인간들이 사는 물에 누가 다녀왔을까. 예상치 못한 상황에 당황한 파고는 정말 어떤 놈이 인간 계집을 넣었는지 꼭 알아봐야겠다고 다짐했다.

태랑은 침실을 나와 목욕을 하고 옷을 갈아입은 후 서쪽 침전으로 향했다. 모처럼 좋아하는 동쪽 침전에서 깊게 잠들기 원했던 그는 이미 수면에 대한 욕구가 저 멀리 날아가 짜증이 슬슬 치밀었다. 나빠지는 그의 기분을 느꼈는지 방 안을 유유히 떠다니던 물고기들이 하나둘씩 모습을 감췄다.

어쩌면 잠이 오지 않는 이유는 말짱한 정신 탓이 아닌지도 모르겠다. 함께 누워 있었던 솔루에 대한 궁금증과 뒤따라오는 불쾌감이 더 컸다.

대체 그 계집은 뭐란 말이냐. 얼마나 안고 있었던 걸까.

왜 몸에 반응이 없지? 침상 위에 앉아 지끈거리는 관자놀이를 누르고 있을 때였다.

"태랑 님! 들어가도 되겠습니까."

잠시 후 미닫이문이 열리고 파고가 들어왔다. 태랑이 답이 없다는 건 허락의 뜻이었다.

"왜."

간단한 그의 질문에 심기가 불편함을 파악한 파고가 고개를 숙이며 조용히 말했다.

"침소에 있었던 그 아이 말입니다. 갑자기 정신을 잃고 쓰러지는 바람에 밖으로 내보내지 못했습니다."

"뭐?"

밖으로 내보내지 못했다는 말에 머리가 찌릿하고 아팠다. 놀란 태랑이 주먹을 쥐며 흥분하려는 자신을 애서 절제했다.

"그럼, 지금 어디에 있단 말이냐."

높아지던 음성이 순식간에 가라앉았다. 오랫동안 그를 보필한 파고가 낮게 깔리는 태랑의 목소리를 감지하고 눈치를 살폈다. 화가 날수록 냉정함을 유지하는 그가 아주 잠깐 언성을 높였다. 그 짧은 시간에 태랑이 이성을 잃을 뻔했다는 증거였다. 하긴 백해궁에 여인이 머문다는 것은 있을 수가 없는 일이었다.

"궁의 끝 쪽에 자리한 예비 처소에 두었습니다."

"밖으로 내보내라."

"정신을 잃었습니다. 백해궁에서 여인이 쓰러진 채로 나왔다는 소문은 금방 돌게 될 것입니다."

"나와는 상관이 없다."

"지금까지 여인이 쫓겨나온 경우는 있었지만 쓰러진 여인이 나온 적은 없습니다. 그렇잖아도 해국을 도는 흉흉한 소문이 진실처럼 받아들여질 수도 있습니다."

"나와는 상관이 없대도."

세워진 한쪽 무릎에 팔을 올리고 턱을 기댄 태랑의 내리뜬 눈이 천천히 들어졌다. 여인이 쓰러진 채 나가든, 흉흉한 소문이 더 부풀려지든 그 자신과는 하등의 상관이 없는 일이었다. 단, 머릿속을 떠나지 않는 한 가지 의문이 걸리기는 했다.

태랑이 생각에 빠져 있는 모습을 파고는 조용히 지켜봤다.

길고 진한 속눈썹 사이로 빛나는 태랑의 푸른 눈동자는 해국 어디에서도 볼 수 없는 깊은 바다였다. 깎아놓은 듯 반듯한 얼굴의 선은 남성적이면서도 부드럽게 연결됐고, 오뚝한 콧날은 베일 것처럼 날렵했다. 연한 꽃잎으로 물들어 있는 입술이 가끔 핏빛으로도 번질 때면 야릇한 미색이 더해져 해국의 여인들이 그를 보고 자지러지기도 했다. 그에 대해 아무것도 모르는 여인들은 한 번만 안겨볼 수 있다면 죽어도 여한이 없다 말할 정도였다.

그뿐이던가. 태어날 때부터 타고난 우아한 몸짓은 할 말을 잃게 만들었다. 발소리도 내지 않고 움직였고 손짓 하나에, 눈짓 하나에 남녀노소 구분하지 않고 상대를 홀리게 할 정도로 매력적이었다. 특히 태랑이 인어의 모습을 하는 날에는 그를 무서워하는 물고기들마저도 그를 숭배하기 위해 모여들었다. 그래, 더 말할 필요가 없다. 아무리 찬양해도 끝이 없는 미모의 소유자였다.

"휴."

파고는 아름다운 제 주인의 모습을 넋 놓고 바라보다 땅이 꺼지도록 한숨을 쉬었다.

벌써 태랑의 나이 스물넷. 여인을 알고도 남을 나이. 그런 그가 침소에 여인을 부르기는커녕, 들어오는 족족 거부하고 물리는 동안 작은 소문은 여러 갈래로 찢어져 점점 부풀어졌다. 여인을 안지 못하는 신체적 결함이 있다는 소문은 기본이었고, 남색(男色)을 한다는 말도 있었다. 이런 판국에 솔루가 쓰러진 채로 백해궁을 나간다면 이미 진실처럼 퍼진 소문을 또다시 입증하는 꼴이 되고 만다. 거기가 인간계의 여인이었다. 보나 마나 괴상한 소문에 휩싸일 것은 뻔했다.

태랑이 여인을 가까이할 수 없는 이유를 잘 알고 있는 파고로서는 말도 안 되는 소문들에 그저 머리를 쥐어 싸맬 수밖에 없었다.

"해국인이 아닙니다."

"그럼?"

"누가 뭍에서 사람을 이곳으로 끌고 온 듯합니다."

"이제는 하다 하다 인간 계집이라…… 쯧."

인간이었다면 태랑이 못 알아봤을 리가 없는데 워낙 갑작스러운 상황이 었기 때문에 인어가 아닌 것도 알아채지 못했다.

"죽음을 각오하고 뭍에 다녀올 정도로 태랑 님을 걱정하는 신하가 있는 가 봅니다."

"설마. 한자리 꿰차고 싶어서 그러겠지."

"우선 날이 밝는 대로 궁에서 내보내겠습니다."

"안 된다."

눈을 감고 손가락으로 턱 선을 문지르던 태랑이 고개를 저었다. 인간이든 인어든 여인의 탈을 쓰고 있다면 모두 안 된다.

"마지막으로 말한다. 즉시 치워라."

"네."

더 이상 파고는 어쩌지 못했다. 혼절해 있는 솔루를 억지로 깨워 궁 밖으로 보내자니 불쌍했지만 태랑의 말을 따라야 했다.

파고가 솔루에게 갔을 때 마침 그녀가 일어났다.

"아이고, 머리야."

작은 머리통을 감싸 쥐며 앓는 소리를 냈다. 저렇게 아파하는 사람을 쫓아내자니 마음이 불편했다. 아무런 위해도 가할 수 없고 몸도 정상이 아닌, 그저 불쌍한 아이였다.

그래도 어쩌리. 태랑의 명은 바다가 메마른대도 받들어야 했다.

"힘들어도 일어나."

무미건조하게 말했으나 역시 마음은 편치 않았다. 인상을 찌푸리며 일어난 솔루는 여전히 손으로 제 머리를 감싸 쥐고 있었다.

"당장 여기서 나가야 해. 이곳에 정말 아는 이가 하나도 없어?"

"……없습니다. 아야야…… 눈떠보니 처음 보는 곳이라고…… 했잖아요."

온전하지 않은 몸으로 서기가 힘든지 솔루가 휘청거렸다. 파고는 궁 아래에 있는 객사의 한 곳에서 당분간 머무르게 할까 하다가 태랑이 아는 날엔 큰일 나겠다 싶어 곧 머릿속에서 생각을 지웠다.

"가자."

"예."

솔루는 누군가 골을 흔드는 것처럼 아픈 머리를 잡은 채 고개를 숙이고 파고를 따라갔다. 이따금 심하게 아파서 멈추기도 했다. 그녀의 등장에 물고기들이 다가와 어깨와 다리를 툭툭 쳤지만 아픈 통에 돌아볼 겨를이 없었다.

파고를 따라간 곳은 넓은 풀밭이었다. 주위에 아름드리 우거진 나무가 있었는데 나뭇잎에서 반짝반짝 빛을 내고 있어 어두운 밤을 환하게 밝혔다.

아까보다는 머리가 괜찮아진 솔루가 고개를 들고 특이한 나무를 유심히 보려던 때였다. 파고 옆에 있는 커다란 용을 보며 소리를 지를 뻔했다. 서책에서 보던 용의 생김새는 아니었다. 비슷하게도 생겼지만 지느러미처럼 보이는 날개가 있었고 다리는 보이지 않았다. 하늘을 찌를 듯하게 길고 컸다.

푸드득. 푸드득. 날아오르려는 준비를 하기 위해 용이 천천히 날개를 움직였다.

우와. 저 날갯짓에 한 번만 맞으면 하늘로 날아가겠다.

솔루는 마른침을 꿀꺽 삼켰다.

"해룡이야. 손잡아."

휙! 얼떨결에 내민 그녀의 손을 잡은 파고가 잡아당기자 동시에 몸이 튕겨 해룡의 몸에 안착했다.

"이곳은 걸어서 나갈 수가 없다. 산꼭대기에 있거든."

솔루가 떨어지지 않도록 한 팔로 잡은 그가 다른 손으로 해룡의 고삐를 잡아당겼다. 이윽고 해룡이 울음소리를 내며 날아올랐다. 푸드득거리는 날개 소리가 솔루의 귀, 바로 옆에서 들려 저도 모르게 비명을 질렀다.

"으아아!"

"소리 지르지 마. 해룡은 예민해. 날다가 떨어지면 네 탓이다."

그 말에 입을 꼭 다문 그녀가 아래를 봤다. 벌써 머리가 맑아진 건지, 놀라는 바람에 머리 아픈 걸 잊은 건지는 모르겠다. 솔루의 발아래로 펼쳐진 세상은 어두워 자세히 보이지 않았다. 얼마나 높이 올랐는지 감으로도 느낄 수 없었다.

하지만 수없이 많은 불빛이 덮고 있는 지역은 엄청났다. 밤하늘의 별보다 많은 그것은 그녀가 지금껏 한 번도 본 적이 없는 밤하늘과 같았다. 거대하고 깜깜한 흑막 위에 촘촘히 박힌 불빛은 제각각 다른 색의 빛을 냈다.

"저, 저기는 뭡니까."

처음 보는 방대함에 말까지 더듬었다.

"가운데는 궁, 그 아래로는 객사지. 밤이라 잘 보이지 않겠지만 크기를 가늠하는 것도 힘들 만큼 높고 커다란 산을 이루고 있어."

"아…… 예에……."

달리 할 말이 없어 대답만 하고 고개를 끄덕이던 찰나 갑자기 파고가 외쳤다.

"하필 저게 왜!"

구경에 여념이 없던 솔루가 고개를 들어 그가 바라보는 쪽을 봤다.

뭐, 뭐지.

흐느적거렸다. 팔이 여러 개였다. 아니, 다리려나. 기괴한 모양을 하고 있는 생물에게서 역한 냄새가 나 솔루는 코를 손으로 막았다.

"이대로는 무리인데, 큰일이다."

파고의 목소리에서 다급함이 느껴졌다.

"왜 그러세요? 허공에 떠서 움직이는 저건 뭐예요."

"보이는 대로야. 괴물."

팟! 갑자기 날카로운 바늘이 날아왔다.

"아!"

바늘이 솔루의 어깨를 스쳐 지나가 핏물이 맺혔다. 그녀의 상처를 본 파고는 마음이 더 조급해졌다.

스릉. 칼집에서 칼을 빼어 들었다.

최근 들어 나타나는 저 괴물은 밤에만 모습을 드러냈다. 열 개는 족히 넘어 보이는 다리에서 나오는 침은 칼만큼이나 위험했다. 첫 출발은 언제나 한 개였다. 그러나 두 번째부터는 무차별로 쏘아댔다.

파고가 혼자의 몸이어도 감당하기 힘든 상대인데 솔루까지 같이 있어 자유롭게 몸을 움직일 수 없는 것은 뻔했다. 게다가 솔루가 상처를 입었다.

빨리 이 상황을 태랑과 다른 왕들에게 알려야 했다. 그러기 위해선 목에 걸려 있는 호각을 불어야 하는데 한 손에는 칼, 다른 한 손에는 솔루를 안고 있어 꼼짝을 못했다. 게다가 자칫 잘못하다간 바로 아래에 있는 객사에 피해가 갈 수 있는 상황이었다.

"내 목에 있는 호각을 불어. 빨리!"

"예!"

피가 나는 어깨를 잡고 있던 솔루는 많이 아플 법도 한데 참아내고, 그의 목에 걸린 호각을 잡아 입에 댔다. 볼에 바람을 넣고 힘껏 뱉었다.

삐이익! 새된 소리가 천지를 울렸다.

위험을 감지했는지 별안간 괴물이 바늘 수십 개를 쏘았다.

따다닥! 날카로운 쇳소리가 났다. 파고가 칼로 막아냈지만 더 많아진다면 문제였다.

"어머! 파고 너, 여자 생겼구나?"

푸드득하는 소리가 들리더니 화려한 옷차림의 여자가 나타났다. 짧은 치마를 입어 훤히 드러난 허벅지에서 솔루가 눈을 떼지 못했다.

저, 저렇게 짧은 치마도 있었네.

그녀는 노란빛이 감도는 해룡을 타고 있었다. 붉게 칠한 입술 옆에 있는 점이 요염했다.

"오셨습니까."

"태랑처럼 여자는 거들떠도 안 보더니 뭔 일이래?"

"연초 님! 지금은 저놈이 먼저입니다."

"알아, 알아. 한두 번 겪는 것도 아니잖아. 어? 네 여자가 다쳤다, 파고."

"제 여자 아닙니다!"

파고가 성질을 버럭 냈다. 순간 괴물이 다리를 제 몸의 뒤로 길게 뺐다. 다시 공격을 하려는 태세였다.

"연초 님!"

"좋아, 준비됐어. 자, 어서 덤벼라!"

연초의 눈빛이 강해졌다. 마치 재미있는 놀이를 즐기는 듯한 눈이었다.

슈슈슉! 바늘이 더 많아졌다. 쏟아지는 바늘을 보며 솔루는 빗줄기 같다고 생각했다.

연초의 손에서 굵고 긴 줄이 휘리릭 소리를 내며 앞을 향해 곧장 뻗어 나갔다. 하나였던 줄은 어느새 여러 개로 갈라져 날아오는 바늘을 쳐냈다.

파고도 바늘을 막아냈다. 그는 몇 번 휘두르지도 않았는데 벌써 숨이 찼다.

"태랑이 너무 일찍 오면 재미없어지는데! 오지 마라고 할까?"

"저는 연초 님처럼 자유롭지 못합니다. 그래서 빨리 태랑 님께서 오셨으면 좋겠고요."

연초가 파고 말에 맥 빠진 표정을 지었다.

"미안하다, 연초. 내가 일찍 왔다."

태랑이 나타났다. 그의 머리색과 비슷한 흰 해룡을 타고 있었다. 아니, 그의 해룡은 흰색과 더불어 바다와 같은 푸른빛도 함께 감돌고 있었다.

"에이, 재미없게."

불만 섞인 음성으로 연초가 불퉁하게 말했다.

"재미있게 하면 되는 거 아닌가? 설담과 반유, 하제가 나타나기 전에 우리가 끝내면 되잖아."

"아, 그래그래. 그런데 태랑! 저놈 오늘도 미리 도망가는 거 아냐?"

"그럴지도. 파고, 넌 그냥 있어라."

태랑은 해국의 다섯 왕 중에서 유일하게 무기를 사용하지 않았다. 손과 발이 무기인 그는 손짓 하나만으로도 충분했다.

슈슈슉! 이번엔 훨씬 더 많아진 뾰족한 바늘이 다시 날아왔다. 연초의 손에서 여러 갈래의 긴 줄이 나갔고, 태랑은 손을 공중에 띄우고 휘저었다. 그의 손가락이 빠르게 공기를 내치자 갑자기 날아오던 바늘이 방향을 틀었다.

눈앞에서 긴박하게 흘러가는 상황을 솔루는 눈을 동그랗게 뜨고 보고 있었다. 그러다 문득 잡고 있는 어깨가 뜨겁다고 느꼈다. 팔 전체가 축축했다. 시선을 내려 자신의 팔을 보자 한쪽 팔이 온통 빨간 피로 물들었다.

어쩐지 어지럽다 싶었다. 이번에 정신을 잃는다면 이건 순전히 쏟아낸 피 때문이리라. 눈앞이 가물가물해졌다.

"이봐!"

이상함을 눈치챈 파고가 솔루를 불렀지만 '예.' 하고 답을 하기도 전에 솔루는 까마득한 어둠 속으로 빠져들어 갔다.

이번에도 역시 괴물이 도망가는 바람에 연초는 좋은 장난감을 놓친 것처럼 분통을 터뜨렸고, 태랑은 말이 없었다. 파고는 설담과 나머지 왕들이 도착하기 전에 쓰러진 솔루를 데리고 백해궁으로 돌아왔다. 상처가 깊었는지 열이 심했다. 의원에게 맡기고 태랑에게 솔루의 소식을 알렸다.

"깨워서 보내."

예상했던 대로 태랑은 그녀가 궁에 머무는 걸 싫어했다.

"피를 많이 흘려서 아픕니다."

"그 역시 나와는 상관이 없다. 내 안위가 중요하지."

"이쪽에는 얼씬도 못 하게 하겠습니다. 열이 높아 며칠이 지나야 정신을 차릴 듯합니다."

"이번엔 이상하리만치 내 말을 거부하는구나, 파고."

"불쌍해서 그러는 것입니다. 만약 납치당해서 온 것이라면 머물 곳도 없습니다. 어쩌면 지금 생명이 위험할지도 모릅니다. 어린애가 사정이 딱해 보여서요. 적어도 치료를 해서 내보내야 하지 않겠습니까."

사실이 그랬다. 파고는 맥없이 정신을 놓던 솔루의 남루한 차림과 약해 보이던 여린 몸을 떠올렸다. 그럼에도 불구하고 지지 않고 필사적으로 저를 사주한 사람이 누군지 감추는 그녀가 가여웠다.

상처 입은 어깨가 많이 아팠을 것이다. 거기다 놀랐을 텐데 덜덜 떨리는 손으로 그녀가 호각을 잡아 불었던 것이 떠올라 무리해서 태랑에게 간청을 했다.

"모두 쓸데없는 감정인 것을. 계집들이란 다 똑같다."

어떻게 해서든 태랑에게 안기고 싶어 온갖 거짓말로 위장하던 여인들. 태랑의 나이 16살에 그의 계속되는 거부에도 물러나지 않았던 여인이 있었다. 마음을 주지는 않았지만 여인을 믿어보고자 미세한 틈을 허락하려 했던 때였다. 태랑의 어떤 모습도 사랑한다던 여인. 그러나 그녀는 태랑의 본모습을 보기가 무섭게 저주를 퍼부으며 도망쳤다. 그 뒤로는 여인이 더욱더 싫어졌다.

감은 눈을 뜬 태랑이 입술 한쪽을 비뚜름하게 올리며 파고를 비웃더니 다시 눈을 감았다. 좌우로 흔드는 그의 손짓에 파고가 인사를 하고 물러났다.

어찌 됐거나 안 된다는 말로 마무리를 짓지 않았으니 허락한 셈이었다. 파고는 침전 밖으로 나와 검은 하늘에 커다랗게 번져 있는 달무리를 봤다.

곧 공존(共存)의 밤이 오겠구나.

한 달에 한 번 찾아오는 그날. 해와 달이 하늘에 동시에 뜨는 그 하루의 밤에는 파고와 태랑만 남고 백해궁이 비워진다. 20년 가까이 달마다 겪는 일이지만 어려웠다. 잔뜩 날을 세우고 긴장하지 않으면 위험에 빠지는 그 밤이 다가옴을 느끼자 파고의 눈에 두려운 기색이 역력했다.

솔루가 백해궁에 머문 지 꽤 오랜 시일이 지났다. 파고의 말처럼 그녀는 태랑 근처에는 나타나지 않았다. 하지만 최근 몇 년 동안 한 명의 여인도 있지 않았던 곳에 솔루가 나타난 시점부터 태랑은 거슬렸다. 한시라도 빨리 보내고픈 마음에 언제 깨어나는지 파고에게 물어도 더 있어야 한다는 답만 돌아왔다.

뭔가 답답하고 불안했다. 밤늦도록 잠들지 못하고 방 안을 서성이던 태랑은 밖으로 나와 자신만 드나들 수 있는 후원으로 갔다. 그가 걸음을 옮길 때마다 반짝이는 작은 바다 생물들이 조용히 길을 비켰다.

"청!"

후원의 한가운데에 선 그가 나지막이 외치자 하늘에서 커다란 해룡(海龍)이 날아와 착지했다. 거대한 몸의 움직임 때문에 주위에 있는 나무와 해초가 꺾일 만도 하건만 물을 타는 듯한 몸짓에 조금도 흔들리지 않았다. 태랑은 곁에 있는 청의 목덜미를 쓰다듬자 큰 몸집에 맞지 않게 가르릉거리며 작게 울었다.

"오늘 너와 날아보면 복잡한 마음이 정리가 되려나."

기분이 좋지 않은 그의 마음을 청이 눈치채고 얼굴을 비볐다.

"그래. 너밖에 없구나."

이게 다 별안간 나타난 그 계집 때문이다. 청을 쓰다듬으며 하늘로 고개를 들어 파고가 봤던 달무리를 그도 봤다. 달무리를 보지 않아도, 날짜를 계산하지 않아도 몸의 반응과 검지에 끼워진 붉은 가락지가 점점 더 진해지며 알려주고 있었다. 곧 공존의 밤이 다가오고 있음을.

25살이 되면 진절머리 날 만큼 끔찍한 그 밤도 끝이 날 것이다.

"이제 가봐. 봤으니 됐다. 같이 나는 건 다음으로 미루자."

차분한 진정이 필요했다. 소모해야 하는 마음이 아니라는 생각이 들어 태랑은 불렀던 청을 돌려보냈다.

정자에 올라간 그는 난간에 몸을 비스듬하게 기대고 양팔을 걸쳐 목을 뒤로 젖혔다. 긴 머리카락 몇 올이 난간 뒤로 넘어가 흘러내렸다. 차가운 밤공기를 마셨다. 공기 중에 섞여 있는 바다의 비릿한 짠 냄새가 좋았다. 해국의 왕이라면 누구나 좋아하는 바다 향. 마음이 복잡하고 머리가 아플 적마다 새벽에 찬 이슬이 내릴 때까지 그러고 있으면 제법 나아졌다. 심난하던 속이 조금 차분해지기 시작할 때였다.

부스럭. 부스럭.

갑자기 풀 밟는 소리가 들렸다.

이 밤중에 누구지?

태랑이 사용하는 후원은 관리하는 몇몇 사람들을 제외하고는 아무도 들어올 수 없었다. 그들도 해가 중천에 떠 있을 때만 가능했다. 아침이나 밤은 태랑이 자주 머무는 시간이기에 피해야 한다는 사실을 알고 있었다. 그럼에도 불구하고 이건 분명 인기척이었다.

요즘 왜 이러나. 모처럼 잠 좀 깊게 자려 했더니 침소에 계집이 있지를 않나, 자신만의 휴식 공간인 후원에 누가 들어오지를 않나.

몸을 일으키려던 그는 어른거리는 그림자를 발견했다. 이윽고 그림자 주인의 모습이 드러났다. 솔루였다. 그녀가 큰 눈을 여기저기 굴리며 살피고 있었다. 태랑의 눈매가 가늘게 좁아들었다.

파고가 아직 더 있어야 한다더니 잘만 돌아다니는군.

주위를 두리번거리며 걷는 솔루는 아직 태랑을 발견하지 못하고 지나쳤다. 그러다 등에서 느껴지는 따끔거림에 뒤를 돌았다.

"어마나!"

깜짝 놀라서 엉덩방아를 찧는 솔루. 그럴 만했다. 아래에서 올려다보는 그녀의 위치가 그랬다.

높은 정자의 난간에 태랑의 머리가 거꾸로 매달려 있었다. 어마어마한 눈빛을 뿜으며 팔까지 뒤로 넘어가 공중에 떠 있는 모양새였다. 정확하게 형체를 파악한 솔루가 하얗게 질린 얼굴로 말을 잇지 못하고 더듬었다.

"귀, 귀, 귀……."

"너, 지금 날 보고 귀신이라는 것이냐."

몸을 일으키고 머리카락을 쓸어 넘기며 태랑이 그녀에게 물었다. 난간 한쪽 팔을 접어 올린 그는 무표정한 얼굴로 정자 아래에 서 있는 솔루를 내려다봤다. 제법 거리가 있어 마음이 놓였다.

"죄송합니다. 하지만 그리 계시니 누가 봐도 오해할 법합니다."

"많이 아프다더니 연기를 했나 보군."

"아니에요! 정말 아팠습니다."

"그 역시 거짓일지 누가 알겠느냐."

"정말입니다! 거짓말하지 않습니다!"

"흠."

오랜만에 하는 여인과의 대화였다. 제 몸에 닿지만 않는다면 굳이 여인을 멀리할 필요는 없었는데, 그의 침소로 들어오는 여인들의 목적은 오로지 하나. 결국엔 몸이 닿아야 하는 일을 치르려 했다. 그가 보기에 솔루가 자신의 침소에 들어온 목적은 다른 여인들과 다르지 않아 보였다.

정신을 차렸으니 나가라는 말이 나오려다 멈췄다. 솔루에게서 느꼈던 불쾌감은 묻어두고 궁금증을 풀어보고 싶어졌다. 변덕이었다. 파고에게 당장 보내라고 했었는데 마음이 바뀌었다. 눈앞에 있는 작은 계집에 대한 짜증을 궁금함이 덮어버렸다. 며칠 전 안고 있다는 걸 발견했을 때의 분노도 사라졌다.

별일 없어서 다행이라며 떨쳐냈지만 막상 솔루를 다시 보니 묻고 싶어졌다. 이제는 누가 그녀를 제게 보냈는지 중요하지 않았다. 물론 처음에는 봤을 때는 갑작스러운 상황에 놀라서 누가 보냈는지 알고 싶기도 했다. 그러나 그 짧은 시간이 지나고 태랑이 진짜 궁금한 건 따로 있었다.

동쪽 침전의 침소에서 파고에게 솔루가 몸이 닿기 전에 천장으로 날렸다고 했지만 그게 아니었다. 여인과 몸이 닿으면 나타나는 몸의 반응이 아직도 나타나지 않았다. 잠시 그 순간이 꿈인가도 싶었지만 온몸에서 느껴지던 감촉은 분명 꿈이 아니었다.

"너 혹시, 사내더냐?"

솔루의 이마가 찌푸려졌고, 불만에 가득한 볼이 빵빵하게 부풀어졌다. 태랑은 말똥말똥한 눈으로 저를 바라보고 있는 솔루의 몸을 눈으로 훑었다. 분명 그녀와 닿았다. 닿은 정도가 아니라 품에 꽉 안고 있었다.

헌데 왜 발작도 일어나지 않고 두드러기도 생기지 않을까.

시간이 걸리는 건가. 그것도 이상하다. 항상 즉각 나타났던 반응이 왜 이리 느리냔 말이다.

태랑은 본디 여인을 싫어했다. 여인과 몸이 닿았다 하면 발작이 일어나거나 몸에 두드러기가 생기니 그럴 수밖에 없었다. 태어날 때부터 가지고 있는 병과도 같았다. 아니, 저주였다.

백해국의 선대왕인 그의 아버지를 사랑했던 여인이 내렸던 저주. 바로 아버지에게 심장을 준, 아니 아버지가 그녀의 심장을 빼앗았다고 하는 편이 더 정확하다. 그가 태어나기 전의 일이라 본 적 없고 듣기만 했었다. 하지만 사랑했던 남자의 배신으로 인해 절규하고, 죽어가며 저주를 퍼붓는 여인의 목소리가 항상 그를 괴롭혔다.

어릴 적에는 무심결에 시녀의 손을 잡았다가 발작으로 생사를 넘나들었다 했다. 그 뒤로 철저한 교육과 고통을 기억하고 있는 몸이 알아서 여인을 멀리하도록 만들었다. 그래도 궁 안을 돌아다니다 스치는 건 어쩔 수 없었다. 그때마다 찾아오는 발작과 두드러기를 생각하는 것만으로도 통증이 일었다.

그가 13살 되었던 해. 갑자기 왕의 자리를 내놓고 여행을 하겠다며 떠난 아버지 때문에 태랑은 어린 나이에 왕이 됐다. 그가 왕이 됨과 동시에 백해궁에서 여인은 모두 내보냈다. 해국의 왕으로 태어난 이상 여인은 그들에게 주어진 의무이자 생명줄인데 태랑은 여자를 안을 수 없게끔 됐다. 현 해국의 다섯 왕 중에서 그만이 가지고 있는 비극이자 비밀이었다.

간간이 신하들이 태랑과 백해국을 염려해 그의 침소에 몰래 여인들을 넣어뒀지만 발견되는 즉시 쫓겨났다. 그것도 어디 하나가 부러진 채로.

그는 포기하고 살았다.

때 되면 죽지.

여인이 있다고 해서 삶이 특별해질 것 같지도 않았다. 헌데 솔루가 궁금해졌다. 왜 자신의 몸에 변화가 없는지 이유를 찾고 싶었다.

그래서 사내가 아닌가 물었다. 솔루가 계집처럼 보이기는 해도 사내일지도 모른다. 충분히 가능성이 있는 일이다.

"제가 사내처럼 보이십니까?"

솔루가 미간에 주름이 잔뜩 모으고 물었다. 태랑은 당연한 걸 묻느냐는 얼굴로 고개를 끄덕였다.

"칫. 나도 기루에 있는 계월이처럼 꾸미면 못나진 않았다, 뭐."

입술을 삐죽거리며 들리지 않게 혼잣말하는 소리를 태랑이 듣고 대꾸했다.

"계월이가 누군지는 모르겠으나 네가 꾸민다고 못난 얼굴이 바뀌진 않을 것 같다."

"아무튼! 전 사내는 아닙니다! 제가 어딜 봐서 사냅니까?"

"아니면 말고."

팔을 세운 그가 턱을 기대고 무심한 눈으로 내려다보며 손가락으로 자신의 입술 선을 따라 매만지자 솔루의 얼굴이 발그레해졌다.

태랑은 그녀가 얼굴을 붉히는 까닭을 알았다. 저를 본 여인들의 반응은 하나같이 모두 똑같았으니까. 그는 엄지로 입술을 지그시 눌렀다.

사내도 아니면 대체 뭐란 말이지? 몸은 여전히 변화가 없었다. 평소라면 당장 궁 밖으로 쫓아내야 하는데, '혹시' 하는 희망이 그를 붙잡았다.

그래, 그거였다. 파고에게 내보내라고 말을 하면서도 끝까지 내치지 못했던 연유. 혹시 모를 희망. 여인을 곁에 둘 수 있을지도 모른다는 한 가닥 희망의 실이 그를 모질지 못하게 했다.

과연 저 계집을 곁에 둘 수 있을까. 심장을 가질 수 있을까.

어려 보이는 얼굴이 마음에 걸렸다. 얼핏 보기에 몸도 아직 성숙하기 전 같았다.

"너 올해 몇 살이냐."

다분히 의도가 있는 질문이었다. 물론 솔루는 꿈에도 모르겠지만.

"스물입니다."

겉보기와 다른 나이가 진실인지 알 수 없으나 20살이라 하니 안도했다. 너무 어리면 곤란하다. 24살인 그에겐 시간이 1년밖에 남지 않았다.

"음? 정말 스물인가?"

"맞습니다. 거짓말하지 않습니다."

솔루가 힘을 주어 대답했다. 처음 왔을 때부터 이곳의 사람들은 왜 자신의 말을 믿지 않는지 모르겠다.

"네 얼굴을 직접 본 적이 있느냐."

"네, 집에 면경이 있어 보긴 했습니다만……."

"그럼 너도 알겠구나. 네 얼굴을 봐라. 어딜 봐서 20살이라 하겠느냐. 얼굴도 작고, 머리통도 작고, 키도 작고, 언뜻 보기에 손도 작고 발도 작아 보인다. 아! 큰 거 하나 있구나, 눈. 널 열여섯이라 해도 믿겠다. 지금 그 모습이 어찌 20살의 얼굴과 몸이란 말이냐."

"동안도 모르십니까!"

솔루가 발끈하며 소리를 질렀다. 그렇잖아도 여인보다 더 아름다운 태랑 때문에 주눅이 드는데 말투 하나하나에 담긴 무시의 어조가 그녀를 폭발하게 했다.

"동안도 동안 나름이니라."

"사람을 외모로 평가하지 마십시오."

"난 너라는 사람에 대해 평가하는 것이 아니라 네 외모에 대해서만 냉성하게 말해주는 것이다.”

“예, 좋으시겠습니다. 외모가 최상급이셔서.”

토라신 얼굴을 하고 고개를 홱 돌리자 태랑이 피식 웃었다.

“아프다더니 힘만 좋구나.”

“아직도 어깨가 아픕니다……. 그리고 전 병이 있어서 원래 혼절을 잘하는 편이기도 합니다. 또 제가 거짓을 말한다고 여기시는 거죠?”

“그렇다. 잘 알고 있네.”

“이러다 제가 갑자기 정신을 잃으면 그땐 믿어주시겠습니까.”

“글쎄다. 그것 역시 거짓 연기일 줄 내가 어찌 알아.”

“대체 뭐 하시는 분이시기에 사람을 믿지 못하십니까.”

“너 보기에 내가 무얼 하는 사람 같으냐.”

그가 말장난을 하고 있는지 모르는 솔루의 얼굴이 진지해졌다. 바둑알처럼 투명하고 검은 눈동자는 왼쪽으로 움직였다가 다시 오른쪽으로 움직였다.

우선 입고 있는 옷이나 거하는 곳의 모양새로 보아 태랑이 부자인 건 확실했다. 게다가 부리는 사람도 있었다.

그러다 문득 현재 자신이 처한 상황이 번뜩 떠올랐다. 분명 바다에 빠졌다. 파도가 휘몰아치는 바다였다.

불쌍한 것. 저를 그렇게 부르는 뱃사람들을 뒤로하고 배에서 밖으로 빠져나온 커다란 널빤지 위로 올라섰다.

아버지가 돌아가시고 가세가 급격히 기울자 병을 갖고 태어난 솔루 뒷바라지로 어머니마저 몸져누우셨다. 둘이나 되는 어린 남동생들이 배를 곯는 날이 허다했다. 다 아픈 그녀 때문이었다.

아버지가 살아 계신 어릴 적, 의원에게 솔루를 보인 적이 있었다. 23살을 넘기기 힘들 것이라는 말을 듣고 아버지는 숨죽여 우셨다. 그리고 솔루 역시 몸을 감춘 채로 입을 막고 울었었다.

언제 죽을지 모르는 목숨이라 어머니와 동생들을 위해 희생하자 했다. 자신이 원해서 선택한 길이었기에 모두에게 비밀로 하고 결국 바다의 제물이 됐다. 분명 얼굴을 두 손으로 꼭 가리고 빠졌다. 죽는구나, 그렇게 생각했다.

하지만 깨어나 보니 숨을 쉬고 있었다. 화려한 방과 아름다운 남자를 보고 하늘나라가 아닌가 했지만 곧 느낌상으로 하늘나라가 아님을 깨달았다.

그렇다고 지옥도 아니고.

제게 인어가 아니냐고 물었던 파고의 질문이 스쳤다.

인어? 여긴 인어의 나라인가.

솔루는 자신의 다리 사이를 쏙쏙 빠져나갔다 들어오며 헤엄치는 작은 물고기를 봤다. 손바닥만 한 물고기가 예쁜 지느러미를 흔들며 지나간다.

왜 물고기가……. 계속 물고기가 보였는데 정신이 없는 통에 의문을 가질 겨를이 없었다.

"그런데 여기는 어딥니까?"

갑작스런 솔루의 질문에 태랑은 갑자기 김이 새는 기분이 들었다. 태랑은 솔루가 저를 뭐 하는 사람으로 생각할지 잔뜩 기대하고 있었는데 난데없이 여기가 어디냐 묻는다.

아, 잠시 착각했군.

어차피 그녀는 자신을 집어넣은 사람에게 누군지 들어서 알고 왔을 것이다. 왜 답을 기대하고 있었던 건지.

보기와 달리 맹랑한 구석이 있었다. 거짓말을 술술 잘도 한다.

"저는 지금 살아 있는 겁니까?"

요것 봐라? 한술 더 뜨네. 그의 눈이 가늘게 좁혀들었다. 당장 파고를 불러 내쫓을까 잠깐 고민하다 어디까지 하나 보고 싶어졌다.

"네 녀석 살아 있는 걸 내게 물으면 어쩌자는 것이냐. 네가 죽은 거라면 나는 귀신과 대화를 하고 있는 건가?"

"둘 다…… 귀신일 수도 있지요."

"나는 아니니라."

"그럼 저도 아닙니까?"

"그건 모르겠고."

"아! 제 손을 한 번만 잡아주십시오. 귀신이라면 형체가 보이긴 하나 잡히지 않는다고 들었습니다."

총총총 걸어와 정자의 난간 바로 아래에 선 솔루가 까치발을 하고 그를 향해 한 손을 내밀었다. 키가 작아 난간까지 닿지 않은 손가락이 악기를 켜듯이 허공을 두드렸다. 빨리 잡아달라는 눈빛을 보내는 그녀를 태랑은 무심히 내려다봤다.

시간이 흘러도 잡아주지 않자 다리에 점점 힘이 빠지는 솔루가 중심을 잃고 좌우로 조금씩 흔들렸다. 다친 어깨의 통증이 느껴지는지 그녀가 인상을 찌푸렸다.

"빠, 빨리…… 손을…… 힘듭, 니다."

태랑은 망설였다.

잡아서 확실하게 확인해야 하나. 몸에서 반응이 일어나지 않는다면 이 작은 계집을 묶어두면 되는 건가. 너를 통해 나는 포기했던 희망이란 것을 볼 수 있단 말이냐.

하지만 잡았다가 괜스레 발작이 일어날까 걱정도 됐다. 그가 고개를 난간 밖으로 빼내고 상체를 살짝 숙여 솔루의 얼굴을 유심히 살피다가 손을 내밀었다. 그는 충분히 손을 잡을 수 있게 아래로 내려줄 수도 있었지만 불안함에 닿을 듯 말 듯 하게 뻗었다. 잡기 위해 바동거리는 솔루의 손이 닿으려던 찰나 그가 손을 말아 쥐었다.

"나는 못생긴 계집의 손은 잡지 않는다."

역시 안 되겠다. 태랑이 말아 쥔 주먹을 올리려는 그때였다.

"잡았다."

자리에서 살짝 뛰어오른 그녀의 두 손에 태랑의 주먹이 잡혔다.

"헤. 다행입니다. 저는 살아 있습니다. 귀신이 아닙니다."

겨우 끝만 잡혔는데 뭔지 모를 이상하고 야릇한 기운이 그의 몸으로 퍼져 나갔다.

발작이 시작되는 건가. 하지만 처음 겪는 느낌이었다.

좋지 않아.

그의 표정이 차갑게 식어가는 것을 보지 못한 솔루가 웃었다. 그 모습을 본 태랑은 세차게 손을 털었고, 순간 중심을 잃은 그녀가 뒤로 넘어갔다. 맑던 솔루의 눈동자가 초점을 잃더니 어둠의 그림자가 드리워 흐려졌다. 태랑은 무언가 잘못됐음을 간파했다. 중심을 잃고 넘어진다고 하기에는 너무 흐느적거렸다.

정신을 잃었구나.

휘리릭! 재빨리 자신의 허리에 묶여 있던 끈을 풀어 끝을 잡고 날렸다. 살아 있는 것처럼 날아간 끈이 그녀의 허리를 감았고, 태랑은 주욱 끈을 당겼다. 솔루가 바닥에 닿기 전이었다. 눈 깜짝할 새에 일어났다.

그녀의 주변에 모여 헤엄치던 작은 물고기 떼가 놀랐는지 순식간에 갈라졌다. 축 늘어진 몸이 처지며 끈을 팽팽하게 당겼다.

병이 있다더니 이거였나.

끈을 쥐고 있는 태랑의 눈이 매섭게 빛났다.

"파고."

태랑이 낮은 목소리로 불렀다. 큰 소리가 아니었지만 잠시 뒤에 파고가 나타났다.

"이거."

태랑은 손에 쥐고 있는 끈을 살짝 들어 보였다. 끝에 매달린 솔루를 발견한 파고가 얼른 다가가 안아 들었다.

"공존의 밤이 다가오는 것을 알고 있겠지?"

"네."

한 달에 한 번, 매달 일어나는 일이었지만 항상 태랑은 미리 확인했다.

공존(共存)의 밤.

태양과 달이 함께 떠 있는 그 밤은 기이했다. 괴상한 울음소리도 들리고, 알 수 없는 빛들이 움직였다. 시간이 멈춘 듯 멈추지 않은 밤은 물고기들도 해초에 숨어 모습을 드러내지 않았다. 평소와 다른 바닷물의 흐름은 해국에 사는 모든 이들에게 공포와 두려움을 주기에 충분했다.

불운의 밤이라고도 불리는 그날에는 밖으로 아무도 나오지 않았다. 불도 밝히지 않고 숨죽이며 집 안에서 밤이 지나가기만을 바랐다.

"그래, 알고 있다면 됐다."

태랑이 가볍게 고개를 한 번 끄덕이고 먼저 후원을 나갔다.

파고는 정신을 잃은 솔루의 말간 얼굴을 바라보다 한숨을 쉬었다. 뭔가 일이 점점 복잡해지고 있는 기분이 들었다.

으윽. 아우, 머리야.

솔루는 두통을 느끼며 눈을 떴다.

"너의 혼절하는 연기는 일품이더구나. 내 인정해주마."

별안간 들리는 음성에 자리에서 벌떡 일어났다.

그리고 주위를 살펴보니 조금 떨어진 곳 보료 위에 태랑이 팔꿈치를 장침에 괴고 비스듬히 기대앉아 있었다. 그 옆에 파고는 무릎을 꿇고 그녀를 봤다.

"연기가 아니라고요! 아야."

소리를 크게 높이다가 두통 때문에 머리를 감쌌다.

"지금 보이는 아픈 연기 또한 혼절하는 연기에 못지않다."

"진짜로 아픕니다."

앓는 신음을 낸 그녀가 태랑을 노려보다가 눈이 마주치자 슬쩍 눈길을 돌렸다. 찔러 죽일 것처럼 강한 눈빛을 마주할 재간이 솔루에게는 없었다.

"제 지병이 그렇습니다. 시도 때도 없이 하루에도 몇 번씩 정신을 잃고는 깨어날 때는 꼭 이렇게 머리가 아픕니다."

"흐음. 그렇군. 자, 이제 실토해라."

"뭘 말입니까."

"너를 보낸 자가 누구냐."

또 같은 질문이었다.

"눈을 떠보니 여기였다고 말씀드렸습니다. 제가요, 바다 제물로 바쳐져서 분명히 바닷속으로 빠졌고 죽은 줄 알았는데 여기에 있었다니까요!"

"네 말이 거짓일 줄 어찌 알겠느냐."

"아닙니다!"

어떻게 증명해야 믿어줄까. 비록 병들고 가난했지만 어머니가 정직하게 살아야 한다고 가르쳐주셔서 여태껏 그렇게 살아왔다. 그런데 여기에 오고 나서는 진실을 말하는데도 거짓말쟁이가 되고 만다.

"혼내지 않을 테니 사실대로 말해줘. 혹시 누가 널 납치한 거야? 널 납치해 사주한 자가 무엇을 약속했는지 모르겠다만 우리는 알아야 해."

파고가 조용히 물었다.

"아니요. 납치당하지 않았어요."

"인간이 해국에 오는 것은 납치가 아닌 이상 불가능하다. 인간이 스스로 올 수 있는 곳이 아니야."

"정말 아닙니다. 대체 여기는 어디랍니까? 저는 분명 바다에 빠졌고 눈을 뜨니 이곳이었습니다. 죽지 않고 살아 있어서 좋았는데…… 이야기를 들으니 이곳은…… 죽어서 오는 나라인 것 같습니다."

그렁그렁 눈물이 맺혔다. 살아 있는 줄 알고 기뻤는데…….

살아 있다면 언젠가 어머니와 동생들을 만날 수 있다는 기대를 했었다. 하지만 파고의 말을 들으며 그 기대가 여지없이 무너졌다. 인간이 올 수 없는 나라. 그렇다면 죽어서 오는 곳 말고 또 뭐가 있을까.

"인간이 해국에 오려면 목숨을 걸어야 하지."

턱을 괴고 있던 손을 자신의 머리카락 사이로 넣고 기대는 태랑.

"그래도 어쨌거나 네가 살아 있는 것은 확실하다."

저 계집이 정말 진실을 말하고 있는 것인가. 그럼 그렇지. 신하들이 아무리 급하다 하나 위험을 무릅쓰고 인간계의 계집을 데려와 침소에 넣었을 리는 없었다. 거기다 인간을 납치하는 것은 금기사항이었다. 어길 시에는 참형에 처할 수도 있는 문제였다.

그렇다면 대체 어떻게 된 일이지.

"네 말이 사실이라면 이곳에 연고지도 없겠구나."

"예."

"파고, 이 아이를 객사로 보내서 그곳의 일을 돕도록 해라."

파고는 잘못 들은 줄 알았다. 태랑의 성격상 당장 내쫓으라고 해야 정상이었다. 백해궁 아래에 자리 잡고 있는 객사로 보내라는 명이 놀라웠다.

그리고 왜 마음이 바뀌었는지 호기심이 일었다. 혼절해 있던 그녀를 끈으로 묶어서 잡고 있던 태랑을 떠올렸다. 특별한 일은 없었던 거 같은데 왜 변했을까. 원래 변덕이 죽 끓는 존재란 건 잘 알고 있지만 여인에 관한 일이라면 한결같던 태랑이었다.

"병이 있는데 괜찮겠습니까, 태랑 님?"

"저 여기서 일하면 안 됩니까?"

솔루가 불쑥 끼어들었다. 어딜 가든 힘들 것이다. 병으로 인해 일을 해본 적이 없어 잘할지도 의문이었다. 하지만 제법 대화를 나눠보고 얼굴도 봤던 태랑과 파고가 있는 곳에 있었으면 했다. 정이라고는 눈곱만큼도 들지 않을 태랑이었으나 그래도 몇 마디 나눴다고 익숙했다.

"안 된다."

태랑이 매정하게도 단칼에 거절했다. 안 된다는 말에 솔루의 얼굴에 실망이 가득 고였다.

"이곳 백해궁은 여인이 머물 수 있는 곳이 아니야. 올해는 객사 전체 책임자가 설담 님이니 네 상황을 말씀드리면 잘 알아서 해주실 것이다."

파고가 상황을 설명하며 그녀를 안심시켰다.

"틀렸다, 파고."

"네? 틀렸다니. 무엇이 말입니까?"

"나는 저 아이에게 객사에서 일을 하라고 했지, 객사에 머물라고 하지 않았다."

"태랑 님, 그 말씀은……."

"객사에서 일은 하되 일이 끝나면 백해궁으로 돌아오도록 해라."

눈이 크게 떠진 파고가 입을 벌리고 말을 잇지 못했다.

"이곳, 백해궁에서 살도록 해주란 말이다."

태랑이 파고와 솔루에게서 고개를 돌렸다.

처음 그녀를 안고 나서 몸의 반응이 일어나지 않았을 때는 의심의 잔재가 남아 있었다. 하지만 두 번째, 그녀가 그의 주먹을 만지고 나서도 몸 상태는 멀쩡했다. 거짓을 말한다 해도 상관없다. 지금은 고작 그런 걸로 단 한 번일지도 모르는 기회를 버릴 수가 없었다.

어찌 된 일인지 알아야겠다. 내 너를 곁에 둬야겠다.

"저 아이가 쓰는 방은 어디로 할까요?"

파고가 조심스럽게 물었다. 아직도 태랑이 솔루를 백해궁에 머물도록 허락한 건지 아직도 믿기지 않았다.

"사용했던 예비 처소면 되겠지."

방까지 정해준 건 완벽한 허락이나 다름없었다. 둘 사이에 무슨 일이 있었는지 궁금했지만 태랑에게 물어봤다가 이유는커녕 핀잔만 들을 것이 뻔했다. 그렇다면 방법은 하나다. 솔루에게 물어보면 되리라.

"그럼, 아직 밤이니 객사 일은 내일 아침부터 시작하도록 하고, 우선 처소에 바래다주고 오겠습니다."

바래다준다는 핑계를 대며 무릎 꿇고 앉아 있던 파고가 일어섰다.

"너는 내 신하지, 저 녀석의 신하가 아니다."

"넓은 궁에서 길을 잃을지도 몰라 그렇습니다. 이번 한 번만 알려주면 저도 잘 기억하겠지요."

"길을 잃건 말건 그건 내 알 바가 아니지."

파고는 태랑이 무엇 때문에 솔루를 궁에서 살 수 있도록 허락했는지는 모르나 분명 그가 필요해서일 거라 짐작했다. 허나 저렇게 말해놓고 정작 필요할 때 당장 눈에 보이지 않거나 내놓지 않으면 무섭게 화를 낼 것이었다. 파고의 주인은 그런 인물이었다.

넓은 백해궁은 길을 잃기 쉬운 만큼 사람 찾기도 어려웠다.

"나중에 제가 귀찮아지면 안 되겠기에 미리 알려주려고 합니다."

"저 녀석 알아서 찾아가라고 해라. 넌 나와 잠시 할 이야기가 있다."

"빨리 다녀와서 이야기를 하면……."

그때였다.

"저 녀석 아닙니다. 솔루입니다."

파고와 태랑의 대화를 가만히 듣고 있던 솔루는 태랑이 저를 '저 녀석, 저 녀석' 하는 것이 기분 나빴다. 사내냐고 묻더니 이제는 '녀석'이란다.

"뭐?"

태랑의 한쪽 눈썹이 올라갔다.

"네 녀석이 지금⋯⋯."

"녀석이 아니라 솔루, 솔루입니다!"

그의 말을 싹둑 잘라먹은 솔루가 작게 외쳤다. 사실은 더 크게 소리를 꽥 지르고 싶었으나 무섭게 쏘아보는 태랑 때문에 순간적으로 위축됐다.

"제가 태랑 님을 '그쪽'이라고 부르면 기분이⋯⋯ 좋으시겠습니까?"

뒤로 갈수록 음성이 기어들어갔다.

"뭣이 어째?"

"저도 울 아버지께서 지어주신 솔루라는 이름이 있는데 계속 녀석, 계집 이게 뭡니까. 제대로 불러주십시오."

"싫다."

빛나는 외모만큼 빛나는 인품을 가지고 있다면 얼마나 좋을까.

솔루는 한마디 더 하려다가 참았다. 어찌 됐거나 지금 아쉬운 쪽은 자신 이었기 때문이다.

"너를 뭐라 부르든 그건 내 마음이니라."

"에휴."

태랑의 말에 그녀가 포기했다는 듯이 한숨을 땅이 꺼져라 내쉬었다.

"이곳이 어딘지도 모른다더니 내 이름은 어찌 안 것이냐."

"아까 저분이 태랑 님이라고 불렀잖습니까. 그리고 태랑 님은 저분을 파 고라고 부르셨고요."

솔루가 눈으로 파고를 가리키며 말했다.

"제법 눈치는 있는가 보군."

"머리가 나쁘지는 않습니다."

언제 쓰러질지 몰라 대부분 집 안에서만 생활했던 그녀는 서책을 곁에 끼고 살았다. 덕분에 지식과 다양한 경험을 쌓을 수 있었고, 밖의 일이 궁금해서 어머니와 동생들 말에 늘 귀를 기울였다. 그게 버릇이 되어 태랑과 파고의 대화도 놓치지 않고 기억하여 상황을 파악하려 애썼다.

"머리가 나쁘지 않다니 네 방까지 잘 찾아갈 수 있겠구나."

그녀가 고개를 저었다. 정신을 잃었던 탓에 후원에서 낯선 이 방으로 온 길을 몰랐다.

"쯧. 마음에 드는 구석이 없다."

저도 딱히 태랑 님이 마음에 들지는 않습니다.

솔루는 그리 말하고 싶은 걸 꾹 참고 삼켰다. 그래도 방 하나를 내어줬으니 고마운 부분도 있었다.

처음에 태랑과 파고를 만났을 때부터 저를 향해 물었던 질문을 떠올렸다. 잔뜩 경계하는 눈치였고, 태랑은 자신을 냅다 천장으로 날리기까지 했다. 누가 보냈는지 계속 알아내려 한 걸로 보아서 자신을 위험한 존재라 여겼던 듯했다. 그들이 단순히 사람을 믿지 못한다고만 단정 짓고 그럴 만한 연유가 있을 거라고는 미처 헤아리지 못했다. 어찌 보면 태랑으로선 위험할 수도 있는 그녀의 사정을 봐주고 배려한 셈이었다.

제멋대로에 심술궂고 폭력적인 면도 있는 듯했지만, 보기보다 자상한 부분도 있을지 몰라. 오갈 데 없는 저를 받아준 것이 어딘가.

좋게 받아들이자고 다짐하는 솔루가 자리에서 일어나 태랑에게 꾸벅 허리를 숙이고 인사했다.

"방은 제가 잘 찾아가보겠습니다. 이곳에 머물 수 있도록 도와주셔서 감사하고요, 제 몸이 비록 이렇지만 태랑 님께 누가 되지 않게 열심히 일도 하겠습니다."

그렇게 진심으로 감사하는 마음을 담아 방싯 웃음을 짓고 돌아섰다.

정말 잘 찾아갈 수 있으려나?

혼자 가겠다고 말은 했는데 막상 가려니 막막하기도 했다. 머리를 긁적이며 방문을 나서려던 순간이었다.

"파고, 바래다주고 돌아와라."

태랑이 무덤덤하게 말했다. 길을 잃어도 어차피 궁 안이었다. 그래서 혼자 찾아가라고 했는데 갑자기 감사하다 웃으며 인사하는 솔루를 보자 마음이 조금 느슨하게 풀렸다.

"감사합니다!"

또 한 번 허리를 숙여 인사하고 웃는다. 볼우물이 살포시 들어갔다.

"실없이 웃지 말고 그만 가거라."

"예."

파고와 솔루가 밖으로 나가고 문이 닫히자 태랑이 씩 웃고는 가만히 턱을 문질렀다. 그녀에게 기대해도 좋을지는 확신이 서지 않았다. 하지만 적어도 지금보다 심심하지는 않겠다.

"와아."

태랑의 방을 나온 솔루의 입에서는 연신 감탄사가 흘렀다. 파고를 따라 긴 복도를 걸어 밖으로 나가고, 다듬어진 나무들 사이를 지나 연못 위의 다리도 건넜다.

지난번에는 몰랐던 것들이 보였다. 자신이 살던 세상과 이곳은 너무 달라 모든 것이 그저 신기했다. 물속에 있는 듯이 한들거리는 해초와 해화는 모두 처음 보는 것들이었다.

어쩜 저리도 예쁠까.

하늘은 물론이고, 공중에는 다양한 생김새와 색깔을 가진 물고기가 춤을 추듯이 헤엄쳐 다녔다.

인어. 그 단어가 퍼뜩 생각났다.

앞서가는 파고의 다리를 보다가 살며시 입을 열었다.

"저…… 파고 님?"

"편하게 파고라 불러도 돼."

"에이, 어찌 그럴 수 있나요. 전 이게 편합니다."

"좋을 대로 하려무나."

"파고 님은 인어십니까?"

그가 걸음을 잠깐 멈추더니 다시 움직였다. 솔루는 그의 다리가 물고기처럼 변하면 어떻게 될지 상상하며 혼자 배시시 웃었다.

"해국은 인어의 나라다. 나 역시 인어지."

"그런데 왜 다리가 있습니까?"

"인간과 인어. 어느 모습으로든 변할 수가 있어."

"아아, 그럼 이곳은 바닷속입니까?"

"바닷속이 맞긴 하다만, 꼭 그렇다고 할 수도 없어."

"그런 듯합니다. 제가 숨을 쉬는 걸 보면 물속이 아닌 것 같은데, 헤엄치는 물고기를 보면 물속이 맞는 것 같기도 하고……."

그녀는 어깨를 스치는 물고기 한 마리의 등지느러미를 손가락으로 부드럽게 쓰다듬었다. 살랑살랑 흔드는 꼬리가 집에서 키우던 강아지 같아 저절로 미소가 지어졌다.

"태랑 님은…… 나라님이신가요?"

멀리 사라져가는 물고기를 따라 눈을 움직이던 솔루가 범상치 않아 보이는 태랑에 대해 물었다.

"나라님?"

"예, 나라를 다스리시는 분이요."

"그렇다고 봐야지."

아아, 그렇구나.

그녀가 고개를 끄덕이다 다시 입을 열었다.

"태랑 님은 어떤 분이십니까?"

"이 녀석이, 큰일 날 소리를 하네."

파고가 겁도 없이 태랑에 대해 계속해서 묻는 솔루의 머리를 쥐어박았다. 그녀는 머리에서 미약한 통증이 느껴져 문지르며 말했다.

"이 녀석이 아니라 솔루요."

"그래, 그래. 솔루, 너 머리 좋다면서. 그런 질문은 하면 안 된다는 것을 모르겠어?"

"그래서 둘이만 있을 때 묻는 것입니다."

"그분은 내가 모시는 분이다. 말조심해라."

"예, 죄송합니다."

하긴 태랑은 나라님이었다. 솔루가 살던 곳에선 감히 볼 기회조차도 없었던 나라님. 함부로 입에 올리는 것 또한 금지였다. 이곳에서도 마찬가지일 텐데 몇 마디 해봤다고 너무 경솔했나 싶어 미안해졌다. 조용히 걷는데 파고가 입술을 뗐다.

"무서운 분이시다."

"예."

"그렇다고 나쁜 분은 아니시다."

"예."

"불쌍하고 외로운 분이시지."

"예?"

파고가 걸음을 멈췄다. 저도 모르게 나온 말에 놀라 그가 얼른 입을 닫았다.

어쩌자고 솔루에게 그런 이야기를 한 건지. 수습하기에는 늦은 건가?

곁눈질로 솔루를 슬쩍 살펴본 그는 무슨 말인지 모르겠다는 표정으로 바라보는 얼굴에 안도의 한숨을 쉬었다. 정말 머리가 좋은 건가 의심을 하다가 푸흡 하고 작게 웃음이 터졌다. 안 하던 실수를 하게 된 것은 솔루의 재잘대는 말 때문이리라.

"제가 일하게 되는 객사는 어떤 곳입니까?"

또 끊이지 않고 질문이 이어졌다.

"다양한 손님들이 머물렀다 가는 곳이야. 저번에도 말했지만 백해궁은 거대한 산꼭대기에 있다. 백해궁만 있는 것이 아냐. 옆에 청해궁, 황해궁, 흑해궁, 자해궁이 자리 잡고 궁 밑으로 산 아래까지 각각의 객사들이 있지."

해국 자체가 해무의 축복으로 기름진 땅이라 먹고살기 좋았으나 각 나라의 왕은 안주하지 않았다. 백성의 안정과 풍요를 위해 끊임없이 노력했다.

그 결과로 오래전 객사를 만들었고, 해국을 지나는 많은 여행객이 객사에서 숙식을 해결할 수 있도록 했다. 객사의 수입을 통해 나라의 재정이 넉넉해져 세금을 따로 거둘 필요가 없게 되어 백성들도 풍족한 삶을 누렸다.

"산을 중심으로 다섯 나라가 나뉘어졌다. 기회가 되면 나중에 백해궁의 제일 높은 곳에서 구경해봐."

"예, 꼭 보고 싶습니다. 근데 제가 일을 잘할 수 있을까요? 한 번도 해본 적이 없고, 아시다시피 몸이 성치도 않고."

"몸도 몸이지만 상처 때문에 당장 일을 시작하는 건 힘들겠지. 다섯 나라의 왕이 해마다 한 분씩 돌아가며 객사를 총관리 하는데 아까 말한 것처럼 올해는 청해국의 설담 님이다. 운이 좋은 줄 알아라. 그분은 마음이 넓으시니 내가 미리 말을 해놓겠다. 네 사정을 잘 봐주실 거야."

"예에, 고맙습니다. 그럼 올해에 태랑 님은 객사에 전혀 오시지 않으십니까?"

"총관리는 말 그대로 총관리일 뿐, 자신의 객사는 직접 돌봐야 하지. 하지만 태랑 님은 내려가시지 않아. 태랑 님과 사이가 좋은 설담 님이 함께 봐주고 계셔."

어느새 솔루의 처소에 도착하자 파고는 그녀의 머리를 가볍게 두드렸다.

"잘 자. 또 정신 잃으면 안 돼. 참, 방 안쪽에 문이 있는데 열고 들어가면 씻을 공간이 있을 것이다. 궁 안의 처소라 만족스러울 거야."

"예, 알겠습니다. 바래다주셔서 감사합니다."

양손을 배에 모으고 인사를 하는 그녀를 따뜻한 눈길로 바라본 파고가 몸을 돌렸다. 그는 돌아가면서 솔루에게 둘이 무슨 일이 있었는지 묻기로 한 목적을 그제야 떠올렸다. 이야기에 정신이 팔려 목적을 달성하지 못했지만 앞으로 시간은 많으니 괜찮았다.

태랑에게 돌아온 파고는 그의 침묵을 차분하게 기다렸다.

나눌 이야기가 무엇이길래 저리도 무거운 분위기가 흐르는지.

그는 감정이 잘 드러나지 않았다. 화가 날수록 조용해진다는 것을 빼고는 표정의 변화가 거의 없었다. 물론 지금도 표정의 변화는 없지만 파고는 느낄 수 있었다. 뭔가 쉬이 꺼낼 이야기가 아니란 것을.

"궁금하지 않느냐."

"무엇이 말입니까."

"내가 저 계집을 내쫓지 않는 까닭."

"궁금합니다."

그래서 솔루에게 무슨 일이 있었는지 물으려고도 했었다.

"닿았었다."

"네?"

"처음 침소에서 만났을 때 몸이 닿았다. 품에 안았단 말이다."

"아…… 그 안았다는 의미가 무슨 말씀이신지……."

62

"무슨 생각을 하는 것이냐. 말 그대로 안기만 했다."

"아아, 네. 어? 괜찮으십니까?"

"그래. 지금 네가 보고 있듯이 발작도 없고, 흉한 두드러기도 나지 않았다. 고통스럽게 아프지도 않다."

파고의 의문이 풀렸다.

그럼 그렇지. 이유 없이 받아들이지 않았을 것이라고 예상은 했지만 그것이 이거일 줄은 꿈에도 몰랐다.

그리고 가슴이 뛰었다. 제 주인이 살 수 있을지도 모른다. 태랑은 죽을 날만 받아놓고 있는 상황이었다. 해국의 왕들은 해무의 축복을 받아 보통 해국인으로서는 가질 수 없는 갖가지 재주를 가지고 태어났다. 그러나 왕이라는 신분과 가지고 있는 재주가 조금도 부럽지 않게 되는 날이 온다. 그들은 심장이 없는 채로 태어나 25살까지 심장을 갖지 못하면 두 가지의 길이 남게 된다.

죽음 아니면 흑화(黑化). 죽거나 미치거나였다.

심장을 가질 수 있는 방법은 단 하나. 자신을 연모하는 여인의 심장을 빼앗아 오는 것. 자신을 사랑하게 만들어 그 여인과 첫 밤을 보내고 심장을 스스로 바치게끔 하면 됐다.

선대왕도 그렇게 심장을 취했고, 그에게 심장을 빼앗긴 여인은 태어나지도 않은 태랑을 저주했다. 애초에 여인을 가까이할 수 없는 태랑에게는 기회조차 없었다. 그래서 태랑은 흑화가 될 바엔 차라리 죽음을 택하겠다고 했다. 그런데 안을 수 있는 여인이 생겼단다.

살 수 있다. 심장을 가질 수 있다.

파고의 얼굴에 희미한 기쁨의 미소가 번졌다. 죽음만을 기다려야 했던 운명이 바뀔 기회가 왔다. 살 수 있는 기회!

"그 뒤 손도 만졌다."

"역시 몸에 이상이 없으십니까?"

"지금 네가 보고 있지 않느냐."

"태랑 님!"

파고는 펄쩍 뛸 것처럼 기뻐하다가 문득 떠오르는 솔루의 얼굴에 기분이 가라앉았다.

그럼 그 아이가 죽게 되는 건가.

머리를 비워내고 마음을 차갑게 다스려야 했다. 태랑 님이 중요하다. 더 나아가 후사도 없는 상황에서 왕의 자리가 비워지면 백해국에 큰 바람이 불 것이다. 백해국, 이 나라가 먼저다.

"그럼 솔루를 통해 심장을 가지시기로 확정하셨습니까."

"달리 방법이 없지 않느냐."

"다른…… 여인을 한번 시험해보시는 건 어떨지요."

솔루가 마음에 걸려서 넌지시 운을 띄웠다.

"별로 그러고 싶지 않다. 다른 여인을 만나는 것 자체가 성가시고 괴롭다."

"네."

여인이라면 질색을 하는 태랑에게는 당연한 일이었다. 여인의 저주로도 모자라 태랑의 어머니도 그를 거부했다.

어머니도 여인이었으니 아들을 안을 수 없어 괴로워하다 결국 태랑의 존재 자체를 인정하지 않으려 했다고 들었다. 그러니 태랑에게 여인이란 가까이하고 싶지 않은 존재였다. 거기다 그가 16살이 되던 해에 일어났던 사건이 결정적인 계기가 되었다.

"차라리 잘됐지 않느냐. 누가 납치해서 온 것도 아니고 저 혼자 바다에 빠져 해국으로 온 것이라면……. 거기다 바다에서 태어난 존재가 아닌 뭍에서 태어난 인간이니 더 편한 일이지."

말에서 느껴지는 기운은 섬뜩했지만 바다 같은 푸른 눈이 쓸쓸했다.

"파고."

"네."

"내가 살려면 마음에 조금도 차지 않는 그 계집과 밤을 보내야겠지?"

"그것도 그것이지만, 먼저 태랑 님을 연모하게 만들어야 합니다."

"목숨을 부지하기 위해 별짓을 하게 되는구나. 헌데 포기하고 싶지는 않다. 내 이런 마음이 나쁜 것이냐."

"태랑 님."

"말해보거라. 내가 살기 위해 다른 이의 심장을 빼앗는 이 일이 잔인한 것이냐."

"아닙니다. 잔인한 것은 태랑 님이 아니라 태랑 님의 운명입니다."

태랑이 나직이 웃었다. 입술만 올라가는 웃음. 마음이라곤 털끝만큼도 담겨 있지 않은 웃음.

"네놈이 그래도 내 충복이긴 하나 보구나."

쓰디쓴 그의 웃음이 백해궁 안을 조용히 울렸다.

"나는 그 계집을, 내 심장을 갖기 위한 도구로만 생각할 것이다."

한편 제 운명이 바뀌고 있는지 모르는 솔루는 씻고 이불 속으로 들어갔다. 따뜻하니 좋았다. 이불을 턱까지 올려 손으로 쥐고 천장을 보니 언제 들어왔는지 물고기 한 마리가 헤엄치고 있었다. 밝은 홍시색을 가진 물고기는 작고 통통하니 귀여웠다.

그녀는 이불 밖으로 나와 물고기를 향해 손을 뻗었다.

"이리 오렴."

손짓을 하니 방향을 바꾼 물고기가 꼬리지느러미를 흔들며 그녀에게 다가왔다.

"안녕, 나는 솔루야."

손으로 물고기의 몸을 살며시 잡았다. 지금까지 알고 있었던 물고기의 감촉과는 달랐다. 장에서 손가락으로 만져봤던 물고기는 미끈거리기만 해서 결코 좋은 느낌은 아니었는데, 지금 만지는 물고기는 부드럽고 따뜻했다.

"오늘 밤은 너 때문에 외롭지는 않겠다. 나랑 잘래?"

물고기가 몸통을 흔들더니 솔루의 손에서 빠져나가 천장으로 올라갔다.

"아, 나랑 자면 답답하겠구나. 그래, 거기 있어."

그녀는 다시 이불 속으로 들어가 누웠다.

"저기 있잖아, 나 잠들 때까지만 있어줬으면 좋겠는데……. 아니, 바쁘면 가도 돼."

그러곤 방향을 바꾸며 움직이는 물고기를 보며 생각에 잠겼다.

객사에서 일하면 태랑 님께 일한 삯을 받을 수 있을까? 아, 여기서 자고 먹고 하니 안 주시려나. 모아서 어머니께 가게 조금만 주시면 좋겠다. 인어의 나라라고 했지만 돌아갈 방법은 있겠지?

상상만으로도 행복했다. 죽을 줄 알았는데 살아 있고, 이 정도면 호사를 누리고 있는 중이었다. 그리고 내일이면 그렇게 하고 싶었던 일을 하게 된다. 아파서 일을 할 수 없는 몸이라 매일 집에만 있었던 그녀에게는 새로운 세상이자 꿈이었다. 아픈데도 써준다니 이 얼마나 다행인가.

설담이라는 분이 정말 좋은 분이셨으면……. 혼절하지 않고 정신이 멀쩡한 동안만은 열심히 일해야지. 힘쓰는 일은 잘 못 하는데 아무런 도움이 안 된다고 나가라 하시면 어쩌지.

혼자 마음껏 상상을 하던 그녀는 갑자기 파고가 했던 말을 혼자서 읊조렸다.

"무서운 분…… 불쌍하고 외로운 분……."

무서운 건 맞는데, 왜 불쌍하고 외롭다는 건지 이해가 되지 않았다.

이렇게 좋은 궁에서 좋은 옷을 입고 분명히 좋고 맛있는 음식도 드실 텐데. 아껴주는 사람도 많을 텐데.

"좋은 분 같지는 않지만 그래도 고마운 분이야."

솔루는 기분 좋은 표정을 짓고 잠을 청하기 위해 눈을 감았다.

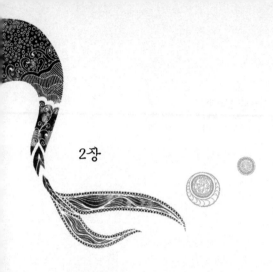

2장

"일어났어?"

밖에서 들리는 음성에 자리에 앉아 있던 솔루가 얼른 일어나 문을 열었다. 그녀는 일찍 일어나 옷을 입고 머리를 빗은 후 파고를 기다리고 있었던 모양이다. 남루한 옷차림 그대로였지만 최대한 단정하게 보이기 위해 노력한 흔적이 보였다.

네가 진정으로 우리 태랑 님께 심장을 줄 여인인가?

그녀를 내려다보던 파고는 편치 않은 마음에 얼굴이 펴지지 않았다.

"안녕히 주무셨어요?"

"그래. 너도 잘 잤고?"

밝은 솔루의 인사에 파고가 웃었다.

"네, 이불이 아주 푹신해서 좋았습니다."

정말 좋았는지 볼우물이 파일 정도로 생글생글 웃는 모습에 그는 마음이 더욱 불편해졌다.

"혼절하지는 않았어?"

"네, 머리가 아프지 않습니다."

"함께 객사로 갈 것이다. 설담 님께 너를 소개할 터인데 한 가지 조심할 점이 있다."

"알려주십시오."

"설담 님은…… 여인을 아주 좋아하셔. 태생이 그러신다."

"네?"

"그분이 참 좋으신 분이긴 한데, 가리지 않고 여인을 좋아하셔서 네게 다른 마음을 품으실 수도 있다. 그렇게 되면 태랑 님의 입장이 아주 곤란해지시지."

태랑과 두터운 친분을 자랑하는 청해국의 왕, 설담의 유일한 단점이 그거였다. 여인을 탐하기를 게을리하지 않는 왕으로 아직 비(妃)는 없었지만 후궁들로 청해궁이 넘쳐났다.

솔루가 비록 여인으로서 매력은 없었지만 일단 설담은 외모를 보지 않았다. 그저 치마 두른 여인이라면 가리지 않고 좋아했다.

게다가 때 묻지 않은 솔루의 청초한 얼굴에 홀딱 넘어가실 수도 있다.

그래서 태랑에게 솔루를 객사로 보내지 말자고 했으나 그가 고개를 저었다. 첫 번째로 이유 없이 백해궁에 머물도록 하면 신하들을 비롯해 나라 안팎으로 말이 도는 것을 막기 위함이었다. 태랑의 곁에 여인이 머문다 하는 소문이 퍼지면 기회는 이때다 하고 너도나도 할 것 없이 백해궁으로 여인들을 집어넣는 일이 발생할 가능성이 컸다. 복잡한 일이 생기는 것도 싫지만 만에 하나 태랑이 솔루에게서만 몸의 증상이 나타나지 않는 거라면 일이 커진다.

두 번째는 설담을 믿기 때문이었다. 태랑이 여인을 극도로 싫어한다는 것을 잘 알고 있는 설담이라면 충분히 솔루의 존재에 대해 눈치를 챌 것은 뻔했다. 하지만 파고는 자꾸 염려가 되어 솔루에게 미리 주의를 줬다.

"제가 어떻게 하면 됩니까?"

"설담 님이 네게 잘해주셔도 너무 웃거나 친하게 지내지 않도록 해."

"아아, 예!"

입술을 앙다물고 굳건한 의지를 보이는 솔루였다.

그녀의 다짐을 받아낸 파고는 함께 객사를 향해 갔다. 객사로 향하는 길은 끝이 보이지 않는 긴 계단으로 이어져 있었다.

"만약에 제가 여기서 쓰러지면 어쩝니까?"

"안 그러길 바라야지."

"지금은 내려가는 거라 상관없지만 올라올 땐 힘들겠습니다."

"몸을 위해 운동한다 생각해도 좋아."

"예, 그러겠습니다."

계단을 내려가는 동안 솔루는 또 다른 세계를 접하는 기분이었다. 하늘이 진달래처럼 붉은 하늘 위로 새하얀 구름이 뭉게뭉게 피어올랐다.

인어가 사는 나라의 하늘은 저렇게 붉기도 하구나.

"하늘이 맞습니까?"

"네가 봐왔던 하늘과는 좀 다르지?"

"많이 다릅니다."

감탄하며 하늘을 바라보는 그녀의 고개가 꺾어질 지경이었다.

"인간계의 하늘처럼 파랗게 색상이 바뀌기도 한다."

"아, 그렇군요. 어라? 저, 저건 뭡니까?"

하늘 위로 찰랑이는 물이 보였다. 확연하게 드러나지는 않았지만 분명히 물이었다. 연한 바다의 색을 띠고 있는 물은 곧 쏟아질 듯이 넘실댔다.

"하늘 위의 바다다. 맑은 날이면 더 정확하게 보이기도 해."

"와아. 하늘 위에 바다가 있습니까?"

"응. 여기서는 대부분 다리를 이용해서 걸어 다니지만 하늘 위의 바다를 헤엄칠 때는 인어로 모습을 바꿔."

"파고 님이 인어인 모습도 보고 싶습니다!"

솔루의 눈이 호기심으로 반짝반짝 빛났다. 새로운 세상 구경에 여념이 없는 그녀가 주위를 자세히 둘러보는 통에 걸음이 느려졌다.

"빨리 가야 하는데 제가 천천히 걸었죠? 너무 신기해서 저도 모르게 그만."

"괜찮아. 천천히 가자."

파고의 다리가 솔루처럼 느리게 움직였다.

객사는 백해궁 못지않게 내부가 어마어마하게 컸다. 아니, 백해궁보다 더 미로처럼 얽혀 있었고, 넓어 보였다. 솔루는 우와 하는 감탄사를 뱉지도 못했다. 파고를 놓치지 않고 바짝 따라붙으면서도 놀라서 휘둥그레진 눈이 연신 여기저기를 훑었다.

"넌 잠시 여기서 기다려라."

어느 방 앞에서 파고가 말하고 들어갔다.

한참을 기다려도 나오지 않자 솔루는 미세하게 열린 문틈을 들여다봤다. 보일 듯 보이지 않아 얼굴을 이리저리 돌려가며 눈을 작게 떠봐도 작은 빛만 보였다.

"여기서 뭐 하세요?"

난데없이 귀 뒤에서 들려오는 속삭이는 남자 목소리에 솔루가 놀라 돌아섰다.

"엄마야!"

놀라서 움찔한 그녀를 보고 목소리의 주인공인 남자가 생긋 웃었다. 청량감이 느껴지는 미소가 시원스러웠다. 솔루를 따라 문틈을 들여다보더니 고개를 갸웃거리며 얼굴을 뗀 그가 솔루에게 물었다.

"흐음~ 이 안에 뭐가 있나요? 보이지 않는데?"

"아뇨, 아닙니다."

그의 얼굴에 대고 손사래를 치는 그녀. 몰래 나쁜 짓을 하다가 들킨 것처럼 놀라서 심장이 콩닥콩닥 뛰었다. 매일 같은 일상의 반복이었던 솔루에게 어제부터 겪은 일은 새로워 흥분이라는 감정을 처음 느끼고 있었다.

"설담 님을 만나기 위해 기다리고 있습니다."

"아하! 설담 님! 지금 안 계실 텐데요."

"아……."

그래서 파고가 나오지 않는 모양이었다.

"꽤 오래 기다려야 할 것 같아요."

문만 바라보는 솔루에게 남자가 말했다.

"얼마나 오래 기다려야 합니까?"

"글쎄요. 성실한 사람이 아니라……."

"세상에! 여인을 좋아하는 분이 성실하지도 않으면 객사 관리를 어찌하신답니까?"

"여인을 좋아한다고요?"

남자의 눈이 커지더니 곧 제자리를 찾고 반짝 빛났다.

"앗. 죄송합니다."

솔루는 다급하게 손으로 입을 막았지만 이미 늦었다. 아무래도 눈앞에 있는 이 남자는 객사에서 일하는 사람이거나 설담을 모시는 신하일지도 모른다는 예감이 스쳤다.

"하하. 괜찮아요. 틀린 말도 아닌데요, 뭐."

"정말 죄송합니다. 꼭 설담 님께서 그렇다는 건 아니고 들리는 소, 소문이……."

거짓말을 하면 이렇게 말이 저절로 더듬어지나 보다.

솔루는 이마에서 자꾸 땀이 흘러내리는데 왠지 닦기가 민망해서 손을 올리지 못했다. 남자의 입가에 웃음이 돌았다. 그녀는 마땅한 변명거리를 찾지 못하고 '아, 그러니까요. 그게요.'만 연발했다. 땀 한 방울이 관자놀이를 타고 또르르 흘러내려 귀밑머리에 방울졌다.

"안에도 설담 님을 기다리는 분이 계시나요?"

그가 물었다.

"예, 파고 님이 들어가셨습니다."

"제가 들어가서 늦는다고 말씀을 드려야겠군요. 잠시만요."

휴우. 남자가 사라지자 마음이 놓인 듯한 솔루의 어깨가 크게 들썩였다. 뭔지 모르게 곤란한 상황이었다. 그가 자신이 했던 설담에 대한 이야기를 당사자에게 늘어놓지 않기를 바랄 뿐이었다.

한편, 안으로 들어온 남자를 본 파고가 의자에서 일어나 인사를 했다.

"밖에 작은 여인이 나를 찾아왔다던데요?"

솔루를 당황하게 했던 이 남자가, 사실 설담이었다. 설담이 파고의 맞은편 의자에 앉았다. 누구에게도 말을 낮추는 일이 없는 그는 객사에서 일하는 아이들에게도 존대를 했다. 그래서 해국의 왕들 중에서 가장 평이 좋았고 실제로도 따뜻한 사람이었지만 파고는 그가 불편했다. 예의 바른 듯하면서도 가끔 능구렁이가 담 넘어가는 듯한 말투와 표정 탓에 오히려 더 어려운 상대였다.

"네, 태랑 님께서 보내셨습니다."

"태랑이?"

"귀하신 분입니다. 잘 부탁드립니다."

파고는 아차 싶었다. 귀하신 분이라니. 태랑을 위하는 마음에 쓸데없는 소리까지 하고 말았다.

"태랑에게 귀한 여인이라…… 천지가 놀랄 일이군요. 남들 이목 때문에 객사로 보냈겠죠?"

"네."

구구절절 설명하지 않아도 마치 어제부터 함께한 사람처럼 상황 파악을 하는 설담. 태랑의 친구인 그는 태랑과 너무나 달랐으나 그만큼 닮기도 했다.

"그런데 문제가 좀 있습니다."

"문제요?"

"지병이 있어 혼절을 자주 합니다."

"저런."

"깨어날 때 머리가 많이 아프다는 것을 제외하고는 괜찮다고 합니다."

"흐음."

턱을 괴고 있는 설담의 손가락이 까딱까딱 움직였다.

"한시도 눈을 떼면 안 되겠군요."

그의 말속에서 묘한 기운이 퍼져 나왔다. 무어라 형언할 수 없어서 파고는 입술을 지그시 깨물었다.

"태랑에게 걱정 말라고 전해주세요. 내가, 한순간도, 눈을, 떼지 않을 테니, 염려 말라고요."

"……네."

뚝뚝 끊어 내뱉으며 강조하는 말에 파고는 답을 어렵게 했다.

왜 저러시지?

"아차! 그리고 내가 설담인 건 당분간 알려주지 마세요. 태랑의 귀한 사람이라니 친분을 좀 쌓아야지요."

"친분은 설담 님의 정체를 밝히고 쌓으셔도 되지 않습니까?"

"아, 그게 말입니다. 잠시 이야기를 나눠봤는데 나에 대해 편견이 좀 있더라고요. 누구에게 들었는지 모르겠지만요."

파고는 등골이 서늘해지는 것을 느꼈다. 설담이 말하는 '누구'는 자신이었고, 그는 그 '누구'를 이미 알고 있는 얼굴이었다.

그래, 태랑 님의 친구였지. 두 분 다 내 머리 위에 앉아 계시는 분들인데 잠시 간과했구나.

"나중에 친해지면 내가 직접 밝히겠어요. 그럼, 나갈까요?"

의자에서 일어나 뒷짐을 지고 나가던 설담이 문 앞에서 갑자기 휙 돌았다.

"오늘은 태랑의 귀한 여인에게 내가 직접 객사를 구경시켜주도록 하지요. 참, 객사에서 잠도 자나요? 아, 그건 아니겠군요. 파고는 먼저 가도록 해요. 백해궁까지 바래다줄 터이니."

"제가 해도 됩니다. 저도 어차피 객사에 볼일이 있어 같이 돌아가면……."

"아니요, 바쁜 사람이 무리할 필요는 없지요. 한가한 제가 하면 됩니다."

다시 돌아선 설담이 피식 웃었다. 파고가 저렇게 진지한 얼굴로 낯빛이 변해가면 놀려주고 싶은 욕구가 끝도 없이 올라갔다. 해서 일부러 강조해서 한시도 눈을 떼지 않겠다고 했다. 그런데 아니나 다를까, 파고의 표정에서 불안한 그 마음이 역력하게 드러났다.

그나저나 태랑에게 여인이라……. 흥미롭구나.

딱히 그녀를 속일 생각은 없었다. 하지만 콧잔등에 송골송골 맺힌 솔루의 땀방울 때문이었을까, 아니면 발그레하게 물든 볼 때문이었을까. 설담은 자신이 아닌 채로 그녀와 시간을 좀 더 보내고 싶었다.

드르륵. 설담이 매끈한 종이가 발라진 미닫이문 열고 파고와 함께 밖으로 나갔다.

"이분과 객사를 둘러보고 돌아오도록 해."

파고가 마지못해 하는 이야기에 두 사람을 올려다보고 있던 솔루의 눈이 설담에게 옮겨졌다.

"예, 그리하겠습니다. 혼자서 잘 찾아갈 수 있으니 파고 님은 안녕히 돌아가십시오."

"그래, 조심히 오도록 해라."

파고가 걱정스레 그녀의 머리를 쓰다듬었다.

"백해궁으로 보내는 길에는 이 아이에게 사람 하나만 붙여주십시오."

"물론 그래야지요."

답을 한 설담이 솔루가 다른 곳을 보고 있는 틈을 타 검지로 자신을 가리켰다.

나요, 나. 내가 한다니까요.

소리가 나지 않게 입술만 벙긋거리며 말하는 설담을 보고 파고가 어색하게 웃었다. 원래 매사에 적극적인 사람이긴 했지만 저렇게 대놓고 하면 없던 의심도 생기기 마련이었다.

'파고는 먼저 가도록 해요. 백해궁까지 바래다줄 터이니.'

설담의 말을 기억하고는 있었는데 혹시나 해서 사람을 붙여달라고 했던 것이다. 결국 수포로 돌아갔지만.

찜찜한 마음을 안고 솔루를 설담 옆에 남겨뒀다.

삐걱삐걱. 복도의 마루를 밟는 소리가 들렸다. 여기저기서 사람이 북적대는 소음이 들렸지만 설담은 백해궁의 객사 중 조용한 곳만을 찾아서 안내했다. 넓은 복도를 가운데 두고 양쪽으로 늘어선 방들이 끝이 없었다. 이런 식의 객사가 산 아래까지 있다고 하니 솔루로선 상상하는 것도 불가능했다.

객사는 해수찜을 하고 숙식까지 할 수 있는 곳으로, 치르는 값에 따라 질이 달라졌다. 궁과 가까운 객사일수록 더 비쌌고, 궁 바로 아래에 머무는 손님들은 대부분 중요한 인물들이었다.

백해궁의 객사만이 가지고 있는 특징은 진주 가루와 하얀 해토(海土)를 이용한 찜질이었다. 열려진 방문 틈새로 어떤 사람의 몸에 해토가 켜켜이 쌓이는 모습이 보였다. 동그란 그릇이 엎어진 모양으로 쌓여 있는 모습은 김이 모락모락 나는 찐빵 같았다.

"이런 곳에서 제가 할 수 있는 일이 있겠습니까?"

아무리 둘러봐도 자신이 할 수 있는 일은 없어 보였고, 사실 겁이 나기도 했다.

"손님 시중을 드는 것도 힘들고, 청소를 하기도 힘들어 보이고, 계산을 하는 것 역시 힘들 듯하군요."

설담이 고갯짓으로 일하는 사람들을 가리키며 말했다.

"그렇죠."

쓸모없는 사람이 된 기분이었다. 한 상 가득 음식을 실어 나르는 일도, 이 넓은 곳을 청소하는 일에도 힘이 좋은 사람이 필요했다. 어마어마한 돈을 계산하는 일은 아예 엄두조차 낼 수 없었다.

그때였다. 멀리서 고운 웃음이 들렸다.

'호호호' 하는 여인들의 음색이었다. 하늘하늘 날개처럼 얇은 옷을 입은 한 무리의 여자들이 이쪽으로 다가오는 중이었다. 치마의 앞쪽은 짧고 뒤쪽은 길어, 늘씬하고 하얀 허벅지가 드러났다. 저번에 이상하게 생긴 괴물을 봤을 때 연초의 옷차림을 떠올렸다.

이 나라의 여인들은 저렇게 다리 내놓는 걸 좋아하나.

그녀들의 옷차림에 깜짝 놀랐지만 어찌나 곱고 예쁜지 조금 떨어져 있는 데도 향기가 나는 것 같았다.

"아이, 이런!"

설담이 다급하게 움직였다. 그의 후궁들이었다. 그들이 백해궁에만 있는 해토 찜질을 하기 위해서 가끔씩 이곳을 찾는다는 것을 알고 있었다. 그런데 백해궁 객사를 돌보는 내내 한 번도 부딪치지 않다가 하필 이런 때에 만나다니.

만나면 자신이 설담이란 걸 바로 들키게 된다. 그가 얼른 솔루를 끌어당기고 벽에 바짝 붙어 몸을 감췄다. 품으로 그녀가 들어왔다.

"왜, 왜 그러십니까?"

"쉿."

"아, 예. 쉿!"

양손의 검지를 세워 입술에 댄 그녀는 큰 눈을 굴리며 숨을 죽였다.

"그 여인들이 지나갔는지 봐주세요."

그가 작게 속삭였다.

"예."

설담의 목소리를 따라 속삭인 그녀는 고개를 조심스럽게 슬며시 내밀고 둘러봤다.

"지나갔나 봅니다. 보이지 않습니다."

여인들이 이미 지나간 것을 확인했는데도 여전히 속삭이는 목소리로 웃으며 대답했다. 살풋 감기며 짓는 눈웃음을 따라 설담은 저도 모르게 웃음을 지었다. 그는 이 놀이를 더 할까 말까 고민했다.

가슴께에 닿아 있는 조그마한 머리에서 해초(海草) 향이 났다. 싱그러운 향기가 설담의 후궁들이 쓰는 분 냄새와는 달랐다. 계속 맡아도 부담스럽지 않은 향이 그녀와 똑 닮았다.

"저는 솔루입니다. 어…… 제가 뭐라 불러드려야 합니까?"

잠깐 흐르는 침묵이 어색했는지 솔루가 물었다. 설담을 향해 고개를 돌리고 올려다보는 눈이 맑디맑았다.

미쳤다, 설담. 아무리 네놈이 여자를 좋아한다지만 친우의 여자까지 넘보면 안 된다. 병이다, 병. 관심 끄자, 관심 끄자.

설담이 주문을 외우듯이 중얼거리며 눈을 감았다 떴다. 솔루에게서 나는 향기와 맑은 눈동자가 벗어나길 바라며.

"예?"

설담이 답이 없자 고개를 뒤로 꺾어 올리며 재차 물었다. 마주 보는 맑은 눈동자가 사라지지 않았다. 싱그러운 해초 향도 그대로였다.

아아, 어쩌면 좋단 말인가.

"예에?"

솔루가 멍하니 있는 그의 얼굴 앞으로 손을 휘휘 저었다.

"설…… 아, 제 이름은 반유입니다."

흑해국의 진짜 반유가 설담이 저를 사칭한 걸 알면 죽일 듯이 덤빌 것이다. 허나 솔루와 따로 만날 일도 없으니 당장 걱정할 일은 아니었다.

"반유 님은 객사에서 어떤 일을 하십니까?"

"이것저것 잡다한 일을 하지요."

"저처럼 힘이 없으신가 봅니다."

안됐다는 눈으로 그녀가 설담을 바라봤다. 그는 남자치고는 호리호리하고 선이 가는 몸을 가지고 있었다. 기골이 장대한 파고나 단단해 보이는 몸을 가진 태랑보다 조금 키가 작고 근육이 적을 뿐인데, 솔루는 한없이 연약한 사내를 보는 눈길을 하고 있었다.

순간 그가 다급하게 손을 저었다.

"그런 눈빛으로 보면 안 되지요, 솔루. 이래 봬도 당신보다 훨씬 키도 크고 힘도 셉니다."

"예예."

설렁설렁 답하는 그녀의 눈에서 안쓰러움이 가시지 않았다.

"힘이 없어서 잡다한 일을 하는 것이 아니라, 능력이 많아서 여러 가지 일을 하는 거예요!"

설담이 언성을 높이다가 손바닥에 이마를 얹었다. 지금 뭘 하고 있는 건지 도통 모르겠다. 왜 이런 변명을 하고 있는지 한심하게 느껴질 정도였다. 그러다 또 웃음이 났다.

"푸훗! 제가 졌어요."

양손을 들어 으쓱하고 내렸다.

"힘없는 남자란 거 인정해요."

"나쁜 게 아닙니다. 기운 내세요."

손을 들어 설담의 어깨를 토닥토닥 두드렸다. 겨우 닿는 높이였지만 그녀는 정성껏, 마음을 담아 두드려줬다. 그를 보는 것이 꼭 저를 보는 것만 같았다.

약하게 태어나 항상 가족에게 짐만 되었던 존재. 아버지가 돌아가시고 어머니는 남겨진 아픈 딸과 어린 두 아들 때문에 슬퍼할 겨를도 없었다.

그립다. 그리워졌다. 살아 있으니 언젠가 다시 만날 수 있을 거라 자신을 애써 달래며 참았지만 갑자기 솟구치는 그리움과 미안함에 눈물이 났다. 너무 보고 싶었다. 찬은 없어도 엄마가 해주는 따뜻한 밥이 먹고 싶었고, 가끔 떼를 써서 귀찮게 굴지만 누나를 부르는 동생들의 얼굴이 어른거렸다.

"흑, 어머니."

보고 싶어요, 어머니.

지금쯤이면 저가 바다 제물이 되어 죽은 줄 알게 되셨을 건데, 얼마나 가슴 아파하실까. 얼마나 우실까. 건강하시라고 편지라도 한 장 남겨놓고 올 것을…….

왜 그런 생각은 하지 못했는지 후회가 됐다. 닭똥 같은 눈물이 뚝뚝 떨어져 마룻바닥에 자국을 남겼다.

"솔, 솔루?"

"죄…… 죄송합니다."

솔루는 손등으로 눈물을 닦고 젖은 얼굴을 소매로 눌렀다. 참기 위해 입술을 물었지만 터져 나오는 울음이 결국 입 밖으로 샜다.

"흐끅!"

손으로 입을 막고 딸꾹질하듯이 끅끅대는 서러운 울음에 작은 어깨가 흔들렸다. 머뭇거리던 설담의 손이 솔루의 어깨에 닿았다.

숱하게 많은 여인들을 품에 안고 위로해봤어도 이렇게 생소한 적은 처음이었다. 토닥토닥 두드리지도 못하고 그저 가만히 손을 얹고 온기를 전해주는 것밖에 할 수 없었다.

파고는 태랑의 방문 앞에서 입술을 떼었다가 붙이기를 벌써 수십 번 하고 있었다. 객사에서 봤던 솔루와 설담의 모습이 예사롭지 않았다.

눈물을 흘리던 여자와 그녀를 위로하는 남자. 뭔가 일어날 분위기라 파고의 속이 타들어갔다.

설담은 20살에 자신을 사랑하는 여인을 통해 심장을 취했다. 하지만 태랑에겐 솔루가 처음이자 마지막일 가능성이 컸다. 그녀가 설담에게 넘어간다면 큰일이다. 이 사실을 태랑에게 전해야 하나 말아야 하나 고민에 고민을 거듭했다.

벌써 솔루 마음이 기울었다면 어쩌나 머리가 아플 지경이었다. 파고가 문을 향해 큰 소리로 외쳤다.

"태랑 님! 들어가도 되겠습니까?"

결국 이야기를 꺼내는 쪽을 택했다. 안에서 답이 없었다. 침묵은 허락의 의미였다. 문을 열고 들어간 파고는 무릎을 꿇고 허리를 숙였다.

그가 허리춤에 차고 있는 긴 칼이 방바닥을 쓰는 소리가 났지만 태랑은 책상 위의 책에만 시선을 고정하고 있었다.

"왜?"

그는 본인이 부르지 않는 이상 들어오는 이들에게 무조건 '왜'라는 짧은 말만 했다.

"솔루 말입니다."

"그래."

"객사에 보내지 않고 백해궁에만 머물도록 하면 어떻겠습니까?"

"그렇게 하지 않는 이유는 다 설명했을 텐데?"

"설담 님께서 여인을 워낙에 좋아하시지 않습니까. 혹시 설담 님께서 솔루에게 다른 마음이라도 품으시면……."

말 꺼내기가 조심스러웠다. 친한 벗의 허물을 들춰내는 거나 다름없었기 때문이다.

"그래서?"

책장을 넘기던 태랑의 손이 잠시 멈췄다가 움직였다. 넘어가는 책장의 소리가 메말라 있었다.

"설담도 눈이 있다."

태랑의 목소리도 건조했다.

"그 눈이 높낮이가 없는 것이 문제라서 드리는 말씀입니다."

"밑으로 내려가는 것도 정도가 있겠지."

태랑이 팔꿈치가 느릿하게 움직여 책상 위에 얹어졌고, 턱을 손에 기댔다. 높이 묶은 머리카락이 기울어지는 머리를 따라 흘러내렸다. 화려한 귀걸이가 묵직하게 움직였다.

"솔루가 그 정도로 못나진 않았습니다."

못 먹고 못 입어서 그렇지, 가만히 들여다보고 있으면 절대 못난 얼굴은 아니었다. 오히려 맑고 깨끗해서 해국의 여인들과는 다른 면이 있었다. 정도껏 꾸미면 빠지지 않을, 나름대로의 미색을 갖췄다.

"내 보기엔 설담이 아니라 네놈이 마음이 있는 거 같다만?"

"하하핫……. 태랑 님 농이 지나치십니다."

"지나친 건 내가 아니라 너다."

오로지 책만을 향했던 태랑의 시선이 위로 치켜떠졌다.

"그럴 일은 없겠지만 만에 하나 설담이 그 계집에게 마음이 간다 하더라도 함부로 마음을 내보이지는 않을 것이다. 눈치가 빠르니 내가 어떤 이유로 그 녀석을 곁에 두는지 알겠지. 설담을 너무 가벼이 봤구나, 파고."

"죄송합니다. 태랑 님께 단 한 번의 기회라 제가 그만 경솔했습니다."

파고는 정신이 번쩍 들었다. 역시 말을 꺼내지 않았어야 했다. 재빨리 다시 허리를 숙이고 사죄의 뜻을 비쳤다.

탁! 책을 덮는 탁한 소리가 들렸다.

"허나, 확실히 해둘 필요는 있겠지. 설담의 마음은 설담이 알아서 하겠지만 그 녀석의 마음은 설담이 어찌할 수 없으니."

"……."

"설담을 만나야겠군. 기별을 넣어라."

"밤에 궁에 오신다 하셨습니다."

"그래?"

"솔루를 직접 바래다주신다고 하셨으니 태랑 님을 뵙고 가시겠지요."

태랑은 순간 복잡한 기분에 휩싸였다.

직접 바래다준다라.

이성적으로 판단했을 때 생각할 가치도 없는 일인데 미묘하게 신경을 건드리고 있었다.

객사를 둘러본 솔루는 점점 다리가 아파오기 시작했다. 항상 집 안에서만 생활했던 터라 갑작스러운 운동이 그녀에게는 무리였다.

느릿해진 그녀의 걸음을 본 설담이 손님이 없는 빈방으로 데리고 들어갔다.

"좀 쉬어요, 솔루."

"그럴 수는 없습니다. 내일부터 일하기 위해서 미리 둘러보는 편이 좋을 듯합니다."

그렇게 말하면서도 힘든 솔루는 설담이 내어주는 의자에 앉았다. 숨이 가쁘고, 다리에서 저릿한 통증이 느껴짐과 동시에 허기가 몰려왔다. 꼬르륵. 조용한 방 안을 울리는 소리가 유난히도 컸다. 배에서는 나는 소리에 솔루는 얼굴이 붉게 달아올라 부끄러워 눈을 질끈 감았다.

아, 왜 하필이면.

잊고 있었는데 어제부터 굶었다. 배가 고프기는 했지만 얹혀 있는 주제에 밥 달라는 말까지 할 수는 없었다.

사람이 양심이 있어야지.

어머니가 강조하시던 말씀이었다.

히잉. 그래도 창피하게 이게 뭐야.

어쩌지 못하고 솔루가 무릎 위에 얹어진 손을 꼼지락거리고 있는데 설담이 제 무릎을 탁 쳤다.

"아, 점심 식사시간이 지났네요."

"죄, 죄송합니다."

"아니에요. 왜 죄송할 일인가요. 손님의 식사를 챙기지 못한 제 잘못이죠."

잠시만 기다려요, 하고 그가 밖으로 나갔다.

손으로 배를 살살 문지르면서 작게 한숨을 내쉬고 저릿한 감이 아직도 있는 종아리를 주물렀다. 어쩐 일로 오늘은 아직 혼절하지 않았다.

솔루는 계속 멀쩡한 정신으로 있었으면 좋겠다고 생각하며 방 안을 구경하고 있었다. 잠시 후 손에 작은 접시를 든 설담이 들어왔다. 접시 위에는 동글동글 먹음직한 경단이 하얀 가루 옷을 입고 놓여 있었다.

"와아."

솔루가 저도 모르게 입맛을 다셨다. 설담이 접시를 그녀의 코앞으로 들이밀자 달달한 향이 후각을 자극했다.

"먹어요."

"예."

고개를 세게 끄덕인 그녀는 엄지와 검지로 경단을 집었다. 손가락이 쏙 들어가며 느껴지는 말랑한 감촉이 좋아 배시시 웃음이 났다. 입안에 침이 고였다. 한입에 쏙 넣자 사르르 녹아 없어지는 하얀 가루. 솔루는 눈을 감으며 두 주먹을 턱 아래에 대고 어깨를 으쓱했다. 희미한 탄성이 목구멍 안쪽에서 절로 나왔다. 쫀득한 떡까지 꿀떡 삼킨 그녀가 큰 눈망울을 반짝이며 감격에 찬 얼굴로 설담을 바라봤다.

"이, 이 하얀 가루는…… 무, 무엇이기에 이리도 달콤합니까?"

얼마나 좋으면 말까지 더듬을까.

설담은 한 상 거하게 차려 오라고 명할까 하다가 그랬다간 왠지 자신의 신분이 드러날 것 같아서 경단을 가져왔다. 그녀라면 분명 이 달콤한 경단을 좋아하리라 생각했다. 맛있게 먹는 솔루 모습에 흐뭇한 웃음이 나왔다.

"해국에서만 자라는 해감초라는 풀이에요. 쪄서 말린 다음 빻으면 하얀 가루가 나옵니다."

"그렇군요."

경이로운 것을 보는 눈으로 경단을 바라보던 솔루가 혀로 입술에 묻는 해감초 가루를 핥았다.

"하나 더 먹어도 됩니까?"

"다 먹으라고 가져왔어요."

"감사합니다! 감사합니다!"

벌떡! 갑자기 의자에서 일어난 그녀가 배에 손을 대고 연신 인사를 했다.

이게 그렇게 감사한 일인가? 조금은 당황한 얼굴로 그녀를 바라보는 설담이 괜찮다며 손사래를 몇 번이나 친 후에야 솔루는 다시 의자에 앉아 경단을 하나 집어 입에 넣었다.

그러곤 의자에 앉아 바닥에 닿지 않은 두 다리를 앞뒤로 흔들었다. 방글방글 얼굴 가득 지은 미소가 보는 사람까지 기분 좋게 만들었다.

"백해궁으로 돌아갈 때 싸줄게요. 밤에 출출하면 먹어요."

"와아! 반유 님은 정말 마음이 넓으십니다!"

반유라는 이름에 설담은 가슴이 뜨끔해져 어색하게 웃어넘겼다.

"이 맛난 걸 어머니와 동생들도 먹을 수 있다면 얼마나 좋을까요."

접시 위의 경단을 반 정도 먹은 그녀가 다시 한 개를 집고 곧 울 것 같은 표정을 지었다.

"그럼 집에 갈 때 말해줘요. 많이 싸줄게요."

"역시 반유 님은 마음이 넓으십니다. 하지만……."

"하지만?"

"집에 언제 갈 수 있을까요. 여기서 집까지 어떻게 가는지도 모르겠고, 제가 그때까지 살 수 있을지도 모르겠고……."

그녀가 하는 말을 설담은 이해할 수 없었다. 집에 가는 법을 모른다는 말도 의아했지만 그때까지 살 수 있을지도 모른다는 말은 이해하기 어려웠다.

"집에 어떻게 가는지 왜 몰라요?"

"아, 반유 님은 모르시겠군요."

솔루는 들고 있던 경단을 접시에 다시 놓았다.

"제가 바다 제물로 바쳐져서 풍덩 빠졌습니다. 죽은 줄로 알았는데 눈을 떠보니 태랑 님의 궁이었습니다."

"네에?"

설담이 고개를 갸웃했다.

"그러니 어떻게 가는지도 모릅니다. 여기는 인어의 나라라면서요."

단순히 살아 있으면 만날 수 있다고만 생각했는데, 그것이 전부가 아니었다.

"바보, 솔루."

그녀가 자신을 향해 나직이 중얼거렸다. 많은 사람들과 어울릴 수 없었고, 집 밖의 세상이 어찌 돌아가는지 몰랐기에 항상 책으로 경험했다. 충분히 많은 일을 머릿속에 집어넣었는데, 결정적인 순간에는 아무 소용이 없게 되고 말았다.

"흐음. 가끔 뭍으로 나가는 인어들도 있다고 들었는데 그들이라면 솔루의 집으로 가는 길도 알 거예요. 단지 가는 길이 너무 험해서 문제일 뿐이죠."

"아! 정말입니까? 험하다면…… 혹시 많은 돈이 필요한가요?"

"위험해서 가려는 이들이 없기에 간혹 돈으로 매수하기도 한다고 하더군요."

"다행이다!"

울먹이던 솔루의 목소리가 커졌다. 곧 쓰러질 것처럼 창백했던 얼굴에 생기가 돌았다. 희망이 생겼다. 뭍으로 가는 인어들이 있다면 분명 가능성이 있었다. 그녀는 돈으로 매수한다는 설담의 말을 떠올리며 일을 더 열심히 해야겠다 다짐했다.

시일이 걸리겠지만 언젠가는 갈 수 있는 날이 오겠지.

"헌데 그때까지 살 수 있을지 모른다는 말은 뭔가요?"

솔루가 경단 하나를 집어 입에 넣으려다 설담의 질문에 멈췄다. 순간 돌아갈 수 있다는 말에 너무 좋아 시일이 오래 걸리면 안 되다는 것을 잊었다.

그녀에게 '언젠가'는 허락되지 않는 시간일지도 모른다. 어머니와 동생들을 만나지 못할까 염려가 됐으나 그녀에게 '죽는다'는 익숙한 말이었다. 배에서 바다로 빠지면서 직접 겪었던 죽음은 무서웠지만.

"우리 마을 의원님께서 제가 스물셋을 넘기지 못할 거라 하셨습니다. 제가 갖고 있는 병 때문에요. 어차피 스물셋 돼서 죽을 바엔 몸져누워 계신 어머니와 동생들에게 도움이 되고 싶었습니다. 그래서 바다 제물이 되기를 원했습니다. 쌀을 오백 석이나 받았습니다."

아무렇지도 않게 자신의 죽음을 이야기하는 솔루가 말을 끝냈다.

"암!"

경단을 입에 집어넣고 음미하며 멈췄던 양다리를 다시 앞뒤로 흔들었다.

"무섭지 않아요? 23살에 죽는다고 했다면서요."

"데가 마을 드을 수 이을 대부터 줄고 드어오던 마리어스미다(제가 말을 들을 수 있을 때부터 줄곧 들어오던 말이었습니다)."

입안에 있는 경단 때문에 솔루의 발음이 뭉개졌다.

"아무리 그래도 그렇지, 억울하지 않나? 23살에 죽는다는데 살 수 있을 때까지 살지, 왜 바다 제물이 됐어요?"

그녀는 빨리 경단을 씹어서 삼켰다.

"제겐 얼마나 오랫동안 사느냐보다 어떤 삶을 살았느냐가 더 중요합니다. 제 희생으로 어머니와 동생들이 풍족하게 살 수 있다면 만족합니다. 저 때문에 고생을 너무 많이 해서요. 켁! 켁!"

갑자기 사레가 걸려 그녀가 기침을 했다. 설담이 탁자에 있던 물을 컵에 따라 내밀었다. 물을 한 모금 마신 솔루는 진정이 됐는지 말을 계속 이었다.

"다만…… 어머니께 깊은 상처를 드린 것이 마음에 걸립니다. 돌이킬 수 없는 불효를 저질렀습니다."

설담이 그녀의 등을 가만가만 두드렸다.

"하지만 괜찮습니다. 바다에 빠져서도 이렇게 살았으니 어쩌면 23살이 되어도 죽지 않을 수도 있습니다. 죽기 전에 어머니를 만나 뵐 수만 있다면 23살에 죽어도 상관없는데……."

솔루 얼굴에 다시 진한 그리움의 그림자가 번졌다.

설담은 적당히 위로할 말이 떠오르지 않았다. 자신을 포함한 해국의 왕들은 25살까지 심장을 갖지 못하면 죽거나 미친다. 해서 죽음이 늘 두려웠고 짧은 생이 억울했기 때문에 설담도 서둘러 심장을 가졌다. 그런데 자신보다도 더 짧은 시간을 살아갈지도 모르는 그녀는 그것이 괜찮다 한다. 어떻게 괜찮을 수가 있을까. 도무지 이해할 수 없는 말이었다.

"당장은 어렵겠지만 돌아갈 수 있도록 도와줄게요."

장담하면 안 되는데 뱉어버렸다. 책임질 수 없는 말임이 분명한데 저도 모르게 나온 말을 주워 담기에는 늦었다.

"정말이십니까? 감사합니다! 감사합니다! 반유 님, 감사합니다!"

솔루가 경단을 받았을 때처럼 의자에서 일어나 계속 허리를 숙여 인사했다. 그만하라는데도 멈추지 않았다. 짧은 시간 후회했다가 그녀가 안심할 수 있도록 고개를 끄덕이는 것만이 그가 할 수 있는 일이었다.

백해궁으로 돌아가기 위해 솔루와 설담은 객사에서 궁으로 이어지는 계단 앞에 섰다.

진달래색이던 하늘에 쪽빛이 섞여 물들어갔다. 아침에는 볼 수 없었던 작게 빛나는 생명체가 하나둘씩 모습을 드러냈다.

"여기서부터는 저 혼자 가겠습니다. 반유 님은 그만 들어가십시오. 오늘 저 때문에 일을 하나도 못 하셨지 않습니까."

"괜찮아요. 백해궁까지 바래다주기로 약속했으니 그렇게 해야지요. 이것도 들어주고요."

솔루는 설담이 경단이 담긴 보따리를 제 눈앞에 대고 흔들자 좋아서 입이 헤벌어졌다.

"저도 들 수 있는데……."

"어찌 약한 여인에게 짐을 들라 하겠어요."

여인. 저에게 여인이라고 했다.

처음 들어보는 말에 볼이 발그레해졌다. 마을의 그 어떤 사람도 그녀를 여인이라 칭한 적이 없었다. 그저 '불쌍한 솔루'라고 불렀다. 죽을 날을 받아놓고 사는 그녀에게 표하는 일종의 안쓰러움의 표현이었으나 싫었다.

태랑은 또 어떤가. 계속 녀석, 계집이라는 말만 했다.

"감사합니다, 반유 님."

"그 인사, 오늘 너무 많이 받네요."

"감사한 일에는 꼭 말로 마음을 전해야 합니다."

계단을 몇 개나 올랐을까. 솔루는 설담의 손에 들린 경단 보따리에 자꾸 눈이 갔다. 저렇게 달콤하고 맛있는 게 제 것이라니 믿기지가 않았다. 두고두고 먹어도 될 양이었다.

"내일 아침밥으로 먹어도 되겠다."

만족한 눈빛을 하고 혼잣말을 뱉었다.

"태랑이…… 아니, 태랑 님이 아침을 주시지 않나요?"

그 말을 들은 설담이 이상하게 생각하며 물었다. 경단은 그저 간단한 요깃거리이지 식사를 대신할 수 없는데 왜 아침밥으로 대신한다는 건가 싶어서였다.

"그게……."

솔루는 말하고 보니 이거 뭔가 태랑에 대해 좋지 못한 말을 한 것 같았다. 그렇다고 거짓을 말할 수는 없었다. 머뭇거리는 그녀를 보던 설담이 다시 물었다.

"오늘은, 아침 식사 하고 나왔어요?"

점심을 갓 넘은 시간에 솔루의 배에서 큰 소리가 났던 것을 떠올렸다. 귀중한 사람이라더니 아침밥도 안 먹여서 보냈나.

"아뇨. 먹지 못했습니다."

"왜요? 태랑 님이 주시지 않았어요?"

"아, 많이 바빠서 잊으셨나 봅니다."

난감해하던 솔루가 설담에게 갑자기 빨리 가자며 앞서서 계단을 올라갔다. 타다닥! 뛰어 올라가던 걸음 소리가 멈춤과 동시에 그녀의 몸이 흔들리며 옆으로 기울어졌다. 설담은 들고 있던 보따리를 떨어뜨리고 재빨리 몸을 날려 그녀를 받았다. 공허한 눈동자가 눈꺼풀에 닫히며 사라지자 몸이 축 늘어졌다.

이게 바로 갖고 있다는 병이었구나.

보기에도 가벼운 듯했지만 막상 안으니 더 가벼웠다. 거짓말 보태서 바람에 날려도 되겠다.

솔루를 안고 계단을 오르던 설담은 경단 보따리가 생각나 떨어져 있는 곳으로 내려갔다. 벌써 식욕이 왕성한 물고기들이 보따리에서 풍겨 나온 냄새를 맡았는지 몰려들어 입으로 툭툭 쳐댔다.

"이 녀석들아, 비켜라. 이건 주인이 따로 있어!"

솔루를 마중 나왔던 파고는 설담이 솔루를 품에 안고 오자 놀라서 달려갔다. 솔루를 설담과 떼어놔도 모자를 판에 안겨서 오는 모습을 보니 자신의 예상이 들어맞는 것 같아 조급해지기 시작했다.

며칠 동안 솔루가 태랑과 함께한 시간보다 오늘 설담과 같이 있었던 시간이 훨씬 길었다. 함께 있으며 솔루가 설담에게 마음이 기울었다면 어쩌나 싶었다. 설담이 태랑보다 유한 성격을 가지고 있으니 충분히 가능성이 있었다. 아마 보통의 여인이라면 외모 말고는 볼 것이 없는 태랑보다 설담을 택할 이유가 많을 것이다. 무섭더라도 태랑에서 강력하게 자신의 뜻을 알릴 걸 하고 후회를 하려던 찰나, 설담도 알고 보면 여자 입장에서 신뢰가 갈 만한 인물은 아니라는 사실을 깨달았다. 벌써 후궁이 몇 명인데…….

태랑이나 설담이나 거기서 거기라는 생각이 들자 다급했던 파고의 마음이 가라앉았다.

그리고 설담의 품에 있는 솔루의 눈이 감겨 있다는 걸 발견했다.

정신을 잃었나 보구나.

그는 재빨리 설담 곁으로 다가서며 팔을 내밀었다.

"제게 주십시오."

"이거나 들어주세요. 솔루보다 더 무거워요."

"그래도……."

설담은 파고의 말을 무시하고 손에 들고 있는 보따리를 흔들었다. 내밀었던 팔이 무안해진 파고는 보따리를 받아 들고 조용히 설담 뒤를 따라 백해궁으로 올라갔다.

설담을 기다리고 있던 태랑은 자신의 방, 창문에 기대어 솔루를 안고 있는 설담의 모습을 무표정하게 바라보고 있다 몸을 세웠다.

대충 지나가는 말로 설담에게 이야기를 하려고 했건만…….

설담의 병이 발동했군. 저걸 어찌해야 하나.

여인을 절대적으로 멀리했던 태랑 때문에 이런 일로 가볍게나마 설담과 얽히는 일은 없었다. 그래서 다가올 상황이 태랑에게는 낯설기만 했다.

얼마 후, 솔루를 직접 처소까지 데려다준 설담이 태랑의 서재로 건너왔다. 문을 열고 들어와도 왔냐는 인사도 없이 차만 만들었다. 둘은 친한 벗이었지만 늘 적당한 거리가 있었다. 일례로 태랑의 힘든 상황을 설담이 모두 알고 있었으나 어느 누구도 먼저 이야기를 꺼내지 않는 것이 서로에 대한 배려이자 거리였다.

"뭐 해? 와서 앉지 않고."

늘어져 있는 소맷귀를 잡고 차를 따랐다. 설담이 터벅터벅 걸어가 맞은편에 앉자 찻잔을 밀어 그의 앞에 뒀다.

"그 녀석에게 관심 꺼라."

서늘한 목소리가 탁자 위로 낮게 가라앉았다.

"솔루?"

"그래."

"왜 그래야 하지?"

설담은 굳이 이유를 묻지 않아도 알았지만 그는 태랑의 반응을 보고 싶었다.

역시 파고가 괜히 귀한 분이라는 말을 했던 게 아니었네.

여인을 가까이할 수 없는 것은 물론이거니와 가까이할 마음도 없는 태랑이 솔루에게서 떨어지라고 말하는 이유는 필시 하나뿐이리라.

"이유를 모르지 않을 텐데?"

"몰라서 묻는 거잖아."

"꼭 내 입으로 듣고 싶다면야 뭐, 말해주지. 그 애에게서 심장을 취할 것이다."

"안을 수 있겠어?"

태랑이 여인과 닿지도 못한다는 사실을 설담도 알고 있었다. 손끝만 스쳐도 일어나는 발작 때문에 포기하고 살았는데 솔루는 가능하단 말인가.

"어떤 이유에선지는 모르겠지만 녀석에겐 반응하지 않아."

"오~ 드디어 백해국의 왕도 심장을 가질 수 있게 되는 건가? 벗이여, 축하하네~"

설담이 찻잔을 들어 태랑 앞으로 내밀었다. 비록 술이 아니라도 축하의 의미로 잔을 부딪치길 기다렸는데 태랑은 바로 자신의 입에 찻잔을 갖다 댔다. 예의 없는 행동에 화를 낼 법도 하건만 설담은 자주 겪는 일이라 고개를 흔드는 정도로 넘겼다.

"솔직히 관심이 막 생기려던 차였는데 안타깝다."

설담의 말은 진담 반, 농담 반이었다.

"네 취향, 아니지 않나?"

"내가 여인을 두고 취향을 따지던?"

"흐음. 그래, 넌 치마만 두르면 됐지."

"그런데 솔루가 내 취향이 아니라고 할 수는 없다. 꽤 귀엽거든. 마르긴 했지만 보기에도 탱탱한 볼, 그 볼에 파인 볼우물, 경단을 먹으며 감탄사를 연발하는 표정, 남의 속도 모르면서 위로한답시고 토닥이던 작은 손, 싱그러운 해초 향과 맑은 눈동자 등등. 나열하자면 끝이 없다."

"벌써 좋아졌나 보군."

"아, 그런가?"

설담이 심각한 고민에 빠진 척했지만 자신의 반응을 보기 위한 연기임을 태랑은 한눈에 알아챘다. 괜히 속을 긁어보려는 뻔히 보이는 수를 쓰는 설담에게 실망을 주지 않아야겠다.

"좋아해도 된다."

"언젠 관심 끄라면서."

"그거야 일이 복잡해지길 원치 않으니까. 대신 너는 마음대로 그 녀석을 좋아해도 되지만, 그 녀석이 널 좋아하게 만들면 절대 안 된다."

"오오, 이번에는 확실하게 심장을 갖겠다는 의지가 보인다?"

"……살아야 하잖아."

한 박자 쉬고 꺼낸 태랑의 대답에 설담은 작게 한숨을 쉬었다.

그가 아는 태랑은 사는 것에 대해 큰 애착이 없는 줄로 알았다. 심장을 갖기 위해 필사적이었던 자신과는 너무 다른 그였다. 25살, 생일이 되면 스스로 죽음의 길을 선택할 것이라고 항상 말하곤 했었다. 그런 그가 살고자 솔루의 심장을 욕심낸다는 사실 하나만으로도 묘한 흥분이 일었다.

과연 어떻게 솔루의 마음을 돌릴까? 솔루가 보통의 여인이라면 쉽게 끝날 경기지만 만약 아니라면?

"그래서 설담, 네가 날 도와줘야겠어."

지금까지 부탁이라곤 한 번도 하지 않았던 태랑이 부탁을 한단다. 물론 설담은 그 부탁을 들어줄 것이다.

태랑이, 나의 친우가 살고 싶다 하지 않나. 당연히 들어줘야지.

솔루에게 가는 관심은 모든 여인에게 가는 관심과 같았다. 여자만 보면 눈이 돌아가는 것은 설담에게 하루의 일과 같은 일이라 큰 문제가 되지 않았다. 어차피 태랑도 설담이 혼자 좋아하는 것은 괜찮다고 했으니 허락도 받은 셈이었다. 태랑의 여인에게 몰래 관심을 갖는다고 양심에 가책을 받지 않아도 된다.

"그 녀석이 날 좋아하도록 해야 해. 난 여인을 잘 모르니 네가 알려줘."

"심장을 갖기 위해 솔루를 유혹하는 방법을 알려달라는 거야? 에, 그녀가 조금은 불쌍해지네."

"이미 심장을 갖고 있는 너에게 그런 말은 듣고 싶지 않은데?"

"그건 또 그렇다."

설담이 앞에 놓인 찻잔을 옆으로 치우고 상체를 낮춰 탁자에 가까이 붙었다. 비밀스러운 이야기를 하는 것처럼 작은 소리로 속삭였다.

"먼저 해국을 구경시켜주는 건 어때? 청과 함께."

"청과?"

"응, 청과. 솔루는 뭍에서 온 인간이라 해국에 대해서 전혀 모르잖아. 인어에 대해서도 전무할 테니 청을 타고 날면서 구경도 시켜주고 설명도 해주면서 부딪쳐야지. 원래 여인의 마음이란 함께 있으며 잘해주면 열리는 법이야."

"청은 나를 제외하고 다른 사람을 태운 적이 없는데?"

"그러니까 더 좋지. '너에게만 내가 특별한 대접을 한다. 곧 너는 내게 특별하다.' 여인들은 이거 굉장히 중요하게 여기거든. 그리고 솔루가 좋아할 만한 걸 찾아서 선물도 해줘. 아! 해감초 가루 묻힌 경단을 좋아하더라. 느낌상 달달한 걸 먹이면서 조금만 잘해줘도 금방 넘어오겠어."

태랑의 입매가 굳어졌다. 솔루를 청에 태우기도 싫은데 하필 그가 제일 싫어하는 해감초 가루를 좋아한다는 것이 마음에 들지 않았다.

단 냄새라면 질색하는데…….

하긴 같이 먹어주는 거라면 곤란하겠지만 선물로 준다면 큰 문제는 되지 않겠다.

"그것뿐인가?"

"아니, 훨씬 많다. 나도 솔루를 오늘 처음 봐서 전부 파악하지는 못했지. 그런데 여인이란 단순한 부분도 있어서 대부분 좋은 옷이나 장신구를 선물하면 속전속결로 해치울 수도 있어. 반유의 객사에서 파는 흑진주 같은 거."

반유의 객사에서 파는 흑진주는 검은빛을 띠지만 절대 검은색만 머금고 있지 않았다. 불같이 화려한 붉은빛도 가지고 있었고, 태랑의 머리카락과 같은 은빛도 들어 있었다. 돌려보는 각도에 따라 빛깔이 달라지는 흑진주는 반유의 나라인 흑해국에서만 생산이 됐기 때문에 값이 비쌌다.

"솔루랑 친해져서 뭘 좋아하는지 알아보마. 걱정하지 말고 나만 믿어."

설담이 엄지로 자신을 가리키고 손을 뻗어 태랑의 어깨를 툭툭 두드리니 태랑이 제 어깨를 보며 날카로운 눈빛을 보냈다.

하여튼 예민한 놈.

태랑의 날이 선 눈빛에 설담은 슬그머니 손을 치우며 의자에서 일어서서 문을 향해 걸었다. 밖으로 나가 문을 닫기 전 배고파했던 솔루가 떠올랐다.

"태랑, 솔루 밥은 먹여라. 기본부터 충실하게 해야 너한테 넘어가지. 심장을 줄 귀한 사람인데 굶기면 쓰겠냐? 갈아입을 만한 여벌도 좀 줘."

쯧쯧, 하고 혀를 찬 설담이 문을 닫자 태랑은 헛웃음이 나왔다.

그 녀석 밥까지 내가 직접 챙겨야 하는 건가?

앞으로 솔루의 마음을 얻는 일이란 왠지 참으로 피곤한 일이 될 것 같았다. 생전 안 하던 짓을 하려니 귀찮다 못해 피로가 몰려와 머리를 짚었다. 고민 끝에 결국 그는 파고를 불러 솔루의 식사와 옷을 챙겨주라고 명했다.

다음 날 아침, 일찍 일어난 솔루는 파고를 기다리며 설담이 싸준 경단 보따리를 풀었다. 달콤한 향이 코를 찌르자 입에 침이 고였다. 하나 집어 들고 입어 넣으려는 순간 방에 머물고 있는 홍시색의 물고기가 다가왔다.

"너도 먹고 싶어?"

그녀는 물고기가 작은 입으로 먹기 쉽게 양손으로 경단을 잡고 찢었다. 손에 들어 내밀자 물고기가 쏙 빨아들였다.

"맛있지? 나는 이런 거 처음 먹어보는데 너무 맛나다."

경단을 오물오물 씹다가 꿀꺽 넘기고 하나 더 먹기 위해서 잡으려고 할 때였다.

"일어났어?"

문밖에서 파고의 목소리가 들렸다. 허겁지겁 보따리를 여며 옆으로 밀어 놓고 문을 열자 고소한 냄새가 풍겼다. 식욕을 자극하는 냄새가 경단에 나는 달달함과는 달랐다. 본능적으로 그것이 무엇인지 깨달은 그녀가 조그맣게 외쳤다. 밥이다!

남자 한 명이 작은 상을 방에 내려놨다.

반찬이 많지는 않았다. 처음 보는 채소였지만 충분히 맛있어 보였고, 무엇보다도 김이 모락모락 나는 하얀 쌀밥은 솔루의 눈을 번쩍 뜨이게 했다.

쌀은 비싸서 평소에 먹기는 힘들었는데, 굳이 쌀밥이 아니더라도 윤기가 흐르는 밥에서 풍기는 냄새가 식욕을 자극했다.

"우와, 밥이네요?"

상에서 시선을 떼지 못하고 묻는 솔루.

"아침은 오늘처럼 가져다줄 테니 잘 먹고 점심, 저녁은 객사에서 해결하면 된다."

"혹시 쌀밥입니까? 인어도 쌀을 먹는군요!"

"인어도 사람이다. 먹어야 살지."

"아니, 그렇겠지만 쌀을 먹을 줄은……."

그럼 생선을 먹지 않습니까, 하고 물어보려다 말았다. 왠지 물어봤다간 크게 혼날 것 같았다.

"그리고 이거는 태랑 님께서 네게 보내는 선물이다."

파고가 말을 끝내자 다른 남자들이 각각 함을 하나씩 가지고 들어왔다.

"갈아입을 옷이다. 더러워진 옷은 모아서……."

"옷은 제가 빨아서 입겠습니다!"

밥하고 옷을 챙겨주는 것만도 어딘데 빨래까지 맡길 수는 없었다. 제 옷을 다른 사람에게 맡기고 싶지도 않았다.

"빨래터가 어딘지만 알려주시면 됩니다."

"그럼 그건 그렇게 해."

"저…… 열어봐도 됩니까?"

파고가 고개를 끄덕였다.

솔루는 호기심이 가득한 눈을 하며 함의 뚜껑을 열었다. 차곡차곡 접어져 쌓여 있는 옷은 꽤 많아 보였다.

하나가 이렇게 많은데 벌써 몇 개야?

눈으로 세어본 솔루의 입이 함박만 해졌다.

"곱기도 하지."

차마 옷을 들어서 보지도 못하고 살며시 손가락으로 눌러본 감촉이 매끄러워 찌릿한 기분이 들 정도였다. 한 귀퉁이에는 여러 장의 버선과 꽃신도 있었다. 헤에, 꽃신을 들어본 입이 저절로 벌어졌다. 뒤축에 새끼손가락만 하게 덧대어 있는 나무가 신기했다.

이건 여기 왜 있을까.

"그렇게 좋아?"

입을 다물지 못하고 있는 그녀에게 파고가 물었다.

"예! 너무 곱지 않습니까. 거기다 밥도 먹을 수 있어서 정말 좋습니다. 태랑 님께 감사하다고 말씀드리고 싶습니다."

"그렇잖아도 조금 이따가 태랑 님을 봬야 해. 오늘은 객사에 좀 늦은 것이라 기별을 넣어놨다."

"그래도 됩니까? 일하는 첫날인데……. 태랑 님께는 일 끝나고 감사의 인사를 전하면 실례가 될까요?"

"실례 정도가 아니야. 태랑 님은 기다리기 싫어하셔."

"예, 알겠습니다."

"다 먹으면 밖으로 나와."

파고가 문을 닫고 나가자 솔루는 무릎으로 기어서 상 앞으로 갔다. 갖가지 해초로 만든 음식들이었다. 코로 냄새를 한 번 맡은 그녀는 숟가락으로 밥을 크게 한입 떴다.

입을 최대치로 벌리고 넣으려는 찰나.

"나올 때 옷은 갈아입고……!"

파고가 문을 확 열었다가 나오는 웃음을 간신히 참았다. 동그랗게 떠진 눈 아래로 크게 벌린 입이 우스꽝스러웠다. 밥은 산이라고 해도 좋을 만큼 높이 쌓여 있었는데 숟가락의 무게를 감당하지 못해 주먹으로 쥐고 있었다.

놀랐던 솔루의 눈이 사랑스럽게 접혔다.

"너무 배가 고팠습니다."

이곳에 온 뒤로 줄곧 굶었을 테니 배가 많이 고플 만도 했다. 저라도 챙겨 줬어야 했는데 깜빡 잊어서 파고는 미안했다.

"응, 천천히 다 먹고 나와도 돼. 준비된 옷으로 갈아입으라는 말을 하러 온 거였다."

"예, 그리하겠습니다."

문을 닫고 나가는 파고의 등 뒤로 '앙!' 하고 숟가락을 무는 소리에 또 한 번 웃음이 나왔다.

천천히 맛을 음미한 탓에 다 먹기까지는 시간이 걸렸다. 밥과 반찬을 모두 해치운 솔루는 만족스럽게 배를 두드렸다. 매일 이렇게 먹는다면 금방 살찌겠다. 빈 그릇을 차곡차곡 쌓아서 문밖에 내놓은 솔루가 함을 열어 입고 싶은 색깔을 찾았다. 전부 예뻐서 고르는데 한참이 걸릴까 봐 눈을 감고 손에 집히는 대로 잡아당겼다. 옷을 들고 요리조리 살펴보며 방 안을 유유히 헤엄쳐 다니는 물고기에게 말했다.

"어쩜 이렇게 예쁠까? 계월이가 입었던 것보다 더 예뻐."

기대에 차 서둘러 입고 있던 옷을 벗고 새 치마를 입은 솔루의 입에서 작은 비명이 나왔다.

"히익!"

요상하게 생긴 괴물을 만났을 때 봤던 연초가 입은 치마와 비슷한 모양이었다. 짧은 치마가 그녀의 허연 다리를 모두 드러냈다.

이런 걸 어떻게 입어.

함을 다시 뒤졌지만 안에 있는 치마들은 전부가 그랬다. 그나마 좀 나은 건 앞은 짧고 뒤는 긴 형태의 치마였다.

마음 써서 보내주신 옷을 입고 나가지 않으면 서운해하실 텐데……. 그렇다고 이렇게 나갈 수도 없고. 어쩌지, 어쩌지?

혼자 발을 동동 구르며 고민하던 그녀는 하는 수 없이 뒤쪽만이라도 긴 치마를 입었다. 이런 치마를 입고 일이나 제대로 할 수 있을까.

수가 놓인 버선을 신고 꽃신을 꺼내 발을 밀어 넣었다. 맞춘 것처럼 꼭 맞는 신이 예뻤지만 뒤축에 있는 나무토막 때문에 공중에 떠 있는 기분이었다. 양쪽 다 신고 걸으니 몸의 중심을 잡기가 어려웠다. 바닥을 디딜 때마다 '또각, 또각.' 소리도 났다. 꽃신 때문에 키가 커져 치마가 더 짧아진 기분이었다. 드러난 다리가 부끄러워 주춤거리며 밖으로 나간 그녀가 파고를 찾았다.

"파, 파고 님."

솔루의 부름에 돌아선 파고가 새 옷을 입은 그녀를 보고 괜찮다는 표정을 지었다. 좋은 옷을 입혔다고 어제보단 제법 여인다웠고, 굽이 있는 꽃신 때문인지 키도 조금 커 보였다.

"왜 치마들이 전부 이리도 짧습니까? 민망합니다."

솔루가 허벅지를 손으로 가리고 무릎을 모아 비비적거렸다. 이것이 다리를 조금이라도 가릴 수 있는 최선의 방법이었다.

"해국의 옷들이 대부분 그러니 그냥 입어. 절대 선물이라곤 모르는 태랑 님이 이걸 보내주신 것도 어디냐. 너 때문에 옷을 새로 만들 수도 없잖아."

"예. 그, 그렇긴 그렇지만……."

"가자."

"예."

울상을 지은 솔루가 몸을 뒤뚱거리면서 짧은 보폭의 종종걸음으로 파고를 따랐다.

그녀의 고운 치마 뒷자락이 복도 바닥을 쓸자 나무 바닥의 틈새를 무언가가 비집고 나와 솔루의 치마를 덥석 물었다. 치마 끝에 매달린 손톱만 한 새끼 물고기가 붙어 있는 줄은 아무도 눈치채지 못했다.

백해궁 태랑의 동쪽 침전 앞 정원에는 청이 얌전히 앉아 있었다. 꼼짝도 안 하고 있어 하늘거리는 날개만 아니라면 동상처럼 보일 정도였다.

청은 빛깔이 오묘했다. 흰색과 푸른색이 어우러져 아름답게 보이기도 했으나 위협적이기도 했다. 이미 한 번 본 적이 있는 해룡이었지만 큰 몸집에 솔루는 위축됐다. 거기다 입고 있는 불편한 치마도 그녀가 몸을 움츠리게 만드는 요인 중의 하나였다.

청을 쓰다듬던 태랑이 고개를 돌려 솔루를 쓱 보더니 다시 청에게 눈길을 돌렸다.

"태, 태랑 님, 옷과 신발 감사합니다. 아이쿠!"

높은 신 때문에 똑바로 서 있기가 힘들어 겨우 말하는데 몸이 옆으로 휘청였다.

"파고, 저 녀석에게 이상한 걸 먹였느냐."

또, 또 저 녀석이라고 하시네.

그렇게 이름을 알려줬는데도 머릿속에서 모조리 지운 모양이었다.

"아닙니다."

"그런데 왜 저렇게 몸을 가만히 있지 못해."

"아, 아직 신발에 적응하지 못했나 봅니다."

"신발이란 것이 적응해야 하는 물건이었더냐."

솔루가 입술을 내밀었다가 얼른 집어넣었다. 대꾸하려다가 참고 들리지 않게 입술을 씰룩거리며 혼잣말을 했다.

"처음 신어보는 거라 그렇지요. 이렇게 사람을 공중에 떠다니게 하는 신

을 언제 신어봤겠습니까. 그리고 저는 녀석이 아니라 솔루라고 누누이 말씀
드리지 않았습니까. 보기보다 머리가 나쁘신 모양입니다."

"다 들린다."

"흡!"

태랑의 말에 그녀가 얼른 손으로 입을 막았다.

"아무리 그래도 내가 네 머리만 못하겠느냐."

"죄송합니다."

그녀가 손을 모아 배에 대고 허리를 숙였다. 이럴 때는 얼른 사과하는 편
이 좋다고 판단했다. 매번 무시하는 말투와 싫다는 기색을 역력히 드러내는
얼굴이 별로이긴 했지만 태랑이 솔루에게 베푼 것은 많았다.

"오늘은 나와 가볼 곳이 있다."

"어딥니까?"

"해국을 좀 돌아볼 것이니라."

"예. 아! 혹시 저 해룡을 타야 합니까?"

"혼자서 날 수 있으면 그리하든가."

"에이, 제가 어찌 혼자서 날 수 있겠습니까."

"그럼 잔말 말고 타라."

태랑이 새처럼 가볍게 몸을 날리자 그의 움직임에 따라 은빛 머리카락과
입고 있는 옷이 나풀거렸다. 청의 몸 위로 올라앉은 그가 솔루를 뭐 하고 있
냐는 눈빛으로 보다가 입을 열었다.

"타."

"예?"

"타라는 말 못 들었느냐."

"아, 저 혼자 올라가야 합니까?"

"그럼 너 혼자 올라와야지 누가 올려주기라도 해야 하나?"

청이 바닥에 앉아 있었지만 워낙에 몸집이 커서 올라가기 힘든 높이였다. 그런데 거기를 혼자 올라오라고 하니 솔루는 난감했다.

한편, 옆에서 상황을 지켜보고 있는 파고는 이마를 손을 대고 한숨을 크게 쉬었다.

아아, 태랑 님. 솔루를 안고 타셨어야지 혼자 올라오라고 하면 어쩌자는 겁니까. 여인은 그렇게 다루면 아니 되는 법입니다.

태랑이 솔루의 마음을 끌기 위해 옷과 신발을 선물하고 식사도 준비해줬다는 사실은 알고 있었다. 하지만 정작 이런 사소한 일에 막히다니 파고는 앞으로 일어날 일이 막막했다. 이렇게 하다가 과연 태랑이 25살 생일을 맞이하기 전에 솔루의 마음을 얻을 수 있을지 의문이었다.

제 주인을 이해하면서도 한숨이 절로 나왔다. 여태껏 여인을 가까이하지 않은 데다가 천상천하유아독존으로 살아온 태랑은 타인을 위한 배려란 전혀 모르는 일이었다. 파고는 잠깐 동안 수십 가지의 생각을 했다. 과연 이 상황을 어떻게 넘겨야 할지 문제였다.

태랑에게 여인은 그렇게 다루는 법이 아니라고 말해야 하나?

아니면 내려와서 다시 안고 타라고 알려줘야 하나?

그것도 아니면 그냥 솔루를 자신이 안아서 넘겨줘?

이 와중에 솔루는 청에게 올라가기 위해 낑낑대고 있었다.

꽃신과 치마는 불편한 데다가 청의 앉아 있는 키는 그녀만 한 사람이 하나 더 있는 거나 다름없었다. 그녀가 백날 노력한다 해도 불가능한 일이었다. 그보다 한심하다는 눈으로 솔루를 내려다보고 있는 태랑이 더 가관이었다.

둘을 보고 있던 파고가 결정을 내리고 청에게 다가가 여전히 바동거리는 솔루에게 잠시 비켜 있으라고 했다.

"태랑 님, 솔루를 안고 타셔야 합니다."

그녀를 멀찌감치 세워뒀지만 혹시 몰라서 조용하게 말했다.

"왜지?"

"솔루의 마음을 가지셔야 하지 않습니까."

"아침에 옷과 신발, 식사까지 챙겨주지 않았더냐."

"그것만으로는 부족합니다."

"그래서 청에 태워 해국 구경을 시켜주려 하는데?"

태랑이 이마에 옅은 주름을 세웠다. 할 거 다 했는데 뭐가 문제냐는 것이었다.

물론 그가 본인 외에는 다른 누구를 청에 태우려는 시도 자체가 박수 칠 만한 훌륭한 일이고, 단기간의 놀라운 발전이기는 했다. 하지만 그런 속을 솔루가 알아줄 리는 없었다. 청에 올라가기 위해 안간힘을 쓰고 있는데 도와주지는 못할망정 보고만 있으니 어떤 여인이 좋아할까.

하긴 해국 여인 중의 하나였다면 태랑 옆에 앉기 위해서라도 엄청난 노력을 했겠으나 아쉽게도 솔루는 그의 외모에 넘어가지는 않아 보였다.

첫 만남부터가 좋지 않았으니 당연하겠지.

오늘처럼 단시간에 머리가 잘 돌아가는 것은 오랜만이었다.

"이번엔 제가 말씀드립니다만, 꼭 설담 님께 많이 배우십시오. 솔루가 오면 내리셔서 안고 타시면 됩니다. 대부분 여인은 신체적인 구조상 약하고 운동감각이 떨어지는 편에 속해서 자신의 키보다 높은 해룡을 탈 수 없습니다. 특히나 솔루처럼 작고 병든 몸이라면 더욱 그렇습니다."

"보기에 많이 아픈 것 같지 않아."

"저러다가도 픽픽 쓰러지지 않습니까. 어쨌든 여인에게는 그런 배려가 필요합니다."

"연초는 혼자서 잘하지 않느냐."

"연초 님은 제외시켜주십시오. 대부분의 여인에 속하지 않는 그 외의 여인이십니다."

태랑이 눈을 감더니 손가락으로 이마를 지그시 눌렀다.

답답한 마음에 나오는 대로 말을 뱉었던 파고는 짜증을 참는 태랑을 보고 곧 후회했다. 적당히 할걸. 꼭 조절을 못해서 이렇게 되고 만다. 이런 작은 일에도 저런 반응이면 더한 것을 해줘야 하는 상황이 오면 어떻게 될까 나. 파고는 절대 솔루에 관한 일은 설담에게 전부 미루고 조금도 참견하지 않으리라 다짐했다.

툭. 청에게서 내려온 태랑은 검지로 솔루를 가리키며 까닥까닥 움직였다. 여전히 뒤뚱거리는 걸음으로 다가온 그녀를 태랑이 안아 들었다.

"앗!"

갑작스러운 그의 행동에 솔루가 짧은 비명을 질렀다. 손이 잡을 곳을 찾지 못하고 허우적대다가 태랑의 옷깃을 잡았다. 그가 몸을 날려 청에 올라탔고, 두 사람을 태운 청이 도약의 날갯짓을 했다. 푸드득거리는 소리에 그렇잖아도 놀라서 커진 솔루의 까만 눈이 더 커졌다.

끝을 모르고 청이 날아올랐다. 모든 사물이 환히 보이기 때문인지 지난번에 파고와 해룡을 탔을 때와는 달랐다. 마치 하늘 뚫고 올라갈 기세라 솔루는 어느 지점부터는 눈을 감아버렸다.

"눈을 떠라."

귓가에서 낮은 목소리가 울렸다.

"엄마야!"

슬며시 눈을 뜬 솔루는 아래를 보더니 태랑에게 바짝 안기며 옷깃을 더 꽉 붙들었다. 떨어지면 가루가 될지도 모른다는 두려움이 생겼다.

"너무 붙었다."

태랑은 밀착되어 있는 여체가 왠지 부담스러웠다. 아직 여물지 못한 아이 같은 몸이라고 생각했는데 보기와는 달랐다. 경단을 만드는 떡처럼 말랑말랑했다.

문득 솔루를 처음 만난 밤이 떠올랐다. 그녀인 줄 모르고 안고 있었던 기분은 나쁘지 않았던 것 같은데…… 어쨌든 생소한 느낌이 싫어 떨어지라고 다시 말하려던 찰나 솔루가 몸을 뒤로 뺐다. 여전히 손은 옷깃을 잡은 채로.

"하, 하지만 높아서 무섭습니다."

그녀가 몸을 떼자 뭔가 찬바람이 스미는 기분이 들었다.

청 때문에 그러나.

체온이 현저하게 낮은 해룡을 타고 있으면 그럴 수도 있었지만 아직까지 한 번도 청에게서 느낀 적은 없었다.

"우와! 저 아래가 궁입니까? 저건 객사가 맞지요?"

무섭다더니 아래를 바라본 솔루의 입에서 연신 감탄사가 흘렀다.

"맞다. 정중앙에 궁이 모여 있는 곳이다. 저기 하얀 기와가 보이느냐."

"예! 예! 보입니다! 아~ 저기가 백해궁입니까?"

"그렇다. 좌측으로 청해궁, 황해궁, 흑해궁, 자해궁이니라."

눈에 담을 수 없을 정도로 커다란 산꼭대기에 다섯 나라의 궁에는 이름에 맞는 색상의 기와가 얹어져 있어 구분이 쉬웠다.

가파른 경사를 이뤘지만 튼튼하게 자리 잡은 궁 아래로 연결된 수많은 계단이 객사를 이어줬다. 계단을 직접 걸을 때는 몰랐는데 먼 거리에서 보니 달팽이집처럼 나선형으로 이뤄진 계단이 궁에서부터 산 아래까지 뱅글뱅글 돌아 내려갔다.

다양한 색깔의 지붕으로 빽빽하게 산을 채우고 있는 객사가 개미만큼 작아 보였다. 밤에는 등 때문인지 별처럼 보이더니 환한 낮에는 작은 인형의 집 같았다. 중간중간에 걸쳐진 구름이 얼마나 높은 산인지를 짐작게 했다.

"이렇게 커서 밤에는 별처럼 보였군요. 등이 많아서 그랬나 봅니다."

"등? 해국에서는 등을 사용하지 않는다. 가끔 호롱불 정도는 쓰지만 딱히 등이 필요 없는 곳이다."

"왜입니까? 밤에는 그럼 어떻게……."

솔루는 물어보면서도 이상하다 생각했다. 그러고 보니 밤에 돌아다닐 때 등을 보지 못했지만 항상 주변이 밝았다.

"밤에 자세히 안 봤나 보구나. 자환목과 자환화란 나무와 꽃이 있는데 스스로 불빛을 낸다. 해국 곳곳에 심어져 있기 때문에 밤에도 그리 어둡지 않지."

"그랬군요. 오늘 밤에는 꼭 그 나무와 꽃을 봐야겠습니다."

"더 올라갈 것이다."

그가 청의 옆구리를 발로 찼다. 휘익 하는 소리와 함께 청이 몸을 옆으로 기울이며 바람을 탔다. 금방이라도 떨어질 것처럼 몸이 한쪽으로 쏠렸다.

"앗!"

놀란 솔루가 다시 태랑에게 몸을 바짝 붙이며 안기는가 싶더니 아예 와락 그의 허리에 팔을 둘렀다. 옷깃을 잡은 것만으로는 도저히 마음이 놓이지 않아서였다.

"우아아! 저건 뭡니까!"

이번에는 눈을 감지 않고 두리번거리며 구경하던 솔루가 외쳤다.

얇은 솜처럼 떠 있는 구름 사이로 보이는 거대한 폭포. 궁과 객사만 보느라 미처 발견하지 못했다. 눈앞에 펼쳐진 비경을 솔루는 넋을 놓고 볼 수밖에 없었다.

분명 저번에 파고와 하늘을 날았을 때도 못 봤는데 어찌 된 일일까.

높은 곳에서 보지 않는 이상 한눈에 담을 수 없어서 그랬을까.

궁과 객사가 있는 산은 특이한 형태의 산이 둘러싸고 있었다. 그 산은 고리 형태의 모양이었는데 가운데가 갈라져 있었다.

궁과 객사를 보호하는 있는 반쪽의 바깥은 울창한 숲을 이루고 있었지만 안은 마치 일부러 쪼개놓은 것 같은 반듯한 암벽이었다. 마주 보고 있는 반쪽의 산 역시 바깥은 짙은 녹음이 우거졌으나 안쪽으로는 엄청난 양의 물이 쏟아져 내렸다. 몇 개의 층으로 이뤄졌는지 알 수 없었다. 어디서 시작했는지도 모르겠다. 그저 하늘의 장막을 치듯 흘러내리는 어마어마한 물의 양에 놀라울 뿐이었다.

햇빛이 드리운 폭포에는 산만 한 무지개가 떴다.

"그런데 왜 폭포에서 소리가 나지 않습니까?"

이상했다. 저 정도의 폭포라면 궁이나 객사는 물론이고 해국 어디서도 물소리를 들을 수 있어야 정상이었다.

"눈으로는 이곳이 물속이라는 것을 느낄 수 없지만 엄연히 바다의 안이다. 물속에서 물이 흐르니 큰 소음이 날 리가 없지."

태랑이 청의 방향을 틀자 그를 안고 있던 솔루의 팔에 힘이 들어갔다. 해초로 머리를 감았는지 풋풋한 향이 났고, 뒤이어 달달한 향이 그의 코끝을 스쳤다.

경단을 얼마나 먹었길래 단 향이 배어 있는 건가.

단것을 싫어하는 그가 보이지 않을 정도로 미세하게 인상을 찌푸렸다.

"죄송하지만, 태랑 님. 청을 움직일 때 말씀해주시면 안 됩니까. 무섭습니다."

"방금까지 경치에 넋을 빼고 감탄하던 용기는 어디 갔느냐."

"그건 그거고, 이건 이겁니다."

다시 청이 방향을 틀다가 빠르게 하강했다.

"꺄악!"

또 팔에 힘을 주어 안더니 그의 가슴에 얼굴을 묻는 솔루. 태랑은 기분이 이상했다. 좋은 것인지 싫은 것인지 구분이 되지 않았다.

숨 쉬기가 곤란했다. 신체의 일부처럼 찰싹 달라붙어 그의 허리를 끌어안고 가슴팍에 얼굴을 비비는 솔루를 떼어놓기 위해서라도 빨리 둘러보고 궁으로 돌아가야겠다고 생각했다.

아니, 아무래도 더는 안 되겠다. 즉시 돌아가자.

태랑이 객사의 뜰에 솔루를 내려주고 궁으로 돌아갔다. 해국의 다른 곳도 보여준다더니 어찌 된 일인지 다음이라는 말만 남겼다. 이미 마음에 흡족한 구경을 했던 터라 약간 아쉬웠던 마음은 금방 사라졌다.

"솔루!"

저를 부르는 목소리에 돌아보니 설담이 손을 크게 흔들며 서 있었다.

"반유 님!"

이름을 부르고 뛰는데 자신이 높은 꽃신을 신고 있다는 사실을 잠시 잊고 있었다. 몇 걸음 못 가고 꼬꾸라졌다.

"괜찮아요?"

뛰어오다가 갑자기 바닥으로 꺼진 솔루 때문에 뛰어온 설담이 걱정스런 얼굴로 물었다.

"아야. 괜찮습니다."

솔루는 무릎을 쓱쓱 비비며 아픔 때문에 일그러진 얼굴을 하고는 억지로 웃었다.

"엇! 솔루! 무릎에서 피 나요!"

설담이 손가락으로 가리키자 아니나 다를까, 새빨간 피가 맺히며 방울지더니 주르륵 흘렀으나 솔루는 피를 보고 놀라지 않았다. 무릎을 보려고 고개를 숙였는데 허옇게 드러난 허벅지가 먼저 보여서였다.

그녀는 얼른 손으로 허벅지를 가렸다.

아까 태랑 님이랑 청에 올라탔을 때도 이랬을 텐데…….

무서워서 가릴 생각을 못 하고 그에게 달라붙어 있던 제 모습이 떠올라 솔루는 갑자기 얼굴에서 열이 났다.

"솔루?"

고개를 푹 숙이고 손가락을 최대한 벌려 허벅지를 가리고 있는 솔루가 이상했다. 그래서 설담이 의아해하며 불렀지만 그녀는 얼굴이 빨개져 가만히 있었다.

"해, 해국의 치마는 너무 짧아서 불편합니다."

"아아."

그제야 설담은 그녀가 왜 저러고 있는지 이해했다.

"일할 때도 이렇게 입어야 합니까?"

"더 짧게도 입어요."

"허억!"

"신경 쓰지 마세요. 우리는 쭉 이렇게 살아왔기 때문에 아무렇지도 않답니다."

"하지만 너무 짧아서……."

찌이익. 설담이 제 상의의 밑을 길게 찢어 솔루의 무릎을 펴게 하고 피가 나는 상처를 동여맸다.

"이렇게 입으니까 예쁘기만 한데요, 뭘."

"가, 감사합니다."

빨간 솔루의 얼굴이 더 진하게 물들어갔다.

"대충 이렇게 하고 들어가서 약 발라줄게요."

"아닙니다. 이 정도면 충분합니다. 늦었으니 일부터 하고 싶습니다."

"급해하지 말아요."

"급할 수밖에 없습니다. 제가 언제 기절할지 모르지 않습니까. 그러면 또 일을 못하게 됩니다."

"솔루, 그래도!"

"그만!"

난데없이 솔루가 손바닥을 그의 입 앞에 댔다. 입술에 닿지는 않았지만 저지하는 동작에 설담은 하려던 말을 삼켰다.

"그만하십시오. 저를 생각해주시는 마음은 잘 압니다만 계속 폐를 끼칠 수는 없습니다."

자리에서 벌떡 일어난 그녀가 씩씩하게 앞서서 걸었다. 단호한 의지를 보여주려는 걸음걸이가 어딘지 모르게 이상하다고 설담은 생각했다.

아하! 다리와 팔이 동시에 나가고 있지 않은가. 키득키득 웃으며 설담이 '같이 가요!' 하고 외치는 순간이었다.

"으앗!"

솔루가 또 앞으로 넘어졌다.

"꽃신이 너무 높습니다."

눈썹을 팔(八)자로 모으고 울상을 짓는 표정을 보는데 왜 자꾸 웃음이 나오는지. 크게 터지려고 하는 웃음을 가까스로 참은 설담이 그녀를 일으켜 세웠다.

"솔루의 뜻 알았으니까 천천히 조심해서 걸어요."

"예."

"여기 잡을래요?"

그가 팔을 내밀었다.

"아닙니다. 앞으로도 계속 신어야 하는데 적응해야죠."

솔루가 연하게 볼우물이 파이도록 방긋 웃더니 고개를 설레설레 흔들었다. 예의 바른 거절에 의미를 둘 필요는 없었지만 씁쓸했다.

설담은 솔루를 자신의 집무실로 데리고 왔다. 객사의 제일 높은 층에 위치한 방은 화려한 가구들로 가득했고, 널따란 책상과 천장까지 닿아 있는 책장이 즐비했다. 커다란 창에 늘어뜨려져 바람에 살랑이는 천 사이로 밖에서 느리게 왔다 갔다 하는 물고기들이 보였다.

"원래 여기는 백해궁 객사를 관리하는 태랑 님이 써야 하는 곳인데 일 자체를 설담 님께 모두 넘겨서 주로 설담 님만 사용하세요. 설담 님이 바빠서 자주 오지는 않으니 솔루가 여기서 일하면 됩니다."

"여기서요?"

솔루는 객사에서 최고의 위치에 있는 관리자가 사용하는 곳을 저더러 쓰라고 하니 놀랐다. 아직 아무것도 모르는 직원이 이곳에서 할 일이 뭐가 있을지 고민했다.

"네, 설담 님이 제게 미리 말해줬어요. 이쪽 객사는 백해궁에서 제일 가까운 곳으로 고급 손님들이 오시지요."

"손님에도 고급, 저급이 있습니까?"

"돈을 많이 쓰는 손님으로 이해하는 편이 훨씬 빠르겠군요."

"예에……."

또각또각. 솔루가 창가로 걸음을 옮겼다. 밖을 내다보니 객사 안으로 들어오는 사람들이 보였다. 얼핏 보기에도 해국 사람들은 아니지 싶었다.

첫 번째로 옷의 모양이 달랐고, 두 번째로 외모에서 부쩍 차이가 났다. 이제 해국에 온 솔루가 그들을 구분하기란 쉽지 않았다. 다만 감으로 짐작할 뿐이었다.

"제가 할 일은 무엇인가요?"

고개를 돌려 설담을 바라보자 그가 솔루 곁으로 다가와 섰다.

"아래에 보이는 분들이 객사를 이용하는 손님들이세요. 짐도 하나 없이 혼자 오는 것 같지만 거의 아주 많은 수행원과 함께 다니는 분들입니다. 수행원들은 아래 객사에서 머물거든요."

객사의 입구로 어떤 여자가 걸어오고 있었다. 자세히 말하자면 걷는 게 아니라 미끄러졌다. 눈부시게 빛날 정도로 반짝이는 옷을 입을 그녀는 땅에 질질 끌릴 정도로 긴 머리카락이 인상 깊었다.

"저분은 양국에서 오는 손님이에요. 양국은 해국 바로 옆에 있는 나라인데 그다지 우리와 사이가 좋은 편은 아닙니다. 아무튼 저 손님은 양국에서 꽤 부유하시죠. 주기적으로 수행원들과 꼭 오셔서 많은 돈을 쓰고 가세요."

솔루가 고개를 끄덕였다.

"당신이 할 일은 손님들의 요구사항을 미리 파악하는 겁니다. 해수찜의 온도라든가 어떤 음식을 좋아하는지 정도는 우리도 알고 있는데…… 음, 그런 거 있잖아요? 좋아하는 향이나 좋아하는 침구의 모양이라든지. 뭐라고 설명해야 하나. 아! 일종의 취향 같은 거요."

"취향이요?"

"네. 해국의 객사가 잘된다는 소문이 퍼져 다른 나라에서도 객사를 운영할 조짐이 보여요. 손님을 뺏기면 안 되겠죠?"

"그럼요!"

사실 손님들의 취향까지 알 필요는 없었다. 항상 손님들은 만족하고 떠났으니까. 이건 순전히 솔루에게 편안한 일을 주기 위해 설담이 억지로 만든 일이었다. 그래도 다른 나라에서 객사를 운영할 조짐이 보인다는 말은 진실이었다.

"처음부터 손님들의 취향을 파악하기는 힘들 거예요. 대부분의 손님들은 말 섞는 일을 싫어하고 시중도 낯선 사람은 거절해요. 당분간은 이곳을 드나드는 손님들이 누군지 머리에 새겨둬요."

"예."

"어렵지 않죠?"

"예! 제가 꼭 도움이 되도록 노력하겠습니다!"

"그래요. 그 마음가짐이 아주 마음에 들어요. 설담 님께 전할게요."

"예, 감사합니다. 반유 님은 참 좋으신 분입니다."

솔루가 부르는 반유라는 이름에 설담이 어색하게 웃었다. 그냥 '나는 반유가 아니라 설담이다.'라고 말하면 되는데 왜 이렇게 입이 안 떨어지는지 이유를 모르겠다.

더 이따가 이야기해도 괜찮겠지?

설담은 그녀에게 쉬라고 한 뒤 잠시 다녀오겠다며 나갔다.

혼자가 된 솔루는 창가에 서서 밖을 향해 두 눈을 부릅뜨고 지켜봤다.

한 분의 손님도 놓치지 않겠어!

꽉 말아 쥔 작은 주먹에 힘이 들어갔다.

그때 저 멀리서 한 사람이 걸어 들어오고 있었다. 머리부터 발끝까지 검은색으로 뒤덮여 있는 사람은 가까이 와도 얼굴이 보이지 않았다. 검은 삿갓에는 길게 검은 천이 매달려 있어 그가 걸음을 따라 흔들렸다. 차림이 분명하게 눈에 띄었지만 얼굴이 보이지 않아 솔루는 답답해졌다.

위에서 아래를 보고 있는 상황이라 절대 보일 리가 없는데도 그녀는 허리를 옆으로 숙이고 삿갓 안을 보려고 했다.

"바보같이 이게 뭐 하는 거야."

소용없는 짓을 했다는 걸 깨닫자 허리를 세우고 내려다보는 순간이었다. 그 사람이 멈춰 섰다. 긴 손가락이 삿갓을 위로 치켜 올리더니 고개를 젖히고 솔루를 봤다.

자신의 착각인가 싶었다. 하지만 삿갓을 들어 올린 그는 정확하게 그녀가 있는 창을 바라봤고, 더 자세히 보기 위해 손가락으로 삿갓에 매달린 천을 옆으로 걸었다.

어? 그녀는 천이 갈라진 틈으로 보이는 눈을 보고 흠칫했다. 한쪽 눈이 안대로 가려져 있었기 때문이다. 그 안대마저도 검은색이었다. 실례일지도 몰라 솔루가 얼굴을 돌리려는 순간 눈이 마주쳤다.

"안, 안녕하십니까!"

방이 떠나가라 소리를 지르며 그녀가 인사했다. 인사가 잘 들리게끔 큰 소리를 내기도 했지만 사실은 당황해서였다. 혹시 저가 지켜보고 있어 손님이 기분이 상하셨음 어쩌나 싶었다.

그는 가만히 그녀를 바라보다 천을 잡고 있는 손가락을 내렸다. 사르륵 내려온 천이 다시 얼굴을 가리니 객사에 들어오기 위해 걸음을 움직였다.

"휴우."

혼날까 봐 걱정했는데 아무 일 없이 지나가자 안도의 한숨이 나왔다.

다시 창밖을 보며 들어오는 손님이 없나 살피며 서 있었다. 점차 발이 아파오자 신을 벗어 가지런히 모아두고 의자를 끌어다가 앉아 발을 주물렀다.

"꽃신이라고 다 좋은 것도 아닌가 보아."

버선도 마저 벗고 맨발로 있고 싶었지만 일하는 곳에서 차마 그럴 수는 없었다. 발을 주무르며 창밖을 계속 주시했으나 손님은 보이지 않고, 유유히 떠다니는 물고기만이 빈 공간을 채웠다.

살랑이며 불어오는 바람에 솔루는 졸음이 몰려왔다. 아무래도 아침부터 태랑과 높은 곳까지 올라온 것이 무리였으리라. 발을 주무르는 손길이 느려지고 무거워진 눈꺼풀이 닫히려고 했다. 깨어나야지 생각만 할 뿐, 몸은 말을 듣지 않았다.

드르륵하고 갑자기 문이 열리는 소리에 솔루가 자리에서 벌떡 일어났다. 행여 설담 님이 들어와 졸고 있는 저를 본다면 얼마나 실망하실까 염려해서였다.

"아?"

그녀는 집무실에 들어선 사람을 보고 눈이 동그랗게 커졌다. 조금 전에 봤었던 검은 손님이었다. 봤던 그 모습 그대로 머리부터 발끝까지 검은색이었다. 삿갓 때문에 가려진 얼굴이 제대로 보이지 않았지만 그가 분명했다.

이 방의 주인은 태랑 님이고 주로 사용하는 분은 설담 님이라고 했었다.

그럼 저분이 설담 님?

"혹시 설담 님이십니까?"

방에 들어와 솔루를 발견하고 꼼짝을 안 하고 있던 그는 질문을 듣자 고개를 저었다.

"누구십니까?"

"……."

말이 없었다. 둘 사이에 어색한 침묵이 흐르자 솔루는 그의 눈치만 살폈다. 뭐라고 말이라도 해줬으면 좋겠는데 남자는 자리에 못이 박힌 것처럼 서 있기만 했다.

"음, 그럼…… 설담 님 친구분이십니까?"

그가 고개를 끄덕였다.

"그러셨군요. 안녕하십니까! 저는 오늘부터 객사에서 일하게 된 솔루입니다."

머리카락이 바닥에 닿을 정도로 허리를 최대한 구부리며 그녀는 설담 님의 친구분께 어떻게 해야 하나 머리를 굴리기 시작했다.

"서 있지만 마시고 이쪽으로 오셔서 앉아 계십시오."

탁자에서 의자를 빼내 두 손으로 가리켰다.

그는 잠시 고민하는 것 같더니 걸어와서 솔루가 빼내준 의자에 앉았다. 그사이 솔루는 얼른 벗어놨던 신을 신었다.

뭐라도 대접해야 하나 싶어서 집무실을 둘러봤지만 차를 내놓을 만한 건 눈 씻고 찾아봐도 없었다. 안절부절못하며 어쩔 줄 몰라 손을 마주 잡고 발만 동동 굴렀다.

이럴 때 반유 님이라도 계셔야 하는데, 왜 안 오실까.

"설담 님께서 언제 오실지 모르는데, 혹시 약속은 하신 겁니까?"

설담을 본 적이 없다 생각하는 솔루는 그가 바빠서 약속하지 않은 이상 만나기 어려울 것만 같았다. 그래서 물어봤는데 남자는 고개를 저었다.

"아…… 그러면 저…… 오실 때까지 기다리실 예정이십니까?"

남자가 고개를 위아래로 움직였다.

"죄송합니다. 차라도 내드려야 하는데 제가 오늘 처음이라 모르는 것이 많습니다."

남자는 그저 가만히 있었다. 말을 하면 대답을 해준다거나 오고 가는 것이 있어야 하는데, 솔루의 질문에 고개로만 의사를 전달하거나 답을 해주지 않으니 맥이 끊겼다.

다시 침묵.

창을 통해 불어오는 바람에 남자의 삿갓 아래로 늘어진 천이 휘날렸다.

실내에서 저렇게 쓰고 있음 갑갑하실 텐데…….

"앞이 깜깜해서 갑갑하지 않으십니까? 저 때문이라면 상관하지 마시고 벗으셔도 됩니다."

남자가 솔루를 향해 고개를 돌렸다. 눈이 마주치지는 않았지만 살짝 비치는 천이라서 그가 어딜 보고 있는지는 알 수 있었다.

"흐음."

처음으로 남자가 소리를 냈다.

역시 갑갑하셨던 거야.

그녀가 미소를 지으며 삿갓을 벗는 시늉을 했다.

"시원하게 벗으십시오. 도움이 필요하십니까? 제가 도와드릴까요?"

그가 고개를 저으며 손도 들어 젓더니 천 아래로 양손을 넣고 매듭을 풀었다. 다시 손을 밖으로 꺼내 삿갓을 끝을 잡아들어 올리자 천천히 얼굴이 드러났다.

안대로 가려진 눈도 함께.

남자는 빛바랜 먹색의 눈을 가지고 있었다. 하나로 길게 땋아 내린 머리카락이 그의 가슴을 지났다.

"우와, 이리 인물이 훤하신데 왜 그렇게 가리고 다니십니까?"

다른 곳만을 보고 있던 남자의 눈동자가 천천히 움직여 솔루를 향했다.

"헌데 저 앉아도 되겠습니까? 아직 신에 적응을 못 해서 발이 아픕니다. 죄송합니다."

헤헤 웃으며 혀를 샐쭉 내밀고 웃어 보이자 그는 눈길을 다른 곳으로 돌리고 고개를 끄덕였다.

의자에 앉은 솔루는 발의 통증이 한결 줄어들어 살 만했다. 마음 같아선 신을 벗고 싶지만 설담의 친구 앞에서 그럴 수는 없었다. 그녀는 양팔을 세워 턱을 기대고 맞은편에 앉은 남자를 봤다. 처음에 안대를 보고 조금 놀랐었는데 막상 이렇게 보니 멋져 보였다. 한편으로는 한 눈으로만 보려면 얼마나 답답할까 안타까웠다. 아까처럼 침묵이 이어지는데도 솔루는 남자의 얼굴을 보느라 어색함을 느끼지 못했다.

안대 때문에 얼굴을 가리고 다니시는 걸까? 남자답게 잘생기셨네.

날렵하게 빠진 턱이나 가는 눈매가 위험해 보였지만 그것도 멋있었다. 생긴 걸 따지자면 태랑이 한 수 위였지만, 그의 얼굴은 아름답다고 말할 수 있었고 눈앞의 남자는 잘생긴 거였다. 나무를 깎아놓은 조각 같았다.

반유 님도 잘생긴 얼굴이시긴 한데, 좀 달라. 그분을 보면 되게 기분이 상쾌해져.

솔루는 반유로 알고 있는 설담의 얼굴까지 떠올려봤다. 그녀가 턱을 괴고 생글생글 웃으며 남자를 보고 있는 내내 그는 다른 쪽에 꽂아둔 시선을 옮기지 않았다. 잠시 후 천천히 동공을 움직인 그와 눈이 마주치자 솔루가 더 활짝 웃었다.

"참으로 잘생기셨습니다."

그가 움직였던 동공을 원래 자리로 되돌려놨을 때였다.

"솔……. 으악!"

설담이 들어오며 솔루의 이름을 부르다 함께 있는 남자를 발견하고 소스라치게 놀랐다.

"왜 그러세요? 어디 편찮으십니까?"

솔루가 의자에서 일어나며 묻자 설담이 뛰다시피 안으로 들어왔다.

"나가자! 아니, 나갑시다."

남자 앞으로 다가선 설담이 다급하게 그의 팔을 잡아 일어서게 하고 삿갓까지 직접 챙겼다. 남자가 인상을 썼지만 설담은 전혀 상관하지 않고 그를 밖으로 이끌었다.

"솔루, 조금만 더 기다려요!"

"안녕히 가십시오! 다음에 또 뵙겠습니다!"

설담에게 붙잡혀 남자는 끌려 나가자 솔루는 그들의 뒤에 대고 큰 목소리로 인사를 했다.

다급하게 남자를 집무실에서 끌고 나간 설담은 그와 이야기를 나누느라 꽤 많은 시간을 보냈다. 사실은 그가 바로 반유였다. 솔루에게 조금만 기다리라고 했는데 반유가 이야기를 끝낼 기미를 보이지 않자, 설담은 다음에 보자며 서둘러 마무리 짓고 다시 집무실로 올라갔다. 솔루가 창가에 서서 밖을 보고 있었다. 그녀는 들어오는 설담을 보고 걱정이라는 듯이 말했다.

"오늘은 손님이 많지 않은 날인가요? 아까 그분을 끝으로 물고기들밖에 보이지 않습니다."

"제일 높은 곳의 객사는 부유층만 오시기 때문에 많지는 않아요."

"예에…… 아! 아까 그분은 설담 님의 친구라고 하셨습니다! 설담 님은 만나셨습니까?"

"아. 하하하! 네네. 설담 님 계시는 곳을 알려드렸더니 그리로 가셨어요."

"말이 없으신 분 같았습니다."

"워낙에 말하는 걸 귀찮아하는 친구라……."

"예?"

창밖을 보고 있던 솔루가 얼굴을 돌렸다. 설담은 말을 해놓고 속으로 뜨끔했다.

이래서 거짓말이 거짓말을 낳는 거구나.

그는 해명할 기회를 또 놓친 것도 모자라 거짓말이 크게 쌓여가고 있었다.

"말하는 걸 귀찮아하시는 친구분이세요."

"아아, 그랬군요. 목소리를 들어보고 싶었습니다."

"다음에 기회가 또 있지 않을까요?"

"예, 꼭 다시 뵙고 싶습니다. 참! 그런데 집무실로 손님이 찾아오시면 대접할 만한 것이 있습니까?"

"없어요. 밖에다 준비해달라고 요청을 하지만 집무실에는 거의 찾아오는 사람이 없어요. 오늘은 특별한 날이었네요. 그래도 혹시 솔루가 혼자 있다가 필요한 것이 있으면 이걸 당겨요."

그가 책상 옆으로 가서 맨 위의 서랍을 열자 천장에서 천으로 엮인 밧줄이 툭 떨어졌다. 띠리링. 그리고 줄을 잡아당기니 소리가 났고 잠시 후 누군가가 문을 두드렸다.

"미안해요. 나중에 다시 부를게요."

설담이 밖을 향해 외치자 솔루가 그를 올려다보며 표정을 굳혔다.

"이 줄만 잡아당기면 사람이 온다고 말씀해주시면 되는데, 굳이 당길 필요는 없지 않습니까."

"네?"

솔루의 표정에 그는 당혹스러웠다.

뭘 잘못한 건가?

"바쁘게 일하시는 분, 괜한 발걸음 하게 하셨습니다."

설담은 그녀의 말뜻을 알아차렸다. 시킬 일도 없는데 단지 줄의 쓰임을 알려주기 위해 바쁜 사람을 오라고 해서 못마땅한 거였다.

"미안해요. 그 부분을 헤아리지 못했어요."

그는 한 번도 이런 일에 대해서 고민하지 않았었다. 일이 있으면 부르고, 불렀다가도 없으면 그냥 가라고 하면 그만인 당연한 일이었다. 아랫사람을 부리는 입장이지만 존중해야 한다고 여겼기 때문에 항상 말을 놓지 않았는데, 말만 좋게 한다고 존중하는 게 아니었다. 설담은 미처 생각하지 못했던 부분을 솔루가 일깨워주자 부끄러우면서도 고마웠다.

"제게 미안하시지 않으셔도 됩니다."

"아, 그럼 방금 그분 쫓아가서 사과해야 하나?"

"다음부터 안 하시면 되죠."

그녀가 생긋 웃었다.

"와, 나 완전히 식겁(食怯)했어요."

설담이 흐르지도 않은 이마의 땀을 닦아내는 척했다.

"왜요?"

"그렇게 변하는 솔루의 얼굴, 처음 봤거든요. 무서웠다고요."

"놀리지 마십시오."

"아, 난 진짠데?"

"죄송합니다."

"에이~ 솔루가 왜 또 죄송해요. 웃자고 하는 이야기예요."

그가 솔루의 어깨를 툭 치자 그녀가 배시시 웃었다.

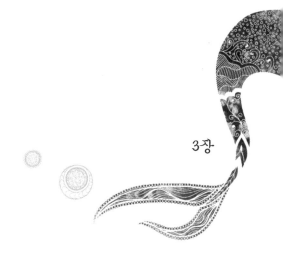

3장

검은 차림의 손님이 다녀간 뒤, 점심을 먹고 저녁을 먹는 시간까지 몇몇 손님들이 객사를 방문했다. 그들의 차림새와 얼굴을 기억하기 위해 솔루는 종이에 인상착의를 쓰기 시작했고, 머릿속에 집어넣기 위해 읽고 또 읽었다.

어느덧 해가 저물어가 일을 마무리해야 하는 시간이 다가왔다. 주변을 정리한 그녀는 백해궁으로 돌아가기 위해 설담과 밖으로 나왔다.

"밤에도 손님이 오시면 어떻게 하죠? 전 돌아가야 하는데……."

"많지 않아요. 그리고 밤에 오는 손님은 항상 밤에만 오시니까 언제 날 잡고 객사에서 밤을 새워보는 것도 좋겠네요."

"예!"

백해궁으로 올라가는 계단 앞에 서자 솔루가 설담에게 들어가라 하고 설담은 바래다주겠다며 옥신각신했다.

"올라가다 쓰러지면 어떻게 하려고 그래요?"

"괜찮습니다. 오늘은 왠지 갈 때까지 그런 일은 일어나지 않을 듯합니다."

"오늘 한 번도 혼절하지 않았잖아요."

"매번 바래다주실 수도 없습니다. 제가 적응해야 하는 문제입니다."

단호하게 선을 긋는 솔루 때문에 설담은 또 한 번 낮에 느꼈던 씁쓸한 기분을 맛보았다. 뭐라고 반박할 수도 없는 거절에 고집을 피울 수가 없다.

솔직히 솔루 입장에서 정말 올라다가 쓰러지면 어쩌나 걱정 안 한 것은 아니었다. 다만 자신이 백해궁에 오지 않으면 누구라도 와보지 않을까 하는 생각을 했다.

태랑에게 기대할 수는 없지만 파고에게라도?

아, 매번 폐만 끼치는구나. 나는 왜 이 모양일까.

그녀는 설담에게만이라도 그러고 싶지 않았다.

"정말 괜찮습니다. 혹시 쓰러진다면 그렇게 있다가 정신 차리고 다시 가면 됩니다."

"솔루!"

"설마 해국에 사람 잡아먹는 인어가 삽니까?"

"인어도 반은 사람인데 어떻게 사람을 잡아먹어요?"

"그럼 됐습니다. 바닥에 쓰러져 있기만 할 뿐 위험하지는 않습니다. 내일 뵙겠습니다. 안녕히 계십시오."

너무나 완강한 거절에 설담은 계단을 올라가는 솔루의 뒷모습만 바라봤다.

설담을 남겨두고 씩씩하게 계단을 오르던 그녀는 높은 꽃신을 벗었다.

버선이 너무 더러워지려나?

발이 아파서 벗고 싶은 마음이 간절했지만 태랑이 신경 써서 준 선물이기에 차마 그럴 수가 없었다. 다시 꽃신을 신고 계단을 천천히 오르자 조용한 가운데 '또각, 또각.' 하는 굽 소리만이 울려 퍼진다.

그녀는 이미 하늘이 어둑어둑해졌는데도 주위가 밝아 문득 아침에 태랑이 했던 이야기를 떠올렸다.

자환목이랑 자환화라 그러셨던가?

주위를 둘러보자 바로 옆에 있었다. 그동안 모르고 지나쳤던 게 미안할 만큼 예쁘게 빛나고 있는 나무가 보였다. 스치듯 한 번 봤던 기억도 났다. 나무의 기둥은 여느 것과 다를 바가 없었으나 나뭇잎이 빛을 냈다.

반짝반짝. 솔루가 입고 있는 치마의 색도 있었고, 꽃신의 앞코와 같은 색으로 빛나는 나무도 있었다.

"와아."

입이 벌어졌다. 밤이 되면 나타나는 반짝이는 물고기들과 이름 모를 생물들을 본 적이 있었지만, 자환목은 나뭇잎 전체가 아름답게 빛을 내고 있어 주위를 환하게 비췄다.

마을에서 축제를 할 때 형형색색의 등을 봤었다. 그것도 아름다웠는데 빛을 내는 나무는 비교도 할 수 없을 만큼 가슴을 두근거리게 했다. 나무 아래로 드문드문 피어난 자환화의 꽃잎에서도 빛이 났다.

쭈그려 앉은 솔루는 양손으로 턱을 괴고 바라보다가 손가락으로 조심스럽게 꽃잎을 건드렸다. 그러자 반짝이는 가루가 퍼지며 날렸다. 길에서 봤었던 민들레 꽃씨처럼 날리는 빛 가루의 움직임을 따라 고개를 돌리는데, 계단에 누군가 서 있었다. 다리를 따라 눈길을 올리며 누군지 아는 순간 솔루가 자리에서 벌떡 일어났다.

"태랑 님!"

그 자리에 태랑이 무표정한 듯이 보이나 심기가 불편한 얼굴을 하고 서 있었다. 뒷짐을 지고 있는 그가 몸을 돌리며 말했다.

"일이 끝났으면 빨리빨리 올 것이지 거기 앉아 뭐 하는 것이냐."

"아침에 알려주셨던 자환목과 자환화 구경을 하고 있었습니다. 너무 예쁩니다."

"그만 가자."

더 보고 싶은데요, 라는 말을 못 하고 솔루가 그 뒤를 쭈뼛쭈뼛 따랐다.

긴 다리로 성큼성큼 계단을 올라가는 그를 작은 그녀가 따라잡기엔 역부족이었다. 게다가 신도 불편하고 발도 아파서 더욱 힘들었다.

"태, 태랑 님! 조금만 천천히 가시면 안 됩니까?"

"못 따라오겠으면 너 혼자 천천히 오든지."

"저 마중 나오신 거 아닙니까?"

"누가."

목소리는 평소 때처럼 낮고 고요했으나 획 뒤로 돌린 몸이 들킨 그의 마음을 나타냈다.

"이왕 나오신 거 저와 함께 가주시면 좋잖습니까."

솔루가 기어들어가는 목소리로 말하며 고개를 푹 숙였다.

사실 그녀는 태랑을 발견했을 때 기뻤다. 무사히 백해궁의 제 방까지 도착한다면 다행이겠지만 가다가 쓰러진다면 낭패였다. 설담에게 괜찮다고 큰소리쳤으나 아직은 낯선 해국이었다. 이 낯선 곳에서 그나마 그녀가 의지할 수 있는 사람은 태랑과 파고뿐이었고.

그래서 겉으로 드러내지는 않았지만 태랑이 저를 마중 나왔다는 것에 가슴이 따뜻해졌다. 항상 아픈 딸을 염려해주던 돌아가신 아버지를 보는 기분이 들었다.

"빨리 걸으면 되지 않느냐."

물론 성격은 전혀 달랐지만 말이다.

태랑이 여인에 대한 사고는 단순했다. 함께 가고 싶으면 빨리 걸어서 오면 될 것인데 느릿하게 걸으면서 왜 저러나 싶었다.

여인이란 원래 걸음이 느린가. 쯧.

"신에 아직 적응하지 못해서 발이 아픕니다."

"그럼 벗어라."

왜 아직도 신에 적응해야 하는지 모르겠지만 신이 불편하다면 문제는 간단했다. 신 때문에 발이 아파서 못 걸을 정도면 벗으면 되는 것을.

"그러면 버선이 더러워집니다."

"더러워지면 빨면 되지 않느냐."

슬슬 태랑의 인내 한계에 다다르고 있었다.

"빨아도 지워지지 않을 정도로 더러워질 것입니다."

"그럼 버려."

"그러기엔 너무 예쁩니다. 아깝지 않습니까."

"내가 꽤 많이 보낸 것으로 아는데?"

"하지만……."

하지만 또 뭐? 왜?

하마터면 태랑은 소리를 지를 뻔했다. 화가 나면 오히려 차분해지고 억눌려지는 목소리가 솔루를 만나고부터는 자꾸 커지려 한다. 마음에 들지 않았다. 도대체가 이해할 수 없는 것투성이였다.

심장만 아니라면 당장에 내쫓았을 텐데…….

"하지만 뭐가 문제라는 것이냐."

그가 어금니를 사리물었다. 그러곤 크게 숨을 내쉰 뒤 스스로를 진정시키고 솔루에게 물었다.

"태랑 님께서 주신 선물이잖아요. 마음이 담긴 선물이라 더럽히고 싶지도 않고, 버리는 건 더 싫습니다."

태랑에겐 흔해 빠진 것들이었다. 옷이든 버선이든 꽃신이든 그의 말 한마디면 산더미만큼도 쌓을 수 있는 물건인데 별것도 아닌 것에 의미를 두는 솔루의 속을 모르겠다. 그런데 그는 자신이 줬기 때문에 더럽히거나 버리고 싶지 않다는 그녀의 말에 더 이상 뭐라 하지 않았다.

태랑은 몸을 돌려 다시 앞서서 걸었다. 이번에는 되도록 천천히, 솔루의 속도에 맞춰서.

그래 봤자 그녀에겐 따라가기 버거운 걸음 속도였다. 그러나 그가 전보다 느리게 걷는다는 걸 알고 솔루는 고마운 마음으로 걸음을 최대한 빨리했다. 계단 끝까지 올라가 백해궁의 입구에 들어설 때까지 두 사람은 말이 없었다.

솔루는 말만 안 한다 뿐이지 신 나 보였다. 뭐가 그렇게 좋은지 흥얼흥얼 알아들을 수 없는 노래를 불렀다.

"태랑 님!"

뒤에서 그녀가 불렀다.

"왜."

"어째서 마중 나오셨습니까?"

"불만이냐."

설담의 조언 때문이었다. 그는 솔루를 먼저 보내놓고 해룡을 타고 백해궁으로 날아가 그녀보다 먼저 도착했다. 마중 나가라고 태랑에게 말한 이유는 그녀가 걱정되기도 하고, 이런 기회를 잡아 둘이 대화를 나누라는 계획도 있었다. 안 간다고 버티는 태랑을 설득하기가 여간 어려웠지만, 그는 설담의 집요함에 넘어가 지금 이 자리에 있는 것이었다.

"어찌 불만이겠습니다. 너무 기뻐서 그렇습니다."

"기뻐?"

그가 되짚어 물으며 돌아섰다.

"예. 제가 염려돼서 나오신 거잖아요."

"그런 거 아니다."

"아니라 하셔도 나오셨으니까 전 기쁩니다."

"그러든가. 마음대로 생각해."

태랑은 간다는 말도 없이 침전을 향했다.

"감사합니다. 안녕히 주무십시오! 좋은 꿈 꾸십시오!"

답이 없을 걸 뻔히 알았지만 가슴 가득 퍼지는 기분 좋음에 솔루가 연신 외쳐댔다. 그리고 그의 뒷모습을 바라보던 그녀도 돌아서 제 방을 향해 걸었다. 헌데 태랑의 걸음을 맞춰 쉬지도 못하고 계단을 올라와서인지 발에서 통증이 일었다. 발뒤축도 까지는 바람에 아침보다 더 아팠다.

"아이코."

솔루는 잠시 서서 신을 벗었다. 예상했던 대로 버선 뒤축에 빨간 핏물이 들었다.

그래도 어쩌겠는가. 방까지는 신고 들어가야지.

다시 신을 신고 걸음을 떼려는 순간이었다. 머리가 핑글 돌고, 몸에서 힘이 빠져나갔다. 더불어 눈앞이 까맣게 변했다.

그래, 오늘은 어쩐지 그냥 넘어간다 싶었다.

털썩. 풀밭 위로 솔루의 몸이 맥없이 쓰러졌다.

한편, 침전으로 향하던 태랑은 솔루에게 해야 할 말이 있었는데 깜박하고 잊은 것을 떠올렸다. 설담이 그녀에게 내일도 해국을 돌아보자는 말을 미리 하라고 시켰다. 그냥 명령하면 될 터인데 헤어지기 전에 꼭 하라고 했다.

'너를 생각하고 있다'라는 마음을 드러내야 한다나.

귀찮아서 침전으로 곧장 갈까 하다가 왠지 발길이 돌려졌다. 그러다 솔루가 쓰러지는 모습을 발견하고 재빨리 그녀 옆에 있던 긴 해초를 이용해 잡으려고 했지만 시간상 너무 늦었다. 다가가 축 늘어져 있는 솔루를 내려다보는 태랑은 망설이고 있었다.

파고를 불러야 하나, 직접 안아서 옮겨야 하나.

그녀와 몸이 닿아도 아무런 반응이 일지 않는다는 것은 알지만 그렇다고 선뜻 안아 들 마음은 없었다. 그렇게 태랑이 고민하는 동안 차가운 풀밭에서 솔루가 누워 있는 시간은 길어져만 갔다.

결국 태랑은 한참 만에 고민을 매듭지었다. 지나가는 이를 불러 솔루를 옮길까 하다가, 그래도 저에게 심장을 줄 여인인데 함부로 남의 손을 빌리는 것이 싫어 파고를 불렀다.

"내일은 뱃놀이도 하고 그래."

설담이 태랑에게 조언 중이었다. 솔루를 파고에게 넘기고 침전으로 가는 발걸음을 서재로 바꿨더니 그곳에서 설담이 그를 기다리고 있었다.

"내가 그렇게 한가한 줄 아나."

"물론 객사 일도 내게 맡겨놓은 백해국의 왕께서 절대 한가하진 않지."

뼈 있는 소리를 하는 설담에게 흘깃 눈길을 준 태랑이 책장 앞에 서서 읽을 책을 골랐다.

"하지만 이보다 더 급하고 중요한 일이 어디 있어?"

태랑을 향해 몸을 돌리고 설담이 말했다.

"너무 복잡해."

"당연하지. 여인들의 마음이란 것이 복잡하거든."

"원래 걸음이 그렇게 늦나?"

"우리와 길이부터가 다르잖아."

"원래 물건을 잘 안 버리나?"

"아까워하는 성격들이 대부분이라 그런 편이지. 특히 의미 있다고 여기는 건 사소한 거라도 간직해."

태랑이 책 한 권을 빼냈다. 눈은 책의 제목을 읽고 있었지만 머릿속은 딴 생각으로 가득했다. 버선을 버리라고 하자 아깝다고 했었다. 뒤에 그가 준 선물이라고 버리기 싫다 했다.

그깟 버선 한 짝에 의미를 부여한다는 뜻인가. 그렇다면 의미를 왜 부여

하는 거지. 설마 벌써 내게 마음이 넘어온 것인가?

그는 다시 책을 꽂아 넣고 설담의 곁으로 다가와서 의자를 빼냈다. 앉아서 가만히 설담의 어깨를 잡고 눈을 마주쳤다.

"왜, 왜 이래?"

안 하던 행동을 하자 설담이 말을 더듬으며 물었다.

"솔루가 내게 넘어온 것 같다."

"혼자 넘겨짚지 마. 솔루가 너에게 벌써 넘어갔을 리가 없어. 고작 청을 한 번 태워줬으면서."

"선물도 했다."

"그것도 겨우 한 번 했잖아. 그렇게 간단하게 넘어갈 여인이 아니야, 솔루는."

"내가 준 선물이라 버선을 더럽히기도 싫고, 버리기도 싫다 했어."

"아닐걸? 솔루의 성격상 누구의 선물이라도 귀하게 여길걸?"

설담이 그녀와 많은 시간을 보내지는 않았지만 그 정도는 쉽게 파악할 수 있었다. 어지간한 여인들이라면 받아들일 친절을 정확하게 선을 그어 거절하는 것을 보고 알았다.

"시험해볼까?"

미덥지 않다는 눈으로 태랑이 바라보자 설담이 제안했다.

"됐다. 귀찮아."

태랑을 놀려먹을 만한 좋은 건수였는데 놓쳐서 아쉬웠다.

친하지만 경계를 그어놓고 절대 그 안으로는 넘어오지 못하게 하는 태랑.

설담은 그런 태랑이 좋기도 하면서 서운하기도 했다. 너무 치밀해서 가끔 섬뜩할 정도로 무섭기도 했지만 그만큼 허점도 많아서 어린 동생처럼 느껴질 적도 있었다. 당연히 그가 어린 동생처럼 느껴질 때는 어쩌다 한 번, 1년에 한 번 있을까 말까 했다.

그런데 지금 태랑이 그 1년에 한 번 있을까 말까 한 상태가 되었는데.

아쉬운 표정을 감추지 못하는 설담이 '크~' 하면서 고개를 저었다.

"아무튼 내일은 청 타고 마을로 내려가서 뱃놀이해. 예쁜 전모(氈帽)도 하나 선물해서 씌워주고."

"선물을 또 해?"

"앞으로 많이 남았다, 태랑. 그리고 다음번에는 솔루만을 위해서 특별히 만든 꽃신도 선물해줘. 아주 껌뻑 넘어갈 수도 있어."

태랑이 답하지 않고 낮은 한숨을 쉬었다. 산 넘어 산이라더니, 이건 시간이 갈수록 해야 할 일이 많을 듯한 예감이 들었다.

"그럼, 내일 좋은 시간 가지길 바란다."

격려의 말을 남기고 설담이 돌아갔지만 태랑은 내일 솔루와 보내야 하는 시간을 벌써부터 막막해져왔다. 무시하면 끝인데 부담스럽고 불편했다.

지금까지 그 누구에게도 이런 감정을 느끼지 못했다. 오히려 많은 이들이 태랑과 함께 있으면 불편함과 부담감을 가졌고 그는 조금도 신경 쓰지 않았는데 반대가 됐다.

"후우, 이건 정말."

책 읽을 마음이 사라진 그는 침전으로 향했다.

다음 날 아침, 솔루는 잘 차려진 밥상과 함께 파고를 통해 태랑에게 또 하나의 선물을 받았다. 설담의 조언대로 화려한 너울을 덮어씌운 전모였다. 계월이가 쓰고 다니는 것과 비슷했지만 그보다 훨씬 천도 곱고 예뻤다.

"이것도 제게 주시는 겁니까?"

"응. 오늘 태랑 님 만날 때, 쓰고 가."

"태랑 님께서 왜 그러시죠?"

솔루의 까만 눈동자가 의문을 제기하며 저보다 큰 파고를 올려다봤다.

"그분의 속을 내가 어찌 알겠어."

"그렇죠. 제가 이렇게 계속 받아도 되는 겁니까?"

"아직 두 번뿐이었다. 앞으로 계속일지 아닐지 어떻게 알아?"

무신경하게 답했으나 파고는 양심이 찔렸다. 그렇다고 태랑이 네 심장을 노리고 그러는 것이라고 어떻게 말하겠는가.

그녀의 마음이 태랑에게 기울려면 아직 멀었다. 양심에 걸려 힘든 일이 될 줄 파고도 알고 있었으나 견뎌낼 수밖에 없는 상황이었다.

"예, 설마 내일도 주시겠습니까."

"만약 내일도 주시거든 잘 생각해봐."

"뭘 말입니까?"

"태랑 님이 왜 네게 계속 선물을 하시는지 말이다."

"음."

솔루가 고개를 갸우뚱거리며 뒷목을 긁적였다. 그가 왜 이러는지 고민을 해봤지만 얼른 답이 나오지 않았다.

"일단은 내일 받는다면 생각해보겠습니다."

"오늘은 점심을 먹고 바로 백해궁으로 돌아와."

"예."

파고가 나가고 밥을 뜨면서 옆에 놓인 전모를 살펴봤다. 어제 받은 선물은 너무 고와서 그저 감탄만 하고 있었는데 화려한 전모도 받으니 뭔가 좀 이상했다.

처음 만났을 때와는 너무 다르게 대하시긴 해. 내가 불쌍해서 그러시나?

밥을 씹으며 오물거리던 솔루는 답을 찾지 못하고 먹는 데에만 집중했다.

객사에 내려가며 솔루는 주문을 외웠다.

오늘도 한 번만 쓰러져라. 딱 한 번만 정신을 잃는 거다.

꼭 그래야 해, 솔루!

스스로에게 다짐한다고 되는 일은 아니었지만 그렇게라도 하고 싶었다. 어제 일을 다 끝내고 백해궁에서 혼절해서 얼마나 다행이었던가.

오늘도 부디 그렇게 되기를!

객사에 들어서기 전에 다시 한 번 속으로 되새기며 들어갔다. 일을 시작하고 처음으로 설담 없이 혼자 객사에 들어서자 쏟아지는 눈길에 움츠러들었다.

"안녕하십니까! 함께 일하게 된 솔루라고 합니다!"

개의치 않고 용기 내서 큰 소리로 인사를 하자 안이 울렸다. 그러나 그녀의 인사에 답을 해주는 이는 아무도 없었다. 열심히 하겠다고, 잘 부탁드린다는 말도 하려고 했으나 긴장이 흐르는 적막에 그 말은 목구멍으로 삼켜졌다.

대신 설담과 있을 때는 그녀를 보지도 않고 제 할 일만 하더니 그가 없자 호기심과 적대적인 눈초리들이 섞여 화살처럼 쏘아댔다. 차마 대놓고 뭐라고 하지는 않지만 무거운 침묵이 그녀에겐 더 무서웠다. 조심스럽게 계단을 올라 집무실에 들어가 문을 닫고 나서야 숨이 편안하게 쉬어졌다.

내가 너무 쉬운 일을 하는 건가.

떳떳하지 못한 것은 맞았다. 이제 들어온 주제에 이 좋은 집무실을 혼자 떡하니 차지하고 앉아서 손님들의 인상착의를 파악하는 일이라니 같이 일하는 사람들 입장에선 싫을 법도 했다.

열심히 하는 모습을 보이면 싫어하는 마음도 사라질까? 설담 님에게 일을 바꿔달라 말씀드려봐야 하나.

아직까지 누군가에게 미움을 받아본 적이 없어 두렵기도 했다. 그러다 창밖으로 손님의 모습이 보이자 마음을 다시 고쳐먹었다. 어차피 일은 주어졌다. 맡은바 일을 잘하지도 못하면서 단순히 사람들의 눈이 무섭다고 무작정

바꿔달라고 한다면 그 또한 실례다. 게다가 시작한 지 얼마나 됐다고 벌써 그런 말을 하는 것은 예의가 아니었다.

우선은 내게 주어진 일을 게으름 피우지 않고 열심히 하자.

하다 보면 언젠가는 괜찮아질 날이 오겠지?

솔루는 종이 위에 밑을 지나가는 손님들의 인상착의를 열심히 쓰고, 그리기 시작했다.

오늘은 손님이 많았다. 정신없이 쓰고 그리다 보니 책상 한쪽에 종이가 높이 쌓였고, 벌써 점심시간이 다가왔는지 솔루의 배가 꼬르륵 울렸다.

때마침 문이 열리고 설담이 들어왔다.

"솔루, 이렇게 일을 많이 했어요?"

쌓인 종이에 그가 눈길을 줬다.

"예. 열심히 한다고 했는데 잘 기억하고 있을지는 모르겠습니다."

"어떻게 단번에 되겠어요. 참, 태랑 님과 약속이 있다던데요?"

"아, 예."

잊었던 약속을 상기하며 답하자 설담이 책상의 맨 위 서랍을 열어 어제 봤던 밧줄을 내려오게 했다. 그가 곧장 당기자 얼마 뒤 똑똑 문을 두드리는 소리가 들렸다.

"들어오세요."

문이 열리고 여자 두 명이 들어왔다. 속살이 훤히 비치는 저고리와 짧은 치마를 입은 그녀들의 손에는 작은 함이 들려 있었다.

"이 아가씨예요. 잘 부탁해요."

설담이 말하자 여자들이 까르르 웃었다.

"걱정 마세요. 예쁘게 잘 꾸며드릴게요."

솔루가 앉아 있는 의자 옆으로 다가와 그녀의 머리를 매만졌다.

"그런데 어떤 아가씨길래 이렇게 몰래 부탁을 하시나요."

여자 중 한 명이 물었다.

"비밀, 비밀. 너무 많은 걸 알려고 하면 서로 다쳐요."

"혹시 다음 후궁?"

여자가 눈을 새치름하게 뜨며 묻자 설담이 급하게 손사래를 쳤다. 설담이 부른 이 여자들은 그의 후궁들로 그나마 입이 무거운 쪽에 속하는 이만 골랐다. 아직은 태랑이 솔루가 어떤 존재인지 밖으로 나가는 걸 원하지 않았기에 이렇게 해야만 했다.

뭐, 오늘 일은 태랑도 모르게 준비한 거지만.

태랑아, 넌 좋은 친구 둔 줄 알아라. 어떤 사내가 관심 가는 여자를 예쁘게 꾸며서 제 친구한테 넘기겠냐.

왜 그러는지 이유를 찾자면 설담은 솔루보다 태랑이 더 중요했다. 아무리 여자를 좋아한다지만 20년을 함께한 벗이 먼저였다.

"당신은 나중에 다 되면 봐요."

두 후궁은 솔루를 몸을 돌려놔 설담이 보지 못하도록 했다.

재잘재잘 이야기하는 소리가 들리기를 한참. 은근한 분향이 설담의 코를 자극했다.

"어머! 어쩜 좋아. 처음 봤을 땐 애기인 줄로만 알았는데 이렇게 고운 아가씨였네요."

"살만 오르면 정말 좋겠다. 조그마해서 정말 사랑스러워요!"

후궁들의 외침에 설담은 기대가 됐다. 개인적으로 궁금하기도 했고, 어떻게 변했길래 저렇게 호들갑인가 싶었다.

솔루가 천천히 돌아섰다. 분을 발라서인지 하얀 얼굴이 뽀얀 해감초 가루를 묻힌 경단 같았고, 자환화의 꽃잎처럼 매끄럽게 반짝이는 입술에는 분홍색의 연지가 발렸다. 그녀의 두 뺨에 수줍은 홍조가 물들었다.

전모 아래로 늘어진 너울이 솔루의 이마를 살짝 가리고 어깨 아래까지 내려왔다. 훤히 비치는 천이 묘한 분위기를 자아냈다.

작게만 봤었는데 오늘따라 짧은 치마 밑으로 뻗은 늘씬한 다리에 눈이 갔다. 하나하나 뜯어보니 영락없이 성숙한 여인이었다. 말라서 아직 부족한 점이 있긴 했지만 어디 내놔도 빠지지 않을 얼굴이었다.

"와우! 나 혼자 보기 너무 아까운데요, 솔루."

"그런 말씀 마십시오. 창피합니다."

부끄러운 솔루는 손가락으로 볼을 연신 긁어내렸다.

여전히 앞쪽이 짧은 치마는 불편했고, 꽃신은 적응되지 않았다. 머리에 위에 쓴 전모는 무게가 있는 데다가 고정시키기 위해 턱밑으로 천을 단단히 묶어서 목이 눌리는 기분이었다. 거기다 시야를 가리는 전모의 너울 때문에 앞이 제대로 보이지 않아 답답했다.

분칠을 조금 했다고 변해봤자 얼마나 변했겠어.

그럼에도 불구하고 칭찬하는 설담과 그의 후궁들 때문에 자신의 모습에 기대가 됐다.

"자, 이제 아리따우신 분들은 어서 돌아가세요. 도와줘서 고마워요. 전모는 꼭 사갈 테니 걱정하지 말고."

설담이 후궁들의 엉덩이를 토닥토닥 두드리며 밖으로 쫓아냈다. 돌아가라는 말에 약간 뾰로통한 얼굴들이었으나 전모 이야기를 꺼내자 환하게 웃으며 그녀들은 밖으로 나갔다.

둘만 남게 되니 설담이 휘파람을 불었다.

"백해궁으로 가야 하죠?"

"예."

"오늘 태랑 님이 솔루를 보고 반할지도 모르겠어요."

"예에?"

솔루가 놀라서 펄쩍 뛰었다. 이야기가 왜 그렇게 흘러가는지 모르겠지만 말도 안 되는 소리였다. 태랑을 면밀하게 살펴본 적이 없는 그녀였으나, 대충 보는 것만으로도 태랑의 외모는 사람이 가질 수 있는 얼굴이 아니었다. 하긴 인어라서 가능한 걸지도.

어쨌거나 그렇게 빛이 날 정도로 아름다운 미모를 가진 그가 왜 저에게 반하겠는가.

태랑과 처음 만났던 날을 떠올렸다. 그는 솔루에게 '못생긴 계집'이라 했었다. 잊고 있다가 다시 떠오르니 열이 확 오르는 그녀였다. 그래도 틀린 말도 아니었기에 고개를 흔들며 머릿속의 기억을 털어냈다.

"하하. 꼭 웃자고 한 얘기에 놀라더라."

벌써 솔루의 마음이 움직일 턱이 없다는 건 알고 있었기에 일종의 스며드는 각인이 되라고 했던 말이었다. 그녀는 아직 태랑을 사내로 보고 있지 않기 때문에 조금씩 그가 다른 성(性)임을 알려줄 필요가 있었다.

"가요, 솔루. 백해궁까지 바래다줄게요."

"혼자 가도 괜찮습니다. 일 보십시오."

"나도 괜찮아요."

"반유 님은 정말 무슨 일을 하시는 겁니까? 일하는 시간보다 노는 시간이 더 많아 보이십니다."

"……걱정 말아요. 할 일 다 끝내놨어요."

솔루의 의심에 당황한 설담은 답을 곧바로 말하지 못했다. 이 정도의 거짓말은 쉽게 잘도 해왔었는데, 이상하게 그녀 앞에서는 대단히 큰 잘못을 하고 있는 기분이 든다. 설담은 제 속을 다 들여다보는 듯한 그녀의 눈을 회피하며 어서 가자고 팔을 잡아당겼다.

그와 함께 객사 밖으로 나가는 동안 솔루는 자신을 향하는 눈초리들이 따가웠다. 그녀 입장에서는 반나절만 일하고 가니 다른 사람들이 싫어해서 그런다고 여겼지만, 사실은 설담과 함께 움직이는 그녀에 대한 궁금증 때문이었다. 새로 맞을 후궁인가 하고 넘겼는데 객사에서 일을 하게 됐다는 말을 들으니 호기심이 생겼다. 후궁에게 일을 시킬 그가 아니었고, 그렇다고 부리는 이를 옆에 끼고 있을 리도 없었다.

본래 각국의 왕들이 하는 일에 그들은 의문 자체를 가져서는 안 된다는 것을 잘 알고 있었다. 그래서 누구 하나 입 밖으로 꺼내지는 못하고 눈으로만 솔루의 뒤를 좇을 뿐이었다.

솔루와 함께 객사의 뒤편으로 간 설담이 자신의 해룡을 불렀다.

"백해궁으로 가는 것이 아니었습니까?"

"그 차림을 하고 걸어서 가면 안 돼요."

"그렇다고 해룡을 타고……."

"빨리 가요. 늦었어요."

솔루의 말을 끊으며 설담이 그녀를 안아 들어 해룡 위에 안착했다. 뭐라 반문하려던 솔루는 날아오르는 해룡 때문에 입을 다물었다.

정원에서 청의 목덜미를 쓰다듬고 있던 태랑은 화려한 삿갓을 쓰고 있었다. 그의 허리까지 내려오는 천은 여러 갈래로 찢겨져 있었으나 두께가 꽤 있어 얼굴을 알아보기가 힘들었다.

뱃놀이를 가기 위한 대비책이었다. 어차피 그의 소유인 강에서 그의 것인 배를 타기 때문에 사람들과 만날 일은 없었다. 하지만 노를 젓는 사공에게 얼굴을 보이기가 싫었다. 게다가 가끔 비밀로 하고 밖으로 나가도 어떻게 알았는지 여자들이 그를 보기 위해 몰려왔다. 멀리서라도 여자들에게 둘러싸이는 상황이 끔찍하게 싫었던 그라 미리 준비할 수밖에 없었다.

그때, 저 멀리서 날아오는 설담의 해룡을 봤다. 그에게 안겨 있는 솔루도 보였다. 눈을 감고 설담에게 달라붙어 있는 그녀를 보니 괜스레 입이 쓰다.

설담이 해룡을 착지한 뒤 먼저 내려왔다. 아직 해룡 위에 있는 솔루에게 팔을 뻗자 그녀가 몸을 설담에게 기울였다. 설담에게 의지하는 것처럼 내미는 그녀의 팔이, 그리고 놓치지 않기 위해 잽싸게 안아주는 설담의 팔이 교차되며 엉켰다. 부드러운 동작으로 안아서 땅에 내려주는 두 사람은 마주 보며 웃었다.

태랑이 미간을 구겼다. 어제 저에게는 안겨서 내리기를 머뭇거리더니 설담에게는 자연스럽게 행동했다.

그런데 그는 모르고 있었다. 어제 청을 타면서 파고가 말을 해주기 전에는 솔루에게 알아서 타라고 했으니 그녀로서는 내리면서도 쉽게 태랑에게 기댈 수가 없었다. 그걸 먼저 깨달을 리가 없는 태랑은 문득 어제 자신이 솔루를 해룡에서 내려줄 때 어떻게 했었는지 기억하려 애썼다. 안아서 내려주긴 했지만 방금 설담과 비교하니 너무나 어설픈 동작이었다.

자신보다 설담을 믿는 듯한 솔루와 설담보다 부족한 저의 행동에 자존심이 상하는 그였다. 누가 자신에게 의지하지 않아도 상관없었다. 어차피 그는 자기만 편하면 됐고 오히려 그런 귀찮은 존재가 없음에 안도했는데…….

왜 자존심이 상할까.

"태랑 님!"

어느새 다가온 솔루가 그를 불렀다.

"제가 늦었습니까?"

"아니다."

"다행입니다. 안녕! 오늘도 또 보네. 잘 부탁해!"

그녀가 청에게 인사를 하는 동안 태랑의 곁으로 설담이 다가왔다. 그녀가 듣지 않도록 눈치를 보며 작게 귓속말을 했다.

"솔루 꾸며놓으니까 마음이 동하지 않냐? 숨이 멈춘다거나 가슴이 찌릿하다거나 이런 거 없어?"

설담의 말에 태랑이 그를 보며 인상을 찌푸렸다.

숨이 왜 멈춰? 가슴이 찌릿하다는 건 또 뭐란 말인가.

"내 마음이 동해야 해?"

"예쁘잖아!"

"예쁘긴. 못생긴 얼굴에 뭘 바른다고 달라지진 않지."

"잘 봐봐. 특히 저 다리! 너도 몰랐었지? 다리가 정말 죽……!"

"헌데, 너는 왜 왔어?"

느닷없이 태랑이 설담의 말을 자르며 물었다. 아까부터 묻고 싶었던 말이었는데 설담이 다짜고짜 마음이 동하냐고 물어오는 통에 잠시 잊고 있었다.

그 질문에 설담은 입꼬리를 올리며 엷게 웃었다. 태랑, 너 그 말에서 적대감이 느껴진다, 라고 말해주고 싶었지만 참았다. 아마 이 적대감이 나중에는 살기로 변할 날이 올 수도 있겠다고 짐작했다.

"아! 그럼 난 이만."

설담은 마음에 들지 않는 기색이 역력한 태랑의 눈빛을 피하기 위해 잽싸게 인사했다. 그리고 뒤돌아 달려가 냉큼 해룡에 올라타더니 순식간에 사라졌다.

후다닥 사라지는 설담의 행동이 미심쩍었으나 태랑은 곧 잊었다.

그가 이상한 것이 어디 하루 이틀이었나.

"가자."

태랑이 청의 앞에 서며 말하자 솔루는 다가가다 멈칫했다. 어제처럼 혼자서 타라고 할까 싶어 고민하던 그녀는 전모의 너울을 두 손으로 올리며 높은 청의 등을 올려다봤다. 순간 그가 그녀의 무릎 뒤로 손을 넣더니 어깨를 감싸며 안아 들었다.

"태, 태랑 님……."

어제와는 미묘하게 달랐다. 어제 솔루에게 혼자 올라오라던 그가 무엇 때문인지는 몰라도 마음을 바꾸고 그녀를 안아 태웠지만 하기 싫은 일을 하는 것 같았다. 그래서 그것이 조금은 거칠게 느껴졌는데 오늘은 부드럽다. 어깨는 감싸 안는 손에, 무릎 뒤에 닿는 그의 단단한 팔에 배려가 담겼다.

손을 모으고 태랑에게 안긴 채로 청에 올랐다. 양손으로 고삐를 잡는 그의 팔에 갇힌 솔루가 '히힛.' 하고 소리 내어 웃었다.

"왜 웃는 것이냐."

"어제부터 느낀 건데요, 태랑 님이 제 아버지 같습니다."

"난 너 같은 딸 없어."

"아! 물론 저만 한 딸이 없으시겠지요. 헌데 마중도 나와주시고, 해룡에게 올라탈 수 있도록 안아주셨잖습니까. 해서 늘 저를 소중하게 대해주시던 아버지의 모습이 떠올라서 그렇습니다."

"난 널 소중하게 여겨서 그런 것이 아니다."

"예……."

솔루가 입술을 삐죽거리며 답했다.

좋은 의미로 말하는데 꼭 초를 쳐야겠나.

암튼 성격 진짜 모났어. 칫.

하지만 태랑도 솔루의 말에 기분이 적잖이 상한 건 마찬가지였다.

아버지? 하? 아버지라고?

아무리 그래도 나이 차이가 얼만데 아버지라니, 어이없고 기가 막혔다. 해국 어디에서도, 아니 옆 나라 양국과 창국까지 통틀어서도 이 얼굴을 하고 있는 저에게 그런 말을 한 사람은 없었다. 오히려 아름답다 찬양하기에 바빴는데 조그마한 이 녀석은 찬양은커녕 아버지가 생각난단다.

자존심에 금이 또 갔다. 가뭄이 들어 메마른 땅이 쩍쩍 갈라지듯이 갈라지는 자존심. 저 바닥에서 슬금슬금 올라오기 시작한 오기를 억지로 눌렀다. 이런 일에 자존심이 상하고 오기가 난다는 것 자체에 화가 날 지경이었다.

지금 그가 솔루에게 할 수 있는 유일한 복수는 청을 거칠게 모는 거였다. 그가 세게 청의 옆구리를 발로 차며 낮은 음성으로 말했다.

"청! 시간이 지체되었으니 최고 속력으로 소명강으로 가자."

명령에 대한 답으로 청이 길게 울더니 날개를 움직이며 날아올랐다. 어제보다 훨씬 빠른 움직임에 놀란 솔루가 태랑을 안으려 했지만 머리에 쓴 전모가 그와의 거리를 두게 했다.

그녀가 그의 옷깃을 세게 움켜쥐었다. 바람에 너울이 얼굴을 덮어 눈을 가리자 겨우 잡고 있는 몸의 중심이 흔들렸다.

"태, 태랑 님! 조, 조금만 천천히!"

"오냐, 천천히 가마."

말은 그렇게 하면서 그는 청을 더 빨리 몰았다.

청에서 내린 솔루의 안색이 창백하게 변했다. 빠른 속력으로 거침없이 날다가 목표 지점에 와서는 급하강하는 바람에 그녀의 속은 말이 아니었다.

땅에 발이 닿자마자 솔루는 자리에 주저앉았다. 이러고도 아직 정신을 잃지 않은 자신이 기특할 지경이었다.

"일어나라."

"잠시만 기다려주십시오."

"시간이 늦었다."

"아까 제가 여쭤봤을 때는 늦지 않았다고 하셨잖습니까!"

솔루가 소리를 꽥 질렀다.

차라리 그때 말해줬으면 이해하고 받아들이기라도 하지, 그때는 괜찮다고 해놓고선 뒤에 와서 이러는 건 뭐람.

"그래서 지금 말하지 않느냐. 왜, 다시 말해줘?"

"됐습니다!"

그녀가 씩씩대며 자리를 박차고 일어났다.

"어서 가요, 가!"

바람에 엉망이 되어 앞으로 완전히 내려온 너울을 손으로 아무렇게나 걸어 올리며 앞서 걸었다. 한참을 가는데 태랑이 오지 않는 것 같아 뒤돌아보니 그는 아직도 그 자리에 있었다.

"늦었다면서 왜 안 오십니까!"

"그쪽이 아닌데?"

그가 솔루가 걸어간 반대 방향을 손가락으로 가리켰다.

그럼 진작 말씀을 하시든가요!

"으으으윽!"

태연하게 말하는 그를 보자 짜증이 머리끝까지 올라 머리카락을 쥐어뜯고 싶어졌다. 차마 그럴 수가 없어 애꿎은 너울을 쥐고 흔들 뿐이었다.

후후, 숨을 내쉰 솔루가 다시 걸어갔다.

"태랑 님, 제 아버지 같다는 말, 취소입니다!"

"그거 반가운 소리구나."

이번엔 무표정한 얼굴로 고개를 한 번 끄덕인 그가 앞서서 걷자 그의 뒤통수를 노려보며 따라 걸었다. 동생 같았으면 머리를 쥐어박아도 몇 번 쥐어박았을 터. 그녀는 그럴 수 없는 자신의 처지가 딱했다.

태랑을 따라 조금 걷자 소명강이 나타났다. 청포도빛을 내고 있는 물을 보니 태랑 때문에 올라왔던 짜증이 어느새 사라지고 없었다. 막 돋아난 새싹처럼 파릇파릇하게 보이기도 했다.

나루에서 제법 큰 배가 그들을 기다리고 있었다. 바다의 제물로 바쳐질 때 탔던 배보다는 훨씬 작았으나 두 사람이 타기엔 큰 편이었다.

태랑이 타자는 말은 하지 않았지만 배를 향해 가는 그를 따랐다. 뒤쪽이 긴 치맛자락을 잡아 들어 조심스럽게 오르자 사공이 그녀를 힐끗 쳐다봤다.

"안녕하십니까!"

그녀의 인사에 허리를 숙이며 답을 대신한 사공이 눈길을 돌렸다.

배의 가운데부터 앞까지는 정자 모양으로 지붕이 지어져 있었다. 앉기 편하도록 배의 둘레를 따라 나무가 의자처럼 덧대어졌고 푹신한 방석이 깔렸다. 태랑이 앉은 맞은편에 솔루도 자리를 잡고 앉았다.

"가지."

그가 말하자 사공이 천천히 노를 저었다.

솔루는 배 밖으로 머리를 내밀고 안이 훤히 보이는 강을 구경했다. 물고기 떼가 헤엄을 치다가 그녀를 향해 왔다. 물고기가 너무 귀엽고 예뻐 소리 없는 탄성을 질렀다. 꼬리지느러미를 흔들며 다가오던 물고기 떼는 수면을 뚫고 나올 기세였다.

"안 돼, 안 돼."

손을 저으며 말했지만 그들이 알아들을 리는 없었다.

그 순간, 퐁! 퐁퐁! 역시나 물고기들이 수면을 뚫고 나왔다. 한 마리가 수면 위로 나오자 뒤이어 따라오던 여러 마리의 물고기도 나오더니 솔루의 곁을 빙글빙글 돌며 헤엄쳤다.

깜박 잊었다. 여기도 바닷속이었지.

손을 내밀자 물고기들이 동시에 다가와 그녀의 손에 입을 맞췄다. 간지럽다며 숨넘어가게 웃어대는 솔루를 바라보던 태랑이 고개를 젓다가 앞을 바라봤다.

설담은 이걸 왜 하라고 한 것인지.

깔깔거리며 어린애처럼 웃는 소리에 그는 다시 그녀를 봤다.

'잘 봐봐. 특히 저 다리! 너도 몰랐었지? 다리가 정말 죽······!'

설담이 했던 말이 떠올랐다. 뒤에 하려던 말을 뭐였을까 생각하다가 저도 모르게 솔루의 다리로 눈이 향했다. 무릎을 아래로 뻗어 있는 하얀 종아리가 제법 길었다. 가느다랗지만 굴곡이 있었고, 손으로 잡으면 말랑한 감촉이 느껴질 것 같았다.

그는 눈을 서서히 위쪽으로 옮겼다. 얌전하게 모으고 있는 허벅지 위만 살짝 가린 아슬아슬한 치마를 보자 갑자기 숨 쉬기가 불편해졌다.

어제도 그러더니 오늘은 왜 이러나.

가슴을 크게 들썩이며 숨을 고르던 그의 눈은 다시 솔루의 허리에서 멈췄다. 쏙 들어간 얇은 허리가 한 손에 들어올 듯했다.

태랑은 눈의 움직임을 멈추지 않았다. 더 올라갔다. 그리고 볼록 올라온 가슴을 봤다. 꽉 끼인 저고리 때문인지, 아니면 요 이틀 잘 먹었다고 벌써 살이 쪘는지 자신이 가진 가슴과 전혀 다른 모양을 하고 있는 존재가 눈에 들어왔다. 그것을 보자 겨우 차분해졌던 숨이 또 가빠졌다.

눈을 돌려야 한다 생각하면서도 저절로 위를 향해 올라가는 것을 막을 수가 없었다. 고운 선을 가진 목이 매끄러워 보였다. 태랑과는 달리 중앙에 툭 튀어나오지도 않았다. 잘빠진 선이 이리저리 움직이자 만져보고 싶은 충동이 일었다.

작은 턱을 지나자 이번엔 엷은 분홍색을 가진 입술이 보였다. 반질반질, 통통한 입술은 새침하게 모아졌다가 옆으로 휘어지기도 했다.

꿀꺽. 태랑이 침을 삼켰다.

솔루의 입술을 뚫어지게 보던 태랑의 얼굴에 갑자기 열이 몰렸다. 물고기들의 군무를 보고 감탄한 그녀가 입을 헤벌렸기 때문이었다. 그녀의 벌어진 입술 사이에서 작은 혀가 살짝 나왔다가 들어갔다 하며 움직였다. 집중할 때 나타나는 버릇이었다.

하지만 그 버릇에 태랑의 숨은 더 가빠지고 입안이 바싹 말라갔다. 솔루는 물고기 군무에 정신을 빼앗기고, 태랑은 그녀의 작은 혀에 정신을 빼앗겼다.

한동안 물고기 떼의 군무에 빠져 있던 솔루는 물고기들이 다시 물속으로 들어가자 정신이 돌아왔고, 벌어진 입술이 다물었다. 그녀가 바람이 불어 날리는 머리카락을 손가락으로 잡아 귀 뒤로 넘겨 고정시켰다.

그저 가벼운 바람이고 지나가는 순간이었다. 조금도 지체되지 않는 시간이었다. 그런데 왜 그 순간이 그렇게 느리게 흘러가는지 태랑은 모를 일이었다.

바람에 찰랑이는 머리카락이 솔루의 목을 감싸며 흔들렸다. 작지만 가는 손가락이 천천히 머리카락을 귀 뒤로 넘기며 제 목덜미를 쓸었다. 더디게 움직이는 눈꺼풀이 까맣고 투명한 눈동자를 숨겼다가 감질나게 다시 보여 줬다.

"하아."

기분이 좋은지 솔루가 나직이 숨을 뱉자 입술이 벌어졌다.

젠장.

태랑은 숨이 막혔다.

왜 이러지?

그의 머리가 빠르게 회전하기 시작했다. 아무리 여인을 싫어한다고 하나 건장한 몸을 가지고 있으니 어쩔 수 없이 일어나는 현상인가.

그동안 여인이란 그에게 멀리해야 할 독약과도 같았으나 솔루는 달랐다. 안을 수 있다고 생각하니 변화가 오는 건가 싶었다. 설담이 솔루를 보고 마음이 동하지 않느냐고 물었는데, 마음이 아니라 몸이 동했다.

태랑은 눈을 질끈 감고 속으로 저에게 연신 욕을 해댔다. 어차피 심장 때문에 안아야 할 상대라 몸이 거부하는 것보다는 나았다. 그래도 이렇게 빨리 반응이 올 줄은 몰랐다. 아니, 그보다 솔루가 먼저 태랑에게 몸이든 마음이든 움직여야 하는데 반대가 된 상황에 부아가 치밀었다.

지금까지 어떤 여인에게도 태랑은 이렇게까지 하지 않았다. 오히려 그들이 애가 닳아 난리를 피우기가 수천 번도 넘었는데, 솔루 저것은 애가 닳기는커녕 그에게 먼지만큼의 관심도 없어 보였다.

겨우 눌러놨던 오기가 슬슬 발동이 걸리고 있을 때였다.

"태랑 님!"

솔루의 부름에 감고 있던 눈을 번쩍 떴다.

"어디 편찮으십니까?"

그녀가 눈을 깜박이며 물었다. 길게 드리워진 천 때문에 태랑의 얼굴이 보이지 않아야 정상인데 바람에 날려 안에 있는 그의 얼굴이 드러났다.

"얼굴이 발갛습니다."

손으로 자신의 무릎을 짚고 상체를 앞으로 쭉 빼더니 태랑 앞으로 다가왔다. 그녀는 바람이 멈추자 닫혀진 천을 양옆으로 걷으며 얼굴을 빼꼼히 내밀었다. 긴장한 태랑이 몸을 뒤로 물렸다.

"아! 혹시 열이 나십니까?"

그녀가 깜짝 놀라며 몸을 일으키고 손을 뻗어 그의 이마에 댔다. 피할 새도 없이 일순에 일어난 사태였다. 보드라운 손바닥이 그의 이마에 닿자 감촉이 좋으면서도 몸이 굳었다. 얼굴이 험하게 변하게 태랑을 보지 못한 솔루는 그가 답이 없자 더 걱정이 됐다.

"이마에 열은 없는 거 같은데……."

그녀가 그의 이마에서 손을 떼고 제 이마를 짚어 비교하며 고개를 갸우뚱했다.

"이상하네."

그러더니 이번엔 양손을 쭉 뻗어 태랑의 두 볼을 감쌌다. 이마를 닿았던 때와 달랐다. 볼을 감싸며 얼굴을 가까이 대고 태랑의 안색을 살피는 솔루가 바로 눈앞에서 왔다 갔다 하자 열이 더 올라왔다.

그런 속을 모르는 그녀가 손등으로 그의 볼을 쓸었다.

"조금 열이 있으십니다. 아무래도 그만 돌아가셔서 쉬셔야 할 듯……!"

탁! 탁! 태랑이 연달아 그녀의 양손을 거세게 치워내는 찰나 높은 신 때문에 솔루가 중심을 잃었고, 무릎이 꺾이며 앞으로 넘어졌다.

풀썩. 태랑에게 안겼다. 맡아본 적이 있는 달달한 향이 그의 코끝을 스치는데 그것은 마치 파도처럼 커져서 덮치는 것 같았다. 그가 낮게 욕설을 뱉으며 눈을 감았다.

"죄, 죄송합니다."

당황한 솔루가 일어서기 위해 태랑의 가슴에 손을 짚자 그 자리가 데인 것처럼 화끈거렸다.

데인 게 뭔가. 불이 붙었다고 할 만큼 뜨거웠다.

별안간 솔루의 몸이 공중으로 떠오르더니 태랑의 머리 뒤로 넘어갔다. 정확히는 날아갔다.

"꺄악!"

그녀의 비명과 함께 '풍덩!' 하고 물에 빠지는 소리가 들렸다. 솔루는 바다에 빠졌던 때가 떠올랐다. 짜다 못해 쓴 바닷물이 코와 목으로 들어와 괴로웠던 기억에 미친 듯이 팔과 다리를 허우적거렸다.

"사람 살려!"

첨벙대는 소리가 연이어 들렸다. 이따금 짠물이 입으로 들어오기는 했지만 다행히 아직 가라앉지는 않아서 바닷물을 먹는 사태는 발생하지 않았다.

"구, 구해…… 주세요! 태, 태랑 니임!"

"알아서 올라와라."

또 알아서 하란다. 어제 청을 타야 할 적에도 그러더니.

그거야 당장 살고 죽느냐의 문제가 아니니 그럴 수 있다고 쳐도 이건 아니지 않나. 죽을 수도 있는 상태였다.

헌데 한참이 지나도 몸이 가라앉지 않자 이상함을 느낀 솔루가 슬며시 감고 있던 눈을 떴다. 놀랍게도 몸이 둥둥 떠 있었다. 온몸이 젖어 있기는 했으나 가슴까지 물이 차오른 상태로 떠 있는 기분이 이상했다. 땅이 발에 닿지 않았지만 물속으로 빠지지 않아 다행이었다. 안도의 한숨을 내쉬었다.

"빠져 죽을 일도 없는데 살려달라는 외침이 우스웠다."

태랑이 한 손에 턱을 기대고 다른 손으로는 제 얼굴을 가리고 있는 천을 옆으로 살짝 걷으며 배 밖으로 내려다보고 있었다.

편안하게 앉아서 구해주라는 솔루의 허우적거림을 보고 있으니 금이 갔던 자존심에 조금 위로가 되었다. 줄곧 밀리고 있었는데 역전한 기분이었다. 어느새 그녀의 마음을 얻어야 한다는 사실을 몽땅 잊어버린 그였다.

"좀 빨리 알려주시지 그랬습니까."

"말했다 한들, 네 목소리가 워낙에 커서 들렸을지 싶구나."

"일부러 즐기고 계셨던 것은 아니고요?"

솔루가 아랫입술을 삐죽 내밀었다.

"그러시는 거 아닙니다."

"뭘?"

"태랑 님을 걱정하는 사람에게 이리 하시는 법이 어디 있습니까?"

"난 누가 내 몸에 손대면 싫다."

"일부러 손대지 않았습니다."

"이유야 어찌 됐든 싫어."

잠시 잊고 있었다, 태랑의 성격을.

"예, 앞으로 주의하겠습니다. 그래도 배로 올라갈 수 있게는 도와주십시오. 혼자서는 불가능합니다."

"닿는 거, 싫다고 말했다."

"그럼 어찌합니까? 저는 그만한 기운이 없는데요."

"너의 사정일 뿐."

우이 씨, 진짜 성질머리하고는.

아버지 같다는 말 취소하길 천만다행이었다. 이미 취소해서 사라진 말이었으나 솔루는 그와 아버지를 비교했다는 사실 자체가 아버지께 죄송할 지경이었다.

그나저나 어떻게 배에 올라간담.

도저히 태랑이 저를 도와줄 기미가 보이지 않았다. 솔루 근처에 여러 마리의 물고기가 맴돌며 헤엄치고 있었지만 작아서 도와주기는 힘들어 보였다. 배로 다가가 손을 올리려 해도 손끝이 잡힐 듯 말 듯 했다.

아. 조금만, 조금만 더 하면…….

겨우 배에 간당간당하게 매달렸다. 이제 손과 팔에 힘을 줘 몸을 위로 당기기만 하면 되는데 젖 먹던 힘까지 짜내도 소용이 없었다.

두세 번의 시도 끝에 몸에서 힘이 빠진 솔루가 포기하려던 그때.

밑에서 널따랗게 큰 무언가가 그녀의 엉덩이를 받치며 위로 밀어 올렸다.

"우아앗!"

갑작스러운 상황에 놀란 솔루는 무엇인지 확인하지도 못하고 배에 올라탔다. 자신의 무게 때문에 최대한 빨리 내려주는 것이 예의라고 생각해서였다. 배에 올라탄 그녀는 얼른 저를 누가 도와줬는지 살폈다. 커다란 거북이었다.

"고마워."

금빛의 등딱지를 가지고 있는 거북은 고맙다는 솔루의 인사를 듣더니 아래로 가라앉으며 사라졌다. 가끔 장에서 새끼 거북을 보기는 했었지만 저렇게 금빛인 경우는 처음이었다. 게다가 저를 도와주는 거북이라 더 신기했다.

거북이 보이지 않을 때까지 보고 있던 솔루는 문득 잊고 있었던 태랑을 상기했다.

배는 자기가 타자고 했으면서 이럴 거면 데려오지나 말지.

마음 같아선 한 소리 하고 싶었다.

태랑 님은 아주 못됐어요! 심술쟁이! 변덕쟁이!

여러모로 감사해서 은인으로 여기려고 했었다. 헌데 이랬다가 저랬다가 하는 그 속을 모르겠다.

그녀는 몸을 돌려 그를 쏘아봤다. 금세 눈을 돌릴 수밖에 없었지만.

가만히 저를 보기만 하는데도 계속 마주할 용기는 나지 않았다. 찌를 듯이 날카롭기도 했고, 깊은 바다보다 더 진한 푸른색의 눈동자를 보고 있노라면 가슴에 무거운 돌덩이가 얹혀졌다.

물에 젖은 옷 때문에 추웠으나 지금은 별다른 방법이 없어 그냥 방석 위에 앉았다.

"태랑 님, 언제 돌아갑니까?"

하늘에 떠 있는 태양 덕분에 괜찮을 줄로 알았는데 점점 추워져서 물었으나 그는 답이 없었다.

사실은 솔루가 배에 올라왔을 때부터 태랑은 입을 닫았다.

젖어서 몸에 달라붙은 옷이 그녀의 살결을 훤히 비치고 있었다. 전모는 벗겨서 등 뒤에 매달려 있었고 아무렇게나 헝클어진 머리카락 역시 젖어서 유난히 까맣게 보였다.

까만 머리카락 때문에 반대되는 색의 하얀 살결이 도드라졌다. 추워서 손등으로 얼굴과 턱, 목을 쓸어내리는 동작에 태랑은 입술을 굳게 다물었다. 하지만 닫힌 입술이 꿈틀거리며 그의 심경을 나타냈다.

거슬린다. 저 녀석이 거슬린다. 거슬려도 너무 거슬린다.

"너, 앞으로 내 곁에 오지 마. 무조건 열 걸음 떨어져 있어라."

"예?"

"두 번 말하지 않는다."

그녀는 못 알아들어서 되물은 것이 아니었다. 느닷없이 열 걸음 떨어져 있으라는 말이 황당해서였다.

"그럼 청을 탈 때는요?"

"청? 아, 미처 그 생각을……. 아니다. 이제 청을 탈 일은 없을 거야."

"당장 궁으로 돌아갈 때에는 타야 합니다."

설마 걸어서 오라 할까 싶어 솔루는 겁이 덜컥 났다. 가는 방법은 물론이고 해국의 지리에 대해서는 전무했다. 거기다 옷은 젖어 있고, 언제 길바닥에서 혼절할지 알 수 없다.

"내가 먼저 가서 파고를 보내줄 터이니 기다려라."

"하지만 젖어서 춥습니다."

"그건 너의 사정이고."

인정사정없이 뱉는 차가움에, 솔루는 갈 때 함께 가자고 사정하려던 말이 쏙 들어갔다. 태랑은 그길로 사공에게 나루에 배를 대도록 명령했고 그의 말처럼 혼자서 청을 타고 가버렸다.

"아, 진짜 추운데! 이 나쁜!"

뒤에 '놈'은 붙이지 못하고 혼자 씩씩대던 솔루는 점점 몸이 차가워졌다. 열을 내기 위해 어깨를 문지르며 풀밭 위를 뛰었다.

"파고 니임~ 빨리 오세요. 빨리 오세요."

깡충깡충 노래를 부르길 얼마나 했을까. 멀리서 해룡을 타고 오는 파고가 얼마나 반갑던지 눈물이 나올 뻔했다.

입술이 파랗게 질렸으면서도 환하게 웃는 얼굴로 반기는 솔루를 보고 파고는 얼른 입고 있던 겉옷을 벗어서 어깨에 걸쳐줬다. 물에 빠진 생쥐인 양 쫄딱 젖어 있는 몰골이 말하지 않아도 대충 무슨 일이 벌어졌는지 감이 왔다.

"무겁긴 하겠지만 추위를 가시게 하는 데는 도움이 될 거야."

그의 말대로 무거워서 땅에 박히는 기분이었지만 추위를 날릴 수 있어서 만족했다. 파고와 돌아오는 길에 하늘을 보던 솔루는 오늘은 하늘이 파란색이란 걸 깨달았다.

"파고 님? 오늘은 하늘이 파랗습니다."

"오늘은 청해국의 기운이 강한 날이라서 그렇다."

"청해국의 기운이 강해요?"

"응. 청해국의 기운이 강할 때는 파란 하늘, 황해국의 기운이 강할 때는 밝은 황토빛의 하늘, 흑해국의 기운이 강할 때는 진한 회색빛이지. 아! 엊그제 하늘은 자해국의 기운이 강한 날이라서 자주색이었다."

"그럼, 백해국의 기운이 강한 날은 하늘이 하얗게 됩니까?"

"그렇지. 그래서 자세히 보지 않으면 구름을 볼 수 없단다."

그렇구나, 작게 중얼거린 솔루는 파란 하늘을 보며 고향집을 생각했다.

저가 살던 곳과 같은 하늘의 색. 어머니와 동생들은 뭐 하고 있을까.

파란 하늘 때문인지 집 생각이 간절해졌다.

처소로 돌아온 솔루는 끓어오르는 열로 인해 고생이 이만저만이 아니었다. 열 때문에 헛소리도 하고 중도에 혼절하기도 해서 파고의 걱정이 깊어갔다. 아픈 그녀는 자주 어머니를 찾았다. 꿈속에서 보기라도 했는지 눈물을 흘리며 훌쩍이기도 했다. 지켜보는 파고는 안쓰럽고 가여워, 약해지는 마음을 단단히 하는 데 애를 먹었다.

약을 구해다 먹였지만 열만 겨우 내려가고, 잠을 자는 것인지 정신을 잃은 건지도 모를 정도로 사흘 동안 깨어나지 못했다.

태랑이 한 번 정도 찾아와줘도 좋으련만. 그는 파고를 통해 솔루의 상태에 대해 보고만 받을 뿐 움직일 생각을 하지 않았다.

반면에 저녁마다 설담이 와서 들여다보고 갔다.

"약을 먹어도 깨어나지 않는 걸 보면, 적응하는 기간인가 봐요."

솔루의 이마를 쓰다듬던 설담이 파고에게 말했다.

"적응하는 기간이요?"

"인어가 아니잖아요. 겉으로 표시가 나지는 않으나 오로지 공기로만 호흡하는 인간이 물속에서 호흡하려니 얼마나 힘들겠어요. 거기에 고향에 대한 그리움이 병을 더해줬고요. 차츰 적응하다 보면 물속의 호흡도 편안해질 테고 그리움에도 적응하겠죠."

"네."

"어차피 제 여인이 될 터인데 좀 살갑게 대해주면 얼마나 좋아."

태랑을 향한 가벼운 바람이자 원망이었다. 이 작고 여린 여인에게서 심장을 취할 수 있으니 애지중지하며 떠받들어도 모자랄 판인데 말이다.

하긴 태랑에게는 그런 기대를 할 수 없었다. 여태껏 저만을 위해 살아왔던 그가 누구를 아낀다는 일이 가당키나 하단 말인가. 그리고 태랑이 갖고 있는 아픈 상처가 지금의 그를 만들었다는 것을 알기 때문에 그에게 조언은 해주지만 강요할 수는 없는 노릇이었다.

"꽤 어려울지도 모르겠어요."

설담은 잠든 솔루를 안타깝게 바라보다 태랑이 머무는 곳을 향해 눈을 돌렸다. 안타까운 또 한 사람이 거기 있었다.

"뭘 말입니까?"

"태랑과 솔루요. 더 지켜봐야 할 것 같고, 아직 솔루를 본 기간이 짧아서 맞을지는 알 수 없지만요."

"……."

"지금까지 대충 보기에 한 사람은 사랑이 넘치고, 한 사람은 사랑이 메말랐죠. 언뜻 생각하기엔 많은 사람이 메마른 사람에게 주면 될 것 같지만 그게 아니거든요."

사랑이 넘치는 쪽은 당연히 솔루였고, 메마른 쪽은 태랑이었다. 설명을 듣지 않아도 그 정도는 파고도 눈치챘다. 솔루가 어떤 가정에서 자랐는지 상세하게는 몰랐지만 그녀의 말이나 행동을 보면 누구라도 느낄 수 있었다. 사랑을 많이 받고 자라 구김 없이 맑다는 것을.

"어째서입니까?"

"사랑이라는 것이 어느 정도 받아들일 수 있을 만큼만 메말랐으면 효과가 나타나기 마련인데, 돌처럼 조금도 흡수하지 못할 정도로 메마르면 아무리 많은 양으로 적셔줘도 변화가 없죠."

태랑은 돌과 같았다. 단단하고 딱딱하고 조금의 틈도 없는 돌.

"그리고 사랑이 넘치는 사람은, 가지고 있는 것이 많은 만큼 많이 퍼주는 데…… 특히 메마른 사람에게는 더 주려고 하죠. 아무튼 그렇게 자신도 모르게 너무 주다 보면 어느새 바닥이 나요. 그 바닥을 보는 일이 당사자에게는 괴로움이고 고통이 되겠지요."

"……."

"돌 같은 상대에게 끊임없이 주고, 주고 또 주고 싶을 거예요. 하지만 바닥이 나서 지치게 되면 그런 생각을 하게 되겠죠? 더 주고 싶은데 더는 줄 수가 없네. 내가 이것밖에 안 되는 사람이란 말인가. 이 사람에 대한 내 사랑은 고작 이것뿐인가. 더 주고 싶어도 힘들어서 더는 줄 수 없는 사태가 벌어지면 그 사람은 피폐해질 가능이 높아요."

피폐(疲弊). 사랑했던 사람이 제 심장을 원한다는 것만으로도 그렇게 될 이유가 충분했다. 파고가 알고 있기로 해국의 왕들에게 심장을 줬던 여인 모두가 그렇게 됐다. 설담의 말대로라면 솔루는 그 여인들보다 더 심각해질 수도 있다는 얘기였다.

"둘 중 누구 하나만 적당했어도 좋았을 텐데……."

솔루가 사랑을 적당하게 가진 사람이거나, 태랑이 조금이라도 사랑할 줄 사람이었더라면 훨씬 쉬웠을 터이다.

설담이 본 솔루가 사랑이 넘치는 사람이라는 가정하에, 만약 그녀가 태랑을 사랑하게 된다면 자신의 심장이 문제가 되지 않으리라. 저를 내어던질 수도 있다. 반면에 태랑은 움직일 듯하겠지만 시간이 지나면 제자리에 있을지도.

조금의 거리낌도 없이 나아가 솔루의 심장을 취하고 뒤도 돌아보지 않을 사람이었다.

설담은 저나 다른 왕이 심장을 가졌을 때와 달리 태랑은 뭔가 큰일이 터질 듯한 예감이 들었다. 그래 봤자 그 일이 그 일이라고 넘겼지만, 오늘은 이상하게 등에서 한기가 느껴졌다.

바다의 신, 해무에게 마음으로 청했다.

솔루가 그를 조금만 사랑하기를. 그래서 딱 제 심장만 내어줄 정도로만 사랑하게 되기를.

태랑이 그녀에게 조금은 사랑을 내어줄 수 있기를. 그래서 심장을 취하고도 따뜻하게 안아주기를.

설담이 해무에게 소원을 빌며, 누워 있는 솔루를 가만히 봤다. 감고 있는 그녀의 눈이 몇 번 움찔거리더니 천천히 눈꺼풀이 올라갔다.

"누가…… 피폐해져요?"

조금 전부터 깨어 있었던 모양인지 사흘 만에 눈을 뜬 그녀가 물었다. 기운이 없는 솔루의 눈동자가 흐릿했으나 점점 또렷하게 돌아왔다.

"어? 정신이 들어요?"

설담이 화제를 전환하기 위해 그녀에게 물었다. 그러면서 머리로는 파고와 나눴던 대화 중에 심장에 관한 이야기는 없었는지 되짚었다.

그녀가 알아서는 안 되는 말들이었다.

"예. 몸이 젖은 솜처럼 무겁기는 합니다만, 괜찮습니다."

"내리 사흘을 누워 있어서 오늘도 일어나지 못하면 어쩌나 걱정했어요."

"죄송합니다."

설담은 힘없이 손을 들어 얼굴 제 이마를 만지던 솔루를 보고 있자니 마음 한구석에 버려놨던 양심이 자꾸 올라왔다.

지금 네가 하는 걱정은 솔루를 위해서냐, 태랑을 위해서냐.

그건 옆에 앉아 있는 파고도 마찬가지였다. 태랑이 솔루의 심장을 갖는다고 말을 뱉은 순간 이 보이지 않는 경기는 시작되었고, 그는 단순한 관람자가 아닌 참가자였다.

그녀가 나중에 모든 사실을 알게 되었을 때 설담이나 파고도 태랑 못지않게 쏟아지는 비난의 화살을 맞아야 한다. 그것이 두렵지는 않다. 태랑이 온전히 백해국의 왕으로 살 수만 있다면 후에 따르는 어떤 일도 감수할 각오가 되어 있었다. 다만, 처음에도 그랬듯이 이겨내지 못할 솔루가 마음에 걸렸다.

자리에서 일어나려는 그녀를 어깨를 잡아 도와줬다.

"아픈 바람에 살이 더 빠지게 됐네. 죽이라도 준비해오라 할 테니, 쉬어."

고개를 끄덕이며 엷게 웃는 솔루의 머리를 쓰다듬어주고, 파고는 밖으로 나갔다.

"사흘이나 누워 있었다니. 또 일을 못하게 돼서 죄송합니다."

희멀건 얼굴에 미안함이 가득했다. 설담이 괜찮다고 해도 그녀는 연신 고개를 숙였다.

"아파서 어쩔 수가 없었잖아요. 객사에서 일하는 누구라도 아플 땐 쉬어요."

"제 잘못이에요. 뻔히 어떤 몸인 줄 알면서 주의하지 않았습니다."

파고에게 들어본 바로는 그녀가 아니라 태랑이 문제였다.

158

물에 빠져 젖어 있는 사람을 꽤 오랫동안 세워뒀으니 멀쩡해도 감기에 걸릴 상황이었다. 그런데 이 와중에 설담은 솔루가 행여나 태랑에게서 마음이 떠났을까 봐 그를 위한 변명을 생각하고 있었다.

내가 걱정하는 건 역시 태랑이었나.

하긴 솔루에게 마음이 가긴 하지만 태랑을 도우고 있으니 설담에게는 그가 솔루보다 중요했다. 여인에 대한 마음과 태랑에 대한 마음을 비교할 일이 없었는데 솔루를 통해서 알게 됐다.

미안하게도 벗이 먼저인가 보다. 이불 위에 얹은, 꼼지락거리는 솔루의 손을 봤다. 그래도 최대한 그녀가 상처 받지 않기를 원하는 바람은 진심이다.

"태랑 님이 짓궂긴 해도 나쁘지는 않으세요. 이렇게 솔루가 아플 줄 생각하지 못하고 그러셨을 거예요."

결국 태랑의 손을 들어줬다.

"꼭 태랑 님 때문은 아닙니다. 그냥 여러 가지로……."

손가락으로 이불을 잡았다 펴는 솔루가 말끝을 흐렸다.

"가족이 보고 싶죠?"

"늘 보고 싶습니다. 저 혼자만 잘 먹고, 잘 입고, 잘 지내는 듯하여 죄송하고, 미안합니다. 여기가 무섭습니다."

그녀가 제 가슴을 두드렸다. 설담은 자신의 가슴도 무거워지는 기분이 들어 솔루를 가만히 바라봤다. 이불 위에 올려진 손을 잡아주고 싶었으나 제 몫이 아니기에 관뒀다.

"하지만 이렇게 아픈 것보다는 잘 지내는 쪽이 더 좋지 않을까요?"

"예. 그래서 잘 버티고 있었는데…… 제 심지가 유약한가 봅니다."

태랑으로 인해 감기에 걸리긴 했으나 근본적인 원인은 설담의 예상대로 가족이 보고 싶어서였다. 억지로 눌러 담고 있었는데 결국 터져서 병이 됐다. 해서 꿈에서 그리도 어머니와 동생들을 자주 보였던가. 잘 지내라고 토닥여주는 어머니 품에 안겨 많이도 울었다.

비록 꿈이었지만 한바탕 그리움을 울음으로 쏟아내고 나니 조금 시원하기도 했다. 그리고 설담의 말에도 수긍하기 때문에 더 열심히 살고 싶어졌다. 기약할 수는 없지만 그렇다고 '절대 만날 수 없다' 생각하지 않았다. 어느 날, 언제 어떻게 만나게 될지도 모르는데 여전히 아프기만 한 딸의 모습을 보여드릴 수 없었다.

"솔루는 유약하지 않아요. 아무리 강한 사람이라 해도 갑자기 가족과 헤어지면 마음에 병이 생기게 마련이죠."

"앞으로 더 노력하겠습니다."

"지금도 충분히 노력하고 있으니 그 마음은 변하지 말아요."

"예."

그때, 파고가 죽이 든 쟁반을 들고 들어왔다.

"자, 어서 먹고 기운 차려."

그러곤 솔루 무릎에 내려놓으며 말하자 그녀가 고개를 숙이며 인사했다.

"파고가 직접 이런 일을 하다니 놀랍군요."

설담은 큰 덩치에 어울리지 않게 작은 쟁반을 들고 오는 파고의 모습을 보고 눈을 동그랗게 떴다.

"백해궁에서 일하는 하인들은 모두 남자라서 어쩔 수 없습니다. 다 큰 처녀가 누워 있는 방에 낯선 사내들을 들일 수는 없지 않습니까."

해서 솔루의 식사도 문 앞에 밥상만 두고 가도록 명했었다.

궁 안에서 마주치는 일이야 어쩔 수 없다 하더라도 사정이 있지 않고선 이 방 안으로 다른 사내의 발이 닿게 할 수는 없었다. 태랑만 아니라면 처소도 옮겼으면 했다. 백해궁에 못된 마음을 먹고 딴짓을 할 사내는 없다고 믿지만 사람 일이란 건 또 모르니까.

"솔루도 깨어났으니 이만 가볼게요. 먹고 푹 쉬도록 해요, 솔루."

"내일부터는 객사에 일하러 가겠습니다."

"그건 몸이 회복되면 허락할게요. 적어도 내일까지는 쉬어요."

"오늘까지만 쉬면 충분합니다."

"거참, 고집하고는."

"정말 괜찮은걸요."

"알았어요. 대신 내일 객사에서 몸이 안 좋아지면 바로 돌아오기로 약속하는 거예요."

"예, 그리하겠습니다."

솔루가 환하게 웃어 보이고 설담과 파고가 나가자, 숟가락으로 죽을 떠서 입에 넣었다. 입안으로 퍼지는 부드럽고 고소한 맛에 꿀떡 잘 넘어갔다.

아, 난데없이 경단이 먹고 싶어지네.

아프고 난 뒤에 기운을 차리려고 그러는지 달달한 경단이 당겼다. 생각만으로도 입안에 침이 고이는 경단.

하지만 제 처지를 잘 알고 있는 솔루는 죽만으로 만족하며 힘없이 웃었다.

"애가 아프면 가서 좀 보고, 이마에 손도 짚어주고! 좀! 손을 꼭 잡고 빨리 좋아지길 바란다. 이런 말도 좀 해주고!"

"누가 애야? 20살이나 먹었는데."

"좋아, 20살 먹은, 네게 심장을 줄 여인이 아프잖아!"

침상의 보료 위에 비스듬히 모로 누워 있는 태랑의 앞을 왔다 갔다 하며 설담이 외쳐댔다.

"귀찮다."

그렇잖아도 사흘 내내 체한 것처럼 속이 답답해서 짜증이 날 지경인데 솔루를 볼 여유 따위는 없었다.

"너, 심장 갖지 않을 거야? 이렇게 한가할 때가 아니잖아. 시간이 얼마 없어."

"그냥 안아버리지."

"장난해? 너를 사랑하는 여자야 해. 그건 오래전부터 정해진 법칙이었다. 그리고 솔루가 미쳤다고 마음에도 없는 남자에게 안기겠어? 그 작은 몸이 아파서 숨을 힘겹게 내뱉고, 꿈에서 가족을 봤는지 애타게 찾으며 눈물을 흘리더라. 귀찮은 건 둘째 치더라도 측은함, 이런 거 안 생겨? 인간 대 인간으로 찾아줄 수도 있는 거잖아."

안타까움이 가득 담긴 몸짓으로 태랑을 설득하고 있지만 그는 가끔 흘깃 보기만 할 뿐, 전혀 움직일 기색을 보이지 않았다.

"인어 대 인간이겠지."

"농담이 나와? 이 자식아! 인어나 인간이나!"

설담이 소리를 버럭 지르자 태랑이 깊게 한숨을 쉬었다.

아픈 걸 저보고 어쩌라는 것인가. 가서 얼굴을 보고 손을 잡아준다고 아픈 몸이 낫기라도 하나?

"아무튼 이제 깨어났다면서. 그럼 된 거잖아."

겨우 물에 빠져서 감기에나 걸리다니, 쯧.

어느 것 하나 성하지 않다.

"깨어났으니까 가서 봐야지. 표현은 안 하고 있어도 속으로 얼마나 널 원망하고 있겠어."

"감히 제 주제에 누굴 원망해?"

후아! 이번엔 설담이 크게 숨을 내쉬었다.

뱃놀이를 가기 전에만 해도 태랑의 심중에 변화가 있는 듯해 내심 기대했는데 판단이 틀렸나 보다. 처음엔 태랑이 의지라도 보였는데 웬일인지

162

오늘은 심드렁한 눈치였다.

아무래도 오늘은 태랑을 설득하기 틀렸다. 솔직히 귀찮다는 핑계로 꼼짝도 하지 않으려는 그를 보니 설득하고 싶은 생각 자체가 사라졌다.

딱하게 봐주면 좋으련만. 심장을 줄 여인이었다. 혹여 잘못될까 봐 걱정이라도 하면 오죽 좋아.

한참 동안 잔소리를 늘어놓은 설담은 제풀에 지쳐 다음에 보자는 간단한 인사만을 남기고 가버렸다. 홀로 남은 태랑은 설담 때문에 머리가 지끈거려 짧게 숨을 내쉬고 슬그머니 자리에서 일어났다.

드르륵! 느닷없이 문이 열리고 설담이 얼굴만 쏙 내밀었다.

"애가 얼마나 아팠는지, 그렇잖아도 말랐는데 더 말랐더라. 보양식이라도 보내줘."

쾅! 어찌나 문을 세게 닫던지 방 전체에 큰 소리가 울렸다.

말랐다라…….

태랑이 검지에 끼워진 붉은 가락지를 엄지로 살살 돌리며 매만졌다.

솔루가 말랐나? 못생긴 얼굴은 기억을 하는데, 몸은 모르겠군.

그저 '말랐다'는 말에서 자연스럽게 떠오른 것뿐이었다. 솔루의 몸을 머릿속으로 그려볼 의향은 전혀 없었다.

허나 이미 그려졌다. 굴곡 있는 얇은 다리, 잘록한 허리, 그 허리와 반대되는 가슴, 그리고…… 그리고…… 조그맣고 도톰한 분홍색 입술이 아른거렸다. 태랑은 고개를 세차게 저으며 지워내려 했지만 저을수록 더욱 생생해졌다.

끄응. 낮은 신음을 낸 그가 손가락으로 미간을 문질렀다.

저에 대한 염려가 가득한 눈으로 이마를 짚어보고 볼을 잡던 그녀가 열이 난다고 돌아가자 했었다. 당시에는 처음 겪는 일에 당혹스러워 그런 솔루의 본심을 헤아릴 겨를이 없었다. 그러다 보니 그에게 심장은 안중에도 없었으리라. 그저 생소한 감각들이 일어나는 바람에 벗어나려고 했던 것이다.

아무 생각 없이 젖은 옷을 입고 있는 그녀를 두고 온 것이 이제야 마음에 조금 걸렸다. 차츰 저를 좋아하게 만들어야 할 이 판국에 거리가 더 벌어졌다.

"파고, 밖에 있느냐."

문이 열리고 파고가 들어와 허리를 숙였다.

"솔루는…… 뭘 좀 먹었다더냐."

"네. 계속 물만 먹고 굶었던 터라 가벼운 죽을 먹였습니다."

그녀의 안부를 묻는 태랑에게 잠시 놀랐지만 곧 차분한 음성으로 답했다.

"그래. 내일 아침에는 기운 차릴 만한 음식으로 보내라."

"네, 알겠습니다. 더 시키실 일은 없으십니까."

"나가봐."

태랑이 손을 두어 번 내젓자 파고가 물러가기 위해 돌아서려던 때였다.

"잠깐."

허공을 젓고 있던 손이 멈추며 파고를 불렀다.

"경단 몇 개 만들어서 솔루에게 주도록."

"지금 하라는 말씀이십니까?"

"지금."

"네, 그리하겠습니다."

"꼭 해감초 가루를 잔뜩 입히도록 하고."

"네."

파고는 솔루가 이른 저녁을 먹어 늦은 밤 출출할지도 모르는 그녀를 위해 태랑이 미리 준비시킨 것이라 여겼다. 그녀와 다시 잘해보기로 했는지, 좋은 쪽으로 옮겨진 변덕스러운 마음이 반가웠다.

허나 태랑은 거기까지 생각이 앞서 나가지는 못했다. 다만 해감초 가루를 입힌 달달한 경단을 좋아하더라는 설담이 말이 문득 떠올라 명했을 뿐이다.

경단 하나에 멀어졌던 거리가 다시 좁혀질 수도 있다는 계산을 할 줄 아는 그라면, 처음부터 솔루를 물에 빠뜨리지 않을 사람이었다.

경단을 보내라 말하고 나니 이제 됐다 싶은 태랑이 다시 보료 위에 비스듬히 누웠다. 왜인지 불편하던 속이 편해진 듯했다.

단 음식을 좋아한다고 했으니 맛있게 먹겠지.

경단을 오물오물 먹는 조그마한 입술이 눈앞에서 저절로 그려졌다. 솔루가 쫀득한 경단을 한입 베어 문 입술에 하얗게 묻은 해감초 가루를 혀로 살살 닦아냈다. 그리고 작은 혀끝이 입술을 핥는 모습에 태랑은 숨을 들이마셨다. 정말 바로 앞에 그녀가 있는 듯했다.

툭툭. 숨이 막혀 가슴을 쳤다.

후우. 후우.

크게 심호흡을 해도 소용이 없다.

보고 있는 것도 아닌데 반응하면 어쩌자는 것이냐, 태랑.

맑은 눈동자를 담고 있는 눈이 접히며 휘어지는 눈웃음, 볼이 움푹 파이는 볼우물.

그런 것까지 세세히 본 적이 없었는데 왜 선명하게 보이는 걸까.

딱히 솔루를 생각할 계획은 없었다. 그럴 마음은 더더욱 없었지만 저절로 생긴 환영이었다. 한번 그려진 솔루의 얼굴은 떨쳐버리려 노력해도 그대로였다. 잠이라도 들었으면 좋겠는데 말짱한 정신은 도무지 졸릴 기미가 보이지 않고 이제는 이마와 볼을 만지던 솔루의 손바닥 감촉까지 느껴졌다.

이쯤 되면 못생긴 그 녀석에 홀린 것이 틀림없다.

인간을 홀리는 인어는 들어봤어도 인어를 홀리는 인간은 들어보지 못했는데…….

일어났다 눕기를 반복하던 태랑은 아른거리는 솔루의 얼굴과 감촉을 씻어낼 길이 없어 밖으로 나와 후원으로 향했다.

태랑은 후원의 정자에서 밤이 늦도록 앉아 있었다. 다행히 차가운 밤공기가 제대로 사고하지 못하는 정신을 잡아줬다. 비릿한 짠 내음이 마음의 안정을 가져다줬다. 그는 겨우 진정되어 침전으로 가기 위해 일어났다. 잠이 쉬이 오지는 않겠지만 아까처럼 숨 쉬기가 곤란하지는 않으니 됐다.

어두운 밤에는 나타나는 물고기들이 빛을 내며 그에게 따라붙었다.

"웬일이냐. 늘상 피하기에만 바쁘더니."

바다에 사는 모든 생물은 해국의 왕을 잘 따랐다. 헌데 유일하게 태랑에게만 가까이 접근하지 않았는데 오늘은 어쩐 일인지 간격을 좁히며 헤엄쳤다.

우아한 걸음을 따라 은색의 머리카락이 잔잔한 물결처럼 일렁이며 반짝였다. 오랜만에 제법 기분이 괜찮아진 그가 손끝을 살며시 튕기자 작고 동그란 기포 방울이 피어올랐다. 물고기들이 좋은지 그 주위를 빠르게 돌았다. 여태껏 한 번도 저러지 않던 물고기들이 친근함을 나타내며 헤엄치자 그의 발걸음이 더 가벼워졌다. 멀리 돌 위에 앉아 있는 솔루를 보기 전까지는.

여기는 분명 태랑의 침소가 있는 침전이었다. 아니, 그런 줄로 알았다.

퍼뜩 정신을 차리고 주위를 둘러보니 그의 침전이 아니라 솔루가 머무는 처소가 있는 곳이었다.

내가 여길 왜? 다리가 저절로 움직이기라도 했단 말인가? 오고자 생각하지도 않았는데 이 무슨 조화냔 말이다.

자신에게 불같이 치밀어 오르는 화를 어쩌지 못하고 눈을 감으로 입술을 세게 깨무는 순간이었다.

"태랑 님?"

솔루가 그를 발견하고는 불렀다. 거리가 있는 데다가 힘이 없는 목소리라 간신히 들렸지만, 확실히 태랑을 부르는 소리임에는 틀림없었다.

눈을 뜬 태랑은 몸을 돌려 돌아갈까 하다가 솔루를 향해 걸었다. 평소의 그라면 뒤도 돌아보지 않고 제 갈 길로 갔을 텐데, 왜 그녀에게로 가고 있는지 자신도 몰랐다. 무심코 다리가 솔루에게로 내디뎠다.

태랑이 가까이 다가오자 솔루는 주먹으로 무릎을 짚으며 일어났다. 그 모습이 제법 힘겨워 보였다.

"여기는 어쩐 일이십니까?"

어쩐 일인지는 그도 알 길이 없었다.

"산책 중이었다."

이 밤중에 핑계 댈 것은 그것뿐이라.

"죄송합니다."

"뭐가."

"심려를 끼쳐드려서요."

아픈 솔루를 걱정한 적은 결단코 한 번도 없었다. 단지 심장을 줘야 할 그녀가 저를 거부할까 걱정이었다.

"나와는 상관없는 일이라 조금도 마음 쓰지 않았다."

"아……."

다른 때라면 눈을 마주 보며 뭐라고 대들었을 텐데 그냥 '아'란다. 아프기는 한 모양이다.

"보아하니 완쾌되지 않았는데 왜 나와 있는 것이냐."

"많이 좋아졌습니다. 답답해서 잠시 찬 공기를 마시러 나왔습니다. 혹 태랑 님께서도 답답하여 산책을 나오신 겁니까?"

나긋나긋. 상냥했다. 밤공기를 데우는 듯한 나긋한 음성에 태랑이 솔루의 얼굴을 뚫어져라 봤다. 달빛을 받은 얼굴이 말갛다. 아파서 핼쑥했지만 가녀린 선이 묘했다.

이 애에게 이런 면도 있었나.

"⋯⋯?"

태랑의 눈길을 느낀 솔루가 그에게 고개를 돌렸다.

"⋯⋯너."

보내줬던 경단을 먹었구나.

그녀의 입술 끝에 묻은 하얀 가루가 그 증거였다. 상상했던 장면이 고대로 펼쳐지자 태랑의 숨이 눌렸다.

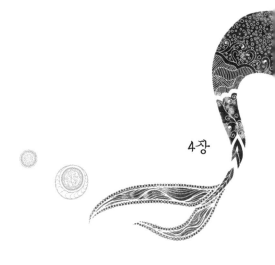

4장

　말없이 빤히 바라보는 태랑의 시선에 무안해진 솔루가 손을 들어 제 어깨를 비볐다. 뭐라고 말이라도 하고 싶은데 이렇다 할 이야기가 떠오르지 않았다. 입안에서만 맴도는 의미 없는 말을 꺼낼까 고민하는 솔루의 입술이 쌜룩거렸다. 아파서 핏기가 가신 입술은 배에서 봤을 때처럼 분홍색이 아니었다. 그런데 그것 나름대로 눈에 박히니 태랑은 미칠 노릇이었다.

　말아 쥐고 있는 그의 주먹이 망설였다. 손가락이 펴질 듯 말 듯 반복해서 꿈틀댄다.

　"태랑 님, 왜 그러십니까?"

　그의 침묵이 길어지자 솔루가 물었다. 일자로 꽉 닫혀 있는 입술과 저에게서 조금도 움직이지 않는 그의 시선이 차가웠다.

　"제가 뭘 잘못했습니까?"

　그래, 너는 지금 아주 큰 잘못을 내게 저지르고 있다.

　정작 당사자인 너는 그걸 모르고 있다는 것에 화가 난다. 그보다 자꾸 앞으로 나가 그녀의 입술을 만지려고 하는 자신의 손에 더 화가 났다.

태랑의 속을 알 리 없는 솔루가 맑은 눈으로 올려다보자 그의 머리가 백지화됐다. 고약한 성질을 부추기는 화도 사르르 사라졌다. 손을 들고 말았다. 그리고 멋대로 방향을 정해 솔루의 얼굴로 나아갔다.

"아!"

갑자기 솔루가 뭔가를 깨달은 듯이 작게 외치더니 종종걸음으로 그에게서 멀찌감치 떨어져 섰다. 그녀의 입술에 묻은 해감초 가루를 닦아줄 수 있을 거라 부풀었던 기대가 일순간에 사라지자 태랑의 얼굴이 굳어졌다.

"너 지금!"

뭐 하는 짓이냐고 소리칠 뻔했다. 항상 아름다운 것만을 추구하던 그였기에 언성을 높이는 일은 자제했다. 그 모습은 가히 아름답지 않다고 생각했기 때문이었다. 그런데 솔루하고만 있으면 평생 잘 유지했던 그의 신념이 어느새 사라지고 없었다.

"죄송합니다."

그녀가 허리를 반으로 접었다.

"뭐가?"

죄송할 만한 상황은 아니었다. 단지 솔루의 입술을 만질 수 있는 기회를 놓치고 도망치듯 멀리 떨어지는 것에 왜 이렇게도 화가 나는지.

따지고 보면 아무것도 모르는 솔루가 죄송할 일은 없었다.

"열 걸음 떨어져 있으라고 하셨는데, 제가 깜박 잊었습니다."

늘 가라앉아 있던 차분한 그의 눈이 치켜 올라갔다.

열. 걸. 음.

까맣게 잊고 있었다. 곁에 오지 말고 무조건 열 걸음 떨어져 있으라 한 사람이 태랑이었다. 결론은 정말 솔루의 잘못은 단 하나도 없었다. 다 태랑, 저 스스로 만들었다.

또 하나가 기억났다.

'이제 청을 탈 일은 없을 거야.'

그런 말도 했었군.

잊고 있으면 좋으련만 열 걸음 떨어져 있으라는 말을 기억하니 청에 관한 것도 마찬가지겠지.

다시 명령하면 되는 일인데, 알량한 자존심이 승낙하지 않았다.

"보내주신 경단, 맛있게 잘 먹었습니다."

매서운 눈으로 보고 있는 태랑에게 얼른 감사의 인사를 했다. 고마운 마음도 전하고, 더불어 열 걸음 떨어져 있으라는 명을 어긴 탓에 얼른 화제전환을 위한 목적도 있었다.

사실 솔루는 경단 생각으로 죽을 반도 먹지 못했었다. 시간이 흐르자 소화가 다 되어 배가 고프다 싶을 즈음 태랑이 경단을 보내줬다. 먹고 싶었던 음식을 보자 펄쩍 뛸 것처럼 좋았다.

뭐에 골이 났는지 그녀를 두고 먼저 가는 심술을 부린 태랑과 다시는 눈도 마주치지 않으리라 다짐했었다. 하지만 경단을 보니 언제 그랬냐는 듯이 다짐은 흔적도 없이 사라졌다.

태랑 때문에 감기로 고생했지만, 미안하니까 경단도 보내줬을 것이다. 그 성격에 미안하다는 말은 절대 안 할 테고, 이렇게 마음을 전하시나 보다.

말캉한 경단을 집어 입에 쏙 넣자 달달한 해감초 맛에 기운이 솟았다. 입 안 가득 퍼지는 달콤함에 원기가 회복되는 것만 같았다. 한입에 먹기도 하고 베어 먹기도 하던 솔루는 자신의 입술과 입가에 묻는 하얀 가루를 느낄 틈이 없었다. 자리에 앉아 한 접시를 다 해치우고 소화도 시킬 겸 밖에 나와 있었다.

그런데 어둠 속에서 빛나는 은색 머리카락을 보는 순간 감사하다는 인사는 저 멀리 날아갔다. 이상하게 그가 친절을 베풀 때면 대하기가 어려웠다. 차라리 못되게 구는 태랑이 더 편했다.

"그게 어떻게 열 걸음이냐."

경단을 잘 먹었다는 인사에 대한 답이 엉뚱했다. 화제전환이 안 되었다.

"예?"

"그러니까!"

태랑의 언성이 올라갔다. 제 목소리의 높이를 감지한 그가 말을 끊었다.

"아, 흠흠."

목을 가다듬은 그가 손가락을 까딱거리며 오라는 신호를 보냈다.

"열 걸음 떨어져 있으라고 하셨잖습니까."

"너의 열 걸음은 그만큼이 아니다."

키도 작은 게 멀리도 갔다. 열 걸음이 아니라 스무 걸음쯤은 되어 보였다.

"그렇습니까?"

그녀가 몇 걸음 다가오더니 멈췄다.

"더."

또 걷다가 멈춘다. 좀 성큼성큼 걷지 짧은 보폭에 감질 났다.

"더."

"더요?"

"내가 멈추라고 할 때까지 와. 열 걸음 되면 말하마."

태랑이 다가오는 솔루에게 어느 지점에서 멈추라 했다.

"거기. 그만큼이 열 걸음이니라."

"헌데 태랑 님, 이건 열 걸음이 아니고 세 걸음인데요?"

정말 딱 세 걸음이었다. 태랑에게는 한 걸음도 안 되는 거리.

"열 걸음이 맞다."

"아닌 거 같은데……."

아무리 봐도 열 걸음보다 훨씬 짧았다. 태랑의 의중을 몰라 고개를 갸웃거리다가 다시 변덕을 부린다고 결론을 내렸다.

"계집이 칠칠맞지 못하게 입술에 뭘 묻히고 다니느냐."

그녀의 입술에 묻는 해감초 가루를 계속 보고 있다간 호흡곤란이 올 것 같은 태랑이 턱으로 가리켰다.

"아차!"

솔루가 다급하게 손가락으로 입술을 닦았다. 빠른 동작으로 털어내는데 딱 한 곳에만 그녀의 손가락이 닿지 않았다.

"이제 됐습니까?"

고개를 살짝 내밀어 제 입술을 태랑에게 보이자 갑자기 들어온 들숨이 나가지 못하고 그의 가슴에 머물러 둔통이 일으켰다.

색을 잃은 입술이 저렇게 매혹적일 수도 있는 건가.

"아니, 거기. 거기는 아직 아니다."

그가 손가락으로 대충 가리키자 솔루가 그쪽을 만졌다.

"지금은요?"

일부러 그러는가 싶을 정도로 솔루의 손은 딱 그곳만 비켜갔다.

태랑은 저도 모르게 손을 뻗었다. 그러나 그녀 말대로 세 걸음 떨어져 있는 거리가 팔이 닿기에는 부족했다. 더 가까이 왔을 때 멈추라고 할 것을 잘 못했다. 그가 아쉬움이 남아 있는 팔을 내렸다.

"네 방 가서 면경 보고 닦아라."

"아직도 묻어 있습니까?"

이번엔 솔루가 소매로 입 전체를 슥슥 문지르자 드디어 닦였다.

"너무 맛있게 먹었더니 입에 묻은 줄도 모르고 먹었습니다. 제가 좀 그렇습니다."

해사한 웃음이 얼굴로 번졌다. 어깨를 으쓱하며 고개를 옆으로 기울이니 그녀의 머리카락이 함께 흘러내렸다. 예쁘게 접힌 눈을 본 그가 돌아섰다.

이 자리에 더 있다가는 정말 솔루의 입술을 만지는 일이 벌어질 수도 있다. 다행히 그녀는 태랑을 밀어낼 것 같지 않았다. 그것을 확인했으니 됐다.

"안녕히 주무십시오."

돌아서 걷던 태랑의 등에 대고 솔루가 인사를 하자 그가 멈췄다.

"취소다."

"무얼 말씀이십니까?"

"열 걸음, 취소라고."

그는 빠르게 말을 한 뒤 긴 다리를 쭉쭉 뻗어 자신의 침전을 향해 뛰듯이 걸어갔다.

다음 날, 아침 옷매무새를 만지는 솔루를 바라보는 파고의 얼굴엔 걱정이 가득했다.

"더 쉬어야 하지 않겠어?"

"충분히 쉬었습니다. 태랑 님께서 보내주신 좋은 음식을 먹었더니 기운이 넘칩니다."

그녀가 두 주먹을 불끈 쥐고 흔들며 눈에도 힘을 줬다.

아프다는 이유로 객사 일을 쉬게 되어 설담이나 객사에서 일하는 이들에게 미안해서 더는 쉴 수 없었다. 태랑이 보내준 보양식이 정말 도움이 된 것 같기도 했고.

파고는 더 이상 쉬라는 권유를 하지 않았다. 어제까지 아팠던 사람이 좋은 음식을 먹었다고 당장에 좋아지는 것도 아니건만 솔루는 누워 있기 싫다며 일어났고, 태랑 또한 거기까지 마음을 쓸 사람은 아니었으니까.

"태랑 님께서 객사에 가기 전에 잠깐 보고 가라 하셨다."

파고가 태랑의 명을 전하자 핏기 없는 얼굴을 하고 있는 솔루가 어서 가자며 앞서 걸었다. 힘주어 발을 내딛고 있지만 위태로워 보였다.

저래가지고 괜찮으려나. 파고는 혹시 솔루가 쓰러지지 않을까 싶어서 여느 때와 다르게 앞으로 가지 않았다. 그러다 그녀의 치마 끝자락에 뭔가가 달려 있는 것을 봤다.

손톱만큼 작은 물고기가 그녀의 치마 끝을 물고 있었다. 아무리 무게감을 느낄 수 없는 작은 물고기라지만 헤엄치기 싫어서 매달려 있는 모양새가 마음에 들지 않았다.

"솔루야, 잠깐만."

그가 솔루의 걸음을 멈추기 위해 이름을 부르자 물고기는 어떻게 알아차렸는지 물고 있는 치맛자락을 놓고 빠르게 헤엄쳐 어딘가로 갔다. 눈으로 쫓다가 놓쳤다. 해국의 물고기들은 저렇게 빠른 속도로 도망가지 않는다. 또한 지나가는 사람들을 피하기는 해도 도망갈 이유가 없기 때문에 저런 식으로 빨리 헤엄칠 일도 없었다.

"파고 님, 왜 부르셨습니까?"

"아니야, 가자."

의문이 들었지만 이미 사라진 물고기를 찾을 수 없어 솔루와 함께 다시 걸었다.

둘은 태랑의 후원으로 들어갔다. 솔루는 밤에 한 번 온 적이 있어 자세히 못 봤는데 환할 때 보니 왜 이곳이 태랑만 이용하는 후원인 줄 알게 됐다.

땅에서 자라나는 새하얀 풀이 빛을 냈다. 방금 아침 이슬이 내린 것처럼 맺힌 물방울들이 햇빛을 받아 영롱하게 반짝였다. 이곳에는 날이 밝은데도 여러 가지 색의 빛을 내는 자환목과 자환화도 있었다.

태랑이 자주 쉬는 정자 주위로 물고기 떼가 여유롭게 헤엄을 쳤고, 하늘에는 솔루의 몸보다 더 큰 물고기가 몇 마리가 떠다녔다. 크기를 가늠할 수 없게 거대해 놀랄 만도 했지만 하늘거리는 지느러미가 아름다워 넋을 잃고 감상하게 됐다. 몸처럼 큰 지느러미는 넓은 천으로 두른 휘장처럼 드리워졌다.

정자에서 조금 떨어진 자리에 청이 배를 깔고 엎드렸고, 옆에선 태랑이 청의 머리를 쓰다듬었다.

"안녕히 주무셨습니까, 태랑 님! 귀한 음식 보내주셔서 감사합니다. 잘 먹었습니다."

"그래."

그는 솔루에게 눈길도 주지 않았고 간단하게 답했다.

"헌데, 오늘 청을 탑니까?"

"그래."

이번에도 답이 간단명료했다.

"하지만 청을 타지 않을 거라고 말씀하셨……."

"어제 취소라고 말하지 않았더냐."

"예?"

어제 그런 말씀을 하셨었나? 솔루는 검지를 입에 대고 곰곰이 생각에 잠겼다.

"흐응, 어제 취소를 하긴 하셨는데 말입니다."

"그런데?"

"열 걸음에 대해서만 취소한다고 하셨습니다."

"내가 말이냐?"

"예."

"아침에 보양식 먹여줬더니 간밤의 기억을 모두 지웠나 보구나."

아닌데, 하고 그녀가 중얼거리며 입술을 내밀었다.

그렇다면 그런 줄 알지, 뭘 그렇게 확인하려고 드는지.

태랑이 청의 두꺼운 목을 가볍게 두드리자 청이 눈을 뜨더니 서서히 몸을 일으켰다.

"청을 타고 해국을 잠시 돌아볼 예정이다."

"예."

솔루가 태랑의 곁에 서서 청의 목덜미를 부드럽게 쓸었다.

"그동안 잘 지냈어? 오늘도 잘 부탁해."

태랑은 청에게 인사가 끝난 그녀를 안아 들어 올라탔다.

그가 고삐를 당기자 청이 날갯짓을 하며 공중으로 날아올랐다.

태랑은 청이 최대한 느릿하게 움직이도록 몰며 가끔 솔루의 안색을 살폈다. 지난번에 창백해졌던 얼굴이 떠올라서였다. 턱 아래로 보이는 작은 머리통이, 또 그 아래로 보이는 까만 속눈썹과 앙증맞은 입술이 편안하다고 말하고 있었다.

그는 자신의 옷자락을 꼭 쥐며 의지하고 있는 솔루의 주먹을 보자 입술 끝이 약간 올라갔다. 물론 태랑은 자신이 웃고 있다는 사실을 전혀 인지하지 못했다.

궁과 객사가 세워진 산 위로 올라갔다. 웅장한 위용을 과시하며 떨어지는 거대한 폭포가 있는 또 하나의 산을 넘자 넓게 펼쳐진 땅이 드러났다. 큰 강이 드문드문 있는 산들을 에워싸며 돌고 돌았다.

또 하나의 하늘을 담고 있는 것처럼 하늘의 색과 구름을 그대로 비추고 있는 강은 저 멀리 보이지 않는 끝을 향해 흘렀다. 강 위에는 커다란 돛을 세운 배도 보였고 태랑과 솔루가 탔었던 작은 배도 있었다. 배 사이사이를 크고 작은 물고기가 헤엄쳤고, 공중에는 청과 같은 해룡 몇 마리가 날아다녔다.

"어? 태랑 님! 저건 뭡니까?"

하늘이 아닌 물 위를 달리는 짐승. 청처럼 생겼지만 조금 다르기도 했고 훨씬 작았다. 청이 서책에서 봤던 용과 비슷하다면 물 위를 달리는 동물은 말과 비슷했다. 다른 점이 있다면 말이 가지고 있는 갈기 대신 지느러미가 있었고, 등 양쪽으로도 커다란 지느러미가 쫙 펼쳐졌다.

"해마(海馬)라고 하느니라. 해룡처럼 높이 날지 못하지만 몸집이 작은 탓에 강 위나 땅 위를 쉽게 오갈 수 있다는 장점이 있다."

"예에……."

"해룡은 개체 수가 작아 특별한 사람들만 가질 수 있고, 백성들은 대부분은 해마를 이용한다. 이동 수단으로도 좋고 물건을 나르기도 편하거든. 그에 반해 해룡은 하늘만 높이 날 수 있어서 일에는 쓰일 수가 없지."

"그렇군요. 저건 또 무엇입니까?"

솔루가 손가락으로 가리킨 곳에는 하얀 털로 뒤덮인 새의 무리가 날고 있었다.

"해조(海鳥)인데……. 웬일이지?"

"왜요?"

"해조는 야행성이라 밤에만 이동하기 위해 날지 해가 떴을 땐 가만히 있는 편이다."

"급히 가야 할 곳이 있나 봅니다."

"저것들이 급히 가야 할 곳이 있어봤자……."

갑자기 태랑의 말이 뚝 끊겼다. 해국의 하늘을 크게 원을 그리며 날던 청이 자리에 멈춰 섰다.

"왜 그러십니까?"

"젠장!"

감도(感度)가 월등하게 좋은 해조들이 이동을 하지 않는 때임에도 움직이는 이유가 있었다.

"태랑 님?"

태랑이 한 손을 들어 올리자 어디서 나타났는지 그의 손으로 해초 몇 가닥이 날아와 달라붙었다. 순식간에 빳빳하게 굳어져 단단하고 양끝이 뾰족하게 변한 해초가 칼과 같았다. 평소에는 무기를 사용하지 않는 그였지만 솔루가 있어서 급하게 만들어냈다.

그가 노려보는 쪽을 따라 솔루도 눈을 옮겼다. 저번에 파고와 봤던 그 괴물이었다. 커다란 바늘을 쉴 새 없이 쏟아내던 흐느적거리는 괴물.

청보다 훨씬 크고 산만 한 괴물이 그들을 가로막고 있었다.

"들고 있어라."

태랑이 무기를 솔루에게 넘겼다.

"예? 제가 이걸 어떻게……."

"저번에 봐서 알겠지만 저 괴물은 바늘을 쏜다. 양이 적을 때는 내가 방향을 틀어서 막을 수 있지만, 많을 때는 몇 개씩 그대로 날아오기도 해. 나는 괜찮으니 네 몸으로 날아오는 건 네가 막도록 해."

고개를 끄덕이는 솔루는 그때 다쳤던 어깨의 통증이 느껴지는 것 같아서 몸을 움츠렸다.

"다른 분들을 불러야 하지 않습니까?"

"부르는 중이다."

해국의 왕들은 누구 하나가 위험을 감지하면 똑같이 느낄 수 있었다. 그것이 불가능한 파고와 몇몇 사람들에게는 왕들을 부를 수 있는, 특별히 제작한 호각으로 알렸다.

파바밧! 바늘이 날아왔다. 태랑이 손을 들어 휘젓자 바늘이 방향을 바꿔 괴물을 향해 날았다. 그러나 괴물도 만만치 않았다. 태랑이 날려 보낸 바늘과 함께 더 많은 양의 바늘을 쏘았다.

태랑이 곧바로 응수했다. 그렇게 오가기를 몇 번, 사방에서 날아오는 바늘을 태랑이 잘 막아내고 있었는데 몇 개를 놓치고 말았다. 여지없이 그 몇 개 중의 두 개가 솔루를 향해 날아왔고 뒤이어 괴물이 또 공격을 했다.

그가 솔루를 막아줄 시간적 여유가 없었다. 상황을 눈치챈 그녀가 얼른 쥐고 있던 긴 해초 칼로 막으려 했지만 처음 잡아본 무기를 능숙하게 다룰 리가 없었다.

챙! 챙! 다행히 막아냈다. 그러나 하나가 칼에 맞고 튕겨 솔로의 어깨에 스쳤다. 하필 저번에 다친 자리를 스쳤다. 빨간 피가 배어 나와 염색한 것처럼 저고리를 물들였다.

"괜찮으냐?"

"예, 견딜 만합니다."

말은 견딜 만하다고 했지만 고통이 느껴지는지 솔루가 인상을 찌푸렸다.

"들고 있는 거 버리고 손으로 잡아 지혈을 해라."

"하지만…… 또 날아오면 어찌합니까?"

"빨리!"

지혈부터 해야 하는데 솔루가 망설이고 있어 그가 제법 큰 소리로 말했다. 솔루가 해초로 만든 칼을 손에서 놓자 밑으로 빠르게 떨어지던 칼은 다시 해초로 돌아가 나풀거렸다.

"어머! 파고의 여자가 아니라 태랑, 네 여자였구나."

해룡이 일으키는 바람 소리와 함께 옆에 나타난 연초가 두 배로 커진 눈으로 보고 있었다.

태랑이 여자를 안고 있다! 여자가 곁에 오는 것을 끔찍이도 싫어하는 그가 여자를 안고 있다니 천지가 개벽할 일이었다. 그나마 연초는 황해국의 왕비인 데다가 그의 친구였기 때문에 함부로 밀어내지는 않았지만 그녀 역시 태랑과는 손끝도 닿을 수 없었다.

"저놈 좀 어떻게 해봐."

태랑이 괴물과 어깨에서 피를 흘리는 솔루를 번갈아 보며 말했다.

"제아무리 잘난 태랑도 품에 가냘픈 여인이 있으니 제대로 힘을 발휘하지 못하네?"

"시끄럽다."

"아무튼 항상 내가 제일 빨리 온다니까. 덕분에 신 나서 좋지만!"

연초는 마치 이 시간이 오기를 기다리며 대기한 사람처럼 신호를 보내면 언제나 1등으로 도착했다.

점점 커지는 통증에 솔루가 숨을 쌕쌕댔다. 그 소리를 들은 태랑은 솔루를 한 팔로 감싸 안았다.

"기대고 있어. 연초 혼자서는 무리라 당장 돌아갈 수 없다."

태랑의 품에 안기며 그녀가 고개를 끄덕였다.

그는 제 가슴에 기대어 눈을 감은 솔루의 머리에 강하게 감쌌다. 무심결에 나온 행동이었다.

조금만 참아라.

연초와 함께 괴물의 공격에 대응했다. 개수를 셀 수도 없는 바늘이 한꺼번에 날아와 그의 손이 바빠졌다. 품에 안은 솔루는 정신을 잃었는지 그의 거친 움직임에도 미동이 없었다.

"태랑! 어째 저놈, 갈수록 강해져서 오는 거 같지 않아?"

처음에 봤을 때만 해도 이렇지 않았다. 고작해야 수십 개의 바늘만 쏘고 도망갔고, 태랑이 괴물이 쏜 바늘의 방향을 틀어 역공격을 할 때는 그대로 맞은 적도 있었다. 그런데 이제는 역공격에도 끄떡없고 오히려 더 많은 바늘로 공격했다.

"내가 보기엔 다리의 개수도 늘었어."

태랑이 눈으로 빠르게 괴물의 다리 수를 세었다. 도망갔다 다시 올 때마다 다리 하나를 더 붙여 왔다. 게다가 나타나는 속도나 도망가는 속도도 현저하게 빨라졌다.

"사라졌다가 나타나는 기간도 줄었다."

태랑의 옆으로 등장한 하제가 말했다. 그는 자해국의 왕인 아버지가 아직 왕위에서 물러나지 않아 여전히 왕자의 신분이었다. 대부분 첫째 아들이 20살이 되면 왕위를 넘기는 해국에서는 이례적인 일이었다.

"하제! 왜 이렇게 늦었어?"

손에서 연신 줄을 던지며 바늘을 막고 있는 연초가 묻자 뻔한 걸 왜 물어보느냐는 듯이 하제가 어깨를 으쓱했다.

"현제에게 잡혀 있느라."

"그 녀석은 다 커서도 제 형밖에 모른다니?"

"그게 하루 이틀 일이냐. 새삼스럽게 뭘 묻고 그래. 그나저나 태랑, 네가 안고 있는 그건 뭐야?"

하제가 겉으로 놀란 감정을 드러내지는 않았으나 솔루를 본 순간부터 묻고 싶었다. 태랑이 죽을 때까지 여인은 가까이하지 않을 것 같더니 품에 안고 있었다. 그것도 소중하게.

"이 녀석이 다쳐서 빨리 가봐야 해. 나 없어도 되겠지?"

태랑의 품에 안긴 솔루의 몸이 힘을 잃고 축 늘어졌다. 마음이 급해진 태랑이 하제에게 물었다.

"없어도 될 거는 같다만 저놈, 많이 강해졌네."

하제가 활을 들었다. 그의 키만큼이나 큰 활의 시위를 팽팽하게 당겨 화살을 쏘았다. 직진으로 날아가던 화살에 작은 불꽃이 일더니 갑자기 커다란 불덩이로 변했다. 화르르. 날아오던 바늘이 공중에서 녹아내렸다.

"어우, 역시 하제 솜씨가 좋아."

연초가 한쪽 눈을 찡긋 감으며 미소를 날렸다.

"태랑만 하겠냐."

손짓과 눈짓 하나로 사물을 통제할 줄 아는 태랑에게 비하면 불화살 정도는 아무것도 아니었다. 가끔 그는 사물의 모양을 변화시키는 환물술(換物術)도 가능했다.

"그런데 저놈 정체가 대체 뭐지? 아무튼 오늘은 싸울 맛이 나게 강해져 와서 좋다. 그래 봤자 금방 도망가겠지만 말이야."

연초가 키득거리며 손에서 줄을 곧게 던졌다.

태랑은 자신의 가슴이 점점 뜨거워진다는 느낌이 들어 아래를 봤다. 솔루가 흘린 피가 그의 가슴을 적시고 있었다. 더는 지체할 수 없어 태랑이 백해궁을 향해 청을 빠르게 몰았다.

"연초! 너 뭐 좀 알아?"

하제가 두 번째 활시위를 당길 준비를 했다. 금방이라도 튕겨져 나갈 듯한 활시위가 그의 얼굴 옆까지 당겨졌다가 나갔다. 팅 하고 활시위가 튕기는 청명한 소리가 울렸고, 뒤이어 커다란 불꽃이 일어났다.

"뭘?"

"태랑이 안고 있던 계집."

"관심 있어?"

괴물이 여러 개의 발이 뒤로 물러났다가 앞으로 던지자 수백 개의 바늘이 쏟아졌다. 연초가 줄을 던지자 쭉 뻗어 나가 바늘이 쳐냈다. 사방으로 흩어져 바늘이 떨어졌다.

"계집은 관심 없지만, 태랑의 계집이라면 생기기 마련이지."

태랑이 여인을 극도로 싫어하는 쪽이라면, 하제는 관심이 없는 쪽이었다. 그도 아직 심장을 갖지 못한 상태인데 솔루를 만나기 전의 태랑처럼 여유가 있었다.

"어찌 된 영문인지는 나도 몰라. 태랑에게 나중에 직접 들어봐. 우선 저놈이랑 놀아야 하지 않겠어?"

"나는 저 끈적끈적하고 냄새나는 놈이 싫다."

"재밌기만 하네!"

"설담이랑 반유는 왜 안 와?"

"곧 오겠지. 왔다, 저기!"

연초가 힐끔 옆을 봤다. 곧 해룡을 타고 있는 설담이 등장했고, 이어서 반유가 나타났다.

"태랑과 친한 설담이라면 알지도?"

"난 몰라. 모른다."

연초의 질문에 설담은 듣지도 않고 무조건 모른다고만 했다. 그도 그럴 것이 연초는 항상 그를 당황하게 하는 질문을 자주 했었던 것이다.

"쓸데없는 소리 그만하고 싸움에 집중해."

전신을 검은색으로 휘감은 반유의 음산한 목소리가 진동처럼 퍼졌다.

"오늘 끝나고 한번 모여야겠다."

반유가 제 어깨 너머로 팔을 넘기자 아무것도 없는 등에서 가늘고 날렵한 장검(長劍) 두 개 나타났다. 그는 검을 빼내어 들었다.

"말없는 반유가 저럴 정도면 점점 심각해지는 거 같지?"

설담이 창을 잡고 있는 손에 힘을 주며 말했다.

"현제 보낼게."

하제가 화살을 시위에 대고 당길 준비를 했다.

"현제가 뭘 안다고 그 앨 보내. 하제, 네가 와."

연초가 줄을 날릴 준비를 하며 말하자 넷 모두 공격 준비를 마쳤다.

"우선 이번 한 번으로 저놈 보내고 이야기해. 또 도망치겠지만 시간 낭비는 적당히 하자."

예리한 눈빛으로 변한 설담의 말이 끝나자 괴물도 마지막인 걸 아는 듯이 고약한 냄새를 진하게 풍겼다. 거센 빗줄기 같은 바늘이 날아왔다. 동시에 네 사람의 손에서 그에 응수하는 공격이 이어졌다.

　백해궁으로 돌아온 태랑은 솔루를 안고 청에게서 얼른 내렸다. 그가 돌아오는 것을 본 파고가 급히 나와 맞이하다 피를 흘리고 있는 솔루를 발견했다.

"어찌 된 것입니까?"

"저번과 같은 공격을 받았다."

"태랑 님이 데리고 계셨는데도 이리된 것입니까?"

"그놈이 더 강해져서 돌아왔는데 하필 나 혼자였다."

　아파서 자리보전하다가 이제 깨어난 솔루를 억지로 데리고 나가지 말았어야 했다. 청을 타고 밖으로 나가지 않았더라면 이런 일은 일어나지 않았을 텐데…….

　태랑은 며칠 새 창백해진 솔루의 얼굴이 더 하얗게 변하는 것을 보며 자책을 했다.

"동쪽 침전으로 갈 테니 빨리 전의를 불러와라."

"네! 네?"

　파고가 놀라서 잠시 가만히 있다가 답을 하며 몸을 움직였다.

　동쪽 침전이라면 태랑이 제일 좋아하는 장소였다. 백해궁의 가장 안쪽에 있었는데 조용하고 분위기가 좋아 파고도 함부로 드나들 수 없는 곳이다. 그런 곳으로 솔루를 데려간다는 태랑이 다른 사람이 된 듯했다.

　항상 접하는 태랑 님의 변덕인가? 저러다 또 언제 동쪽 침전에 왜 솔루가 있냐고 화내시는 건 아닌가 몰라. 그러나 전의까지 부르라 하셨다. 설마 이것도 변덕 중의 하나이려나.

　지난번 솔루가 다쳤을 때는 감히 전의를 부를 수가 없어서 객사에서 일하는 의원을 데려왔다. 파고는 태랑의 뜻을 도통 가늠할 수 없었다. 하지만 그런 생각도 잠시, 그는 솔루의 치료가 급하다는 것을 상기하며 전의를 부르러 달려갔다.

한편, 태랑은 동쪽 침전으로 급하게 들어가 침상 위에 솔루를 눕혔다. 통증을 느끼는 그녀는 이마에 주름이 생겼고, 옅은 신음도 흘렀다. 피는 아직도 새어 나오고 있어 소매를 다 적신 것도 모자라 가슴 부분에까지 번졌다. 제대로 지혈을 하고 올 걸 미처 생각하지 못했다.

상처를 직접 봐야겠다는 생각에 태랑의 손이 옷고름 위에서 머뭇거렸다. 어차피 전의가 오면 벗겨야 하는데 이러나저러나 매한가지리라.

결심을 하고 태랑이 피로 축축한 옷고름을 풀어 조심스럽게 저고리를 벗겨냈다. 상처는 깊고 컸다. 전의가 올 때까지라도 지혈을 해야 했다. 벗겨낸 저고리를 상처에 대고 단단히 쥐자 솔루가 몸을 흠칫 떨었다. 뭐라고 중얼거리는데 들리지 않아 입술에 귀를 댔다.

"아파…… 요."

뜨거운 날숨이 그의 귓속으로 파고들었다. 헐떡이는 숨소리에 초조해졌다.

전의는 왜 안 와!

당장 문밖에 대고 소리 지르고 싶은 걸 간신히 내리눌렀다.

때마침 문이 열리고 파고와 전의가 황급히 들어왔다. 그 뒤로 전의를 도울 사람들이 뒤따랐고, 모두 태랑에게 허리를 숙이고 인사를 했다.

태랑이 어서 오라는 표정을 짓자 전의가 다가갔다. 그녀의 어깨를 누르고 있던 저고리를 태랑이 떼자 전의가 심각한 눈으로 상처를 살폈다.

"상처가 깊어 살이 붙는 데 시간이 걸릴 듯합니다."

전의가 조용한 음성으로 솔루의 상태를 알렸다. 그가 뒤따라온 사람들에게 지시를 내리자 그들은 신속하게 움직여 온갖 약초와 깨끗한 천을 가지고 왔다. 전의는 빠른 손길로 솔루의 상처를 치료했고, 한발 물러선 태랑은 가만히 지켜보기만 했다.

옆에서 함께 지켜보던 파고는 태랑의 옷이 솔루가 흘린 피로 더러워진 것을 보고 넌지시 물었다.

"태랑 님, 옷을 갈아입으셔야겠습니다."

"나중에."

태랑이 더 이상 아무 말 말라고 손을 들어 저지했다.

고개를 끄덕한 파고는 솔루에게서 눈을 떼지 않는 태랑의 눈동자를 봤다.

일이 반대로 흘러가는 같았다. 솔루가 태랑에게 마음을 뺏겨야 하는데 지금의 상황으로 보면 태랑이 솔루에게 먼저 마음을 뺏기고 있는 거 같다.

동쪽 침전으로 그녀를 데리고 오고, 전의를 부른 것도 모자라 항상 아름다운 것만을 추구하는 태랑이 더러워진 옷을 입고 있었다. 그는 절대 자신의 옷에 티끌 하나도 허락하지 않았다. 조금만 오물이 묻어도 바로 갈아입는 그였다.

거기다 솔루의 벗겨진 저고리를 보며 또 한 번 파고는 확신했다. 태랑은 스스로 옷을 입고 벗는 것도 싫어해 그의 옷시중을 드는 이들을 여럿 두었다. 그런 그가 남의 옷을 직접 제 손으로 벗겼다.

며칠 전만 해도 아픈 솔루에게 관심도 없는 거 같더니 순식간에 상황이 뒤바뀌어 있었다. 파고는 여인에 대해 철옹성 같은 태랑의 마음이 열리고 있어 만족했다. 허나 솔루가 태랑보다 먼저 사랑을 시작해야 한다.

솔루의 마음을 확신할 수 없는 상태에서 순서가 바뀌면 태랑에게 불리했다. 파고가 아무리 솔루를 안쓰럽게 여긴다 하지만 이렇게 되는 걸 바라지는 않았다. 이 경기의 승자는 태랑이어야만 했다.

"태랑 님, 전의가 알아서 할 것입니다. 그러니 빨리 옷을……."

"나중에라고 말했다."

솔루만을 바라보던 태랑의 눈동자가 파고를 향했다. 뾰족하게 날이 서 있는 눈빛에 파고는 입을 다물었다.

"상처가 아물기까지는 시일이 오래 걸리겠지만 좋은 약초를 썼으니 금방 회복이 되실 것입니다."

한참 만에 치료를 끝낸 전의가 이마에 맺힌 땀을 닦아내며 말했다.

"곪지 않고 통증을 덜어주는 탕약을 끓여 올리겠습니다. 이곳으로……
보내면 되겠습니까?"

전의도 처음 보는 광경에 쉽사리 묻기가 어려웠다.

태랑의 침상에 누워 있는 여인이라 함부로 말을 놓지도 못했다.

"당분간은 그리하라."

전의와 그의 무리가 허리를 숙여 인사하고 나가려던 찰나였다.

"너는 물론이고 아랫것들 입단속, 철저히 시켜라."

"네, 명심하겠습니다."

전의는 태랑이 말하지 않아도 무엇을 입단속 하라는 것인지 알았다. 방금 벌어진 일은 발설할 수 있는 사항이 아니었다. 봐도 안 본 척, 알아도 모른 척. 그것이 백해궁에서 살아가는 법이었다.

모두가 나가고 태랑과 파고만 남았다. 한시름 놓은 태랑의 입에서 긴 한숨이 나왔다.

"파고."

"네."

"네가 솔루를 보고 있어라. 난 목욕하고 옷을 갈아입고 오겠다."

솔루를 혼자 두기가 안심이 되지 않았다. 그렇다고 다른 사내놈들을 들이기도 싫어 제일 적절한 대상이 파고뿐이었다.

"대신 침상의 휘장은 내려라."

침상의 네 모퉁이에 세워진 기둥에는 천이 묶여 있었다. 태랑은 휘장을 잘 내리지 않는데 자신의 침상에 누워 있는 솔루의 드러난 어깨가 신경이 쓰였다. 믿음직한 파고라 하더라도 그녀의 하얀 어깨를 보이고 싶지 않았다.

돌로 만들어진 커다란 욕조에 양팔을 빼놓고 비스듬히 누워 있는 태랑의 몸에서 모락모락 김이 피어올랐다. 젖어서 달라붙은 은색의 머리카락이 근육을 따라 가슴까지 구불거리다 물을 만나자 수면 위를 부유했다.

얇은 입술 사이로 간간이 나오는 태랑의 숨소리가 물 온도만큼이나 뜨거웠다. 따끈한 해수탕에 몸을 담그고 있자 나른해졌다.

왜 이렇게 피곤한지 모르겠네. 그깟 짧은 싸움 좀 했다고 이러면 어쩌자는 것인가.

솔루 때문에 긴장한 몸이 풀리면서 나타나는 현상임을 전혀 모르는 태랑은 그저 싸움의 여파라고만 생각했다.

'아파…… 요.'

들릴 듯 말 듯 겨우 짜낸 목소리가 그의 귓가에서 떠나지를 않았다.

사내들은 그 정도에 정신을 잃지 않은데 어지간히도 약했다. 가느다랗게 떨리는 어깨와 팔이, 꽉 묶인 치마끈 위로 동그랗게 솟아오른 둔덕이 그림처럼 머릿속에 남았다. 솔루가 피를 흘리고 있어서 그녀의 뽀얀 살결에 시선을 빼앗기지는 않았지만 이제 와 떠올리니 짧은 숨이 연거푸 토해졌다.

태랑이 눈을 번쩍 떴다. 그러고 보니 전의는 물론이고 함께 왔던 무리가 솔루의 드러난 맨살을 봤다.

제기랄! 그가 누워 있던 몸을 바로 일으키며 앉자 물이 찰랑이며 욕조 밖으로 넘쳤다.

파고에게 맡겨놓길 천만다행이었다. 다른 사내놈들이 더 봤다간 머리가 뜨거워질 정도로 짜증이 날 듯했다.

아, 파고도 봤겠군. 처음 솔루가 괴물에 의해 다쳤을 때도 오늘처럼 치료했겠지. 파고가 저고리를 벗기고 그녀의 드러난 몸을 보는 장면이 그려졌다.

그를 믿지 못하는 것이 아니지만 봤다는 사실이 싫었다. 뭐라고 정의할 수 없는 혼란스러움이었다. 머리와 마음이 시끄러웠다.

어쨌거나 솔루에게 동하고 있었다. 그것만은 명확했다.

"복잡해, 귀찮다, 짜증 난다."

나지막한 음성으로 혼잣말을 한 그가 다시 욕조에 기대어 누워 눈을 감았다. 촤르륵. 물이 옆으로 쏟아졌다.

"태랑 님, 손님이 오셨습니다."

밖에서 그를 부르는 소리가 들려왔다.

"누구더냐."

"설담 님과 반유 님, 연초 님……."

"그만. 누가 왔는지 알겠다. 기다리라 전해라."

"네. 그렇잖아도 목욕 중이시라 말씀드렸더니 침소에서 기다린다 하셨습니다."

"뭐?"

태랑이 후다닥 일어섰다. 장신인 그의 몸을 따라 물줄기가 방울져 흘러내렸다.

"침소로 이미 갔다더냐!"

"아…… 가고 계신 듯하옵……."

"즉시 들어와 나갈 채비를 도우라!"

그는 저 밑에서부터 욕지거리가 차근차근 올라오고 있었다. 문이 열리고 남자들이 들어와 태랑의 몸을 서둘러 닦아냈다.

"느리다. 속히 할 수 없겠느냐."

물기가 있는 몸을 닦자 태랑은 팔을 옆으로 벌렸다. 손끝을 스친 옷이 천천히 팔을 타고 올라가 어깨에 안착했다. 급해 죽겠는데 오늘따라 유난히 느렸다. 옷을 다 갖춰 입고 밖으로 나선 그는 침소를 향해 바쁘게 움직였다.

파고에게 휘장을 내려 침상을 가리라고 말했지만 아마도 연초가 걷어버릴 것이 뻔했다. 매사에 호기심이 넘치는 그녀라면 충분히 가능한 일이었다.

그리고 도대체 왜 남이 자는 곳으로 갔다는 건지 이해가 되지 않았다. 여느 때라면 서재로 갔을 텐데……. 곰곰이 생각해보니 솔루의 존재에 대해 의문을 가졌기 때문일 것이다.

도착하자 복도에 줄줄이 서 있던 하인들이 일제히 머리를 숙였다.

"모두 안으로 들어갔느냐."

"네, 방금 드셨습니다."

그가 문을 거칠게 열고 들어갔다. 설담과 반유가 고개를 돌리며 그와 눈이 마주쳤고, 연초는 짐작대로 침상을 가리고 있는 휘장을 손으로 들어 안을 보고 있는 중이었다. 하제가 팔짱을 낀 채로 옆에서 그녀가 하는 모습을 지켜봤다.

파고만 어찌할 바를 몰라 안절부절못하고 있었다.

"내가 안 된다고 그랬어!"

설담이 외쳤다. 태랑이 화낼 거라고 설득했지만 연초나 하제에게 먹혀들어가지 않았다. 반유는 아무런 말도 안 하고 가만히 있었지만 그건 도와주는 꼴이나 마찬가지였다.

"연초, 그만둬."

얼음장처럼 차갑게 변한 음성이 방 안을 메웠다.

"얼굴이 보고 싶어서 그래. 가만히 보기만 할게."

연초는 태랑을 자극하면 어떤 일이 벌어질지 알고 있었으나 궁금했다. 태랑이 제 침소에서 치료를 해줄 정도의 여인이라면 그에게 얼마만큼의 의미가 있는 것인지.

"많이 아프다. 빨리 휘장 내려."

태랑의 목소리가 전보다 더 어둡고 무거워졌다.

"네게 심장을 줄 애인가 봐? 그래서 이렇게 애지중지인가?"

솔루를 내려다보는 연초의 속눈썹이 길게 뻗었다. 신기한 대상을 보는 것처럼 그녀의 입가가 휘어졌다.

"마지막으로 말한다. 휘장, 내려."

태랑이 잇새를 물고 말을 끊어냈다.

"너무 민감해, 태랑."

이 상황을 재미있다는 얼굴로 예의 주시하던 하제가 팔짱을 풀며 태랑에게 다가왔다.

"그러게. 무섭잖아."

연초가 싱긋 웃고는 잡고 있던 휘장에서 손을 놨다. 매끄러운 천이 흘러내리며 벌어져 있던 틈새를 완벽하게 감쌌다.

"급했나 보네. 머리카락이 젖은 채로 이리 달려온 걸 보면."

하제가 제 어깨로 태랑의 어깨를 툭 쳤다.

"무슨 일로 왔어."

꼿꼿하게 서 있는 태랑이 하제에게 눈길도 주지 않고 물었다.

"여인이라면 치를 떨던 백해국의 왕이 품에 안고 있는 것도 모자라, 조금 다쳤다고 혼비백산해서 가버렸잖아."

"혼비백산하지는 않았어."

"아, 그래. 혼비백산까지는 아니었지."

"환자가 있으니 밖으로 가자. 후원의 정자에서 기다려."

"좋아. 할 이야기도 많은데 들을 이야기도 많겠네."

하제는 태랑 주위를 빙글 한 바퀴 돌더니 먼저 밖으로 나섰다. 그 뒤를 따라 연초와 반유가 나가자 설담이 태랑 옆으로 섰다.

"다 말할 거야?"

"숨길 이유도 없다."

"내일부터 신하들이 가만있지 않을 텐데."

"어차피 아랫것들 입단속을 했어도 그들이 알게 되는 건 시간문제였을 뿐이야. 다만 솔루의 마음이 내게 향할 때까지 모두가 철저하게 그녀를 속일 수 있느냐가 걱정이지."

"아, 뭐야. 오해했네."

"뭘?"

"네가 그렇게까지 화내는 모습 오랜만이라 솔루에게 마음이 동한 줄 알았어."

태랑의 눈이 미세하게 움찔했다. 솔루에게 동하고 있는 건 사실이었으나 그걸 내보이고 싶지 않았다. 솔직히 그는 동한다는 사실을 인정하면서도 받아들일 수 없었다. 지금껏 이렇게까지 제 곁에 있는 여인은 없었기에 일시적으로 일어나는 반응일 뿐이었다. 만약 솔루가 아닌 다른 여인이었다 하더라도 일어날 당연한 일이었다.

"연초의 말대로 심장 때문에 소중하기는 하니까."

"그래도 최대한 시간을 늦출 수 있도록 부탁해봐. 일이란 것이 뜻대로만 흘러가지는 않잖아."

"사정하기 싫은데."

"그래도 해."

"들어준다는 보장도 없다."

"친우로 지내온 세월이 얼만데 그거 하나 못 들어주겠어. 대신 물어보느라 말들은 많겠다만 그 정도는 감수해야 하지 않겠냐?"

"귀찮아지긴 하겠지만 신하들이 알아도 상관은 없어."

태랑이 젖은 머리카락을 손으로 털었다. 조용히 지나가고 싶었는데 일이 커지고 있었다. 설담의 말대로 언젠가는 신하들과, 더 나아가 백성들 모두 알게 된다 하더라도 되도록 그때가 다가오는 시간을 늦춰야 했다. 솔루가 태랑에게 마음을 주기도 전에 심장에 관한 이야기를 알게 된다면 모두 헛일이 되고 만다.

태랑은 침상으로 다가가 휘장을 걷어 솔루의 얼굴을 보려다 말았다. 그의 손이 천에 닿았다 떨어졌다.

"파고, 후원으로 간단하게 차를 준비해서 보내라. 넌 여기 있고."

설담과 함께 태랑이 밖으로 나가자 눈치 보며 가슴 졸였던 파고가 고개를 절레절레 흔들며 침상 앞에 섰다.

안을 반쯤 보이고 있는 천 너머로 잠든 솔루의 가슴이 일정하게 올라왔다 내려앉았다.

솔루야, 태랑 님 좀 좋게 봐드려라.

태랑이 말로는 심장 때문이라고 하지만 파고가 보기엔 그 이유만은 아니었다. 태랑은 솔루에게 조금씩 흔들리고 있었다. 그러니 그녀도 태랑의 속도에 맞춰 흔들려주면 좋으련만. 하긴 사람의 마음이 움직이란다고 움직이는 것도 아닌데 이런 바람이 다 무슨 소용일까.

에잇. 파고가 신경질적으로 뒷머리를 긁적였다.

"어떻게 만났어?"

"우연히."

차를 한 모금 마신 연초가 태랑에게 질문을 쏟아냈다.

"그러니까 우연히 어떻게? 언제? 어디서? 그보다 너 몸은 괜찮아? 여자가 닿았는데 반응이 없어? 정말 저 애에게서 심장을 가질 거야?"

"궁금해?"

"응!"

연초의 고개가 위아래로 세차게 끄덕였다.

"그럼, 약속해."

"약속?"

"너희들 모두, 이 일에 대해 밖으로 누설하지 않겠다고."

"우리가 입 다문다고 되겠어? 백해궁에 눈이 몇 개인데!"

"그건 그들의 몫이니 너희는 너희의 몫을 지켜주면 된다."

"그래, 그래. 난 약속. 약속해."

궁금증을 해소하는 것이 당장 시급했던 연초가 알았다며 다시 고개를 끄덕였다. 태랑은 반유와 하제의 답을 기다렸다.

"나야 이야기할 대상이 없으니 약속하지. 반유야 뭐, 원래 입을 닫고 있으니 괜찮지 않아?"

하제가 찻잔을 기울이며 말했다.

"어쩔래, 반유?"

"꼭 알고 싶지는 않아. 하지만 이 자리에 있는 이유로 어쩔 수 없이 듣게 되는 사람으로 약속이 필요하다면 하지."

반유가 한쪽 눈을 가린 안대를 만지며 제 생각을 밝혔다. 다른 사람 앞에서 삿갓을 거의 벗지 않는 그가 친우들과 있을 때는 얼굴을 드러냈다.

그의 약속까지 받아내자 태랑이 입을 열었다.

"정말 우연히. 자고 있는데 갑자기 타나났다."

"그게 뭐야?"

연초가 미간을 찌푸렸다. 누가 들어도 이해할 수 없는 말이었다.

"자다가 눈을 떠보니 품 안에 그 녀석이 있었어. 처음에는 항상 그래왔듯이 신하 중 한 명이 억지로 밀어 넣었다고 생각했는데 녀석의 이야기를 들어보니 저도 모르더군. 바다에 빠졌는데 눈을 떠보니 내 품 안이었다 하더라."

"인어, 아니지? 바다 사람도 아니고?"

하제가 물었다. 자세히 볼 수 없었지만 느낄 수 있었다.

"응, 인어가 아니야. 뭍에서 온 인간이다."

"허!"

태랑의 대답에 연초의 입이 떡 벌어졌다.

"품에 안은 게 여인이란 걸 아는 순간 천장으로 날렸고, 그 뒤엔 궁에서 당장 내쫓으려고 했어. 헌데 시간이 지나도 몸에서 아무런 반응도 없었다."

"그래서 네게 심장을 줄 여인으로 찍었군."

찻잔을 두드리는 하제가 말했다. 사기의 맑은 소리와 그들의 대화만이 오가는 후원에 잔잔한 바람이 불었다. 자환목의 잎사귀가 반짝이며 흩날리다가 그들의 찻잔이 놓인 상에 떨어졌다. 물끄러미 잎을 보고 있던 태랑은 문득 솔루가 자환목의 잎과 같다는 생각을 했다. 그녀도 반짝거릴 때가 있었다.

"아직 공들이는 중이야. 너희에게 약속을 받아낸 가장 큰 이유고. 그러니 너희들은 조용히 해."

그가 손가락으로 자환목 잎을 지그시 눌렀다 뗐다.

"고, 공을 들여? 절대 미모의 소유자 백해국의 태랑이? 그, 그러니까 그 뭐야, 너한테 빠지지 않았다는 거네? 그 애가?"

쾅! 연초가 상을 두 손으로 내리치며 상체를 세워 물었다. 정말 놀랐는지 말을 더듬었다.

"그러게."

간단히 답을 한 태랑은 차를 입술 사이로 흘렸다. 유독 차가 쓰다.

해국에서 태랑의 미모에 넘어가지 않은 여인은 없었다. 물론 그의 성격을 제대로 알게 된다면 무서워서 슬금슬금 피하게 되기 마련이지만 어쨌거나 그는 어떤 여인이라도 첫눈에 반할 얼굴이었다.

내 여인이 되어라, 하고 그가 안아준다면 어떤 여자도 거절하지 못하리라.

그뿐만이 아니라 솔루가 태랑에게 반하지 않았다는 것보다 더욱 놀랄 일이 남았다. 바로 태랑이 직접 공을 들이고 있다는 말이었다.

"정말 공들이고 있어?"

"그렇다니까."

"저밖에 모르고, 귀찮은 건 질색하는 데다가 하루에도 수십 번 변덕을 부리고, 뭐든 제멋대로만 하려는 네가?"

연초는 목이 타는지 차를 한 번에 마시고 커진 눈으로 태랑을 봤다.

"연초, 하나 정도는 칭찬해줘야 하지 않겠냐?"

그동안 잠자코 듣기만 하던 설담이 어색하게 웃었다.

"칭찬할 건 얼굴밖에 없는 녀석한테 뭘 더 해. 아니다, 몸도 칭찬할 만하지."

연초의 말에 태랑은 그녀를 노려보려다가 관두고 정자의 천장으로 시선을 돌렸다. 틀리지 않아 반박할 것도 없고, 나서서 그러고 싶은 생각도 없었다.

"얼굴이 궁금해지네."

하제가 중얼거렸다.

"난 봤지. 설담도 봤어?"

연초는 파고와 함께 있었던 솔루의 얼굴을 기억하고 있었고, 오늘 한 번 더 확인했다.

"보기만 했겠어. 대화도 자주 나눈다. 객사에서 일하거든."

"공들인다며 객사에서 일을 시켜?"

"아무래도 낮엔 신하들이 백해궁에 다녀갈 때도 많으니 아침부터 저녁까지는 객사에서 지내게 하려는 거야."

이해한다는 얼굴로 수긍을 하는 연초가 다시 뭔가를 물어보려던 찰나였다.

"이제 이 얘기는 여기서 끝내고 오늘 모인 진짜 목적을 꺼내."

반유가 말했다.

언젠가부터 나타나기 시작한 괴물의 출현을 처음에는 가끔 태어나는 돌연변이로 여겼다. 그때 처리했어야 하는데 살아 있는 생명이기에 함부로 그 목숨을 취할 수는 없었다. 그러다 작은 생물에 불과했던 괴물이 차츰 몸집을 키워갔고, 공격을 하기 시작했다. 없애려고 마음먹었을 때는 이미 늦어 지금의 상황까지 온 것이다. 몸집에 맞지 않게 움직임이 민첩해 도망가는 데는 도사라 뒤쫓다 보면 어느새 사라지고 없었다.

헌데 나타날 때마다 그전보다 커지고 강해져서 오는 부분이 어딘지 미심쩍었다. 그 큰 몸을 숨기고 있기가 어려울 텐데 해국을 아무리 뒤져도 나오지 않았다. 혹시 주변국에도 나타나는지 알아봤으나 괴물은 오직 해국의 하늘에만 모습을 드러냈다. 마치 누군가가 괴물을 일부러 해국으로 자꾸 보내는 기분이었다.

게다가 나타나는 날의 간격이 점점 좁아들었다.

"공존의 밤도 모자라 다른 괴물의 등장이라니. 아까 본 그 괴물이 해무는 아니겠지?"

항상 세상사 걱정 없던 연초의 얼굴이 심각해졌다. 그만큼 괴물의 위협이 커지고 있다는 증거였다. 지금은 다섯 명이서 무난하게 막아내고 있지만 앞으로 어찌 될지 알 수가 없는 노릇이었다.

"해무가 왜 인어들을 공격해. 그리고 전설에만 등장하는 신인걸."

설담이 어깨를 으쓱했다.

해무. 해국을 비롯해 바다 세계를 창조한 신. 본 적도 없을뿐더러 그에 대해 전해지는 이야기도 없었다. 다만 시간과 공간을 초월해 살고 있는 바다 세계의 사람들 사이에서 떠도는 이름.

그런 신이 있다더라. 그가 바다 세계를 창조했다더라.

혹자는 기괴하게 생긴 괴물이라 했고, 다른 혹자는 눈이 부실 정도로 아름답게 생겼다 했다. 해서 태랑이 성장했을 때 그가 해무가 아닌가 추측하는 사람들도 더러 있었다.

"누구냐는 중요하지 않아. 우릴 공격한다는 사실이 중요하지."

쪼르르. 태랑이 비워진 제 찻잔을 채우며 말했다.

"연초, 양국에서는 발견한 적 없다던?"

"그렇잖아도 얼마 전에 물어봤더니 금시초문이라던데?"

다섯 사람이 침묵했다. 모이자고는 했으나 이렇다 할 방법이 없었다.

괴물에 대한 정보는 조금도 없었다. 잠깐 나타났다 사라지는 그것의 정체를 밝힐 방법이 없었다. 뒤를 밟고자 하는데도 순식간이라 불가능했다.

반유가 삿갓을 들어 머리에 썼다.

"이럴 줄 알았으면 힘이 약했던 처음에 잡을 걸 그랬다. 아무래도 당장 결론을 짓지 못할 듯하니 생각을 해본 다음에 논의하자."

반유가 자리에서 일어나자 연초가 그의 옷자락을 잡았다.

"잠깐, 방법이 있을 거 같아."

네 쌍의 눈이 그녀를 향했다.

"양국에 말이야, 아주 특이한 물고기가 있어. 아…… 이거 국보급 비밀인데…… 너희들만 알아야 된다."

이미 서두를 꺼내놓고도 잠깐 망설였던 그녀가 결심을 한 듯이 침을 삼키고 숨을 크게 들이쉬었다.

"양국에는 이만한 물고기가 있어."

검지의 끝을 엄지로 누르며 크기를 알려줬다.

"이 물고기가 뭘 하는 물고기냐면, 소리를 듣고 그대로 다시 말한다?"

"그런 물고기가 어디 있어."

설담이 믿지 못하겠다는 얼굴로 물었다.

"있다니까! 너, 해국에 있는 물고기들 다 알아?"

"물고기가 한두 종류냐. 내가 어떻게 다 알겠냐."

"그래, 해국에 있는 물고기도 전부 모르니 양국의 물고기도 모를 거 아냐.
정말 있어. 그 물고기가 이빨이 굉장히 강해."

딱딱. 연초가 제 치아를 소리가 나게 부딪쳤다.

"이로 물고 계속 따라다니면서 주위의 소리를 몽땅 흡수하지. 그런 다음
주인에게 돌아와서 들은 것 고대로 따라 해."

"네 말은 괴물에게 그 물고기를 물려놓자, 이건가?"

태랑의 질문에 연초가 빙긋 웃었다.

"응. 워낙 작아서 다가가도 괴물은 모를걸?"

"그럼 그 물고기는 어떻게 구한다는 거야? 국보급 비밀로 치는 존재를 양
국에서 우리에게 줄까."

"어렵겠지만 내가 다른 통로를 거쳐 구해봐야지. 오빠가 줄 리는 절대 없
잖아?"

연초는 양국 왕의 동생이었다. 황해국의 왕인 비한을 사랑해서 시집왔지
만 여기저기 떠도느라 자리를 비운 그를 대신해 황해국과 객사를 그녀가 맡
고 있었다.

원래 해국과 양국은 그다지 사이가 좋은 편이 아니었다. 연초와 비한의
혼사로 잠시 두 나라가 각별해지긴 했었지만, 혼례를 치른 1년 뒤부터 궁 밖
으로 떠도는 비한 때문에 예전보다 사이가 더 틀어졌다.

양국의 왕으로선 하나밖에 없는 누이를 독수공방시킨 것도 모자라 비한이 해야 할 일을 하게 하니 좋을 수가 없었다. 매사에 능동적이고 쾌활한 성격의 연초는 즐겁게 잘 지낸다고 했으나 그 말이 양국의 왕에게 먹히지 않았다.

"연초가 물고기 구하면 다시 모이자."

반유가 먼저 자리를 떴다. 뒤이어 하제와 연초도 돌아가자 설담과 태랑만 남았다.

"태랑, 넌 솔루에게만 신경 써. 그녀의 마음을 얻는 일이 더 중요해."

"안다."

태랑은 짤막한 답을 하며 자신을 다그쳤다. '얻는 일이 더 중요해'라는 설담의 말이 백번이고 옳다. 마음을 바로잡아야 한다.

겉으로는 솔루에게 공을 들일지언정 그 이상은 안 된다. 마음을 줄 것이 아니라 그녀에게서 받아내야 한다.

그는 찻잔 옆에 떨어져 있던 자환목의 잎을 손으로 짚어 상 밖으로 쳐냈다. 태랑의 눈동자가 서늘하게 가라앉았다.

태랑은 솔루가 누워 있는 커다란 침상 옆에 서서 휘장을 만지작거리다 한참 만에 열고 안으로 들어갔다. 쌔근쌔근 고른 숨소리가 안을 가득 채웠다.

머리에선 당장 누워 있는 그녀를 본인의 처소로 옮기라 외쳐댔고, 마음에선 조금은 더 지켜보라 회유했다.

솔루의 발끝에 서 있던 태랑은 걸음을 옮겨, 잠든 그녀의 얼굴을 잠잠히 바라봤다. 베개 위에 흐트러져 있는 까만 머리카락을 검지로 쓸어내렸다. 매끈한 머릿결을 따라 그의 손가락이 베개 아래로 떨어졌다.

"흐응."

가느다란 신음이 그녀의 입술 사이를 뚫고 나오자 놀란 그는 얼른 손가락을 떼었다. 솔루가 뒤척이다가 고개가 한쪽으로 기울었다.

버릇인가 보구나.

고민할 때만 그런 줄 알았더니 말하다가도, 생각에 빠져 있을 때도 고개를 옆으로 기울였더랬지.

그는 솔루를 따라 자신의 고개도 옆으로 기울였다. 피식. 그러고 있는 제 모습이 하도 어이없어 웃음이 나왔다.

그는 불편해 보이는 솔루의 머리도 똑바로 세워주기 위해 양손으로 작은 머리통을 잡았다. 겨우 손끝만 대려고 했는데 막상 잡게 되니 그녀의 탐스러운 두 볼에 욕심이 생겼다. 손바닥으로 솔루의 볼을 감쌌다. 며칠 아픈 바람에 살이 빠졌지만 말랑하고 보들보들한 살이 손바닥에 착 달라붙는 느낌이었다. 스며드는 온기가 가슴으로 퍼지는 기분도 들었다.

순간 솔루의 눈꺼풀이 잘게 떨렸다. 태랑이 화들짝 놀라 손을 뗌과 동시에 그녀가 눈을 천천히 떴다.

"하아."

솔루가 눈동자를 굴리며 주위를 둘러보다가 태랑과 눈이 마주치자 희미한 미소를 지었다.

"태랑 님, 여기가 어딥니까?"

"내 침상이니라."

"왜…… 제가 태랑 님의 침상에 누워 있습니까?"

"잊었느냐. 어깨에 상처를 입었다."

"아아…… 맞다. 그랬죠. 감사합니다."

이번엔 좀 더 진한 웃음을 띠었다. 그녀의 두 볼에 옅은 볼우물이 파였다. 그걸 보자 머리를 쓰다듬어주고 싶어져 주먹을 세게 움켜쥐었다. 그의 손가락 마디의 뼈가 하얗게 드러날 정도였다.

"탕약을 먹었으니 지금은 아프지 않지만, 약기운이 떨어지면 다시 아플 것이다. 그 전에 탕약을 다시 주도록 해두었다."

"그러셨군요. 제가 폐를 끼쳤습니다."

가만가만 내뱉는 목소리가 연기처럼 피어올라 그를 감싸는 것만 같았다. 태랑은 냉정함을 유지하려 애썼다.

"정신을 차렸으니 네 처소로 옮기도록 해라."

"아…… 태랑 님, 지금 제가 몸을 일으키기가……."

"파고가 도와줄 것이다."

그녀가 이곳에 더 있다가는 태랑의 다짐이 무너질 것이 뻔했다. 무슨 일이 있어도 너에게서 심장을 뺏기 전까지는 나는 네게 감정의 한 자락도 주지 않을 것이다. 반드시 그럴 것이다.

태랑은 파고와 하인들을 시켜 몸도 제대로 가누지 못하는 솔루를 기어이 그녀의 처소로 옮겼다. 돌변한 태랑의 모습에 파고는 그저 또 변덕을 부린다고만 생각했다. 그래도 태랑은 본연의 임무는 잊지 않았는지 파고를 통해 솔루에게 좋은 음식과 옷가지들, 때로는 장신구도 보냈다.

아주 가끔 솔루가 있는 처소에도 다녀갔다. 파고를 시켜 최고의 약재를 구해 먹인 결과, 솔루의 상처가 완전히 아물지는 않았지만 열흘 만에 자리에서 일어날 수 있었다. 누워 있는 동안에도 까무룩 정신을 자주 잃기도 했는데 좋은 약을 계속 먹어서인지 하루에 한 번 정도로 기절하는 횟수가 줄었다.

열흘 만에 가벼운 몸이 된 그녀는 객사에 나갈 채비를 했다. 발을 버선에 밀어 넣으며 제 주위를 맴도는 물고기를 향해 방긋 웃었다.

"홍아, 나 때문에 계속 방에만 있느라 답답했지? 오늘은 밖에 나가서 친구도 만나렴."

솔루가 누워 있는 기간 동안 그녀의 머리맡을 지켜준 물고기에게 '홍'이라는 이름을 붙여줬다. 홍시와 같은 빛깔이라서 앞 글자를 따 '홍'을 썼고, 또 하나는 태랑의 해룡인 '청'과 비슷한 이름을 지어주고 싶어서였다.

다음에 청을 만나면 '청아'하고 불러줘야지. 아, 싫어하려나? '청아' 하니까 좀 이상하긴 하네.

그냥 '청'은 괜찮은데 '청아' 하니까 청이 가지고 있는 생김새와 거리가 있는 느낌이었다.

그녀는 나머지 버선을 신고 자리에서 일어나 저고리와 치마를 쓸어내렸다. 얇은 저고리 속에 상처를 동여맨 천이 보였다.

'다친 팔의 상처가 벌어질 수도 있으니 절대 무리하면 안 된다.'

파고가 잊지 말라며 신신당부했다. 어차피 힘쓰는 일을 하지 않는다고 말했지만 그는 그래도 주의하라 일렀다.

솔루는 문을 열고 나와 공기를 크게 들이마시자 상쾌한 아침 공기가 코와 입을 통해 들어가 온몸을 돌고 도는 기분이었다. 오랜만에 마시는 깨끗한 공기에 머릿속까지 청명하게 했다. 저절로 노래가 나와 흥얼거리며 밖으로 나와 정원을 가로지르고 있을 때였다.

"객사에 가느냐."

언제 왔는지 태랑이 솔루의 곁에 서서 함께 걷고 있었다.

"어? 안녕히 주무셨습니까."

자리에 멈춘 그녀가 배에 양손을 모으고 공손히 인사를 했다.

솔루는 자신이 누워 있는 기간 동안 태랑이 그녀를 위해 정성을 쏟았다고 할 수는 없었으나 꽤 신경을 써줬다는 것을 알고 있었다. 그래서 그가 심술부렸던 과거를 다 잊어주기로 했다. 또 앞으로 어지간한 건 다 받아주리라 마음먹었다. 생각처럼 될지는 모르겠지만.

"어디 가십니까?"

"……."

그는 답하지 않고 앞서 걸었다. 멈춰 있던 솔루가 태랑의 뒤를 따라오다 옆으로 다가와 큰 눈으로 그를 올려다봤다.

"혹시 저 바래다주시는 겁니까?"

"싫은가."

"그럴 리가 있겠습니까! 완전 좋습니다."

그녀가 손을 뒤로 돌려 제 허리 부근에 대고 깍지를 꼈다. 좌우로 몸을 흔들며 팔랑팔랑 걸었다. 어깨의 상처가 아직도 아프긴 했으나 다치기 전보다 훨씬 몸 놀리기가 편했다. 그래서인지 앞으로 뭐든 할 수 있을 것만 같아 기분이 좋았다.

이제는 객사 일도 제대로 할 수 있게 되겠지. 23살 넘어서도 살 수 있을 거야. 그래서 나중에 어머니랑 동생들을 만날 수 있으면 좋겠다.

희망이 몽글몽글 가슴에 퍼졌다. 노래가 저절로 나와 흥얼거렸다.

"신은 적응이 됐느냐."

태랑이 보기에 솔루의 걸음이 불편해 보여 물었다.

"예, 걸을 만합니다."

"그래, 다행이구나."

"정말 객사까지 바래다주실 겁니까?"

"아니."

"아아, 예."

신 나서 물어봤는데 단칼에 베어내는 거절에 솔루의 목소리가 작아졌다.

"왜? 객사까지 바래다줬으면 좋겠느냐."

솔루는 그의 질문에 대답해야 한다 생각하면서도 말이 입 밖으로 나오지 않았다. 뒷짐을 지고 걷는 그의 옆모습을 보고 있자니 넋이 나가는 기분이었다. 내딛는 걸음 하나하나가 기품이 넘쳤고, 물결처럼 날리는 은색 머리카락은 참으로 고상했다. 곧게 뻗은 긴 속눈썹마저도 은빛으로 빛났다. 그 속눈썹 아래로는 헤어 나올 수 없는 심연과 같은 눈동자가 담겨져 있었다.

오늘 처음으로 태랑 님의 얼굴을 제대로 보게 되네.

아! 아니다. 저 눈동자는 너무 강렬해서 한 번 본 뒤로는 지워지지 않았어. 정말 아름답게 생기셨구나. 근사하다.

태랑에 대해 좋지 못한 감정을 갖고 봤을 때도 아름답고 멋지다 생각했는데, 좋은 감정을 갖고 보니 더 멋졌다.

"언제까지 내 얼굴을 구경할 셈이더냐."

그의 질문에 퍼뜩 정신을 차렸다.

"헤헷. 알고 계셨습니까. 죄송합니다."

"그렇게 뚫어져라 보는데 모른다면 바보겠지."

"태랑 님은 부모님께 남들보다 더 많이 감사하셔야겠습니다."

"왜?"

"낳아주고 길러주신 것만으로도 감사한데 이리 아름다운 모습으로 태어나게 해주셨잖습니까."

"글쎄다."

태랑의 음성이 건조해졌다.

아기 때부터 저를 거부했던 어머니. 그녀는 태랑이 3살 되던 해에 그를 버리고 도망가서 어머니에 대한 기억은 거의 없었다. 사람들의 입을 통해 그녀가 태랑을 제 자식으로 받아들이지 않았다는 말을 들었다.

그리고 그의 아버지. 13살, 준비도 안 된 어린 아들에게 왕위를 넘기고 사라졌다. 그렇다고 태랑이 13살이 될 때까지 좋은 아버지인 적도 없었다. 바빠서 얼굴도 제대로 볼 수 없었고, 따뜻하게 이름 한 번 불러주지 않았다.

감사해야 하나?

태랑은 아버지에게 단 한 번도 감사할 수가 없었다. 늘 혼자인 그에게 삶은 외로움과의 싸움이었다.

"태랑 님!"

솔루가 생각에 빠져 있는 그를 불렀다. 그의 얼굴에 드리워져 있던 그림자가 그녀에게도 보여 자신의 말에 실수한 부분이 있다는 걸 깨달았다.

당연히 '그렇다'라는 답이 나올 줄 알고 했던 말이었는데…….

그녀는 태랑이 그 그림자에서 빠져나오길 바랐다. 미약하게나마 부모님과 관련된 일이란 것 정도는 파악할 수 있었다.

죄송합니다, 태랑 님.

다 저와 같은 부모님을 가진 것이 아닐 텐데 잘 알지도 못하면서 너무 앞서 나갔다. 솔루는 깊게 생각하지 못한 자신의 행동을 탓하며 스스로 머리를 쥐어박고 싶었다.

태랑은 불러놓고 혼자서 꾸물거리는 솔루를 향해 눈동자만 돌렸다가 정면을 응시했다.

"불렀으면 말을 해야지."

"아! 그것이…… 저, 태랑 님께서 객사까지 바래다주셨으면 좋겠습니다."

"싫다."

"예에? 바래다줬으면 좋겠냐고 물어보셨지 않습니까."

"묻지도 못하나."

"들어주실 것처럼 물어보셨으니까요."

솔루가 입술을 삐죽거렸다.

목소리만 들어도 어떤 얼굴을 하고 있을지 태랑의 눈에 보였다. 볼이 빵빵하게 부풀어져서 작고 도톰한 입술이 쉴 새 없이 움직이고 있을 것이다.

매일 보고 산 것도 아니건만 그는 솔루에 대해 꽤 알고 있었다. 바다 제물이 되어 해국으로 왔고, 태어날 적부터 몸이 약해 자주 쓰러진다. 달달한 음식을 좋아해 경단을 잘 먹고, 태랑이 아플까 봐 스스럼없이 이마에 손을 짚을 정도로 타인에 대한 경계가 허술했다. 또 이름을 불러주는 것을 좋아했다.

가만있어보자. 또 뭐가 있더라.

"태랑 님, 조금 전에는 죄송했습니다."

태랑이 솔루에 관한 기억을 더듬고 있는 사이 그녀가 갑작스레 사과하자 고개를 돌려 마주 봤다. 그래 봤자 솔루의 작은 머리만 보였다.

"태랑 님에 대해 잘 알지도 못하는데 태랑 님의 부모님께 감사해야 한다고 말했지 않습니까. 제가 주제넘었습니다."

"알고 있으니 됐다."

"그래서 말입니다."

"……."

"조금 가르쳐주시지 않겠습니까?"

"뭘."

"태랑 님에 대해서요."

우뚝. 태랑의 걸음이 멈췄다. 동시에 그는 호흡도 멈추는 기분이었다. 가슴에서 뭔가 쿵 떨어졌고, 찌릿하고 섬광이 이는 것 같기도 했다. 태랑에 대해 알고 싶다고 가르쳐달라는 사람은 처음이었다. 그의 외모만 보고 다가오려는 사람은 많았으나 그의 깊숙한 부분까지 알고 싶어 하는 사람은 없었다. 환경적인 요인으로 부드러운 성품이 될 수 없었던 그를 무서워하고, 눈치 보기에 급급했다. 친우들과 가깝게 지냈으나 그들 또한 적정선을 유지했다. 비록 그 선은 태랑이 먼저 그었지만 누구 하나 건너오려는 시도조차 하지 않았다.

"태랑 님?"

갑자기 걸음을 멈춘 채로 솔루를 빤히 보고 있자 그녀가 불렀다.

"여기서부터는 혼자 가거라."

그가 홱 돌아서더니 머리카락을 휘날리며 빠른 걸음으로 사라졌다.

히잉. 또 주제넘게 말했나 보구나.

"아휴, 이 멍청이!"

솔루의 눈에는 그가 단단히 화가 난 것처럼 보였기에 자신의 머리를 콩콩 쥐어박았다. 오늘은 명백하게 제 잘못이었다. 부모님에 관한 실수에서 끝냈어야 했는데 어쩌자고 태랑에 대해 알려달라는 말을 했을까.

"그래도 조금 알고 싶어지긴 했어."

검지로 턱을 긁적이며 혼자 중얼거리던 솔루는 객사를 향하는 계단을 내려가기 시작했다.

솔루에게 등을 보이고 서둘러 걷던 태랑은 그녀의 시야에서 벗어나자 자리에 멈췄다.

"흠, 흠!"

아직도 가슴이 이상하다. 헛기침을 하고 명치 언저리를 손바닥으로 쓸어내려도 찌릿한 느낌이 가시질 않았다.

'조금 가르쳐주시지 않겠습니까?'

'태랑 님에 대해서요.'

솔루의 목소리가 귓가에 환청처럼 맴돌았다.

"청!"

태랑이 외치자 하늘에서 청이 금세 날아왔다. 청이 땅에 착지 전, 날갯짓이 계속되는데도 그는 거리낌 없이 얼른 청에 올라탔다. 높은 곳에서 시원한 바람이라도 쐐야지 이러다간 가슴이 터질 것 같다. 그가 급하게 청을 몰며 창공을 향해 날아올랐다.

객사에 들어선 솔루는 안을 둘러보다 손님을 맞이하는 탁자가 눈에 들어왔다. 옆으로 길게 뻗은 탁자 뒤로는 책장들이 줄지어 늘어섰고, 책이 빽빽하게 꽂혀 있었다.

탁자 앞에 앉아 있는 중년의 여인을 보고 솔루는 그녀가 하는 일이 무엇인지 대충 짐작했다. 객사 중에서 최고급인 이곳으로 오는 손님들을 첫 번째로 맞이하고 안내하는 역할이었다.

"안녕하십니까?"

솔루는 나이가 있어 보이지만 곱게 단장하고 앉아 있는 여인 앞으로 가 인사했다. 종이에 무언가를 적고 있던 그녀가 잡고 있던 붓을 탁자 위에 놨다.

"내게 볼일이 있나요?"

"예. 괜찮으시다면 저도 이곳에 앉아서 일을 하면 안 되겠습니까?"

위에서 손님들의 인상을 파악하려니 한계가 있어 1층에서 보면 훨씬 기억하기 쉬울 것이라 판단했다.

"설담 님께 듣기로 당신이 일하는 곳은 집무실이었는데요?"

"예, 맞습니다. 헌데 집무실에서는 제대로 하기가 어려워서요."

"제가 결정할 일은 아닌 듯하군요. 설담 님과 먼저 상의하세요."

여인은 붓을 다시 집어 들고 종이로 시선을 옮겼다.

"물론 설담 님께도 말씀드릴 것입니다. 하지만 이곳에서 일하시는 분의 허락도 필요하다 생각돼서 여쭤봤습니다."

"조용히 없는 사람처럼 있을 수 있나요?"

"예!"

솔루가 고개를 세차게 끄덕였다.

"그럼 나는 상관없어요."

"우왓! 감사합니다! 얼굴이 고우신 만큼 마음도 넓으십니다!"

뛸 듯이 기뻐하며 큰 소리로 감사의 말을 전하는 솔루를 향해 여인이 이맛살을 찌푸렸다.

"조용히 있을 수 있다고 하지 않았나요? 지금처럼 목소리가 크다면 곤란해요."

"핫. 죄송합니다."

솔루가 손으로 제 입을 가리며 작게 속삭였다.

여인의 허락은 마치 객사 식구들이 저를 받아줬다는 느낌이었다. 다들 매섭게 보고 있어 말 한번 걸기가 무서웠는데, 오늘 용기를 내자 결과가 좋았다. 어쩐지 오늘은 아침부터 일이 잘 풀릴 것 같은 예감이 들었다. 조금씩 하다 보면 다른 이들과도 이야기를 나눌 수 있을 듯했다.

문득 태랑과의 일이 떠올랐다.

아아, 태랑 님께 실수만 하지 않았다면 완벽했을 텐데……. 아깝다. 저녁에 뵈면 잘못했다고 말씀드려야지!

경쾌한 걸음으로 곧장 집무실로 올라간 솔루는 문을 두드렸다.

"들어오세요."

문을 열고 들어서자 설담이 환한 얼굴로 그녀를 맞이했다. 아파서 누워 있는 동안 설담은 객사 일로 바빠서 솔루를 만날 수 없어 오랜만이었다.

"오랜만에 뵙습니다, 반유 님!"

그녀가 밝은 목소리로 외치며 꾸벅 인사했다.

"우리 솔루는 인사도 참 잘해요. 몸은 괜찮은가요? 더 쉬어도 된다니까 왜 벌써 나왔어요?"

"이제 정말 괜찮습니다. 더 쉰다면 반유 님께서 계속 쉬라 해주셔도 설담 님을 뵐 면목이 없습니다."

"하하. 뭐, 그렇긴 하겠군요."

"헌데 반유 님! 오늘 설담 님은 나오십니까?"

"그, 글쎄요."

오늘따라 그녀의 입에서 나오는 '반유'라는 이름에 그는 어색한 웃음이 지어졌다.

그냥 말해? 말하면 되는 일을 왜 망설이고 있는 것인지.

처음엔 솔루가 가지고 있는 오해 때문이라고 했지만 시간이 갈수록 그게 무슨 상관인가 싶었다.

여인을 좋아하고 성실하지 않은 설담.

여인을 좋아하는 건 거부할 수 없는 진실이고, 성실하지 않다는 말은 지극히 사람마다 기준이 다른 것이니 문제가 되지 않았다. 따지고 보면 성실에 대한 표현은 설담이 자신을 향해 한 말이었다. 그것이 발목을 잡을 줄이야. 돌이켜보니 왜 속이고 있는지조차 떠오르지를 않았다.

그때였다. 드르륵, 쾅!

급하게 문이 열리고 닫히는 소리가 들려 설담과 솔루가 동시에 그쪽을 바라봤다.

"어, 어?"

연초가 서 있었다. 오늘도 붉게 칠한 입술이 요염하게 움직였다.

"어머, 이게 누구야?"

솔루에게 시선을 준 연초가 오래전부터 알고 지낸 가까운 사람을 만난 것처럼 반색하며 다가와 손을 잡았다.

"안녕하십니까, 솔루라 합니다."

"아유, 이름마저 귀엽기도 하지."

연초가 두 손으로 솔루의 볼을 감쌌다. 솔루보다 훨씬 키가 큰 그녀가 볼을 잡아 올리자 얼굴이 저절로 들렸다.

"나는 연초라고 한단다. 나 기억나지?"

"예."

"다친 곳은 어때?"

"괜찮습니다. 저…… 근데, 놓, 놓아주시면 안 되겠습니까? 고개가 불편합니다."

"이런, 미안해. 너무 반가워서 그랬어."

솔루의 볼을 놓아준 연초가 끌어안았다. 솔루는 얼굴에 닿는 물컹한 가슴에 한 번 놀라고, 같은 여인인데도 저보다 훨씬 긴 연초의 팔다리에 또 놀랐다. 그녀에게서 나는 진한 꽃 향이 솔루의 코를 간질였다. 저번에 뱃놀이 가기 전에 발랐던 분향도 났다.

지극히 여성스러운 향과 몸이 부럽기도 하고 좋기도 했다. 연초에게 안긴 느낌은 이불보다 더 푹신해 어머니가 떠올랐다. 물론 어머니와는 다른 품이었지만 마냥 좋았다.

한편 이 상황을 지켜보고 있는 설담의 마음은 어떻게 하면 연초를 아무렇지도 않게 데리고 나갈 수 있을지 불안으로 떨렸다.

아니, 솔루를 데리고 나가는 편이 좋으려나.

우선은 부둥켜안고 있는 두 사람을 떼어놓는 일이 급선무였다.

언제부터 친했다고 저렇게 있는 건지, 원.

"설담이 잘해주지? 혹시라도 막 부려먹으면 나한테 말해."

"설담 님은 잘해주십니다. 너무 배려해주셔서 죄송할 지경인걸요."

"하긴 여인에게는 원래 잘하는 녀석이니까. 너, 조심해라."

"뭘 말입니까?"

"설담이 널 잡아먹을 수도 있어."

"예? 설담 님은 사람을 잡아먹습니까?"

"아니, 여자를 잡아먹지."

눈을 동그랗게 뜨고 진실을 말해달라는 표정으로 묻는 솔루가 귀여워 큰 소리를 내며 연초가 경쾌하게 웃었다. 생긴 것도 귀엽고, 하는 짓도 귀여워 태랑에게 주기엔 아까웠다. 쩝쩝 입맛을 다신 연초의 표정이 솔루의 머리를 쓰다듬다가 어두워졌다.

그놈의 심장이 뭐길래.

하긴 살고 죽는 것의 문제다. 심장을 태어날 때부터 가지고 있는 연초로서는 감히 언급할 수 있는 것이 아니었다.

해국 왕들의 심장은 너무 많은 사람들을 아프게 하는구나.

심장을 빼앗기는 자도, 취하는 자도, 곁에서 지켜봐야 하는 자도 모두 아프다. 솔루도 아파할 앞날이 보여 머리를 쓰다듬는 손길에 안쓰러움을 담았다. 솔루가 제 표정을 살피자 황급히 미소를 지었다.

"농담이야. 설담이 사람을 어떻게 먹니."

"정말인 줄 알고 깜짝 놀랐습니다."

"순진하시긴. 설담, 넌 좋겠다야. 나도 옆에 이런 애 놔두고 일하면 즐겁겠다."

설담의 낯빛이 변했다. 드디어 올 것이 왔다.

"왜…… 이름을 속이셨습니까?"

설담의 정체가 밝혀지자 솔루가 멍한 얼굴로 물어봤다.

"처음부터 속일 생각은 없었어요."

아닌가? 처음부터 속일 생각이 있었나? 설담은 머리를 전속력으로 굴려봤지만 점점 새하얗게 변해가고만 있었다.

"미안해요, 솔루. 솔루가 나에 대해 편견을 가지고 있는 거 같아서 그랬어요. 그날 제가 설담이라는 것을 알았다면 지금처럼 우리가 친분이 있지는 않았을 거예요."

솔루는 당시에 설담에 대해 어떤 편견을 가지고 있었나 떠올리려 애썼지만 지금으로서는 딱히 생각나지 않았다. 집중하기 위해 미간에 힘을 주며 기억을 더듬자 떠올랐다.

'세상에! 여인을 좋아하는 분이 성실하지도 않으면 객사 관리를 어찌하신답니까?'

설담인 줄을 모르고 했던 말이 솔루의 머릿속을 스치고 지나갔다. 설사 그가 정말 설담이 아니었다 하더라도 그랬으면 안 됐다. 개인적으로 잘 아는 사람도 아니고, 겪어본 적도 없었을뿐더러, 당사자를 한 번도 만나거나 이야기를 나누지 않은 상태였다. 단지 건너서 들은 말밖에 없었다.

솔루는 설담이 저를 속였다는 것보다 잘 알지도 못하는 상태에서 함부로 말을 했다는 사실에 미안해졌다.

생전 처음 보는 사람에게서 그런 말씀을 들으셨으니 얼마나 속상하셨을까?

"죄송합니다, 반유 님. 아니, 설담 님."

그녀가 꾸벅 허리를 숙이고 일어나지 못했다. 부끄럽고 창피했다. 그리고 그런 말을 들었는데도 불구하고 설담이 얼마나 자신에게 친절하고 다정하게 대해줬는지도 떠올랐다.

아휴, 요놈의 입! 생각 없이 말하는 이 입이 문제다!

어머니가 입조심하라고 그렇게 말씀하셨는데 까맣게 잊고 있었던 제 입이 원망스러웠다.

"속인 건 나예요. 내가 속였어요. 왜 솔루가 사과를 해요."

"쯧쯧쯧. 너 착하구나. 착해도 너무 착하네."

연초가 고개를 저으며 혀를 찼다. 설담의 거짓말을 솔루가 알았을 때는 정말 불같이 화를 낼 거라 짐작하며 기다렸는데 예상이 빗나갔다. 그게 다 뭔가. 오히려 미안해하고 있었다.

여인이라 하기엔 어려 보이는 저 작은 여자는 생긴 것처럼 심성이 고왔다.

"제가 당시에 설담 님을 잘 모르는 상황이었는데 그런 말을 해서 죄송합니다. 많이 기분 나쁘고 속상하셨죠? 제가 나빴습니다."

"솔루, 그렇게 말할 것이 아니라……."

진심으로 미안해서 어쩔 줄 몰라 하는 솔루를 보는 설담의 마음이 점점 더 불편해졌다. 들킬까 봐 염려했었지만 그 염려보다 더 당혹스러운 반응이었다. 차라리 화를 내며 뭐라 한마디 하는 편이 좋겠다.

"설담에 대해서 뭐라고 말했어?"

연초가 물었다.

"여인을 좋아하는 분이 성실하지도 않으시다고…… 요."

기어들어가는 목소리로 솔루가 조용히 말하며 고개를 숙였다.

"틀린 말 한 것도 아닌데 뭘 그렇게 미안해. 괜찮아, 괜찮아."

연초가 솔루의 등을 토닥였다.

"맞아요. 여인 좋아하는 것도 맞는 말이고, 성실하지 않은 것도 맞는 말이에요. 미안해하지 말아요."

"그래도 죄송합니다. 정말 죄송합니다. 일해야 하는데 시간이 많이 지체돼서 그러는데 저는 이만 일하러 내려가도 되겠습니까."

"이곳에서 일하는 사람이 어딜 가요?"

"여기서는 손님들의 모습이 잘 보이지 않아서 1층에서 일하려고요. 물론 설담 님께서 허락해주시면 그렇게 하겠습니다."

일부러 자리를 피하려고 하는 듯한 행동에 설담은 솔루의 팔을 잡았다. 생각해보면 그리 큰일도 아니건만 그녀는 그렇지 않은 모양이었다.

"내게 미안해서 그러는 거라면 1층까지 갈 필요는 없어요."

"그런 것이 아니라 일은 제대로 하고 싶습니다."

솔루가 슬며시 고개를 들었다. 맑은 눈망울에 간절함이 담겨 있어 차마 안 된다고 말할 수가 없었지만 아직 객사에 적응하지도 못해서 1층에서 사람들과 부딪치기 어려울까 봐 걱정이 됐다.

"그럼 그렇게 하도록 해요. 대신 어려운 일이 생기면 바로 내게 말하기로 약속해줘요."

"예, 약속드리겠습니다."

그녀가 새끼손가락을 내밀자 설담이 웃으며 자신의 새끼손가락을 걸었다.

"이만 가보겠습니다. 연초 님도 말씀 나누고 안녕히 돌아가십시오."

솔루가 자신이 쓰는 종이를 챙겨 문을 열고 밖으로 나가 최대한 조심해서 문소리가 나지 않게 가만히 닫고는 1층을 향해 내려갔다.

1층으로 내려와 탁자에 앉은 솔루가 종이에 열심히 그림을 그리고 글을 썼다.

그녀가 그곳에서 일할 수 있도록 허락한 여인의 이름은 가희였다. 나이가 있어 보이기는 했지만 짐작했던 것보다 훨씬 많았다. 가희가 하는 일은 백해궁 바로 아래에 있는 객사의 관리를 담당했다. 물론 전체 관리는 설담이 맡고 있었지만, 세분화되어 그 아래 관리자는 각각 따로 있었다.

그녀는 솔루가 하고 있는 모습을 유심히 바라봤지만 묻지는 않았다. 설담에게 대충 이야기를 듣기도 했고, 오늘따라 손님이 많아 의자에 엉덩이를 붙일 시간이 없었다.

대신 지나가는 사람들이 그녀의 종이를 어깨 너머로 구경하곤 했다. 붓을 잡고 열심히 그리던 솔루는 태랑과 설담의 일이 떠올라 잠시 멍했다.

잘 알지도 못하면서 아는 척했다가 나타난 결과였다. 사람이 겸손해야 한다고 어머니가 누누이 말씀하셨는데……. 속으로 정말 어이없으셨을 거야.

다시 떠올려봐도 얼굴이 벌겋게 달아오를 만큼 부끄러운 일이었다.

그때 객사의 문으로 한 남자가 들어오자 솔루의 눈이 남자를 따라 움직였다. 금색의 긴 머리카락이 가을 녘의 들판 같았다. 한눈에도 값비싸 보이는 옷을 두른 남자는 입가에 부드러운 미소를 머금고 있었다. 선녀의 것처럼 깃이 달린 고급스러운 부채를 살랑이며 걷는 모습에 붓의 움직임이 멈췄다.

해국에는 잘난 사내들이 참으로 많다.

넋을 놓고 보고 있던 솔루와 남자의 눈이 마주치자 화들짝 놀란 그녀가 얼른 고개를 숙이려 했지만 이미 늦었다.

"처음 보는 얼굴인데, 새로 왔느냐?"

살짝 떠 있는 목소리였다. 태랑의 음성이 고요한 밤이라면 남자의 음성은 활기찬 낮이었다.

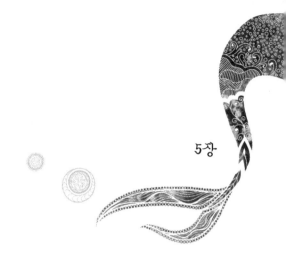

5장

"손님께 인사드리지 않고 뭐 해요?"

어느새 다가온 가희가 솔루를 다그쳤다.

"아, 죄송합니다. 안녕하십니까. 솔루입니다."

그녀가 의자에서 일어서서 인사했다. 손님이 먼저 말을 걸어올 줄은 꿈에도 생각 못 했다.

"오늘 처음 일을 시작하는 아이라 결례를 범했습니다, 금작 님."

가희가 솔루를 대신해 사죄를 했다.

"괜찮네. 그럴 수도 있지."

"제가 모시겠습니다."

"새로운 얼굴이 있으니 신선해서 좋군."

고개를 숙이고 있는 솔루를 뒤로하고 금작은 가희를 따라갔다.

얼마 후 금작에게 객실을 안내하고 온 가희가 제법 무서운 얼굴로 꾸짖었다.

"이 자리는 객사의 얼굴이나 다름없어요. 손님이 객사에서 일하는 사람을 첫 번째로 마주치게 되는 곳으로, 이 자리에서 받은 인상이 곧 객사에 대한 기억으로 남습니다. 무슨 뜻인지 알겠죠?"

"예, 앞으로 주의하겠습니다."

완벽한 하루가 될 줄 알았는데 부족한 것투성이였다. 태랑과 설담의 일에 이어서 객사 일까지. 의기소침해졌지만 곧바로 마음을 잡고 조금 전 실례를 범했던 손님이 대해 물었다.

"헌데 저분은 누구십니까?"

"금작 님이라고 객사를 자주 이용하는 분이십니다. 창(滄)국에서 오시는 분인데 큰 부자세요. 상인이라고 하는데 정확히 어떤 일을 하시는 지는 잘 몰라요."

"그렇군요."

"기억해둬야 하는 손님이세요. 금빛 머리카락은 금작 님, 이라고 기억하면 쉽겠네요."

솔루를 금작의 인상착의를 세세하게 적었다.

금빛 머리카락, 창국, 상인, 부자, 금작 님.

다 쓴 그녀는 붓을 물고 더 쓸 내용이 없나 생각하다가 더 이상 아는 것이 없어 붓을 놓았다.

"가희 님, 제게 말씀 편하게 하십시오."

"저는 가깝지 않은 사이에는 말을 놓지 않아요."

"예. 그럼 나중에 가희 님이 편해지시면 그렇게 해주십시오."

또 손님이 들어왔다. 가희는 얼른 달려가 반겼고, 솔루도 자리에서 일어나 인사드릴 준비를 했다.

유난히 밀려드는 손님에 가희와 솔루는 의자에 앉아 있을 새가 없어 점심도 먹지 못했다. 그 때문에 솔루는 특별히 힘든 일을 한 것도 아닌데 약간

어지러웠다.

상처가 괜찮은지 저고리 밑으로 보이는, 어깨에 감긴 천을 봤다. 어제 깨끗한 천으로 갈아서 핏물이 배어 나오지는 않았지만 오후가 되니 욱신거렸다. 요기라도 했으면 좋겠는데 가희도 아직 식사 전이라 차마 말을 꺼내지 못했다.

눈꺼풀이 무겁고 자꾸 몸을 탁자에 엎드리고 싶었다. 하지만 최대한 몸을 꼿꼿하게 세우고 있으려고 노력했다. 이곳은 객사의 얼굴이라는 가희의 말이 머릿속을 맴돌았다. 제대로 일한다고 내려왔으니 열심히 일을 해야 했다. 그러나 몸이 말을 듣지 않아 이러다 쓰러지면 어쩌나 걱정도 됐다.

가희 님에게 미리 말씀드릴걸. 혹시라도 쓰러지면 놀라실 텐데…….

"그리 가만히 앉아 있으니 졸리지."

별안간 들리는 음성에 정신이 확 들어 솔루가 자리에서 벌떡 일어섰다. 금작이었다.

"시, 시키실 일이라도 있으십니까?"

"다른 이를 불러도 되는데, 내 너의 시중을 받았으면 하구나."

"저의…… 시중이요?"

뭐라 답해야 할지 몰라 망설였다. 안 된다고 할 수도 없고, 그렇다고 해드리겠다 할 수도 없는 노릇이었다. 뭐를 해봤어야 시중을 들 텐데 아는 것이 하나도 없었다.

"금작 님!"

가희가 어디선가 급하게 뛰어왔다.

"이 아이는 시중을 드는 아이가 아닙니다."

정중하게 막아서는 그녀를 본 솔루는 다행으로 여겼다.

"시중을 드는 아이가 아니다?"

"네, 이 아이는 하는 일이 따로 있습니다. 금작 님을 잘 모실 수 있는 이로 잘 골라서 넣어드리겠습니다."

"백해궁의 객사에서는 항상 만족스런 대접을 받았다네. 따로 고르고 말 것도 없지."

"죄송합니다."

"아닐세. 모르고 무작정 요구한 내가 잘못이지."

점잖은 사람이었다. 객실로 가던 금작이 멈추더니 뒤로 돌아 놀란 얼굴로 서 있던 솔루를 보고는 미소를 짓고 다시 제 갈 길을 향했다.

"중요한 손님이신데 거절해도 되는 것입니까?"

"시중은 아무나 들 수 있는 것이 아닙니다. 게다가 설……."

가희가 입을 다물었다. 설담이 솔루는 절대 지금 하는 일 외의 다른 일은 하지 못하도록 신신당부를 했기 때문이었다. 또 솔루가 이것에 대해서도 알면 안 된다고도 했다.

"이거."

탁자 위에 작은 보따리가 놓였다.

"경단이에요. 식사를 할 시간이 없으니 이것으로라도 요기를 해요."

점심도 먹지 않고 열심히 일하는 솔루를 위해 설담이 몰래 가희에게 준 것이었다.

"와아, 경단이다."

침을 꼴깍 삼키는 솔루.

"가희 님도 같이 드십시오!"

"난 됐어요. 언제 손님이 오실지 몰라요."

"하나만 드셔보세요."

솔루가 경단을 집어서 가희의 코앞으로 쑥 내밀었다.

"경단처럼 단 음식은 좋아하지 않아요."

"그래도 하나만 드시면 힘이 나실 겁니다. 계속 서 있고 걸어 다니셔서 피곤하시잖습니까."

"……그럼 하나만."

거듭되는 솔루의 청에 거절할 수 없어서 가희가 경단 하나를 입에 넣었다. 둘이서 하나를 오물오물 씹어 막 넘겼을 때에 손님이 들어오자 가희가 얼른 달려 나갔다. 솔루는 가희가 맞이하는 손님을 향해 인사할 준비를 했다.

종일 경단 몇 개로 버틴 하루가 지나 서서히 어둠이 내려앉자 솔루는 어떻게 할까 고민했다. 밤에 오는 손님도 파악해야 했다.

"이제 그만 들어가요."

아까부터 가희가 솔루에게 들어가라 종용했다.

"더 일해도 됩니다."

"몸이 좋지 않다고 들었어요. 원래 몸도 건강하지 않은 데다가 상처를 입은 자리가 아물지 않았다죠? 덧나면 저만 곤란해집니다."

"제가 그 생각을 못했습니다."

"그러니 어서 돌아가고 내일 또 봐요."

솔루는 가희를 설득할 자신이 없었다. 피곤하기도 해서 쉬고 싶은 마음이 드는 것도 사실이었다.

"그럼 정리하고 가보겠습니다, 가희 님. 내일 뵙겠습니다."

그녀가 손님에 대해 적혀 있는 종이를 모아 한쪽에 가지런히 쌓고, 그 옆에 있는 동그랗고 긴 통에 붓을 꽂았다. 설담에게 간다는 인사를 하기 위해 여러 층을 지나 집무실로 향하는 마지막 계단을 오르려던 참이었다.

"또 보는구나."

금작이 웃으며 계단 난간에 기대서 있었다. 말은 우연히 만난 사람에게 건네는 것처럼 들렸지만 솔루는 그가 꼭 저를 기다렸다는 기분이 들었다.

"어?"

솔루는 달리 할 말이 나오지 않았다. 그녀가 손님의 시중은 들지 않는다는 것을 알고 있는 금작이 자신을 기다릴 일은 없었다. 착각이겠지.

가볍게 고개만 숙였다.

"편히 쉬십시오."

인사하고 금작을 스쳐 지나는 등 뒤로 그의 목소리가 들렸다.

"기다리거라."

그가 난간에 기대고 있던 몸을 일으켜 세우더니 솔루에게 다가왔다.

"무슨 일 때문에 그러십니까?"

금작이 가까이 오더니 허리를 낮춰 그녀와 눈높이를 맞췄다. 상대의 숨이 느껴질 정도로 가까운 거리에 솔루는 상체를 뒤로 뺐다.

"왜……."

당황한 솔루가 말끝을 흐리자 그가 빙그레 웃고는 허리를 세웠다.

"어디 가지?"

"일이 끝나 돌아가기 전에 설담 님께 인사를 드리러 가던 중이었습니다."

"아, 일이 끝났구나."

"예."

"그럼 네가 날 좀 도와줘야겠다."

"제가 도와드릴 수 있는 일이라면 하겠습니다. 헌데 제가 손님의 시중을 들어드리기는 어렵습니다."

"나도 알고 있어."

금작도 알고 있겠지만 혹시 몰라 시중은 안 된다고 그녀는 딱 잘라서 거절했다. 솔루는 아까 가희가 뛰어와서 저를 막아선 것으로 보아 손님께 폐를 끼칠까 봐 그랬다고 생각했다.

그가 뭐를 부탁하려는지 염려스러우면서도 손님에게 처음 받는 부탁이라 내심 설레기도 했다. 객사에서 제대로 일을 하고 있는 기분이랄까.

"백해궁의 객사는 모든 면에서 아주 마음에 든다. 단 한 가지만 빼놓고는 말이야."

금작이 턱을 매만지며 슬쩍 솔루의 눈치를 봤다. 객사에서 일하는 사람으로서 열심히 하려는 마음이 넘쳐 보였는데 역시 그의 예상이 적중했다. '단 한 가지만 빼놓고'라는 말에 솔루의 눈이 커졌다.

"그것이 무엇입니까?"

"내가 항상 혼자서만 이곳을 방문하기에 식사를 할 때마다 적적하구나. 그래서 네가 나와 함께해줬으면 하는데 괜찮겠느냐. 물론 부담스럽다면 거절해도 좋다. 내 시중을 들어달라는 것이 아니라 정중하게 부탁을 하고 있으니 오해 말았으면 좋겠구나."

자주 굶어본 경험에 혼자 밥을 먹어도 맛만 좋고 즐겁기만 한 솔루 입장에선 그를 이해하기 어려웠고, 잘 모르는 사람과 식사를 하는 일은 분명 내키지 않았다. 하지만 그가 강조했던 '단 한 가지만 빼놓고'가 그녀의 발목을 잡았다.

적적하지 않은 식사 시간만 된다면 객사가 완벽하게 마음에 든다는 뜻이었다. 잠깐 망설이던 솔루에게 이는 더 고민하고 말 것도 없는 문제였다.

"그렇다면 제가 도와드릴 일은 손님과 같이 식사를 하는 것입니까."

"그래."

"그럼 그렇게 하도록 하겠습니다. 하지만 우선은 설담 님께 여쭙고 오겠습니다. 일하는 곳에서 손님과의 식사가 괜찮은지요."

"네가 일하는 시간이 끝났다고 하지 않았더냐."

"예, 그렇습니다만……."

"나는 네가 일하는 사람으로서 나와 식사를 해달라고 하지 않았다. 함께 식사를 하고 싶다고 초대를 한 것이야. 일하는 시간도 아닌데 네 의사를 다른 이에게 굳이 허락을 받아야 한다면 차라리 거절하는 편이 낫겠다."

금작이 언짢은 듯이 말했다. 그를 보며 솔루가 아직 확신이 서지 않아 제 손등을 문질렀다.

"아침부터 굶었더니 배가 많이 고프구나."

금작이 배를 슬슬 문지르며 눈을 살짝 찡그렸다.

"아침도 드시지 않았습니까?"

"일이 바빠서 말이다."

그의 목소리에 힘이 빠졌다. 바람 빠지는 듯한 음성에서 배고픔이 절실하게 느껴졌다.

"그럼 어서 식사를 하셔야지요."

"함께해주는 것이냐?"

"예, 그것이 뭐가 어렵겠습니까."

금작의 말에 일리가 있었고, 식사 한 번에 그의 마음이 상하지 않기를 바라서였다. 초대한 것이라 나중에 설담이 알아도 이해해줄 거라 믿고 금작을 따랐다.

금작이 머무는 처소에 들어가니 이미 음식이 준비되어 있었다. 열 명이 앉아도 남을 만큼 큰 탁자를 가득 채운 음식을 보자 굶주렸던 솔루의 배가 신호를 보내왔다. 그녀는 감탄사가 나왔으나 입 밖으로 꺼내지는 않았다.

손님의 방이라 쉽사리 안으로 들어서지 못하는 솔루를 본 금작이 뒤에서 밀었다. 탁자 앞으로 이끌더니 의자를 꺼내주며 앉으라는 신호를 보냈다. 남자가 의자를 꺼내서 앉혀주는 일이 생소한 솔루는 대접받는 기분이었다.

"이거, 먹어봐라."

그가 솔루 앞에 놓인 빈 접시에 음식을 집어 놔줬다.

"이, 이건……."

눈이 뒤집어질 정도로 맛있어 보이는 음식이었지만 그녀는 젓가락을 움직일 수 없었다. 금작의 행동은 그녀의 상상을 뛰어넘었다. 이런 친절은 평생 처음이었다.

그가 한 손으로는 소매를 잡고 다른 손은 음식을 딱 한 입 먹을 만큼 젓가락으로 집어 조심스럽게 옮겨 솔루 앞에 놓인 접시에 놓았다.

"먹어보래두, 응?"

"아…… 예, 예."

어안이 벙벙한 솔루는 멍한 눈으로 그의 동작을 바라보다 젓가락을 잡은 손에 힘을 주고 크게 숨을 들이마신 뒤 젓가락으로 음식을 집었다.

얇게 저민 갈색의 잎을 여러 장으로 묶어 졸인 것이었다. 들어서 입가에 대니 달짝지근한 향이 맡아지자 금세 솔루의 표정이 변했다. 어떤 맛일지 기대하는 얼굴에는 미소가 한가득했다. 입안으로 집어넣는 순간 달달하면서도 짭조름한 맛이 혀를 감싸더니, 부드럽게 녹아내려 목구멍을 타고 들어가는 넘김이 좋았다. 솔루는 눈을 감고 어깨를 살짝 들썩였다.

"맛이 어떠냐. 최고지?"

"예! 무엇입니까? 아, 밥 생각이 간절하다."

혀끝에 남는 짠맛에 솔루가 저도 모르게 중얼거렸다. 금작이 그릇을 주며 뚜껑을 열어 보이자 모락모락 김이 올라오는 밥이 소복이 담겨 있었다.

"먹고 싶은 것이 있으면 말만 해라. 내가 다 집어 줄 터이니."

"참! 손님도 식사하십시오. 제가 먼저 젓가락을 드는 결례를 범했습니다."

이미 음식을 먹고 나서야 솔루는 금작의 배고프다는 말은 상기했다. 예의를 차리기엔 늦었지만 젓가락을 탁자 위에 놨다.

"난 괜찮다."

"배고프다고 하셨잖습니까."

"맛있게 먹고 있는 너를 보고 있으니 내 배가 부르구나."

"에이, 그런 게 어디 있습니까? 음식은 제가 먹는데 어떻게 손님께서 배가 부르겠어요. 그리고 너무 많아서 저 혼자 다 먹지 못합니다."

"아니다. 너 다 먹어라."

"적적하시다 하여 왔습니다. 그런데 저게 다 먹으라 하시면 어쩝니까."

"적적한 나를 위해 네가 와주었으니 그걸로 됐다."

솔루가 젓가락을 들고 꼼지락거렸다. 함께 식사를 하자고 초대하더니 그는 먹지 않고 음식을 집어 그녀에게 바치고 있었다.

"상을 죽 둘러보거라. 먹고 싶은 게 있으면 말만 해."

"감사합니다. 하지만 이제 제가 알아서 먹겠습니다. 손님도 좀 드십시오. 혼자 먹기 불편합니다."

"오냐, 그러마. 네가 불편하다는데 먹어야지."

금작은 먹으며 솔루의 접시에 꾸준히 음식을 가져다 날랐다. 음식은 맛있는데 이상하게도 솔루는 먹은 게 없힌 느낌이었다. 그의 지나친 친절이 마냥 좋지만은 않았다.

그러고 보니 태랑도 친절한 적이 있었다. 그 역시 편한 상대는 아니었지만 금작과는 또 달랐다. 적어도 태랑과 밥을 먹는다면 이렇게 체하는 기분은 아니리라.

문득 평소보다 귀가가 늦는다고 태랑이 기다리고 있지 않을까 염려가 되었다. 아침에도 일부러 바래다줬는데, 마중 나와 있을지도 모른다. 그렇다고 금작을 두고 갈 수도 없어 솔루의 고민은 깊어졌다. 가야 하나?

아침에 백해궁에서 먹는 밥은 반찬이 많지 않아도 아주 맛나게 많이 먹을 수 있었다. 하지만 이 음식들은 금방 물리기 시작했다. 솔루가 처음과 달리 먹는 속도가 점점 더뎌졌다.

"왜, 벌써 배가 부르냐?"

젓가락과 씹는 속도가 현저하게 느려진 솔루에게 금작이 물었다.

"예, 그렇습니다."

"겨우 요만큼 먹고?"

"그러게 말입니다. 저 원래는 많이 먹는 편인데…….."

"하는 수 없지. 괜히 억지로 먹었다가 탈 나면 안 된다."

그가 들고 있던 젓가락을 놓자 다행이다 싶은 솔루도 얼른 그를 따라 젓가락을 내려놨다. 정말 얼마 먹지도 않았는데 속이 답답했다.

"네 이름이 솔루였지? 내가 맞게 기억하고 있는지 모르겠구나."

"예, 솔루가 맞습니다."

"이거 마셔보지 않으련?"

금작이 손을 뻗어 술병을 들었다. 푸르스름한 자기로 만들어진, 표주박 모양의 술병에는 다양한 꽃들이 새겨져 있었다. 그가 다시 손을 뻗어 술잔을 자신과 솔루 앞에 두었다. 따르기 전에 한 번 빙글 돌리자 새콤한 향이 풍겼다.

"받아라."

그가 주전자의 뾰족한 입구를 내밀었다.

"술…… 입니까?"

"응. 설마 마실 줄 모르느냐?"

"아, 그게…… 마실 줄 모르는 것이 아니라 처음 마셔봅니다."

"그럼 주당일 수도 있겠네. 내 너를 딱 봤을 때, 나와 술벗을 하면 좋겠다는 생각이 들었다."

"왜요?"

"얼굴에 나 술 잘 마십니다, 이렇게 쓰여 있거든."

"그런 게 얼굴에서 보입니까?"

솔루가 술을 잘 마신다고 쓰여 있는 얼굴은 어떤지 궁금해 양손으로 제 얼굴을 만졌다.

볼살만 만져지는데…….

제 얼굴을 만지작거리며 특별히 다른 점이 있나 찾아보던 솔루는 백해궁으로 돌아가서 면경으로 확인해봐야겠다고 생각했다.

"주당은 같은 주당을 알아보기 마련이다."

"손님께서도 주당이라는 말씀이시죠?"

"응, 아주 좋아하지."

"저는 아직 확실치 않습니다."

"그럴 수도 있겠지만 내 말이 맞을걸?"

금작이 들고 있던 주전자를 흔들며 솔루에게 빨리 잔을 들어 받으라고 재촉했다. 솔루는 받을까 말까 머뭇거리자 금작이 술병을 더 세게 흔들었다.

주전자에서 술이 부딪치며 찰랑이는 소리가 들렸다. 안에서 술이 흔들리는지 좀 전에 맡았던 새콤한 향이 퍼져 나와 공기 중에 연하게 스몄다. 달콤한 향에 호기심이 발동해 앞에 있는 술잔을 양손으로 들어 금작 앞으로 내밀었다.

쪼르르. 길쭉하고 작은 입구에서 붉은색의 술이 나왔다. 새콤한 향이 더 진하게 퍼지자 솔루의 눈이 반짝였다.

"독하지 않으니 괜찮을 것이다."

그가 자신의 술잔에 따르려는 찰나 솔루가 일어나 술병을 잡았다.

"제가 따라드리겠습니다."

술을 마셔본 경험은 없어도 가끔 아버지께 올린 적은 있었다. 꽤 무게가 나갔지만 두 손으로 단단히 붙들어 술병을 기울였다. 꽃잎을 이겨서 넣은 듯했다. 진하면서도 투명한 붉은색과 방 안으로 퍼지는 향에 솔루는 어서 맛을 보고 싶어졌다.

"자."

쨍. 금작이 잔을 들어 솔루의 잔에 부딪쳤다.

"솔루의 심장을 위하여."

그가 조용히 말했다.

"예? 심장이요? 왜 제 심장을 위하여, 입니까?"

뜬금없이 나오는 금작의 말에 솔루가 동그랗게 눈을 뜨고 빠르게 깜박였다.

"건강하라는 말이다."

"예예, 다른 건 몰라도 제 심장은 건강하니 염려 마십시오."

"알았다. 마시자."

그가 술잔을 한 번에 비워냈다. 그 모습을 보고 있던 솔루는 술잔을 입에 대고 살짝 혀로 맛을 먼저 맛을 보니 혀끝에서 단맛이 느껴졌다. 향기에서 맡았던 새콤함이 맛에서도 느껴졌고, 달달함도 더해 과일즙 같았다. 그녀가 눈을 찡긋 감았다 뜨며 즐겼다. 음식과 달리 술은 술술 잘 넘어갔다. 음식처럼 양이 많지도 않았고, 가슴에 얹히는 느낌도 없었다.

얼마나 마셨을까? 솔루의 얼굴은 멀쩡한데 혀가 조금씩 꼬부라지고 있었다.

"손님께서는…… 친절하십니다앙."

게다가 말이 느려지고 말끝이 살짝 어눌하게 뭉그러졌다.

"그 손님이란 말을 빼줬으면 좋겠구나."

"손님이시니까 손님이라고 하는 것입니다. 손님이란 말을 빼면…… 움…… 뭐라고 불러드려야 합니까?"

딸국! 저도 모르게 나온 소리에 솔루가 재빨리 손으로 입을 가렸다.

"내 이름은 금작이다."

"아…… 그럼…… 금작 님? 이르케 부르면 됩니까?"

"뒤에 '님' 자도 빼줬으면 한다."

"그러엄…… 금작? 에이, 이건 아닙니다. 손님의 이름을 함부로 부를 순 없습니다."

그녀가 고개를 느릿하게 고개를 흔들더니 '아, 어지럽다.' 하고는 머리를 감싸 쥐었다가 풀었다. 눈도 풀려 있었다.

"괜찮다. 난 '님' 자가 들어가면 굉장히 멀게 느껴져서 싫다. 불러보거라. 금작."

"금. 작."

솔루가 하나씩 끊어서 정확하게 발음했다.

"그래. 다음부터 손님이나 금작 님이라 부르면 성을 낼 것이다."

단호하면서도 엄하게 말하는 목소리였으나 표정에서 미소가 떠나지 않았다.

"자, 잔을 받아."

머리를 긁적이던 그녀가 다시 두 손으로 잡은 술잔을 내밀자 금작이 술잔을 채웠다. 그녀는 채워지는 술을 보며 입을 헤벌렸다.

금작이 끊임없이 술을 따랐고, 솔루는 모두 받아 마셨다.

설담은 며칠 놀았던 탓에 일이 쌓였다. 집중하느라 시간이 얼마나 흘렀는지 잊고 있던 그는 밖이 어둑해지고 나서야 일을 다 마쳤다. 문득 솔루가 일이 끝났을 시간이 훨씬 지났을 텐데도 오지 않았다는 것을 떠올렸다.

인사 없이 먼저 갔나?

인사성이 바른 그녀가 말도 하지 않고 바로 갈 리가 없다고 생각해 집무실을 나와 객사의 1층으로 내려갔다. 탁자 앞에 가희가 앉아 밤 손님을 맞이하기 전에 일일마감을 하고 있는 중이었다.

"솔루는 갔어요?"

설담이 탁자로 다가가자 의자에서 일어나던 가희가 얼굴을 찌푸렸다.

"한참 전에 가라고 일렀습니다. 설담 님께 가지 않았나요?"

"네, 계속 집무실에만 있었는데 솔루는 오지 않았어요. 혹시 먼저 가지 않았을까요? 가는 거 봤어요, 가희?"

"아닙니다. 솔루가 위로 올라간 뒤로 쭉 여기 있었지만 내려오지 않았어요."

객사를 나가는 문은 1층밖에 없었다. 뒤쪽으로 주방이나 창고, 또는 손님들이 정원을 이용할 때 사용하는 문이 있었으나 엄격하게 통제가 되고 있기 때문에 솔루가 그쪽으로 나가지는 않았을 것이다. 게다가 그녀가 아는 문이라고는 1층뿐이었다.

"어디로 갔을까요?"

이건 땅으로 꺼진 것도 아니고, 하늘로 솟았을 리도 없을 텐데.

길이라도 잃었나 싶은 설담이 빠른 걸음으로 계단을 다시 올랐다.

"가희는 여기를 지키고 있다가 솔루를 발견하면 즉시 알려줘요. 난 층마다 한번 살펴볼게요."

"네, 그렇게 하겠습니다."

그는 솔루를 찾아 뒤졌다. 손님방에 함부로 들어갈 수 없어 일일이 일하는 이들에게 물어보며 찾았다.

그렇게 얼마의 시간이 지났다.

1층에서 기다리고 있던 가희는 눈앞에 펼쳐진 광경에 입이 벌어졌다. 계단을 내려오고 있는 금작의 품에 잠이 든 건지 정신을 잃은 건지 판단이 서지 않는 솔루가 안겨 있었다. 눈을 감고 그의 가슴에 머리를 기대고 있는 모습이 충격 그 자체였다.

빨리 설담 님에게 알려야 한다고 머리에서 명령을 내리는데 가희의 발이 움직이지 않았다. 잘은 모르지만 설담이 따로 말을 해둘 정도로 솔루는 중요한 사람이었다.

설담 님께서 이 일을 알게 되시면 어떻게 되는 거지?

머릿속에서 급하게 생각을 정리한 그녀가 금작에게 다가갔다.

"어떻게 된 것인지요?"

"아, 취했다네. 내일 이 아이에게 너무 뭐라고 하지 말게나. 나와 즐겁게 맞춰주느라 그랬으니."

"하지만 금작 님, 이 아이는……."

"시중을 들지 않았다네. 일이 끝났다 하며 저녁 식사에 초대를 했을 뿐이야. 그나저나 취해서 정신이 없으니 난 솔루를 집에 데려다줘야겠어."

"어딘지 아십니까?"

"물론."

금작이 고개를 끄덕이며 싱긋 웃었다.

가희는 솔루를 안고 금작이 나간 문을 한참 동안 바라보며 서 있다가 정신을 차리고 설담을 찾았다.

태랑은 백해궁에서 객사로 연결된 계단에서 솔루를 기다리고 있었다. 아침에 객사까지 바래다주려던 그녀의 부탁을 거절한 것이 못내 신경이 쓰여서였다. 그녀가 제게 빠져야 하니 이렇게 할 수밖에 없다고, 애써 심장 때문에 이러는 것이라고 스스로를 세뇌했다. 그게 진실이기도 했고.

올 때가 지났는데 왜 이렇게 안 와?

투덜거리던 태랑이 못마땅한 얼굴로 계단 아래를 내려다봤다. 갑자기 태랑의 미간에 세로로 줄이 파이고 턱이 팽팽하게 당겨졌다.

웬 남자가 걸어서 올라오고 있었다. 솔루를 품에 안은 채.

태랑의 눈이 가늘게 떠졌다. 무심한 동공이 금작의 품에 안길 솔루를 본 순간 이채를 띠었다.

수줍게 물든 발그레한 뺨을 보자 그는 손가락 마디가 딱딱해질 정도로 주먹을 세게 쥐었다. 왜 저런 놈의 품에 안긴 채 오는 것인지 당장에라도 깨워서 물어보고 싶은 것을 억지로 삼키며 거세지는 호흡을 가다듬었다.

시선을 금작과 솔루에게 고정한 채 자리에서 꼼짝도 하지 않았다.

"이게 누구십니까?"

태랑을 발견한 금작이 태연하게 웃으며 말했다.

"금작, 그대가 백해궁에는 어인 일인가?"

아랫사람에 대한 예의를 갖췄지만 지나치게 차가웠다. 그의 눈빛도, 목소리도.

"보시다시피 솔루 때문에 말입니다."

금작이 팔을 살짝 들어 솔루를 내보였다.

창국의 대부호인 금작은 바다 세계에서 나고 자란 사람이라면 누구나 다 알았다. 왕보다 권력이 막강하고 재산이 많은 그는 간혹 해국과의 교류 때문에 태랑과 만난 적이 몇 차례 있었다.

백해궁의 객사를 자주 이용한다고는 들었는데 금작 앞에서 솔루가 혼절이라도 했나 싶었다. 그녀의 몸 상태를 잘 알고 있는 태랑이기에 언제나 일어날 수 있는 일이라 생각하면서도 바득바득 이가 갈렸다.

금작이 친한 사람을 부르는 것처럼 '솔루'의 이름을 말하는 것이 거슬렸다. 그보다 솔루가 백해궁에 산다는 것을 알고 있는 금작이 제일 못마땅했다.

"솔루를 기다리셨습니까?"

금작의 얼굴에 미소가 그득했다. 경쾌한 목소리로 묻는 그의 눈을 태랑이 매섭게 노려봤다.

"산책하는 중이었다네. 그 녀석은 왜 그 모양이지?"

"오늘 저와 저녁 식사를 하다가 술을 마셨더니 이렇게 되었습니다."

"그대와 식사를?"

"네, 일이 끝난 솔루를 초대했더니 즐겁게 응해주었지요."

솔루가 즐거웠다는 건 취해서 금작의 품에 잠들어 있는 모습으로도 증명이 됐다.

아무리 손님이라도 그렇지, 저렇게 취해서 정신을 못 차릴 정도로 마시면 어쩌라는 것인가. 대체 설담은 무얼 하고 있던 거지?

이런저런 질문들이 태랑의 머릿속을 떠돌아다녔다. 그러다 최종으로 남는 질문은 솔루가 객사에서 일한 지 얼마나 됐다고 금작과 벌써 저런 사이가 됐는지였다.

금작은 남은 계단을 빠르게 올라가 태랑 옆에 섰다.

"태랑 님, 솔루의 방이 어딥니까?"

"흐음, 어쩔 수 없군. 그 녀석을 내게 주게."

"아닙니다. 제가 솔루를……."

"됐네."

태랑이 금작의 말을 끊었다.

"신분이 보장된 그대라고 하나 공식적인 일정이 아닐 때에는 백해궁에 타국인을 들일 수가 없어. 그 정도는 그대도 알고 있지 않나?"

싸늘한 음성에 금작의 얼굴에 가득한 미소가 사라질 법도 하건만 여전했다. 그는 '아…….' 하며 고개를 한 번 끄덕이더니 태랑에게 솔루를 건넸다.

"다시는 이런 일을 만들지 말게나. 공식적인 일로 찾지 않는 이상 이 계단도 올라와선 안 돼. 객사에 쉬러 왔으면 객사에서만 머물도록."

솔루를 안은 태랑이 휙 돌아서 백해궁 안으로 들어갔다.

"후우, 부서지는 줄 알았네."

금작이 가벼운 신음을 내뱉으며 조용히 중얼거렸다.

태랑의 음성은 낮고 차분해 흔들림이 전혀 없었지만 칼을 품은 것처럼 날카로웠다. 무서운 기세로 찌르는 눈빛 역시 금작의 말대로 그를 부수고도 남았다.

곤히 잠든 솔루를 품에 안고 걷는 태랑의 입이 굳게 다물어졌다. 그는 아무리 생각해봐도 도저히 이대로 넘어갈 수 없어 솔루의 침소를 향해 걷다가 자리에 멈춰 섰다.

술에 취해 정신을 잃은 채로 파고도 아니고, 설담도 아니고 금작에게 안겨서 오다니. 금작이 곧바로 데리고 왔기에 망정이지 다른 마음이라도 품었다면…….

심장을 잃었을 수도 있다는 상상을 하는 것만으로도 머리가 아찔했다.

"일어나 보지?"

태랑이 팔을 흔들었다. 그의 가슴에 기댄 솔루의 머리도 함께 흔들렸다.

"흐응."

흔들림을 느꼈는지 솔루가 소리를 냈다.

금작과 취해서 정신을 놓을 정도로 술을 마신 것만으로도 짜증이 나는데 안겨서까지 왔다. 마음 같아선 그녀를 깨울 수 있다면 이대로 바닥에 떨어뜨리고 싶을 정도였다.

안고 있는 팔을 더 세게 흔들었다. 태랑의 팔 아래로 늘어진 솔루의 머리카락이 찰랑였다.

"으아아!"

더 격해진 움직임에 솔루가 머리를 저어댔다.

"이 녀석아, 일어나라니까."

그가 멈추지 않고 팔을 좌우로 움직이자 솔루의 눈꺼풀이 살며시 떠졌다. 흐릿한 동공이 눈꺼풀 사이로 보이자 태랑은 그녀를 바닥에 앉혔다. 태랑도 앉아, 자꾸 쓰러지려는 솔루의 허리를 억지로 잡아 세워 어깨를 흔들었다.

"네가 지금 무슨 짓을 한 줄 알고 이렇게 천하태평인 것이야."

"아이 씨! 흔들지 마아~!"

솔루가 제 어깨를 잡고 있는 태랑의 손을 세차게 쳐냈다. 그러고는 두 무릎을 끌어안아 얼굴을 기대고 잠들었다.

요 녀석 봐라? 아이 씨?

정말 이대로 놔두고 가고 싶다.

"일어나."

"졸여엉."

"일어나라고 했다."

"진짜! 왜 글어는데!"

솔루가 소리를 빽 질렀다. 비록 혀가 꼬아져 짧은 발음이 나왔지만 하고 싶은 말은 다 하는 그녀였다. 물론 지금 저를 깨우는 사람이 태랑인지도 모르는 상태였다. 그러다 갑자기 그녀가 눈을 번쩍 떴다.

"우아, 태랑 님이시다앙!"

"객사에는 일하러 보낸 것이지 술 마시라고 보낸 것이 아니다."

"쳇, 심숭쟁이!"

끌어안은 무릎 위에 턱을 세우고 태랑을 쏘아봤다.

"뭐?"

"자기 기분 져을 때만 자상하고, 안 그러면 심술맞꼬! 변덕 부이고! 변덕 대마왕!"

검지를 세워 태랑을 향해 정면으로 찌르는 솔루.

태랑이 눈을 감고 주먹 쥔 손을 이마에 댔다. 취한 그녀와 무슨 이야기를 하겠다고 이러고 있는 자신이 한심했다.

"이 씨! 변덕 대마왕!"

변덕 대마왕이라는 솔루의 외침을 다시 듣는 순간 태랑이 이를 물었다. 취했다고는 하나 더는 못 들어주겠다. 솔루의 머리를 쥐어박았다.

"아얏! 이 변더억……!"

그가 자신의 큰 손으로 솔루의 입을 막았다.

"여기까지."

오늘만 봐준다. 한 번만 더 술 마시고 주정 부리는 날엔 바닥으로 정말 떨어뜨려버릴 테다.

솔루의 입에서 손을 뗀 태랑이 그녀의 머리를 한 번 더 쥐어박았다. 도저히 그냥 끝낼 수가 없어서 그랬다.

"히잉, 아파. 아파."

그녀가 울상을 지으며 제 머리를 문질렀다.

"아파아~"

취해서 감정이 격해진 솔루가 눈물을 흘렸다. 그걸 본 태랑에게서 좀 전보다 훨씬 큰 한숨이 나왔다. 살살 했는데 뭐가 그렇게 아프다고 눈물까지 흘리는지, 어쩌다 내 신세가 이렇게 됐을까 하는 소리가 절로 나올 참이었다. 한계가 온 그는 파고를 부르기 위해 자리에서 일어서려던 순간이었다.

"잡았따!"

철썩! 태랑의 양 볼이 따끔했다.

어느새 눈물을 그친 솔루가 두 손으로 그의 뺨을 때린 것이다. 아니, 엄밀히 말하자면 때린 것이 아니라 손바닥으로 잡으려다 보니 세게 쳐졌다.

"아, 예쁘다아."

그녀는 고개를 좌우로 움직이며 풀린 눈으로 태랑의 얼굴을 보고 있었다.

그는 솔루를 밀쳐내려고 손을 들었다가 뱃놀이가 떠올라 멈칫했다. 그때와 다른 상황이었지만 왠지 그녀를 날렸던 행동을 반복하고 싶지 않았다.

"일루 와. 더 가까이 와."

솔루가 태랑의 얼굴을 제 앞으로 더 끌어당기자 그가 딸려갔다. 그녀의 입술 사이에서 나오는 향을 통해 뭘 마셨는지 대충 짐작이 갔다.

금작, 이 자식. 어쩌자고 그 독한 술을 먹인 건가.

자환화의 꽃잎으로 담근 술은 오래 묵힐수록 향이 좋아졌고, 그만큼 독했다. 그 술에서만 나는 독특한 향이 솔루가 숨을 내쉴 때마다 퍼졌다.

"우왕, 예뻐! 오또케 이러케 예쁠 수가 이찌?"

태랑의 얼굴을 흔들기도 하고, 볼을 조물조물거리기도 하더니 갑자기 솔루의 얼굴이 빠르게 다가왔다. 그녀는 눈을 감고 있었지만 태랑은 뜨고 있었다. 솔루의 코에 의해 그의 코가 눌렸고, 입술이 눌렸다.

쪽. 솔루가 태랑의 입술에 제 입을 맞췄다. 두 사람의 입술이 잠시 닿았다가 떨어졌다. 태랑은 뇌가 멈춘 듯한 기분에 휩싸여 몸이 빳빳하게 굳어가 동상처럼 눈썹 하나도 까딱하지 못하고 정지했다.

보드라우면서도 촉촉했다. 새콤하면서도 달콤한 술맛이 났고, 시원하기도 했다. 짜릿함이 혈관을 타고 빠른 속도로 돌았다. 혼이 저 멀리 달아났다.

쪼옵. 그가 미처 정신을 차리기도 전에 또 닿았다.

이번에는 좀 더 느릿하게.

좀 더 진하게.

세상이 하얗게 변했다. 느릿하게 유영하던 물고기도 보이지 않고, 환하게 빛나는 자환목도 보이지 않았다. 잔잔히 불어오던 바람도, 늘 느껴졌던 물의 흐름마저도 멈췄다. 오로지 둘뿐이었다.

"하아."

솔루의 옅은 숨이 태랑의 입술에 닿아 부서졌다. 그는 지금껏 술에 취한 적이 한 번도 없었는데 그녀에게서 나는 자환주 향에 취해 가슴이 요동을 치며 숨이 가빠졌다. 그녀가 입을 벌리고 헤헤 웃으니 입술 사이로 빨간 혀가 보였다. 태랑은 오로지 그것에만 집중했다.

"우리 예쁜이 누엉이, 그동안 나 보거 시퍼찌? 우리 맨날 이르케…… 했었…… 는데……."

와락. 말이 점점 느릿하게 변한 솔루가 별안간 잡고 있던 태랑의 얼굴을 가슴에 안았다. 물컹한 가슴살이 얼굴에 닿자 태랑은 소스라치게 놀랐지만 벗어날 수 없었다. 목과 얼굴, 귀에서 뜨거운 열기가 몰려 따끔거렸다.

"나는 보거 시퍼……."

꼭 안고 머리카락에 볼을 비비적대던 솔루의 음성이 잦아들었다.

"누엉이, 우리 누엉이 보고 시……."

태랑의 얼굴을 잡고 있던 솔루는 다시 잠이 들었는지 스르륵 손이 떨어졌다. 혼몽한 상태였던 태랑은 솔루가 부른 '누엉이'라는 이름에 정신이 번쩍 들었다. 누엉이라는 작자와 맨날 이렇게 했다는 말이 머릿속에 박혔다.

고개를 든 태랑이 솔루의 어깨를 잡았다. 입을 맞췄는데 순식간에 지나간 일이라 뭐가 뭔지 도통 알 수 없었다. 그렇게 큰일을 저질러놓고도 곤하게 잠에 빠진 그녀가 얄미워 깨우려다가 포기했다. 어차피 일어난다 하더라도 제정신이 아니겠지. 내일 당장 누엉이라는 인간에 대해서 답을 들어야겠다.

그녀를 안고 일어서는데 머리에 몰려 있던 열기가 아직도 남아 뜨끈한 기분이었다. 터져버릴 듯 요동치던 가슴도 여전했다. 침을 한 번 삼키고 심호흡을 서너 번 한 태랑이 솔루의 처소로 발걸음을 옮겼다.

"아우우!"

다음 날 아침, 잠에선 깬 솔루는 머리를 쥐었다.

"으아아!"

깨질 듯이 조이는 머리 때문에 앓는 소리가 끊임없이 나왔다. 그뿐이면 다행이겠지만 속이 쓰려 허리를 숙이고 배를 잡았다. 갈고리로 내장을 삭삭 긁어내리는 느낌이 다시는 겪고 싶지 않았다. 기절했다가 깨어나는 것보다 더 아프고 목이 바싹바싹 탔다. 물을 마시기 위해 몸을 일으키려고 했지만 뜻대로 되질 않았다.

주당처럼 보인다는 금작의 말에 정말 괜찮을 줄 알았는데 완전 속았다. 하긴 그의 잘못은 아니다. 옆에서 뭐라고 하건 적당히 마셔야 했는데 맛이 좋다 보니 조절하지 못한 제 탓이 컸다.

술은 절대 마시지 않으리라 다짐하는 그녀에게 천장에 있던 홍이가 헤엄치며 다가왔다.

"미안해, 홍아. 어제 술을 많이 마셨더니 이렇다."

홍이가 걱정하는 듯이 솔루의 곁을 뱅글뱅글 돌았다.

"솔루야."

파고가 문밖에서 부르는 소리에 그녀는 두 손으로 각각 머리와 배를 잡고 일어섰다. 문을 열자 파고가 눈을 찌푸렸다.

"대체 술을 얼마나 마신 거야?"

산발이 된 솔루의 머리와 방에서 풍기는 술 냄새가 어젯밤 그녀가 고주망태가 됐다는 것을 증명했다.

"저도 잘 모르겠습니다. 손님께서 주시는 대로 마셨는데…… 그러다 보니 이렇게……."

"이거 마시기나 해."

그는 옆의 하인이 들고 있던 대접을 솔루에게 건네줬다.

듣고 있어봤자 이야기는 뻔했다.

"아픈 머리와 속을 달래줄 거야."

"감사합니다."

달짝지근한 물을 꼴깍꼴깍 단번에 마셨다. 놀랍게도 파고의 말처럼 아팠던 머리와 속이 가라앉았다.

"어젯밤 태랑 님께서 널 데리고 와서 방에 눕히셨는데 기억나?"

"예에?"

"그럼 그렇지. 인사불성이 됐다고 들었다."

"헙!"

솔루가 눈을 깜박이며 눈동자를 빠르게 굴렸다. 지난밤의 기억을 더듬어봐도 술을 함께 마시던 금작만 떠오르고, 태랑은 전혀 떠오르지 않았다.

"혹시 제가 태랑 님께 실수했나요?"

그녀의 음성이 초조했다.

제발 아니라고 해주세요. 아무 일도 없었다고 해주세요.

그러나 파고는 그녀의 바람과 다른 답을 했다.

"내가 직접 보지 않았는데 어떻게 알아."

"태랑 님 오늘 기분이 어때 보이셨습니까? 나빠 보이셨습니까?"

"좋아 보이진 않았어."

대부분 좋아 보이는 날이 없기는 했지만. 그가 뒷말은 삼켰다.

"으헝, 어떡해."

울상을 지으며 손에 얼굴을 묻은 채로 쪼그려 앉았다.

"태랑 님께 죄송하다고 말씀드려야겠습니다."

벌떡 일어서며 다급하게 말했다. 조금이라도 기억이 나면 좋겠으나 몽땅 지워져 도통 무슨 일이 있었는지 알 수 없었다.

"우선은 밥 먹고 죄송하다고 말씀드리러 가."

"아닙니다. 당장 해야겠습니다."

"실수를 안 했을지도 모르잖아. 배고프면 집중도 안 돼서 제대로 용서를 빌 수 없다."

"배고프지 않습니다!"

그녀는 만약 큰 실수를 했으면 어쩌나 걱정이었다. 태랑이 화나서 궁과 객사에서 나가라고 하기 전에 빨리 그를 만나야 한다.

"좀 더 늦는다고 해줄 용서를 안 하는 것도 아니고, 안 해줄 용서를 해주는 것도 아니야. 먹는 동안 어떻게 말씀드릴지 정리를 하는 편이 더 좋다."

파고의 거듭된 말에 하는 수 없이 다시 앉았다. 그가 말한 대로 밥을 먹으면서 태랑에게 무슨 말을 할지 고민했지만 결론은 하나였다. 무조건 죄송하다 말씀드리자. 그 생각을 하며 솔루는 꾸역꾸역 밥을 밀어 넣었다. 금세 밥을 먹고 나갈 채비를 갖춘 그녀가 태랑이 있다는 후원으로 내달렸다.

태랑은 후원의 정자 난간에 턱을 괴고 앉아 긴 머리카락을 늘어뜨리고 느른하게 떠진 눈으로 하늘을 응시했다.

솔루는 쭈뼛쭈뼛한 걸음으로 그에게 다가가다 차마 정자 위로 올라가지 못하고 난간 아래에 섰다. 태랑이 자세를 유지하며 눈동자만 굴려 그녀를 힐끔 봤다. 그와 눈이 마주친 솔루는 화들짝 놀라 고개를 푹 숙였다. 얌전히 마주 잡은 두 손이 쥐어졌다 풀어졌다를 반복하며 끙끙댔다.

"태랑 님, 어제는 죄송했습니다."

"죄송한 줄은 아는 모양이지?"

"예, 잘 압니다."

"뭘 아는데?"

"예?"

"네가 내게 무슨 짓을 했는지 정말 알고 있느냐?"

솔루의 안색이 창백하게 변해갔다.

태랑은 밤을 새우다시피 했다. 솔루와의 입맞춤은 눈 깜짝할 새에 지나가 그의 머릿속에 남지 않았다고 생각했는데 큰 오산이었다. 목욕을 할 때도, 차를 마실 때도, 침상에 누워 있을 때에도 입술에 닿았던 감촉이 또렷했다. 보드랍고 촉촉한 입술을 무언가와 비교를 해보려 했지만 비교할 수 있는 게 없었다. 한동안 오물거리는 솔루의 입술이 떠나지 않더니 이제는 감촉까지 남아 돌아버릴 지경에 이르렀다.

그리고 또 한 가지. 그녀가 불렀던 사내 이름, 누엉이.

듣는 순간 언짢아졌고, 그 존재에 대해 묻고 싶었다. 아니, 누군지 반드시 알아내야겠다. 이성적으로 생각했을 때 이깟 하찮은 일에 집착할 이유가 없었으나, 확인해야지 거북한 기분에서 벗어날 수 있을 것 같았다. 날이 밝자

마자 솔루를 부르려다 이게 뭐 하는 짓인가 한심해서 관뒀다.

어차피 심장만 뺏어오면 되는 여인에 불과하다. 그녀가 과거에 무슨 일이 있었던 상관하지 않고 그저 자신을 사랑하게 만들면 될 뿐인데 자꾸 엉켜들어 갔다. 아무래도 빠른 시간 내에 솔루의 마음이 움직이도록 해야겠다. 더 시간을 지체했다간 자신이 그녀에게 끌려갈 판이었다. 당장 내키지 않아 머뭇거리는 건 그만하고, 그녀가 자신을 사랑하도록 만드는 일을 억지로라도 해야 했다.

단, 오늘은 좀 쉬고. 해서 오늘만큼은 그녀를 보지 않으려 했는데 이른 아침 찾아와 죄송하다며 사과하는 것까지는 좋았다. 됐다, 하고 끝내려다가 그렇게 취해 있던 솔루가 어젯밤 자신이 어떤 일을 벌인지는 알고 있는지 궁금했다.

역시 아무것도 모르고 있는 얼굴이었다. 눈을 굴리며 손가락을 입에 문 모습이 전혀 기억이 없다는 표정이었다. 변덕 대마왕이라는 소리를 하고, 느닷없이 입술을 부딪쳐 첫 입맞춤을 가져간 것도 모자라, 누엉이라는 다른 사내의 이름까지 불렀다. 그런 주제에 모조리 잊고 와 기억을 더듬고 있는 그녀에게 잠재워뒀던 오기가 슬슬 발동됐다.

"잘 알고 있다면서?"

"아…… 그게…… 죄송합니다."

"역시 넌 거짓말쟁이였다."

유치하지만 변덕 대마왕에 대한 복수였다.

"처음이었습니다."

"어쨌거나 거짓말은 했으니까."

"죄송합니다."

태랑의 말이 맞았다. 솔루는 고개를 숙이고 창피해서 달아오르는 제 볼을 감쌌다.

"주사가 심하더군."

"예에?"

솔루의 눈이 커지고 입이 떡 벌어졌다.

"내 **뺨**을 때렸다."

"예에에?"

믿을 수 없다는 듯이 묻는 그녀의 목소리가 너무 커 비명에 가까웠다.

"제, 제, 제가 태랑 님을 때, 때려요?"

믿을 수 없어 말을 더듬거리는 솔루가 한껏 격앙된 어조로 물었다.

평소에 태랑 님을 좋아하지는 않았지만 좋아하기로 마음먹었다. 그런데 때리다니! 그것도 **뺨**을!

숨고 싶었다. 어머니가 술을 이기지 못할 정도로 마시면 개가 되는 사람이 있다고 했는데 저가 딱 그 격이었다. 그녀가 한두 발짝 뒷걸음질을 쳤다. 어쩐지 태랑에게서 멀어지고 싶어 나온 행동이었다.

"죄송합니다! 죄송합니다!"

솔루가 연거푸 머리가 다리에 닿게끔 허리를 숙여 사죄했다.

"'죄송합니다.'라는 말로 끝날 거면 내 **뺨**을 때린 사실이 사라지나?"

"아, 사라지지 않습니다. 제가 어떻게 하면 되겠습니까?"

"나도 네 **뺨**을 때리면 동등해지려나."

"아……."

할 말이 없었다. 아직 맞은 것도 아닌데 두 **뺨**이 화끈거려 손으로 감쌌다.

땅을 보며 한참 서 있던 솔루가 어깨가 축 늘어지더니 터벅터벅 걸음을 옮겼다. 태랑은 그녀가 도망가는 건가 싶었지만 도망가는 사람치고는 걸음이 느려 가만히 보기만 했다.

솔루는 도망가는 것이 아니라 정자 위로 올라와 태랑 앞에 앉더니 눈을 꼭 감았다. 어찌나 세게 감은지 주름이 질 정도였다.

"뭐 하는 것이냐."

"때리십시오."

"뭐?"

태랑의 눈썹이 올라갔다.

"제 뺨을 때려서 화가 풀리신다면 당연히 그렇게 해야 합니다. 제가 잘못했습니다. 자요!"

눈을 감은 채로 뺨을 태랑에게 내미는 솔루.

피식. 태랑은 터진 웃음을 그녀가 눈치채지 못하게 손가락으로 얼른 제 입술을 눌렀다.

"됐다."

"예? 때리십시오."

계속 눈을 감고서 태랑에게 더 가까이 뺨을 내밀었다.

"됐다니까. 그럴 기분 아니다."

솔루는 말을 바꾼 그가 불안했다. 아프겠지만 차라리 뺨 한 대로 용서받는 쪽이 훨씬 마음이 편한데 그는 또 변덕을 부리고 있었다.

"너 지금 속으로 내가 변덕 부린다고 생각했지?"

"아, 아닙니다."

태랑은 독심술도 했다.

"내가 변덕을 부려서 네 뺨이 무사한 줄 알아라."

"그럼 화는…… 풀리셨습니까?"

그녀는 닫았던 눈꺼풀을 이제야 살며시 들어 올리며 물었다. 무리겠지만 화가 풀렸기를 바랐다.

"아니, 전혀 풀리지 않았다."

"그러니까 때리십시오."

"싫다니까."

"아이참, 그럼 어쩌자는 것입니까?"

"지금 나한테 따지는 것이냐."

"아니요! 아니요! 절대 아닙니다! 어찌 제가 태랑 님께 화를 내겠습니까……."

손사래를 치던 솔루의 목소리가 점점 모기만 해졌다. 흐음, 하는 소리와 함께 길게 숨을 뱉은 태랑은 턱을 괸 손가락을 까닥이며 볼을 두드렸다.

"어떻게 할까나……."

검지에 끼워진 붉은 가락지를 엄지로 굴리며 혼잣말을 흘렸다. 어떻게 하는지 보자는 심보였다. 태랑의 처분만을 기다리느라 속이 타들어가는 솔루는 옷고름의 끝자락을 잡고 비비 꼬았다.

"지금은 딱히 떠오르지 않으니 보관해놓겠다."

"보관이라뇨?"

"나중에 네게 내릴 벌이 정해질 때까지는 기다리라는 말이니라."

"그, 그럼 태랑 님 화는……."

"풀리지는 않았지만 어쩌겠느냐. 나중에 벌을 받기로 했으니 이제 됐다."

"감사합니다."

"헌데 너 말이다."

인사를 하기 위해 숙였던 허리를 펴던 솔루는 끝나지 않은 태랑의 말에 흠칫했다. 또 남은 게 있는 듯해 입술을 깨물었다.

"사내 이름을 애타게 부르더구나."

정면을 응시했지만 곁눈질로 솔루는 슬쩍 봤다. 묻지 않기로 했는데 궁금한 건 못 참겠다. 20년 넘게 가지고 있던 변덕의 기질이 어디 가겠나. 지난밤 그녀가 불렀던 '변덕 대마왕'을 조금은 인정하는 그였다.

"사내 이름을 제가 불렀다는 말씀이십니까?"

"그래."

"정말요?"

"나는 너처럼 거짓말쟁이가 아니다."

솔루가 고개를 옆으로 기울이며 목덜미를 긁었다. 가려진 까만 머리카락 사이로 하얗게 드러나는 피부로 가는 눈길을 힘겹게 잘라냈다.

한편, 그녀는 누구를 불렀을까 고민했다. 아는 사내의 이름이라곤 이웃인 동삼이뿐인데 남동생들 이름을 불렀나?

"혹시 동삼이를 불렀나요?"

"아니."

태랑은 그놈은 또 누구냐고 묻고 싶었다.

"그럼 채헌이요?"

"아니다."

갈수록 가관이다. 못생겨서 주위에 사내가 없을 줄 알았는데 그것도 아닌 모양이다.

"그것도 아니면 도헌인가요?"

"아니야."

이웃에 사는 동삼이도 아니고 남동생들인 채헌이와 도헌이도 아니라면 부를 사람이 없다. 건강 때문에 외부인과 교류가 거의 없었던 솔루가 아는 사내라고는 그들뿐이었다. 그렇다고 아버지 존함을 함부로 부르지는 않았을 테고, 장터의 포목점 아저씨나 노리개 같은 장신구를 파는 아저씨를 부르지도 않았을 것이다.

"태랑 님, 제가 누구를 불렀나요? 제가 부를 이름이라고는 앞서 말씀드린 세 명뿐입니다."

설마 파고나 설담을 불렀을 리도 없다. 금작은 더더욱 아니다.

"제가 뭐라고 불렀습니까? 알려주십시오, 저도 궁금합니다."

"누엉이라고 불렀다."

"누엉이요?"

"그래, 누엉."

누엉. 이렇게 특이해 잊을래야 잊을 수도 없는 이름인데 솔루에게 생소했다. 그녀는 두어 번 그 이름을 중얼거리더니 고개를 저었다.

"모르는 이름입니다. 정말 제가 불렀습니까?"

"내가 없는 이름을 지어서 말하겠느냐?"

태랑이 솔루의 얼굴을 살피다 눈이 마주치자 그녀가 먼저 눈동자를 돌렸다. 그의 눈빛이 솔루에게 직격해도 그녀는 모르는 척했다.

요 녀석, 아주 거슬리는 것투성이다. 신경 쓰이는 것투성이다. 이제는 먼저 시선을 돌리는 것도 마음에 들지 않는다.

"아니, 그런 건 아니시겠지만 들어본 적도 없는 이름이라서요."

"기억에 없는 거겠지. 어젯밤의 일도 넌 몽땅 지웠잖느냐."

"아, 그건……."

"됐으니까 그만 가봐라. 너랑 더 이야기하다가는 가라앉았던 화가 다시 올라올 것 같다."

솔루는 태랑이 반대편으로 고개를 휙 돌리자 얼른 자리에서 일어났다. 겨우 어젯밤 그의 뺨을 때린 사건에서 지나갔는데 더 지체하다간 그의 말대로 화만 돋울까 봐서.

"태랑 님! 정말 죄송합니다. 제게 주고 싶은 벌이 생각나시면 달게 받겠습니다. 감사합니다."

"……."

그의 뒤통수에 대고 그녀가 꾸벅 인사했다.

"그럼 저는 이만 객사로 가서 일을 하겠습니다. 다녀오겠습니다!"

또 꾸벅. 여전히 태랑은 꼼짝도 하지 않았지만 빨리 사라져줘야 했다. 솔루가 종종대는 걸음으로 내려가 신을 신었다.

그때였다.

"너."

태랑이 솔루를 부르자 그녀는 이미 신은 신발을 벗고 다시 올라갔다.

"부르셨습니까?"

"또 한 번 술 마셨다간 그때는 벌로 끝나지 않을 것이다."

그가 등을 보인 채로 솔루를 보지 않고 말했다.

"예, 명심하겠습니다."

굳은 다짐을 하는 말투였다. 술에 취해 그런 일을 벌이기까지 했는데 마시라고 해도 마시지 않을 것이다.

"그리고 금작에게 네가 백해궁에서 산다 말하였느냐."

"아음…… 했나 봅니다. 솔직히 기억이 안 납니다."

"되도록이면 다른 이들에게 백해궁에 산다는 이야기를 네가 직접 하는 건 삼가거라."

"예."

솔루가 백해궁에서 산다는 사실은 곧 퍼질 소문이겠지만, 그녀가 다른 누군가에게 자신에 관한 신상을 말하는 꼴은 보고 싶지 않았다. 차라리 객사에 보내지 말아야 하나. 심각하게 고심하던 입술의 한쪽 끝이 느슨하게 올라갔다.

객사에 도착하자마자 솔루는 설담이 걱정했다는 말을 듣고 죄송하다는 인사를 연이어 했다. 그리고 1층에서 가희에게는 길고 긴 꾸지람을 들었다. 객사를 돕는답시고 한 행동이었는데 일이 그렇게 꼬일 줄은 몰랐다. 하지만 억울한 마음보다는 의논하지도 않고 혼자 결정해 미안한 마음뿐이라 가희가 다 저와 객사를 걱정해서 하는 말임을 솔루는 이해했다. 꾸지람이 끝나자 탁자 앞에 앉아 종이를 펼쳤다. 아침부터 겪은 일로 정신이 없는 그녀 옆에 가희가 앉았다.

"손님이 오시기 전에 기본적으로 숙지할 사항부터 알려줄게요."

"예."

솔루는 적기 위해 붓을 들고 가희의 말에 집중했다.

"객사에 자주 오는 손님은 주로 양국과 창국에서 오세요. 해국이 인어의 나라인 것을 알고 있나요?"

"예, 알고 있습니다."

"양국은 해인의 나라입니다. 우리 해국에 사는 사람들은 인어도 될 수 있고 사람도 될 수 있지만, 양국의 사람들은 말 그대로 사람의 모습만 가지고 있죠."

"저랑 비슷하군요."

"그렇긴 해요. 그래도 엄연히 다릅니다. 뭍에서 사는 사람과 바닷속에서 사는 사람이니까요. 창국은 수룡(水龍)의 나라입니다. 어제 봤던 금작 님도 창국 분이신데 용의 모습으로도 변하실 수 있죠."

"음, 그럼 태랑 님이나 설담 님께서 타고 다니는 해룡과 친척 관계인가요?"

솔루가 종이에 필기를 하다 멈추고 물었다.

"당연히 다르죠. 완전히 다른 존재라고 생각하세요. 해룡은 태어날 때부터 그저 해룡에 불과합니다."

"그래도 뭔가 통한다거나……."

"창국 사람들과 해룡이 좀 더 교감이 좋기는 하나 놀라울 정도는 아닙니다."

"아아……."

솔루가 고개를 끄덕이며 적었다.

"그밖에 타국에서 여행 중에 지나가다 들르는 손님도 계시고, 주기적으로 오시는 분도 계십니다. 아주 가끔이긴 한데 전혀 다른 세상에서 오신 분들도 계시죠."

"다른 세상이요?"

"세상은 뭍과 바다만 있지는 않습니다. 하늘 위의 하늘인 천계도 있고, 땅속 깊은 곳, 어둠뿐인 세상인 지하계도 있어요."

"그런 세상도 있습니까?"

"네. 아직 솔루는 구분하기 어렵겠지만 오래 보다 보면 금방 파악할 거예요."

"와아, 다른 세상에서 온 분들을 뵙고 싶습니다. 아! 생각해보니 이곳도 다른 세상이네요."

"내가 봤을 땐 솔루가 살다 온 곳이 다른 세상이죠."

그 뒤로도 가희는 손님이 없을 때마다 솔루에게 여러 가지를 조금씩 알려줬다. 인사는 잘하되 먼저 질문은 하지 말 것이며, 혹 어제처럼 손님이 개인적인 일을 부탁을 할 적에는 꼭 가희나 설담과 상의하라고 했다. 어느 정도 익숙해지면 주방으로 가서 어떤 손님에게 어떤 음식이 가는지 파악하는 일도 해야 하고, 손님의 목욕을 위한 준비실에 가서는 손님이 원하는 적정 온도와 추가적으로 주문 사항이 없는지 꼼꼼히 점검함과 동시에 시간 약속을 분명히 지켜야 한다고도 알려줬다.

"아, 손님이 오시네요. 나중에 또 얘기해요."

"예, 감사합니다."

갑자기 손님이 많아져 가희가 안내하러 간 사이 솔루는 적어둔 종이를 다시 하나하나 살폈다. 손님에 대한 기록이 많이 부족해 보였다. 가희가 오면 다시 물어봐서 더 보탤 필요가 있었다.

솔루가 적어놓은 종이를 분류하고 있을 때 손님이 들어왔다. 다른 때는 가희가 없으면 대신할 이라도 있었는데 많은 손님 때문에 모두 안내하러 가고 지금은 솔루 혼자였다. 어떻게 해야 할지 몰라 발을 동동거렸다.

긴 머리카락을 바닥에 끌며 오는 여자. 본 적이 있는 듯한 모습에 솔루는 기억해내려고 애썼다. 순간 설담의 집무실에서 봤음을 떠올렸다.

"안녕하십니까!"

우선은 인사부터 했다. 여자는 솔루를 눈으로만 보고 주위를 둘러봤다. 가희를 찾는 듯해서 조금만 기다려달라고 말할 수밖에 없었다. 여자는 고개를 한 번 까닥하고 자리를 지켰다. 탁자로 가자고 말을 건넸지만 고개를 저으며 싫다는 의사를 전하자 좌불안석이었다.

손님은 기다리는데 안내해야 할 사람은 없고. 그간 이 정도로 바쁘지 않다가 갑자기 오늘 왜 이러는지. 마침 가희가 달려와 여자를 데리고 가자 안도의 한숨이 나왔다. 다른 것도 중요하지만 오늘 같은 날을 대비해서 손님을 안내하는 법도 배워보고 싶었다.

아주 잠깐의 시간이었는데 솔루에게는 감당하기 버거웠다. 긴장이 풀리자 몸에서 힘이 전부 빠져나가는 느낌이었다. 탁자에 턱을 올리고 쉬는 그녀의 머리 위로 그림자가 어른거렸다.

"어제는 잘 들어갔느냐?"

얼굴을 들어 목소리의 정체를 확인한 솔루가 재빨리 몸을 세웠다. 금작이었다. 설마 이 손님에게도 실수한 건 아니겠지?

"예."

혹시 몰라 기어들어가는 작은 소리로 답했다. 다 자업자득이겠지만 아침부터 시작된 일의 연장에 급하게 피로가 몰려왔다. 어지러워 손바닥으로 이마를 눌렀다.

"어제 제가 술을 많이 마셨다고 들었습니다. 취해서 기억이 안 나는데…… 제가 손님께 실수한 것이 있었습니까?"

"어제는 없었는데 말이다, 오늘은 실수했다."

"예?"

"어제 나와 약속하지 않았느냐. 나를 손님이라 부르지 않는다고."

"그럼, 어떻게 부릅니까?"

"금작이라 부르기로 했다."

"제가 손님의 존함을 부른다고요?"

"취해서 기억에 없다는 말은 하지 말아라."

솔루가 한 손으로 머리카락을 쥐었다. 생각이 날 듯 말 듯 했다. 금작의 말처럼 약속을 한 것 같기도 하고……. 별 약속을 다 했네.

순간 솔루의 어지러움이 심해졌다. 혼절하려는 신호였다. 속이 메스껍고 기운이 빠지며 바닥이 빙글빙글 돌더니 눈앞이 깜깜해지는 것을 보며 쓰러졌다. 별안간 일어난 상황이었지만 금작이 늦지 않게 그녀를 안았다.

"이건 전혀 계획에 없는 건데……."

오늘도 그녀를 안고 백해궁에 금작이 직접 데려다줘야 할 운명이었다. 저를 부서뜨릴 것처럼 노려보는 태랑을 만날 일이 조금 막막했으나 큰 상관은 없었다.

이제 점심을 향하고 있는 시간이라 좀 이르다 싶어 망설였다. 만약 가희가 안다면 백해궁이 아닌 객사 안의 쉴 수 있는 곳으로 옮겨달라고 할 것이다. 뭐가 됐든 그때까지는 솔루를 안고 있을 수 있겠다.

기다려봐도 바쁜지 가희가 올 기미가 보이지 않았다. 다른 이들이 금작과 그의 품에 안겨 있는 솔루를 봤지만 그가 부르지 않는 이상 먼저 말을 꺼내지는 않았다. 사실 탁자가 있는 천장에서 길게 내려온 끈을 당기면 가희가 오고, 지나가는 이들에게 먼저 가희를 불러달라 해도 됐으나 금작은 자신의 방으로 솔루를 데려가는 쪽을 택했다. 그는 솔루를 안고 자신이 묵는 객실을 향해 걸어갔다. 해무의 운이 그를 향해 웃고 있었다. 솔루가 하필 그가 있을 때, 그곳에서 쓰러졌다. 우연이라기에는 너무 좋은 패이지 않은가.

그가 흡족한 미소를 지으며 방으로 들어가려던 때였다.

"금작, 지금 상황 오해하기 딱 좋군요."

설담이 열렸던 객실의 문을 닫으며 가로막았다.

"아, 설담 님이시군요. 오랜만에 뵙습니다."

금작이 고개를 살짝 숙이며 인사했다.

"오해할 수도 있는 상황이긴 합니다만 사실이 그렇지 않으니 괜찮습니다."

"이곳에서 업무를 담당하고 있는 종업원이에요. 금작의 의도가 순수하다고는 하나 의식이 없는 그녀를 안고 객실로 들어가는 것은 소문을 만들어내기에 충분해요. 해국의 객사는 잠자리 시중은 들지 않는 곳입니다. 그에 관한 자그마한 소문이라도 퍼지는 것은 원치 않아요."

"혼절했기에 자리를 옮기려 했을 뿐입니다."

웃음을 머금으며 금작은 설담에 말에 지지 않았다.

설담의 얼굴이 굳어졌지만 그 역시 입가에 미소를 지었다. 그는 금작이 자신과 비슷한 성격을 가지고 있음을 알고 있었다. 상대에게 도리에 맞는 올바른 태도로 대하지만 경계를 늦추지 않는 사람. 창국의 대부호인 그가 어느 날부터 객사 문턱이 닳도록 드나들 때부터 주시하고 있었다. 그러나 딱히 이상한 점은 발견되지 않았다. 다만 금작에게서 느껴지는 기류가 깨끗하지 못했다. 특히 그의 미소가 그러했다.

"사적인 감정은 아닌가요?"

푸흡! 설담의 질문에 금작이 소리 내어 웃음을 터뜨렸다.

"이런, 들켰습니까?"

그가 감추지 않고 자신의 감정을 적당한 선에서 드러냈다. 오히려 아니라고 펄쩍 뛴다면 백이면 백, 솔루에게 특별한 마음이 있을 가능성이 컸지만 장난인 듯 뱉는 말은 묘했다.

해서 설담도 숨기지 않고 그에 걸맞은 답을 해줬다.

"더 깊어지기 전에 접으세요."

"왜죠?"

솔루를 사랑스럽게 보던 금작이 물었다. 도발적인 질문에 가까웠다. 그가 아무리 창국에서 가장 강력한 권력을 쥐고 있다 하나 엄연히 청해국의 왕인 설담과는 달랐다. 접으라는 설담에 말에 의문을 제기한 것은 늘 금작이 지켜오던 예의에서 벗어난 행동이었다.

미소를 짓고 있던 설담의 입술이 살짝 일그러졌다.

"이미 임자라 있는 몸이라서요."

"임자라…… 혹, 태랑 님이십니까?"

"추측은 마음대로 하세요."

"추측하고 말 것이 있겠습니까. 여인이라면 절대 곁에 두시지 않는 것으로도 모자라 백해궁에는 오직 사내만 거하도록 하셨는데, 그곳에 기거하는 유일한 여인이니 뻔하지 않습니까."

"그럼 지금 금작은 태랑이 상대인 걸 알면서도 접지 않겠다는 말인가요?"

금작은 순간 자신이 실수했음을 알아차렸다. 설담이 당황하는 모습을 보려고 했던 것이 오히려 저를 곤란케 하는 상황을 만들어내고 말았다.

"하하. 제가 감히 어떻게 태랑 님을 상대로 하겠습니까."

"그렇다면 이제 그만 솔루는 제게 넘기고 마음은 접으시면 되겠네요."

"아, 네. 그래야지요."

"눈치 빠르고 현명한 분이니 우리가 나눈 대화를 함부로 발설하지 않으리라 믿어요."

솔루를 넘겨받으며 설담이 말하자 금작이 눈썹을 추어올렸다. 고개를 끄덕이고 입가의 미소는 풀지 않았다.

"솔루가 백해궁에 머문다는 얘기도 당분간은 혼자만 알고 계시길 부탁해요."

"설담 님께서 그리 말씀하시니 당연히 그래야지요."

해국의 왕들이 심장이 없는 채로 태어나 여인을 통해 취한다는 사실은 금작도 알고 있었다. 말로 꺼내지는 않았지만 솔루는 분명 태랑에게 심장을 줄 여인이라는 사실이 증명됐다.

"그럼."

간단한 인사만을 하고 솔루를 안은 채 돌아서는 설담을 보며 금작의 미소는 더욱 짙어졌다.

"아! 설담 님?"

걷던 설담이 뒤로 돌아섰다.

"혹 솔루의 마음이 제게로 온다면 그때는 제가 감히 넘봐도 되겠습니까?"

솔루를 안고 있는 설담의 팔에 힘이 들어가고 애써 웃고는 있지만 입술이 자꾸 일자로 굳어지려 했다. 볼에서 파르르 경련이 일었다.

"글쎄요. 그건 솔루의 마음이 금작에게 넘어간 뒤 생각해볼 문제죠."

휙. 돌아선 설담의 얼굴이 붉으락푸르락해졌다.

대체 저놈이 무슨 이야기를 하는 거야? 솔루한테 한눈에 반하기라도 했나. 저 철저한 녀석이 그럴 리가 없다. 첫눈에 반할 수도 있지만, 그렇다고 해서 저런 식으로 덤벼들 사람이 아니었다. 장사든 정치든 사람과의 관계든 항상 계산적으로 움직인다고 익히 들었는데, 잘못된 소문이었나?

말은 태랑을 상대할 수 없다 했지만 종국에는 솔루를 자기 것으로 만든다는 뜻이었다. 전혀 예상치 못했던 변수가 생겼다.

집무실 옆방에서 깨어난 솔루는 늘 그랬던 것처럼 아픈 머리를 부여잡고 깨어났다.

"일어났어요?"

지켜보고 있던 설담이 묻자 그녀는 신음 소리와 함께 몸을 일으켜 세웠다.

"아이고, 예."

"괜찮아요?"

그녀가 편히 일어날 수 있도록 설담이 부축했다.

"항상 똑같습니다."

두통 때문에 손바닥으로 머리를 탁탁 치던 솔루가 눈을 감고 괜찮다는 듯이 고개를 끄덕였다.

"시간이 얼마나 흘렀습니까? 이대로 일도 못하고 돌아가면 안 되는데……."

"걱정하지 마요. 아직 끝나려면 더 있어야 해요."

"다행이다."

그녀는 정신을 차리기 위해 목을 좌우로 움직였다가 빙글 돌리기도 했다. 되도록 폐를 끼치고 싶지 않은데 부실한 몸이 말썽이었다. 그래도 이만하면 예전에 비해서는 많이 좋아진 편이라 욕심내지 말자고 생각했다.

설담에게 고맙다는 인사를 하고 1층으로 내려온 솔루를 보는 가희의 얼굴에 걱정이 서려 있었다.

"괜찮아요?"

가희가 자신을 멀리하는 줄 알았는데 그게 아니었다. 감정을 잘 드러내지 않아 얼핏 보기엔 차가웠지만 솔루를 많이 도와줬고, 지금도 저를 걱정하고 있지 않은가.

"예. 이게 제가 가지고 있는 병입니다."

"대충 알고는 있었어요."

"죄송합니다."

"그런 말은 하지 않았으면 좋겠네요. 아프고 싶어서 아픈 것도 아닐 텐데, 내가 인정머리도 없는 사람이 된 것 같아서 싫어요."

"예, 다음부터는 조심하겠습니다."

"오늘은 주방에 가봐요."

"주방이요? 벌써요?"

일이 하나 더 늘어나자 설레었지만 걱정이 앞섰다. 아직 손님을 다 파악하지도 못한 상황이라 각각 손님마다 다른 음식의 취향을 알고 기억하려면 꽤 복잡할 것이 분명한데 이렇게 빨리 주방에 가게 될 줄이야.

"일을 시작하라는 게 아니라 가서 그곳에서 일하는 이들과 안면을 터놓으라는 거죠."

"아아."

"어떤 손님에게 어떤 음식이 들어가는지 알려면 주방에서 얼마간은 있어야 하니까."

가희의 뜻을 이해한 솔루가 안도의 한숨을 쉬었다. 일 때문에 왔다며 도와달라고 갑자기 나타나는 것보다 미리 서로 얼굴이라도 익혀두면 훨씬 수월할 것이다.

"지금 가면 됩니까?"

"주방에 말을 해놨으니 기다리고 있을 거예요."

"예, 감사합니다!"

주방을 향해 걸어가는 솔루는 두근거리는 가슴을 손으로 눌렀다. 새로운 사람들을 만나고 백해궁 객사의 주방을 처음으로 보러 가는 길이다.

떨리고 기대도 됐다. 아직 주방에 도착하지도 않았는데 복도에서부터 음식 냄새가 진동해 저절로 군침이 돌았다. 입구에 다가가자 더운 열기가 밖으로 새어 나왔다.

똑똑. 문을 두드려도 반응이 없었다.

안에 사람이 없지는 않을 테고. 다시 똑똑 두드렸다. 이번에도 반응이 없자 망설이다 문에 귀를 댔다.

"6번 객실에 자환화 꽃잎 무침 추가!"

"네! 자환화 꽃잎 무침 추가 들어갑니다!"

"아! 6번 객실 양국에서 오신 혜선 님이시다. 삼삼하게 해라."

"네!"

큰 외침이 오고 갔다. 그 밖에도 여러 대화들이 한꺼번에 들려왔다. 몇 번 객실에는 어떤 음식은 빼고, 어떤 손님에게는 꼭 어떤 음식을 넣어야 한다고 했다. 왁자지껄해 계속 문을 두드려도 안에서는 몰랐다. 어떻게 할까 고민하던 솔루는 두근거리는 가슴을 진정하고 문을 열었다. 어떤 광경이 펼쳐질까 머릿속으로 그려보면서.

달칵. 드르륵. 손잡이를 잡아 돌리고 문이 열리는 순간 덥다 못해서 뜨거운 열기가 훅 끼쳤다. 모두 하얀 옷을 입고 두건으로 머리를 둘러쌌다. 솔루만큼 큰 무쇠솥의 한쪽을 잡고 긴 주걱으로 휘휘 젓는 남자가 보였다.

화르르. 솥에서 불길이 치솟아 올랐다. 멀리서 보는 솔루는 깜짝 놀랐으나 정작 불길 앞에 있는 남자는 태평했다.

그렇게 다들 각자 맡은 일을 해냈다. 능수능란한 솜씨로 칼질을 하는 사람, 음식을 깨끗한 그릇에 담아 상에 배열하는 사람, 모락모락 김이 올라오는 찜통 앞에서 음식을 꺼내는 사람, 한쪽에서 달그락 소리를 내며 설거지하는 사람 등 각자 맡은 일에 분주하게 움직였다.

인사를 해야 하는데 어떡하지? 다들 바빠서 정신이 하나도 없어 솔루는 그냥 돌아가야 하나 고민했다. 그래도 이들에게 인사를 하긴 해야 했다. 하지만 이 흐름을 깨는 건 굉장히 실례라는 생각에 선뜻 나서지 못했다.

"거기 뭐야?"

별안간 들려오는 큰 음성에 솔루가 화들짝 놀랐다. 불앞에 있던 남자인 호룡이었다. 주방의 최고참인 그는 손이 잠시도 쉴 틈이 없었다. 그의 외침과 동시에 다들 손에서 일은 놓지 않으면서도 얼굴은 그녀를 향했다.

"안, 안녕하십니까! 솔루라고 합니다!"

"아~ 가희에게 들었다. 지금은 바쁘니까 거기서 기다려!"

"예, 엡!"

"문은 닫고!"

"예!"

문을 닫고 기다리던 솔루는 바쁘게 움직이는 사람들 가운데 홀로 멀뚱하게 있으려니 민망하고 좀이 쑤셨다. 뭐라도 시켜주면 좋겠는데 다들 각자 일에만 집중했다.

설거지라도 도울까 한 걸음 떼려는 찰나.

"거기 있으라고 했지! 주방은 불과 칼을 취급하는 곳이라 조금만 잘못해도 큰 사고가 난다. 능숙하지 못한 사람이 주방을 함부로 다니면 안 돼!"

"예!"

불호령이 떨어졌다. 솔루가 차렷 자세로 자리에 우뚝 멈춰 서 한참 동안 서 있었다. 가만 생각해보니 곧 저녁이 다가오는 시간이었다. 다리가 아프기는 했으나 그보다 아무것도 안 하는 것이 더 힘들었다. 하지만 음식이 만들어지는 과정을 지켜보는 것이 신기해 곧 잊었다.

시간이 흘러 점점 마무리가 되어가는 분위기가 됐다. 눈에 보이지 않을 정도로 바쁘게 움직이던 손들이 느려졌고, 몇 개인지 셀 수 없을 만큼 많았던 상이 줄어 예닐곱 개만 남았다. 마지막 상이 밖으로 나가자 다들 그녀에게 눈길을 줬다.

"솔루라고?"

호룡이 물었다.

"예."

시선이 집중되자 면구스럽다.

"보다시피 주방은 전쟁터와 같다. 한가롭게 네 일을 도와줄 여유는 없어. 알아서 확인하고, 알아서 알아가도록 해."

"예."

호룡은 옆에 있던 큰 천을 들어 땀을 닦으며 밖으로 나갔다. 그러자 주방 안에 있던 사람들이 우르르 몰려와 솔루를 에워쌌다.

"설담 님의 후궁이라는 소문이 있던데?"

어떤 여자가 물었다.

"아니요! 그, 그렇지 않습니다."

솔루가 손을 힘차게 내저었다. 말도 안 되는 소리.

"정말?"

"절대 아닙니다."

"그래? 뭍에서 온 인간이라지?"

"예."

"뭍에서 어떻게 해국까지 왔어? 굉장히 어렵다던데."

"그냥 어쩌다 보니까……. 하하."

일일이 과정을 설명할 수는 없었다. 처음에 태랑과 파고도 믿지 않았으니까.

"많이 어려 보이네. 얘, 너 올해 몇이니?"

다른 여자가 사람들 틈을 비집고 들어왔다. 하얀 옷만 입었는데도 눈에 띌 만큼 예뻤다.

"20살입니다."

"어머! 보기보다 나이가 많구나. 나는 매향이란다. 그래도 여기에선 네가 제일 어리니까 말 놔도 되겠다."

매향은 행주치마에 손을 슥슥 닦고는 솔루의 어깨를 두드렸다. 그런 다음 머리를 쓰다듬더니 눈을 반짝였다.

"설담 님과 집무실에서 함께 있었다며? 설담 님, 어때? 멋있으시지? 너한
테 잘해주셔? 그분은 뭘 좋아하셔?"

"예끼! 이년아! 거기서 왜 그 질문이 나와?"

찰싹! 누군가가 손을 쭉 뻗어 매향의 등짝을 때렸다. 주방에서 가장 나이
가 많은 송마였다. 그녀는 얼굴에 주름이 자글자글했지만 젊은 사람 못지않
게 정정했다.

"네 주제에 어디 설담 님을 입에 담아?"

"물어도 못 봐요?"

매향이 앙칼지게 쏘아 물었다.

"내가 네년 머리 꼭대기에 있다. 그 엉큼한 속을 모를 줄 알고?"

"제가 어떻다고 그래요? 이러다 제가 후궁 되면 어쩌려고 그러세요?"

눈을 치켜뜬 매향이 소리를 질렀다.

"어떻긴! 설담 님께 절대 안 된다고 사흘 밤낮으로 빌 거다! 왜!"

"누가 들으면 설담 님이 송마 할머니 손자인 줄 알겠어요. 꿈꾸는 것도 뭐
라 해!"

"네년이 그분을 좋아해서 그렇다면 내가 뭐라 안 하지! 재물이 좋아 그러
면서."

"재물을 좋아해서 많이 가진 설담 님이 좋다는데, 그게 그거죠!"

"그럼 속으로 생각만 하든가!"

"뭔 상관이래!"

"그래도 이년이!"

송마가 옆에 있던 솥에서 국자를 빼내어 들어 머리 위로 휘둘렀다. 모두
몸을 낮춰 피했고, 매향이 비명을 지르며 달려 나가자 노인이 서라고 외치
며 따라갔다. 순식간에 벌어진 상황에 솔루는 멍하게 있었다. 다른 사람들

은 익숙한 일이라 허허 웃을 뿐이다.

"20살이라고?"

저쪽에서 덩치가 크고 살집이 있는 남자가 물었다.

"예, 맞습니다."

솔루의 대답에 그가 다가왔다.

"20살……. 공존의 밤에 대해서 들어봤나?"

주위가 조용해졌다. 그때 누군가가 '알려줘야 하는 거 아냐?' 하고 말했다.

"공존의 밤이요? 그게 뭡니까? 처음 듣습니다."

"곧 다가오는데 말을 안 해줬나 보네. 조심해라. 공존의 밤에는 절대 밖에 나오지 마."

"왜요?"

"괴물이 나오거든."

"아, 괴물!"

솔루는 지난번에 봤었던 거대한 몸집의 괴물을 떠올렸다. 흐느적거리며 지독한 냄새를 풍기고 바늘을 쏘던 그 괴물. 바늘에 두 번이나 상처를 입어 고생을 했었다.

"저도 봤습니다."

"봐? 봤어? 어떻게 그 괴물을 봐? 아직 본 사람이 하나도 없는데!"

"전 봤어요!"

사람들의 눈이 커졌다. 말도 안 돼, 라는 외침이 여기저기서 들려왔다. 고개를 갸우뚱한 솔루가 말을 이었다.

"두 번이나 봤는걸요? 바늘을 막 쏘아대고 냄새가 고약한 괴물이요!"

솔루가 제 코를 잡으며 실제로 냄새가 난다는 듯이 얼굴을 찡그렸다.

"그 괴물 말고, 이 녀석아! 깜짝 놀랐네."

남자가 아프지 않게 솔루의 이마를 살며시 쥐어박았다.

"그럼요?"

"최근 해국에 나타나는 그 괴물은 우리도 봤지. 태랑 님을 비롯한 다른 분들이 알아서 처리하시니 그놈은 문제가 안 돼. 내가 말하는 괴물은 공존의 밤에만 나타나는 놈이야."

남자의 목소리가 갑자기 낮아졌다. 비밀 이야기라도 하는 듯 가만가만 말하자 솔루가 몸을 움츠렸다.

"그 괴물은 공존의 밤에만 나타나는데, 불꽃같은 붉은 몸을 가졌다고 하지. 활활 불이 붙은 채로 움직인다는 말도 있어."

"본 사람이 없다면서요."

"전해오는 말이야."

"예에."

"태양과 달이 동시에 뜨는 공존의 밤에는 다들 밖으로 나오지 않고 집에만 있단다. 문을 꼭 걸어 잠그고. 창문도 열면 안 돼! 왜냐면 그 밤에만 괴물이 돌아다니기 때문이거든. 밤새도록 울며 돌아다니다가 홀로 있는 사람을 보면 그 자리에서!"

눈을 깜박이며 듣던 솔루는 남자가 말을 끊자 깜박임을 멈추고 그를 지켜봤다.

"꿀꺽!"

"꿀…… 꺽이요?"

"그래. 꿀꺽 삼켜."

말도 안 돼요, 라는 소리가 나오다가 작아졌다. 저번에 봤던 괴물과 같은 크기라면 충분히 가능한 이야기였다. 솔루 하나쯤은 삼켜도 모를 크기.

"헌데 제가 20살인 것과 무슨 상관인가요?"

"아…… 그 괴물이 20살 처녀를 좋아하거든."

남자가 의미심장한 눈빛으로 말했다.

"해국은 다 좋은데, 그 공존의 밤이 말썽이지."

솔루는 갑자기 등에서 오소소 소름이 돋는 것을 느꼈다. 그녀는 그 뒤로도 공존의 밤과 괴물에 대한 이야기를 더 들었다. 다 믿기에는 어딘가 어설픈 부분도 있었으나, 모두 거짓이라면 그 밤에 해국의 모든 백성들이 집 안에만 있지는 않을 것이다.

주방에서 나와 객사를 찾는 손님들의 인상착의를 필기하고 미리 적어놓은 손님들을 외우며 남은 시간을 보냈다. 일을 끝내고 백해궁으로 돌아가던 솔루는 계단 앞에서 멈췄다. 어둠 속으로 보이지 않게 죽 늘어선 계단이 어쩐지 으스스했다.

곧 공존의 밤이 다가온다고 하는데 태랑 님이나 파고 님이 뭐라고 말씀해주시겠지? 내가 먼저 여쭤봐야 하나.

오늘은 공존의 밤이 아니지만 오싹한 기분에 되도록 빠른 걸음으로 계단을 올라갔다. 숨이 차올랐으나 멈추지 않았다.

"헉. 헉."

몇 개 남겨두고 도저히 더는 올라갈 수 없어 멈추고 숨을 몰아쉬었다.

"어쩐다고 그리 급하게 오는 것이냐."

"어? 태, 태랑 님!"

가쁜 숨과 함께 태랑의 이름을 불렀다.

"다녀왔습니다!"

"그래. 헌데 그 숨 좀 삼키고 말해라."

그의 입술이 옆으로 한쪽으로 살짝 당겨졌다. 듣기가 불편해서였다.

"아! 태랑 님! 태랑 님!"

갑자기 솔루가 뛰어서 남은 계단을 올라왔다.

"태랑 님도 아십니까? 공존의 밤에 대해서요!"

그녀의 입에서 '공존의 밤'이라는 말이 나오는 순간 태랑이 양 눈가를 가늘게 찌푸렸다.

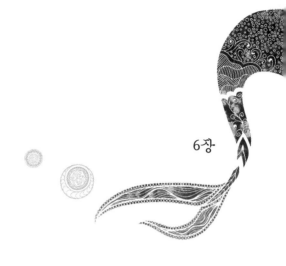

6장

솔루가 공존의 밤에 대해 묻자 태랑은 붉은 가락지가 끼워진 손을 꽉 쥐었다. 그러곤 들썩이는 가슴을 누르며 숨을 고르는 그녀를 내려다보며 답했다.

"알고 있지. 해국 사람이라면 누구나 다 아는 밤이다."

"그 밤에 괴물이 나타난다면서요?"

"그렇다더구나."

"태랑 님께서는 본 적이 있으십니까?"

"아니."

짤막한 대답을 하고 그가 앞서 걸었다. 지난번 공존의 밤이 왔을 때는 파고와 나갔던 솔루가 상처를 입고 들어와 한동안 처소에만 머물렀다. 그래서 그녀는 아무것도 모른 채로 넘어갈 수 있었다.

"어떻게 생겼습니까?"

"본 적이 없는데 어떻게 알겠느냐."

"그냥 사람들 입에서 입으로 전해져 내려오는 이야기도 없습니까?"

"잔인하고 포악하고…… 흉물스럽게 생겼다고들 했지."

"그럼 저번에 봤던 그 괴물보다도 더 잔인하고 흉물스럽습니까?"

태랑이 가만히 고개를 끄덕였다.

"아, 태랑 님! 그 괴물은 20살 처녀만 잡아먹는다면서요?"

솔루가 옆으로 따라붙어 걸었다.

"그런다는 소문이 있지. 왜, 너도 잡아먹힐까 봐 겁이 나느냐."

"예, 겁납니다."

책이나 상상에서만 봤었던 괴물을 실제로 봤고 상처까지 입었다. 그때는 갑작스레 펼쳐진 현실 같지 않은 상황과 파고나 태랑을 도와줘야 해서 무섭다는 생각은 덜했지만, 겁이 나는 건 당연한 일이었다.

"설마 사람을 먹을라고."

"없는 일이 괜히 소문나는 건 아니지 않습니까."

"때론, 전혀 근거 없는 소문이 나기도 한다."

"그렇긴 하지요."

뒷짐을 지고 걷는 태랑은 말이 없었다. 그의 음성은 언제나 낮게 가라앉아 있었지만 유독 무거웠다.

하여 함께 걷는 솔루도 입을 다물었다. 다른 때라면 가벼운 대화 정도는 나눴을 텐데 평소 재잘대기를 잘하는 그녀는 섣불리 말을 꺼내기가 어려웠다. 공존의 밤에만 나타난다는 괴물. 무서워 겁이 나면서도 동정이 일었다.

태랑의 눈치를 살피던 솔루가 입술을 열었다.

"헌데 그 괴물도 참 슬프겠습니다."

안타깝고 불쌍했다.

"……왜 그렇게 생각하느냐."

잠시 답이 없던 태랑이 한숨처럼 물었다.

"슬플 것 같습니다. 저라고 잔인하고 포악한 성격에 흉물스러운 모습으로 태어나고 싶었겠습니까."

"……."

"어떤 생물이든, 심지어 길가에 핀 잡초 하나도 사랑받고 싶어 하는데 그 괴물도 왜 그러고 싶지 않겠어요."

"그런가."

태랑이 정면만을 응시했다. 그의 푸른 바다 같은 눈이 오늘따라 유독 짙어 알 수 없는 느낌이 났다. 조금 슬퍼 보이기도 했다. 깊이를 모를 공허한 눈동자가, 굳게 다문 입술이, 길게 뻗은 은빛의 속눈썹마저 그러하였다.

"태어날 때, 선택만 할 수 있었다면 고운 외모, 건강한 몸, 훌륭한 성품, 지혜로운 머리를 다들 갖고 싶겠죠. 전 가끔 '내가 건강했더라면…….' 하고 생각해봅니다."

건강했더라면 부모님이 고생을 덜 했을 테고, 건강했더라면 더 밝고 힘찬 삶을 살았을지도 모른다. 또 저 때문에 부모님 마음 아픈 일도 없고, 어머니의 얼굴에 주름도 지금보다 적었을 것이다.

"부모 형제도 선택할 수 있다면 좋겠지."

"아……."

전 제 부모님의 딸로 태어나서 좋습니다. 그건 선택할 수 없다는 게 다행입니다. 그렇게 말이 나오려 하자 솔루는 입술을 꾹 물었다. 저번부터 느꼈는데 왠지 태랑 앞에선 부모님에 관한 이야기는 꺼내지 않는 편이 좋을 듯싶었다.

솔루는 태랑을 따라가며 땅을 봤다가 그를 보기를 반복했다. 둘 사이에 흐르는 침묵이 어색하면서도 불편하지 않았다. 아침까지만 해도 지난밤 주사를 부린 일로 창피해서 얼굴을 못 들 지경이었는데 이 순간은 그저 짙푸른 태랑의 눈이 신경 쓰였다.

저 앞에 솔루의 처소가 보이기 시작했다.

"그런데 저…… 태랑 님."

그녀가 조심스럽게 그를 불렀다.

"왜."

"혹 저를 마중 나와주신 겁니까?"

"응."

뭔가 더 이야기하고 싶은데 입 밖으로 나오지 않는다. '왜요?'라고 물을 수도 있고, '감사합니다.'라고 말할 수도 있는데, 솔루는 이상하게 삼켜지기만 할 뿐이다.

"오늘은 아프지 않았더냐."

솔루는 그의 질문에 잠시 머뭇거렸다. 태랑의 목소리가 자상했다. 바라보는 눈빛이, 솔루를 향한 걱정이 진심이었다. 찌르르 가슴에서 얇은 떨림이 느껴졌다.

"한, 한 번 쓰러지기는 했습니다. 그래도 해국에 온 뒤로는 정말 많이 좋아졌습니다. 예전에는 하루에 깨어 있는 시간이 너무 짧았거든요."

해국의 공기가 좋은 건지 먹는 음식이 좋은 건지는 모르겠지만, 확실히 건강해졌다. 깨어 있는 시간 동안 뛰어다니거나 일을 한다는 것은 꿈조차 꿀 수 없어 방에 엎드려 책만 봤다. 아주 가끔 장터에 나가기도 했지만 그건 연중행사였다.

"그래. 앞으로 더 좋아져야지."

태랑이 솔루의 머리를 쓰다듬었다. 정수리부터 흘러내린 머리카락을 따라 어깨까지 쓸었다. 천천히 서너 번 닿는 손길이 따뜻했다. 잠잠해졌던 그녀의 가슴이 또 찌르르하더니 떨림이 목까지 올라왔다. 침을 삼켜보는데 살짝 아프기도 하다.

"들어가거라."

돌아서서 가는 태랑의 뒷모습을 멍하니 바라보던 솔루는 그가 보이지 않자 방으로 들어왔다. 반갑게 맞이하는 홍이에게 인사한 그녀가 방바닥에 풀썩 앉았다. 그러곤 손을 들어 제 머리를 쓰다듬었다. 태랑이 해줬던 것처럼 흉내를 내봤다.

이렇게, 이렇게 해주셨는데…….

흐음. 내가 할 때는 아무렇지도 않네.

몇 번을 계속 쓰다듬어봐도 태랑이 할 때와는 달랐다.

"홍아, 너에게도 손이 있었으면 좋겠다."

옆에서 헤엄치는 홍이는 솔루의 어깨에 제 몸을 비비적거렸다.

"오늘은 내가 이상한 날인가 보아."

그녀는 홍이의 등지느러미를 쓸어내리며 중얼거렸다. 머리에서 태랑의 손길이 아직도 느껴지는 듯했다.

이튿날 아침, 솔루는 객사를 가기 위해 밖으로 나갔다 파고를 만났다.

"안녕히 주무셨습니까!"

"너도 잘 잤어? 좋은 아침이다."

"예. 오늘은 하늘이 하얗습니다!"

"백해의 기운이 강한 날이니까."

하얀 하늘을 처음 보는 솔루는 머리가 뒤로 넘어가게 고개를 꺾고 하늘 구경에 여념이 없었다. 흰 종이 위에 티끌 하나도 없는 목화솜 같은 구름이 몽실몽실 떠 있었다. 눈을 가늘게 뜨고 집중해서 보지 않는 이상 하늘과 구름을 구분하기 어려울 정도였다. 하지만 온통 하얀 덕분인지 세상은 다른 날보다 더 밝고 환했다. 주위에 있는 꽃과 나무의 색도 여느 때보다 훨씬 선명했고, 물고기들의 옷자락 같은 지느러미도 더 예쁘게 보였다.

"어? 파고 님! 하늘 위의 바다가 더 잘 보입니다!"

하얀 하늘 위로 출렁이는 푸른 물결. 곧 쏟아질 것처럼 맑고 파란 바다가 끝없는 하늘 위로 넘실댔다.

"하늘이 하얗다 보니 아무래도 더 잘 보일 수밖에 없지."

"와아, 정말 아름답습니다!"

문득 저 바다를 누비는 태랑의 모습은 어떨까 싶었다. 솔루는 인어의 모습을 한 그를 머릿속으로 그려봤다. 얼굴이 그려지고 상체까지는 가능한데 인어의 모습을 하고 있는 하체는 도무지 그려지지 않았다. 홍이의 몸을 갖다 대자니 너무 통통해서 웃겼다. 혼자만의 생각에 빠진 솔루가 킥킥대며 웃다가 주위의 다른 물고기들을 보며 대입해봤지만 영 어울리지 않았다.

"뭐가 그렇게 재미있어서 혼자 웃고 있어?"

"태랑 님이요. 인어의 모습을 한 태랑 님을 떠올려보려고 하는데 자꾸 웃겨서……."

"보면 전혀 웃기지 않을걸?"

"왜요?"

"홀딱 반할 거야."

"그리 말하시니 정말 궁금합니다."

"특별한 일이 있지 않은 이상 인어로 변하시는 일은 잘 없어서 보기 힘들긴 하지. 붉은 금빛의 비늘을 본 적이 있어?"

볼 리가 없지 않은가. 인어를 본 적 자체가 없는데 붉은 금빛의 비늘은 더욱 그러했다. 세상의 모든 물고기를 본 건 아니지만 그런 비늘은 책에서조차도 보지 못했다.

솔루가 고개를 저었다.

"눈이 부셔서 보기조차 겁이 날 정도다. 그렇게만 알아둬."

궁금증이 더 커졌다. 대체 얼마나 아름다우면 보는 것이 겁이 날 정도일까?

"나중에 기회가 된다면 꼭 보고 싶습니다."

"언젠간 볼 날이 오겠지."

"참, 파고 님! 제 머리 한 번만 쓰다듬어주십시오."

솔루는 불현듯 어젯밤 일이 스쳐갔다. 파고가 머리를 쓰다듬어줘도 그렇게 가슴이 찌르르할지 알아보고 싶었다.

"갑자기 왜?"

"빨리요."

"거참."

그가 솔루의 반질반질한 머리를 쓸어내렸다. 한 번, 두 번, 세 번.

어라? 그녀가 눈을 깜박였다. 아무 느낌이 없었다.

"됐지? 어서 객사에 가봐."

"한 번만 더 해주십시오."

"오늘 왜 그래?"

"그냥 해주십시오. 어떤 느낌인지 알고 싶어 그럽니다."

"예전에도 했었는데 오늘따라 알고 싶어진 이유가 뭐야."

맞다, 하고 외치며 솔루가 손뼉을 쳤다. 곰곰이 돌이켜보니 파고나 설담은 자신의 머리를 쓰다듬었었다.

그때는 전혀 몰랐는데? 어제만 그런 건가? 아니면 태랑 님이라서? 태랑 님은 처음 해주셨던가?

복잡하다. 기억력이 좋은 편인데 뒤죽박죽돼서 정확한 것이 하나도 없었다.

"에이!"

솔루가 곱게 빗어 내린 머리카락을 헝클어뜨렸다.

큰일도 아닌데 왜 이렇게 복잡한 건지.

"예서 무얼 하고 있는 것이냐."

별안간 뒤에서 들려오는 목소리에 머리카락을 쥐고 흔들던 동작이 멈췄다.

태랑 님이시다! 놀랄 상황도 아닌데! 그럴 필요가 없는데!

솔루는 그를 피할 곳을 찾아 허둥댔다.

"다녀오겠습니다!"

아무 방향에 대고 냅다 인사를 했다. 그길로 바로 객사를 가려는데 돌아서는 솔루의 옷 뒷덜미가 잡혔다. 그리고 내디디려던 한 발이 허공에 떴다.

"으앗! 왜 그러십니까?"

"그 꼴을 한 채로 객사에 가려고?"

옷 뒷덜미를 잡고 있는 태랑의 얼굴이 미세하게 찌푸려졌다. 그는 삐죽삐죽 사납게 솟아오른 솔루의 머리를 보고 있자니 어이없는 웃음만 나왔다.

"왜, 왜요."

"네 머리 위에 해조가 집을 지어도 되겠다. 못생긴 녀석이 머리까지 그 모양이니 더 웃겨."

"제가 못난 거, 저도 잘 압니다. 하지만 그렇게 콕 집어서 말씀하셔야 합니까?"

어제는 잠시 뭐가 씌었었나 보다. 태랑은 달라진 점이 하나도 없었다. 솔루에게 못생겼다 말하고, 이름 대신 '녀석'이라 했다. 머리 모양이 웃기면 그냥 말로 해주면 될 것을, 하필 옷 뒷덜미를 당기는 건 뭐람.

공존의 밤 괴물 이야기로 잠시 눈이 어떻게 된 거였다.

"또, 또 덤빈다."

태랑이 옷 뒷덜미를 잡지 않은 다른 손을 들어 올리자 보나마나 꿀밤이 날아올 것 같아 솔루가 어깨를 움츠리며 눈을 감았다.

하지만 꿀밤 대신 옷 뒷덜미의 당김이 풀리고 머리카락을 정리하는 손길이 느껴졌다. 그는 일정한 방향 없이 솟아나고 뒤엉켜 있는 머리카락 사이로 손가락을 집어넣어 빗질을 했다.

움츠러들었던 솔루의 어깨가 원위치를 찾았고, 천천히 눈을 떴다. 머리카락 사이를 드나드는 손가락에 몽롱해져 졸리기도 하고, 발가락이 간질거리기도 했다.

"다 됐다. 이제 가보거라."

머리 위를 두드리는 것을 끝으로 정리가 마무리됐다.

"감사합니다."

엉거주춤한 자세로 인사한 솔루가 돌아서더니 제 심장 부근을 지그시 눌렀다. 도무지 알 수 없는 떨림에 그녀는 크게 숨을 들이마시고 객사를 향해 걸었다.

멀어지는 솔루의 모습을 태랑이 지켜보고 있었다.

"파고."

"네."

"어제 저 녀석이 공존의 밤에 대해 묻더구나."

"객사에서 일하다 보니 누군가가 말을 해줬을 것입니다."

"그랬겠지. 그게 중요한 건 아니고…… 그날, 솔루를 어찌하는 것이 좋겠느냐. 얼마 남지 않았다."

백해궁이 텅 비어지는 공존의 밤. 태랑과 파고만 남고 모두 하룻밤 동안 백해궁을 떠난다.

"제가 데리고 있을까요?"

"넌 할 일이 있으니 안 되지."

"아니면 설담 님께 말씀드리고 객사에서 밤을……."

"설담에게 뭐라 말한단 말이냐."

파고는 붉은 가락지가 끼워진 태랑의 손에 잠시 눈길을 줬다. 버릇처럼 태랑이 검지에 끼워진 가락지를 엄지로 살살 만지고 있었다.

"설담 님도 공존의 밤에는 태랑 님이 혼자 있고 싶어 한다는 것을 아시니 대충 둘러대면 되지 않겠습니까?"

"대충 둘러대는 말에 넘어갈 설담은 아니지."

"전 공존의 밤에 일어나는 일을 설담 님께서 모르신다고 생각하지 않습니다."

"설담만 그러할까."

설담, 반유, 연초, 하제. 어쩌면 모두 그 밤에 일어나는 비밀스러운 일을 알면서도 모르는 척 넘겼을 수도 있다. 20년이 가까이 매달, 1년에 열두 번 일어나는 일을 그들이 전혀 모르고 있진 않을 것이다. 어느 정도 짐작하고 의심하면서도 쉽사리 물을 수 없는 말들이리라.

아마 그 중심에 있는 태랑이 먼저 말해주기를 바라며 기다리고 있는 중인지도.

객사에 도착한 솔루는 설담과 가희에게 차례대로 인사하고 주방으로 갔다. 객사에서 대화할 수 있는 사람들이 늘어나 마냥 좋은 그녀였다. 주방은 아침 식사 시간이 지나 점심 재료를 준비하느라 어젯밤보단 한가했다. 쉬는 시간인지 모여서 차를 마시는 중이었다.

"안녕하십니까! 오늘도 좋은 하루 되십시오!"

솔루의 인사에 모두의 시선이 집중됐다. 어제는 그래도 호기심이 가득한 표정들이었는데 오늘은 달랐다. 가시가 박혔다고나 할까. 그녀는 자신의 착각이라 생각하며 활짝 웃었다.

"오늘부터 주방에 나오니?"

매향이 새침하게 묻자 솔루가 고개를 저었다.

"오늘부터는 아니고요, 며칠 더 있어야 할 듯합니다. 오늘은 인사드리러 왔습니다."

"착하네."

매향은 지나가는 말처럼 성의 없는 목소리로 툭 던졌지만 칭찬받은 것만으로도 솔루는 기쁘게 받아들였다.

"시간 되면 같이 차 한잔하고 가."

솔루의 인사에도 시선을 돌리지 않고 묵묵히 차만 마시던 호룡이 제안하자 그녀가 히죽 웃었다.

"그래도 됩니까?"

탁자로 다가가니 호룡이 자기는 다 마셨다며 자리를 떴다.

"괜찮습니다. 저는 서서 마시는 것도 좋아합니다."

그러나 그는 솔루의 어깨를 눌러 억지로 앉히고 차를 따라줬다.

"얘, 너 금작 님과도 친하다며?"

매향의 물음에 두 손으로 찻잔을 잡고 들어 올리던 솔루의 눈이 동그랗게 커졌다.

"아니요. 전혀 그렇지 않습니다."

"들자 하니 금작 님이 널 객실로……."

찰싹! 송마가 매향의 등을 때렸다.

"할머니! 진짜 내가 할머니 때문에 등짝이 남아나지 않겠어요!"

"그러게 왜 자꾸 쓸데없는 소리를 해서 애가 차도 못 마시게 해!"

"제가 뭘 어쨌다고 그러세요?"

"너의 관심사는 온통 남자 손님들 아니면 해국의 왕들뿐이지?"

두 사람의 투닥거림을 지켜보던 솔루는 찻잔을 입에 댔다. 따뜻한 차가 입안에 머금어졌다.

"틀린 말을 한 것도 아니잖아요! 백해궁 객사뿐만 아니라 전체 객사에 소문 다 났어요! 쟤가 금작 님 잠자리 시중을 들었다고요! 우리만 몰랐어요!"

푸핫! 솔루가 차를 뿜었다. 그 바람에 앞에 있던 매향의 얼굴로 찻물이 튀었고, 그녀가 비명을 질렀다.

"아악! 이게 뭐야!"

뿐만 아니라 의자에서 일어나 사시나무 떨듯이 몸을 떨었다.

"쓸데없는 소리 하지 말라는 송마 할머니의 말씀을 무시한 벌이네. 확인 되지도 않은 소문을 왜 말하고 있어?"

호룡이 못마땅한 표정을 지었다. 그의 말에 송마가 주름진 얼굴로 웃자 매향은 옷 갈아입고 오겠다며 나갔다.

"죄, 죄송합니다!"

이미 사라진 뒤라 늦은 인사였지만 솔루는 미안하긴 했다. 하지만 그보다 더 중요한 일이 남았다. 사실 확인이 필요했다.

"정말 그런 소문이 났습니까?"

솔루의 질문에 일순간 조용해졌다.

솔루가 금작의 잠자리 시중을 들었다는 소문. 잠자리 시중이라는 것이 단 순하게 잠잘 곳을 봐주는 일이 아님을 그녀도 알고 있었다. 시집을 간다는 기대를 한 적은 없었지만 그녀의 어머니는 초경을 시작할 시점부터 조금씩 가르쳐왔었다.

솔루는 들고 있던 찻잔을 조심스럽게 내려놨다. 잔과 받침이 부딪치며 내 는 달그락 소리가 유별나게 크게 들렸다.

"그런 건…… 사랑하는 남녀 사이에서만 이루어져야 한다고 생각합니 다."

아직 사랑도 해본 적이 없는 솔루가 나직이 말했다. 다 큰 처녀 입에서 말 을 꺼내기가 부끄러워 그녀의 얼굴이 발그레하게 달아올랐다. 하지만 피하 고 싶지 않았다. 아닌 건 아니라고 확실하게 말해줘야 한다.

"전 그분을 사랑하지도 않고, 그분도 절 사랑하지 않습니다. 작은 사건이 크게 부풀려진 듯합니다. 그런 일은 절대 없었습니다."

"작은 사건?"

어떤 여자가 앙칼진 목소리로 물었다. 그 여자는 이미 솔루가 그랬다고 믿는 눈초리였다.

"아…… 일이 끝나고 저녁 식사를 같이하자 하시기에 함께 식사를……."

뒤에 술까지 마셨다는 말은 괜히 꺼냈다가 오해가 더 커질 위험이 있는 부분이라 하지 않았다.

"금작 님과 식사를?"

여자의 목소리가 높이 올라갔다. 눈동자가 뛰쳐나올 듯 커진 사람도 있었고 입을 벌리고 다물지 못하는 사람도 있었다.

그게 그렇게 큰일인가?

모두의 놀라는 표정에 솔루는 찻잔을 만지작거리며 시선을 피했다.

"쪼그만 게 순진한 얼굴을 하고선 못 하는 짓이 없네?"

문에서 매향이 물어왔다. 옷 갈아입는다고 나갔는데 아직 안 가고 있었다.

"얼른 옷이나 갈아입고 와!"

송마의 말은 들은 척도 안 하고 매향이 솔루를 노려보며 들어섰다.

"저녁 식사를 같이했으면 술도 마셨겠네. 금작 님은 저녁 식사 상에 항상 술을 빼놓지 않으시거든. 늦은 시각에 남녀가 단둘이 방 안에서 술까지 마셨으면 이야기 다 끝난 거 아닌가?"

"그런 일, 없었습니다."

솔루가 매향을 똑바로 보면서 말했다. 술도 함께 마시고, 취해서 정신없던 것도 사실이었으나, 밤에 태랑이 제 방까지 옮겨줬다고 들었다. 무슨 일이 있었으면 태랑도, 파고도 다음 날 아침에 그렇게 대하지 않았으리라. 무엇보다도 금작이 온전하게 믿을 수 있는 사람은 아니었지만 그런 파렴치한 짓을 하게 보이지는 않았다. 하지만 소문의 근원은 자신이었다. 술을 그렇게 마시는 게 아니었다.

"이년아! 애가 너랑 같은 줄 알아?"

송마가 인상을 찌푸리며 말했지만 매향은 듣지 않았다.

솔루는 몰랐다. 금작과 순수하게 저녁 식사를 한 일이 그녀에게 큰 파란을 일으킬 줄.

"같지 않으면 뭐요? 여자가 다 똑같지. 금작 님 같은 분 만나서 팔자 고치고 싶어서 쟤도 그랬을 거 아니에요? 설사 처음엔 마음이 없었더라도 상황이 오면 다 그렇고 그런 거잖아요. 게다가 다들 아시다시피 금작 님이 객사에 오랫동안 오셨어도 지금까지 방으로 누굴 부른 적이 있었어요?"

"그만해, 매향."

호룡이 제법 험악한 표정을 짓자 매향은 '나만 갖고 그래.' 하더니 밖으로 나갔다. 송마와 호룡은 솔루를 믿어주는 듯했지만 몇몇 사람들의 눈에는 이미 그녀가 그 일을 실제로 저지른 사람이 되어 있었다.

"금작 님과 저녁 식사를 하다니, 보기와 다르게 남자 후리는 재주가 있나 봐?"

뒤쪽에서 누군가가 노골적으로 말을 했다.

솔루는 처음 보는 손님과 술을 마신 건 제 잘못이었지만 남자를 후리다니, 그런 뜻은 전혀 없었다. 단지 금작이 객사에 대한 실망을 하지 않았으면 하는 마음뿐이었다. 솔루가 주먹을 세게 쥐었다.

"금작 님과 그런 일도 없었지만, 팔자 고치고 싶다는 생각도 가지고 있지 않습니다. 제가 고치고 싶은 팔자가 있다면 헤어진 가족과 만나는 것입니다. 하지만 지금도 예전처럼 아프지 않고 건강하게 살 수 있어 감사합니다."

솔루의 눈시울이 붉어졌다. 억울해 눈물이 차오르는 게 느껴졌지만 떨어뜨리지 않기 위해 이를 악물었다.

비록 가족과 떨어져 있지만 살아 있다는 것, 그것도 이만큼 건강을 유지하고 있어 정말 만족했다.

"그럼, 이만 가보겠습니다. 좋은 하루 되십시오."

의자에서 일어난 솔루가 빠르게 인사한 후 돌아서서 문을 향했다. 더 앉아 있다가는 눈물이 쏟아질 것 같아서였다.

그런 일은 없었다고 몇 번을 말했던가. 솔루의 말보다는 오로지 금작과의 저녁 식사에만 집중해 없는 이야기를 만들어내는 그들이 원망스럽기도 했다. 그러면서도 돌아선 저들의 마음이 영영 그대로면 어쩌나 싶었다. 여태껏 누구에게 미움을 받아본 적이 없는 그녀로선 오해로 인한 소문이 조금은 두렵기도 했다.

다 내 잘못인데 누굴 원망해.

목적이 어디에 있든 결과가 이렇게 된 데에는 자신의 탓이 컸다.

주방 문을 나선 솔루는 떨어지는 눈물을 소매로 훔쳐냈다. 복도를 걷는 그녀의 어깨가 축 처져 내려앉았다.

솔루는 종일 무거운 마음이었지만 일부러 더 힘을 냈다. 의기소침해 있어 봤자 누가 알아주는 것도 아니고 당장 소문이 잠재워지라는 법도 없다. 이미 객사 전체에 퍼진 모양인지 지나가는 사람들이 솔루를 보는 눈들이 이전과 달랐다. 그녀는 자신이 착각한 거라 애써 믿으려 했다. 때때로 설담과 가희가 솔루의 눈치를 살피며 다독여줘 그나마 마음의 무거움이 덜어졌다.

일을 끝내고 백해궁으로 가다 계단 중턱 즈음 자환목 아래에 앉았다. 자환목의 반짝이는 빛이 솔루의 머리를 비추어주었다. 그녀는 무릎을 양팔로 끌어안고 턱을 올렸다. 옆에 떨어진 꽃잎을 집어 들어 한참을 보고 있다가 다리에 얼굴을 묻었다.

아무렇지도 않은 척했지만 금작과의 소문은 하루 동안 머릿속을 떠나지 않고 맴돌았다.

시간이 지나면 괜찮아질까? 앞으로 더 열심히 일하고, 보다 진심으로 다가가면 다들 나를 믿어줄까?

형형색색의 작은 물고기들이 주위로 모여들어 솔루 곁에 머물렀다. 고개를 들어 손바닥을 펼치자 먹이라도 찾는 것처럼 그녀의 손바닥을 콕콕 찔렀다. 아프지 않고 간지러운 느낌에 솔루가 싱긋 웃었다.

"괜찮아지겠지? 괜찮아질 거야. 그렇지?"

억지로 더 긍정적인 생각을 하려 했다. 그녀가 곧 죽을지도 모르는 허약한 몸을 가지고도 밝게 살아올 수 있었던 건 부모님의 사랑과 늘 긍정적인 사고를 하려고 노력했기 때문이었다. 하지만 이번 일은 마음먹은 것처럼 쉬이 떨쳐지기 힘들어 보였다.

"나쁘게 생각하면 계속 나빠질 거야! 힘내자!"

두 주먹을 불끈 쥐고 크게 외쳤다.

"거기서 혼자 뭐라는 것이냐."

솔루는 제 앞으로 져 있는 긴 그림자를 발견하고 고개를 휙 돌렸다. 뒷짐을 지고 서 있는 태랑의 그림자였다.

그는 솔루가 도착할 때를 맞춰 미리 나와 기다리고 있던 중이었다. 매일 마중 나오는 것도 마음을 얻기 위한 하나의 방법이라 여기면서.

올 시간이 넘었는데도 솔루가 오지 않자 수십 번 고민 끝에 계단을 내려왔다. 평소에는 객사로 내려가는 계단도 거의 밟지 않았는데.

중간쯤 내려왔다 싶으니 그녀의 까만 머리가 보였다. 그리고 혼자 주먹을 위로 흔들며 외치는 말이 확실하게 들렸다. 솔루가 태랑에게 해주는 말도 아니었지만 그는 왠지 힘이 나는 기분이었다.

"오늘도 마중을 나와주신 겁니까?"

"오늘은 아니다."

사실대로 말하기가 낯간지러워 태랑은 아니라고 했다.

"그럼 먼저 가십시오."

"그건 내 마음이고."

"혼자 있고 싶습니다."

고개를 앞으로 돌린 그녀는 다시 무릎을 끌어안고 머리를 기댔다. 단호한 거절에 돌아서려던 태랑은 숨 쉴 때마다 낮게 들썩이는 작은 등을 보자 차마 발길이 떨어지지 않았다.

"왜."

"옆에 앉아서 저의 중얼거림을 가만히 들어주실 게 아니라면 먼저 가십시오. 죄송합니다."

"나더러 이 바닥에 앉으라는 말이냐."

"그러니까 말씀드리지 않습니까."

망설이던 태랑이 검지를 가볍게 휘젓자 물방울이 뽀글뽀글 일어나며 솔루 옆자리를 깨끗하게 닦아냈다. 그가 그녀 옆에 거리를 두고 앉았다. 두 사람 사이가 두 뼘 정도 벌어졌다.

"해보거라."

"뭘요?"

"중얼거린다고 하지 않았더냐."

"아……."

그녀는 깊은 한숨을 내쉰 뒤 생각에 잠긴 표정을 지었다. 소문에 대해 말하면 태랑이 자신을 믿어줄까 염려됐다. 객사 사람들처럼 이상한 눈으로 바라볼까 싶기도 했고. 게다가 태랑은 솔루와 처음 만났을 때 그녀의 말을 믿지 않았었다.

돌계단 틈에서 뾰족하게 머리를 내밀고 있는 작은 게가 인기척이 없자 기어 나와 옆으로 걸었다. 갑자기 짧은 다리를 휘젓더니 파다닥 하고 날아올랐다. 모양새가 우스워 킥킥대던 솔루가 다시 조용해졌다.

이렇게 웃고 넘어갈 수 있는 일이라면 얼마나 좋아.

그녀가 고민하는 시간이 길어졌다. 다른 때 같았으면 기다리지 못한 태랑이 빨리 말하라며 재촉했겠지만 구태여 묻지 않았다.

"객사에 저에 대한 소문이 났습니다."

"……."

"제가 금작 님의…… 잠자리 시중을 들었다고요."

순간 태랑의 표정이 일그러졌지만 그녀는 보지 못하고 말을 계속 이어갔다.

"오해라고 했지만 믿어주는 분들보다 믿지 않는 분들이 더 많았습니다. 저는 그분을 통해서 팔자 고치고 싶다는 마음 같은 건 없었습니다. 제가 일부러 금작 님에게 접근한 것도 아니고요! 헌데…… 대부분 믿지 않는 눈치였습니다. 게다가 이 소문이 백해궁 객사뿐만 아니라 해국 전체 객사에 퍼졌다고 했습니다."

"원래 소문이라는 것이 그렇지. 말은 물보다 빠르다."

"절 잘 알지도 못하는 사람들이 저에 대해 오해한다고 생각하니 슬픕니다. 아니라고 말해도 믿어주지 않아서 괴롭습니다."

"화도 나지."

"예! 화도 납니다."

"짜증도 날 것이다."

"예! 짜증도 납니다!"

솔루가 고개를 크게 끄덕이며 태랑의 말에 수긍했다. 계속 제 탓이라고 돌리기는 했지만 마음 저 깊이 눌러왔던 게 터졌다.

왜 믿어주지 않는지. 왜 제대로 알아보려고 않는지. 왜 소문 그대로를 받아들이는지.

"우이 씨! 진짜 나빴어! 마당에 널어논 시래기 같은 사람들!"

그녀가 할 수 있는 최고의 욕이었다. 이 순간 터뜨리지 않으면 앞으로 얼마간은 내내 속 끓일 문제였다.

"듣기 좋구나."

"뭐가요?"

"방금 했던 말."

"아, 그거. 하하."

자기도 모르게 해놓고 민망해진 솔루가 한 손으로 볼을 감싸며 멋쩍게 웃었다.

"시원해졌느냐."

"예."

"때론 그렇게 속에 있는 말을 해도 좋으니라. 마음 편하게 외칠 수 있다는 것도 복이다."

태랑의 말에 솔루가 그에게 시선을 돌렸다. 그는 느릿하게 움직여 자신의 다리에 팔을 올려 턱을 기댔다. 은색 실타래 같은 머리카락 위로 자환목 잎의 분홍빛이 선명하게 비쳤다. 원래 머리카락색이 분홍색인 것처럼 물들었다.

"들어는 봤는데 전 이제껏 이럴 일이 없어서 잘 몰랐습니다. 음…… 이렇게 외치지 못하는 사람도 있습니까?"

태랑에게 고정됐던 시선을 돌리고 바닥을 보며 솔루가 물었다.

"있지."

"태랑 님은 못 하십니까?"

"나는 못 하는 것이 아니라 안 한다."

"왜요? 때론 해도 좋다면서요."

"큰 소리로 속에 있는 울분을 토해내는 모습은 그다지 아름답지 않거든."

"에이, 그런 이유로 담고 사십니까. 태랑 님께서는 뭘 해도 아름다우실 겁니다."

"네가 몰라서 하는 말이지. 알고 보면 나는…… 전혀 아름답지 않다."

그의 말에 솔루가 고개를 들었다. 말도 안 되는 소리를 하고 있다고 핀잔을 주려던 그녀는 태랑을 보고 하려던 말을 삼켰다. 어딘지 모르게 쓸쓸해 보였다.

아름답지 않다는 이유로 밖으로 내뱉지 못하고 담고 계신 것이 무엇입니까? 나라님이기 때문인가요? 나라님도 사람이고 마음에 상처를 받기 마련인데, 안에 담고만 계시면 나중에 곪아 터집니다.

그를 보는 솔루의 까만 눈망울에 안쓰러운 빛이 번졌다. 어쩌면 솔루는 저가 가지고 있는 태랑에 대한 것도 오해와 편견 속에서 만들어지지 않았을까. 조금 미안한 마음이 들었다. 어제 머리를 쓰다듬어줄 때처럼 가슴에 찌르르한 통증은 없는데, 이번엔 정확하게 형용할 수 없는 기분에 착잡했다.

"소문에 너무 신경 쓰지 마라. 근거 없는 소문도 난다 하지 않았더냐. 시간이 지나면 차차 누그러질 것이다."

"만약 누그러지지 않으면 어쩝니까? 솔직히 전 모두에게 알려주고 싶습니다."

"누그러지지 않으면 저희들끼리 수군대라고 둬라. 그들의 입과 생각만 더렵혀질 뿐이다. 괜히 구정물에 들어가서 오물을 묻힐 필요는 없지 않겠느냐."

"잘…… 모르겠습니다."

"삶을 이루는 많은 일 중에 하나의 점일 뿐이다. 그리고 반복되는 실수를 하지 않으려면 다음부터 술을 마시지 않으면 된다. 네 잘못도 있어."

"그건 저도 반성하고 있습니다."

솔루의 목소리가 작아졌다. 술 이야기만 나오면 그녀로선 할 말이 없었다.

태랑이 자리에서 일어났다. 솔루가 따라 일어나지 않고 물끄러미 바라보고만 있자 그의 미간에 주름이 잡혔다.

"일어나지 않고 뭐 하느냐. 설마 손을 내밀어주길 바라는 건 아니지?"

"아닙니다."

그녀가 무릎에 힘을 주고 자리에서 일어나려던 찰나였다. 눈앞으로 태랑의 하얗고 커다란 손이 쓰윽 들어왔다.

"저, 저는 괜찮습니다."

그가 손을 내밀어줄 거라고 조금도 생각을 못 했다. 놀라는 바람에 말을 더듬으며 혼자 일어서려고 엉덩이를 뗐다. 그러자 태랑이 살며시 솔루의 머리를 눌러 앉힌다. 살짝 위로 떴던 엉덩이가 다시 바닥에 닿았다.

"흐흠. 잡아."

손을 내밀고 얼굴은 다른 곳을 보고 있는 태랑. 그의 손을 잡아야 할지 판단이 서지 않는 솔루는 이러지도 저러지도 못하고 손끝을 접었다 폈다.

"뭐 하느냐."

예전에 그녀는 잡으란 소리 안 해도 잘만 잡았었다. 그런데 막상 태랑이 손을 내밀자 선뜻 잡지 않고 주저하고 있는 모습에 그가 손을 거두려 했다. 이러면 심술을 부리고 싶어진다. 그의 변덕이 막 시작되려던 때였다.

덥석. 솔루의 작은 손이 그의 손을 잡았다. 처음 잡아보는 것도 아닌데 따뜻한 온기에 태랑의 마음이 풀렸다. 태랑보다 훨씬 작은 손이 따뜻함이 퍼져 그의 전신으로 돌았다.

작은 물고기 떼가 두 사람 주위를 회오리처럼 몇 바퀴 돌았다. 일어나는 물거품 사이로 솔루가 수줍게 웃었다.

너는 어쩌자고 손도 이렇게 말랑한 것이냐.

저도 모르게 엄지로 그녀의 손등을 쓸어내렸다. 손가락에 엉겨 붙을 것처럼 보들보들한 피부의 감촉이 그의 신경을 자극했다. 솔루가 일어서기 위해 손에 힘을 주자 태랑도 힘을 주고 그녀를 끌어당겨줬다. 서로를 당기는 힘이 전해지며 묘한 기류를 일으켰다.

일어선 솔루가 얼른 손을 놓자, 손안에 남아 있는 그녀의 온기가 빠져나가지 못하게 태랑이 손을 말아 쥐었다.

"오늘…… 왜 잘해주십니까?"

겸연쩍은 얼굴로 솔루가 엉덩이를 털며 물었다.

"이게 잘해준 건가."

"이러신 적이……. 아닙니다."

이러신 적이 없으니까요, 라고 말하고 싶었지만 지난날을 돌아보니 태랑이 선물도 해주고, 해국 구경도 시켜주고 했었다. 다만 어제, 오늘 그가 좀 달랐다. 정확하게 꼬집어 말할 수는 없었으나 분명히 다르다.

"어제의 위로에 대한 보답이다."

"예? 어제요?"

솔루의 되물음에 그는 답이 없었다. 계단을 올라가는 뒷모습을 보며 솔루도 따라 올랐다.

백해궁에 도착하고 들어가라는 솔루의 인사에 가볍게 고개만 끄덕인 태랑이 멀어졌다. 그녀는 복도에 나와 있던 홍이와 함께 자신의 방으로 들어가 옷을 갈아입으며 홍이에게 물었다.

"홍아, 요즘 태랑 님이 되게 이상하셔."

솔루의 말을 알아들었는지 홍이가 앞으로 돌아왔다. 한들거리는 지느러미를 쓰다듬어주자 그녀의 어깨에 제 얼굴을 문질렀다.

"그런데 있잖아, 나도 이상한 거 같아."

뭐가 이상해졌는지 명확하게 알 수는 없었다. 그러나 어제부터 이상해진 건 사실이었다. 찌르르, 찌르르 가슴에서 보내오는 신호가 그랬다.

태랑은 침전으로 들어가며 파고를 급하게 찾았다.

쾅! 방문을 거칠게 여는 태랑의 모습에 파고가 흠칫 놀랐으나 겉으로 티를 내지는 않았다.

"파고, 설담을 불러라."

"지금 말씀이십니까. 시간이 늦었……."

"당장, 불러."

파고가 말을 끝내기도 전에 태랑이 명령했다. 낮은 목소리였지만 잇새를 물며 화를 누르고 있다는 것이 여실히 드러났다.

그는 솔루의 입에서 '잠자리 시중'이라는 말이 나올 때 목이 꽉 막혀오는 기분이었다. 마치 가슴에 뭐가 얹힌 것처럼 속이 답답하고 쓰렸다. 그녀에게는 시간이 흐르면 해결된다고 말했으나 그는 시간이 해결하도록 느긋하게 기다릴 여유가 없었다. 그렇게 하고 싶지 않았다. 의자에 앉아 탁자를 노려보며 어떻게 된 일이지 생각했다.

한참이 지나자 문이 열리고 설담이 들어왔다.

"무슨 일인데?"

태랑 맞은편으로 의자를 꺼내 앉으며 설담이 묻자 날카로운 눈빛이 그에게 박혔다.

"왜, 왜 또 무섭게 노려보고 그래?"

"너, 뭐 하는 놈이야."

설명은 하지 않고 다짜고짜 쏘아대자 설담이 상체를 의자 등받이에 기대고 팔짱을 꼈다.

태랑이 보길 원한다는 기별을 받았을 때 소문 때문에 그런가 싶다가 '설마.' 하며 고개를 저었다. 그런데 지금 금방이라도 터질 듯한 얼굴을 하고 있는 태랑을 보니 솔루에 관한 소문 때문에 부른 것이 확실했다.

"뭐 하는 놈이긴. 널 대신해서 백해궁 객사를 관리하고 있는 놈이지. 특히 올해처럼 전체 객사를 봐야 할 때는 너 때문에 더 바쁘다."

"그래서, 그런 소문이 돌도록 놔뒀어?"

"너무 순식간에 퍼졌어."

"누군가 일부러 그랬겠지. 백해궁 객사뿐만 아니라 해국 객사 전체에 퍼졌다면서."

하긴 솔루가 금작과 저녁 식사를 하고 이틀밖에 지나지 않았다. 설담이 생각에 잠겼다.

그녀가 취해서 금작이 안고 백해궁으로 간 날에는 두 사람의 모습을 본 이가 거의 없었다. 가희는 봤다고 했지만 밤늦은 시각이라 일하는 이들도 많지 않았다. 그렇다고 가희가 소문을 낸 당사자는 아닐 테고.

어제라면 이야기가 다르다. 솔루가 잠깐 정신을 잃었을 때는 낮이었던 관계로 그가 안아 들고 방으로 들어가려는 모습은 대부분 봤겠지. 하지만 하루 만에 해국 객사 전체에 소문나는 것은 무리였다.

백해궁의 객사만 해도 지금 솔루가 일하는 곳을 제외하고도 수백 개가 되는데 어떻게 수백 개에 달하는 전체 객사에 하루 만에 퍼지겠는가. 누가 의도적으로 하지 않은 이상 어려웠다. 그리고 객사에서 일하는 사람은 더더욱 불가능했다. 그 일에 대해 알고 있으면서도 많은 이들을 한 번에 부릴 수 있는 위치에 있어야 한다. 그렇다면?

"금작이다."

태랑이 흘러내린 머리를 쓸어 올렸다.

"맞아, 그러면 가능하지. 솔루가 취한 다음 날, 혼절한 걸 금작이 발견했거든. 안아 들고 자신이 머물고 있는 객실로 들어가더군."

설담은 고개를 끄덕이다 상체를 뒤로 더 밀어 의자를 까딱까딱 움직였다.

"객실로?"

"마침 내가 봐서 그 일은 미수에 그쳤지만 낮 시간이라 객사 내에 일하는 이들이 많이 봤을 거야. 만약 금작이 소문을 내고 그 장면을 목격했던 사람이 '맞노라, 내가 목격했다.'라고 수긍하면 기정사실이 되잖아. 뭐지? 금작이 솔루에게 정말 다른 마음이 있는 건가?"

"훗. 그 잘난 금작이? 솔루에게?"

말도 안 된다 생각하며 코웃음을 쳤는데 갑자기 속이 시끄러워지기 시작했다. 솔루가 술에 취한 밤, 금작이 안고 왔을 때에 묘하게 뒤틀리던 심사도 그 때문이었나.

"금작은 네가 솔루에게서 심장을 취할 거란 것도 짐작하고 있던데?"

"그 정도 짐작은 누구나 다 해."

"해국의 왕들에 관해 아는 사람들이라면 누구나 짐작하지만, 감히 백해국의 왕인 태랑을 연적으로는 생각하지는 않지."

"연적이라니, 무슨 말이야."

태랑은 사나워지는 음성을 억제하며 물었다.

어쩐지 이상하다 싶으면서도 단순하게 생각했다. 늘 조용히 객사에서 쉬고만 갔던 금작이 객사에서 일하는 종업원과 식사를 하고 술도 함께 마셨다. 게다가 직접 안고 백해궁으로 오려고 했다. 단순히 취한 솔루를 눕혀주기 위해서, 라고만 여겼는데 다른 마음을 품은 모양이었다.

"금작이 솔루에게 특별한 감정을 갖고 있다며 대놓고 말하더라."

아니나 다를까, 설담이 확인시켜줬다.

"그 녀석에게 특별한 감정은 너도 있잖아."

"금작이랑 나랑 어떻게 같냐. 나는 엄연히 허락을 받아 지켜보기만 하고, 금작은 일종의 선전포고였지."

설담의 말을 듣고 있던 태랑이 탁자의 모서리를 톡톡 두드렸다. 설담이 솔루에게 관심을 가졌을 때와는 전혀 다른 기분이 짜증을 유발하고 있었다. 호흡이 가빠지고 머릿속이 타닥거리며 불꽃이 일었다.

"그래서 네 말은 금작이 내게서 솔루를 뺏기 위해 그런 소문을 내고 다닌다?"

"유추해봤을 때 그렇다는 얘기지. 뭔가 뒤가 찜찜하기는 하다만."

"겨우 그런 소문으로 날 자극할 수 있다고 생각하다니 금작도 어리석기 짝이 없군."

"음…… 금작이 판단은 잘한 거 같은데?"

태랑이 찔러버릴 듯이 쏘아보자 설담은 슬그머니 눈길을 피했다. 사실 지금 태랑의 모습만으로도 금작이 틀리지 않았음을 보여주고 있었다.

질투하고 있으면서 아닌 척은.

안타깝게도 태랑은 자신이 느끼는 감정이 질투인지도 모르고 있어 문제였다. 설담이 소리 없는 웃음을 내질렀다.

화를 누르고 있는지 태랑의 얼굴이 붉게 달아올라 있었다. 그는 본디 화를 참는 데 능숙했지만 여인으로 인해 생기는 질투는 처음이리라. 은색 눈썹이 꿈틀거리고, 탁자만 노려보는 눈이 짙어졌다. 온 힘을 주고 있는 주먹 위로 하얗게 뼈가 도드라졌다.

"질투하냐, 태랑."

"질투 같은 소리 하고 있다. 주제도 모르고 날뛰는 장사치가 거슬릴 뿐이야. 버릇없이 넘볼 걸 넘봐야지."

역시나 태랑은 인정하지 않았다. 그저 금작의 도발이 같잖아서 우스웠고, 그 대상이 저라는 데에 자존심이 상했다.

"솔루가 첫눈에 사람을 당기는 매력이 있긴 하지."

"매력은 무슨."

솔루가 특출한 미모나 흠뻑 빠질 재능을 가지고 있는 것도 아니었다.

"아직 애 같으면서도 무르익은 향기를 품었고, 명랑하고, 잘 웃고, 당차 보이면서도 연약하기도 하잖아. 픽 쓰러지면 그거에 또 넘어가는 남정네들이 있지. 금작이 그런 취향일 줄 누가 알았겠어."

어려 보이기는 했다. 그러나 자세히 보면 작은 키에도 길게 뻗은 다리나

낭창거리는 팔은 꼭 여인의 것이었다. 그녀만이 가지고 있는 달달하면서도 싱그러운 향은 어리면서도 성숙했다.

아, 그 입술이 약간 매력적이긴 하지.

태랑은 솔루의 작으면서도 도톰한 입술을 떠올렸다. 그러면서 동시에 보드라웠던 촉감이 되살아났다. 젠장.

"그 녀석은 왜 하필 금작 앞에서 쓰러진 거야?"

그는 작게 중얼거리며 앞머리를 움켜잡았다.

"솔루라고 그러고 싶어서 그랬겠어. 병인 걸 어쩌라고."

"금작 앞에서 혼절하지 말았어야지. 나는 그렇다 치더라도 너도 아니고 파고도 아닌 다른 놈 앞에서는 그러지 말았어야지."

"이제는 아픈 걸 가지고 뭐라고 하냐."

설담이 어조에 놀림이 가득했다.

"알았으니까 설담 넌 더 이상 소문이 퍼지지 않게 막아."

"전체 객사에 퍼졌다면 이미 늦었어."

"그럼 솔루가 금작의 잠자리 시중을 들었다는 소리를 듣게 할 거야?"

내내 가라앉아 있던 태랑의 음성이 높아졌다. 차분하게 말하려고 해도 도저히 눌러지지 않아 나오는 대로 됐다.

"내게 심장을 줄 녀석이야. 내 여인이 어째서 그런 소문에 휩싸여야 하는 거지?"

설담이 눈이 커졌다. 자꾸 나오려는 웃음을 참기 위해 입술을 물고 힘을 주니 양 볼에서 경련이 일어났다.

오호라, 드디어 나왔네. 내 여인.

설담은 태랑을 더 자극하고 싶어졌다. 태랑의 감정이 더디게 흐른다고 여겼는데 그것도 아니었나 보다. 점점 흥미로워졌다.

"막아."

미간에 주름을 모은 태랑이 말했다.

"네가 막아. 나는 못 한다."

안 한다고 했다가는 태랑의 눈빛에 난도질을 당할 것만 같았다. 해서 안 한다가 아닌 못 한다고 답했다.

"설담."

"이참에 솔루가 네 여인이라 공표해."

설담이 태랑의 눈치를 보며 신중하게 말했다.

"심장은 어쩌고. 행여라도 솔루가 미리 알게 되면⋯⋯."

"천상천하 유아독존 태랑도 심장 앞에선 어쩔 수가 없나 보네."

정확하게 심장 때문인지 솔루 때문인지는 두고 봐야 알겠지만 말이다.

"이봐, 태랑. 너의 기우일지도 몰라. 오히려 네가 아직 심장을 갖지 못해 전전긍긍하는 신하들이나 백해국 백성들이 알게 되면 알아서 쉬쉬할 줄 아냐. 여인이 싫다고 그렇게 외치던 백해국의 왕이 드디어 여인을 안겠다는데 왜 말려. 두 팔 벌려 환영할 일이지."

"신하들은 솔루만 믿고 있지 않는다. 내 곁에 여인이 있다는 걸 아는 순간 침소에 끝도 없이 집어넣을 거야. 그들이라면 그래."

"뭐, 그건 네가 알아서 해. 지금까지 그랬던 것처럼 팔목이나 발목 하나씩 부러뜨려서 내치든가."

"아무튼 아직은 아니야."

"그래. 네 뜻대로."

설담이 심드렁하게 답하며 어깨를 으쓱했다.

아무래도 태랑은 더 당해야 정신을 차리지 싶다. 금작의 변수가 이리 작용할 줄은 설담도 예상하지 못했다. 위험수가 있긴 하지만 금작이 조금만 더 열의를 태워주길 바랐다.

설담이 돌아간 뒤 태랑은 파고를 불렀다.

"비한을 찾아라. 대신 조용히 일을 하도록."

"비한 님을요?"

연초의 남편이자 황해국의 왕인 비한. 연초와 혼인을 하고 1년 후부터 떠도는 생활을 하고 있는 그를 어디서 어떻게 찾으라는 건지. 그보다 갑자기 연초도 굳이 나서서 찾지 않는 비한을 왜 태랑이 찾는지 궁금했다.

"비한 님이 지금 어디에 계시는지 모르지 않습니까."

"그러니 찾으라는 것이 아니냐."

"이유를 여쭤봐도 되겠습니까."

"해국에서는 비한이 약초에 관한 가장 지식이 풍부하니까 그렇다. 그가 필요해."

"약초요? 태랑 님, 어디 편찮으십니까?"

"나 말고."

"그럼 누구……."

"말이 많다. 찾으라면 찾아."

비한이 해국 밖에 있을 가능성이 커 찾을 길이 막막했지만 더는 물을 수 없는 파고가 얌전히 고개를 숙였다.

파고가 나가고 침상에 누운 태랑이 손으로 이마를 눌렀다.

그놈의 병 따위 치료하고 말리라. 그래서 금작은 물론이고 어떤 사내 앞에서도 정신을 잃고 쓰러지는 일은 절대 없게 하겠다. 정말 설담의 말대로 공표해버려? 그렇게 해서 어떤 누구도 그 작은 계집을 넘볼 꿈조차 꾸지 못하게 할까.

하지만 하루를 멀다 하고 제 침상을 차지하고 있을 낯선 여인들은 생각만으로도 진저리가 쳐졌다.

평소에도 불면증으로 잠을 이루지 못하는 그는 요즘 들어 솔루 때문에 더욱 수면에 방해를 받는 중이었다.

파고가 사람을 시켜 비한을 찾은 지 며칠이 지났다. 아직도 비한의 소식을 들을 순 없었으나 쉽게 찾을 수 없을 거라 짐작은 했었다. 다만 하루하루 지날수록 태랑의 재촉이 심해져서 문제였다. 파고가 직접 나서서 해국을 샅샅이 뒤져야 비한의 흔적이라도 발견할 텐데, 움직일 수 없어 답답한 노릇이었다. 그래도 그는 비한을 찾는 사람들에게 오늘 밤만은 쉬라고 말해뒀다. 바로 공존의 밤이 있는 날이기 때문이었다.

오후가 되자 해국 전체가 스산한 기운으로 가득했다. 사실 별다를 바 없었다. 청해국의 기운이 강한 날이라 하늘은 파란빛으로 물들었고, 맑아서 하늘 위의 바다가 출렁이는 것도 보였다. 꼬리에 꼬리를 물고 바람 따라 움직이는 하얀 구름도 평소 모습 그대로였다.

허나 공존의 밤이 있는 날인 것을 아는 해국의 백성들 분위기가 바닥을 기는 자욱한 연기 같았다. 이미 모두에게 공존의 밤이 시작되고 있었다.

시간이 흘러 저녁이 되자 객사의 창문이 하나둘 닫혀졌다. 항상 활짝 열어둔 1층의 문마저 닫았다. 모두 숨을 죽인 채로 움직였다. 작은 소리라도 밖으로 새어 나가지 않게 가만가만 얘기를 했다.

솔루는 빈 객실의 침상에서 오늘이 지나가길 기다렸다. 약간의 호기심이 일었다.

공존의 밤은 어떤 밤일까. 보통의 밤과 같으려나.

'절대 밖에 나가면 안 된다. 창문도 열지 마렴.'
'예, 할머니.'

아까 송마가 단단히 주의를 줬던 말을 상기하고 고개를 저었다. 잠을 청하기 위해 누웠지만 도리어 정신이 말똥말똥해졌다.

홍이는 내 방에 잘 있겠지? 그냥 궁으로 돌아가서 문 닫고 있으면 되는데 왜 설담 님은 가지 말고 여기서 자라고 하실까?

솔루는 설담에게 오늘은 객사에서 자라는 말을 들었다. 그렇게 하겠다고 대답을 했으나 그녀는 아침에 배웅을 나와준 태랑과의 일을 떠올렸다. 지난 며칠 동안 태랑은 아침에 그녀를 배웅해줬고, 저녁에는 마중을 꼬박꼬박 나왔다. 많은 대화는 없었지만 하루도 거르지 않는 태랑과 가까워진 느낌이 좋았다.

'태랑 님! 오늘이 공존의 밤이라죠?'

'그렇다더구나.'

'오늘도 마중 나오실 겁니까?'

'……'

'나와주실 거죠?'

그는 한동안 대답이 없었다. 객사로 내려가는 계단 앞에서 '그만 가라.'는 말을 남기고 돌아서는 태랑의 뒷모습을 우두커니 바라봤다.

그의 뒷모습이 지난번과 같았다. 슬픔이 실린 어깨를 보며 솔루가 제 머리를 긁적였다. 그녀는 계단을 내려가다 말고 몇 번이나 뒤를 돌아봤지만 태랑이 사라진 뒤였다.

마음에 그가 걸렸다. 자꾸 생각이 났다.

설마 공존의 밤인 줄 아시는데 날 기다리시진 않겠지?

아닐 거야.

눈을 감고 있던 솔루가 자리에서 벌떡 일어났다. 그가 만약 자신을 기다리다 괴물을 만날까 걱정됐다. 아직 깊은 밤이 되지 않았으니 나가도 되지 않을까 고민하다가 다시 누웠다.

계속되는 고민에 그녀는 침상에 누웠다 일어나기를 반복했다. 최근 태랑의 행동으로 봤을 땐 오늘 밤도 저를 기다리고 있을 것만 같았다. 특히 아침에 봤던 그의 슬픈 어깨가 머릿속에서 떠나지 않았다.

백해궁으로 가다가 혼절하면 어쩌지 염려가 되기도 했지만 그렇다고 기다릴지도 모르는 태랑을 알면서도 넘어갈 수가 없었다. 궁으로 갈까 말까 고민에 고민을 하던 그녀는 가기로 마음먹었다. 태랑이 혼자 계단 끝에서 기다리는 모습이 끊임없이 아른거렸다.

'오늘은 왜 이리 늦은 것이냐.'

자신이 가면 태랑이 그렇게 말할 것만 같았다.

객실을 나온 그녀는 불이 꺼진 긴 복도를 보고 흠칫 놀랐다. 사람의 그림자조차 없었고, 적막이 가득한 객사의 복도는 밖에서 들리는 바람 소리만이 감돌았다.

솔루가 뒤꿈치를 들고 살금살금 걸었다. 삐걱삐걱. 마룻바닥이 무게에 눌릴 때마다 작은 비명을 질렀다.

1층도 불이 꺼졌다. 가희와 솔루가 사용하는 책상에 호롱불 하나가 제 몸을 태우며 빛을 냈다. 잠깐 가희가 자리를 비운 거 같아서 그녀를 기다렸지만 오지 않았다. 집무실로 올라가 설담에게 말할까도 했지만 괜히 잠을 방해할지도 몰라 관뒀다.

시간이 흐를수록 태랑이 기다림이 길어진다는 생각에 솔루는 초조했다. 종이를 꺼내 가희에게 백해궁으로 간다고 글을 남겼다. 금방 달려갈 테니 걱정하지 말라는 글도 덧붙였다. 사실 쓰면서도 갈등했다. 무서운 마음 반, 태랑에 대한 마음 반이었다.

솔루가 침을 삼키고 문 앞에 서서 빼꼼히 열었다. 밖을 본 그녀의 눈동자가 두 배로 커지며 입이 벌어졌다.

밖은 어둠과 빛이 섞인 여태껏 단 한 번도 보지 못한 광경이었다. 한 치 앞도 볼 수 없을 만큼 까만 어둠 사이사이를 찬란한 빛이 뚫고 다니다 눈이 부신 빛 가운데를 어둠이 질주했다. 어둠과 빛이 살아서 움직였다. 한데 뒤엉켰다 풀리기를 수도 없이 되풀이하며 빛이 어둠 속에서 춤을 췄고, 어둠이 빛 속에서 춤을 췄다.

까만 어둠도 반짝이는 빛을 가지고 있다는 사실을 처음 알았다. 넋을 놓고 보고 있던 솔루는 저도 모르게 문밖으로 발을 내디뎠다. 무언가에 끌리듯이 밖으로 나선 그녀는 공존의 밤에 사로잡혀 태랑도, 괴물도 잊었다.

그녀가 추측하던 무서운 밤이 아니었다.

그때였다.

휙! 바람처럼, 아니 그보다 더 빠르게 지나가는 붉은 빛이 저 앞에 보였다. 솔루가 자세히 보기 위해 눈을 찌푸렸지만 워낙에 빨라 볼 수가 없었다.

휙! 휙! 그것은 타오르는 거대한 불덩이였다.

솔루가 놀랄 틈도 없이 불덩이가 빠른 속도로 점점 다가오고 있었다. 그 존재가 무엇인지 생각할 필요도 없었다. 순식간에 본능이 알아봤다. 정신을 차린 그녀가 위험을 감지하고 객사의 문을 향해 달리려고 했지만 다리가 얼어붙어 꼼짝도 하지 않았다.

공존의 밤을 지배하는 괴물이 눈앞에 다가왔다. 온몸이 불에 타는 괴물은 고통스러운 표정을 짓고 있었다. 불에 녹아내린 피부가 처참할 정도로 흉측했다. 이 아름다운 밤과 너무나도 어울리지 않는 괴물이었다.

크아아앙!

활활 타오르는 괴물이 지옥에서 온 아귀같이 입을 벌리자 뜨거운 불길이 솔루를 뒤덮었다. 그리고 그녀는 정신을 잃었다.

이글이글 타는 불꽃에 갇힌 솔루는 살려달라고 비명을 질렀다.

"뜨거워! 뜨거워서 죽을 것 같아!"

물에 빠졌을 때와는 비교가 되지 않는 고통이었다. 불을 피해 몸을 돌려 봐도 도망갈 구석은 보이지 않았다. 살갗이 불에 타들어갔다. 이 극한의 괴로움 앞에선 눈물을 흘릴 여유조차도 허락되지 않았다.

"살려주세요!"

고막을 찢는 듯한 비명을 지르는 찰나, 솔루가 가쁜 숨을 몰아쉬며 눈을 떴다. 조용했다. 뜨거운 불도 보이지 않았고, 타들어가는 고통도 사라졌다. 귓가에 울리는 자신의 숨소리를 들으며 솔루는 눈을 굴렸다.

침상의 기둥에 매인 천이 바람에 하늘하늘 날리는 걸 보자 비로소 꿈이 었음을 깨달았다. 식은땀으로 인해 등허리가 축축했다. 있는 힘껏 쥐고 있 는 주먹을 천천히 펴니 우드득 소리가 날 것처럼 빳빳했고 땀이 흥건했다.

꿈이었구나. 다행이다.

현실로 돌아온 그녀가 안도하며 주위를 살펴보려는데, 웬 눈동자가 얼굴 위로 보였다. 자해국의 기운이 강한 날에 봤던 하늘의 색이었다. 진달래처 럼 붉은 빛깔.

"이 철없는 아가씨야, 아무리 뭘 몰라도 그렇지, 그 시간에 밖에는 왜 나 가?"

그녀를 보고 있는 사람은 하제였다. 그가 솔루의 얼굴을 한 번 쓱 훑어 내 렸다.

공존의 밤에는 무슨 일이 일어날지 모르기 때문에 하제도 오후부터 자신 의 궁에서 잘 움직이지 않는 편이었다. 그러나 어제는 다음 왕위에 대한 문 제를 논의하며, 동생인 현제에게만 시선을 맞추고 노골적으로 하제를 무시 하는 아버지 때문에 도저히 있을 수가 없었다. 한두 번 겪는 일도 아니건만 어젯밤은 유달리 힘들었다. 큰아들에게 절대 사랑을 주지 않는 아버지. 그 런 아버지를 보며 형이 안타까운 동생. 그 사이에 끼어 있는 자신.

그곳에서 벗어나고 싶어 저녁이 되기 직전, 백해궁의 객사로 찾아와 설담과 대화를 나누고 잠들려던 참이었다. 공존의 밤에만 나타나는 괴물의 기묘한 울음소리가 시작됐다. 그런데 이번엔 울음소리가 다른 때와 다르게 객사 근처에서 오래 머물렀다. 마치 주인을 찾는 짐승의 울음소리처럼.

왜 그럴까, 하면서 밤을 꼬박 새웠고, 아침이 되자 허겁지겁 달려 나가는 설담의 뒤를 따랐다. 설담도 하제와 같은 생각으로 뜬눈으로 밤을 보냈다 했다.

내려가자 1층의 문이 작은 틈만 보이도록 열렸다. 먼저 뛰쳐나간 설담이 쓰러져 있는 솔루를 발견했고, 다른 객사를 가봐야 하는 설담의 부탁으로 하제는 원치 않는 간호를 하게 됐다.

"누, 누구십니까?"

솔루가 눈을 깜박이며 물었다.

"하제. 설담 친구다. 아, 태랑의 친구기도 하군."

"친구분이요……. 맞다! 태랑 님!"

누워 있던 솔루가 자리에서 벌떡 일어나더니 신발을 찾았다. 급하게 발을 구겨 넣고 나가려던 그녀의 팔목을 하제가 잡았다.

"어디 가? 방금 일어났잖아."

"놔주십시오. 태랑 님을 뵈러 가야 합니다. 어젯밤에 저를 기다리셨을지도 모르는데……."

순간 마주쳤던 괴물의 모습이 떠오른 솔루가 제 팔목을 잡고 있는 하제의 손을 떼어내려 했다.

만약 태랑 님과 괴물이 만났다면 어쩌지? 나 때문에 태랑 님께 무슨 일이 생겼으면 어쩌지?

"놔주십시오. 태랑 님께 가야 합니다."

급기야 솔루가 울먹였다. 태랑이 무사하다는 것을 확인해야 마음이 놓일 듯했다. 마중 나와줄 거냐는 물음에 답을 하지 않았지만 말없이도 기다려주던 그였기에 솔루의 심장이 걱정으로 뛰어댔다.

어제 일이 끝나자마자 부리나케 달려 나갈 것을 잘못했다. 괴물과 마주치지 않았다면, 그래서 그것이 얼마나 잔혹하게 생겼는지 몰랐다면 이렇게까지 속이 타지는 않을 것이다.

시뻘겋게 타오르는 괴물이 태랑을 삼키는 모습이 그려지자 다리에 힘이 풀렸다. 바닥에 주저앉을 뻔한 솔루의 허리를 하제가 안았다.

"태랑은 무사해. 그가 위험에 빠졌다면 내가 모를 리 없다."

"정말이십니까."

"당연하지. 태랑에게 일이 생겼다면 지금 이 객사가 평온하겠어?"

"그렇군요. 하지만 가야겠습니다. 제 눈으로 태랑 님이 무사하시다는 걸 보고 와야겠습니다."

"이 아가씨, 막무가내네."

하제가 잡고 있던 그녀의 팔목과 허리를 풀어주자 솔루가 달려 나갔다.

"아차차!"

그러더니 되돌아온다.

"뭐야?"

"태랑 님께서 무사하시다는 걸 알려주셔서 감사합니다."

근심으로 짓눌려 있던 솔루의 마음이 반 정도는 가벼워져 고맙다는 인사를 전했다. 인사를 한 뒤 냉큼 뛰어나가는 그녀를 보고 하제가 헛웃음을 뱉었다.

태랑, 네가 공들이고 있다더니 효과가 나타나는 모양이다.

조금 부럽기도 했다. 심장 때문이 아니라 누군가 저리도 걱정해주는 사람이 있다는 사실이.

아차, 내겐 우리 현제가 있지.

그가 픽 웃으며 솔루가 누웠던 침상에 앉았다.

"그래도…… 좀 부럽긴 하네."

방금까지 손안에 솔루의 손목이 잡혀 있었다. 그 느낌이 아쉬워 그가 손바닥을 보며 혼잣말했다.

"어디 가요?"

위에서 달려 내려오는 솔루를 보고 가희가 물었다. 답을 해야 한다고 생각하면서도 급한 마음에 다리가 멈추지 않았다. 가희를 지나치던 솔루가 고개를 돌렸다.

"가희 님! 저 잠시 집에 좀 다녀오면 안 될까요?"

태랑이 솔루에게 백해궁에 산다는 것을 밝히지 말라고 해서 집이라 칭했다.

"다녀와요. 빨리 오도록 하고요."

"예! 금방 다녀오겠습니다."

"너무 무리하지 말아요. 그러다 쓰러질라."

이미 달려서 저만치 멀어진 솔루를 향해 가희가 외쳤다. 손을 들고 흔들어 그녀에게 답한 솔루는 자신이 낼 수 있는 최대속력을 냈다. 그렇게 해봤자 지금껏 뜀박질과는 거리가 먼 삶을 살아왔기 때문에 걸을 때와 큰 차이는 나지 않았다. 허나 마음만큼은 태랑에게 이미 가 있었다.

백해궁의 마지막 계단을 밟은 솔루가 잠시 멈춰 허리를 숙이고 숨을 헥헥댔다. 계단을 올라오며 몇 번이나 멈췄는지 모르겠지만 최대한 빨리 오르기 위해 다리를 있는 힘껏 이끌었다. 해서 숨이 고르게 되기까지는 한참이 걸릴 듯했다. 아직도 가쁘게 움직이는 가슴을 진정시키며 발걸음을 빠르게 옮겼다.

툭. 언제 왔는지 홍이가 그녀의 어깨를 쳤다.

"어젯밤 잘 보냈니? 나 객사에서 자느라고 못 왔어."

걸으면서 홍이의 등을 쓰다듬던 솔루가 갑자기 손뼉을 쳤다.

"참! 나 그 괴물 봤다! 너도 본 적 있어? 와아, 진짜 무섭더라. 타죽는 줄 알았지 뭐야."

방금 괴물을 본 것처럼 솔루가 몸을 부르르 떨었다.

말이 통하지 않는 홍이었지만 솔루에겐 유일한 말벗이었다. 미물이었으나 그녀에겐 편안한 친구여서 속마음도 터놓기 편했고, 밤에 잠을 잘 때면 가끔 느끼는 외로움을 함께해줬다. 대화가 가능하다면 더할 나위 없이 좋겠지만 이 상태로도 충분했다.

"누나가 다음에 파고 님이나 설담 님께 부탁해서 경단 가져다줄게."

다 안다는 듯이 꼬리를 살랑살랑 흔드는 홍이가 솔루의 뺨에 입을 맞췄다. 간지러워 까르르 웃던 그녀가 고개를 돌리며 홍이를 빤히 봤다.

"아, 그런데 내가 누나 맞나?"

남동생만 있었던 탓에 자연스럽게 누나라는 말이 나왔다.

"그건 나중에 파고 님한테 여쭤봐야겠다. 우선 태랑 님께 가야 하니까 이따가 밤에 보자."

잠시 홍이와 걸으며 숨을 고르던 솔루가 다시 뛰기 시작했다. 뛰는 와중에도 이 시간에 태랑이 어디에 있을지 곰곰이 생각했다.

솔루는 서재에 들렀다가 집무실에도 들러봤지만 태랑은 보이지 않았다. 그가 무사하다고 하제가 말해줬으나 막상 보이지 않자 또 심장이 쿵쿵 울렸다. 파고라도 있으면 좋을 텐데 어디 갔는지 그의 모습도 찾을 수가 없었다.

그래! 후원에 계실지도 모르겠다.

후원에 들어가 넓은 풀밭 위에 길게 누워 있는 청이 보였다. 잠이 든 모양인지 커다란 지느러미가 축 처져 있었다.

정자로 올라가는 계단으로 다가간 솔루는 파고를 만났다.

"너 왜……."

그녀를 보는 파고의 눈이 동그랗게 커졌다.

"태랑 님, 여기 계십니까?"

놀라는 파고를 보지 못한 솔루가 큰 소리로 물었다. 그가 뭐라 답하기도 전에 솔루는 정자 계단 앞에서 신을 벗으려다 어림짐작으로 봐도 대여섯 짝은 되어 보이는 신을 발견했다.

"누가 오셨습니까?"

그녀가 파고에게 묻는 찰나였다. 웅성대는 말소리가 들리더니 정자 위에서 남자들이 모여 솔루를 내려다보고 있었다.

"여인이 아닌가?"

누군가가 외쳤다. 다들 한동안 말이 없더니 솔루를 자세히 살폈다. 어떤 남자는 그녀의 전신을 훑어보고 인상을 찌푸렸고, 어떤 남자는 입을 벌리고 멍하게 쳐다봤다.

영문을 모르는 솔루가 멀뚱거리며 파고를 보자 그가 난감하다는 표정을 지었다. 언제고 이럴 날이 올 줄은 알았지만 예상보다 빨랐다.

하필 신하들이 태랑과 정사를 논의하고 돌아가려는 시점에서 마주치고 말았다. 어찌할 바를 모르며 파고가 허둥대는 사이 정자 위에서 태랑의 목소리가 들렸다.

"그대들은 잠시 집무실에서 기다리지. 솔루는 올라오너라."

신하들은 서둘러 내려가며 솔루를 힐끔거렸다.

솔루는 쏟아지는 시선에 민망해하며 정자 위로 올라갔다. 계단을 하나, 둘 오르며 바라본 정자 너머로 하늘과 유유자적 헤엄치는 물고기가 보였다. 그리고 더 올라가자 은빛 머리카락이 덮여 있는 태랑의 머리가 차츰 보였다. 반듯한 이마와 푸른 눈동자를 발견한 솔루의 걸음이 더 빨라졌다.

"태랑 님!"

태랑의 얼굴을 본 솔루가 뛰어가 그 앞에 앉았다. 풀썩 앉아 짧은 치마가 나풀거렸지만 개의치 않았다.

여느 때와 다름없이 책상에 턱을 기댄 채 완벽한 모습으로 앉아 있는 그를 보자 마음 같아선 한번 안아보고 싶은 걸 참았다. 그가 무사하단 것을 직접 확인한 것이 이리 기쁠 줄은 솔루도 미처 알지 못했다.

"이 시간에 어인 일이냐."

"태랑 님께서 무사하신지 확인하고 싶어서요. 어제 공존의 밤이었는데 혹시 저 마중 나오셨다가 큰일이라도 당하셨을까 봐 걱정 많이 했습니다. 그래서 아침이 되자마자 이리 온 것입니다. 어제 마중 나오셨습니까?"

솔루가 쉴 새 없이 말을 이어 나갔다.

"그러다 숨넘어가겠다. 천천히 해라. 그리고 지금이 어찌 아침이더냐. 해가 중천에 떴는데."

"아, 그게…… 사정이 있었습니다. 어제 나오지 않으셨죠?"

"공존의 밤에 밖에 나가는 멍청이는 없다."

"저는…… 멍청이라 나갔습니다."

저도 모르게 중얼거리는 솔루의 말을 태랑이 듣고 미간을 모았다.

"뭐? 설담이 밖에 나가지 말라고 하지 않았어? 정말 밖에 나갔던 것이야?"

"다들 말씀해주셨는데 그것이……."

태랑 님이 저를 기다리실까 봐 나갔습니다, 하고 말하면 되는데 솔루는 이상하게 그 말이 입 밖으로 쉬이 나오지 않았다. 그녀가 꾸물대는 동안 태랑의 인상이 굳어갔다.

"다시 묻는다. 어젯밤에 밖에 나갔더냐."

"예."

"무슨 일, 있었구나."

"……예."

앞머리를 쓱쓱 매만지던 솔루가 작은 목소리로 답했다. 점점 낮게 가라앉은 태랑의 음성에서 노(怒)기가 느껴졌다.

"말해보거라."

"……끔, 끔찍하게 생긴 괴물을 만났습니다."

쾅! 태랑이 책상을 주먹으로 내리쳤다. 금방이라도 부서뜨릴 것처럼 큰 소리에 솔루가 움찔했다.

"네가 진정으로 목숨이 아깝지 않은 모양이구나."

태랑이 목소리가 부들부들 떨렸다. 그가 이 정도로 화를 내는 모습은 처음이었다. 엄청나게 밀려드는 분노를 가까스로 참고 있는 모습이 훤히 드러났다.

"나가지 말라면 나가지 말아야지. 너의 어리석은 행동 때문에 네 목숨은 물론이고, 백해궁의 객사에까지 피해를 끼칠 뻔했다. 객사에서 사람이 죽어 나가면 어떤 결과가 오는지 알기나 하느냐. 백해국의 백성이 풍족한 삶을 살기 위해서는 객사가 꼭 필요한 것인데 너 때문에 하루아침에 망했으면 어찌하려고 그랬어."

"죄, 죄송합니다. 저는…… 그게…… 저는……."

"대체 네 녀석이 제대로 하는 것이 무엇이냐!"

서슬이 퍼런 태랑의 눈빛에, 음성에 솔루가 몸 둘 바를 몰랐다. 칼날이 되어 온몸에 꽂혔다.

"귀엽다, 귀엽다 하며 봐줬더니 순전히 네 마음대로구나."

"제가 생각이 짧았습니다. 죄송합니다."

금방이라도 울음을 터뜨릴 것처럼 그녀의 목소리가 쉬었다.

"당장 내 눈 앞에서 사라져라. 꼴도 보기 싫으니."

태랑이 옆으로 돌아앉아 손에 머리를 기댔다. 얼핏 보기엔 기댄 것처럼 보였으나 사실은 솔루를 보지 않기 위해 차양을 쳤다.

"태랑 님, 제가 잘못했습니다. 하지만 제 말도 좀⋯⋯."

"입 다물어라. 너와는 말도 섞기 싫다."

눈도 마주치지 않으며 하는 말에 솔루는 더 이상 어쩌지 못하고 정자의 계단을 천천히 내려왔다. 다리가 후들거렸다.

위에서 벌어지는 이야기를 모두 들은 파고가 안쓰러운 눈으로 솔루를 봤다. 그녀가 신에 발을 밀어 넣으며 눈물을 쏟아냈다. 제대로 들어가지 않고 신이 자꾸 밀려났다.

"저, 저는 태랑 님이 걱정돼서⋯⋯."

끅끅. 울음을 넘기는 소리에 파고가 다가와 솔루의 등을 두드렸다.

"태랑 님은⋯⋯ 백해국 전체를 돌봐야 하는 분이셔서 그래. 네가 이해해."

솔루는 이해했다. 태랑의 말이 모두 옳았다.

헌데 왜 이리 서운하고 서러운지. 왜 이리 가슴 한구석이 아릿한지.

입술을 물고 울음소리를 참아보지만 후드득 떨어지는 눈물은 막을 길이 없었다.

"이, 이만⋯⋯ 가겠⋯⋯ 습니다."

울음 섞인 인사를 하고 힘없이 터덜터덜 걸어가는 솔루의 뒷모습을 바라보던 파고가 정자로 눈길을 돌렸다.

객사에 미칠 피해 때문이 아니셨지요? 그 때문이 아니심을 알겠습니다.

파고의 한숨이 깊었다. 그나마 저 정도 화내는 걸 다행으로 여겨야 했다. 그때 굳은 표정으로 태랑이 정자에서 내려왔다. 그의 걸음에 맞춰 옷이 바스락 소리를 냈다.

파고는 앞서 걷는 그를 따르며 좀처럼 말을 붙일 수가 없었다. 차가운 칼바람이 그를 둘러싸고 있었기 때문이었다. 집무실로 태랑이 들어가자 기다리던 신하들이 일제히 자리에서 일어나 허리를 숙였다.

"다들 앉게."

"태랑 님, 백해궁에 어찌해서 여인이……."

"두 번 말하지 않을 테니 잘들 듣도록."

눈치를 살피던 재상이 먼저 말을 꺼냈지만 태랑에 의해 잘렸다.

태랑이 눈을 감고 손가락으로 미간을 문질렀다. 아까부터 아픈 머리에 신경이 날카로워질 대로 날카로워졌다. 그가 감은 눈을 떴다. 짙푸른 눈동자가 심해처럼 깊고 시렸다.

"아까 봤던 아이는…… 그대들의 예상대로 내게 심장을 줄 아이네. 물론 당사자는 아직 모르고 있고. 흐음. 그래서 말인데, 다들 이 일에 관해서는 당분간 아무에게도 말하지 않도록 해줬으면 하네. 자신의 측근에게 말하는 것은 물론, 서로 모의하는 것도 안 돼. 그리고 또 하나. 오늘 이후로 혹여나 내 침소에 다른 계집이 들어온다면 그 뒷배가 누군지 꼭 밝혀내 가만두지 않을 것이야."

"하오나 태랑 님……."

재상이 뭔가 말을 하려 했다.

"다들 나가주게."

할 수 있는 만큼 억누르며 부탁의 어조로 태랑이 말했다.

너희들이 아니어도 지금 골이 아파 죽겠다. 제발, 나가라.

"태랑 님, 이 일은 백해국의 중대 사안으로……."

"나가라고 말했다."

단칼에 베어내는 말에 태랑의 성격을 잘 아는 그들이 더는 어쩌지 못하고 자리에서 일어났다.

눈물을 훔쳐내고 또 훔쳐내도 멈출 줄 몰랐다. 울면서 객사를 향하는 솔루를 홍이 따라왔다. 홍이 그녀의 옷깃을 물어보기도 하고 다리 사이를 헤엄치기도 했다. 솔루가 반응이 없자 홍이는 어깨에 제 몸을 비볐고, 그제야 울기만 하던 그녀가 고개를 들었다.

"그만 따라와. 저녁에 보자."

그녀가 홍을 쓰다듬었다. 그리고 싫다는 듯이 온몸을 흔드는 홍이를 두 손으로 잡았다.

"괜찮아. 괜찮아질 거야. 그러니까 가서 친구들이랑 놀다가 저녁에 보자, 응?"

배시시 억지로 웃자 마침내 홍이 궁으로 몸을 돌려 헤엄쳐 갔다. 짝짝. 솔루가 정신 차리기 위해 자신의 뺨을 때렸다. 객사에서 일을 제대로 하려면 울고 있을 수만은 없었다. 그리고 본인이 잘못했는데 운다고 뭔가 달라지지도 않는다.

그녀가 다시 차오르는 눈물을 손바닥으로 쓸어내고 객사로 이어지는 계단을 깡충깡충 뛰어 내려갔다. 오늘은 자환목도, 자환화도, 색색의 어여쁜 물고기도 뿌옇게 보여 눈에 들어오지 않았다. 잊으려고 노력해봐도 태랑의 목소리가 귓가에 울렸다.

'당장 내 눈 앞에서 사라져라. 꼴도 보기 싫으니.'

내가 잘못한 건 맞지만, 아무리 그래도 그렇지. 그렇게까지 말씀하실 건 무어야.

객사의 문 앞에서 들어가지 못하고 한숨을 내쉬는 솔루.

"들어가려면 어서 들어가지 문을 가로막고 뭐 하는 거야."

난데없이 귓가에서 들려오는 목소리에 솔루가 놀라 얼굴을 돌렸다. 금작이 생긋 웃고 있었다.

"금작 님……."

"어허, 그냥 금작이라 부르래도."

"그건 싫습니다. 손님께 그럴 수는 없습니다. 헌데 아직도 안 가셨습니까?"

"내가 빨리 가길 바랐더냐. 이거 서운한걸."

"아뇨, 그건 아니고요."

"눈이 빨갛구나."

솔루를 자세히 살피던 그가 말하자 그녀는 얼른 손으로 눈을 문질렀다. 눈가가 퍼석거려 쓰라렸다.

"아! 어제 잠을 못 자서 그럽니다."

"퉁퉁 부은 게, 울었는데?"

"그건 것이…… 아니라……."

솔루의 목소리가 젖어 들어갔다. 울었다는 금작의 한마디에 간신히 참고 있던 눈물이 또 흘러나왔다. 충분히 달래어주지 못한 서러움의 눈물이 금작의 말에 둑이 터지듯 쏟아졌다.

왜 다른 때처럼 태랑에게 벅벅 우기며 당신이 걱정돼서 그랬노라 말하지 못했을까. 아마 차갑게 밀어내던 그와 조금 가까워졌다고 생각했으리라.

옷과 신발을 선물해주고 청과 함께 나들이도 나갔었다. 아픈 그녀에게 보양식과 좋은 약을 챙겨줬으며, 좋아하는 경단도 보내왔다. 또한 취한 그녀를 직접 안아 바래다주기도 했고, 어느 순간부터는 귀찮았을 텐데 매일 배웅과 마중을 반복했던 그였다.

해서 군이 설명하지 않아도 솔루가 그럴 수밖에 없었던 이유를 이해해줄 것이라 믿었던 모양이었다. 아니, 적어도 들어줄 거라 생각했다.

그러나 순전히 자신의 착각이었다. 처음과 달라진 건 없었다. 냉정할 때도 있는 그였지만 아버지처럼 챙겨주고, 오라버니가 있다면 태랑과 같지 않았을까 생각할 정도로 의지되기도 했다.

"으아앙!"

솔루가 주저앉아 크게 울었다. 아버지가 돌아가셨을 때와 어머니, 동생들과 헤어질 때를 빼놓고 이렇게 대성통곡한 적이 없었다.

"이런."

금작이 난처한 얼굴을 했다.

"무슨 일이 있었길래 이리 우는 거야."

그는 솔루 앞에 앉아 가만히 그녀를 보더니 손을 뻗어 등을 토닥이며 재미있다는 듯이 바라봤다. 저번부터 느꼈지만 일이 손쉽게 돌아가고 있었다. 난처함으로 물들었던 얼굴에 슬며시 웃음이 지어졌다.

"죄, 죄송합니다…… 제가 잘못해서 이렇게 울 일이 아닌데 자꾸 눈물이…….."

그녀가 눈물을 닦아내며 말했다. 닦인 볼 위로 또 눈물이 또르르 떨어졌다.

금작은 손바닥에 볼을 대고 엄지로 흘러내린 눈물을 쓸어줬다. 수많은 여인들을 만나봤지만 솔루같이 좋은 피부는 처음이었다. 부드럽고 매끄러우면서도 막 쪄낸 떡처럼 탱글탱글하고 쫀득했다. 문득 그녀와 밤을 보내게 된다면 어떨지 안아보고 싶은 욕구가 올라오자 어이없는 웃음이 픽 터졌다.

너무 앞서 나갔다, 금작.

스스로를 다그친 그는 아쉬운 대로 울고 있는 그녀의 등을 끌어안았다. 몸집이 작고 가벼운 건 그녀가 취했을 때 알았지만 품에 쏙 들어오니 색달랐다. 달짝지근하니 어리게만 느껴지는 향이 조금 전에 가졌던 불순한 욕구를 사라지게 했다.

"잠시만요, 금작 님!"

별안간 솔루가 외치며 그를 밀었다. 어찌나 세게 미는지 그의 몸이 살짝 흔들렸다.

"제게서 떨어지십시오!"

"왜지?"

"금작 님은 모르십니까? 객사에 금작 님과 저에 관한 소문 말입니다."

"어떤 소문?"

그는 알고 있으면서 모르는 척 물었다.

소문낸 당사자는 태랑이 의심한 대로 금작이 맞았다. 방법은 간단했다. 좋은 물건들을 하나씩 쥐여주고 사람들을 시켜 객사 곳곳에 흘리게끔 했다.

"제가 금작 님 잠자리 시중을 들었다는 소문이요."

"그런 소문이 객사에 퍼졌다?"

"예!"

솔루가 고개를 힘차게 위아래로 끄덕였다. 말하지 않아도 그녀의 눈에는 제발 그 소문을 잠재워달라는 간절함이 가득했다.

"흐음."

금작이 여유를 부렸다.

"이미 퍼진 소문을 어떻게 하겠느냐. 진실은 언제가 밝혀지겠지."

"안 됩니다. 그런 일도 없었지만 사람들이 제가 팔자 고치기 위해서 일부러 금작 님을 유혹했다고 생각합니다."

"오! 나쁘지 않다만?"

"예?"

놀란 솔루가 몸을 더 뒤로 뺐다. 중심을 잡지 못하고 엉덩방아를 찧으려는 그녀를 금작이 잡아당겼다. 두 사람의 코가 닿을 만큼 거리가 가까워져 입술 위로 쏟아지는 그의 숨결이 솔루는 부담스럽기만 했다.

"날 이용해서 네 팔자 고치는 것도 좋지 않겠느냐?"

"왜, 왜 그러십니까?"

"나와 함께하면 네가 이리 우는 일은 없을 것이다. 평생 화려함 속에서 살 수 있도록 해주마."

뒤로 물러나려는 솔루를 놔주지 않는 금작이 더 당기며 귀에 대고 속삭였다.

"저를 좋아하십니까?"

"응."

"만난 지 얼마 되지도 않았습니다."

"난 사랑에 금방 빠지는 부류니라."

"저는 아닙니다."

"이제라도 빠지면 되지 않느냐."

"저는 사랑에 금방 빠지는 부류가 아니라서 금작 님이 좋지 않습니다."

그가 계속 귀에 대고 말하자 그녀는 자유로운 다른 손으로 금작의 얼굴을 살짝 밀어냈다.

불편하게 왜 자꾸 귀에다가 말씀하시는 거야.

"대화를 할 때는 서로 눈을 마주 보며 말해야죠."

"좋아. 그럼 네 눈을 보고 말하지."

금작이 솔루의 양어깨를 잡아 자신을 보게 했다. 그녀의 까만 눈동자가 거부하는 빛을 역력히 드러냈지만 그는 괘념치 않았다.

"네 팔자, 내가 고쳐준다니까?"

"아이참! 싫습니다. 싫다고요!"

"왜 싫어? 나 꽤 괜찮은 사내다. 내가 사는 창국은 물론이고, 이곳 해국에서 내 눈에 들기 원하는 처녀들이 얼마나 많은 줄 아느냐?"

"그러면 그 처녀들에게 말씀하십시오. 왜 제게 그러십니까?"

"나는 네가 좋으니까 그렇다."

"에이, 거짓말 마십시오. 제가 사내를 사랑하거나 좋아해본 적은 없습니다만, 옆에서 본 적은 있습니다. 지금 금작 님께서 절 바라보는 눈은 좋아하는 여인을 바라보는 눈이 아닙니다."

솔루는 알고 있는 한 사내에게서 그런 눈을 봤었다. 바로 그녀의 아버지.

어머니를 바라보는 아버지의 눈은 금작과 판이하게 달랐다. 그녀의 기억에 아버지의 작은 동공 안에는 수만 가지의 다채로운 감정이 보였었다. 내 여인만을 향한 진심, 꿈, 소망. 그러나 지금 솔루를 바라보는 금작의 눈엔 진심이 없었다.

솔루가 제 어깨를 잡고 있는 금작의 손을 거둬냈다. 힘을 빼고 있었는지 그의 손은 쉽게 떨어져 나갔다.

"한 번에 넘어오리라고 생각하진 않았다."

그가 입꼬리를 길게 늘이며 미소를 지었다.

"제게 장난치지 마십시오."

"진실로 고백하건대, 장난은 조금도 없어."

금작이 자리에서 먼저 일어났다. 햇빛을 받은 금색의 머리가 반짝여 눈이 부실 정도로 출중한 그의 외모를 더욱 빛나게 했다. 그래도 태랑이 훨씬 아름다웠다. 그렇게 잠시 잊고 있었던 태랑과의 일이 떠올라 한숨이 나왔다. 얼굴조차도 보기를 거부하니 어떻게 용서를 구해야 할지 암담했다.

"내가 정식으로 청혼하면 받아주겠느냐."

"처…… 청혼이요?"

"지금까지 내 말을 뭘로 듣고 있었어. 네게 청혼하는 중이었다. 정표가 될 만한 가락지라도 주면서 했어야 됐는데, 내가 급해져서 말이다. 내일이라도……."

"자, 잠깐만요. 금작 님! 하지 마십시오."

그녀가 손을 내밀며 금작의 말을 단호하게 잘랐다.

"정식으로 청혼하신다 해도 전 거절할 수밖에 없습니다. 금작 님이 좋지 않습니다. 손님 이상으로 생각한 적이 결단코! 단 한 번도 없습니다!"

솔루가 빠르게 말하며 거절의 의사를 분명히 했다. 내내 울어 기운이 빠졌는데 어디서 힘이 나왔는지 강력하게 힘주어 말했다. 그와 더 이야기하다가는 당장 혼인하자고 할 것 같아 자리에서 냉큼 일어났다. 태랑의 일만으로도 복잡해 죽겠는데, 금작이 그 위에 무게를 더 얹으려 하고 있으니 피하는 게 상책이다.

"저 먼저 들어가겠습니다."

인사를 한 솔루는 뒤도 돌아보지 않고 객사를 향해 걸었다.

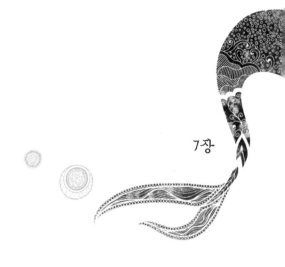

7장

"금작 님과는 되도록 같이 있지 마요."

솔루가 객사 안으로 들어와 가희 옆에 앉자 그녀가 조용한 음성으로 말했다. 소문까지 난 마당에 객사 앞 풀밭에서 함께 있던 두 사람을 보고 한 말이었다.

가희는 분명 자신만 보지 않았을 텐데, 또 어떤 파장을 불러올지 염려됐다. 멀리서 봐서 표정까지 읽을 수는 없었지만 금작이 솔루를 안았다. 그리고 솔루의 얼굴도 잡았다. 여인에게 사랑을 갈구하는 사내의 모습이었다. 일이 어떻게 돌아가고 있는지 묻고 싶었으나 그런 대화를 하기엔 솔루와 자신의 사이가 아직은 멀다고 여겨 주의만 줬다.

"예, 다음부턴 주의하겠습니다."

그분이 제게 청혼을 하셨습니다, 라는 말은 솔루는 차마 하지 못했다. 가희마저도 자신을 오해한다면 정말 슬플 것 같았다.

"그건 그렇고 얼굴이 왜 그래요?"

울었던 흔적이 가시지 않았다. 빨갛게 충혈된 흰자위가 그 증거였다.

"제가 잘못을 저질렀습니다. 그래서 어떤 분이 화가 많이 나셨는데……
속상해서요."

손을 모은 솔루가 고개를 푹 숙였다.

"용서는 구해봤어요?"

"제가 보기 싫답니다."

"지금 당장이야 그러겠지만 진정으로 용서해달라고 한다면 해줄 거예
요."

"어떻게 해야 할까요."

"선물이라도 하든지요. 늘 그렇듯 사과에는 진정성이 있어야 하고요."

고민에 빠졌다. 딱 봐도 모든 것을 가지고 있는 태랑에게 무얼 선물해야
할지 난감했다. 돈이 있는 것도 아니고, 솜씨가 있는 것도 아니었다.

노래라도 잘하면 얼마나 좋아. 이럴 줄 알았으면 금(琴)을 켜는 법이라도
배워둘걸.

"꼭 좋은 선물일 필요는 없답니다."

얼굴에 고민이 가득한 솔루를 보고 가희가 조언해줬다. 그녀의 말에 선물
에 대한 부담감이 조금 가벼워졌다.

이미 지난 일이지만 얌전히 잠을 잤더라면 일이 이렇게 되지는 않았을
텐데 조금 후회가 됐다. 어젯밤을 되새기자 문득 정신을 잃은 자신을 돌보
고 있었던 하제가 떠올랐다.

"하제 님은 누구십니까?"

이 이름이 맞았던가.

"자해국의 첫째 왕자이십니다."

"설담 님의 친구라고 하셨는데, 아직 왕자이십니까?"

"하제 님의 아버지인, 현 자해국 왕께서 아직 물러나지 않으셨으니까요."

"예에."

굉장히 예민해 보이는 인상의 하제를 생각하며 답했다. 가벼운 말투이면서도 예리했다. 태랑과는 어울릴 만한 성격으로 보였으나 상냥한 설담과는 거리가 멀어 보였다. 하긴 설담과 태랑의 조합도 솔루가 보기엔 어울리지 않았다.

다시 태랑에게 어떤 선물이 좋을지 생각에 잠기려던 때였다.

"자, 미리 먹어둬요. 공존의 밤 여파로 오전에는 한가했으니 오후가 되면 손님이 많아질 거예요."

가희가 경단이 담긴 접시를 꺼내자 솔루의 눈이 반짝 빛났다. 경단만 보면 잃었던 힘이 생길 것만 같다. 하나 집어 들어 입안에 넣은 솔루가 행복한 미소를 지었다.

"방금 전까지 울었던 사람 맞나요?"

"그러게 말입니다. 제 머리는 너무 단조로운가 봅니다. 슬플 땐 엄청 슬픈데, 또 이렇게 좋을 땐 잊어버립니다."

"그때그때 감정에 충실해 솔직할 수 있다는 건 좋은 거예요. 거짓으로 자신을 포장하는 일은 드물겠죠."

솔루는 그랬다. 잘 모르는 사람이라면 생각이 없다고 오해할 수도 있겠지만 가희가 보기에 그녀는 제 감정에 가감이 없었다. 포장도 없었다. 최소한 자신을 믿는 이에게 칼을 꽂는 배신은 절대 할 수 없는 성정이었다.

"가희 님, 저 이거 몇 개만 가져가도 됩니까?"

"그렇게 해요. 설마 이걸 선물하게요?"

"아니요. 우리 홍이 주려고요."

"홍이?"

"제 동생이요."

해국에 혈혈단신으로 왔다고 들었는데 어디서 갑자기 나타난 동생인가 싶어 가희가 물어보려 했다. 하지만 벌써 손수건을 꺼내 들어 정성스럽게 경단을 싸고 있는 솔루를 보니 그저 웃고 말았다.

솔루는 딱 홍이가 먹을 수 있는 만큼만 챙겼다. 맛있게 먹을 홍이를 생각하자 기분이 더 좋아졌다.

"가희 님, 경단 만들기 어렵습니까?"

"쉽지는 않지만, 어렵지도 않아요. 왜요?"

"용서를 구할 분께 이거 제가 만들어드리고 정말 잘못했다 사죄하면 받아주실까요?"

"글쎄요. 상대의 진심을 제대로 볼 줄 아는 사람이 있는가 하면, 그렇지 못한 사람도 많아요."

"그래도 해봐야죠."

손수건에 경단을 꼼꼼히 싸 한쪽으로 놔둔 솔루가 제 입에 경단 하나를 집어넣고 붓을 들었다. 일이 끝나면 주방에 가서 여쭤봐야겠다.

다들 자신에게 좋지 않은 시선을 보내겠지만 그건 태랑의 말대로 시간이 흐르면 해결될 문제라고 생각하면서.

호룡에게 일이 끝나고 주방을 써도 된다는 허락을 받고 송마의 도움을 받아 경단을 만들었다. 곱게 빻은 쌀가루를 반죽해 동글동글 빚었다.

"저는 왜 할머니처럼 예쁘게 빚어지지 않죠?"

"에구. 너랑 나랑 비교하면 쓰나."

"그래도 예쁘게 만들고 싶은데……."

일정한 모양으로 기울어진 데 없이 동글한 송마의 새알심과 달리 솔루 것은 울퉁불퉁했다. 능숙하게 손바닥 사이에 넣고 돌리는 송마를 따라 해봤지만 결과물은 확연히 달랐다. 누가 봐도 솔루와 송마의 것을 구분할 수 있었다.

"음식은 예쁜 것도 필요하지만 정성이 더 필요하단다. 내 음식을 먹은 사람에게 좋은 일이 생기를 바라는 마음, 행복하길 바라는 마음으로 만들어야 해.”

“예, 잘 알겠습니다.”

솔루는 빚던 경단을 놓았다. 그러곤 손을 모으고 눈을 감으며 빌었다.

태랑 님, 이 경단 드시고 좋은 일만 생기십시오.

항상 행복하십시오.

건강하시고 더욱 아름다워지십시오.

그리고…… 음…… 저 좀 용서해주세요.

손을 모은 채 그녀가 눈을 떴다.

“할머니, 혹시 음식에 개인적은 바람을 넣어도 안 되나요?”

“저주하는 것만 아니라면.”

“그러지 않았습니다!”

솔루가 고개를 세차게 저으며 말했다.

“그럼 됐지. 어서 만들기나 하자.”

다 만든 새알심을 끓는 물에 넣고 기다렸다. 익어서 말갛고 뽀얀 새알심이 동동 뜨자 건져내 식힌 뒤 해감초 가루에 굴렸다.

만드는 순간순간 태랑의 행복을 기원했다. 더불어 자신을 용서해줄 바라는 것도.

“생긴 건 이래도 맛나 보입니다.”

다 만들어 작은 나무 상자에 가지런히 담았다. 송마가 만든 예쁜 모양의 경단만 담으려다 그러면 의미가 없을 것 같아 솔루는 제 것도 몇 개 넣었다. 송마가 가져다준 고운 보자기에 상자를 싸자 그럴싸한 선물 같았다.

“되도록 빨리 먹어야 한다. 안 그럼 쉬어서 냄새날 거야.”

“예, 할머니. 도와주셔서 고맙습니다. 혼자서는 절대 못 했을 거예요.”

솔루는 감사의 인사를 전한 뒤 상자를 가슴에 품고 백해궁으로 향했다.

경단을 만드느라 시간이 많이 늦었지만 그걸 받고 태랑이 좋아하는 모습을 상상해봤다.

"아…… 그려지지가 않네."

웃는 얼굴도 제대로 본 적이 없어 그런지 좋아하는 표정이 도무지 떠오르지 않았다.

좋아하시진 않더라도 싫어하시진 않겠지. 힘내자!

백해궁으로 이어진 계단을 오르자 어제 봤던 괴물의 금방이라도 나타날 것 같았다. 다시 생각하는 것만으로도 진저리가 쳐질 만큼 무섭고 끔찍했으나 불에 타며 괴로워하던 울부짖음을 잊을 수가 없었다. 공존의 밤 동안 괴물의 울음이 떠나지 않는다더니, 그렇게 울고 다닌 사정이 있었다. 솔루는 잠깐 뜨거운 불길에 덮이며 얼마나 고통스러운지 경험하니 이해가 됐다.

불쌍하다. 어쩌다 그렇게 됐을까.

두 번 다시 만나고 싶지 않지만 안쓰러운 마음이 들었다.

까맣게 변한 하늘을 바라봤다. 어젯밤은 정말 아름다워 또 보고 싶은 욕심도 생겼다. 생전 처음 보는, 오묘하고도 황홀한 광경에 넋을 잃었다.

하지만 아름다운 공존의 밤 뒤에는 괴로움으로 몸부림치던 흉측한 몰골의 괴물이 있었다. 해서 결코 아름다운 밤이라고만은 할 수 없었다. 오히려 지금처럼 평온한 이 밤이 훨씬 좋았다.

계단을 다 오를 즈음 솔루는 버릇처럼 태랑을 찾았다.

"이 바보! 오늘 마중 나오실 리가 없잖아."

그녀가 제 머리를 주먹으로 콩 때렸다. 아침에 그런 일이 있었는데 금세 잊어버리고 태랑이 마중 나와 있을 거라 생각했었다.

궁에 도착한 솔루는 태랑을 만나기 위해 동쪽 침전으로 갔다. 밤이라 그가 후원이나 서재보다는 그쪽에 있는 가능성이 커서였다.

파고가 있는 걸 보니 예상이 맞았다.

"파고 님!"

솔루가 복도를 뛰어가며 그를 불렀다.

"여긴 왜 왔어? 너 설마 태랑 님을 뵈러 온 거야?"

"예, 다시 용서를 구하고 싶습니다."

"돌아가. 괜히 들어갔다가 아침보다 더 혼난다. 태랑 님 성격은 내가 더 잘 아니까 오늘은 돌아가고, 나중에 좀 풀리시면 그때 뵈도록 해. 침수 들어가신 지 꽤 됐어. 시간도 늦었고."

태랑이 벌써 잠들 리 없지만 지금 솔루와 만났다간 더 화만 부추기는 꼴이 될 것 같아 파고가 말렸다.

"그럼 잠깐 확인해주시면 안 되겠습니까? 이것만 전해드리고 가겠습니다."

솔루가 들고 있던 상자를 내밀어 보였다.

"이게 뭔데?"

"경단입니다."

"태랑 님은 경단 좋아하시지 않아."

"제가 직접 만들었습니다. 이거 만드느라 늦었습니다. 맛보진 않으시더라도 보여드릴 수라도 있게 해주십시오."

그녀의 눈이 간절했다. 솔루를 들여보냈다간 어떤 결과가 나올지 뻔히 아는 파고로서는 이러지도 저러지도 못했다.

그때였다. 문이 열리고 태랑이 나오자 반가운 솔루의 심장이 뛰었다. 하지만 그녀를 발견한 그의 얼굴이 굳어졌다.

"파고, 이 녀석이 왜 여기에 있느냐."

냉랭한 태랑의 말에 힘차게 뛰던 심장이 멎었다. 차갑다 못해 한마디, 한마디가 얼음장 같았다.

솔루는 물론이고 파고와 복도에 서 있던 사람들까지 모두가 살벌한 분위기에 침도 제대로 삼키지 못했다. 그녀도 숨을 죽였다. 아침보다 화가 더 난 듯한 태랑의 태도에 위축됐지만 용기를 냈다.

"태랑 님, 어제는 제가 잘못했습니다."

"……."

"그래서 죄송한 마음에 경단을 만들어 왔습니다. 제가 정성스럽게 만들었어요. 모양은 좀 그렇지만 맛은 좋습니다. 들어가셔서 보시기라도……."

"내가 왜 그런 것을 봐야 하지?"

"예?"

그녀를 내려다보는 눈길에서 칼바람이 분다.

여러 사람 앞에서 당하는 무안함에 솔루의 얼굴이 붉어졌다. 하지만 그것보다 조금도 풀어지지 않은 태랑 때문에 그녀는 어찌할 바를 몰랐다.

진심으로 잘못했다 용서를 빌면 받아주실 거라고 믿었는데.

다들 그렇게 말해줬는데.

오히려 그의 화를 더 부추기고 있는 것만 같았다.

솔루가 급하게 보자기의 매듭을 풀고 상자 뚜껑을 열어 내밀었다. 한 번만 봐줬으면. 하찮게 보일지라도 얼마나 열심히 준비했는지 보여주고 싶었다. 정성을 다하고 마음을 다했다는 사실을 그가 조금이라도 알아주길, 지금은 자신을 용서해주지 않더라도 미약하게나마 화가 누그러지길 바랐다.

"태, 태랑 님, 한 번만 보시고……."

떨리는 목소리를 감추기 위해 솔루가 작게 말했다. 태랑이 저를 무시하고 지나칠까 봐 무서웠다. 그에게 거부당하는 이 기분이 왜 이렇게 두려운지. 그 순간 그를 바라보는 그녀의 동공이 천 번쯤은 흔들렸으리라.

그에게 더 가깝게 상자를 밀었다. 그래 봤자 한 뼘도 안 되는 거리.

그때 태랑이 한숨을 내쉬며 손으로 상자를 쳐냈고, 동시에 솔루가 겨우 잡고 있던 상자가 힘없이 바닥으로 추락했다. 그녀의 시선도 함께 떨어졌다.

투툭! 경단 몇 개가 데굴데굴 굴러 나왔고, 하얀 해감초 가루가 흩어졌다. 모두의 시선이 집중됐고, 이내 찾아온 정적이 길어졌다.

"아…… 아깝다……. 아깝다."

바닥에 쭈그려 앉은 솔루가 조용히 웅얼거렸다. 경단에 먼지가 묻지 않았는지 살펴가며 하나씩 상자에 주워 담았다.

떨어진 경단이 꼭 자신을 보는 듯했다. 받아들여지지 않은 진심이 바닥을 굴렀다. 흩어진 해감초 가루처럼 제 마음도 흩어진 것 같아 가슴이 쓰렸다.

뚝. 뚝. 눈물이 떨어졌다. 잘못한 건 알겠는데 이렇게까지 화를 내는 그를 모르겠다.

"파고, 이 녀석 제 처소로 보내라."

"네."

파고가 가자며 솔루의 어깨를 당기자 힘없이 딸려 일어났다. 그녀의 젖은 눈동자와 마주친 태랑이 시선을 회피했다.

"죄송…… 합니다."

인사를 하고 떨어진 경단에서 눈을 떼지 못하며 그녀는 파고를 따라 걸었다.

"후우."

멀어지는 솔루를 보던 태랑이 손가락으로 이마를 문지르며 시선을 돌렸다. 그녀가 줍다 만 경단을 응시하던 그는 후원으로 발길을 돌렸다.

정자의 입구에 모여 있던 물고기 떼가 태랑이 등장하자 양쪽으로 갈라지며 길을 비켰다. 그의 불편한 마음을 읽고 정자 근처에서 노닐던 생물이 달빛에 반짝이는 하얀 풀잎 사이로 모두 모습을 감췄다.

정자에 앉아 어딘지 모를 곳을 바라보며 한참 앉아 있던 그는 동틀 무렵이 돼서야 침전으로 돌아갔다. 잠시 눈을 붙이기 위해 침상에 누웠지만 정신이 또렷해 도무지 잠이 오지 않았다. 자리에서 일어나 다시 밖으로 나가려던 그는 탁자 위에 놓인 상자를 봤다. 솔루가 들고 있었던 경단이 든 상자였다. 그는 작은 상가가 솔루로 보여 시선을 떼지 못했다.

원래의 태랑이라면 이깟 것이 왜 제 방에 있냐고 화를 내는 게 맞다. 문밖으로 던져서 버리는 것이 맞다. 겨우 경단에 시선을 빼앗기고 있다는 상황 자체가 있을 수 없는 일이다. 헌데 자꾸만 솔루의 음성이 귓가에 머물렀다.

'죄송한 마음에 경단을 만들어 왔습니다. 제가 정성스럽게 만들었어요. 모양은 좀 그렇지만 맛은 좋습니다.'

바람 앞에 흔들리는 촛불처럼 위태로워 보이는 눈동자가 머릿속에서 떠나지 않았다. 떨어지던 그녀의 눈물에 적셔지는 기분에 몸이 무거웠다.

태랑은 상자 뚜껑을 열어 가장 못나 보이는 경단 하나를 집어 입에 넣었다.

만드는 모습을 보지는 않았지만 이건 분명 그 녀석이 만들었으리라.

달달함이 입안 가득 번지자 저절로 인상이 찌푸려졌다. 역시 단건 별로라고 생각하면서도 경단을 천천히 맛본 뒤 삼켰다. 그렇게 해야만 솔루의 음성과 눈동자도 함께 지워질 것만 같았다.

서재에서 책을 보고 있던 태랑이 금작을 만난 건 해가 뉘엿뉘엿 넘어갈 때쯤이었다. 절차를 지켜 만나달라 청한 금작은 태랑에게 갖가지 선물을 준비해 바쳤다. 전부 가져와 태랑에게 보일 수 없었던 그는 가장 귀한 선물이 담긴 상자 몇 개를 들고 태랑을 만났다.

"이것 한번 보시지요."

태랑의 맞은편에 앉은 금작이 동그랗게 생긴 작은 패물함을 내밀었다.

"무엇인가."

"창국에서만 나는 귀한 진주입니다."

그가 패물함의 뚜껑을 열어젖히자 안에는 영롱하게 빛나는, 붉은 진주 두 개가 고운 천에 감싸여 있었다.

"이걸 어찌 내게 주는 거지?"

적(赤)진주를 힐끔 본 태랑이 한쪽 눈썹을 추켜세우며 물었다.

창국만 볼 수 있고, 그 안에서조차 구하기 힘든 적진주는 빛깔만으로도 눈길을 끌었지만, 귀한 대접을 받는 이유는 따로 있었다. 곱게 갈아, 해국의 하늘 위에 있는 바닷물에 타 먹으면 신비한 힘이 생긴다는 설(說) 때문이었다. 다들 그 말을 믿지 않았으나 가지고 있는 것만으로도 행운이 될까 싶어서 찾는 이들이 많았다.

그러나 태랑에게 적진주는 관심 밖이었다. 갑자기 찾아와 선물이랍시고 들이미는 금작의 행태가 미심쩍었다. 귀한 물건을 바칠 때에는 분명 원하는 바가 있을 것이다. 서글서글하게 웃는 낯을 하고 무엇을 달라 할지 긴장되기도 했으나 사뭇 기대가 되기도 했다.

"그리 경계하지 않으셔도 됩니다. 태랑 님께 잘 보이고 싶어서 드리는 것입니다."

"내게 잘 보이고 싶다라. 왜?"

"솔루의 보호자시니까요."

솔루의 이름을 꺼내자 예리하게 금작을 바라보던 태랑의 눈매가 더욱 매서워졌다.

"그래서?"

딱. 금작이 열어젖혔던 패물함 뚜껑을 닫았다.

"제가 그녀에게 청혼을 했습니다. 하하."

멋쩍은 웃음을 짓는 금작과 달리 태랑의 얼굴은 일순간에 굳었다. 거칠어지는 숨을 진정시키기 위해 태랑은 이를 물었다. 관자놀이가 팽팽하게 당겨졌다. 별안간 찾아오는 두통에 머리를 문지르려던 그는 호흡을 가다듬으며 금작이 또 뭐라 할지 지켜봤다.

"보기 좋게 거절당했습니다만."

금작의 뒷말에 평온이 찾아왔다. 안도했다.

그럼 그렇지. 솔루가 그럴 리 없다. 저런 놈이 뭐가 좋아서 받아들였겠는가.

간단한 논리로 자신을 위로하자 두통이 사라진 것만 같았다. 허나 말과 달리 금작은 거절당해서 좌절한 사람의 표정이 아니라 찜찜했다. 그는 아쉽다는 듯이 눈꼬리가 처져 있었지만 여전히 웃고 있었다.

"거절당했으면 그걸로 끝이지, 왜 내게 잘 보이고 싶다는 건가?"

"정표를 주지 않고 했더니 거절한 듯하여 다시 청혼하려 합니다. 태랑 님께서 솔루에게 제 마음을 전해주시고, 더불어 저에 대해 좋은 말을 곁들여주신다면 잘되지 않겠습니까?"

내내 금작을 잡아먹을 듯이 주시하던 태랑이 코웃음을 쳤다. 가슴에선 뜨거운 불길이 치솟는데 나오는 것은 어이없는 웃음이었다. 아니, 이런 자신의 상태를 감추고 싶어 애써 웃음으로 대신한 건지도.

"금작 그대는 솔루가 내게 어떤 존재인지 알고 있을 텐데?"

그는 웃음기가 가신 싸늘한 표정으로 되돌아왔다.

"예, 알고 있습니다."

"알고 있으면서도 이러는 이유가 뭔가? 보아하니 나를 도발하는 선에서 그치지 않고 더 큰 목적이 있는 듯하군."

"도발이라니요, 그런 마음 절대 없습니다. 저는 그저 솔루가 필요할 뿐입니다."

"필요하다?"

"아아, 저의 연심을 오해 마십시오. 좋아서 곁에 두고 싶어 사정하는 것입니다."

가슴에서 뜨겁게 솟아오르던 불길에 태랑은 타들어가는 기분이었다. 입안이 바짝바짝 마르고, 불안정한 호흡이 다시 찾아왔다. 어제까지 솔루 때문에 났던 화가 겨우 가라앉을까 하는데 금작이 기름을 부은 셈이 됐다.

다만 지금은 어제와 다른 분노였다. 찬물을 뒤집어쓰고 싶을 정도로 미칠 것 같았다.

"이런 선물 따위 난 필요 없네."

태랑이 눈짓으로 금작이 가져온 패물함을 가리켰다. 차라리 금작이 저를 도발하기 위해서 하는 짓이라면 더 좋겠다.

"나는 솔루에게 그대의 마음을 전해주고 싶지도 않고, 칭찬 역시도 하고 싶지 않군."

"심장 때문이십니까?"

"제 여인에게 다른 사내의 마음을 전하는 어리석은 이가 어디 있겠는가."

심장에 관한 말을 쏙 빼고 답하는 태랑. 그러면서도 '제 여인'이라는 말에 힘을 줬다.

"태랑 님께 솔루는 오로지 심장만을 위한 여인이 아닙니까?"

"내가 그것을 그대에게 답할 의무가 있나?"

"다른 여인을 찾아보시지요."

"이제는 내게 명령까지 하는군."

"그렇지 않습니다. 부탁을 드리는 것입니다."

"이봐, 금작."

스윽. 태랑이 살짝 손짓을 하자 패물함이 혼자 밀려가 금작 앞에서 멈췄다. 금작이 옅은 탄성을 내질렀다. 여태껏 태랑을 직접 만난 적이 몇 번 있었으나 금작이 그의 능력을 보는 건 처음이었다. 편리하기도 하고 위협적이기도 한 태랑의 능력이 어디까지인지 궁금했다.

"실망스럽네. 겨우 이 정도에 놀라다니."

"이야기를 들어보긴 했지만 실제로는 처음이라서요."

"그대 정도의 사내 하나쯤은 멀리 날릴 실력은 되지. 좀 더한 것도 할 수 있고."

"협박하시는 겁니까."

"설마. 내가 어찌 창국의 대부호를 협박하겠는가."

"과찬이십니다."

금작이 형식적으로 대답하며 고개를 숙여 감사의 인사를 대신했다.

"허나 지금 그대는 내 심장을 노리고 있어."

"태랑 님, 오해이십니다. 좋아하는 여인을 지키고 싶은 한 사내의 순정이라 여겨주십시오."

순간 태랑은 부드러운 어조로 답하는 금작의 목을 움켜잡고 싶었다. 하지만 그는 침착함을 유지하며 입가에 미소를 띠었다.

"살아오면서 단 한 번도 내 것을 넘보는 이가 없어서 몰랐는데 말이야. 빼앗으려는 자를 대하면 이런 기분이군."

"태랑 님, 그런 것이 아니니……."

"그대도 알다시피 나는."

상체를 앞으로 기울인 태랑은 금작 가까이 다가가 턱을 괴었다. 그리고 금작의 눈을 똑바로 보며 더없이 조용하고 낮은 목소리로 속삭였다.

"제멋대로인 성격이지. 게다가 이런 능력도 있고 말이야. 해서…… 하아……."

태랑이 말을 하다 말고 숨을 크게 내쉬었다. 그 한 번의 숨에 금작은 왠지 목이 조이는 듯한 느낌이었다. 여인보다 더 아름다운 얼굴을 한 사내가 숨소리와 눈빛으로 금작을 압도하고 있었다. 그는 태랑의 얼굴에 새삼 감탄했다. 다른 날보다 유난히 하얀 피부와 핏빛으로 물든 입술, 짙게 가라앉은 푸른 눈동자에서 눈을 뗄 수 없었다.

그러면서도 금작은 몸이 벽 사이에 끼어 옴짝달싹도 할 수 없는 것처럼 답답했다. 자세를 고치고 싶으나 태랑의 눈빛에 얽매여 눈 하나 깜박이지 못했다. 몸이 밧줄에 매인 것처럼 점점 숨이 막혀왔다.

"그대가 내 심장을 또 탐낸다면, 그 목을 부러뜨리고 싶어질 거야. 더는 욕심내지 말아줘. 창국과의 전쟁은 싫거든."

목을 부러뜨리고 싶다는 말이 금작의 목에 압박감을 더했다. 금작은 어느새 마른 입술을 혀로 축였지만 소용이 없었다. 물기는 목구멍까지 말라붙어, 입술이 가물은 땅처럼 쩍쩍 갈라졌다.

"솔루가 내게 심장만을 위한 여인인가 아닌가는 중요하지 않다. 백해국의 왕인 태랑의 것이라는 것만 중요하지. 절대 이 점을 잊어서는 안 돼. 다음에 또 잊었다간 내가 어찌할지는 나도 모르겠어. 좋아한다고 했나? 접어. 안되면 억지로라도 접어. 감추고 살아. 당장."

"……네."

도끼처럼 찍어 내리는 억양에 금작은 겨우 대답만 했다.

"가봐."

"오늘의 무례를 용서하십시오."

의자를 밀고 일어난 금작이 허리를 숙였다. 그가 문을 열어 밖으로 한 발 내디딜 때였다.

"가지고 온 물건은 내게 필요 없는 것들이니 모두 가져가도록 해라."

문을 닫은 금작은 그제야 몸을 매고 있는 밧줄이 풀리는 것 같았다. 막혔던 숨이 편안해졌다. 손을 들어 목을 만지작거리던 그는 고개를 돌려 닫힌 문을 봤다.

이로써 확실해졌다. 태랑에게 솔루는 어떤 존재인지. 단기간 내에 기대

이상의 성과가 나서 꽤 만족스러웠다. 금작은 태랑 때문에 잠시 잃고 있었 던 미소를 지으며 걸었다.

쿵. 쿵. 쿵. 태랑이 주먹으로 탁자만 내리치고 있었다. 힘을 잔뜩 실었으나 최대한 절제했다. 금작 앞에서 보였던 아름다운 그의 얼굴이 일그러져 있었 다.

아까부터 가슴에 일던 불길이 잠재워지지 않고 더 타올랐다. 끄지 않으면 참지 못하고 팔딱팔딱 뛸 지경에 이를지도 모른다. 하지만 끄는 법이 도무 지 떠오르지 않는 태랑은 애꿎은 탁자만 때렸다.

어처구니가 없었다. 금작이 아무리 재산이 많고 권력을 쥐고 있다 하나 그건 어디까지나 창국에서만이었다.

그런데 감히 어딜 와서 누굴 농락하는 것인가. 언감생심 누구를 넘본단 말이야.

좋아하는 여인을 지키고 싶은 사내의 순정? 연심?

대체 솔루가 얼마나 허술하게 보였으면 금작이 그런 마음을 가졌을까 나.

헤헤거리는 그녀의 얼굴이 떠올랐다. 아무나 보고 그리 웃어대니 관심조 차 없던 사내라도 눈길을 줄 수밖에 없을 것이다. 금작이 넘어갈 정도라면 다른 이들은 문제도 되지 않을 텐데. 그래, 자신도 그랬다. 가끔 솔루 때문에 이성이 저 멀리 날아간 적이 있었다. 문제는 금작이 아니라 솔루였다.

태랑은 자리에서 벌떡 일어나 빠른 걸음으로 서재를 빠져나가 객사로 통 하는 계단으로 향했다. 높은 곳에 서서 아래를 노려보는 그는 솔루가 어서 일을 마치고 돌아오기만을 기다렸다.

확실히 짚고 넘어가야겠다. 일하라고 보낸 객사에서, 찾아오는 모든 사내 들에게 웃음을 흘리고 있는 그녀를 상상하니 호흡이 굵어졌다. 금작의 청혼이라는 단어를 떠올리는 것만으로도 가슴이 터질 것 같았다.

솔루를 기다리다 보니 어느덧 자줏빛이었던 하늘이 쪽빛으로 물들어갔다. 그렇게 시간이 흘러 사위가 어두워지고 자환목과 자환화가 반짝반짝 빛을 내기 시작했다.

저 멀리서 소리가 들렸다. 알아들을 수 없는 가느다란 노랫소리가 주위와 어우러졌다. 점점 소리가 가까워졌고, 밑에서 계단을 올라오고 있는 솔루의 조그마한 정수리가 보였다. 그녀는 아직 태랑을 발견하지 못하고 여전히 노래를 흥얼거렸다. 짧은 치맛자락을 잡고 깡충깡충 계단을 오르는 그녀의 반질반질한 머리카락이 움직임을 따라 찰랑였다.

태랑은 제 머리에 열이 몰리고 끓어올라 터지기 직전이었다. 공존의 밤에 밖에 나가서 사람 화를 돋우더니 오늘은 금작을 그리 만들어 속을 태워놨다.

"어, 태랑 님?"

계단 끝에 서 있는 그를 발견한 솔루의 눈이 동그랗게 떠졌다. 태랑의 얼굴을 자세히 볼 수 있는 거리가 아니었으나 그가 확실했다. 어제는 그리 모질게 대하더니 마중을 나올 걸 보면 그의 화가 조금은 누그러지지 않았나 싶었다. 반가운 마음이 앞선 그녀가 계단을 달려 올랐다. 숨이 찼지만 너무 기쁜 마음에 자신이 아직 용서받지 못한 상태임을 잊었다. 솔루의 입술 양쪽 끝이 예쁘게 올라가 볼우물이 깊게 파였다.

"태랑 님! 태랑 님!"

그의 이름을 부르며 앞에 섰다. 금작의 일로 꼬인 태랑의 심사가 방글방글 웃는 솔루 때문에 더 복잡해졌다.

너는 어쩌면 그렇게 해맑게 웃고 있는지.

저 모습을 객사에 드나드는 사내들이 봤다 생각하니 그의 밑바닥에 가라

앉아 있던 유치한 심술이 올라왔다. 차라리 솔루가 울고 있는 게 낫다. 매일매일 울도록 만들고 싶어졌다. 그녀의 웃는 얼굴은 자신만 볼 수 있어야 한다.

"너, 누가 그리 웃으라더냐."

가시가 돋친 태랑의 말에 솔루가 숨을 죽였다. 아, 눈치 없이 너무 발랄하게 태랑을 불렀다.

"죄송합니다."

하긴 바로 어제였다. 하루 사이에 그의 화가 이만큼이나 누그러질 리가 없는데 그의 모습을 본 순간 까맣게 잊었다.

에잇, 바보.

솔루가 주먹으로 제 이마를 콩콩 때렸다.

"어젯밤만 해도 용서해달라 경단을 만들어 오고 눈물도 흘리더니, 다 거짓 연기였느냐."

그녀가 진심으로 용서를 구한 것쯤은 태랑도 알고 있었다. 허나 더 힘들어했으면 좋겠다. 훨씬 긴 시간 동안 저에게 매달리며 울었으면 하는 바람이 생겼다.

크고 까만 눈으로 누구도 보지 않고 나만 봤으면.

나를 위해서만 웃고, 나를 위해서만 울었으면.

태랑의 이성이 또 한차례 저 멀리 날아가고 있었다.

"태랑 님, 아닙니다. 정말 뉘우치고 있습니다. 오해 마십시오."

솔루가 손사래를 치며 고개를 세차게 저었다.

"뉘우치고 있는 사람이 그렇게 표정이 밝을 수가 있나?"

"아, 그건요."

"도대체 네가 제대로 하는 것이 무엇이냐. 오갈 데 없는 녀석 거둬줬더니 말은 들어먹지를 않고, 객사에서도 일을 열심히 안 한다지? 거기는 네가 심심해서 놀러 다니는 곳이 아니다. 백해국에 없어서는 안 될 중요한 곳이다!"

그녀가 이번엔 답도 못 하고 고개를 천천히 젓기만 했다.

객사에서 일을 잘 해내지는 못하더라도 열심히는 했다. 같이 일하는 다른 사람들에게 행여 피해를 줄까 봐 항상 조심했다. 무엇보다 객사를 위하는 마음만큼은 진심이었다.

"놀러 다니지 않았습니다."

단 한 번도 그런 마음 가진 적이 없는데 그렇게 오해하니 억울했다. 동시에 태랑이 원망스러웠다. 그러지 않기 위해 무던히도 노력했는데 오늘은 정말 그가 원망스럽다.

공존의 밤에 관한 일도 제 잘못이라 생각했던 그녀다. 하지만 한 번쯤은 들어봐줄 수 있지 않나. 왜 그랬는지 물어줄 수는 있지 않은가. 들어보고 나서 화를 내든, 그녀를 내치든 해야 하는 거 아닌가.

억울하고 서운한 마음에 나오려는 눈물을 솔루는 꾹 참으며 입술을 깨물었다.

"객사에서 손님들과 놀고 있지 않느냐."

"그런 적 없습니다. 누가 그러던가요?"

"누가 그랬는지 알면 그 사실이 없어지기라도 한다던? 금작과의 소문이 괜히 났겠어?"

태랑이 소문을 들먹이자 그녀는 들썩이는 제 마음을 다스리기 위해 머리카락을 쥐어뜯고 싶어졌다. 치사하게 지난 이야기는 왜 꺼내는지 모르겠다.

"때론 근거 없는 소문이 돌기도 한다고 말씀해주신 분이 태랑 님이셨습니다!"

"정말 근거 없는 소문에 불과한 줄 알았지."

당시에는 괜찮다며 위로해주고선 왜 이제 와 들먹이는 건지. 그때 위로나 해주지 말든가.

솔루는 눈을 한 번 질끈 감았다 뜨며 태랑을 노려봤다. 그의 서늘한 시선이 부딪쳤지만 오늘만큼은 피하지 않을 거라 다짐했다. 변명은 안 하려고 했는데 지금은 해야겠다.

"제가 손님인 금작 님과 식사하고 술을 마신 일은 잘못했습니다. 하지만 저도 이유가 있었어요. 금작 님이 백해국의 객사는 다 좋은데 혼자 하는 식사가 싫다 하셨습니다. 같이 먹어주면 만족할 것 같다고 말씀하시는데 제가 어떻게 거절합니까?"

솔루가 씩씩대며 말했다. 변명이라도 진짜 오늘은 다 말하고, 따지고 만다. 사정을 말하고 나서도 그가 화를 낸다면 그건 어쩔 수 없는 거다. 애초에 그녀가 잘못한 일이었으니까. 그래도 더 이상 이런 식으로 지나갈 순 없었다.

주먹을 말아 쥔 그녀가 어깨에 힘을 잔뜩 실었다. 용서받고 싶어서, 죄송한 마음이 가득해서 어제는 경단까지 만들어 갔건만 받아주지 않는 그였다. 받아주지 않은 것도 모자라 바닥에 버리기까지 했다.

선물을 그렇게 취급하는 사람이 어디 있는가. 이건 자신이 그에게 사과받아야 하는 부분이다. 그녀의 잘못과는 별개였다.

한편 솔루의 말을 들은 태랑은 어금니를 살며시 물었다. 금작이 솔루를 꾀어냈다. 이렇게 생각하면서도 그의 입에서는 다른 말이 나왔다.

"지금까지 객사의 어떤 손님도 종업원과 식사를 하는 일은 없었다. 혼자 먹는 일은 다반사고, 설령 그게 만족되지 않는다 한들 본인의 지인이 아닌 이상 함께 먹지는 않아."

"제가 먹자고 한 게 아니지 않습니까?"

"네가 쉬워 보였나 보군."

"왜 그렇게 흘러갑니까?"

"아니면 너도 금작이 청해주길 기다렸나? 사람들의 말대로 네 신분 상승을 위해? 팔자 고치고 싶어서?"

"신분 상승하고 싶은 마음도 없고, 그러고 싶지도 않습니다. 제 팔자가 사납기는 합니다만, 그렇다고 남을 통해서 고칠 생각도 없습니다! 그분께 그런 마음 눈곱만큼도 없어요."

"네 속을 내가 어떻게 알겠느냐."

솔루와 부딪치는 시선을 그가 끊어내며 눈길을 돌려 어두운 밤하늘을 응시했다. 말도 안 되는 억지를 부리고 있음을 태랑 스스로도 알고 있었다. 진심을 전하려는 솔루의 마음이 그녀의 표정에서 느껴지면서도 몸을 태우는 듯한 열기가 가시지 않아 그녀에게 쏟아냈다.

사실 그가 알고자 하는 진실은 그런 것이 아니었다.

네 마음이 알고 싶다. 무슨 연유로 거절했는지, 혹 다른 금작에게 다른 마음은 없었는지, 그 마음을 네가 내어 보였기에 그가 나를 찾아온 건 아닌지. 금작이 찾아온 것을 네가 안다면 넌 어떻게 할까.

"금작이."

태랑이 금작의 이름을 말하고는 옅은 숨을 내쉬었다.

"네게 청혼을 했다지?"

"아, 예에. 하지만 거절했습니다. 청혼이라기에는 급작스러웠고 또……."

"급작스러워서 거절했나? 아니면 정표를 주지 않아서? 아까 나를 찾아왔더군. 너를 달라고."

솔루가 말을 끝내기도 전에 태랑이 가로막았다. 그가 더 급했다.

"금작 님이 찾아와요?"

"네가 그만한 틈을 보였으니 금작이 그러는 것이 아니냐."

"저는 그런 틈을 보인 적도 없고, 마음도 없습니다. 청혼을 거절한 가장 큰 이유는 그분에게 마음이 없어서입니다. 좋아하지도 않는 사람과 어찌 혼인을 합니까!"

솔루를 보지 않고 있던 태랑의 시선이 그녀에게 꽂혔다.

'좋아하지도 않는 사람과 어찌 혼인을 합니까!'

그 말을 듣는 순간 그는 가슴에서 이상한 통증을 느꼈다. 뻐근하기도 하고 뭉텅뭉텅 뜨거운 피가 어디선가 쏟아지는 듯했다. 기분이 가히 좋지 않았다. 분명 금작을 두고 하는 말인데, 제게 하는 것 같았다.

"저한테 왜 그러십니까. 제가 금작 님께 청혼했습니까? 그분이 마음대로 그러신 거잖아요."

"네가 그럴 빌미를 줬으니 그러지 않겠느냐."

"그분은 저에게 그저 손님일 뿐입니다. 그분에 대한 아무 생각도 없는데 줄 빌미가 어디 있습니까?"

"아무에게나 헤실헤실대는 네 웃음! 어떤 사내가 동하지 않겠어?"

솔루가 미간에 잔뜩 힘을 줬다.

웃는 거 가지고도 뭐라고 하면 어쩌자는 건가. 순전히 트집이었다. 다른 이유가 있거나 괜히 그녀가 싫어서 화내고 훈계할 거리를 찾고 있는 거라 솔루는 확신했다.

"그럼 사람이 웃어야지 찡그리고 삽니까? 그리고 동하지 않는 사내들 많습니다. 아! 바로 눈앞에도 한 분 계시네요! 태랑 님이요!"

그녀는 저도 모르게 집게손가락 세워 그에게 삿대질하고 말았다. 제 손가락을 보고 혼자 놀란 그녀는 그가 보지 않았기를 바라며 슬며시 손가락을 접어 감췄다.

"정말 저한테 왜 그러십니까? 잘해주실 때도 많다는 것 아는데요, 화내실 때가 더 많으십니다. 물론 원인은 제게 있겠지만 먼저 대화해보고 나서 화내셔도 되지 않습니까. 공존의 밤에 일어난 일도……."

"너만 보면 화가 난다!"

태랑의 언성이 높아졌다. 늘 차분하게 가라앉아 있던 그의 음성이 고조됐다.

솔루는 그의 외침에 잠시 멈췄다가 말을 이었다.

"공존의 밤에도 태랑 님이 걱정돼서 나갔습니다. 항상 마중을 나오시니까 위험하다는 그 밤에도 나오셨다가 큰일 날까 봐 그랬습니다. 이게 그렇게 화가 날 일입니까? 그리고 객사에서는 웃으면서 손님을 맞이해야죠. 그것도 일의 한 부분입니다. 금작 님은…… 그분의 마음까지는 제가 어떻게 할 수 없지 않습니까."

솔루는 저만 보면 화가 난다는 그에게 이런 사정을 알려주면 누그러질까 기대하고 있었다. 해서 제 마음을 설명하고 그의 표정을 살폈다. 확인한 그녀가 실망한 얼굴로 눈을 감았다 떴다.

태랑의 표정은 조금의 변화도 없었다. 오히려 더 날카로워진 눈으로 그녀를 뚫어져라 보고 있었다.

"제가 그렇게 잘못했습니까? 하지만 태랑 님도 나쁘십니다! 남의 진심을 헤아려볼 생각도 않으시고, 진짜 유치하세요. 애 같다고요!"

이판사판이었다. 솔루는 아무리 잘못했다고 빌어도 그가 용서해주지 않으리란 걸 짐작했다.

"말 다 했느냐."

"아니요! 못 했습니다. 더 할 겁니다!"

그의 얼굴이 점점 굳어갔다.

"제가 어떤 마음으로 그 경단을 만들었는지 아십니까. 태랑 님께 용서를 구하면서 태랑 님 행복하시라고, 좋은 일만 생기라고 기원했습니다. 드시지는 않아도 한번 봐주는 척이라도 할 수 있지 않습니까? 용서를 떠나 그러면서 서로를 더 알아가고 이해하게 되는 게 사람의 관계가 아닙니까? 그런 노력을 안 하시니 외로우신 게지요."

"한마디만 더 해라."

태랑의 눈빛이 위협적으로 변하자 솔루가 숨을 멈췄다. 둘의 주변에서 여유롭게 헤엄치던 물고기들은 모두 사라지고 없었다. 반짝이던 자환목의 잎도 빛을 잃고, 무거워진 공기가 바닥을 쓸었다.

"아직…… 끝나지 않았습니다."

덥석! 태랑이 솔루의 양어깨를 거칠게 잡아 끌어당겼다. 두 사람의 입술이 주먹 하나 들어갈 정도의 거리만 두고 가까워졌다.

그녀만이 가지고 있는 체취가 태랑의 콧속으로 훅 들어왔다. 이상했다. 가슴에서 북이 울리는 것처럼 둥둥 소리가 났다. 그러나 그는 잇새를 물고 나직이 말했다.

"그래, 더 해봐."

"정말 저를 볼 때마다 화가 나십니까?"

"오냐."

"왜요?"

"그걸 내가 어찌 알아. 네가 날 화나게 하지 않느냐."

태랑도 이유를 알고 싶다. 공존의 밤에 있었던 일은 잊었다. 언젠가부터 신경이 쓰이고 거슬리더니, 이제는 그저 얼굴만 보는데도 화가 났다.

"예, 알겠습니다. 제가 뭘 해도 태랑 님은 절 용서하지 않으실 겁니다."

"그래서?"

"제가 해드릴 수 있는 것 없습니다. 저만 보면 화나신다면서요. 그러니 제가 떠나는 수밖에요. 백해궁을 나가겠습니다. 객사도…… 나가라 하시면 그리하겠습니다."

솔루는 솔직히 객사는 나가고 싶지 않았다. 막상 이곳을 떠나면 당장 지낼 곳도 없고, 아직 궁과 객사 밖의 해국에 대해서는 아는 것이 전혀 없었다. 하지만 태랑과는 처음 만남부터 삐걱거렸다. 한때 사이가 좋아졌다고 여겼지만 순전히 자신의 착각이었다. 도리어 요즘은 미움을 받는 쪽에 속하리라. 자신만 보면 화난다 하는 것이 그 증거였다.

소문 때문에 객사 사람들에게 받는 미움도 힘들었지만 태랑에게 받는 미움은 왠지 견디기 힘들었다. 불편하고, 서운하고, 서럽고, 몸살이 난 것처럼 가슴이 욱신욱신 아프기도 했다.

"죽고 싶으면 나가라."

"……!"

솔루가 놀라서 눈을 크게 뜨며 깜박였다.

"태, 태랑 님……."

"죽고 싶으면 나가. 어디 한번 나가봐라. 내가 정말 어떻게 하는지."

태랑의 얼굴이 솔루에게 더 가까이 다가갔다. 그녀는 그가 말할 때마다 뜨거운 숨이 입안으로 들어오는 것 같아 입을 다물었다.

"내가 못 할 것 같더냐."

그냥 지나가는 말로 하는 협박이 아니었다. 솔루가 나간다고 하자 불안함이 그를 지배했다. 태랑은 피가 거꾸로 솟구치는 느낌이 들었다.

등줄기에서 혈관을 따라 올라간 피가 머릿속을 데우다 터질 것 같은, 그런 느낌. 그녀를 죽인다고 했지만 정작 죽는 건 자신이라는, 그런 느낌.

"그, 그럼 제, 제가 어찌하면 되겠습니까?"

솔루는 죽고 싶으면 나가라는 그의 뜻을 알아들었다. 돌려서 하는 말이었지만 그건 나가지 말라는 소리나 다름없었다.

더듬거리며 묻는 솔루의 질문에 태랑의 마음이 풀어졌다. 또 나가겠다고 고집을 피우면 어떻게 해야 하나 고민했는데, 그녀의 말에 감당할 수 없었던 분노가 순식간에 사라졌다. 헛웃음이 나올 뻔했다.

가만히 솔루의 눈을 바라보다 그녀의 가는 허리를 한 팔로 감쌌다. 한 팔에도 쏙 들어오는 작은 몸집이 제게 닿자 태랑은 안도했다. 그는 솔루의 어깨를 잡고 있던 손을 들어 손가락 끝으로 닿을 듯 말 듯 하게 볼을 쓸었다. 닿을 때면 그의 몸 안에서 번개라도 치는 것처럼 떨려왔다.

"너는."

태랑이 속삭이듯 나직이 말했다. 볼을 따라 동그란 원을 그리며 매만지던 손가락이 솔루의 입술 위에 머물렀다.

태랑은 그녀의 얼굴을 살피다 손가락을 올려 이마에서부터 서서히 내려왔다. 자신을 담고 있는 까만 동공을 지나 앙증맞은 코를 거쳤다. 그리고 도톰하면서도 작은 입술. 그 위에 얹어진 자신의 손가락.

꿀꺽. 침을 삼켰다. 어젯밤 그녀가 만들어 왔던 경단처럼 입술을 한입에 삼켜보고 싶은 욕구가 올라왔다. 그는 거세지는 자신의 호흡을 달래보려고 했지만 쉽지 않았다. 분노했을 때도 이와 비슷하게 되지만 달랐다.

예전에도 솔루 때문에 이런 적이 있었는데 어째 오늘은 더 심하다. 그녀의 입술에서 눈을 뗄 수 없었다. 손가락 끝에 닿는 야들한 촉감에 현기증이 일었다.

그가 느릿하게 눈을 들어 솔루의 눈동자를 응시했다. 빠지고 싶을 만큼 맑다. 어디에서도 본 적이 없는 맑은 빛깔의 바다. 어떻게 까만색이 이렇게 맑을 수가 있을까. 태랑이 아는 까만색은 아무것도 보이지 않는 어두움, 탁함. 오로지 그뿐이었는데, 솔루의 눈동자는 안이 훤히 보일 듯이 맑았다. 조금 전까지만 해도 화가 나서 미칠 것 같았는데 지금은 그녀의 눈동자에, 체취에, 아니 모든 것에 미칠 지경이었다.

"너는."

그의 목소리가 갈라졌다.

"내 곁에 있어라. 아무 데도 가지 말고 내 곁에만 있어야 하느니라."

목을 겨우 가다듬은 그가 말했다.

"예? 지금도 태랑 님 곁에 있지 않습니까……."

태랑의 협박으로 한차례 놀랐던 솔루의 목소리는 기어들어가는 수준이 됐다.

"한순간도 빼놓지 않고 내 곁에 있어."

"한순간도요? 저는 객사에도 가야 하고, 제 처소에서 잠도 자야 하고……."

"이제 객사에는 가지 마라. 잠도 내 곁에서 자라. 밥도 내 곁에서 먹어. 내가 어디를 가든, 무얼 하든 내 곁에는 네가 있어야 한다. 또 너의 곁에도 내가 항상 있을 것이다."

"아…… 음, 저를 보면 화가 나신다고 하셨잖아요. 저 때문에 계속 화가 나시면……."

"응, 화가 나. 화가 나서 미치겠다."

그리고 너 때문에 미치겠다. 차마 입 밖으로 뱉을 수 없는 말을 그가 눈으로만 전했다.

태랑의 말을 이해할 수 없는 솔루는 고개를 갸우뚱했다. 보는 것만으로도 화가 나면 되도록 서로 얼굴을 보지 않는 편이 좋지 않나.

"해서 내가 왜 화가 나는지, 어디까지 화가 날 수 있는지 궁금해졌다."

더불어 조금 전에 느꼈던 불안함의 원인도 궁금해졌다. 심장을 갖지 못해 생기는 불안함이라고 하기에는 그 충격이 너무 컸다.

내가 원래 이토록 살고 싶어 했던가. 삶에 대해 이리도 집착했었던가.

그가 솔루를 품에 안았다. 포근하고 따뜻해 복잡했던 머릿속이 일순간 정리됐다.

"태랑 님, 저를 용서해주시는 겁니까?"

"아마도."

다행이다, 하며 그녀가 작게 속삭이듯 말했다.

"하지만 태랑 님, 제가 항상 태랑 님 곁에 있는 건……."

"'예' 해라."

"……."

"어서."

태랑의 목소리가 많이 누그러졌다. 하지만 아직 그의 뜻을 파악할 수 없는 솔루가 대답하기를 망설였다.

"어서."

그가 재촉했다.

"……예."

마지못해 하는 답에 태랑이 그녀의 머리카락에 얼굴을 묻었다. 은은하게 풍기는 향긋한 체취 때문에 그녀에게서 떨어지고 싶지 않았다.

"저…… 태랑 님……?"

"그래."

그의 숨결이 목덜미에서 부서지자 솔루는 흠칫하며 당황했다.

이런 생소한 느낌을 뭐라고 해야 하나.

몸의 어딘가가 간지러운데 어딘지를 모르겠다. 두근두근. 난데없이 심장이 큰 소리를 내며 뛰기 시작하자 그녀가 허둥댔다. 태랑을 떼어놓기 위해 낑낑대며 힘을 써보지만 그는 꿈쩍도 하지 않았다.

"불렀으면 말을 해라."

"아니요, 그게."

"뭔데 그러느냐."

드디어 그가 고개를 들자 짙고 푸른 눈동자와 마주쳤다. 솔루는 피하지 않고 마주 보던 용기는 사라진 지 오래였다. 그녀가 슬그머니 고개를 돌렸다.

"그럼 계속, 계속 제게 화내시는 거 아닙니까?"

"누구든지 잘못하면 화를 내는 건 당연하다."

"그게 아니고요, 보기만 해도 화가 나신다고 하셨으니까 볼 때마다 화를 내시면 저는 어떻게 해야 합니까?"

"뭘 어떻게 해. 화내는 거 받아주고 있어야지."

"아, 진짜!"

솔루가 태랑의 가슴을 두 팔로 힘껏 밀었다. 다 소용없는 짓이었지만.

"저는 태랑 님을 정말 모르겠습니다."

"나도 나를 모르겠다."

큰 한숨 소리가 들렸다. 그에게 할 말을 잃은 솔루가 내쉬는 소리였다. 피식 웃음이 났다.

"오늘 밤부터 내 곁에 있어라."

금작의 청혼이 의외의 결과를 가져다줬다. 물론 다시는 그가 솔루의 옆에 오지 못하도록 완벽하게 차단할 것이다.

"제게도 준비를 할 시간을 주십시오."

"무슨 준비가 필요하다고 그러느냐."

"짐을 챙겨야 하잖아요."

"다른 이들에게 시키면 된다."

"제 손으로 할 수 있는데 왜 남을 시킵니까?"

"어제까지 내게 용서해달라 울었던 사람이 맞느냐."

"지나간 일을 들추는 건 좋지 않은 습관입니다."

콩! 태랑이 솔루의 머리를 주먹으로 때렸다.

"아얏! 왜 때리십니까!"

아프게 때릴 마음은 없었는데 힘 조절이 안 됐나 보다. 꽤 아픈 모양인지 솔루가 찡그린 채 두 손으로 태랑에게 맞은 부위를 비볐다.

"너만 보면 화가 나니까."

"그럼 볼 적마다 맞겠군요."

"어쩌겠느냐. 네 탓이다, 네 탓."

나를 화나게 하는 네 탓. 나를 미치게 하는 네 탓.

제 머리를 문지는 솔루의 손을 태랑이 잡아 내렸다. 그리고 부드럽게 그 부위를 그가 문질러줬다.

솔루는 곁에 있으라는 태랑을 설득하느라 애를 먹었다. 겨우 그에게 허락을 받은 그녀는 홍이에게 있었던 이야기를 쏟아내며 밤을 새우다시피 했다.

"홍아, 태랑 님께서 용서해주셨다? 그런데 있잖아, 나를 막! 이렇게 막! 안았어! 왜 그러셨을까?"

솔루는 자신의 가슴을 두 팔로 안으며 태랑이 안아줬을 때의 느낌을 상기하려고 했다. 당시엔 놀라고 경황이 없어 이게 뭔가 하면서도 인지하지 못했는데, 방에 들어오자 얼굴에서 열기가 느껴졌다. 그녀가 볼을 양손으로 감쌌다. 가슴이 간질간질 이상한 느낌도 났다.

조금 전까지만 해도 원망스럽고 조금 밉기까지 했는데 어느새 눈 녹듯이 다 녹아 없어져버렸다. 헤헤헤, 하고 저절로 웃음이 나왔다.

내일부터 태랑의 곁에서 지내야 한다고 생각하자 묘하게 설레기도 했다. 그가 밥도 같이 먹고, 잠도 같이 자자고 했다. 명령이라 그렇게 하겠다고 대답했지만 돌이켜보니 참 이상한 명령이었다. 어제는 워낙에 급작스럽게 일어난 일이라 그녀는 깊게 생각하지 못했었다.

어디까지 화나는지 보자는 태랑의 뜻을 이해하기 어려웠다. 그리고 희한하게도 그가 저만 보면 화가 나서 미치겠다는데 기분이 딱히 상하지가 않는다. 왜 그럴까 고민을 해봐도 답을 떠오르지 않았다.

헌데 설마 진짜로 한방에서 자는 건가? 설마, 하며 고개를 저었다. 잘못했다간 잠자리 시중을 들었다는 소문이 또 날 수 있는 문제인데 솔루는 그럴 리가 없다 굳건하게 믿었다. 옆방에서 자거나 하겠지.

"홍아, 내가 방 옮기면 너도 꼭 따라와야 한다."

홍이가 솔루의 주위를 빙글빙글 돌았다.

그나저나 객사를 그만둬야 하는 것이 그녀는 못내 아쉬웠다. 생애 최초로 해본 일이라 더 하고 싶었지만, 괜히 말을 꺼냈다간 또 태랑의 노여움을 살지 몰라 관두기로 했다.

홍이는 앞으로 백해궁 안에서 자주 볼 수 있겠지만 객사 사람들은 힘들지도 모르겠다. 마지막으로 인사하러 다녀오겠다고 하면 태랑이 그러라 할지 의문이다. 설담은 물론이고, 경단 만들 때 도움을 준 송마를 비롯해 주방 사람들과 가희에게도 꼭 인사를 하고 싶었다. 많이 도와줬는데 어느 날 갑자기 인사도 없이 그만두는 건 도리가 아니라 생각했다.

날이 밝았다. 백해국의 기운이 날인지 하늘은 밀가루처럼 뽀얀 빛이었다. 하늘을 향해 뻗어 있는 궁의 처마가 하얀 종이에 선명한 색깔로 그려진 그림같이 고왔다. 솜을 뭉쳐 붙여놓은 듯한 구름이 물 위를 떠다니는 나뭇잎처럼 둥둥 흘러간다. 가끔 저 멀리 보이는 해룡의 꼬리가 길게 휘어지며 지나기도 했다.

딸랑, 딸랑. 처마 끝에 달린 물고기 모양의 풍경이 바람에 흔들렸다. 풍경의 맑은 소리와 함께 마루에 걸터앉아 있던 솔루가 한숨을 쉬었다. 그녀는 아침에 일어나자마자 제 처소의 마루에서 앉아 하늘을 보다가 머리를 싸매길 반복했다.

어젯밤부터 고민했던 객사에 인사하러 가는 문제 때문이었다. 허락을 받아야 하는데, 말을 꺼냈다가 태랑이 화를 낸다면 그땐 또 어찌할까. 그가 화낸 것도 싫지만 저를 외면하는 건 견디기 어려워 두 번 다시 겪고 싶지 않았다.

한참을 고민하던 솔루는 우선 태랑에게 말해보기로 결단을 내렸다. 그를 찾아 동쪽 침전으로 간 솔루는 멀찍이 앉아 그의 눈치를 살폈다.

처음 들어와 보는 방이었다. 방바닥에 무릎을 꿇고 앉아 두 손을 가지런히 허벅지에 올려놓은 그녀는 고개를 한 바퀴 돌리며 슬쩍 구경했다. 넓은 방에는 화려하고 귀해 보이는 가구로 가득 채워졌고, 천장 곳곳에서 내려온 휘장들은 입이 떡 벌어질 만큼 아름다운 천으로 만들어졌다. 침상이 없는 대신 위쪽에 커다란 보료가 깔렸다. 그 위에 태랑이 비스듬히 몸을 기대고 앉아 있었다.

눈으로 머리부터 발끝까지 봤다. 한눈에 들어왔지만 참으로 길다고 생각하는 솔루.

"구경은 다 했느냐."

"아, 예."

"내가 아무리 아름답다지만 그렇게 대놓고 보는 녀석은 너뿐이다."

"죄송합니다. 저도 모르게 그만."

그녀가 혀를 샐쭉 내밀며 제 볼을 긁어 내렸다.

"저…… 태랑 님, 객사를 다녀왔으면 합니다."

"어딜 간다고?"

그의 반응은 예상하고 있었지만 비켜 나가길 바랐는데 역시 맞았다. 객사라는 단어를 꺼내는 순간부터 그의 눈빛이 달라졌다. 객사에 다녀온다고 들었으면 다시 묻는 의도는 가지 말라는 소리일 것이다.

"객사요."

"하룻밤 만에 내가 한 말을 모두 잊었느냐?"

"금방 다녀오겠습니다. 그간 설담 님이 잘해주셨으니 인사도 드리고요, 가희 님하고 송마 할머니께도 인사드려야 하고, 에…… 또 누가……."

손가락을 하나씩 접어가며 말하던 솔루가 머리를 긁적였다.

"아! 호룡 님도 계시고요!"

"설담은 가끔 백해궁에 오니 됐고, 가희나 송마에게는 나중에 인사해도 된다. 호룡에게는 안 해도 되고."

"그런 법이 어디 있습니까?"

"여기."

우어! 또 심술 발동하셨네.

솔루가 아랫입술을 뚱 내밀며 불만 섞인 표정을 지었다.

"제가 예의 바른 사람이 될 수 있도록 도와주십시오."

"나는 지금껏 그런 인사치레 안 하고도 잘 살아왔다."

"저랑 태랑 님이랑 같습니까?"

태랑이 '그래?' 하고 나직이 중얼거렸다. 솔루는 그의 얼굴을 관찰했다.

얼굴이 굳어졌거나 미간에 주름이 생기지 않았고, 관자놀이를 문지르지도 않는다. 그의 기분이 괜찮다는 증거다. 얼굴이 굳어지거나 미간에 주름이 잡히거나 관자놀이는 손가락으로 문지르는 것은, 그가 기분이 나빠지면 하는 행동들이 있었다.

언제 내가 이런 걸 다 알고 있었지.

태랑과 지낸 지 그리 긴 세월이 지나지 않았지만 함께 있으며 저도 모르게 파악했던 모양이었다. 그러고 보니 자신은 그에 대해서 아는 것이 별로 없었다.

아름다운 백해국의 왕, 까칠한 성격, 변덕 대마왕, 특별한 능력, 방금 떠오른 그가 기분 나빠지면 하는 행동, 외로운 사람인 것 같았지만 몇몇의 친구도 있고, 그의 신하는 파고였다. 그가 타고 다니는 해룡의 이름은 청이었다. 그 외에 태랑에 대해 뭘 알고 있는지 떠올리려 했으나 생각을 집중해도 소용없었다.

"너와 내가 다를 게 무엇인데?"

혼자만의 생각에 빠져 있는 솔루를 보며 그가 물었다.

"태랑 님은 백해국의 왕이시지만 저는 타국에서 온 이방인입니다. 얹혀 사는 주제에 예의 바른 사람이기라도 해야죠."

"너도 왕 못지않은 신분이 될 것이다. 그러니 예의 차릴 필요 없다."

"예? 제가 왜요?"

아차. 태랑이 얼른 입을 다물었다.

어젯밤의 결심이 무심결에 튀어나온 것이다. 솔루에게서 심장을 취하면 그녀를 제 곁에 두기로 마음먹었다.

비(妃)로 맞이하리라. 그것은 자신에게 심장을 준 것에 대한 보상이었다. 하지만 이 모든 일을 솔루가 알기에는 아직 너무 일렀다.

"그리고 뭔가 착각하는 것 같다만, 너는 내게 얹혀살고 있다."

"아! 그런 의미가 아니고요. 아무튼 꼭 예의 바른 사람이 되고 싶어서라기보다는 앞으로 자주 뵐 일이 없을 듯해서 마지막 인사라도 하고 싶어서 그럽니다."

솔루는 태랑의 말에 휘둘려 '왕 못지않은 신분'에 대한 의문을 금세 잊었다.

솔직히 그는 솔루가 송마와 가희를 만나는 것까지는 좋았다. 그런데 왜 하필 설담과 호룡을 챙기는지. 거기다 객사에 갔다가 금작이라도 만날까 염려스러웠다.

"좋아. 다녀와. 단, 빨리 갔다 와야 하느니라. 지체했다간 혼쭐이 날 줄 알아."

태랑은 보내고 싶지 않은 마음이 굴뚝같았다. 그러나 못하게 하면 더 하고 싶은 법. 괜스레 막았다가 나중에 혼자 몰래 가기라도 하면 안 되기에 혹시 일어날지도 모르는 일을 미연에 방지하는 차원이었다.

"감사합니다! 감사합니다, 태랑 님!"

환하게 웃으며 방바닥에 이마가 닿도록 솔루가 인사했다.

"너, 잠깐 이리로 오거라."

태랑이 붉은 가락지가 끼워진 검지를 그녀를 향해 까닥였다.

"예?"

"가까이 오란 말이다."

그녀는 무릎을 움직여 앞으로 조금 나갔다.

"더 가까이."

한참이나 나아간 듯한데 방이 워낙에 넓어서 반도 가지 못했다. 그녀는 다시 움직였다. 태랑은 꼬물꼬물 양 무릎을 밀어가며 오는 솔루의 모양새를 보고 있자니 나오려는 웃음을 간신히 참았다.

"흠!"

헛기침으로 웃음을 삼켰다.

그냥 일어나서 걸어오면 될 것을 예의 차린다고 또 저러는 건가.

나중에 시간 날 때 종일 시켜봐야겠다. 필시 하루가 금방 가고도 남을 것이다. 꼬물꼬물 왔다 갔다 하는 모습을 떠올리자 그는 자꾸 웃음이 터졌다. 나오는 웃음을 솔루에게 들키지 않기 위해 입술에 힘을 줬다. 씰룩이는 입술을 그녀가 보지 않았길 바라면서.

"오늘 내가 져줬으니, 너도 나중에 내 부탁을 들어줘야 한다."

"부탁이요? 지금 하셔도 됩니다."

"뭐든 다 들어줄 테냐."

"예!"

솔루가 고개를 크게 끄덕였다.

"어떤 것이라도?"

"예! 어떤 것이라도요!"

태랑이 솔루의 대답에 알 수 없는 미소를 지었다.

"객사에 가는 걸 허락 안 하셨더라도 태랑 님의 부탁은 다 들어드립니다."

기분이 좋아진 솔루가 방글방글 웃으며 몸을 좌우로 흔들었다.

"내 앞에서는 괜찮지만 객사 가서 그렇게 웃지 말거라."

"에이, 어떻게 안 웃습니까."

"방금 내 부탁은 다 들어준다 하지 않았나."

"아! 그럼 조금만 웃겠습니다."

엄지와 검지로 조그만 틈을 보이며 말했다.

"말씀하신 부탁이 이것이었습니까?"

"아니, 그건 나중에."

"예, 알겠습니다. 언제라도 말씀하세요."

"나중에 뭔지 듣고 펄쩍 뛰지나 말거라."

"괜찮습니다. 태랑 님께서 제게 나쁜 걸 시키실 리는 없지 않습니까."

순간 태랑의 얼굴이 굳어졌다. 저를 믿는 듯한 그녀의 말이 명치에 박혔다. 그녀의 말간 미소가 날카로운 쇳조각처럼 가슴을 긁어 내렸다. 그것이 아프면서도 따뜻한 기운이 뭉근하게 번졌다.

태랑은 서둘러 솔루에게 객사에 다녀오라며 내보냈다.

곁에 두고 잘해주면 된다. 내 심장인 너를 아껴주고 예뻐할 것이다.

비(妃)로 곁에 둘 생각까지 하지 않았는가.

이만한 보상이 세상에 또 어디 있을까.

그래, 그거면 된다. 충분하다.

그는 마음의 끝에서 잠식해오는 죄책감을 말끔히 지워냈다.

태랑은 파고를 시켜 신하들을 모두 모았다.

후원의 정자에서 자신을 중심으로 빙 둘러앉도록 한 태랑은 말없이 차만 마셨다. 웬만한 일로는 태랑이 그들을 먼저 찾지 않았기 때문에 모두 긴장했다. 하지만 여느 때와 달랐다. 이런 상황은 으레 불호령이 떨어졌기에 무거운 공기가 어깨를 짓누르는 것 같아서 아팠다. 하여 오늘도 그럴 줄 알았는데, 이게 웬걸.

백해국의 신하들은 긴장을 하면서도 부드러워 보이는 태랑의 표정에 숨 쉴 만한 여유를 찾을 수 있었다. 그의 편안한 얼굴을 보는 것은 거의 처음이 었다. 항상 무표정을 유지하거나 차갑게 굳은 얼굴을 하고 있었는데, 간간 이 보일 듯 말 듯 한 연한 미소도 지었다.

"오늘 내가 모이라 한 이유는 한 번 더 경고하기 위해서다. 저번에 봤던 그 아이, 나와 지낼 것이야. 물론 지금까지도 같이 지냈지만 이번엔 다르지. 어떤 의미로 말하는지 알겠나?"

"태랑 님! 그 말씀은 곧 심장을 가지실 수 있다는 것입니까?"

놀란 재상이 격양된 목소리를 어렵게 죽여가며 물었다. 시간이 빨리 올수 록 좋은 일이다. 심장이 없는 왕은 나라를 불안정하게 했다.

"곧, 일지는 나도 모르겠고."

"감축드립니다!"

재상을 필두로 나머지 신하들이 머리를 조아리며 함께 외쳤다. 그들이 하 는 축하의 일부분에는 아부성도 있었지만 어떠하리. 좋은 일에 축하를 해준 다는데 태랑은 일일이 따지고 싶지 않았다.

솔루의 영향인가. 다른 때였으면 날카로운 지적으로 그냥 넘어가지 않았 을 그였다. 허나 오늘의 그는 마음이 너그러웠다.

"지금까지 그래왔던 것처럼 침묵을 유지하길 바라네."

"백성들에게도 이 경사를 알리는 것이 좋지 않겠습니까."

"일 만들지 말라. 만약 심장을 취하기 전에 그 아이의 귀에 들어가면 어떻 게 되겠는가."

"네. 명심, 또 명심하겠습니다."

"또 하나. 그때도 말했지만 다른 여인을 내 침소에 넣었다간 후회하게 될 것이다."

"여부가 있겠습니까. 태랑 님께서 심장을 취하는 날이 앞당겨질 수 있다면 저희 모두 입에 자물쇠를 채우겠습니다. 경솔한 행동도 하지 않을 것입니다."

모두 재상의 뜻에 동조함을 보이기 위해 고개를 숙였다.

"그래. 내 한번 믿어보지."

오늘따라 유난히 차 맛이 좋다. 태랑이 차를 음미하며 잔잔한 미소를 입가에 머금었다.

한편, 객사에 도착한 솔루는 한 사람씩 찾아가 인사하느라 정신이 없었다. 태랑에게 말로는 설담과 송마, 가희와 호룡. 이렇게 네 명만 말했지만 전체 주방 사람들에게도 인사를 전했다.

"만나자마자 이별이라더니 서운해서 어쩌누."

누군가가 말하자 송마가 나섰다.

"이별은 무슨 이별이야! 시간이 될 때마다 찾아온다잖아."

"예, 정말 시간이 되면 꼭 오도록 하겠습니다."

솔루가 웃으며 송마의 말에 동조했다. 먼 거리도 아니고 가깝기만 한 곳인데 오는 것이 그리 대수겠는가. 다만 매번 태랑이 허락하느냐가 문제긴 했다.

"너, 혹시 혼인하는 건 아니지?"

매향이 입술을 삐죽였다.

"저것이 또 저러네."

송마가 불만에 가득한 음성으로 말했으나 매향은 조금도 신경 쓰지 않았다.

"금작 님과 어떻게 된다든가……."

아직도 금작 타령이었다. 솔루는 아니라고 아무리 말해도 믿어주지 않는다면 굳이 더 나서고 싶지 않았다. 진실을 말해도 그것을 볼 줄 모르는 사람에게 속상해가면서 끝까지 자신의 입장을 피력할 필요성을 느끼지 못했다.

"모두 건강하시고 안녕히 계십시오."

인사를 하고 돌아서며 그녀는 아쉬운 마음 반, 후련한 마음 반이었다. 후련한 마음이 드는 건 남들이 들으면 우습겠지만 여전히 저를 오해하는 그들의 눈초리에서 벗어날 수 있었기 때문이었다.

설담이 자리를 비워 인사는 다음으로 미뤘다. 그가 워낙에 바빠서 오늘 돌아오지 않을 수도 있다는 말에 가희와 인사를 마지막으로 했다. 그녀에게 자세한 얘기를 전할 수 없어 미안했다. 항상 그랬던 것처럼 가희는 웃음기 하나도 없는 얼굴로 가끔 놀러 오라는 말을 했다.

"그동안 너무 감사했습니다."

"객사에 관한 일이라 그랬을 뿐이에요."

딱딱한 어조였지만 가희를 경험한 솔루는 그녀의 마음을 다 알고 있었다. 도움을 주기 위해 애썼고, 솔루를 걱정하던 그녀에게 언젠가 이 인연을 갚을 수 있는 날이 오기를 바랐다.

"솔루가 아니더냐."

갑자기 뒤에서 들려오는 음성의 주인공이 누구인지 솔루는 금방 알아차렸다. 목소리의 주인공은 금작이었다. 잊고 있었는데 어젯밤 사건이 떠오른 솔루가 홱 돌아섰다. 그를 쏘아보더니 다가가서 조용히 말했다.

"제게 잠시 시간을 내주십시오."

"그거 반가운 소리구나."

가희에게 인사한 그녀는 금작과 밖으로 나갔다.

"왜 태랑 님을 찾아가신 겁니까?"

솔루가 따지듯이 물었다.

"이런! 벌써 알았느냐? 태랑 님도 입이 무거우신 분은 아니구나."

"태랑 님 탓하지 마시고요!"

"벌써 편드는 사이냐."

그가 장난스럽게 웃자 솔루가 화들짝 놀라며 손을 저었다.

"그런 말씀 함부로 하지 마십시오. 제게 은인이신 분이라 그런 것이지 다른 뜻은 전혀 없습니다!"

"그건 모르는 일이란다."

"아무튼 다시는 청혼이니 뭐니 해서 태랑 님을 찾아가거나 절 찾아오지 마십시오."

"아, 잔인한 처자일세. 사내의 순수하고 깨끗한 마음을 이런 식으로 짓밟다니."

금작이 한껏 울상을 하고 정말 상처 입은 것처럼 머리를 감쌌다.

"짓, 짓밟은 것은 아닙니다. 이해는 해요. 하지만 제 마음이 금작 님께 가지 않는데 억지로 어떻게 할 수 있는 문제는 아니지 않습니까."

미안해진 솔루가 그를 위로했다. 다 소용없겠지만.

"어쨌거나 내가 너에게 거절당한 것은 맞지 않느냐. 내가 앞으로 여인을 만날 수나 있으려나."

"……뭘 또 그렇게까지 비관적으로 생각하십니까. 금작 님 좋다는 여인들이 많다면서요."

"그럼 뭐 하겠어. 내가 원하는 건 넌데."

"죄송합니다. 저 같은 걸 좋아해주셔서 감사합니다만 저는 아닙니다. 나중에 좋은 분 만나시길 제가 기원하겠습니다."

솔루는 금작에게 미안하다는 이유로, 배려한다는 생각으로 어설프게 말하면 안 될 것 같았다. 그에게 할 수 있는 최선이었다.

금작은 어색하기 짝이 없는 자신의 연기에 넘어가고 있는 솔루를 더 당황하게 만들까 하다가 그만뒀다. 이건 뭐, 조금이라도 먹혀 들어가야 재미가 있을 텐데 심심했다.

"네 뜻을 잘 알겠다. 나도 이쯤에서 포기하련다. 원했던 것도 알게 됐으니 밑지는 장사는 아니었지."

"예? 장사요?"

"그런 게 있단다, 여인아. 다시 만날 때까지 잘 지내고 있어라."

그가 솔루의 머리를 쓱 하고 매만지더니 금빛의 머리카락을 휘날리며 돌아갔다. 솔루가 살짝 인상을 찌푸렸다. 명확하게 뭐라 말할 수는 없지만 영 개운치 않은 기분이었다.

백해궁으로 돌아가는 계단을 오르며 솔루는 계속 금작의 말을 고민했다. '장사'라는 말이 입안을 맴돌았다.

"아야."

갑자기 머리가 아프더니 속이 울렁였다. 요새 잠잠하다 싶었는데 또 혼절하려는 기미가 보여 그녀는 서둘러 올라갔다. 거의 도착했지만 아직 남아 있는 계단이 마음에 걸렸다. 잘못하면 쓰러지다가 구르거나 다칠지도 모르는데…….

계단 한쪽에 앉으려 했지만 그녀는 더 이상 자신의 몸을 통제할 수 없었다. 의식이 희미해져갔다.

털썩! 무릎이 계단 모서리에 닿으며 깨졌고, 팔꿈치 역시 거친 돌을 쓸려 여린 피부가 까졌다. 머리가 모서리에 닿으려던 순간, 재빠르게 무언가가 들어와 다치지 않게 그녀의 머리를 받쳤다.

신하들을 모두 돌려보내놓고 솔루를 기다리던 태랑은 시간이 흐를수록 초조해졌다.

"파고, 아직이냐."

"네."

"이렇게 시간이 걸릴 일이더냐."

"그간 정이 많이 들어 인사가 길어지나 봅니다."

"그래도 그렇지, 너무 늦잖아."

"걱정되시면 나가보시는 것도 좋을 듯합니다."

"됐다."

어젯밤도 침착하게 했어야 하는데 감정에 휘둘려 내키는 대로 행동하고 말했었다. 이미 늦어서 후회해봤자 소용없지만 앞으로는 이성을 붙들고 있기로 자신에게 맹세했다. 그러나 태랑은 얼마나 지나지 않아 맹세 따위는 까맣게 잊었다. 솔루가 오기만을 기다리며 앉아 있다간 답답해서 죽을 지경이었다.

그는 객사로 이어지는 계단으로 향했다. 위에 서서 아래를 내려다보는데 계단을 가로지르며 늘어져 있는 무언가가 보였다. 하지만 그것도 잠깐.

솔루를 알아본 태랑이 놀란 얼굴로 뛰어 내려갔다. 요즘 다른 일에 정신을 빼앗겨 그녀가 어디서나 이런 식으로 혼절할 수 있다는 사실을 잊고 있었다.

태랑은 솔루의 머리부터 살폈다. 혹시 머리를 다치기라도 했다면 큰일이었다. 그녀의 머리 아래로 손을 넣고 받쳤다. 피가 났을까 봐 걱정하던 그는 물컹한 느낌에 무엇인지 살폈다. 물고기 한 마리가 솔루의 머리를 대신해서 상처를 입었다. 죽었는지 꼼짝도 하지 않았다.

네가 큰일을 해줬구나. 태랑은 솔루의 몸을 빠른 눈으로 훑었다. 무릎이 깨져 피가 흘렀고, 팔꿈치를 비롯해 겉으로 드러난 살갗은 돌에 쓸려 거친 상처가 났다. 몽글몽글 피가 맺힌 것 말고는 다행히 큰 상처는 없어 보였다.

솔루를 살짝 흔들었다. 아직 깨어날 시기가 안 됐는지 반응이 없자 태랑은 그녀를 안아 들었다.

그는 황급히 계단을 오르다 죽은 물고기가 생각났다. 죽었지만 차가운 돌

바닥 위에 둘 수가 없었다. 손가락을 들어 물고기를 자환목 아래에 내려놓고 주위에 흩어져 있는 잎으로 덮어줬다. 제대로 덮였는지 확인한 태랑은 서둘러 백해궁으로 향했다.

아무래도 비한을 빨리 찾아야겠다. 앞으로 곁에 두고 있을 거지만 잠시라도 떨어졌다가 이런 일이 발생하는 걸 원치 않았다. 지금까지는 어찌어찌 위험한 일은 피했다고 하나 어떻게 될지는 아무도 모른다. 오늘도 만약 솔루를 대신한 물고기가 아니었다면 그녀가 어떻게 됐을지 상상하니 가슴이 덜컥 내려앉았다.

태랑이 동쪽 침전으로 데려가 솔루를 눕혔다. 전의를 불러 상처를 살피고 맥을 짚도록 했다. 전의는 별다른 이상이 보이지 않는다 하며 무릎과 팔꿈치 등에 난 상처에 약초를 붙일 준비를 함께 온 이들에게 시켰다.

짓이긴 약초를 들고 오는 전의를 불렀다.

"잠깐, 멈춰라."

약초 그릇을 든 전의가 태랑의 말을 듣고 자리에 섰다.

"아, 아프지 않게 해줘라."

"네. 조금 쓰라리긴 하지만 정신을 잃으셔서 아픔을 느끼진 못하실 겁니다."

"그래. 어서 하도록."

전의는 공손하게 고개를 숙이고 누워 있는 솔루를 향해 다가갔다.

"잠깐!"

다시 전의를 부르는 태랑.

"상처만 보고 치료해야 한다. 그 외에 얼굴이나 다른 신체 부위를 보면 용서하지 않을 것이다."

"네, 그렇게 하겠습니다."

대답한 전의는 자신의 입가에 퍼지는 기분 좋은 미소를 느끼면서 치료를 시작했다.

한편, 옆에서 이 상황을 지켜보고 있던 파고는 놀라움을 감추지 못했다. 태랑과 거리를 두고 있길 망정이지 그에게 들켰다간 한 소리 들을 것이 뻔했다.

"오오~ 지금 발전하고 있는 거죠?"

언제 왔는지 소리도 없이 다가와 곁에 선 설담이 파고에게 물었다.

"언제 오셨습니까?"

"방금. 오늘 태랑이 신하들을 불러놓고 솔루에 대해 다시 말했다 해서 와 봤어요. 뭔가 분명히 일이 벌어지고 있구나 싶어서 말이죠."

"태랑 님은 확실히 발전하셨습니다만 솔루는 모르겠습니다. 얼마 전, 태랑 님께서 과도하게 화를 내시는 바람에 솔루 입장에서 없던 정도 뚝 떨어졌을지도요."

"저런, 저런. 진즉에 잘했어야지 이제 와 그럼 뭐 하나."

설담이 쯧쯧 소리를 냈다.

"그래도 희망을 걸어볼 만합니다. 오늘부터 태랑 님과 솔루가 함께 지내기로 했습니다."

"아! 맞다! 그렇잖아도 물어보려고 했어요. 객사도 못 나온다고 인사하고 갔다던데 어떻게 된 일인가요?"

"태랑 님께서 솔루가 객사 나가는 걸 금지시켰습니다."

"오오오오오!"

희열을 느끼는 듯 설담이 크게 소리를 질렀다. 그 바람에 태랑이 고개를 돌렸고, 미간을 찌푸리며 조용히 하라고 집게손가락을 입에 댔다. 태랑을 향해 고개를 끄덕인 설담이 파고에게 조용히 물었다.

"왜 그랬대요?"

"금작 님이 솔루에게 청혼을 했답니다. 솔루가 거절하자 태랑 님께 찾아

362

와 그 아일 달라고 한 모양입니다. 그것 때문에 태랑 님이 본인 마음을 인지하셨는지 당장에 그만두라 명령을 내리셨고, 솔루의 방도 옮기라 하셨습니다."

"금작이 청혼을요?"

"네."

"그가 왜?"

"솔루가 좋으니까 청혼하지 않았겠습니까."

"흐음."

설담이 솔루에게 청혼을 했다라. 금작에게 그만두라고도 말을 했고, 그도 알겠다 답했다. 나중에 솔루의 마음을 자신이 얻게 되면 달리 생각해본다고는 했으나 지금 청혼하는 건 시기상조였다. 뭐, 시간이 흘러도 솔루가 넘어갈 리는 없어 보였지만.

그나저나 금작의 속을 모르겠군. 저번부터 느껴지는 금작에 대한 의문이 이로써 더 짙어졌다. 다만 명확하게 잡을 수 없어서 답답했다.

그는 솔루 곁에 서서 그녀를 걱정스레 보고 있는 태랑에게 눈길을 돌렸다. 바라던 바가 이루어지고 있다. 헌데 기분이 이상하다. 태랑, 네게 좋은 일이 일어나고 있는데 왜 나는 씁쓸하냐. 에잇! 귀여운 여인 하나를 보내야 하니 그런가 보구나. 오늘 밤에는 후궁들과 거나하게 술이나 마셔야겠다.

"파고, 비한은 어찌 됐느냐."

태랑이 아직 깨어나지 않은 솔루의 머리를 쓰다듬었다.

"사람들을 시켜 백방으로 알아보고 있습니다만, 쉽지가 않습니다. 제가 직접 나설까요?"

"조금 더 기다려보자."

"네."

태랑은 제 가슴을 손바닥으로 눌렀다. 심장이 없는 자리는 항상 허전했다. 공허한 바람만이 가득 채우고 있는 느낌.

심장이 있으면 어떤 기분일까. 늘 궁금했었다. 좋을까? 나쁠까? 뜨거울까? 차가울까? 처음부터 없었던 것이라 조금의 예상도 불가능했었다. 하여 아주 단순하게 짐작할 수밖에 없었다.

그런데 오늘, 아니 지난 시간을 되새겨보면 솔루를 만나고 나서 가슴 안에서 이상한 느낌이 전해졌다. 뭔가가 있는 것처럼 놀라기도 하고, 아프기도 했다. 특히 계단에 쓰러져 있는 솔루를 본 순간 느껴지던 숨 막히는 통증은 지금까지 가장 강했다. 아파서 좋지도 않지만 나쁘지도 않았다. 통증 뒤에 따라오는 야릇한 감각을 말로 형용할 수 없었다.

혹 몸이 동하면 이런 느낌이 오는 것인가. 그에 대한 반응이 이렇게 나타나는 것인가.

태랑은 이불 위로 얌전히 올려 있는 솔루의 손등을 덮었다. 이유가 있지 않는 한 먼저 나서서 타인에게 접촉하는 일은 없었다. 만지고 있는 사람은 태랑 자신인데 반대로 솔루가 어루만져주는 듯했다.

괜찮다고. 다 괜찮을 거라고.

그녀가 태랑을 안아주며 다독이는 것 같았다.

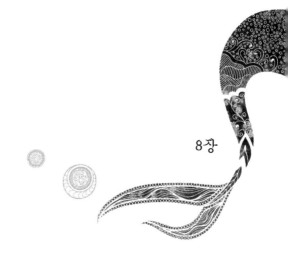

8장

열흘의 시간이 흘렀다.

솔루가 쓰러지며 생겼던 상처는 흉터만 남기고 아물었다. 더 오래갈 줄 알았는데 며칠 만에 딱지가 지고 떨어지더니 새살이 올라왔다. 열흘 동안 솔루는 꼼짝없이 침상에만 누워 있었다. 다쳐서 아프긴 했어도 움직이는 데는 전혀 무리가 없었음에도 불구하고 태랑의 명령이라서 지킬 수밖에 없었다.

오랜만에 나갈 준비를 한 그녀를 본 태랑의 미간에 엷은 주름이 잡혔다. 솔루는 오늘까지만 참을까 하다가 이제 더는 안 되겠다고 생각하며 고개를 저었다. 지난 열흘은 정말 답답해서 죽을 것 같았던 시간이었다.

'태랑 님, 답답합니다. 저 정말 움직여도 됩니다. 이것 보세요! 멀쩡하잖아요!'

'안 된다.'

다친 지 사흘이 지나 팔다리를 힘차게 저으며 보여줘도 그에겐 먹히지 않았다.

'왜 안 된다고만 하십니까!'

'회복이 안 된 채로 나갔다가 잘못되면 또 바쁜 전의가 고생하잖느냐. 너 때문에 여럿 힘들게 하지 마라.'

그녀는 저 하나 때문에 다른 사람에게 피해를 줄 수 없었기에 그날은 포기했었다. 시간이 지나 이레가 되었을 때 태랑의 눈치를 살피다가 또 이야기를 꺼냈다.

정말 멀쩡했으니까. 뛰어다녀도 전혀 문제가 안 될 만큼 좋아졌다.

'태랑 님, 제가 스무 해 동안 거의 집 안에서만 살았습니다. 이제 겨우 나들이도 하고 바깥 구경도 하는데, 이렇게 안에만 갇혀 있어야겠습니까? 제가 불쌍하지도 않습니까?'

'불쌍한 사람이 다 죽었더냐. 그리고 내가 평생 안에서만 지내라고 한 적도 없다. 다 나을 때까지만 견디라는데 무슨 말이 그렇게 많아.'

'아, 아름다운 태랑 님, 그럼 공기만 마시고 오겠습니다.'

'네가 아첨도 떨 줄 아는구나. 헌데 말이다, 아름다운 사람에게 아름답다고 하는 건 아첨이 아니라 사실을 말하는 것뿐이니라. 좀 더 그럴듯한 것을 말해보든가.'

'저 좋아졌다고요!'

'귀찮은 일 만들지 마라.'

그렇게 솔루가 아첨 떨어가며 부탁도 해보고 조목조목 따져도 봤지만, 그는 요지부동이었다. 그러다 꼬박 열흘 만에 겨우 허락을 받았다.

"밖에 보물이라도 숨겨뒀느냐."

옷매무새를 가다듬는 솔루를 보며 태랑이 물었다. 쉴 때 쉬라는 것인데 뭐가 그리 급하다고 밖으로 나갈 궁리만 하는지.

"제가 숨겨둘 보물이 어디 있습니까?"

"금작이 선물이라도 줬을지 누가 알겠느냐."

솔루가 입술을 씰룩였다. 차마 대놓고 그에게 뭐라고 할 수 없어서였다. 속 좁게 지나간 일을 자꾸 들추지 마십시오, 라고 한마디 하고 싶은 걸 꾹 참았다. 누가 들으면 바람났던 내자(內子) 단속하는 남편이라고 하겠다.

"줬어도 받지 않을 것입니다."

"내가 안 봤으니 모를 일이지."

심술쟁이. 그를 쏘아보려다 눈길을 돌리는 솔루.

열흘 동안 그녀의 곁에서 한순간도 떨어지지 말자고 했던 그였지만 현실적으로는 불가능했다. 신하들과 정사를 논해야 했고, 가끔 출몰하는 괴물 때문에 자리를 비우기도 했었다. 그러나 정말 자신이 필요한 자리를 제외하고는 대부분의 시간을 솔루 곁에 있었다. 잠은 다른 곳에서 잤지만 말이다. 솔루도 그런 그를 알기에 심술을 부리는 모습이 나쁘게만 보이지 않았다.

"이제 저 보면 화나지 않으십니까?"

"왜 안 나겠느냐."

"그런데 왜 화를 내지 않으십니까?"

"왜, 참아줘도 불만인가. 예전처럼 해줘?"

"하하하, 불만이라뇨. 설마요."

그녀가 웃으면서 고개를 세차게 저었다. 함께 지내자는 태랑의 이유를 납득할 수 없었으나, 그렇다고 따지고 싶은 마음도 없었다. 오히려 그 말이 좋기까지 했다.

솔루는 그가 저를 안으며 아무 데도 가지 말고 곁에만 있으라고 했던 순간을 떠올렸다.

'내 곁에 있어라. 아무 데도 가지 말고 내 곁에만 있어야 하느니라.'
'한순간도 빼놓지 않고 내 곁에 있어.'

얼굴이 저절로 뜨거워졌다. 심장이 두근두근 방망이질을 해댔다. 아휴, 내가 왜 이렇지? 손부채질을 하며 열기를 식히던 그녀는 더 뜨거워지기 전에 자리를 피하고 싶어 서둘러 밖으로 나갔다.

"파고."

솔루가 밖으로 나가자 태랑은 파고를 불렀다.

"솔루 뒤에 사람을 붙여놔라."

열흘 전과 같은 사태를 막기 위해서였다. 정확하게 말하자면 열흘하고도 사흘 전이었다. 그동안 그녀는 혼절하고 몇 시간 있다가 깨어났었는데, 그때는 사흘 동안 정신을 차리지 못했다. 전의도 원인을 찾을 수 없어 난감해했었다. 좋다는 약재는 다 써봤지만 감긴 솔루의 눈은 떠질 기미도 보이지 않았고 시간이 흐를수록 태랑은 초조해갔다.

'앞으로 화내지 않을 테니 일어나기만 해라.'

몇 번이나 그녀의 귀에 대고 속삭였던가.

'일어나지 않으면 용서하지 않을 테다. 가만두지 않을 테다.'

협박 아닌 협박도 얼마나 했던가. 태랑은 사흘 만에 깨어나 자신을 부르는 솔루의 눈동자를 보는 순간 다리에 힘을 잃는 경험을 했었다. 주저앉지 않으려고 이를 물고 버텼다.

그녀에게는 사흘 동안 혼절해 있었다는 말을 하지 않았다. 태랑의 속도 모르고 나가게 해달라고 졸라대는 걸 막느라 그 나름대로 고충의 시간을 보냈다. 그런 태랑의 모습을 지켜봤던 파고였기에 솔루 뒤에 사람을 붙이라는 태랑의 명령을 충분히 이해했다.

"네, 분부하신 대로 하겠습니다."

"그리고 내가 준비하라던 방, 다 됐느냐."

"네, 이미 사흘 전에 마쳤습니다. 그런데 태랑 님, 솔루가 괜찮아할는 지……."

"상관없다. 내가 그 녀석 사정까지 봐줘야 하나."

"죄송합니다."

말은 여전히 까칠하지만 파고가 우려했던 대로 태랑은 이미 솔루에게 온통 마음을 뺏긴 것 같았다. 어느 정도 일이 진행되었을 때는 예상하고 있던 바였지만 처음엔 이리될 줄 몰랐다. 솔루가 먼저 태랑에게 빠질 줄 알았는데, 지금 솔루가 태랑에게 다가가는 속도는 느려 터져 답답할 지경이었다.

"참, 태랑 님."

"왜."

"혹 적진주에 대해서 아십니까?"

"당연히 알고 있다. 왜 그러느냐."

알고도 있고, 보기도 했었다. 저번에 금작이 솔루 때문에 태랑에게 잘 보인답시고 선물로 가져왔던 적진주.

"적진주를 먹으면 어떤 효과가 있는지도 아십니까."

"그것도 알지."

"비한 님을 찾는 데 오래 걸릴지도 모르니 적진주를 이용해보는 건 어떻겠습니까."

"……!"

귀한 물건이라 주위에서 효과를 봤다는 사람을 보지 못하기도 했고, 태랑에겐 필요치 않는 물건이라 깊게 생각하지 못했었다. 솔루의 병이 적진주로 나을지 어떤지는 모르지만 시도해보는 것도 나쁘지 않겠다.

"망할. 이럴 줄 알았으면 그때 받아둘 것을."

태랑이 주먹에 이마를 기대며 중얼거렸다.

그놈에게 사정하기 싫다. 돈의 문제가 아니었다. 적진주는 돈으로 사고팔 수 있는 영역에 있지 않았다. 귀해서 해마다 채취하는 양도 극소수였고, 그걸 가질 수 있는 사람도 금작과 같은 특정 계층만 가능했다. 돈보다는 권력의 중심에 있는 사람이 소유할 수 있었다. 그런 물건을 금작은 두 개나 가지고 있었는데 순순히 내어줄지 의문이었다. 솔루에게 접근하지 말라고 엄포를 놓으며 꽤 자존심을 상하게 했던 터라 금작이 어떻게 나올지는 뻔했다.

"후우."

숨을 길게 내쉰 태랑이 얼굴을 들고 흘러내린 머리카락을 쓸어 넘겼다.

"비한을 조금만 더 찾아보다가 정 어렵다 싶으면 적진주를 구해보도록 하겠다. 이제 가능한 한 사람들을 많이 풀어 비한을 공개적으로 찾아봐. 내가 찾는다는 소리를 비한이 듣게 되면 알아서 내게 오겠지."

비한이 빨리 나타나줬으면 좋으련만.

금작이 보여줬던 적진주가 눈앞에 아른거렸다.

침전 밖으로 나간 솔루는 예전에 사용했었던 처소를 향해 뛰었다. 밖으로 나오려고 했던 이유는 답답해서기도 하지만 홍이가 가장 컸다. 찾아오라고 말해둬서 그럴 줄 알았는데 홍이를 한 번도 보지 못했다. 태랑 님과 같이 있으니까 무서워서 안 온 건가?

드르륵! 급하게 문을 열었다. 짐이 옮겨졌는지 방은 텅 비어 있었다. 비어진 것도 시일이 꽤 지났나 보다. 안으로 들어서자 썰렁한 기운이 솔루의 몸을 감쌌다.

솔루는 넓은 백해궁을 돌아다니며 홍이의 이름을 불렀다.

"홍아! 홍이야!"

궁 안에서 자주 봤던 물고기들을 만나기도 했는데 홍이만 보이지 않았다. 걱정하던 마음속으로 좋지 못한 예감이 들어왔다. 숨어 있을까 싶어 쌓인 낙엽을 치우고 수풀 속을 뒤지느라 솔루의 머리와 옷은 엉망이 됐지만 그녀는 상관하지 않았다.

어디 갔어? 어디에 있어, 홍아!

자환화가 아닌 다른 꽃들로 가득한 무더기를 젖히기 위해 손을 집어넣었다.

"아야!"

무언가가 손을 푹 찌르자 얼른 빼냈다. 작은 가시 서너 개가 손등에 박혔다.

"아이참."

그녀가 박힌 가시를 빼려던 순간이었다.

탁! 손목이 잡혔다. 태랑이 잔뜩 굳은 얼굴로 가시가 박힌 손을 보고 있었다. 솔루에게 붙여놨던 하인이 그녀가 온 궁을 헤집고 다닌다는 말을 전해 왔다. 별일 아니라 여겼던 하인은 점점 엉망이 되어가는 솔루의 모습을 보고 이상하더란다. 혹시나 해서 와봤는데 아니나 다를까, 또 다쳤다.

"내 이러니 밖에 나가지 말라 했지."

태랑이 조심스럽게 그녀의 손을 잡고 안쓰러운 눈길로 말했다. 솔루의 눈이 동그랗게 커졌다.

여기엔 어찌 오셨을까? 내가 다친 줄 어떻게 아신 거야? 게다가 화낼 줄 알았는데 왜 저런 눈빛으로 보시는 거지?

"죄송합니다. 그런데 이 정도는 괜찮습니다. 가시 몇 개 박힌 게 뭐 대수라고요."

"보기엔 이래도 꽤 깊어 박혀 피가 많이 날 것이다."

낮고 고요한 음성에 한숨이 실렸다.

"아…… 처음 보는 꽃이라 잘 몰랐습니다."

솔루는 순순히 수긍했다. 마치 저를 걱정한 것 같은 목소리에 더는 뭐라 답할 수 없었다.

"따끔거릴 것이다."

"예."

태랑이 가시를 하나씩 뽑을 때마다 솔루의 몸이 흠칫거렸다. 참을 만한 통증이긴 했지만 튀어나오려는 외침을 참으려니 몸이 반응했다. 가시가 뽑힌 자리마다 피가 퐁퐁 솟자 태랑은 제 허리에 묶인 띠를 풀어 솔루의 손을 감쌌다. 왠지 그는 이런 일을 못 할 줄 알았는데 능숙해서 솔루는 신기한 눈으로 보고 있었다.

"대체 뭘 하고 다닌 것이야."

손을 묶어준 태랑이 솔루의 머리에 붙은 낙엽을 보고 물었다.

"누굴 좀 찾고 있었습니다."

"누구? 궁 안에 아는 이가 있었나?"

그가 그녀의 머리에 붙어 있는 낙엽을 하나씩 떼어냈다.

"홍이요."

"홍이?"

"제 동생입니다. 사람이 아니라 물고기지만요."

"물고기가 어째서 네 동생이냐?"

"동생처럼 소중합니다. 처소를 옮기기 전까지 저랑 같이 지냈어요. 헌데 아무리 찾아봐도 보이지 않습니다."

"해국의 물고기는 자유롭게 살기를 원한다. 해서 인어인 우리에게도 얽매여 살지 않아. 하물며 온전히 인간인 네게 그럴 수는 없겠지."

"그럴까요?"

태랑의 말에 일리가 있었다. 그래도 홍이가 인사도 없이 그렇게 떠나지 않을 텐데, 하는 작은 믿음이 그녀를 붙잡았다.

"아마 어디에선가 마음껏 여유를 부리고 있을 것이다."

"무슨 일이 있는 건 아니겠죠?"

"이곳에는 천적도 없으니 다치거나 잡아먹힐 일도 없다. 인어에게도 살기 편한 곳이지만 그들에겐 더할 나위 없이 좋아."

"그럼 다행이에요."

솔루가 고개를 끄덕이며 홍이 찾는 일을 그만두려 했으나 쉽사리 발길이 떨어지지 않았다.

"가자. 전의에게 상처를 보여야겠다."

가자는 말에 마지못해 걸음을 옮겼다. 혹여 홍이의 흔적이라도 발견할까 솔루는 앞서가는 그의 뒤를 따라 천천히 걸었다.

"힘이 드는 것이냐."

"예? 아뇨."

태랑이 걸음이 점차 느려졌다. 그는 솔루에게 보폭을 맞추는 중이었는데 그녀가 자꾸 뒤로 처지자 더 속도를 줄였다. 그녀가 옆으로 와주길 바랐지만 홍이 때문에 골똘히 생각에 빠진 그녀는 느릿하게 걷기만 했다.

그는 솔루가 눈치채지 못하도록 천천히 걸으며 그녀 옆에 섰다. 옆모습을 보고 있노라니 품에 안았을 때의 느낌이 아련해 그녀의 어깨를 안아보고 싶었다. 날리는 머릿결을 느껴보고 눈을 마주하며 대화를 나누고 싶었다. 자꾸만 손가락이 근질거리고 눈이 옆으로 돌아간다. 헛헛하기만 했던 가슴이 신호를 보내오자 태랑이 팔을 천천히 들어 솔루의 어깨 위로 다가갔다. 커다란 태랑이 손이 솔루의 어깨 위로 안착하려던 찰나.

"어?"

솔루가 자리에 멈추더니 앞쪽을 주시했다. 물고기 한 마리가 힘겹게 헤엄치고 있었다. 땅바닥을 쓸듯이 헤엄치는 모습이 괴로워 보였다. 지느러미 끝이 하얗게 변해 문드러지고, 몸통 곳곳에 상처가 났는지 그 자리도 하얗게 일어났다.

홍이였다. 선명한 홍시색을 가지고 있었던 홍이는 색을 잃고 희끗희끗한 상처들로 엉망진창이었다.

"홍아!"

솔루가 달려가 홍이를 안았다. 지느러미가 금방이라도 바스라질 것 같아 쓰다듬어주지 못하겠다.

"어떡해, 어떡해. 홍아, 어쩌다 이렇게 됐어."

어떡하면 좋니. 언제부터 이런 거야. 얼마나 아팠어. 너 이런 줄도 모르고 난 편하게만 있었구나.

엉엉하는 울음과 함께 눈물이 비 오듯이 후드득 떨어졌다. 가슴이 아팠다. 비록 물고기였지만 언제나 곁에서 이야기를 들어주는 그녀의 유일한 말벗이었고, 제 편일 것 같은 친구이자 동생이자 가족이었다. 해국에 와서 처음으로 마음을 줬던 상대였던 홍이.

그녀는 홍이를 세게 안지도 못하고, 그렇다고 바닥에 내려놓을 수도 없었다. 이러지도 저러지도 못하는 상황에 '어떡하지.'만 연발했다.

"그냥 둬라. 곧 죽을 때가 된 것 같다."

태랑이 솔루의 어깨를 잡았다. 그녀가 운다. 또 운다. 가슴에서 이는 바람 때문에 시렸다. 우는 그녀를 보고 싶지 않다.

"안 돼요, 태랑 님, 살려주십시오. 우리 홍이 살려주십시오."

"그들의 삶과 죽음에 우리가 관여하면 안 돼."

죽음의 문턱에 있는 생물의 목숨을 억지로 연장하지 않는 것이 그들의 법칙이었다.

"그런 게 어디 있어요! 살 수만 있다면 살아야지요! 살려내야지요!"

"그만해라."

"태랑 님! 태랑 님!"

솔루가 한 손으로 홍이를 감싸 안고 다른 한 손으로 그의 옷깃을 잡아당겼다. 두 눈에서 하염없이 흘러내리는 눈물로 얼굴이 흠뻑 젖었다.

욱신. 갑자기 찾아온 통증에 태랑이 당황했다. 때가 돼서 죽는 건 흔하디흔한 일인데, 너는 왜 놓지 못할까. 이런 일에 왜 눈물을 흘리는 걸까.

너는 나를 모른다 하였느냐. 나는 너를…… 모르겠다. 네가 느끼는 감정, 눈물. 온통 모르는 것투성이다. 그래서 화가 났다.

"그게 뭐라고 이러는 것이냐!"

그가 버럭 소리를 질렀다. 법칙 따위 안 지켜도 그만이다. 저 내키는 대로 살아가는 태랑에게는 더욱 그랬다. 하지만 그는 자신만을 위해 울어야 하는 그녀가 물고기 하나 때문에 통곡하는 것이 싫었다. 흔한 물고기에게 의미를 부여해 정을 주고, 저가 아픈 것처럼 아파하고 있다. 참으로 이해할 수 없는 감정이었다. 그리고 그녀가 느끼는 그 감정을 나눠 가질 수 없다는 생각에 주체할 수 없는 골이 났다. 공감할 수 없는 감정. 그게 뭐라고 저리도 서럽게 우는 것인지 태랑으로선 답답하기만 했다.

"태랑 님, 제 동생입니다. 아니, 다 떠나서 죽어가면 살려야 하지 않나요? 생명은 그렇게 쉽게 포기하는 것이 아니지 않습니까."

솔루는 23살이 되면 죽는다는 사실을 덤덤하게 받아들여 살고 있었다. 하지만 만약 어차피 죽을 아이라고 제 부모가 포기했다면 삶이 어땠을지 뻔했다.

"태랑 님께서도 제가 괴물에게 공격당해 피를 흘리고 쓰러졌을 때 도와주셨잖아요. 며칠 전만 해도 계단에서 쓰러진 저를 데리고 와 치료해주셨잖아요. 그 마음 아시잖습니까. 저도 마찬가지입니다."

태랑의 양심이 소리를 냈다. 너는 네 심장 때문에 솔루를 살리고 싶어 하지 않았냐고. 그 아이의 목숨이 걱정되는 이유는 오직 심장 때문이지 않냐며 물어온다. 그가 솔루의 눈을 피하기 위해 얼굴을 돌렸다.

"너와 물고기를 어찌 비교하느냐."

"그런 말씀 마십시오. 다르지 않습니다, 태랑 님. 생명은 다 소중합니다."

그녀는 태랑의 옷자락이 홍이의 목숨이라도 되는 것처럼 놓지 못했다. 그라면 홍이를 치료해줄 수 있을 것이다. 그가 거절하면 홍이는 이대로 싸늘하게 식어가리라.

"내겐 중요치 않다."

태랑이 돌아서며 솔루에게 잡힌 옷자락을 빼내려 했지만 그녀가 있는 힘껏 잡았다. 그가 가끔 무섭고 두려운 성격이란 건 알고 있었으나 꺼져가는 생명 앞에서까지 냉담할 줄은 예상치 못했다.

"태랑 님, 홍이가 비록 말할 수는 없으나 살고 싶을 겁니다."

애원했다. 그렁그렁하게 고인 눈물이 그녀의 볼을 타고 흘러내리는 걸 보면서도 태랑이 다시 매정하게 돌아서려는 순간이었다. 그가 냉정할 때는 겨울의 혹한보다 더하다는 것을 아는 솔루가 간절한 마음을 담아 외쳤다. 여기서 그를 놓치면 다 끝난다.

"태랑 님, 살고 싶은 마음이 어떤 건지 아십니까? 건강한 신체를 가지고 있는 태랑 님은 죽어간다는 기분이 어떤 건지 조금도 모르시겠죠! 죽음이라는 공포가 어떤 건지 아십니까?"

태랑의 눈빛이 날카로워졌다. 분노를 최대한 누르고 있는 얼굴을 보자 솔루는 두려워졌다. 허나 말을 멈추지 않았다.

"이러시면 안 됩니다. 이러는 거…… 아닙니다. 참으로 잔인하십니다."

"네가, 나에 대해 뭘 안다고 함부로 지껄이느냐."

그의 음성이 지독히도 차갑게 가라앉았다. 죽음에 대해 공포를 느낀 적은 없었지만 죽어가는 게 어떤 건지는 알고 있다. 태어날 때부터 심장이 없다는 이유로 항상 그를 따라다니던 족쇄였다. 태랑이 모를 거라는 솔루의 말이 그를 격분하게 만들었다.

"예, 거의 없습니다. 그래도 아는 것이 몇 가지 있습니다. 그중의 하나가 태랑 님은 무서우신 분이라는 것입니다."

"……."

그가 말없이 솔루를 노려봤다.

나에 대해 알고 있다는 게 고작 무섭다는 거라고?

헛웃음이 나왔다. 지금까지 매일 그녀에게 잘했다고 할 수는 없지만 지난 며칠 동안은 최선을 다했다. 그걸 알고 있길 바라지는 않았어도 그녀에게 자신이 무서운 사람으로 되어 있을 줄은 몰랐다. 좋았던 분위기가 순식간에 망가졌다.

이게 다 저 물고기 때문이다!

태랑은 당장 그녀가 안고 있는 물고기를 잡아 땅바닥에 패대기를 치고 싶을 만큼 끓어오르는 분을 삭이느라 호흡이 불안해졌다.

솔루가 잡고 있던 태랑의 옷자락을 놨다. 팽팽하게 당겨져 있던 천이 힘없이 떨어지자 태랑의 눈이 커졌다. 태랑은 자신이 옷자락을 빼냈으면 몰라도 그녀가 스스로 놓는 상황이 불쾌해져 그의 눈썹이 꿈틀거렸다.

내가 싫어졌나? 문득 드는 생각이었다. 솔루와 눈이 마주쳤는데 그녀가 피하며 고개를 숙였다.

"하지만요, 태랑 님."

홍이를 쓰다듬는 그녀의 손길이 조심스러운 만큼 목소리에도 신중함이 배어 나왔다.

"그래도 제게는 좋으신 분입니다. 따뜻하신 분입니다. 그러니 제게 보여주셨던 따뜻함, 우리 홍이에게도 한 번만 내어주시면 안 되겠습니까. 부탁드립니다."

고개를 들어 물기 가득한 까만 눈동자로 그를 올려다보며 조용히 말하는 솔루. 제발 그가 거절하지 않기를.

후우. 태랑이 길게 숨을 뱉었다. 솔루가 듣기엔 고민의 흔적 같았지만, 태랑에겐 안도의 한숨이었다. 요즘 가눌 길 없이 끓어오르던 화가 솔루 한마디에 언제 그랬냐는 듯이 잠잠해지곤 했다. 내가 진짜 미쳤지. 미치지 않고서야 이럴 수는 없지. 그가 자리에 털썩 앉았다.

"손, 치워봐."

그녀가 바닥에 홍이를 살며시 놓자 태랑이 자세히 살폈다. 느리게 입을 뻐끔거리고 있지만 금방 죽을 듯하지는 않았다. 고개를 돌려가며 보던 태랑의 눈이 반짝 빛났다. 솔루가 계단에서 쓰러졌을 때 그녀의 머리를 받치고 있었던 물고기였다. 어쩐지 이상하다 했다. 떼로 지어 다니는 물고기들을 제외하고 대부분은 혼자 자유로움을 만끽하는데 왜 솔루를 도와줬을까 싶었다. 당시에는 그녀에게만 신경 쓰느라 더 깊게 생각할 여유가 없었다.

"안아."

태랑이 일어서며 손을 털었다. 도와주겠다는 의미가 담긴 말에 솔루의 얼굴이 멍해졌다.

"그리 굼뜨게 행동하면 없었던 일로 한다."

"아닙니다! 아닙니다!"

그녀가 홍이를 안고 일어났다.

"너의 부탁을 들어주는 것이 아니다. 그 물고기가 한 행동이 있어서 그에 따른 상일 뿐이야."

"예? 홍이가 뭘 했습니까?"

"있다, 그런 거. 알려고 하지 마라."

솔루에게 '너를 대신해서 다친 것이다.'라고 말할 수 없었다. 홍이라 부르는 물고기가 자신 때문에 다쳤다는 걸 알면 힘들어할 그녀를 위해서였다.

"예, 괜찮습니다. 홍이를 도와주시기만 한다면 다 좋습니다. 감사합니다, 태랑 님. 감사합니다!"

솔루가 활짝 웃었다. 성큼성큼 걷는 태랑을 따라 옆으로 온 그녀가 종종 종 뜀박질하듯이 걸었다. 들고 있는 홍이를 봤다, 태랑을 봤다 하며 연신 웃었다. 어느새 잔뜩 굳어 있던 태랑의 얼굴이 편하게 변해 있었다.

전의는 침상 위에 있는 홍이를 다소 황당하게 봤다. 그건 파고도 마찬가지였다. 물고기 하나 때문에 전의를 부르는 일은 백해국의 역사상 전무했다. 뒷짐을 지고 어서 치료를 시작하라는 표정으로 보고 있는 태랑과 홍이가 걱정스러워 잔뜩 찌푸린 얼굴을 하고 있는 솔루만 아니었다면 전의는 한참 동안 아무것도 안 하고 있었을 것이다.

"우리 홍이 많이 아픕니까?"

솔루가 두 손을 모으고 물었다.

"상처가 오래돼서 시일이 걸리긴 하겠습니다만, 크게 걱정하실 정도는 아닙니다. 물론 이대로 뒀다면 앓다가 죽었겠지요."

"아아, 감사합니다."

전의에게 꾸벅 인사를 한 솔루가 태랑에게도 인사했다.

홍이를 안고 침소로 들어온 솔루를 봤을 때, 파고는 절대로 안 된다고 막았다. 살리려는 의도까지는 그런다고 치지만 태랑의 침상 위에서 물고기 치료는 말도 안 됐다. 예전에 솔루가 사용하던 처소로 데려가자 했지만 그건 태랑이 반대했다. 홍이가 다 나을 때까지 솔루가 거기서 살 것이라는 이유에서였다.

"저, 그런데 홍이는 물고기인데 제가 썼던 거와 같은 약초를 써도 됩니까?"

홍이의 상처에 약초를 붙이는 전의를 보며 솔루가 물었다.

"됩니다. 해국에 사는 저희도 쓰는 약초니까요."

그녀가 고개를 끄덕였다.

"전의, 그 녀석, 조용히 휴식을 취해야 빨리 회복되겠지?"

"아무래도 그렇지요."

"수면도 혼자서 조용한 가운데 충분히 취해야 하고?"

"네."

태랑이 '조용히'란 단어를 거듭 강조했다.

"흐흠."

갑자기 그가 목소리를 가다듬었다.

"홍이가 조용히 잘 자고, 휴식을 취할 수 있도록 솔루 너는 오늘 밤부터 나와 옆방에서 자자."

"푸흡!"

전의와 파고의 입에서 동시에 웃음이 터져 나왔다. 황급히 입을 막았지만 이미 태랑에게 들켜 바늘처럼 날카로운 눈초리를 받아야 했다. 그들은 태랑이 '조용히'를 강조한 이유를 그제야 파악했다. 그들과 달리 솔루는 '나와 자자.'라는 태랑의 말만 머릿속에 남아 눈이 왕방울만 해졌다.

"예, 예?"

말을 더듬는 그녀를 태랑이 못마땅하게 봤다. 한순간도 빼놓지 않고 곁에 있겠다고 약속했으면서 그새 잊어버렸나. 분명히 함께 잠도 자고, 밥도 먹기로 했었다. 그간 솔루가 아프기도 했고, 일 때문에 떨어져 있는 건 어쩔 수 없다지만 더는 미루고 싶지 않았다. 기다리던 순간이었는데 저 물고기 하나 때문에 일을 그르칠 순 없지 않은가. 말을 하지 못하며 어버버 하고 있는 솔루의 어깨를 한 팔로 감싸 안고 허리를 살짝 숙인 태랑이 나지막이 속삭였다.

"나와 약속했지 않느냐."

"예…… 해, 했습니다."

솔루도 기억하고 있었다. 하지만 정말, 진짜로 같이 잘 줄은 꿈에도 생각 못 했다.

"너는 거짓말을 하지 않지?"

"예."

"해서, 나와의 약속도 지킬 것이지?"

"아…… 예."

"어차피 네가 홍이 곁을 지킨다고 해서 빨리 낫는 것도 아니고, 네가 없다고 상황이 악화되는 것도 아니다. 아까 전의 말도 들었잖느냐."

"예, 예."

그녀는 그의 말에 뭐라 반박할 수 없어 '예.'라는 대답만 했다. 약속도 했고 전의의 말도 들었다.

"착하구나."

그렇잖아도 긴장돼서 죽겠는데 여전히 귀에 대고 속삭이는 음성에 솔루가 어깨를 움츠렸다.

"태랑 님, 이제 알겠으니 떨어져서 말씀하시면 안 됩니까? 간지럽습니다."

이번엔 솔루가 슬며시 태랑의 어깨를 잡으며 그의 귀에 대고 속삭이자 태랑이 화들짝 놀라 얼른 허리를 세웠다. 이 느낌을 뭐라고 해야 하나. 머리카락 한 올, 한 올 빳빳하게 일어선다고 해야 하나? 가슴에서 이상한 움직임도 있고 얼굴에서 열이 났다.

"어? 태랑 님! 혹시 감기에 걸리신 거 아닙니까?"

솔루가 손을 뻗어 태랑의 이마를 짚으려 하자 그가 잡았다.

"괜찮다. 괜찮으니까 날이 어두워지면 옆방으로 건너오기나 해라. 저녁 먹자."

태랑이 그녀의 손을 놓아주며 다급하게 밖으로 나갔다. 사태를 전혀 모르는 솔루는 고개를 갸웃거렸고, 어느 정도 파악한 전의와 파고의 입에서는 웃음과 한숨이 섞여 나왔다.

전의가 돌아가고 나서야 홍이 곁을 지키던 솔루는 안심했다. 보기에도 홍이가 편안해 보여 마음이 한결 놓였기 때문이다.

"솔루야, 가자."

파고가 들어와 그녀를 불렀다. 왜 불렀는지 알고 있는 솔루는 홍이를 한번 다독인 후에 '내일 보자.'라는 말을 남기고 파고를 따라갔다. 옆방이라고 했지만 복도를 따라 꽤 걸어야 했다.

그리고 문을 열고 들어가자 걸어야 했던 이유를 알게 됐다. 휘황찬란한 내부에 솔루의 입이 벌어졌다. 저번에 태랑이 있었던 방도 말도 못 하게 좋았는데 여기에 비교할 수도 없었다. 크기는 물론이고, 장신구와 휘장에 사용된 천, 갖가지 보석들로 꾸며진 벽면에 혀를 내둘렀다. 벽에는 문이 있어 다른 방으로 통할 수 있었다.

"여러 개의 방을 합쳤어. 이곳에선 주로 식사를 하거나 담소를 나눌 수 있고, 저기는 침소, 그 옆에도 침소다. 저기는 욕실, 그 옆방은 차를 마실 수 있는 곳이지."

침소가 둘인 걸 보니 함께 자는 건 아닌가 보구나. 그럼 괜찮다 생각한 솔루는 혼자 고개를 끄덕이며 방 안으로 들어섰다.

"한번 구경해도 됩니까?"

"앞으로 네가 쓸 방인데 내 허락을 받을 필요는 없다."

솔루는 차를 마시기 위해 만들어진 방문 앞에서 안쪽을 살폈다. 차를 마시는 공간이 뭐 이렇게 커? 넓은 보료가 깔려 있는데 방 크기 때문에 손바닥만 해 보였다. 그 옆에 있는 낮은 탁자는 방 크기에 비하면 손톱 정도밖에 안 됐다.

"참! 태랑 님 오시기 전에 목욕을 해야 하니 구경 끝나면 말해. 도와줄 이들을 들여보낼 테니."

"예? 목욕이요?"

오늘만 해서 솔루의 눈이 커진 게 벌써 몇 번째일까. 같이 쓰는 방에서 목욕이라니. 그녀는 너무 놀라서 심장이 멈출 것 같았다.

가희와 송마는 백해궁 입구에서 안으로 들어가지 못하고 서성였다. 입구라고 해봤자 객사로부터 이어지는 계단 끝이 전부였지만 거대한 문이 가로막고 있는 것 같은 위압감을 느꼈다.

"이걸 영광이라고 해야 하나."

송마는 쓰디쓴 입안을 쩝쩝거렸다. 선왕들이 살아 있을 적에도 들어가보지 못했다. 태랑이 왕이 되어 금녀의 구역으로 변하고 나서는 죽어도 안을 볼 수 없겠구나 싶었는데 난데없이 입궁하라니. 참 이율배반적이었다.

"가희, 넌 알고 있었냐?"

"네, 설담 님께서 미리 말씀해주셨어요."

누구에 관한 말인지 이름을 꺼내지 않아도 알 수 있었다.

"어쩐지. 어느 날 갑자기 나타난 애한테 설담 님이 너무 신경 쓰신다 했었지. 다 이유가 있었고만. 매향이 고것이 감이 나쁘진 않네."

도끼눈을 하고 솔루를 경계하던 매향을 떠올린 송마의 이마 주름이 더 깊게 파였다.

"백해국이나 태랑 님께는 좋은 일이다만, 난 어쩐지 내키지가 않아."

송마의 말에 가희는 어색하게 웃었다. 가희가 솔루를 만나기 전, 설담이 그녀에게 했던 이야기는 간단명료했다.

'백해궁에 사는 여인이다.'

그게 전부였다. 하지만 가희는 그 말 안에 담긴 의미를 알고 있었기에 더 묻지 않았다. 처음 봤을 때 만약 혼인했더라면 그만한 딸이 있었을 텐데, 라는 생각을 가졌더랬다. 솔루가 예상보다 나이가 더 있어서 놀라긴 했었다. 하지만 한번 들어온 생각은 좀처럼 나가려 들지 않았다. 해서 일부러 일하는 관계 이상으로는 발전하지 않기 위해 오로지 일적으로만 솔루를 대하려고 노력했다.

그러나 솔루는 살갑고 착했다. 바르고 사랑스러웠다. 넘어가지 않는 이가 이상한 게지. 금작이 솔루에게 갖는 관심이 너무 갑작스럽긴 했지만 그렇다고 절대 없을 법한 일도 아니었다. 차라리 금작 님과 잘되는 편이 솔루에게 더 좋았으려나. 가희는 쓸데없이 스며드는 생각을 지웠다.

"여인을 병적으로 싫어하시던 태랑 님께서 마음을 돌리셨다니 좋은 일로 여겨야지요."

약해지는 마음을 다시 잡는 가희였다.

"좋은 일이긴 하지. 그 상대가 솔루라는 게……. 에휴, 아니다! 태랑 님이 여인을 싫어하셨나? 사내를 좋아했던 게 아니고?"

송마가 말을 돌리며 물었다.

"어르신이 그런 말도 안 되는 소문을 믿는 분인 줄 몰랐어요."

"더한 소문도 많다. 오늘이 혼인날이라는 말은 없었지?"

"네, 이렇게 조용히 넘어갈 리가 없죠. 백해국이 들썩일 정도로 잔치를 벌일 텐데요."

"그래, 그래. 일단 오늘은 안심하고 들어가서 솔루를 봐야겠네."

걸음을 떼며 안으로 들어가는 송마를 따라 가희도 걸었다.

"어르신, 혹시 아십니까? 왕께 심장을 드린 여인이 어떻게 되는지."

"왜? 안 그런 척하더니 너도 솔루가 걱정되냐?"

"궁금해서 그럽니다."

가희도 이야기를 듣지 못한 건 아니었지만 수많은 후문이 모두 거짓이길 바랐다.

"나라고 정확히 알겠어. 그저 여기저기서 주워들은 것에 불과하지, 뭐……."

"그래도 오래 사셨으니 저보단 많이 아시겠죠."

"내가 들은 건 딱 두 가지야. 왕에게 심장을 준 여인은 죽거나, 소리 소문 없이 사라지거나 했다지."

"네?"

죽었다는 말은 가희도 몇 번 들었었다. 말 그대로 헛소문일 줄 알았는데 송마의 말을 들으니 헛소문이 아닐 수도 있겠다.

"백해국의 선대왕께 심장을 줬던 여인도 사라졌고, 아! 가까이 계시는 설담 님도 마찬가지였다. 그리고 비한 님의 경우는…… 죽었다 들었다. 그 후에 연초 님과 혼인하셨고."

"그랬군요."

솔루는 어떻게 되는 걸까. 태랑 님께서는 솔루를 어떻게 하실까. 가희는 머리가 복잡하고 마음이 무거워졌다.

"처음 와보는 이 넓은 궁에서 솔루 방을 어찌 찾아가라는 거야? 마중이라도 좀 나와주든가."

힘 있게 앞서 걷던 송마가 툴툴대자 기다렸다는 듯이 파고가 저쪽에서 손짓을 했다. 가희는 송마의 팔을 잡고 최대한 빨리 파고에게 갔다.

"직접 나오실 줄은 몰랐어요."

가희가 웃으면서 인사를 하자 송마도 엉거주춤한 자세로 허리를 숙였다.

"당부해둘 일이 있어 나왔네. 걸으면서 얘기하지. 설담 님께 대충 들었겠지?"

"입조심하라고만 말씀하셨습니다."

"그게 제일 중요하긴 해. 설명하지 않아도 솔루가 어떤 아이인지는 알고 있을 테고, 제일 입이 무겁고 믿을 만하고 해서 자네들을 부른 거야. 객사에서도 입조심해야겠지만 특히 솔루 앞에서 입조심해야 할 걸세. 아직 그 아인 아무것도 몰라."

"……네, 명심하겠습니다."

솔루가 아무것도 모른다. 순간 가희의 머릿속에서 갈등이 일었다. 심장을 알고 빼앗기는 것과 모르는 채로 빼앗기는 것은 엄연히 다르다. 가희는 저라도 솔루에게 알려줘야 하나 싶은 생각이 떠올랐고, 그걸 인지하자 스스로를 꾸짖었다. 태랑 님의 일에 개인적인 감정을 섞으면 안 된다. 그것은 곧 백해국의 일이고, 나라의 존폐가 걸린 중대한 사항이다.

"가끔 이리 부를 테니 사람들 눈 잘 피해서 오도록 하게나. 나중에는 자주와야 할 상황이 될 수도 있으니 마음의 준비도 해두면 좋겠지."

송마의 얼굴에 못마땅한 기색이 역력하자 가희가 그녀의 옆구리를 살짝 찔렀다. 솔루가 안타까운 건 저도 매한가지지만 파고 앞에서 드러낼 수는 없었다. 그러면서도 제 마음도 어떻게 변할지 자신할 수 없어 걱정이었다.

의자에 앉아 넓은 방을 빙 둘러보는 솔루. 물건들로 꽉꽉 채워져 있어 휑하지 않은데 왜 이렇게 텅 빈 기분인지.

여기는 물고기도 없네. 동쪽 침전은 태랑이 사용하는 곳이라 원래 물고기들의 출입이 적었기도 했으나 이 방은 그가 한 마리도 허용하지 않았다.

"난 내 방이 훨씬 좋은데……."

필요한 것만 갖추고 있었던 작은 방이었지만 아늑해서 좋았다. 홍이가 마음대로 드나들 수 있고, 이불 속에 누웠을 때 한눈에 들어오는 천장은 안정감을 줬다.

물론 한공간에 태랑과 있을 생각에 가슴이 뛰기도 했다. 공존의 밤 사건 뒤로 일이 빠르게 돌아가 정신이 없었으나 좋은 결과를 맺었으니 다행이었다. 오늘도 그가 화를 내기는 했지만 저번처럼 그 기간이 길어지지 않았다. 늘 변덕 부리는 태랑이 별로였는데, 오늘 그가 부린 변덕은 아주 만족스러웠다.

그나저나 목욕을 여기서 해야 하는 이유를 모르겠다. 파고에게 들었을 때에는 당황스럽고 이상하게도 자꾸 책에서 봤던 첫날밤이 그려지자 솔루는 머리를 흔들었다. 머릿속을 채우는 야릇한 그림이 지워져 겨우 진정했지만 떨리는 가슴은 여전했다.

해국에 오기 전, 어머니가 자신의 등을 밀어줬던 기억을 상기한 솔루가 혼자 방긋 웃었다.

어머니, 잘 지내고 계시지요? 언젠가 어머니와 함께 다시 목욕할 날을 기다리고 있겠습니다. 그때까지 건강하세요.

"후음, 보고 싶어요."

솔루가 혼잣말로 중얼거리는데, 문이 열리고 파고가 들어왔다. 그 뒤로 송마와 가희의 모습이 보이자 솔루가 깡충 뛰며 반색했다.

"엇! 할머니! 가희 님!"

의자에서 일어나 쪼르르 달려간 솔루가 좋아서 어쩔 줄 몰랐다. 많은 시간이 흐른 것도 아니건만 오랜만에 본 것처럼 반가워 그녀의 음성이 커졌다.

"어쩐 일이십니까?"

"네 목욕을 도와줄 이들이다."

그녀가 두 사람을 번갈아 보며 묻자 파고가 흐뭇한 마음을 감추며 말했다. 태랑이 솔루 시중을 위해 누구를 부를지 꽤 고민했다고 들었다. 어차피 백해궁에는 사내들뿐이라 설담과 상의 끝에 부른 사람이 송마와 가희였다.

두 사람 모두 객사에서 중요한 역할들을 하고 있어 파고가 잠깐 반대하기는 했었지만 누가 태랑을 말리랴.

"예? 왜 가희 님과 송마 할머니가……."

"토 달지 마. 태랑 님께서 그렇게 하라면 그렇게 해야지."

"아! 그러셨군요!"

신 난 솔루는 환하게 웃으며 손뼉을 쳤다. 그 모습을 본 파고는 눈짓으로 송마와 가희에게 주의를 준 뒤 방에서 나왔다.

"잘 지내셨습니까?"

"오냐, 오냐. 가만히 좀 있어라. 정신 사납다."

송마가 말은 그렇게 하면서도 즐거운 듯이 웃었다.

"가희 님은 제가 없으니 심심하지 않으십니까?"

"조용해서 일하기 훨씬 편해졌어요."

"정말요? 전 가희 님 옆에 있을 적이 좋았습니다. 헤헤."

솔루의 맑은 웃음에 가희도 슬며시 따라서 미소를 지었다.

저렇게 무방비하게 웃어대니 여인을 가까이하지 않는 그 아름다운 태랑 님께서도 넘어가셨겠지. 너는 제발 잘되었으면 좋으련만. 흔적도 없이 사라지거나 죽는 일은 생기지 않으면 좋으련만.

가희는 방을 휙휙 둘러보고 금방 욕실을 찾았다. 할 일을 빨리해야지 그러지 않으면 자꾸 딴마음이 자신을 훼방할 듯해서였다.

"이제 목욕하러 가요."

"목욕은 저 혼자도 할 수 있으니 그냥 이렇게 얘기하다 가시면 안 됩니까? 시간이 아깝습니다."

"놀러 온 게 아니에요."

손사래를 친 가희가 솔루와 송마의 손을 잡고 이끌었다. 나무로 만든 통에는 이미 더운 물이 담겨 있었다. 한참 동안 옷 벗는 문제로 셋이서 승강이

(昇降-)를 벌이다 결국 솔루가 졌다.

그녀는 양손으로 몸을 가린 채 욕조 안으로 들어갔다. 같은 여자라도 실오라기 하나 걸치지 않은 모습을 보이기 부끄러워 얼굴이 붉어졌다.

"그간 목욕하고 살았던 거냐? 아님 어려서 그런가? 무슨 살이 이렇게 매끄럽누. 물고기가 기대려다 미끄러지겠네."

솔루의 등에 물을 뿌리며 만지던 송마가 감탄했다. 평생 객사 주방에서만 살아서 다른 여자의 맨살을 구경할 일은 없었어도 솔루의 살결이 얼마나 고운지 정도는 알 수 있었다.

가희는 말없이 옆에 준비된 꽃잎과 오색 빛을 띠고 있는 해초 한 움큼을 욕조 안에 집어넣고 물을 휘휘 저었다. 물색이 해초의 색깔처럼 오색 빛으로 변하더니 작은 기포가 올라와 수면을 채웠다. 그리고 작고 투명한 병에 담긴 향유도 조금 넣었다. 물을 몇 번 더 젓자 향긋한 꽃향이 욕실에 가득했다.

"저, 할머니."

놀란 눈으로 보고 있던 솔루는 사실 두 사람에게 아까부터 하고 싶은 말도 많았고, 묻고 싶은 말도 많았다. 홍이에게 했듯이 태랑과 있었던 일을 말하고 묻고 싶은데 이걸 말해도 되나 고민이었다. 그러다 한 가지만 묻기로 결심했다.

"응, 왜 부르누."

객사에서 일하는 사람들에게는 욕쟁이 할머니로 통하는 송마였지만 손녀 같은 솔루에게는 다정했다. 그래 봤자 주방에서 함께 일하는 매향과 나이 차이도 얼마 나지 않았는데, 이상하게도 솔루는 어리게만 다가왔다.

"혹시 이 목욕 말입니다."

솔루가 남녀의 일에 관해서 모르는 것이 훨씬 많았으나 책을 통해 배운 것도 있었다. 자신의 어머니께 들은 것도 있었고. 처음엔 설마 했었다. 침소가 두 개라지만 어쨌거나 한방에 있는 거나 다름없었다. 게다가 목욕을 하고 기다리라는 태랑의 말에 머릿속을 떠나지 않았다.

"어…… 저…… 음…… 그, 그러니까요……."

대놓고 묻기 민망한 솔루가 말을 얼른 뱉지 못하고 머뭇거렸다.

"호, 혹시 남녀가 합, 합방을 위한…… 그런……거 아니지요?"

순간 솔루의 팔을 잡고 밀던 가희의 손이 멈췄다. 동시에 등을 밀고 있던 송마의 움직임도 멈췄다. 아주 잠깐의 정적이 있었으나 곧 아무 일도 없었다는 듯이 가희가 먼저 움직였다.

"아니요. 아니에요."

가희가 답했다. 아닌 건 맞았다. 적어도 오늘 밤은 아닌 것이 확실했다. 그런 날이라면 이렇게 조용하지 않을 테니까.

"휴우, 다행이다."

안도의 숨을 내쉰 솔루는 손을 들어 제 뺨을 톡톡 두드리고 고개를 세차게 저었다.

송마와 가희가 가고 난 뒤 솔루는 전신이 다 보이는 체경(體鏡) 앞에서 제 모습을 보고 있었다. 머리 모양만 바꿨을 뿐인데 다른 사람처럼 예뻐진 것 같아 싱글벙글이었다. 목욕을 마치고 가희가 솔루의 머리를 매만진 효과였다. 머리카락의 반을 잡아 틀어 올려 성숙해 보이는 점이 가장 좋았다. 화장을 하지 않았지만, 예전에 태랑과 뱃놀이 가기 전 설담의 후궁들이 해줬을 때랑 별반 다르지 않았다.

따뜻한 물에 몸을 담그고 났더니 가뿐해진 데다가, 달라진 모습에 기분이 한껏 들뜬 솔루가 옷매무새를 다듬고 있던 찰나였다.

"네 모습이 마음이 드는가 보군."

"헉!"

갑자기 체경 안, 뒤에서 태랑의 얼굴이 솔루의 머리 위로 나타나자 그녀가 기겁했다.

"놀랐잖습니까!"

솔루가 소리치며 돌아서려는데 태랑이 그녀의 양어깨를 잡아 그대로 있게 했다.

"뭘 이런 걸로 놀라고 그러느냐."

"갑자기 나타나시니 그렇죠."

"문 여는 소리에도 모르고 자신의 모습에 심취해 있던 게 누군데."

그가 가만가만 그녀의 귀에 대고 속삭이자 간지러운 듯 어깨를 비틀었다.

솔루에게서 꽃향이 났다. 그녀만이 가지고 있는 싱그럽고 달콤한 체취와 어울려 태랑의 후각에 묘한 자극을 줬다.

"목욕은…… 좋았더냐?"

"예."

그녀의 머리카락에 얼굴을 묻고 싶었다. 훤히 드러나 뽀얀 목덜미에 코를 박고 마음껏 그 향기를 맡고 싶은 욕구를 간신히 누른 그가 '끙.' 하고 옅은 신음을 뱉었다. 그녀를 억지로 끊어내던 때와 달리 곁에 두고 지켜보기로 마음먹자 모든 게 너무 빨랐다. 마치 이렇게 되기만을 간절히 바란 것처럼 욕심이 커져갔다.

태랑이 솔루의 머리 위로 턱을 기대고 눈을 감았다. 그러더니 팔을 앞으로 뻗어 그녀의 작은 몸을 꽉 안았다. 이제는 몸이 제어하기 힘들 정도로 심하게 동하고 있다. 그녀가 저를 사랑할 때까지 참아야 하는데 이러다가는 버틸 수 없겠다.

솔루는 제 머리 위에 올려 있는 태랑의 얼굴을 힐끔 봤다. 무거워지기 시작하더니 누르는 무게가 상당해 조금씩 아파왔다.

"태랑 님."

"왜."

"무섭습니다."

솔루가 그에게서 벗어나려고 머리를 움직이며 몸을 꿈틀거렸다. 뒤에서 안은 그의 두 팔에 갇혀 움직이나 마나였지만.

"가만히 있어라."

"예."

곧바로 내리는 명령에 하는 수 없이 정자세로 꼼작 않고 눈만 깜박이는 그녀.

그가 솔루 모르게 실눈을 뜨고 살폈다. 목욕을 해서 체온이 올랐는지 얼굴이 발그레하게 물들었다. 태랑의 말에 꼴깍꼴깍 침만 겨우 삼키고 모습이 왜 이렇게 좋을까. 아름답지 않아도 좋다. 귀여워 죽겠다. 그녀는 그것만으로 충분했다. 야금야금 깨물어 먹고 싶을 정도니까.

"그런데요, 태랑 님."

"왜."

"너무 갑갑합니다."

눌리는 머리 무게보다 안고 있는 그의 팔의 힘이 더 셌다.

"참아."

"예."

싫다고, 그만하시라고 외치면서 벗어나면 되는데 솔루는 그의 명령에 대꾸를 못 했다. 하려다가도 그의 음성을 들으면 몸에서 힘이 쭉 빠졌다. 그리고 거부하고 싶지 않았다. 명령이지만 부탁 같은 그의 음성에 들어주고 싶어졌다. 왠지 그가 자신에게서 쉼을 얻고 있는 듯한 그의 표정을 계속 보기를 원했다. 늘 도움만 받아 미안하기도 했는데, 뭔가를 주고 있다는 생각에 솔루가 살포시 미소를 지었다.

이 정도 무거우면 어떤가. 죽을 만큼 아픈 것도, 갑갑한 것도 아닌데.

"아직도 무거우냐?"

태랑이 여전히 눈을 감고 솔루의 머리에 턱을 기댄 채 물었다. 그가 말할 때마다 머리 위에서 움직임이 전달됐다.

"예, 무겁습니다."

"아직도 갑갑하냐?"

"예, 갑갑합니다."

"그래도 조금만, 조금만 더 이리 있자꾸나."

"예."

그녀는 체경 안에서 태랑에게 안겨 있는 제 모습을 보고 얼굴을 더 붉혔다.

홍아, 난 말이지, 태랑 님을 정말 모르겠어. 이분이 내게 왜 이러시는 거지? 이유는 알 수 없지만, 제발 이 상태에서 변덕 부리지 않으셨으면 좋겠다. 계속 태랑 님과 이렇게 지냈으면 좋겠다.

따뜻한 온기가 태랑을 채우고 돌아, 솔루의 가슴에 점점 스며들고 있었다. 달리는 심장 소리가 그의 귀에 들리지 않기를 바라는 솔루가 작게 숨을 내쉬며 진정해보려 애썼다.

태랑과 저녁을 먹은 후, 차를 마시는데도 솔루의 심장은 여전히 소리 나도록 뛰었다. 일부러 그에게서 멀찌감치 앉아 홀짝홀짝 차를 마셨다.

"내가 여기서 너와 거리를 두고 차를 마시기 위해 이 방을 만든 줄 아느냐?"

보료 위에 앉은 그는 탁자 위의 찻잔을 두들기며 말했다. 거의 방의 끝과 끝에 있는 수준이었다. 처음엔 낮은 탁자를 사이에 두고 앉았건만 갑자기 솔루가 잔과 받침을 들더니 저 끝으로 가버렸다. 뭐 하나 지켜본 태랑이 골을 내려다 마침 잘됐다며 속으로 쾌재를 불렀다.

"너, 무릎 다 나았지?"

"예? 예."

"아프지 않지?"

"예, 멀쩡합니다. 왜 그러십니까?"

"이리 가까이 오너라."

그가 손가락을 까딱까딱 움직였다.

"예."

솔루는 무릎을 움직여 태랑에게 다가갔다. 그가 소리 나지 않게 제 허벅지를 탁 쳤다.

옳거니! 내 이럴 줄 알았다.

앉은 채로 무릎만 꿈틀꿈틀 움직이는 모습이 애벌레처럼 귀여웠다. 솔직히 애벌레보다 훨씬 귀엽지. 입술이 양옆으로 벌어지려고 하자 그는 이를 물었다. 목구멍에서도 자꾸 웃음이 터지려고 간질거렸다.

"흠, 흠."

"어디 불편하십니까?"

계속되는 태랑의 헛기침 소리에 솔루는 자리에 멈춰 눈을 동그랗게 뜨고 걱정스러운 표정을 지었다.

"괜찮다. 왜 멈췄느냐. 그만할 때까지 멈추지 말거라."

"예."

그녀가 다시 움직여 앞으로 나아갔다. 고개를 숙인 채로 그의 그만 됐다는 명령이 떨어지기만을 기다리며 다가오는 솔루의 정수리가 보였다. 태랑은 손바닥을 펴서 그녀의 머리 크기와 비교했다. 손안에 다 들어올 것 같았다.

이걸 어쩌지. 이걸 어쩌지. 귀여워서 어쩌지.

"너."

"예, 멈출까요?"

"아니, 다시 뒤로 가라."

"예?"

앞으로 오래서 왔더니 이제는 다시 뒤로 가라는 명령에 솔루의 눈썹이 팔(八)자를 그리며 울상을 지었다.

"못 들었나. 뒤로 가라 하였다."

"예에."

푹 꺼지는 한숨과 함께 솔루는 다시 무릎을 움직이며 뒤로 갔다. 태랑은 손에 턱을 기대며 그녀의 모습을 감상했다.

일어서면 될걸. 그러지 않더라도 뒤로 돌아서 움직이면 될걸.

그녀는 고집스럽게도 무릎으로 걸었다.

아, 계속 시키고 싶다. 계속 꼬물꼬물 움직이는 모습을 보고 싶다. 하지만 계속 그렇게 했다간 멀쩡한 무릎도 상처 나리라. 오늘은 한 번만 더 시키고 끝내야겠다.

"그냥 다시 앞으로 와라."

"……예."

솔루는 한 번만 더 뒤로 가라고 하면 그때는 정말 태랑에게 따질 것이라고 마음먹고 이번만 참자하며 움직였다. 그가 이유 없이 이런 일을 시키지 않을 것이다. 마침내 솔루가 탁자 앞에 도착하자 태랑이 그녀가 눈치채지 않도록 씩 웃었다.

"그러게 왜 저 끝으로 간 것이야."

"제가 어떻게 감히 태랑 님과 감히 마주 보고 차를 마시겠습니까."

"마주 보고 밥도 먹었다. 어디 그뿐이더냐. 우리는 서로 안기도 한 사이다. 아! 그리고 네가 나에게 입……!"

솔루가 술에 취해 그에게 입맞춤했던 말을 하려다 말았다. 그녀의 얼굴이 빨간 과일처럼 익었기 때문이었다. 입맞춤 사건까지 알려주면 그녀는 놀라서 혼절할지도 몰라 나중을 기약했다.

하지만 태랑은 멈추지 않았다.

내가 그날 이후로 얼마나 힘들었는지 너는 모르지? 요 녀석아, 너도 당해봐라.

"함께 자기도 했었다. 물론 잠만 잤지만."

"예에? 언, 언제요?"

솔루는 기억해내려고 미간을 잔뜩 모았다. 집중을 해보지만 도무지 떠오르지 않는다.

"제 기억에는 없습니다."

"네가 기억하지 못한다고 있었던 사실이 없던 일로 변하겠느냐?"

"언…… 제입니까?"

그녀가 볼을 붉혔다.

"너와 내가 처음 만났던 날, 넌 내 품에 안겨 곤히 자고 있었느니라."

"아!"

그런 것 같기도 했다. 태랑이 그녀를 천장으로 날려버리기 전까지 굉장히 좋은 기분으로 꿈을 꾸는 듯했었다.

"기억나지?"

솔루가 마지못해 고개를 끄덕였다. 정확하지는 않았지만 아예 떠오르지 않는 것도 아니었다.

"그러니까 우리는 이렇게 가까이에서 차를 마셔도 되고, 밥을 먹어도 되고, 함께 자도 괜찮아. 참! 네 녀석이 약속도 했고."

그녀가 거짓말을 잘 하지 못하는 성격이어서 천만다행이었다. 진실만 얘기해주면 이해시키고 설득하기 쉬웠다. 한편으로는 심장에 관한 것도 알려준다면 어떤 반응을 할까. 탁자에 턱을 기댄 채로 다른 손을 뻗어 솔루의 볼을 만졌다. 매끄럽게 감기는 볼을 잡고 그가 솔루의 얼굴을 뚫어지게 봤다. 할 말이 있어 보이는 그녀의 눈동자가 흔들리다 감추려는 듯이 시선을 바닥으로 떨궜다.

"태랑 님."

"오냐."

"태랑 님은 어떤 분이십니까?"

"응?"

"태랑 님이 무섭기도 하지만 좋은 분이시라는 건 알겠는데요, 그 외엔 아는 게 없습니다."

"나에 대해 알고 싶으냐."

"예, 알고 싶습니다. 가르쳐주십시오."

솔루가 다시 서서히 시선을 올리며 그를 보자 부딪치는 두 사람의 눈빛이 엉켜들어 갔다.

"왜 알고 싶은데?"

"궁금…… 하니까요."

"다 알고 나면 도리어 내가 싫어질 수도 있다."

"그렇지 않습니다."

그녀가 눈을 접어가며 예쁘게 웃자 양 볼에 볼우물이 파였다. 덩달아 그의 손안에 있던 볼이 볼록해지며 더 깊게 들어왔다.

너는 신기한 여인이다. 나의 뭘 보고 그렇지 않을 거라 확신하느냐. 모든 진실을 알게 되면 네가 이리 웃을 수 있을까. 알게 되는 그날에 네가 '태랑 님.' 하고 청아한 목소리로 날 불러줄까. 까맣고 맑은 눈동자로 나를 바라봐 줄까.

부질없는 걱정이라고 타일러도 생각이 꼬리에 꼬리를 물어 그를 괴롭혔다. 태랑이 솔루의 볼에서 손을 떼고 물었다.

"뭐부터 알려줄까나."

"태랑 님은 어떤 음식을 좋아하십니까?"

"궁금하다는 것이 겨우 그런 것들이더냐."

"가장 기본적이고 중요하지요. 좋아하는 음식 하나로 전혀 모르던 사이가 가까워질 수 있습니다."

"나와 가까워지고 싶다는 소리로 들린다."

"가, 가까워지면 안 됩니까?"

그의 말이 맞는데 숨겨뒀던 비밀이라도 들킨 것 같아 그렇잖아도 상기된 솔루의 얼굴이 더 붉어졌다.

"넌 뭘 좋아하는데?"

"전 밥이요!"

"경단은?"

"경단도 좋아합니다. 단건 다 좋습니다."

"난 단건 다 싫어한다."

"그럼 음식 말고 좋아하는 게 무엇이십니까?"

"그다지 좋아하는 것도 없다. 피곤하구나. 잠이나 자자. 요 며칠 뜬눈으로 밤을 새웠더니 피로가 한꺼번에 몰려온다."

원래 불면증에 시달리고 있었는데 최근에 더 심해졌다. 특히 솔루가 다쳐 자신의 침상에서 지내는 동안은 더욱 그랬다. 바로 옆방에 그녀가 있다는 것만으로도 설레고 흥분됐고, 잘 자고 있는지 들여다보고 싶어 일어났다 눕기를 수도 없이 반복했다.

"정말 태랑 님과 제가 같이 자는 겁니까?"

"이미 끝난 이야기다."

"침소가 두 개던데요."

"파고가 계산을 잘못해서 하나가 추가된 것이지. 한 곳에서만 자기가 지루하다면 왔다 갔다 해도 괜찮고."

그가 자리에서 일어나자 솔루도 별수 없이 따라 일어서며 곤란하다는 표정을 지었다. 가희가 합방은 아니라고 했는데 어쩐지 돌아가는 꼴이 딱 그랬다. 태랑이 따로 언급하지 않았기에 아니라고 그를 믿었다.

침상이 두 개일 거야, 곁에서 떨어지지만 말라고 하셨지 잠자리 시중이라고는 하시지 않았으니까. 무엇보다 태랑 님은 그런 분이 아니셔. 암! 그렇고말고!

내키지 않아 쭈뼛쭈뼛한 걸음으로 태랑을 따라가며 염려가 가득했던 그녀의 마음이 그에 대한 믿음을 키웠다. 그러나 침소에 들어가자 확 깨지고 말았다. 방의 반을 차지할 만큼 널찍한 침상이 단 한 개만 놓여 있었다.

솔루가 입구에 멈춰 서서 움직이질 않자 태랑이 눈짓으로 어서 들어오지 않고 뭐 하냐고 질책했다.

"태랑 님, 이건……."

"약속을 어길 셈이더냐."

"아닙니다. 약속은 지킵니다. 헌데 이런 건 안 됩니다! 한자리에서 자는 건 줄은 몰랐습니다. 이런 건 혼인한 사람끼리……."

"이런 게 뭐지? 난 잠만 자자고 했을 뿐이다."

"태랑 님, 아무리 잠만 잔다고 하더라도……."

"아무 일도 없을 건데 혼자 상상이 지나치구나. 내가 못생긴 네 녀석을 어찌할 듯싶으냐? 몰랐나 본데, 나의 높은 취향에 너는 따라올 수 없다."

그의 못생겼다는 발언에 솔루가 입술을 내밀고 얼굴을 찌푸렸다. 여기서 못생겼다는 이야기가 왜 나오는지. 그가 보기에 자신이 못생긴 건 당연하겠지만 오늘 나름 꾸며서 꽤 올라갔던 자신감이 한 번에 무너졌다.

"그럼, 떨어져서 주무십시오."

일종의 오기였다. 못생기고 취향에 따라올 수 없다는 말까지 들은 마당에 계속 우겼다간 저만 주제도 모르고 까다롭게 구는 사람이 될 분위기였다.

"보다시피 충분히 넓다."

이럴 거면서 한순간도 떨어지지 말자는 말은 왜 하신 거람.

솔루는 침상의 끝에 누워 이불을 끌어당겨 머리까지 덮었다.

"안녕히 주무십시오!"

이불 속에서 외치는 소리에 감정이 잔뜩 실렸다. 그녀와 반대로 태랑은 기분 좋게 누워 이불을 덮었다.

새벽까지 잠을 못 자고 뒤척이던 솔루는 동틀 무렵에야 겨우 잠이 들었다. 아무리 떨어져 있다지만 옆에 태랑이 있으니 쉽게 잠이 들지 못한 탓이었다. 긴장되고 작은 소리 하나에도 귀가 쫑긋 세워지는 바람에 잠으로 빠졌다가도 금세 깼다.

그건 태랑도 마찬가지였다. 건너편에서 은은하게 실려 오는 솔루의 체향이 원인이었다. 그는 머릿속으로 물고기를 수백 마리 세며 잠들려 했지만 소용이 없었다. 다른 때였다면 일어나 후원이라도 걷던지 했을 텐데 오늘은 그마저도 내키지 않았다.

결국 이대로 날을 새우고 만다며 포기하려던 찰나에 쌕쌕거리는 솔루의 고른 숨소리가 들렸다. 그녀의 향기만으로도 잠이 저 멀리 달아났는데 숨소리까지 들리자 태랑이 옆으로 돌아누웠다. 뒤집어쓴 이불이 내려가 그녀의 조그마한 머리와 등이 숨소리에 맞춰 작게 들썩였다.

그는 고민할 것도 말 것도 없이 그녀 곁으로 움직였다. 아주 조심스럽게, 솔루가 깨지 않도록. 그녀의 눈동자만큼이나 하얀 베개 위에 까만 머리카락이 흩어져 있었다. 머리카락에 살며시 얼굴을 묻자 솔루의 체향이 그의 코끝에 닿았다. 그거 하나만으로 편안해졌다.

허나 여기서 태랑은 욕심을 더 냈다. 고개를 살짝 들어 솔루의 얼굴을 보던 태랑이 가벼운 손짓으로 그녀의 볼을 쓸었다. 그리고 다시 눕고 솔루를 안았다. 저녁때 그랬던 것처럼 뒤로 안아 품에 들어오자 만족스러운 한숨이 저절로 나왔다. 말똥말똥했던 정신이 노곤해져 눈이 스르르 감기고 깊은 잠 속으로 빠져들어 갔다. 그녀가 아침에 일어나 펄쩍 뛰는 상황이 눈앞에 펼쳐지겠지만, 지금 이 순간만큼은 아무래도 좋았다.

태랑의 감겨 있던 눈이 천천히 떠졌다. 그는 입가에 잔잔한 미소를 머금었다. 포근했다. 따뜻하고 부드러웠다. 온몸에서 느껴지는 기운은 지금까지 경험해보지 못한 아침이었다. 품에 안겨 있는 솔루의 호흡에 맞춰 그의 팔과 가슴이 동시에 들썩였다. 더 꽉 안고 싶었지만 그녀가 잠에서 깰까 봐 조심스럽게 상체를 세웠다. 솔루의 어깨 너머로 얼굴을 내민 그는 감겨 있는 눈꺼풀 아래로 뻗은 진한 속눈썹을 살며시 쓸었다.

"흐응."

솔루가 희미한 신음 소리를 냈다. 창문을 가리고 있는 얇은 천을 뚫고 은은하게 들어오는 햇살을 받고 있는 그녀는 새벽에 내린 이슬처럼 반짝였다. 태랑은 그녀의 볼에 흐트러진 머리카락을 정리해줬다.

"으응."

간질거림 때문에 솔루가 고개를 좌우로 흔들었다. 하얀 볼이 그녀가 좋아하는 경단처럼 말랑말랑 탐스러웠다.

이대로 일어나려고 했는데. 아아, 모르겠다.

태랑이 상체를 숙여 그녀의 볼 가까이 다가가 입을 맞추려던 순간이었다. 번쩍. 솔루가 눈을 떴다. 몇 번 눈을 깜박이더니 눈동자를 굴리다 제 얼굴에 진 그림자를 느꼈다.

"으아아악!"

태랑을 발견한 솔루의 입에서 쏟아진 비명이었다. 그가 너무 가까웠다.

물론 그전에도 안겨봤지만 이건 경우가 달랐다. 혼인하지 않은 남녀가 같은 침상에서 자는 게 놀랄 일이었어도, 크기가 워낙에 커 멀찍이 떨어질 수 있어서 괜찮았다. 헌데 이렇게 바짝 붙어 있을 줄이야. 솔루의 심장이 달음박질을 하며 급하게 뛰고 있었다. 뛰다 못해 밖으로 터져 나오기 직전이었다. 그걸 아는지 모르는지 태랑은 제 품으로 그녀를 힘껏 끌어당겼다.

"좋은 아침이구나."

목덜미에 얼굴을 묻고 그가 말하자 뜨거운 숨이 피부 위로 진하게 퍼졌다. 그녀가 벗어나기 위해 몸을 비틀었다. 그러자 태랑이 팔이 더 단단해졌다.

"좋지 않습니다!"

"난 좋아."

"저, 저는 좋지 않아요! 이게, 이게 뭡니까! 떨어져주십시오!"

"이게 어때서 그러느냐."

태랑이 얼굴을 비비적거리자 그녀가 어깨를 움찔했다. 기분이 이상했다. 언젠가 그랬던 것처럼 몸의 어느 부분이 간지러운데 어디라고 꼬집어 말할 수 없었다. 허리에 둘러져 있는 그의 팔, 납작한 배에 올려진 그의 손바닥, 허벅지와 무릎 뒤로 겹쳐 있는 그의 다리. 머리부터 발끝까지 포개어 있는 그의 몸 때문에 혼이 나갈 지경이었다. 감기에 걸려 열이 끓어오르는 것처럼 온몸이 홧홧 달았다. 표현하기 힘든 기분에서 벗어나고 싶은 솔루가 발버둥을 쳤지만 태랑의 힘이 훨씬 셌다.

"이상하지 않습니까!"

그녀가 소리를 꽥 질렀다.

나는 좋기만 한데 너는 뭐가 이상할까. 항상 나만 좋은 것 같다. 그리고 너는 항상 벗어나려는 것 같다.

"뭐가."

"이런 건 말입니다, 혼인한 남녀가……. 읍!"

"또 그 소리냐."

태랑이 한 손을 들어 솔루의 입을 막았다.

"으으읍!"

입이 막힌 채로도 그녀는 쉴 새 없이 떠들며 팔과 다리를 휘저었다.

"움직이지 마라."

"……?"

"너 지금, 날 괴롭히고 있느니라."

태랑의 말이 맞았다. 의도하지 않았겠으나 그녀의 동작은 그를 심각하게 괴롭게 하는 중이었다. 옷을 사이에 두고 마찰되는 살갗에 그는 머리가 돌아버리는 듯했다.

솔루가 아닌 다른 여인이었어도 이리 몸이 동하려나. 짧은 의문 하나가 스쳐갔다.

한편 괴롭힌다는 태랑의 말이 무슨 뜻인지 생각하던 솔루의 동작이 멈췄다. 그리고 뜻을 파악한 그녀의 몸이 빳빳하게 굳었다. 솔루가 울상을 지으며 가만히 있자 태랑은 그녀의 입을 막고 있던 손을 떼어 머리를 기댔다. 아래로 보이는 그녀는 두 손을 턱 아래에 가만히 모으고 있었다.

귀여운 녀석. 그가 씨익 웃었다.

"진즉에 그렇게 있을 것이지."

"한침상에서 이리 있는 건 혼인한 사람끼리만 하는 겁니다."

"흐음. 또 그런다. 그게 그리도 마음에 걸린다면…… 우리, 혼인하자꾸나."

"예에?"

고개를 돌려 태랑을 보는 솔루와 그의 푸른 눈이 마주쳤다. 늘 심연의 바다와 같았던 그의 눈동자가 유난히 더 깊어졌다.

"어떠냐."

"아, 그, 그게…… 어, 음."

말을 잇지 못하고 솔루가 버벅댔다.

"왜, 싫으냐?"

그녀는 숨을 가다듬었다. 금작이 청혼했을 때도 당황스럽고 놀라긴 했지만 지금처럼 머릿속이 새하얗게 변하지는 않았다. 터질 것 같았던 심장이 이제는 뜨겁게 끓다가 터져버리고 가루가 되어 부서졌다.

여전히 두 사람의 눈은 조금도 빗나가지 않고 서로를 향해 있었다. 크게 심호흡을 한 그녀가 입술을 열었다.

"태랑 님께서는 저와 혼인하고 싶으십니까?"

"나쁘지 않을 듯하다."

"왜입니까? 왜 저와 혼인하고 싶으십니까?"

"……글쎄다."

맑은 눈으로 진심을 물어오는 솔루의 눈을 보던 태랑은 슬쩍 얼굴을 돌렸다. 그녀를 바라보던 시선이 허공을 향했다. 자신도 갑작스레 청혼한 그 이유를 모르겠다. 심장이 갖고 싶어서? 같은 침상에서 함께 자고 일어나기 위해?

"저번에도 말씀드렸는데요, 혼인은 사랑하는 사람하고 해야 합니다. 태랑 님께서는 절 사랑하십니까?"

언제 말을 더듬었냐는 듯이 솔루가 이번엔 또박또박 말하며 물었다. 그렇다. 태랑은 그리 답하고 싶었다. 진실이 아니지만 그렇게 말하고 싶었다.

너를 사랑한다고 하면 너도 나를 사랑해줄까.

"절…… 사랑하십니까?"

"아니."

그의 답을 확인하는 순간 솔루는 혼절하기 전에 일어나는 현상처럼 몸에서 무언가가 빠져나갔다. 긍정의 답을 기대조차 하지 않았다. 감히 상상할 것도 아니었다. 그런데 이 기분이 뭐란 말인가.

"사랑하지는 않지만 너와 이렇게 있고 싶구나. 헌데 네가 계속 혼인한 남녀만 가능하다고 하니, 까짓것 하자."

"싫습니다. 저를 사랑하지도 않으시면서 단지 그 이유로 혼인은…… 안 됩니다. 나중에 태랑 님이 진정으로 사랑하게 될 분을 위해서라도 안 됩니다."

"나중은 없다. 난 너면 되는데."

어차피 나는 너만 안을 수 있다. 너만이 내 여인이 될 수 있다. 아직 이 말을 하기에는 일러 그는 속으로 삼켰다.

"저 역시도 태랑 님을 사랑하지 않습니다."

태랑의 미간이 잔뜩 일그러졌다. 그에게 솔루의 말은 매몰찬 거절이었다. 너는 안 돼, 라고 하며 자신을 밀어내는 말에 그의 마음이 싸늘하게 차가워졌다. 기분이 순식간에 거친 파도처럼 사납게 변했다.

"태랑 님, 제가 사랑하지도 않는 상대와 혼인할 거였으면 금작 님의……. 앗!"

그가 솔루의 어깨를 잡아당겨 제 쪽으로 눕혔다. 그녀의 머리 양옆으로 팔을 세운 그의 눈이 무섭게 변했다. 은빛 머리카락이 솔루의 얼굴과 가슴 위로 쏟아져 내려 아무도 모르는 둘만의 공간을 만들었다.

"금작 이야기는 하지 마라. 명령이다."

"태랑 님."

"그의 청혼은 네 기억에서 지워. 그와 있었던 일도 기억에서 지워라. 이름도 지워. 아니, 금작에 관한 모든 것은 다 지워! 한 번만 더, 네 입에서 그놈의 이름이 나왔다간 내가 널 어찌할지 장담할 수 없다. 알겠느냐."

"……예."

돌변한 그의 모습에 그녀는 고개를 작게 주억였다.

"너는, 나를 사랑하게 될 것이다."

"예?"

"내가 그렇게 한다. 그러니 다른 사내에게 관심 주지 마라. 눈길도 주지 마라. 그랬다간 그놈의 뼈를 몽땅 부러뜨려놓을지도 모르니."

솔루에게 명령과 협박을 동시에 한 태랑이 몸을 세우고 침상을 벗어났다. 솔루는 눈도 깜박이지 못하고 밖으로 나가는 그를 보고만 있었다.

문을 닫고 나온 태랑이 조용히 파고를 불렀다.

"목욕하고 옷 갈아입고 오는 동안 아침을 준비해라. 그전까지 솔루는 자게 두고."

닫힌 침실의 문을 바라보며 그가 말했다.

"목욕은 내가 항상 하던 곳에서 한다."

"여기서 하시는 것이 아닙니까? 안에서 하실 줄 알고 미리 더운 물을 준비해뒀습니다."

파고가 의아한 눈으로 물었다. 일부러 두 사람 사이가 좋아지기 위해서 안에 만든 것이 아니었나?

"아니다. 나는 늘 하던 곳에서."

태랑이 목욕을 할 때는 그의 시중을 들기 위해 많은 이들이 대기 중이었고, 그들은 모두 남자였다. 그는 솔루가 있는 공간에, 비록 잠깐일지라도 장정 여럿을 드나들게 하고 싶지는 않았다.

욕실에서 몸을 담그고 누워 눈을 감고 있던 그는 적진주에 대한 고민을 했다. 비한을 기다려보기로 했지만 그가 언제 나타날지는 장담할 수 없었다. 그렇다고 금작에게 달라 할 수도 없다. 달란다고 줄 금작도 아닐뿐더러 많은 금액을 제시한다고 팔 위인도 아니었다.

그래도 두 개를 가지고 있으니 잘 구슬리면 팔지 않을까. 망할. 그 자식을 만나고 싶지 않은데. 백해궁에 발도 못 붙이게 할 작정이었는데.

허나 아쉬운 쪽은 태랑이었다. 좋았던 아침 기분이 망가진 건 순전히 금작 때문이었다. 목욕하고 옷을 갈아입는 내내 떠나지 않던 그의 고민은, 솔루가 일어나 밖에 나왔다가 혼절했다고 파고에게 들은 순간 결정됐다.

태랑은 맞은편에 앉아 있는 금작에게 차를 권하며 자신의 찻잔을 들었다. 그는 눈을 가려오는 찻잔 너머로 금작 얼굴을 주시했다.

비상한 머리를 가진 사람. 창국을 뒤흔들 수 있을 정도의 재력, 그리고 그에 따르는 권력. 그에게 부족한 것이 무엇일까. 무얼 제시하면 적진주를 내어줄까. 그보다 솔루를 향한 그의 마음은 어디까지가 진실이고, 어디까지 거짓일까.

금작은 차를 한 모금 넘기고 나서 생긋 웃었다. 입과 눈은 웃고 있지만 눈빛만큼은 탐색하느라 강하게 번득였다.

그와 눈이 마주친 태랑은 느릿하게 눈은 감았다 뜨며 픽 웃었다. 마치 금작은 이럴 날이 올 줄 알았던 것 같다. 태랑의 입에서 자신이 원하는 말이 나오길 기다리는 표정. 속마음을 들키지 않기 위해 웃음으로 위장하고 있지만 그 웃음 끝에 걸린 기대감이 태랑의 눈에는 보였다.

"어인 일로 저를 찾으셨습니까?"

금작이 다시 찻잔을 입에 댔다.

태랑 역시 느긋하게 미소를 지어 보였다. 사람은 기대하는 것이 있으면 시간이 흐를수록 초조해지기 마련이고, 초조함은 미세한 균열을 가져온다.

"그대에게 돌려 말할 필요는 없겠지."

"하하. 그럼요, 그럼요. 말씀하시지요."

"지난번, 그대가 내게 하려던 선물 말이야. 그때는 필요 없다고 생각하여 거절했지만 이제는 필요해졌어."

"선물이요?"

금작은 고개를 옆으로 기울이며 모르는 척했다. 빤히 보이는 어색한 연기였다.

"아하! 적진주 말씀하십니까?"

금작이 탁자를 손바닥으로 탁 내리치며 외쳤다. 태랑은 눈길을 살짝 비틀었다. 금작의 연기를 어떻게 받아들여야 할지 머리를 빠르게 회전시켰다.

솔루 때문에 그러는 건가. 다른 꿍꿍이가 있는 건가.

금작이 솔루에게 청혼했다는 말을 들었을 때는 오로지 그것에만 신경을 집중했었다. 어딘지 모르게 금작의 행태에 묘함을 느꼈지만 크게 다가오지 않았었다. 그런데 지금은 확연히 느껴졌다 콕 집어 말할 수 없게 기분이 나빴다.

"헌데, 그게 왜 필요해지셨습니까?"

"내가 그대에게 그것까지 설명할 이유는 없는 것 같은데."

"네, 맞는 말씀이십니다."

"얼마면 되겠나."

태랑은 금작이 가격 흥정을 하지 않을 걸 알면서도 물었다. 어차피 금작은 돈에 구애(拘礙)를 받지 않는다.

"돈이라니요. 서운하게 왜 이러십니까? 당연히 태랑 님께는 그냥 드립니다. 어차피 처음부터 선물하려고 했던 물건입니다. 뒤늦게라도 받아주신다니 감사할 따름입지요."

"난 비용을 지불하고 싶다. 신세 지고 싶지 않아."

권유와 반복이 거듭되었다. 의미 없는 말이 오가는 신경전이었다. 둘 중, 누구도 양보가 없을 신경전을 마친 쪽은 금작이었다.

"태랑 님, 제게 신세 지신다고 생각하지 마십시오. 후에 제가 태랑 님께 질 빚을 이걸로 미리 갚는다고 여겨주시길 바랍니다."

드디어 나왔다, 금작의 답이. 태랑의 입꼬리가 슬며시 올라갔다.

금작의 자세한 속내는 모르지만 그는 분명 계교(計巧)를 부리고 있었다. 태랑은 금작이 언젠가 분명 자신이 가진 패를 보일 것이라 짐작했다.

"후에 내게 질 빚이라……. 앞으로 내게 부탁할 일이 있는가?"

"없습니다."

"방금 내게 빚을 질 거라 이야기하지 않았나?"

"네, 그리 말씀드렸습니다. 하지만 제가 태랑 님께 부탁드릴 일은 절대 없을 것입니다."

"……그렇단 말이지."

금작의 얼굴 가득 번지는 미소가 불쾌해진 태랑의 눈빛이 날카로워졌다. 부탁할 일은 절대 없다면서 빚을 질 거라는 말은 앞뒤가 맞지 않았다. 뭔가 잡힐 듯 잡히지 않는다. 담고 있는 뜻이 모호한 말이 태랑의 머릿속을 어지럽혀 미간을 찌푸렸다.

태랑이 금작을 보며 그의 의중을 파악하려 했다. 설담도 금작처럼 언제나 웃는 얼굴을 하고 있지만 둘은 철저하게 달랐다. 설담의 웃음은 유쾌하지만 금작의 웃음은 찜찜한 구석이 있다. 금작의 웃음과 말은 대놓고 태랑을 도발하지는 않으면서 미세하게 그의 신경을 건드린다. 태랑은 그것이 더 짜증 났다. 지금도 그렇다. 어디 알아볼 테면 알아봐라, 하며 웃는 것만 같았다.

"돌아가는 대로 적진주를 보내겠습니다."

"그래. 잘 쓰지."

금작의 뜻을 당장 캐내려 해봤자 그는 말하지 않을 것이다. 아직은 때가 아니라는 표정을 짓는 금작을 보며 태랑은 적진주를 거절할까 고민하다가 받기로 했다.

솔루의 건강 때문이기도 했지만 금작이 말하는 '빚'은 태랑이 적진주를 받고 안 받고의 문제가 아니라 판단했기 때문이다. '빚'이 뭔지 꼭 알아내야겠다. 남은 차를 마저 마시고 자리에서 일어난 금작은 나가려던 발길을 돌렸다.

"솔루는 잘 있습니까?"

"그 녀석에 대한 질문, 반갑지 않아. 이번만 이렇게 용서하는 거니 다음부턴 조심하도록. 내가 그대에게 무슨 짓을 할지 몰라."

"역시…… 제가 결례를 저질렀군요. 죄송합니다. 그럼 안녕히 계십시오."

금작이 나간 문을 태랑이 한참 동안 노려봤다. 대체 저놈이 무슨 일을 벌이고 있는지 감이 잡히지 않는다. 일을 벌인다면 절대 판을 작지는 않을 텐데.

"파고."

벽에 세워진 커다란 병풍 뒤에서 파고가 나왔다.

"금작에게 사람을 붙여봐. 금작은 눈치가 빠르고 주위에 호위무사를 여럿 두니 어설픈 녀석은 안 된다. 민첩하고 소리도 나지 않게 따라붙을 이가 좋겠다. 다른 건 하지 않아도 된다. 금작이 어딜 가고, 누굴 만나는지만 보고하도록 해라."

"네. 그럼 적진주는……."

"받을 건 받아야지."

내게 앞으로 질 빚이 있다 하지 않느냐. 제 턱을 문지르는 태랑의 눈이 가늘게 좁아 들었다.

그 시각, 솔루는 홍이가 누워 있는 침상에 턱을 괴고 바닥에 앉았다. 홍이의 상처에는 약초를 바른 얇은 천이 덮여 여전히 기운 없어 보였지만 괜찮아졌는지 지느러미가 조금씩 움직였다. 자유롭게 해국을 누비고 다니던 물고기가 막힌 공간에 있으려니 힘들겠다.

"답답해도 참아, 홍아. 완쾌되면 밖으로 나가자."

문득 자신이 아팠을 때 태랑이 침소에서 꼼짝 못 하게 한 이유를 조금은 이해할 것 같았다. 만약 홍이가 이대로 나간다고 하면 저라도 절대 안 된다고 막아서리라.

그런데 태랑을 생각하자 갑자기 볼에서 열이 났다. 아침에 숨이 느껴질 만큼 가까웠던 그의 얼굴이 떠올라서였다. 심장이 두근대자 솔루는 크게 숨을 쉬었다. 그의 얼굴을 떠올리는 것만으로도 심장은 멋대로 움직인다.

'우리, 혼인하자꾸나.'

"으아."

머리에서 생각만 하는 건데 바로 옆에서 말하는 것처럼 그의 목소리에 귓가가 간지러웠다.

"홍아, 나는 왜 이런다니."

태랑이 보고 있는 것만 같아 솔루가 푹신한 요에 얼굴을 파묻었다.

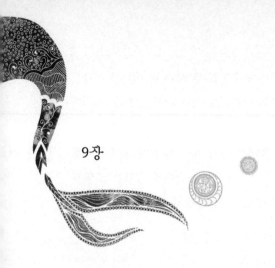

9장

솔루와 태랑은 한침상에서 자고 일어났다.

다만 어제와 같은 일을 막기 위해 솔루가 태랑보다 훨씬 먼저 일어났다. 자리를 떠나는 솔루의 뒷모습을 보며 태랑은 피식피식 나오는 웃음을 삼켰다. 지난밤, 침상에 누워서도 절대 잠들지 않을 것처럼 야심한 시각까지 눈을 뜨고 있던 솔루는 결국 새벽에 깊은 잠에 빠지고 말았다. 그때까지 깨어 있던 태랑은 그녀 모르게 다가가 껴안고 잠을 청했다. 그녀는 잠이 들면 옆에서 무슨 일이 일어나도 잘 모르는 모양이었다.

품 안에서 꼬물꼬물거리는 움직임이 좋구나. 숨 쉴 때마다 쌔근거리는 소리도 좋구나. 네 온기도, 네 체취도 모두 좋구나.

그 모든 것들이 조화를 이뤄 그에게 마치 자장가처럼 들렸다. 아무래도 앞으로 계속 이렇게 잠을 잔다며 그간의 불면증은 씻은 듯이 사라질 것이다. 태랑은 이른 시간에 솔루보다 먼저 일어나 이불을 잘 덮어주고 멀찍이 누워, 잠에서 깨는 그녀를 지켜보고 있었다.

금작이 적진주를 보내왔다. 저번에 그가 태랑에게 선물했던 그대로였다.

후원의 정자에 있던 태랑은 패물함 안에 있는 적진주 한 알을 집어 햇빛에 비추자 강렬하게 내리쬐는 햇볕에 붉은 빛깔이 더욱 진해지며 투명하게 반짝거렸다.

이걸 갈아서 하늘 위의 바닷물에 타 먹으면 신비한 힘을 갖게 된다고? 이리 보고 저리 봐도 고운 색을 가졌다 뿐, 어디서나 볼 수 있는 흔한 진주 같은데 정말 효과가 있으려나.

신비한 힘은 생기지 않아도 되니 솔루의 혼절하는 병을 고쳐주면 좋으련만.

휙! 그는 저쪽에 무릎 꿇고 앉아 있는 파고에게 적진주 하나를 던졌다. 파고가 한 손으로 정확하게 낚아챘다.

"곱게 빻아둬라."

"하늘 위의 바다에 가시는 겁니까?"

"다녀와야지 어쩌겠느냐. 적진주는 그 바닷물과 함께 먹어야 한다며."

"그렇기는 합니다만, 확인되지 않은 설에 불과해서 말입니다."

"설이든 뭐든 쓸데없는 걸 금작이 내게 줬을 리는 없겠지."

"괜찮으십니까."

"뭐가."

무심하게 후원을 보고 있던 태랑이 눈길을 파고에게 돌렸다.

"인어로 변하는 것…… 싫어하시잖습니까."

"싫어해도 하늘 위의 바다로 갈 방법이 그것밖에 없으니까 별수 있겠느냐."

태랑의 가장 아름다운 모습. 바로 인어로 변했을 때였다. 허나 아름다움을 추구하는 태랑은 정작 인어로 변하기를 싫어했다.

"제가 다녀올까요?"

그런 그를 잘 알고 있는 파고가 물었다.

"됐다."

태랑이 툭 던지듯이 말하며 자리에서 일어났다. 그의 하얀 머리카락이 긴 몸을 따라 늘어뜨려졌다. 정자의 계단을 내려가며 허리띠를 풀더니 파고에게 넘겼다. 상의가 벌어지고 군더더기 없는 태랑의 상체가 드러났다.

그가 주머니에서 작은 병을 꺼내 들었다. 후원의 한가운데로 들어간 태랑이 몸에 걸치고 있던 넉넉한 상의를 벗어 파고에게 주자 주위에 갑자기 많은 물고기가 모여들기 시작했다. 이름 모를 생물들도 슬그머니 물고기 틈에 끼어 있었다.

"귀찮게 됐군."

인상을 찌푸리며 조용히 내뱉을 태랑이 눈을 감고 무어라 중얼거렸다.

슈슈슉. 그의 발에 밟혀 있던 하얀 풀잎이 밧줄처럼 주욱 길어지며 발을 타고 올라 발목을 감쌌다. 살아 움직이는 것처럼 종아리를 지나 무릎 위로 뻗어 나갔다. 허벅지를 거쳐 허리까지 당도한 풀잎이 끊어질 듯 팽팽하게 당겨지는 순간, 풀의 뿌리에서 기포가 생겼다. 부글부글거리는 소리와 함께 끓어오르던 기포는 어느새 소용돌이로 변해 태랑의 하체를 휘감으며 위로 솟구쳐 올랐다. 태랑의 전신이 커다란 물기둥에 가려져 보이지 않았다.

그때였다. 홍이를 돌보다 산책하려고 후원에 나왔던 솔루가 바닥에서 치솟는 물기둥을 보고 소리를 질렀다.

"으앗!"

파고가 얼른 솔루의 붙잡고 조용히 하라 일렀다.

"저게 뭡니까?"

"보면 알아."

물기둥 근처로 물고기가 빙글빙글 돌았다. 촤악! 하늘에 닿을 듯 높아가던 물기둥이 한꺼번에 무너지고, 그 자리에 서 있던 태랑의 모습이 드러났다. 흠뻑 젖어 있던 머리카락을 가볍게 털어내자 마른 것처럼 살랑이더니 바람을 따라 물결쳤다. 아니, 마치 물속을 부유하는 것처럼 공중에 떠 있었다.

솔루의 커졌던 눈이 튀어나올 듯했다. 붉은빛과 금빛이 적절히 섞인 태랑의 다리. 정확하게 말하자면 물고기와 같은 하반신이었다. 햇빛에 촘촘히 박힌 비늘이 반사되어 눈이 부셨다. 귀하다는 황금이 저런 색일까. 하늘에 떠 있는 태양이 저런 색일까. 은색의 머리카락과 붉은 금빛이 오묘하게 조화를 이뤄 감탄사가 절로 나왔다.

솔루는 제 얼굴보다 더 큰 태랑의 꼬리지느러미를 보고 입을 다물지 못했다. 천천히 흔드는 부채처럼 너울거리는 지느러미를 따라 아름다운 빛이 그려졌다. 그제야 솔루는 시선을 위로 옮겼다. 반짝이는 그의 하반신을 지나니 맨몸을 훤히 드러내고 있는 탄탄한 그의 배와 넓은 가슴이 보였다. 태랑이 팔짱을 끼고 있어 전부 볼 수 없었지만 근육이 알알이 박힌 팔과 섬세한 선을 그리고 있는 목이 눈에 들어왔다.

사내의 몸은 저렇게 생겼구나.

그러다 태랑의 눈과 마주쳤다. 뭐가 마음에 들지 않은지 그의 입술이 삐딱하게 틀어져 있었다.

"아이코!"

솔루가 얼른 두 손으로 제 얼굴을 가렸다. 사내인 태랑의 몸을 빤히 보고 있던 것이 창피했다. 그가 아름다운 인어의 모습을 하고 있어서였다고 스스로 핑계를 댔지만, 머릿속에 깊게 남아 있는 건 그의 사내다운 몸이었다.

"다 보고 나서 눈을 가리는 건 뭐냐."

태랑의 말에 솔루가 손가락을 살며시 벌렸다. 두 개의 까만 눈동자가 손가락 사이로 나왔다.

"다, 다 보지는 않았습니다!"

"봤으면서 아니라고 하기는."

"정말입니다!"

"거짓말하면 못쓴다."

"아셨군요. 죄송합니다."

솔루가 얼굴을 가리고 있던 손을 내리며 고개를 숙였다.

"너무 아름다우셔서 제가 잠시 정신이 나갔나 봅니다."

인어의 모습을 한 태랑은 아름다움의 극치를 이뤘다. 상반신은 인간, 하반신은 물고기. 언뜻 생각했을 땐, 이상하고 기괴할 것이다 했지만 그 반대였다.

눈을 들어 힐끔 그를 봤다. 그러면 안 되는데 태랑의 반짝이는 비늘보다 벗은 상체에 더 눈이 간다.

"보이는 것이 전부가 아니지."

"예?"

태랑의 건조한 목소리에 솔루가 감은 눈을 떴다.

"지금 내가 아름답다 하여, 이게 나의 전부는 아니란 말이다."

"무슨 말씀이십니까?"

뜻을 알 수 없어 솔루가 되물었다.

"나는 네가 말하는 아름다움만 가지고 있지 않다."

"태랑 님은 늘 아름다우셨는데요? 인어의 모습일 때가 더욱 아름다우시지만 인간의 모습을 하고 계셔도 아름다우십니다."

그가 낮게 웃으며 고개를 젓자 머리카락이 잔잔한 파도를 일으켰다. 솔루는 자신과 파고의 머리카락을 봤다. 간간이 바람에 날릴 뿐이지만 태랑은 공중에 떠 있었다. 한 올, 한 올 움직이는 그의 머리카락이 물에서 사는 수초와 비슷했다.

주위에 있는 물고기들은 기분이 좋은지 태랑의 몸을 빙글빙글 돌다가 그의 머리카락 사이를 쏙쏙 옮겨 다녔다. 태랑이 손으로 허공을 쳐냈다. 바람을 가르는 것과 같은 몇 번의 손짓에 그의 곁을 헤엄치던 물고기들이 거리를 두고 멀어졌다.

"다녀오겠다, 파고."

태랑의 꼬리지느러미가 세차게 움직이더니 그의 몸이 공중으로 떠올랐다.

역동적으로 헤엄치는 그의 하반신이 금세 저 높은 곳까지 가도록 도와줬다. 그 뒤를 물고기들이 따랐다.

한참을 헤엄쳐야 했다. 아래에서 보기에 하늘과 그 위의 바다는 가까운 듯해도 꽤 먼 거리라 구름을 뚫고 나아가 하늘과 바다의 경계를 뚫어야 했다. 경계를 벗어났을 때 비로소 도착하는 바다. 어지간해선 절대 갈 일이 없는 그곳을 오로지 솔루 때문에 가고 있는 그였다.

솔루는 점점 멀어져 까맣게 점으로 변한 태랑의 뒷모습을 눈으로 좇았다.

"하늘 위의 바다는 왜 가시는 겁니까?"

까만 점조차도 보이지 않자 솔루가 파고에게 물었다.

"너 때문에."

"예에? 왜요?"

그녀가 눈을 깜박였다.

"네가 가지고 있는 병, 그거 치료하기 위해서 태랑 님이 직접 가셨어. 창국에서 적진주라고 불리는 귀한 진주가 나오는데, 그걸 갈아서 하늘 위의 바닷물에 섞어 마시면 신비한 힘이 생긴다는 말이 있지. 허나 구하기 어려워 창국에서도 갖고 있는 이가 드물다. 어제 금작 님이 다녀가셨어."

"금작 님이요?"

"응. 태랑 님이 적진주를 구하려고 부르셨어. 금작 님은 창국의 상인이고 대부호니 적진주를 가지고 계셨거든."

"그럼……."

"그래, 네 병을 고치기 위해서 타인에게 절대 굽히지 않는 태랑 님이 금작 님께 부탁을 하셨다. 해국의 왕이 다른 나라의 상인에게 그러기는 드물지."

엄밀히 따지자면 태랑의 말투는 부탁한다고 하기엔 부족했지만 파고는 더 과장되게 말할 걸 후회했다.

"태랑 님께서는 왜 제 병을 고치고 싶어 하십니까?"

"네가 직접 여쭤봐."

솔루가 입술을 깨물며 손가락을 만지작거렸다. 심장이 또 제멋대로 움직인다. 예전에 집 안에만 갇혀 지내다가 가끔 시장을 나가자 어머니와 약속한 적이 있었다. 시장을 가기 전날 밤, 설레는 마음에 잠을 설쳤었다. 그 밤처럼 들뜬 기분이었다.

갑자기 머릿속에서 생겨나는 수많은 질문들로 어지러워졌다. 태랑이 빨리 오길 기다렸다. 사실 그와 함께 잠을 자기 시작했던 날부터 생겼던 의문이 있었다. 그의 행동이 이상하다고 여기면서도 줄곧 설마, 설마 하다가 나중엔 말이 안 된다 싶어 떠올리는 것 자체를 하지 않았다.

하지만 태랑 님이 오시면 이번엔 꼭 물어보리라. 태랑 님, 혹 저를 좋아하십니까?

그가 떠난 자리에 남아 있는 옷을 솔루가 집어 들고 하늘을 바라봤다.

솔루는 후원에서 태랑이 돌아오길 기다렸다. 그러나 파고가 태랑의 벌거 벗은 몸을 보고 싶으면 계속 기다리라는 말에 얼른 방으로 돌아왔다. 그러곤 의자에 앉아 있기도 하고, 침상에 누워 있기도 했다. 한곳에 가만히 있을 수가 없어 홍이를 보러 갔다가 돌아와 혼자 차를 마셨다.

태랑에게 물어봐야겠다는 생각이 드는 순간부터 시간이 너무 더디 흘렀다. 저를 사랑하냐고 물었을 때, 그는 아니라고 답했다. 그렇다고 좋아하지 않으리라는 법은 없다. 좋아하는 마음이 깊어지면 사랑하게 될 테니까.

헌데 만약 태랑 님이 날 좋아한다고 말하시면 어쩌지? 나는 뭐라고 대답해야 하지?

'너는 날 좋아하느냐.'

그러면 이렇게 묻고도 남는다. 뭐라고 답해야 하는 건가. 솔루는 앞에 놓인 찻잔을 들었다. 뒤죽박죽 복잡했던 머릿속이 일순간 하나의 질문으로 모아졌다.

나는 태랑 님을 좋아하나? 솔루가 들고 있던 찻잔을 입에 대고 기울이자 미지근한 차가 입술을 적셨다. 목으로 한 모금 흘려 넣고 찻잔을 내려놓은 뒤 손톱으로 찻잔을 두드렸다.

"하아."

어떻게 결론을 내야 할지 모르는 솔루가 한숨을 쉬었다. 이럴 때 가희나 송마가 옆에 있다면 물어보기라도 할 텐데……. 파고가 있기는 해도 그에게 물어볼 수 없는 문제였다.

솔루는 투명한 차를 응시했다. 찻잔 안에 태랑의 얼굴이 그려지는 것 같아 솔루가 빙그레 웃었다. 그 얼굴만으로도 이렇게 웃음이 나온다는 건 어떤 의미일까나.

태랑이 간혹 무섭고 심술궂을 때가 있었지만 자상할 적도 많았다. 특히 최근엔 더욱 그랬다. 좋은 옷과 방을 만들어주고, 홍이를 치료해줬다. 무엇보다도 안아주는 품이 포근했다. 그가 저를 안을 때면 하지 말라고 했으나 싫어서가 아니었다. 도리에 맞지 않는다 외쳤지만 사실은 밖으로 소리가 나갈 정도로 두근대는 심장을 그에게 들키고 싶지 않아서이기도 했다.

몸을 감싸 안는 그의 단단한 팔과 가슴이 의지가 됐다. 간지럽히는 그의 숨결에 부끄럽기도 하면서 설레었다. 무거운 그의 머리가 제 머리에 올라와 무거웠고, 꽉 껴안은 그의 몸이 답답했지만 왠지 모르게 계속되길 바랐다.

가끔 던지는 말 하나하나가 당황스러울 만큼 솔루를 놀라게 한 적도 있었다. 한순간도 떨어지지 말자는 말도 그랬고, 혼인하자는 말도 그랬다. 솔루가 그를 사랑하게 될 것이라는 말 역시도 솔루의 가슴에 남아 있었다.

이거 내가 태랑 님을 좋아하는 건가?

"뭘 그렇게 깊이 생각하느라 사람이 들어가는데도 몰라요?"

설담이 특유의 미소를 지으며 들어왔다.

"어? 설담 님! 안녕하십니까!"

솔루가 급하게 자리에서 일어나 인사했다.

"잘 지냈어요?"

"예. 설담 님도 잘 지내시지요?"

그가 웃으며 고개를 까딱하고 솔루의 맞은편에 앉았다.

"차를 준비하도록 하겠습니다."

"솔루가 직접 해주는 건가요?"

"아…… 그건 아닙니다. 태랑 님께서 못 하게 하셔서요, 밖에 계신 분에게 부탁드려야 합니다."

"그럼 관둬요. 솔루가 우려주는 것이 아니라면 생각 없어요."

"그래도 저 혼자 마실 수는 없지 않습니까."

"괜찮아요. 목이 타면 솔루 것 한 모금 하죠, 뭐."

설담이 눈짓으로 솔루의 찻잔을 가리켰다.

"아, 예."

그녀가 슬며시 제 찻잔을 탁자의 가운데로 밀었다.

"얼굴에 근심이 있네요."

"그렇게 보입니까?"

솔루가 손등으로 볼을 문지르며 쑥스럽게 웃었다.

"내가 알면 안 되나?"

설담이 밝게 웃으며 묻자 솔루는 당장 그에게 물어보고 싶어졌다. 하지만 해도 되는 말인지 판단이 서질 않았다. 입술을 깨물다가 목덜미를 긁적이고, 손톱끼리 부딪치며 튕겼다. 복잡한 그녀의 마음이 행동에 나타났다.

똑똑. 솔루를 지켜보던 설담이 탁자를 두드리자 그녀가 봤다. 밝은 솔루의 눈동자에 고민의 흔적이 역력했다.

"내가 들어줄게요. 도움이 될지는 모르겠지만, 좋은 방향을 제시해줄 수도 있잖아요."

"그것이 말입니다."

양손으로 눈을 비비던 솔루가 결심이 섰는지 입술을 달싹였다. 하지만 쉽게 말하지 못하고 망설였다.

"제가…… 아이참, 어떻게 말하지?"

심호흡을 크게 한 솔루가 마주 잡은 손을 무릎에 올렸다.

"더 궁금해지네. 뭔데 그래요."

"좋아한다는 감정은 어떤 겁니까?"

어렵사리 꺼낸 그녀의 말에 설담의 미소가 사라졌다. 간단한 질문이었다. 허나 그 안에 담긴 의미는 애써 알려고 하지 않아도 쉬웠다.

태랑이 먼저 솔루를 여인으로 인지하고 있듯이 그녀도 태랑을 사내로 받아들이기 시작한 모양이었다. 아쉽고 안타까웠다. 태랑과 솔루의 만남이 이리되기를 원했고, 이렇게 될 것을 다 알고 있었는데 가슴이 헛헛했다. 솔루가 그냥 여인이라서 좋았던 건지, 그녀이기 때문에 좋았던 건지 혼란스럽다.

"설담 님?"

표정이 굳은 설담을 솔루가 불렀다. 그녀의 부름에 정신을 차린 설담이 어색한 미소를 지었다.

"대상이 있으니 묻는 거겠죠? 그게 누구?"

확인이 필요한 설담이 물었다.

"태, 태랑 님이요."

솔루는 머뭇거리면서도 거침없었다. 그녀다웠다.

"아아, 그랬구나."

수줍게 물든 솔루의 발그레한 볼에 설담의 가슴이 쓰렸다. 많은 시간을 함께한 것도 아니고, 둘 사이에 특별한 일도 없었다. 솔루보다 훨씬 예쁘고 고운 여인들이 나만을 바라보며 기다리고 있건만 왜 당신에게 마음이 갈까.

청해궁에는 그만을 위한 여인들로 넘쳐났다. 설담에게 여인이란 보고 있으면 기분 좋아지는 꽃. 해서 많을수록 좋았다.

설담이 그녀들에게 원하는 건 없었다. 머물고 싶다면 곁을 내줬고, 자신을 떠나고 싶다는 여인들은 흔쾌히 가라 하고 돈까지 쥐여 보내줬다. 그저 보고 즐기면 그뿐, 그 이상도 그 이하도 아니었는데, 솔루에게는 설담의 후궁들에게 한 것처럼 되지 않았다.

말도 안 된다. 허탈하게 웃은 설담은 솔루에게 향하는 마음을 밀어냈다.

"태랑이 좋아졌어요?"

"태랑 님은 좋으신 분입니다."

"나도 좋은 사람이에요, 솔루."

설담이 검지로 자신을 가리키며 낄낄댔다. 표정을 감추기 위한 억지웃음이었다.

"예! 설담 님도 좋으신 분입니다."

"좋은 사람이라고 생각한다면 좋아하는 거 아닌가요?"

"그럼 저는 태랑 님도 좋아하고, 설담 님도 좋아하는 겁니까? 하지만 좀 다른데……."

솔루의 한마디에 선이 확실하게 그어졌다. 설담은 그녀의 마음을 완벽하게 읽었다.

태랑, 곧 네 심장을 갖게 되겠구나. 축하한다, 친구.

"뭐가 달라요?"

설담이 솔루에게 묻자 그녀는 머리를 긁적였다.

"설명하기 어렵습니다."

"그래요. 그건 그렇다 치고, 솔루는 자신의 마음을 확인하고 싶은 건가
요?"

설담의 질문에 솔루가 고개를 주억거렸다. 태랑과 설담은 좋은 사람들이
고, 그런 이유로 좋아하는 거라면 틀린 말은 아니다. 그러나 다르다. 뭔가가
달랐다.

"우선, 첫 번째로 태랑이 솔루를 싫어한다면 어떤 기분이겠어요? 미움 받
는다면 어떨 것 같아요? 그리고 두 번째로……."

드르륵! 문이 열리는 소리에 설담의 말이 멈췄고, 그와 솔루는 문 쪽을 바
라보니 태랑이 긴 다리를 뻗으며 성큼성큼 들어왔다. 갑작스런 그의 등장에
솔루가 화들짝 놀랐다.

"왜 그리 놀라는 것이냐."

두 사람을 번갈아 보며 들어온 태랑이 솔루 옆에 앉았다. 얼굴이 벌겋게
달아오른 채로 시선을 요리조리 피하는 솔루와 재미있다는 듯이 웃는 설담
때문에 괜스레 기분이 언짢아졌다. 태랑은 탁자 가운데 놓여 있는 찻잔을
보고 미간을 찌푸렸다.

"왜 찻잔이 한가운데에 놓여 있어?"

두 사람 앞에 각각 하나씩 놓여 있어야 할 찻잔이 탁자 중앙에 덩그러니
하나만 있어 눈에 거슬렸다.

"아하, 그거! 솔루가 마시던 건데 마침 내가 목이 말라서 마시려고."

설담이 손을 뻗어 찻잔을 집으려 하는 찰나, 태랑이 먼저 잡아 낚아챘다.
그러고는 곧바로 자신의 입으로 가져가 남아 있던 차를 삼켰다. 솔루의 입

술이 닿았던 곳에 다른 사내의 입술이 닿는 걸 원치 않았다. 설사 그것이 설담이라 할지라도 허락할 수 없었다. 태랑의 날쌘 행동에 솔루와 설담의 표정이 멍해지는 것을 본 태랑은 무심한 눈을 하고는 찻잔을 내려놓았다.

"안 가냐?"

"뭐야, 나 쫓아내는 거야?"

"응. 맞다."

"치사한 놈. 알았다, 알았어!"

설담이 자리에서 일어나 태랑 곁을 스칠 때였다.

"설담, 이리로."

태랑이 나직한 목소리로 설담을 부르자 가까이 다가갔다.

"허리 좀 숙여봐."

"무슨 말을 하려고 그래?"

손짓하는 태랑의 요청에 설담이 허리를 숙였다. 태랑이 제 입을 설담의 귀에 댔다.

"다시는 내가 없을 때 솔루를 찾아오지 마."

설담의 귀에 대고 말하는 고요한 음성에 강한 명령이 실려 있었다. 설담이 어깨를 으쓱하더니 허리를 폈다. 하지 말라니까 더 하고 싶어지잖아. 설담은 이상한 반항심이 올라왔다.

"벗이여, 너무 초조해 마. 그러다 될 일도 안 된다."

태랑의 어깨를 툭툭 두드린 설담이 밖으로 나갔다. 솔루는 자신이 마셨던 찻잔을 쥐고 있는 태랑의 손을 보며 설담이 했던 이야기를 생각했다.

'태랑이 솔루를 싫어한다면 어떤 기분이겠어요? 미움 받는다면 어떨 것 같아요?'

미움 받고 싶지 않다. 저를 싫어하는 태랑을 보고 싶지도 않았다. 이미 공존의 밤 사건 때도 느꼈었다. 만약 자신을 좋아하냐고 그에게 물었을 때, 아니라고 답한다면 그땐 또 어떤 기분일까?

솔루는 태랑이 저를 좋아하지 않는다 말하는 모습을 상상하자 생각하기 싫어져 고개를 세차게 저었다. 이건 뭘까. 솔루가 주먹으로 제 이마를 두드렸다.

내가 태랑 님을 좋아하는 건가. 그래서 그동안 무어라 설명하기 어려운 기분에 혼란스러웠나.

솔루는 무릎 위의 손을 내려다보며 쥐었다 펴기를 반복했다. 제 마음도 확실하게 모르겠는데, 무작정 태랑의 마음을 확인하려는 것이 잘하는 일인지 확신이 서지 않았다.

태랑과 솔루 사이의 정적(靜寂)이 길어진다 싶을 때쯤 파고가 들어왔다. 그는 손에 액체가 담긴 작은 병과 접힌 종이를 들고 있었다.

"태랑 님, 말씀하신 것 준비했습니다."

태랑이 고개를 끄덕이자 파고는 솔루의 빈 찻잔에 병에 담긴 액체를 부었다. 태랑이 가져온 하늘 위의 바닷물이었다. 그리고 접힌 종이를 펴 붉은색의 적진주 가루를 찻잔에 담긴 바닷물에 붓고 살짝 흔들었다. 사르르 녹아내려 투명했던 바닷물은 연한 붉은 빛깔로 변했다. 파고가 찻잔을 솔루 앞에 뒀다.

"마셔라."

태랑의 말에 솔루가 찻잔을 잡았다. 한눈에도 무엇인지 알겠다. 태랑이 그녀를 위해 준비한 약.

태랑 님은 이걸 어떤 마음으로 준비하셨습니까? 왜 제가 건강해지길 바라십니까? 왜 제가 잘해주십니까? 왜 이러십니까?

쉴 새 없이 질문들이 복잡하게 머릿속에 차올랐다.

"어서."

가만히 찻잔을 보고만 있는 그녀를 태랑이 재촉했다.

"예."

솔루는 찻잔을 입에 대고 바닷물을 마셨다. 혀를 아리는 쓴맛에 얼굴이 찌푸려졌다. 많은 양도 아닌데 너무 써서 목 넘김이 어려웠다.

"참고 다 마셔."

솔루의 표정을 본 태랑이 명령하는 어조로 말했다.

"콜록콜록."

겨우 다 마신 솔루가 목이 따끔거려 기침을 했다. 탁자 위에 있는 빈 찻잔과 병과 종이를 든 파고가 밖으로 나갔다. 쉽사리 멈추지 않는 솔루의 기침이 꽤 오래 지속됐다. 기침이 진정되고 그녀가 조그마한 입술을 오므렸다.

"잘했다."

태랑이 손을 뻗어 솔루의 머리를 쓰다듬었다. 한 번, 두 번. 천천히 부드럽게 쓸어내리는 그의 손길이 자잘한 진동을 줬다. 그런 그를 솔루가 물끄러미 바라봤다.

"왜 그러느냐."

태랑의 손이 솔루 머리 위에 얹힌 채였다. 솔루가 손을 들어 태랑의 손등을 덮자 푸른 바다가 담긴 눈동자가 의아함을 내비쳤다.

"태랑 님."

솔루는 그의 손을 잡아 끌어 내려 살며시 놨다.

"왜."

"태랑 님께서는."

그녀가 숨을 멈췄다. 저를 좋아하십니까, 하고 물어봐야 하는데 목구멍에 꽉 막혀 나오지를 않았다.

"저를 어떻게 생각하십니까?"

돌려서 물었다.

"뭐?"

"저를 어떻게 생각하시냐고 여쭸습니다."

"갑자기 그런 질문은 왜 하지?"

"알고 싶어서요."

"근래에 나에 대해 궁금한 것이 정말 많아졌나 보구나."

그가 피식 웃었다.

"예. 그러니 말씀해주십시오."

"내가 말하면 너도 답해줄 테냐."

"뭐를…… 말입니까?"

"너는 나를 어떻게 생각하는지 말이다. 너는 나를 어떻게 생각하지?"

"……태랑 님은 좋으신 분입니다."

"그것뿐인가?"

그것뿐이냐니. 뭐가 더 있어야 하나. 솔루가 생각에 빠지려 하자 태랑이 됐다며 그녀의 머리를 또 쓰다듬었다.

"너를 어찌 생각하느냐 물었지."

솔루의 그 어느 때보다 심한 방망이질을 해대는 심장 때문에 대답을 하지 못하고 고개만 천천히 끄덕였다. 태랑이 뭐라고 대답할까 그의 입술만 봤다. 답을 기다리는 시간이 왜 이리 더디게 느껴지는지.

"너를…… 아끼고 있다."

파르르. 심장에 날개라도 달린 모양이다. 여리면서도 강한 떨림이 솔루의 온몸으로 번져 나갔다. 좋아한다는 감정에 대해 누구에게 물을 필요가 없었다. 느낌으로 알겠다. 좋으면 이런 기분이란 걸.

홍아, 어쩌지? 어머니, 어떡하죠? 저, 태랑 님이 좋아요.

태랑의 입술만 보고 있던 솔루가 눈을 천천히 들어 올렸다. 그의 푸른 눈동자와 부딪치는 찰나 몸이 바스라질 것만 같아 숨을 죽였다. 동시에 저절로 미소가 지어졌다. 그의 깊은 눈빛이, 부드러운 손길이, 고요한 음성이 문을 두드리듯이 솔루의 심장을 두드렸다.

쿵. 쿵. 쿵. 열어달라고, 들어가고 싶다고 허락을 구하는 것 같더니 어느 순간 들어온 그가 가슴 가득 채워졌다. 답답해진 솔루가 두 손으로 살며시 제 가슴을 눌렀다. 기분 좋은 답답함이었다. 그동안 알 수 없는 이상한 감정들은 다 태랑이 좋아져서 나타났던 모양이다. 솔루는 태랑에게 말하고 싶어졌다.

태랑 님이 좋습니다. 제가, 태랑 님을 좋아합니다.

하지만 입술을 떼려다 떠오르는 생각 하나가 그녀를 멈추게 했다.

태랑 님은 나를 좋아하실까?

묻기가 두려워졌다. 그가 아니라고 한다면, 너는 내 인연이 아니다, 라고 한다면 그 말을 감당할 수 있을지 겁이 났다. 그녀가 입술을 꽉 물었다. 그래도 아낀다고 해줘서 한편으론 마음이 놓였다. 아낀다는 건 적어도 싫지 않다는 뜻일 테니. 태랑이 저를 많이 아꼈기에 그 많은 것들을 내어주었다는 생각이 들었다. 비록 지금 자신과 같은 마음은 아니더라도 금방 같아질 거라 예감했다.

"감사합니다."

"만족스러운 대답이 되었느냐."

솔루가 고개를 세차게 끄덕이자 그가 옅게 미소를 지었다. 태랑을 따라 솔루도 보조개가 움푹 파이도록 입술을 양옆으로 길게 늘였다. 태랑이 손을 뻗어 보조개가 파인 솔루의 볼을 살며시 잡았다. 말캉한 살이 잡히자 솔루의 미소가 어색하게 변했지만 놓지 않았다.

손가락으로 볼을 쓸었다가 엄지로 작은 입술을 만지작거리니 그녀의 입술이 벌어지고 손톱보다도 작은 치아가 보였다. 여린 숨이 엄지 위로 쏟아지며 온기가 느껴졌다.

심장 때문에 태랑에게 그녀는 소중한 존재였다. 하여 아낄 수밖에 없었다. 하지만 그도 알고 싶었다. 묻고 싶었다.

너에게 나는 무엇이냐. 너는 나를 어찌 생각하느냐. 나는 아무나 아끼지 않아. 비록 심장 때문일지라도 난 그렇지 않다. 너만을 아낀다. 헌데 너는…… 너는…….

흔해빠진 물고기의 아픔에 울고, 자신이 아닌 다른 사내에게도 스스럼없이 웃어주는 네가 조금은 미워지려고 한다. 싫어지려 한다.

그런 그의 속내를 알 리가 없는 솔루는 마냥 말간 얼굴로 웃음만 짓고 있었다.

태랑과 저녁 식사를 마친 솔루는 홍이에게 갔다. 누워 있었지만 지느러미의 움직임이 아침보다 더 활발해졌다. 홍이를 꼼꼼히 살핀 솔루는 침상 모서리에 걸터앉아 바닥에 닿지 않는 다리를 앞뒤로 흔들었다.

"홍아, 태랑 님께서 날 아끼신대. 히힛."

시도 때도 없이 웃음이 나오고, 가슴이 간질거린다.

"나도 태랑 님을 아껴드릴 테야. 지금까지 모르고 받기만 하고 있었어. 이제는 내가 많이 드려야지. 있잖아."

솔루는 아무도 없는 방 안을 획획 둘러봤다.

"나, 태랑 님이 좋아."

행여나 누가 들을까 봐 손을 모아 홍이에게 속삭였다. 그녀는 태랑에 대한 자신의 마음을 자각하기 시작하자 그가 이전보다 좋아지고 있었다. 지난 일들을 하나둘 떠올리며 되새겼다.

홍이와 놀던 솔루는 시간이 늦어지기 전에 태랑과 함께 지내는 방으로 돌아왔다. 그와 함께 누워 있을 생각에 벌써부터 가슴이 두근거렸다. 그런데 이미 침상에 있어야 할 태랑이 보이지 않아 방을 하나씩 살피던 중 차를 마시는 방에서 그를 발견했다. 문에 바짝 달라붙어 고개만 내밀었다.

태랑은 보료 위의 장침에 팔을 기대고 비스듬히 앉아, 세워진 한쪽 무릎에 손가락을 얹고 까딱거리며 간간이 한숨을 내쉬었다. 느슨하게 묶인 허리띠가 풀려 벌어진 앞섶으로 그의 가슴이 보였다. 지금까지 자주 봤어도 별생각 없이 지나쳤었다. 그런데 자꾸 인어로 변했을 때, 태랑의 상체가 그려졌다. 아, 내가 무슨 생각을 하는 거야. 눈을 감고 고개를 설레설레 저었다.

"거기서 뭐 하고 있느냐."

익숙한 저음에 놀란 그녀가 감을 눈을 얼른 떴다.

"음…… 안 주무십니까?"

목덜미를 긁적이며 물었다. 묻고 나니 질문이 오해를 일으킬 수도 있겠다 싶어 얼른 말을 덧붙였다.

"저 먼저 자도 될까 여쭤보려고요!"

"안 되지."

"예?"

"이리 와."

그의 무릎 위에서 까닥이던 손가락이 그녀를 향해 움직였다. 솔루는 벽에 붙은 몸을 옆으로 슬며시 빼내며 안으로 들어가 맞은편에 앉았다.

"거기 말고 여기."

이번엔 그가 손가락으로 보료 위를 두드렸다. 그것도 그가 앉아 있는 앞쪽에.

장침에 팔을 올려 머리를 기대고 있는 자세라 태랑의 가슴 앞에 앉게 되는 꼴이 될 것이다. 솔루가 눈을 동그랗게 뜨고 보고만 있자 그가 한 번 더 보료 위를 두드린다. 하는 수 없이 그녀는 작은 탁자를 돌아 태랑이 가리킨 자리까지 갔지만 이러지도 저러지도 못하고 엉거주춤하게 서 있었다. 순간 태랑이 긴 팔을 뻗어 솔루의 손목을 거칠게 당겼다.

"앗!"

풀썩. 앞으로 고꾸라지는 솔루를 태랑이 제 몸으로 받아 두 팔로 꽉 안았다. 태랑의 품에 쏙 들어간 솔루는 눈앞에 있는 맨가슴에 작게 신음을 흘렸다. 멀리서 태랑의 맨살을 보는 것만으로도 얼굴이 익을 지경인데 눈 바로 앞에서 들썩이는 그의 가슴을 보고 있자니 당황스러웠다.

"손은 떼지."

머리 위에서 들리는 음성에 솔루가 고개를 들며 물었다.

"예?"

"네가 지금 양손으로 짚고 있잖느냐. 거기."

그녀가 무슨 말인지 모르겠다는 표정을 짓자 태랑이 턱짓으로 가리켰다. 맙소사! 그의 가슴에 양손을 얹고 있었다. 뜨거운 불 덴 것인 양 놀라서 얼른 손을 치웠다. 얼굴로 몰리는 열기에 솔루는 금방이라도 터질 것만 같았다.

"죄, 죄송합니다!"

"뭘 이런 걸로."

"일부러 그러지는 않았습니다."

"안다."

그가 말할 때마다 머리를 울리는 낮은 음성이 전해졌다. 태랑이 솔루의 손을 잡더니 그의 허리에 두르게 했다. 다리를 들더니 솔루의 허벅지를 감싸 몸에 밀착시켰다. 온몸이 태랑에게 안겨 숨도 못 쉴 것 같았다. 입술도 떼지 못하고 조용히 있을 수밖에 없었다. 그럼에도 이렇게 태랑에게 안겨 그의 숨소리에 귀를 기울이고 서로의 체온을 나눌 수 있어 좋았다.

"가만히 있으면 조금 전의 일은 잊어주마."

"예."

“하아. 어지럽구나.”

태랑이 팔과 다리로 솔루를 더 강하게 끌어안았다.

“어지러우세요? 어디 편찮으신 거 아닙니까?”

걱정된 솔루가 그를 보기 위해 몸을 움직이며 고개를 들려고 했다.

“가만히…… 있으라 했다.”

“하지만 편찮으시면…….”

“그런 거 아니니 가만히 있어라.”

“예.”

태랑이 턱으로 솔루의 머리를 눌렀다. 그녀를 이렇게 안고 있으니 느낌이 또 달랐다. 함께 누워 서로를 안고 있는 기분에 현기증이 일었다. 전신에서 느껴지는 솔루의 말랑함에 그는 녹아내릴 것 같았다.

원한다. 너를 원한다. 유일하게 곁에 둘 수 있고, 안을 수 있는 너를 원하고 있다. 하루라도 빨리 온전히 내 것으로 만들고 싶은데. 그래야 마음이 놓일 것 같은데. 할 수만 있다면 이대로 너를 가지고 싶다.

태랑이 솔루를 여인으로서 가져도 문제가 되지 않았다. 다만, 그녀에게서 그를 사랑한다는 말을 듣지 못한 상태에서 가지게 되면 심장을 뺏을 수가 없다. 심장을 취할 수 있는 기회도 날아간다.

그러나 그는 이 짧은 순간, 심장 때문이 아니라 그저 듣고 싶었다. 자신을 사랑한다는 솔루의 말을.

그때가 언제일까. 오기는 하는 걸까. 과연 너는 나를 사랑할 수 있을까.

태랑은 솔루를 안고 있는 제 손을 바라봤다. 검지에 끼워진 붉은 가락지가 점점 진해지며 공존의 밤이 다가오고 있음을 알렸다. 솔루의 머리를 턱으로 문지르다 그녀가 느낄 수 없을 정도로 가벼운 입맞춤을 했다.

이번에는 그 밤을 또 어찌 넘긴단 말인가.

솔루에게서 나는 향긋한 체취에 태랑이 눈을 감았다. 복잡한 일은 다 잊고 오래도록 이리 살 수 있다면 얼마나 좋을지 잠시 상상을 하는 그였다.

솔루가 적진주를 갈아 하늘 위의 바닷물에 타서 마신 지 며칠이 지났다. 다행히 효험이 있었다. 먹고 나서 다음 날 한 번 혼절했지만, 그 뒤로 원래 건강했던 사람처럼 멀쩡했다.

홍이의 상처도 다 나아 솔루와 같이 백해궁을 누비고 다녔다. 단, 태랑과 솔루가 쓰는 방에 홍이는 출입 금지였다. 아니, 모든 물고기는 금지라고 태랑이 못을 박았다. 어차피 솔루는 허락해달라고 조를 생각도 없었다. 홍이는 홍이 나름대로 물고기의 생활을 자유롭게 누리길 바랐다. 못 보고 사는 것도 아닌데 그럴 필요가 없었다. 그리고 솔루도 태랑과의 보내는 시간을 중요하게 여겼기 때문이었다.

태랑은 예전보다 바빠졌다. 괴물의 출현이 더 잦아져 그만큼 상대해야 하는 시간이 늘어났고, 그로 인해 해국 왕들과의 만남도 빈번해졌다. 그래도 태랑은 틈틈이 솔루와 함께 보내려 노력했다. 청을 타고 해국의 하늘을 날아다니며 솔루가 처음 보는 새로운 생물을 알려줬다. 하늘에서 해국인들이 어떻게 살아가는지도 봤고, 가끔 인어로 변한 채 돌아다니는 경우도 볼 수 있었다.

객사에서의 경험과 며칠 동안 봐온 해국인들의 모습을 통해 솔루도 여행객을 한눈에 구분하게 됐다. 지금껏 볼 수 없었는데 자세히 해국인을 보면 그들의 몸에서는 희미한 빛이 났다. 이런 좋은 정보를 객사에서 일할 때 습득했다면 더 좋았을 텐데, 조금 아쉽기도 했다.

태랑이 때로는 뱃놀이에 데려가기도 했다. 그가 솔루를 안은 채로 나란히 앉아 강 속에 사는 신비한 물고기들과 생물을 불러내 보여주며 둘이서 즐거운 한때를 보냈다.

그를 향한 솔루의 마음은 걷잡을 수 없을 정도로 빠르게 커져만 갔다. 그러던 어느 날, 태랑은 괴물의 등장으로 백해궁에 없었고 솔루는 홍이와 돌아다니며 놀고 있던 중이었다. 문득 솔루는 의문이 들었다.

백해궁에는 왜 여인이 없지?

그 부분에 대해서는 신경을 쓰지 않던 터라 그동안 느끼지 못했었다. 혹시 잘못 봤나 싶어서 주의 깊게 살폈지만 역시 사내들뿐, 여인의 흔적은 없었다. 그러고 보니 예전에 목욕할 적에 송마와 가희가 온 적이 있었다. 왜 객사에서 일하는 그들을 불렀을까 했었지만 그 후로는 혼자 했기 때문에 대수롭지 않게 넘겼었다. 궁금해하다가 솔루는 파고를 찾았다. 그는 태랑의 서재를 청소한 하인들이 나간 후, 마무리 정리 중이었다.

"파고 님! 파고 님!"

솔루가 파고에게 뛰어가며 불렀다. 그녀 뒤로는 홍이가 헤엄치며 따라갔다.

"뭔데 그렇게 숨넘어가게 불러."

"궁금한 것이 있습니다!"

"뭔데?"

"백해궁에는 여인이 없습니까?"

"그걸 이제 알았어?"

"와아! 진짜 없는 것이 맞습니까? 전 제가 못 본 줄 알았습니다!"

"없는 거 맞다."

"왜요?

여인의 손을 거쳐야 하는 일이 분명히 있을 텐데 왜 궁은 객사와 달리 사내들로만 이뤄졌는지 고민해봐도 답은 나오지 않았다.

"태랑 님이 여인을 싫어하셔."

"싫어하셔요?"

"응. 치를 떨 정도로 싫어하시거든. 그래서 백해궁은 여인들이 들어올 수 없는 곳이다."

"그럼 저는 왜 여기 있는 것입니까?"

솔루가 아는 태랑은 여인을 싫어하지 않았다. 싫어했다면 그녀를 아껴주지도 않았으리라.

"특별해서 있는 거야."

"제가 태랑 님께 특별하다는 말씀이시죠?"

"……특별하지."

넌 태랑 님께 심장을 줄 수 있는 여인이니까.

파고가 솔루의 시선을 피했다. 들떠 있는 까만 눈동자가 오늘따라 유난히 맑아 계속 보기가 어려웠다. 그는 얼마 전부터 솔루가 변했다는 걸 깨달았다. 솔루는 눈이 태랑을 좇아가기 시작했고, 언젠가부터 어려 보이기만 했던 그녀의 모습이 여인의 향기를 내뿜었다. 하긴. 태랑처럼 아름다운 사내가 잘해준다면 어떤 여인이 넘어가지 않고 배기겠는가. 솔루도 어쩔 수 없는 여인이었다.

"그런데요, 파고 님. 일하는 여인은 없다 하더라도 태랑 님의 어머니나 누이는 안 계십니까? 혹 다른 곳에서 살고 계시는 겁니까?"

"다른 곳에 사는 것이 아니라 태랑 님께는 어머니도, 누이도 없다. 태랑 님의 어머니는 태랑 님이 어렸을 적에 멀리 떠나셨고, 선대왕에게 자식은 태랑 님뿐이야."

"아, 그렇군요."

왜 이런 아들을 두고 떠나셨답니까? 묻고 싶었지만 입을 다물었다. 괜스레 태랑의 상처를 헤집는 것 같아서였다.

지난날, 파고가 태랑을 가리켜 '외로운 분'이라 했던 말이 떠올랐다. 그리고 그 뒤로 간간이 보였던 태랑의 쓸쓸함. 어쩌면 그가 밤마다 자신을 끌어안고 잠을 청하는 건 어머니에 대한 그리움일지도 모른다는 생각이 들었다.

솔루는 태랑이 안쓰러워졌다. 가슴이 아팠다. 세상에서 부러울 것 하나 없는 사람인 줄 알았는데, 비록 가진 것도 없고 병에 걸린 몸이었지만 부모님께 사랑을 듬뿍 받은 저보다 더 불쌍한 그였다.

오늘 밤은 내가 태랑 님을 안아드려야겠다. 어깨를 토닥토닥 두드려드려야지. 어머니가 나한테 불러줬던 자장가를 불러드릴까.

늘 받기만 한 게 마음에 걸렸는데 그에게 무언가를 해줄 수 있어 기뻤다. 빨리 밤이 오길 기다리며 설레었다. 태랑이 어떤 표정을 지을지 기대가 되기도 했다. 상상만으로도 빙그레 미소가 지어진다.

그때였다.

"파고 님!"

밖에서 서재를 지키던 사내가 파고를 다급하게 불렀다.

"무슨 일이야."

"손님이 찾아오셨습니다."

"손님? 누구신데."

"그것이……."

사내는 말끝을 흐리며 머뭇거렸다.

"어머! 파고, 오랜만이네요!"

가늘고 높으면서도 귀에 거슬리지 않는 여인의 음성이 들렸다. 곧 사내 뒤로 목소리의 주인공이 나타나자 파고의 얼굴에 깊은 주름이 졌다.

여인은 아리따웠다. 진한 화장으로 본연의 미모가 한층 더 빛을 발했다.

연초처럼 여인치고는 큰 키를 가지고 있었고 붉게 입술을 칠했지만 분위기가 달랐다. 연초보다는 훨씬 여성스럽고 나긋나긋해 보였다.

반갑게 부르는 그녀의 음색과는 달리 파고는 떨떠름한 표정을 지었다.

"이령, 호칭을 똑바로 해라."

"친구로 지냈으면서 이제 와서 새삼스럽게 호칭을 따져요."

"8년 전의 일이야. 그리고 네가 백해궁을 떠난 날부터 너와 나의 관계도 끝났다. 그러니 날 네 친구라 여기지 마."

"매정하네요. 여기 이 아가씨 때문에 그런가?"

이령이 솔루에게 눈길을 돌리며 미소를 지었다. 입은 웃고 있었지만 눈은 차가웠다.

"안녕하십니까, 솔루입니다."

솔루는 엉겁결에 두 손을 배에 모아 인사를 했다. 파고와 이령 사이에서 흐르는 기류가 불편하게 다가왔으나 그의 지인 같아서 예의를 차렸다. 그러는 와중에 파고의 말이 머릿속에 남아 솔루의 마음을 흔들고 있었다.

'네가 백해궁을 떠난 날부터 너와 나의 관계도 끝났다.'

태랑은 여인을 싫어해서 백해궁에는 온통 사내만 있다고 조금 전에 들었다. 그럼에도 불구하고 여인인 솔루가 백해궁에 머문다는 것은 그녀가 특별해서라고 했다.

이령이라는 저 여인도 특별했던 건가? 아니면 파고 님의 친구라서 가능했었나?

솔루는 이령에게서 느껴지는 기운이 썩 유쾌하지 않고, 속이 시끄러웠다.

"반가워요, 이령이에요."

생긋 웃는 이령에게 솔루가 가볍게 묵례(黙禮)를 했다.

"절대 돌아오지 않을 것처럼 떠나더니 왜 왔어?"

솔루를 힐끔 본 파고가 물었다.

"궁금해서요. 백해궁에 여인이 머문다는 이야기가 들려서 와봤죠. 한 번쯤 와볼 때도 됐고요."

"8년 만에 와볼 때가 됐다는 건 무슨 뜻이야?"

"백해궁만 떠나 있었지 해국을 떠난 건 아니었잖아요. 항상 이곳에 귀를 기울이고 있었어요."

"돌아가라."

"왜 이래요. 백해궁의 주인은 당신이 아니라 태랑이잖아요."

이령은 한 손으로 입을 막고 새침하게 말했다. 너는 주인도 아닌 주제에 나를 가라 마라 할 수 없다는 듯이.

순간 솔루의 심장이 바닥으로 쿵 떨어졌다. 누구기에 태랑 님을 저리도 친근하게 부를까. 본능적으로 태랑과 이령이 예사 사이가 아니었음을 솔루 안의 모든 감각이 일어나 알려주고 있었다. 파고가 말을 편하게 하는 상대라면 해국의 왕도 아닐 텐데, 이령이 부르는 태랑의 이름은 가까운 친구나 다름없었다.

이령은 사뿐사뿐 걸어와 의자를 꺼내더니 다리를 꼬고 앉았다. 익숙한 장소에서 늘 했던 행동처럼 자연스러웠다. 앞은 짧고 뒤가 긴 치마를 입은 그녀의 늘씬한 다리가 훤히 드러났다. 허벅지에는 반짝이는 실로 엮은 줄이 묶여 있었다. 저것이 뭘까 보던 솔루는 저를 향해 꽂히는 시선에 눈길을 돌렸다. 이령이 솔루를 머리부터 발끝까지 눈으로 훑어 내리더니 의미를 알 수 없는 웃음을 흘렸다. 그녀가 자신을 보고 비웃고 있다는 걸 솔루도 알았다. 하지만 인정했다. 이령과 비교했을 때 제 모습은 참 초라했다.

태랑과 이령이 8년 전에 어떤 사이였는지 묻고 싶었지만 말이 나오지 않았다. 그녀가 먼저 백해궁을 떠났단다. 떠올리고 싶지 않은데 자꾸 태랑이 이령에게 매달리는 장면이 그려졌다.

"태랑은 언제 와요?"

고개를 들고 한 바퀴 돌리며 서재 곳곳을 둘러보는 이령. 그녀가 서재의 주인 같았다.

"오시기 전에 가."

"뭐가 걱정돼서 이러시나."

이령이 심드렁하게 답했다.

"태랑 님이 널 보고 싶어 하실 것 같아?"

"그의 마음속은 아무도 모르죠."

턱을 괸 이령이 흥얼흥얼 노래를 부르기 시작했다. 솔루는 둘의 대화를 계속 듣고 싶기도 했고, 불편한 이 자리를 당장 떠나고 싶기도 했지만, 어떻게 해야 하는지 결정을 내리지 못한 채로 있었다. 그러는 사이 알아들을 수 없었던 이령의 노래 가사가 솔루 귀에 명확하게 들려왔다.

사랑을 속삭이던 그 음성은 달콤한 거짓말.
부드러운 손길은 어둠의 유혹.
믿지 마라, 여인아.
믿지 마라, 여인아.

낯설지 않은, 들어본 적이 있는 노랫가락이었다. 슬픈 곡조가 기억의 어딘가에 남아 있어 솔루의 신경을 자극했다.

어디서 들어봤지? 솔루가 이령의 다음 가사에 집중하려는 찰나였다.

"멈춰!"

파고가 이령을 저지했다. 옛날부터 해국 사람들의 입으로 전해 내려오는 노래였다. 그냥 노래처럼 들릴 수도 있지만 내용은 단 하나의 의미만을 가지고 있었다. 해국의 왕에게 심장을 빼앗기게 될 여인에 대한 노래. 파고는 솔루가 이 노래의 의미를 알까 봐 급하게 정지시켰다.

"어? 파고 님, 이분의 노래를 더 들을 수 없을까요?"

솔루가 파고에게 부탁했다.

"안 돼. 쓸데없는 노래 들어서 뭐하려고."

"제가 들어본 적이 있어서 알고 싶습니다."

"안 된다면 안 되는 줄 알아!"

파고가 버럭 언성을 높이자 솔루가 놀란 나머지 고개를 끄덕였다. 화를 잘 내지 않는 그였기에 당황스럽기까지 했다.

"역시 이 아가씨는 아무것도 모르나 봐요?"

간드러지게 이령이 웃어댔다.

"경고야. 입 다물고 가만히 있어."

"아유, 무서워라."

말은 무섭다고 했지만 이령의 표정은 조금도 그렇지 않았다.

"솔루야, 넌 나가 있어라."

본래의 음성으로 돌아온 파고가 달래는 눈으로 솔루를 바라봤다. 나가라는 말에 솔루는 치맛자락을 꽉 쥐었다.

"예, 알겠습니다."

솔루는 떨어지지 않는 발걸음을 억지로 떼며 돌아섰다. 두 사람의 시선이 등에 부딪치는 게 느껴졌지만 돌아보지 않았다. 다리가 무거웠다. 뒷부분까지 듣지 못한 노래에 때문에 아쉽기도 했지만, 그녀는 모르는 태랑의 과거에 있는 이령이라는 여인을 두고 나오기 싫었다. 솔직히 말하자면 이령과 태랑이 만나지 않기를 바라고 있었다. 태랑의 이름을 스스럼없이 부르는 이령은 자신감이 넘쳐 보였다.

서재를 나온 솔루가 힘이 빠진 다리를 끌며 복도를 걸어 자신의 방으로 갈까 하다가 밖을 향했다. 머릿속이 온통 태랑과 이령으로 가득 찼다.

둘이 만나면 어떻게 인사를 하려나. 태랑 님은 그 여인을 보고 반가워하실까? 무슨 이야기를 할까?

갑자기 짜증이 나고 머리가 아팠다. 걷다 말고 멈춰 선 솔루가 머리를 감싸 쥐었다. 두 사람이 만나지 않았으면 좋겠다. 파고 님이 그랬던 것처럼 태랑 님도 저 여인을 보고 가라고 했으면 좋겠어.

그러다 문득 솔루는 그의 손님인데 고작 이런 생각이나 하고 있다니 저가 한심해졌다.

정말 바보 같아. 그렇지만 싫은걸. 나…… 진짜 못됐다.

못난 자신을 탓하며 손으로 쥔 머리를 놓고 고개를 들자 팔짱을 끼고 서 있는 태랑이 있었다. 푸른 동공으로 솔루의 얼굴을 뚫어지게 본 그가 끼고 있는 팔짱을 풀며 가까이 다가왔다.

"또 머리가 아프냐."

걱정스런 눈빛을 한 태랑이 그녀의 머리를 쓰다듬었다.

예, 아픕니다. 태랑 님 때문에 아픕니다. 이령이라는 분께도 제게 해주신 것처럼 하셨습니까?

그에게 서재로 가지 말라 하고 싶은 마음을 꾹 누르며 고개를 저었다.

"태랑 님, 서재에 손님이 와 계십니다."

"손님? 그래서 파고가 보이질 않았나."

"어서 가보십시오."

"괜찮다. 중요한 손님이라면 급하게 날 불렀겠지. 헌데, 머리는 괜찮으냐."

"예, 아주 잠깐 약한 통증이 느껴졌는데 지금은 아무렇지도 않습니다."

"그래도 혹시 모르니 들어가서 쉬도록 해라."

태랑은 솔루에게 적진주 가루를 먹인 뒤로 거의 혼절하는 일이 없어 마음 놓고 있었다. 그런데 갑자기 머리가 아프다니, 다시 비한을 빨리 찾아내야겠다. 또 그녀가 아파하는 모습을 보고 싶지 않았다.

"괜찮은데……"

"말 들어."

"예."

"가자. 방에 바래다주마."

"혼자 가도 됩니다. 태랑 님은 서재로 가십시오."

"나는 '예.'라는 답이 듣고 싶다. 내가 방에 바래다주마."

"⋯⋯예."

우물쭈물하던 솔루가 마지못해 답을 하자 태랑이 그녀의 어깨를 감쌌다. 그의 가슴 안으로 쏙 들어가 함께 걸었다.

그에게 솔루는 특별한 존재라고 했다. 파고가 알려줬고, 그동안 태랑이 솔루에게 한 행동을 봐도 그랬다. 때론 무심한 눈을 하고 잘라내듯 차가운 말투기도 했지만 들여다보면 그 안은 따뜻했다.

이령은 태랑과 특별한 사이가 아닐 수도 있다. 말 그대로 친구일지도 모른다. 섣부른 생각은 그릇된 판단을 가져올 수도 있으니까 우선은 그저 태랑의 손님이라고만 여기자. 눈앞에서 하늘거리는 그의 은빛 머리카락을 보며 솔루가 내린 결론이었다.

솔루를 방에 데려다주고 문을 닫은 태랑의 눈빛이 서늘해졌다.

솔루가 말한 손님이 누구인지 오는 길에 하인에게 들었다. 그도 그럴 것이 백해궁에 이령이 나타났으니 서로 쉬쉬해도 눈치는 보고 있었으리라.

머리에서 지워졌었다. 이령이 백해궁을 떠난 뒤로 여태껏 한 번도 떠올린 적이 없었다. 하지만 저를 찾아왔다는 그녀를 만나고 싶기는 했다. 8년이 지난 지금 왜 다시 찾아왔는지 궁금했으니까.

솔루를 제외하고 유일하게 백해궁에 머물렀던 여인이었다. 곁에 둘 수는 없었지만 신뢰가 막 생기려던 참에 이령이 백해궁을 떠났다. 그녀는 겁에 잔뜩 질려 경악으로 물든 얼굴을 하고 벌벌 떨었다. 뿐만 아니라 두 번 다시 이곳에 오지 않을 것처럼 소리를 크게 지르며 태랑에게 다가오지 말라고까지 했다. 그런데 오늘 대체 왜 왔을까나.

빠른 걸음으로 서재에 금세 다다른 태랑이 문을 열고 안으로 들어섰다. 의자에 앉아 있던 이령은 자리에서 벌떡 일어나 그의 앞으로 다가갔다.

"태랑! 잘 지냈어요? 우리, 정말 오랜만이죠? 여전히 눈이 부실 정도로 아름답네요."

그녀가 상냥한 음성으로 인사했다.

"가서 앉지."

"인사는 좀 해줘요."

"우리가 인사할 사이더냐?"

"아직도 그때의 일로 마음이 상해 있는 거예요?"

이령이 입술을 삐죽거리며 말하더니 이내 생글거리며 미안하다고 했다.

"그럴 필요 없다. 너에게 화가 난 것도 아니니."

"뭐야. 그런데 왜 이렇게 차게 굴어요? 하긴 원래 지독하게 차가웠죠."

"입조심하지 않는 건 여전하구나."

태랑이 그녀에게 조금의 눈길도 주지 않고 지나쳐서 의자에 앉았다.

"그래, 여기는 왜 왔느냐."

"태랑이 보고 싶어서 왔죠."

"내가 보고 싶어서가 아니라 내 여인이 궁금해서 왔겠지."

태랑은 이령이 다시 찾아온 이유가 대충 짐작이 되기도 했다. 아무리 신하들과 궁에서 일하는 이들의 입을 막는다고는 하나 그중에서 누구 한 명은 측근에게 말했을 것이다. 그렇게 말이 퍼지고 퍼져 결국 이령의 귀에 들어갔을 터. 뒤늦게 태랑의 옆자리에 대한 아쉬움이 생긴 것이 뻔했다. 절대 안 된다는 걸 이령도 알고 있다. 알면서도 당당하게 찾아올 만한 성격의 그녀였다.

"그게 더 크긴 했죠."

"이미 솔루를 만나봤을 테니 궁금증은 해결했을 테고."

"생각보다 별로였어요. 그렇게도 날 거부해서 엄청난 미인을 얻을 줄 알았거든요."

"같은 여인인 네 눈에는 미인이 아닐지 모르나 사내인 내 눈에는 엄청난 미인이 맞다."

"단단히 빠졌네요."

이령이 어깨를 으쓱였다.

"내게 했던 것처럼 하고 있지는 않겠죠?"

"설마."

"이제 와 말하는 건데, 당신 진짜 끔찍했어요."

"끔찍한 내 옆에 머물겠다고 우긴 건 너였다."

이령은 신하 중 한 명이 태랑의 침소에 넣었었다. 그에게 발견되고 한쪽 팔, 양다리가 부러졌으나 기어이 백해궁에 있겠다고 오기를 부렸다. 태랑의 냉대에도 아랑곳하지 않으며 그의 비위를 맞추려 애쓰더니 어느 날부터는 그를 사랑한다고 고백했다. 눈물로 애원하기도 했고, 자신을 봐달라고 미친 사람처럼 구걸하기도 했다. 그런데도 그의 반응은 늘 차가웠다. 없는 사람같이 취급하기 일쑤였다.

그래도 사람이란 변하지 않고 오래 보다 보면 마음이 움직이기 마련이었다. 물론 여인에게 관심도 없었던 태랑의 마음이 이령에게 기운 것은 아니었다. 다만 그를 위해 저렇게까지 아파하면서도 사랑한다고 말하는 이령에게 조금 동정심이 생겼다. 어쩌면 그녀를 믿어도 괜찮을지 모르겠다는 생각도 했었다. 하지만 그 기대가 여지없이 무너진 사건이 생겼고, 이령이 떠났다. 엄밀히 따지자면 도망친 거였다.

"그 일이 있기 전까지는 견딜 만했었으니까요. 당신의 아름다움은 내 모든 걸 걸어도 될 만큼 최고였거든요. 뭐, 진실을 알고 난 뒤에 오는 배신감도 그만큼 최고였어요.”

“······.”

“혹시 그녀도 알고 있나요, 당신의 진짜 모습? 여기는 왜 왔냐고 물었죠? 그녀가 나처럼 속고 있을까 봐서요. 진실을 알고 나면 그녀가 당신 곁에 있을까요?”

“고작 그 이유 때문에 8년이나 지난 지금 날 찾아온 것이냐.”

“당신은 지난 8년을 어떻게 지냈는지 모르겠지만, 난 항상 고통스러웠어요. 당신 모습이 지워지지 않아서.”

이령이 비릿한 미소를 지었다. 태랑의 얼굴이 험악하게 굳어져갔고, 옆에 있던 파고의 표정도 딱딱하게 변했다. 탁자 위에 놓였던 태랑의 손이 주먹을 쥐었다.

하지만 세게 쥐어진 주먹과 다르게 굳어졌던 얼굴이 풀리며 평온해졌다. 화낼 가치도 없는 대상이었다. 한때, 불쌍한 마음에 장단 맞춰줬더니 이령은 제 처지를 망각하고 있었다.

“지금 내게 협박하는 것이냐.”

태랑의 어조가 조용하게 가라앉았다. 주먹을 말아 쥔 제 손을 바라보다 위로 뜬 그의 눈이 서늘하게 식었다.

“제 주제에 어찌 태랑에게 협박을 하겠어요.”

아니라고 하지만 명백한 협박이었다. 이령이 점점 위험 수위를 넘고 있는 것이 파고의 눈에는 보였다. 화를 내던 태랑이 차분해지면 주제할 수 없는 분노에 가까워진다는 증거였다.

“그럼?”

“말했잖아요, 궁금했다고. 당신의 여인을 봤으니 그 궁금함에 대한 목마름은 해갈됐어요. 다만 가장 중요한 게 남아서요.”

“뭔데.”

"당신과 그 여인의 끝이 어떻게 될지요. 나는 아직도 당신을 잊지 못해 이렇게 살고 있는데, 당신만 행복해지면 억울하잖아요?"

줄곧 미소를 머금으며 길게 늘어져 있던 이령의 입술이 원래대로 돌아왔다. 태랑은 시선을 아래로 떨어뜨렸다.

너만큼 나도 궁금하다. 혼자 좋다고 난리 치다 혼자 싫어져 떠났으면서 뭐가 그리도 억울할까.

태랑에게 이령은 여인으로서 의미는 없었다. 하지만 겁에 질려 혼이 나간 그녀의 얼굴이 충격으로 남아 있었다.

"그래서 날, 지금에서야 찾아왔다?"

"지금에서야 찾아온 게 아니에요. 당신이 죽을 때까지 곁에 여인을 두지 않았다면 우리가 다시 만날 일은 없었겠죠."

"누가 들으면 과거 너와 내 사이가 깊은 줄로 알겠구나."

"깊지 않았나요? 백해궁에 머문 최초의 여인이니까요."

"나는 허락한 적이 없었다."

빠드득. 이령이 손톱으로 탁자를 긁었다. 그것을 힐끗 본 태랑이 고개를 갸우뚱하며 천천히 눈동자를 옮겼다. 탁자 위에 이령이 만들어놓은 생채기를 본 그가 입 끝을 올리며 웃었다. 그의 곁에 여인이 있나 없나 늘 주시하고 있었던 모양이었다. 그저 이령 스스로 놓아버린 자리가 아쉬워서 찾아왔다고 생각했는데, 그게 아니었다.

"아직도 나를 사랑한다고 말하고 싶으냐."

정곡을 찌르는 말을 했는지 이령의 눈동자가 커졌다.

"아아, 이제 조금 기억이 날 듯하네. 나와 눈도 마주치지 못한 채로 내 발밑에 무릎을 꿇고 네 마음을 전했었지. 내게 심장을 주겠다고 했었던가?"

"……그 마음 유효해요."

"해서 다시 내게 심장을 줄 용의가 생기기라도 했다는 것이냐? 내 본모습을 보고 배신감이 컸다면서?"

"그만큼 사랑했으니까요. 8년 동안 당신의 비밀을 지키며 살았어요. 앞으로도 지켜줄 의향도 있고요."

"조건이 있겠지."

"사랑해요, 태랑."

"광대가 따로 없군."

태랑의 눈빛에 살기가 어렸다. 그가 갑자기 손끝을 옆으로 빠르게 미끄러뜨렸다.

휘리릭! 챙! 순간 파고의 허리춤에 있던 칼이 날아와 이령 손 옆에 꽂혔다. 아주 약간만 옆으로 비껴갔어도 이령의 손가락을 뚫었을 것이다. 베인 살에서 검붉은 핏물이 주르륵 흘러내렸다.

놀란 이령이 가쁘게 숨을 쉬었다. 칼 바로 옆에 있는 손을 탁자에서 내리고 싶었지만 뜻대로 움직여주질 않았다.

"네게 호기심이 생겼던 건 인정하지. 허나 딱 거기까지다. 내가 당장 죽는다 하여도 너에게 심장 받을 생각은 없다. 물론 8년 전에도 마찬가지였어. 잠깐 백해궁에 머물렀다고 해서 너를 허락한 줄로 착각하지 마라. 네가 내 마음의 한 부분이라도 차지한 줄 아느냐."

파고는 태랑이 변한 줄 알았었다. 헌데 그건 오로지 솔루에게뿐이었나 보다. 한 치의 용서가 없는 잔인한 모습을 이령 앞에서는 여과 없이 드러냈다. 여차하면 칼이 날아가 이령의 가슴에 꽂힐 태세였다.

"과연 무슨 소리를 할까 싶어서 들어주고 있었더니 내가 누군지 잊었구나. 마음만 먹으면 지금 당장 네 몸을 산산조각 내버릴 수도 있다. 날 상대로 장난치지 마. 8년 만에 나타나서 나를 협박하더니 뭐가 어째? 나를 사랑한다? 심장을 준다고? 네 목적이 뭔지는 모르겠다만 네 의도가 불순하다는 건 너무나 잘 보여."

"나, 나는…… 당신에게 기회를 주고 있어요."

"너 같은 게 내게 무슨 기회를 준다는 것이야."

"당, 당신이 심장을 가질 기회요. 당신이 살 수 있는 기회!"

"내게 심장을 줄 여인은 내가 정해. 또 너 따위에게 내 목숨을 구걸하지도 않는다."

"후, 후회…… 하, 할 거예요."

"해도 내가 한다."

덜컹. 태랑이 자리에서 벌떡 일어나자 의자가 뒤로 넘어졌다. 그가 손을 뻗어 탁자에 꽂혀 있는 칼을 뽑아 들어 이령의 목에 겨눴다.

"네가 여인이라고 봐줄 줄 아느냐. 한 번만 더 내 눈에 띄었다간 이 칼이 네 목을 통과할 것이다."

스윽. 태랑이 칼을 아래로 서서히 내렸다. 조금만 힘을 가한다면 금방이라도 목이 뎅강 잘리기 직전이었다. 이령은 침도 삼키지 못하고 벌벌 떨었다.

태랑이 픽 웃었다. 그래, 그래야 너답지.

시퍼렇게 질린 얼굴을 하고 떠났던 그날과 같은 얼굴이다.

이러면서 심장을 줘? 사랑을 말해? 겨우 이런 위협에 한마디 말도 뱉지 못하면서 사랑은 무슨.

"나가."

이령이 몸을 뒤로 빼며 슬며시 일어났다. 곧바로 몸을 돌리고 문을 향해 빠르게 걸어가 바들바들 떨리는 손으로 문을 잡았다. 당신 정말 후회할 거야, 하고 말하고 싶은데 태랑이 무서워서 그를 볼 용기가 생기지 않았다.

이령은 달리듯이 걸음에 속력을 내며 그 자리를 벗어났다.

"파고, 사람을 붙여놔라."

"이령에게 말입니까?"

"그래. 아무리 생각해도 이상해서 말이다."

"네, 알겠습니다."

8년 만에 찾아온 것도 그렇고, 한껏 여유를 부리다 돌변하는 모양새가 왠지 걸렸다. 예감이 좋지 않았다.

최근에 자주 나타나는 괴물만으로도 신경이 쓰였다. 머리, 몸통 구분이 되지 않게 발이 많이 달린 생물체에 불과했는데, 점점 강해질 뿐만 아니라 형태도 변하고 있었다. 제대로 된 형체를 갖추더니 그렇잖아도 컸던 몸집이 더 거대해져 태랑이 가지고 있는 능력을 발휘해도 사람이 아니라 그런지 잘 처리되지 않았다.

거기다 금작이 말한 '빛'도 늘 태랑을 따라다녔는데, 이제는 이령까지. 태랑이 심장을 가지려 하는 찰나에 묘하게 거슬리는 일이 동시다발적으로 일어나다니. 우연이겠지? 태랑이 검지로 관자놀이를 꾹꾹 눌렀다.

해국의 왕이 심장을 갖는 일은 왕위가 교체될 때마다 겪어야 하는 통과의례였다. 쉽지는 않아도 늘 있는 일이었는데, 이번엔 명확하진 않지만 불길한 기운이 그를 감싸는 기분이 들었다.

방에서 태랑을 기다리던 솔루는 답답해서 가슴이 터질 것만 같았다. 태랑이 방에서 쉬라고 했지만 쉬기는커녕 가만히 있다가는 병이 날 기세였다.

묘령의 여인과 태랑이 무슨 이야기를 할까. 설마 다시 백해궁에서 살고 싶다는 그런 이야기를 하지는 않겠지? 그 여인은 언제 돌아가는 걸까.

도저히 안에서만 기다릴 수 없어 솔루는 밖으로 나와 서재로 통하는 복도에 서 있었다. 저 멀리 서재가 보였지만 다가갈 수는 없었다. 물끄러미 바라보던 그녀는 조금씩 서재 가까이 다가갔다. 그러다 어느 지점에서 멈췄다. 더 가까워져 서재 앞에 서게 된다면 둘의 대화를 엿들으려고 할 것이 분명했기 때문이었다.

서재 문이 보이는 곳, 벽에 기대어 한 발로 다른 발을 툭툭 건드렸다. 문을 보다가 자신의 발을 보기를 몇 번이나 했을까. 문이 열리고 이령이 나왔다. 거리가 있어서 정확하게 알 수는 없었지만 이령의 표정이 좋지 않았다. 그녀는 솔루가 있는 쪽으로 몸을 틀더니 빠르게 걸어왔다. 그녀와 마주치지 않기 위해 자리를 피하고 싶은데 막상 어디로 가야 할지 몰라 허둥지둥했다. 그러는 사이 이령이 다가왔고, 솔루는 문득 저가 왜 그녀를 피해야 되나 싶었다. 뭘 잘못한 것도 아닌데.

이령이 솔루를 스쳐서 지날 때였다.

"안녕히 가십시오."

솔루가 인사하자 이령이 멈췄다. 느릿하게 몸을 옆으로 돌리더니 솔루를 노려봤다.

"태랑을 사랑해요?"

"예?"

"어디까지 사랑할 수 있나요?"

"예?"

알아들을 수 있게 질문을 해주면 좋으련만. 아니, 솔직히 무얼 물어보는지는 알았다. 급작스러워서 뭐라고 답해야 할지가 난감했다.

"이거 보여요?"

이령은 손을 들어 조금 전 태랑이 남긴 상처를 솔루의 눈앞으로 갖다 댔다.

"다치셨습니까?"

"네, 태랑이 남겼어요. 그것도 실수가 아니라 일부러."

"태, 태랑 님께서요? 왜 태랑 님께서…….."

솔루는 상처를 따라 흘러내린 핏자국에서 눈을 떼지 못했다.

"하긴 이건 아무것도 아니지. 더한 것도 당했어요. 그에게 속지 마요, 이 순진한 꼬맹이."

"……."

"당신이 나만큼 당해도 그를 사랑할 수 있을까요?"

멍하게 바라보는 솔루의 볼을 손으로 두드린 이령이 발길을 돌렸다.

"조만간에 또 만나요."

이령은 뒷모습을 보인 채로 걸어가며 말했다.

"만나고 싶지 않은데요."

또 만나자는 말에 솔루가 작게 중얼거렸다. 그러곤 이령이 두드렸던 볼을 손바닥으로 닦아내듯이 문질렀다.

쳇. 별로 많이 다치지도 않았으면서. 나도 태랑 님께 그보다 더한 거 당해봤다, 뭐.

태랑에게 뭘 속았다고 저러는 건지 의문이었다. 그리고 태랑이 그럴 일도 없겠지만, 남이야 속거나 말거나 무슨 상관이람. 멀어져가는 이령을 보면서 솔루가 입술을 삐죽거리다 작게 한숨을 내쉬었다. 다른 건 몰라도 이령의 말로 그녀가 태랑을 사랑하고 있는 것은 확실했다. 뭔가 이령에게 졌다는 느낌이었다. 그녀가 솔루보다 뭐든 먼저였다.

솔루보다 앞서 태랑을 알았고, 백해궁에 먼저 머물렀던 것도 이령이었다. 게다가 태랑을 사랑함에 있어서도 이령이 솔루보다 훨씬 빨리 겪었다. 어차피 솔루는 뭍에서 살던 인간이었기에 태랑을 만날 기회가 없어 어쩔 수 없는 상황이란 걸 알았다. 허나 알면서도 이령이 저보다 태랑과 앞선 인연이라는 사실이 괜스레 패배자의 느낌을 들게 했다.

이령이 가고 태랑은 반유가 보내오는 신호에 얼른 청을 타고 하늘로 날아올랐다.

그 다리 많은 괴물이 또 나타났다. 백성들이 활발하게 일하고 있는 강과 밭 근처였다. 괴물이 나타나자 모두 도망가서 그들에게 피해가 가지는 않았지만 괴물이 어떻게 돌변할지 몰라 더 걱정이었다. 여태 안전하게 도망간 걸로 끝났다고 하여 다음번에도 그러리란 법은 없으니까.

매번 나타날 때마다 몸집의 부피를 키우고 변이했던 괴물은 이번에도 형태가 변형됐다. 머리 위로 솟아나 있는 촉수가 몸통 아래에 달려 있는 다리만큼 많았고, 까만 눈도 보이고 입도 있었다.

"저놈의 정체는 대체 뭐야?"

등 뒤에서 검을 뽑아내는 반유 옆에 청을 세우며 태랑이 물었다.

"연초, 네가 구하기로 한 건 아직이야?"

반유의 목소리가 낮게 울려 퍼졌다. 그가 들고 있는 검에서 검은 기운이 뿜어져 나왔다.

"우리 오빠가 좀 깐깐해야 말이지."

언제 왔는지 연초가 불만 섞인 목소리로 말했다.

"그 조그마한 물고기를 구하기가 생각보다 쉽지 않네."

소리를 듣고 그대로 다시 말하던 양국의 물고기. 그것만 구한다면 저 괴물의 정체도 어느 정도 파악할 수 있을 듯한데, 양국의 왕인 연초의 오빠가 관리감독을 심하게 하는 바람에 좀처럼 기회를 잡기 힘들었다.

해룡에 앉아 있는 그녀가 자신의 허벅지 위로 손을 길게 긋자 커다란 금(琴)이 나타났다. 계속 줄만 가지고 싸웠지만 근래에는 강해진 괴물 때문에 금(琴)줄만으로는 부족해 음파를 이용해 공격했다.

"연초, 너만 믿고 기다리다간 안 되겠어."

태랑이 손에 들고 왔던 부채를 크게 휘저으며 말했다. 환물술을 통해 태랑의 부채가 그의 몸보다 훨씬 더 커졌다.

"그럼 어떻게 할 건데?"

"저놈의 뒤를 직접 밟든가 해야지. 다른 녀석들하고 상의해보고 결정하자. 온다!"

괴물이 공격을 개시했다. 놈이 쏘아대던 바늘이 훨씬 강해졌다. 미리 막지 않으면 해룡이 피해를 입을 정도였다.

띠리링. 연초가 금을 켜기 시작했고, 태랑과 반유 역시 맞대응을 위한 준비를 했다. 쏴아아. 파바박! 비처럼 쏟아지는 바늘을 향해 태랑이 커다랗게 변한 부채를 날렸다. 부채는 멀리 날아가 바늘들을 튕겨내고, 다시 돌아와 손에 착 잡혔다. 이어서 연초의 보이지 않는 음파에 바늘이 부서졌고, 반유는 해룡의 머리에 올라서서 칼을 휘둘렀다.

"태랑, 하제와 설담 오면 오늘 백해궁에서 모이자. 이번엔 저놈을 어떻게 할 건지 결판을 내고 끝내."

반유가 제안했다. 해룡의 머리 위에서 중심 잡기가 어려울 텐데 반유는 칼로 춤을 추는 것 같았다. 검은 옷자락과 삿갓 아래로 늘어진 검은 천이 그의 몸짓에 따라 날렸다.

"안 돼. 곧 공존의 밤이다."

하지만 반유의 제안을 거절하는 태랑.

"백해궁 안에만 있는 건데 무슨 문제야."

반유는 물러설 기세를 보이지 않았다. 평소 그는 자신의 의견을 강력하게 주장하는 성격이 아니었으나 한번 시작하면 절대 포기하지 않았다.

"공존의 밤에 백해궁에는 나와 파고만 있을 거야. 지금까지 해왔던 일이니 그걸 깨려고 하지 마라."

"해국의 안위보다 네 편의가 더 중요하냐. 정 싫으면 흑해궁도 괜찮다."

"그것도 안 돼."

"그럼 백해궁 선택!"

거칠게 몸을 놀리면서도 태랑와 반유의 목소리에는 흔들림이 없었다.

"난 반유 생각에 찬성!"

잠자코 금을 켜면서 싸우고만 있던 연초가 외쳤다.

"나도 찬성! 으하하하하!"

설담이 소리를 지르며 등장하더니 크게 웃었다.

"하제도 찬성일걸?"

뒤이은 설담의 말에 태랑이 눈이 가늘어졌다. 이 녀석들, 단단히 벼르고 있었네. 그는 언젠가 이런 날이 올 거라 예감은 하고 있었다. 하지만 이런 식으로 밀어붙일 줄이야. 하제도 찬성할 거라는 설담의 말을 끝으로 태랑은 싸움에만 집중하려고 했다.

이번엔 피할 수 없게 된 건가. 솔루는 어떻게 하나.

그는 검지에 끼워진 붉은 가락지의 압박감을 느끼며 다시 부채를 날렸다. 줄곧 정확하게 괴물의 바늘을 쳐냈던 부채가 기울어지더니 몇 개의 바늘을 막아내지 못하고 태랑을 향해 돌진했다. 그가 손짓으로 날리며 쳐냈다.

"읏."

미처 막지 못한 바늘이 태랑의 볼을 스치고 지나갔다.

"괜찮냐?"

설담이 다급하게 묻자 태랑은 고개를 작게 한 번 끄덕였다.

다가올 공존의 밤에 친우들이 백해궁으로 모인다고 하자 떠올리기 싫은 상처가 그를 향해 파도처럼 밀려왔다. 얼굴도 모르는 어머니의 비명이 들리는 듯했다. 겁에 질려 제 입에서 침이 흐르는 줄도 모르고 비명만 질러댔던 이령의 음성.

곧이어 솔루의 비명도 들려온다. 실재가 아닌 환청에 고막이 찢어질 것 같았다. 동시에 가슴에서 통증이 느껴졌다. 복잡하게 얽혀 있는 세 여인의 울음이 그를 괴롭혔다.

공존의 밤에 친우들이 백해궁에 머무는 것을 막아야 한다는 생각만이 그를 지배했다. 그의 부채가 날카로운 장검으로 변했다. 어차피 저 덩치 큰 괴물에게 꽂아봤자 죽지는 않겠지만 치명상은 입히리라. 지금 이거라도 안 하면 공존의 밤에 백해궁에서 머물 거라는 반유를 막을 수 없을 것이다.

손가락으로 볼에 흐르는 피를 닦아내고 청의 고삐를 쥐었다.

"가자, 청!"

태랑이 갑자기 빗줄기처럼 쏟아지는 바늘을 향해 돌진했다.

"저 녀석 미쳤어? 야, 태랑!"

연초가 불렀지만 태랑의 귀에 들어갈 리가 없었다.

"왜 일을 복잡하게 만드는 거야!"

연초도 제 해룡의 고삐를 잡아 태랑의 뒤를 따르며 금을 켰다. 지금은 태랑에게 쏟아지는 바늘을 그의 능력으로 충분히 막을 수 있으나 더 가까이 갔다간 그도 불가능하다.

"단거리 공격은 하제가 있어야 하는데!"

설담 역시 태랑에게 다가가기 위해 해룡의 고삐를 잡으려던 찰나였다. 크앙! 태랑이 들고 있던 장검을 괴물에게 던졌고, 장검은 꿈틀거리는 괴물의 다리 위, 배에 푹 찔려 들어갔다. 괴물이 괴롭게 몸부림을 치며 울어댔다. 고약한 냄새가 숨 쉴 수 없을 정도로 진해지자 태랑은 얼른 소매로 코와 입을 막으며 뒤로 물러났다. 녹색의 끈적한 액체를 토해내느라 정신이 없는 괴물을 본 그가 그대로 가격을 하려고 돌진했으나 괴물은 뿌연 안개와 함께 사라지고 말았다.

항상 이런 식이었다. 괴물이 사라진 자리를 보고 있던 태랑의 곁으로 반유가 해룡을 몰고 왔다.

"저 아래를 봐, 태랑."

한참 아래의 땅, 괴물이 토하고 간 녹색의 끈적한 액체로 뒤덮인 곳은 밭이었다. 저걸 걷어내고 상한 토양을 원상 복귀시켜 다시 밭을 갈 수 있을 때까지는 한참이 걸릴 것이다. 그간 모르는 척하면서 피해를 본 백성들을 몰래 도와줬지만 언제까지 그럴 수는 없는 노릇이란 걸 그도 알고 있었다.

반유가 보라고 한 의미를 알고 있는 태랑. 모두 알고 있는 그에게 반유는 다시 한 번 되새기라는 거였다. 겉으로는 해국과 백성들을 위한다는 뜻만 담았지만, 그 안에는 그것뿐만이 아니라 공존의 밤에 대한 계획을 틀지 않겠다는 뜻도 내포됐다. 모두의 안위를 위해 그들이 처리해야 할 괴물은 둘이었다. 반유는 기어이 공존의 밤에 나타나는 괴물에 대해 알아내려는 모양이었다.

"반유, 뭘 알고 있는 거냐."

태랑은 밭에서 눈을 떼지 않은 채 조용히 물었다.

"아무것도 몰라."

묵직한 반유의 음성이 유난히 뒤숭숭하게 들렸다.

"몰라?"

"몰라. 알면 이럴 필요가 없지."

반유가 양손에 들고 있는 칼을 등 뒤로 넘기며 교차시키자 번쩍하는 빛과 함께 사라졌다.

"그래. 가자, 반유. 백해궁으로."

태랑이 고삐를 잡고 청의 머리를 돌려 백해궁으로 날아갔다. 태랑을 따라 설담, 반유, 연초도 백해궁으로 갔다.

뒤늦게 백해궁으로 온 하제를 포함한 다섯 명은 식사와 잠깐의 휴식을 끝내고 집무실에서 머리를 맞댔다.

"연초, 양국의 물고기는 도저히 불가능해?"

의자에 늘어지게 앉아 있는 설담이 묻자 연초가 고개를 끄덕였다.

"계속 구해보고는 있는데 모르겠다."

그녀는 어차피 직접적으로 오빠에게 물을 수 없어서 몰래 다른 경로를 알아보고 있었지만 조그마한 틈도 보이지 않았다.

"빠른 시일 내에 구하지 못하면 소용없어. 그냥 오늘 태랑처럼 하는 게 나을지도."

설담의 말에 태랑을 제외한 모두의 눈이 설담을 향했다. 태랑은 탁자 위에 시선을 고정한 채로 손가락으로 가볍게 두드리고만 있다.

"그게 될까? 저번에 한번 해봤다가 하제가 크게 다칠 뻔했었잖아."

두 손을 들어 보이며 자신은 건재하다는 듯이 여유로운 미소를 짓는 하제. 그를 본 설담이 씩 웃으며 말을 이었다.

"물론 지난번과 같은 일을 겪지 않으려면 인원 보충이 필요해. 문제는 우리와 함께 싸울 만한 인원이 없다는 게 문제지."

"파고 정도만 돼도 좋은데."

턱을 괴는 연초의 목소리에 아쉬움이 가득했다. 상공에서 나타나는 괴물과 싸우려면 어찌 됐든 해룡을 탈 줄 아는 것이 첫 번째였다. 허나 탈 수 있는 사람들이 많지 않았다. 그렇다고 인어의 모습으로 변해서 싸우는 건 너무 위험했다.

"하제, 아버지는 어떠셔?"

"빼. 그분은 자신이 자해국의 왕일 뿐이지, 해국의 왕이라고 생각 안 하신다."

연초의 물음에 하제가 손을 휘휘 저었다. 자해국의 왕, 즉 하제의 아버지는 자해국에 피해만 없다면 된다는 주의였다. 이상하게도 괴물이 나타나는 곳은 대부분 백해국의 하늘이었다.

"현제는 아직도 해룡 타는 걸 거부하지?"

"그렇지."

어떤 이유인지는 모르겠지만 하제의 동생인 현제는 해룡을 싫어했다. 무섭다는 게 그 이유였으나 납득하기 어려웠다. 해룡과 인어는 교감이 좋은 편이라 현제와 같은 경우는 드물었기 때문이다.

파고와 현제, 자해국의 왕까지 합세한다면 세 명. 그리고 지금 연초가 있어 말을 꺼내지 않는 인물이 하나 더 있었다. 바로 그녀의 남편인 비한이 있었다. 이렇게 비한까지 도합 네 명이 합류한다면 승산을 걸어볼 만한 싸움이 될 것이다. 넷이 모이기가 거의 불가능해서 문제지만.

"아마 오늘 내가 직접적으로 뚫고 들어가 공격했기 때문에 다음에 나타날 때는 그 부분을 대비해서 올 거야."

잠잠히 있던 태랑이 탁자 위를 두드리던 손가락을 멈췄다. 대비책을 모색하기 위해 자주 모였으나 늘 결론이 나지 않았다.

"내가 오빠에게 정면으로 말해볼까?"

연초가 머리를 긁적였다.

"어우! 이 나이 먹어서 애처럼 오빠한테 떼를 쓸 수도 없고."

그녀가 제 머리를 쥐어뜯었다.

"맞다! 금작이라면 가능하지 않을까?"

놀라운 사실을 발견한 것처럼 설담이 탁자를 쳤다.

"금작?"

연초가 눈을 동그랗게 뜨고 되물었다. 그렇다. 금작이 있었다. 창국의 대부호. 창국은 물론이고 양국과 해국을 넘어, 바다 세상의 모든 귀중품을 수집한다는 금작이라면 양국의 물고기를 가지고 있을 수도 있었다.

"금작은 안 돼."

태랑이 막았다.

"왜에? 금작이 없다면 구해서라도 줄걸? 아냐. 수집가인 금작에게 그 물고기 없을 리가 없어. 그렇지, 그렇지."

고개를 위아래로 세차게 흔드는 연초를 보는 태랑의 눈이 사나워졌다.

"안 된다면 안 되는 줄 알아라. 금작은 생각보다 위험한 인물이다."

"그럼 우리가 정당한 값을 치르면 되잖아!"

"아무튼 안 돼, 금작은."

태랑은 단호했다. 금작에게 필요한 것을 더 요구했다간 또 어떤 빚이 생길지 모르는 일이다. 정체를 알 수 없는 빚은 위험했다.

"오늘 밤 안으로 끝날 이야기가 아니니 나는 먼저 잔다. 피곤하다. 내일 다들 객사를 비우더라도 난 가야 하잖아."

설담이 의자를 밀며 일어나자 연초와 하제도 내일 이야기하자며 집무실을 떠나고, 내내 한마디도 하지 않았던 반유와 태랑만이 남았다.

"왜 안 가고 있어?"

혼자 있고 싶은 태랑이 물었다. 괴물만으로도 신경이 쓰였지만 그보다 이틀 후에 다가올 공존의 밤 때문에 머리가 복잡했다.

"가야지."

반유가 자리에서 일어나 문을 향해 걷다가 멈춰 서 태랑을 불렀다.

"태랑, 내게 부탁해도 돼."

"뭘."

"글쎄다. 뭔지는 모르겠지만 있을 것 같아서 미리 말해둔다."

태랑은 반유가 나간 뒤 닫혀진 문을 계속 바라봤다. 과묵한 탓에 대화를 잘하지 않는 반유는 언제나 다 알고 있으면서도 모르는 척했다. 믿음직하나 결코 쉬운 사람은 아니었다.

부탁이라. 하려면 설담에게 해야지 왜 네 녀석에게 하냐.

하긴 이번만큼은 설담에게 부탁하기가 내키지 않았다. 후훗. 태랑의 낮은 웃음소리가 집무실을 채웠다.

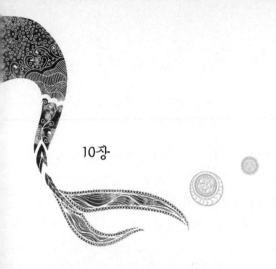

10장

공존의 밤이 일어나는 당일 아침.

태랑은 솔루가 잠들어 있는 방으로 가 잠든 솔루를 가만히 보고 밖으로 나와 파고를 불렀다.

"오늘 밤, 저 녀석 절대 밖으로 나오면 안 된다."

"태랑 님께서 솔루에게 단단히 일러두시는 편이 좋지 않겠습니까."

"예전에 혼쭐이 나서 네 말이라도 잘 들을 것이다."

마주치고 싶지가 않은 태랑이었다. 오롯이 자신을 담고 있는 맑은 눈동자를 보기가 두려웠다.

"설담 님과 다른 분들…… 모두 백해궁에 계시는 겁니까?"

"그래, 아마 그들도 밖으로 나가는 일은 없을 듯하다."

"네."

파고는 태랑에게 어쩌다가 일이 이렇게 됐느냐 물을 수가 없었다. 지금까지 겪어온 공존의 밤 이래 가장 긴장되었다. 조금만 잘못돼도 돌이킬 수 없는 상황이 벌어질 텐데.

460

파고의 무거운 한숨에 태랑이 이를 물고 제 손가락에 끼워진 붉은 가락지를 매만졌다. 강하게 죄고 있는 가락지의 힘이 그의 목을 죄는 것 같아 답답했다.

한편, 시간이 지나 잠에서 깬 솔루는 빈 옆자리를 손으로 쓸었다. 사람이 누운 흔적이 없는 천이 차가웠다. 해국의 왕들이 백해궁에 머물면서 태랑은 솔루와 방을 함께 쓰지 않았고 식사도 그들과 했다. 바쁜지 항상 집무실에 모여 있었고, 그 바람에 솔루는 침상에서 막 움직이기 시작한 홍이와 놀거나 아니면 혼자 백해궁을 돌아다녔다. 지루하거나 무료하지는 않았지만 태랑의 얼굴을 좀처럼 볼 수가 없어 섭섭했다.

혼자 아침 식사를 하고 있는 솔루의 방에 파고가 들어왔다.

"파고 님! 안녕히 주무셨습니까!"

먹던 숟가락을 내려놓고 일어선 그녀가 허리를 숙였다.

"응, 됐으니까 얼른 먹어."

"예, 식사하셨습니까?"

"먹었다."

"그럼 어쩐 일로 오셨습니까?"

숟가락으로 밥을 퍼서 입에 넣기 전에 솔루가 묻자 파고가 얼른 입에 넣으라는 손짓을 했다.

"먹으면서 들어."

오물오물 씹으며 솔루가 고개를 끄덕였다.

"오늘, 공존의 밤이야."

"……!"

움직이던 솔루의 볼이 멈췄다.

"저번에 겪어서 알지. 문단속은 알아서 하겠지만 창문 열면 안 돼. 절대 밖으로 나와서도 안 되고. 태랑 님이 아시면 그때보다 더 화내실 거야."

솔루가 힘껏 고개를 세로로 끄덕였다. 두 번 다시 태랑에게 미움 받고 싶지 않았다. 어떤 사정이 있더라도 그와 멀어지는 일은 싫었다.

오늘 밤은 꼭 방에만 틀어박혀 있으리라 다짐하는 솔루. 문득 시뻘겋게 타오르던 불길과 녹아내린 피부로 괴로워하던 그 밤의 괴물이 떠올랐다. 진저리가 날 정도로 처참한 모습이었다. 그래서 그렇게도 아름다운 밤에 어울리지 않는 괴물이 조금 슬프기도 했었다. 어쩌면 괴물의 잔혹함은 아름다운 공존의 밤이기에 더 선명하게 드러나는 걸 수도 있다. 빛과 그림자가, 흑과 백이 극한의 대비를 이루는 것처럼.

솔루는 태랑과 함께 있으면 했지만 바쁜 그였기에 어려울 건 뻔했다. 혼자면 어때. 밖에만 나가지 않으면 되는걸. 맛있던 밥에서 갑작스레 쓴맛이 느껴졌다. 입맛이 떨어져 그만 먹으려다 꾸역꾸역 밀어 넣었다.

아침에 억지로 먹은 밥이 체했는지 솔루는 하루 종일 구토를 해댔다. 급기야 속에 남은 음식을 모두 게워내고 시큼한 액체마저 쏟아낸 뒤에 구토가 멈췄다. 얼굴이 허옇게 떴다. 기운이 빠져 손가락 하나도 움직일 수 없었다. 오후까지는 파고가 들어와 솔루를 살폈지만 저녁이 되자 그도 오지 않았다.

설담은 객사를 돌보느라 백해궁으로 돌아오지 못했고, 반유와 하제, 연초는 각자 머무는 방에 있었다.

종일 시달린 솔루는 속이 뒤집어질 것처럼 쓰리고 목이 타 물 한 모금이 간절해졌다. 겨우 침상을 빠져나와 허리를 숙인 채로 걷다 탁자 앞에 주저앉았다.

"밖에…… 누구 없어요?"

문까지 가기도 버거워 밖을 향해 외쳤지만 모기만 한 소리였다. 백해궁에 스산한 기운이 감돌았다. 궁이 지나치게 적막했다. 궁이 비워진지 모르는 솔루는 살갗을 파고드는 으스스함에 몸을 떨었다.

아, 배가 아프다. 밖에 아무도 없나.

통증에 찡그리는, 이마와 관자놀이를 타고 식은땀이 흘렀지만 닦을 여유가 없었다. 문밖에 늘 사람이 대기 중이었는데, 공존의 밤이라고 다들 방에만 있는 건가. 윗배를 문지르며 힘겨운 숨을 뱉어냈다.

"저기요."

힘껏 외쳐도 조금 전의 목소리와 별반 다르지 않았다. 언제나 놓여 있던 물병이나 주전자가 있기를 바라며 시선을 들어 탁자를 위를 봤지만 오늘은 아무것도 없었다. 통증이 더해지는 배를 붙잡으며 솔루가 고꾸라지려던 때였다.

드르륵. 문이 열리는 소리에 간신히 고개를 들자 낯선 사내가 서 있었다.

"찾으셨습니까?"

솔루가 희미하게 웃었다. 다행이다. 밖에서 항시 대기 중이던 사내들은 바뀐 적이 없어 낯이 익었는데, 들어온 사내는 처음 보는 얼굴이었다. 하지만 백해궁에서 일하는 사내들을 솔루가 다 아는 것도 아니었기에 대수롭게 생각하지 않았다.

"죄송합니다만, 물을 좀…… 부탁드려도 될까요?"

솔루가 바짝 마른 입술을 뗐다.

"곧 준비해드리겠습니다."

사내가 부드러운 미소를 지어 보이고 밖으로 나갔다. 잠시 뒤, 돌아온 그의 손에는 물잔이 들려 있었다.

"여기 있습니다."

"고마워요."

그가 내민 잔을 솔루는 힘이 다 빠진 손으로 잡으려다 놓칠 뻔했다.

"아이쿠! 제가 먹여드릴까요?"

괜찮습니다, 라고 조용히 말한 솔루가 두 손으로 잔을 쥐고 물을 마셨다.

목구멍을 타고 미지근한 물이 넘어가 요동치는 속을 달래줬다. 잔을 다 비우자 점점 통증이 가라앉았다. 물 몇 모금으로 아팠던 배가 씻은 듯이 낫자 솔루의 얼굴이 편안해졌다.

"아, 이제 살겠네."

손등으로 얼굴에 흐른 땀을 닦으며 솔루가 중얼거렸다.

"좋은 약재를 탔으니 금방 기운을 차리실 겁니다."

솔루에게서 물잔을 건네받은 사내가 말했다.

"좋은 약재요?"

솔루가 고개를 갸웃하며 물었다. 입맛을 쩝쩝 다시며 물의 맛을 느껴보려 했으나 아무 맛도 나지 않았다. 보통의 물과 다른 점을 느끼지 못하겠다.

"네, 지금 많이 괜찮아지셨을 텐데요."

그러고 보니 배만 괜찮아진 게 아니었다. 늘어져 있던 몸에 힘이 들어갔다.

"맞아요. 배가 너무 아팠는데 지금은 멀쩡해요. 기운이 나는 것 같기도 하고요."

"침상으로 가시겠습니까? 제가 도와드리죠."

손사래를 치며 솔루가 고개를 저었다. 정말 좋은 약재인지 그의 도움이 없이 혼자서도 충분했다.

"그만 가보십시오. 물, 잘 마셨어요."

"그럼, 전 이만."

"예, 고마웠습니다."

순간 솔루는 사내의 한쪽 눈이 좁아들며 눈빛이 번뜩이는 걸 봤다. 아주 잠깐이었다. 그리고 그녀가 다시 살펴봤을 땐 사내의 눈은 언제 그랬냐는 듯이 웃고 있었다. 오한을 느낀 솔루는 손으로 팔꿈치를 비볐다.

사내는 고개 숙여 인사를 한 뒤 문을 열고 나갔다. 그가 가고 나자 솔루가 천천히 자리에서 일어났다. 공존의 밤이라 그런지 금방이라도 무슨 일이 일어날 듯이 불안했다. 딱히 원인을 알 수 없는 불안감에 잠시 휩싸여 있던 솔루가 한 걸음 내디뎠다.

물을 마시기 전보다는 훨씬 상태가 좋아졌다. 하지만 힘이 나면서도 몽롱했고, 구름 위를 걷는 것처럼 기분이 붕 떴다.

갑자기 앞이 뿌옇게 변했다. 탁자를 짚고 선 그녀는 조심스럽게 침상이 있는 방으로 걸음을 옮겼다. 마치 허공에 발을 딛는 것같이 바닥이 느껴지지 않았다. 빙글빙글 돌듯이 발이 앞으로 나아가지 않고 제자리를 맴돌아 있는 힘껏 다리를 쭉쭉 뻗었다. 그러나 헛수고였다.

끙끙거리며 겨우 몇 걸음 걷던 솔루는 그 자리에 쓰러지고 말았다. 그리고 한참 만에 눈을 떴다. 뭐가 어떻게 된 건지 그녀는 파악이 되지 않았다.

여전히 몽롱한 상태를 유지하고 있는 머리 때문에 정상적인 사고가 어려웠다. 휘청이며 걷던 솔루가 머리를 세차게 저었다. 머릿속에 끼여 있던 안개가 서서히 걷히고 있었지만 방 안이 답답해 숨이 막힐 지경이었다.

난데없이 어디서 노랫소리가 어렴풋이 들려왔다. 분명하지 않은 노랫소리는 근원지는 밖이었고, 솔루는 그 소리를 자세히 듣기 위해 집중했다.

믿지 마라, 여인아.
믿지 마라, 여인아.

어? 이 노래는!

밖으로 나가서는 안 된다는 사실은 진즉에 잊어버린 솔루는 터벅터벅 문을 향해 걸었다. 노랫소리가 그녀를 나오라 유혹하고 있었다. 홀린 솔루는 복도를 지나 밖으로 나갔다.

파고는 어둠이 깔리기 시작하자 백해궁의 문이란 문을 모두 닫고 다니는 중이었다. 궁이 비워지면 밖에서 안으로 들어오는 이가 없도록 하기 위해서였다. 공존의 밤에는 돌아다니는 사람들이 없어도 혹시 모를 사태를 예방하는 차원이었다. 원래는 궁에서 일하는 하인들을 모두 보낸 뒤 바로 문 닫는 일을 시작했었지만, 이번엔 해국의 왕들이 머물고 있어 늦어졌다.

체해서 힘들어하던 솔루가 걱정됐으나 지금은 공존의 밤을 무사히 넘기는 것이 먼저였다. 파고가 마지막 문을 닫으려고 할 때였다.

"잠시만 기다려주십시오!"

사내가 뛰어오면서 파고를 저지했다.

"너는 왜 아직도 나가지 않고 궁에 있는 거지?"

"죄송합니다. 일이 남아 있어서 늦어졌습니다."

"일이 남아 있어도 공존의 밤에는 일찍이 돌아가는 것을 몰라서 하는 말이냐?"

"미룰 수가 없어서 그랬습니다. 죄송합니다."

연신 허리를 굽히며 죄송하다고 하는 사내를 보고 있던 파고는 그에게 빨리 가라 했다. 사내에게 왜 혼자 늦었는지 일일이 캐묻고 싶었지만 시간이 다가오고 있어 그럴 수 없었다.

"너, 이름이 뭐냐!"

뛰어가는 사내의 뒤통수에 대고 파고가 고함을 질렀다.

"이강입니다!"

답을 들은 파고가 사내에게 알았다며 그만 가라는 손짓을 해줬다. 내일 이강이라는 자에 대해 알아볼 필요성이 있었다. 끼이익. 쾅! 드디어 마지막 문이 닫혔다.

점차 어둠이 진하게 내려앉았다. 이렇게 되다가 더는 어두워질 수 없을 정도로 사위가 까맣게 변하는 때가 온다. 빛 역시도 점점 밝아지는 중이었다.

파고는 발길을 돌려 후원으로 향했다. 후원의 풀밭에 태랑이 머리를 풀고서 있었다. 자환화의 꽃잎처럼 얇은 옷 하나만 걸친 그의 주위로 눈부시게 환한 빛이 감쌌다. 태랑의 은색 머리카락 위로 빛이 부서지며 물방울처럼 바닥으로 튀었다. 그가 제 이마를 쓸자 손가락에서 붉은 기운을 내뿜고 있는 가락지가 파고의 눈에 들어왔다.

공존의 밤에 가까울수록 색이 짙게 변하며 빛나는 가락지는 당일인 오늘 밤에는 가장 붉었다.

하늘하늘 은색 머리카락이 물속에 있는 것처럼 떠오르기 시작했다. 푸른 눈동자가 투명하게 깊었고, 그의 입술은 가락지처럼 붉어졌다. 피부가 햇빛을 바른 것처럼 반짝였다. 파고 외에는 누구도 본 적이 없는 태랑의 모습. 인어일 때보다 더 아름답고 치명적이었다. 그러나 곧 있으면 태랑은 어둠에게 먹힐 것이다. 공존의 밤에 어둠과 빛이 공존하는 것처럼 이 밤, 태랑도 빛과 어둠의 지배를 받는다.

예전에 파고는 태랑이 어둠으로 변하는 모습까지 모두 지켜봤다. 하지만 태랑이 자신의 모습을 얼마나 비참해하는지 알고 난 뒤로는 차마 볼 수 없어 그 전에 자리를 떠났다.

오늘도 잠시 보고 있던 파고는 언제나처럼 발걸음을 옮겨 후원을 나섰다.

솔루는 노랫소리를 쫓아 무작정 밖으로 나와 발길 닿는 대로 걸었다. 차가운 밤공기에 답답하던 가슴이 뚫리는 듯했다. 머리는 여전히 몽롱했지만 실내에 있을 때보다는 훨씬 나아졌다.

갑자기 노랫소리가 끊겼다. 실로 엮은 인형처럼 따라 나왔던 솔루의 발은 노래가 끊김과 동시에 멈췄다. 흐려져 있던 동공이 또렷하게 돌아왔다. 주위가 어딘지 알기 위해 두리번거리던 그녀는 자신이 후원의 정자 아래에 있음을 깨달았다.

내가 왜 여기에? 기억을 되짚으려 애썼지만 그럴 때마다 양쪽에서 조이는 것처럼 머리가 아파서 양손으로 감쌌다. 손바닥으로 문질러도 보고 탁탁 쳐봤지만 아픔은 가시지 않았다. 그러던 솔루는 문득 앞에서 쏟아지는 환한 빛에 고개를 들어 정면을 봤다. 앞에는 옆으로 돌아서 있는 태랑을 발견했다.

"태…… 랑 님?"

목소리가 작아서인지 그는 듣지 못했다. 거리가 조금 있었지만 인기척을 느낄 수 있을 정도였다. 하지만 무엇에 심취해 있는지, 다른 때와 달리 태랑은 솔루가 있는지도 모르는 것 같았다.

인어로 변하시는 건가? 그러나 그때와는 달랐다. 빛으로 만들어진 가루를 덮어쓴 것처럼 태랑의 머리부터 발끝까지 하얗고 투명하게 반짝였다. 그는 두 눈을 감고 팔을 내려 양쪽으로 벌린 자세로 꼼짝도 하지 않았다.

"태……!"

넋을 놓고 보고 있던 솔루가 그를 부르려던 순간이었다. 휙휙휙! 태랑의 손에서 검은 빛이 나오더니 그의 몸으로 들어갔다. 정확하게 검은 빛의 줄기는 그의 손에서 나오는 것이 아니라 붉은 가락지였다. 검은 줄기가 몸에 들어갈 때마다 태랑은 고통스럽게 비명을 질렀다. 허나 그 비명은 태랑의 입술에 막혀 제대로 터지지 않았다. 그는 소리를 지르지 않기 위해 필사적으로 버티고 있었다.

셀 수도 없이 많은 검은 줄기가 태랑의 몸으로 들어갔다. 그러다 갑자기 커다란 줄기가 가락지에서 나와 태랑의 몸을 칭칭 휘감았다. 전신이 까맣게 변한 그를 보며 솔루는 기겁했지만 너무 놀라 소리도 나오지 않았다.

"태…… 태…….."

더듬거리며 그 이름의 앞 음절만 겨우 뱉어냈다. 휘리릭! 태랑을 감싸고 있던 검은 줄기가 풀리며 가락지 안으로 사라졌다.

"헉!"

다시 모습을 드러낸 태랑을 본 솔루는 손으로 제 입을 막았다. 벌거벗은 채로 그가 서 있었다. 은색의 머리카락이 사라지고 어두운 밤처럼 드리워진 검은 머리카락에 그녀는 놀랄 수밖에 없었다. 머리카락을 쓸어 넘기는 태랑의 손톱이 날카로웠지만 솔루는 손톱보다 변한 그의 귀가 눈에 들어왔다. 바싹 세워진 물고기의 지느러미가 귀가 있던 자리에 붙었고, 그 어느 때보다도 붉어진 그의 입술은 핏빛에 가까웠다. 방금 피라도 마신 사람처럼.

전혀 다른 모습을 하고 있는 태랑도 아름다웠다. 그러나 절대 봐서는 안 되는 그의 비밀을 본 듯한 느낌에 솔루는 혼란스러웠다. 정신을 차리기 위해 그녀가 제 허벅지를 꼬집었다. 이 상황을 어떻게 받아들이고, 어떻게 행동할지 판단해야 하는데 눈앞의 태랑을 보니 머릿속이 텅 비어졌다.

"흐윽!"

솔루가 어찌할지 모르는 사이, 태랑이 괴로운 듯 배를 움켜잡고 허리를 숙였다.

"하아! 하아!"

거칠게 내쉬는 숨소리가 컸다.

"으아아아악!"

태랑의 비명이 쩌렁쩌렁 하늘로 울려 퍼졌다. 맨발인 그의 발가락부터 천천히 검은색으로 변하고 있었다. 살갗이 뒤집히며 검은 비늘로 바뀌었다. 태랑의 고통스러운 울부짖음에 솔루는 가슴이 무너지는 기분을 느꼈다.

내가 나서면 안 돼. 안 된다며 마음에서 알려줬다. 그렇다고 그의 고통을 볼 수도 없다.

순식간에 태랑의 다리는 검은 비늘로 덮이자 이번엔 손이었다. 제법 거리가 있는데도, 뒤집히며 검은 비늘로 변하는 살이 보였다. 피가 튀고, 고깃덩이 같은 살들이 드러났다가 비늘로 굳어졌다. 참혹한 광경에 솔루는 제 몸도 아파왔다. 아니, 가슴이 더 아팠다. 날카로운 칼이 돌아다니며 휘젓는 아픔이었다.

하지만 그가 더 아프겠지. 어떻게 해. 어떻게 해, 태랑 님.

눈물이 쏟아져 앞을 가렸다. 손에 얼굴을 묻고 숨죽여 울었다. 당장이라도 달려가서 그를 안아주고 싶었다. 할 수만 있다면 고통을 함께 나누고 싶었지만 이 자리에서 우는 것 외엔 그에게 해줄 수 있는 것이 하나도 없다.

변해가는 그의 모습을 끝까지 보지 않아도 어떻게 될지 알겠다. 이해할 수 없었던 태랑의 말들이 하나둘씩 떠올랐다. 지난 공존의 밤에 밖에 나갔다가 괴물을 만났다고 했을 때, 그가 왜 그렇게 화를 냈는지도 짐작이 됐다.

그때였다.

"네가!"

별안간 들리는 태랑의 외침에 솔루가 고개를 들었다.

"네가! 왜!"

태랑이 그녀를 보고 말았다. 그와 눈이 마주친 솔루는 자리에 주저앉았다. 앞이 하얗게 변한 것 같은데, 사지가 시커먼 비늘로 덮여 고통을 참아내는 태랑의 얼굴은 뚜렷했다.

그는 솔루에게 무슨 말을 더 하려는지 입술을 들썩였다. 검은 기운에 감싸인 채 그녀를 향해 느릿하게 걸음을 옮기려던 그가 또 비명을 질렀다. 보이지 않는 창이 복부를 찌르는 것처럼 태랑의 몸이 휘청였다.

"태, 태랑 님!"

솔루는 몸부림을 치는 그를 부축하기 위해 자리에서 일어나려고 했다. 하지만 천근만근인 다리가 땅에 붙었는지 뜻대로 움직이지를 않자 바닥을 기었다. 주체할 수 없이 흐르는 눈물을 닦을 생각도 하지 못했다. 풀과 땅에 맨다리가 쓸렸지만 아프지 않았다.

"오지 마!"

태랑의 외침에 솔루는 고개를 젓기만 할 뿐이었다. 그에게 갈 수도 없고, 멈출 수도 없는 상황이다.

"으아악!"

최후의 비명. 지금까지 그가 질렀던 비명 중에서 가장 고통스럽게 들렸다. 순간 머리를 싸매며 버티고 있는 태랑의 가락지에서 화염이 솟아오르더니 그의 몸에 불이 붙었다.

"태랑 님!"

젖 먹던 힘까지 끌어모은 솔루가 자리에서 일어났다. 그에게 달려가려는 찰나, 커다란 불덩이가 장막을 만들어 그녀 앞을 막았다. 뜨거운 기운이 훅 느껴졌다. 불길 너머로 괴로워하는 태랑이 보였다. 어찌할 바를 모르던 솔루는 마음을 단단히 먹었다. 태랑을 마주하면 뭐라고 말을 해야 할지 생각나지 않았다. 어떤 행동을 해야 할지 떠오르지 않았다.

'나는 네가 말하는 아름다움만 가지고 있지 않다.'

그가 씁쓸하게 웃으며 했던 말이 스쳐 지나갔다. 어떤 사람이 흉물스러운 자신을 보이고 싶어 할까. 태랑은 이 모습을 누구에게도 보이기 싫었을 것이다. 해서 그가 그녀를 본 순간 그렇게 놀라 오지 말라고 고함을 질렀을 것이다.

하지만 솔루는 생각을 달리했다. 자신이 모르면 몰랐을까, 눈앞에서 그가 변하는 모습을 본 이상 모르는 척할 수 없었다. 그건 솔루가 태랑을 거부하는 거나 마찬가지였다. 그의 그런 모습까지도 받아들인다는 제 마음을 보여야 했다. 그를 배려한다는 이유로 이대로 돌아선다면 더 상처 받겠지.

솔루는 뒤로 물러났다.

제발, 다리야, 빠르게 움직여줘!

무섭게 타오르는 불길을 뚫고 지나갈 자신은 없다. 그래도 간다고 다짐한 그녀가 심호흡을 크게 한 후, 있는 힘껏 달렸다. 열기가 온몸을 태우는 느낌이 들었지만 멈추지 않았다.

짧은 시간에 별별 걱정이 들었다. 옷이나 머리카락에 불이 붙으면 어쩌지 했다. 이대로 타는 건가 싶었다. 설마 죽을까? 허나 그녀는 자신에 대한 걱정보다 태랑에 대한 걱정이 더 컸다.

불 속을 뚫고 나왔다. 머리카락이 탔는지 누린내가 솔루의 코를 찔렀다. 머리를 쓸어내린 그녀는 태랑을 찾아 두리번거렸지만 보이지 않았다. 몸을 획획 돌려가며 주위를 살펴봐도 태랑은 없었다. 그녀가 뚫고 나왔던 불길은 점점 사그라들고 있었다.

스윽! 솔루는 뒤에서 들리는 소리에 몸이 굳었다. 풀을 밟는 소리가 아니었다. 널따란 무언가가 바닥에 쓸며 다가오는 소리였다. 숨소리조차 낼 수 없었다. 마른 입술을 혀로 적신 그녀가 천천히 돌아섰다.

"흡!"

놀라서 비명이 나오려 하자 얼른 입술을 물었다. 태랑이 서 있었다. 아니, 정확하게 말하자면 공존의 밤, 거대한 인어지만 괴물의 모습으로 변한 태랑이었다. 불에 피부가 타들어가 흘러내리며 얼기설기 얽혔다.

평소 아름다웠던 태랑이라고는 조금도 짐작할 수 없는 끔찍한 괴물.

잠시 멈췄던 눈물이 차올랐다. 얼마나 고통스러울까. 얼마나 괴로울까.

그리고…… 얼마나 슬플까.

갈기 같은 검은 머리카락과 까만 비늘로 덮인 팔과 꼬리, 고통으로 일그러진 그의 푸른 눈동자가 아니었다면 태랑임을 알 수 없으리라. 지금 섬뜩한 눈으로 솔루를 바라보는 그는 그녀가 누구인지 알아보는 태랑이 아니었다.

솔직히 솔루는 무서워 손이 달달 떨리고 이가 딱딱 부딪쳤다. 떨리는 제 손을 서로 잡은 그녀가 가까스로 입을 열었다.

"태……!"

"크아아!"

입술을 떼며 태랑의 이름을 부르려고 하자 울부짖었다.

하지 말라는 듯. 듣기 싫다는 듯.

벌어진 입안으로 뾰족하게 날이 선 그의 치아를 본 솔루가 흠칫했다. 해국에 하늘에서 봤던 괴물에게서 느꼈던 두려움과는 차원이 달랐다.

태랑이 가만히 움직이기 시작하자 타오르는 불꽃이 일렁이며 다가왔다. 그가 움직인 만큼 솔루가 뒷걸음질을 쳤다. 그는 금방이라도 솔루는 한입에 삼킬 태세였다.

솔루의 얼굴이 눈물로 범벅이 됐다. 그가 고통의 세월을 어찌 견뎌냈을지 가늠이 안 됐다. 도망가야 한다는 판단이 섰지만 죽기 살기로 뛴다고 과연 벗어날 수 있을지도 의문이라 쉽사리 결정을 내리지 못했다. 그가 무서우면서도 가슴 아팠다.

허나 우선 여기를 벗어나야 했다. 그는 지금 제대로 된 사고가 불가능해 보였다. 솔루가 돌아서 앞을 향해 달렸다. 달리기를 못하는 그녀지만 전력 질주를 했다. 그러나 뜨거운 화염이 그녀의 등에 느껴지자 깨달았다. 태랑이 바로 뒤에 왔음을.

"악!"

솔루가 외마디 비명을 질렀다. 날카로운 태랑의 이빨이 그녀의 작은 어깨에 꽂혔다. 여린 살을 파고드는 뾰족한 이는 어깨를 문 채로 주욱 밑으로 긁어내리며 살점을 뜯어냈다.

솔루는 곧 숨이 넘어갈 것처럼 헐떡였다. 생전 처음 겪는 고통은 비명을 지를 수 없을 정도로 괴로웠다. 앞으로 넘어졌고, 살이 뜯겨져 나간 부분에서 피가 뭉텅뭉텅 쏟아졌다.

솔루의 눈동자가 초점을 잃어갔다. 태랑은 겨우 숨만 내쉬는 그녀를 그대로 둘 생각이 없어 보였다. 유유히 꼬리를 움직여 헤엄친 그가 솔루 얼굴 옆에 섰다. 바람이 새는 소리를 내며 입을 크게 벌린 태랑이 이번엔 솔루의 목을 물 준비를 했다. 그가 힘껏 그녀의 목을 향해 돌진하려는 때였다.

"태, 태…… 랑……."

멈칫. 입을 벌린 채로 태랑이 멈췄다. 그의 몸이 앞으로 숙여졌다, 뒤로 넘어갔다 하며 움직였다. 그러더니 양쪽에서 팽팽한 줄을 당기는 것처럼 몸에 바짝 힘이 들어가 빳빳하게 섰다. 내면에 갇혀 있는 태랑의 의지가 괴물의 본능을 붙잡았다.

"태랑!"

그때 반유의 목소리가 들렸다. 양손에 칼을 쥔 그는 여차하면 무력으로라도 태랑을 막을 작정이었다.

"정신 차려! 네게 소중한 여인이야. 기억해내야 해. 나중에 후회한다."

태랑이 반유를 향해 돌아섰다.

"좋아, 잘하고 있어. 차라리 날 공격해."

"제기랄! 설마 하고 있었지만 막상 눈으로 확인하게 되니 어떻게 해야 할지 모르겠네."

반유 옆에서 하제가 활시위를 당긴 채로 말했다. 공격할 목적이 아닌 위협용이었다.

"저건 태랑이 아니야."

한 번도 흔들린 적이 없는 반유의 저음이 불안하게 떨렸다. 자신에게 하는 말이었다. 저건 태랑이 아니다.

"그렇다고 싸울 수도 없잖아!"

하제가 신경질적으로 답했다. 지금은 태랑이 아니더라도 날만 밝으면 완벽한 진짜 태랑으로 돌아온다.

"그렇지. 저 여인만 빼내 안으로 들어가면 혼자 알아서 돌아다닐 거야."

늘 그래왔으니까.

"어떻게 할 건데."

하제가 물었다.

"내가 태랑의 시선을 돌리면 네가 저 여인을 데리고 들어가."

"후우, 감당이 되겠어?"

외모만으로도 무시무시했다. 시뻘건 불에 타고 있으나 검은 기운으로 가득한 태랑에게서 느껴지는 것은 오로지 살기뿐이었다.

하제는 그동안 돌던 소문이 사실이 아닐까 했다. 공존의 밤 괴물이 해국인들을 잡아먹는다는 소문.

"해봐야지. 저 여인, 태랑에게 단순히 심장의 의미만을 가지고 있진 않아. 제 손으로 죽였단 걸 태랑이 알게 되면 그때가 더 감당하기 힘들어."

그간 말없이 지켜만 보던 반유도 태랑이 예전과 많이 달라졌다는 걸 알았다.

"연초도 나오라고 할 걸 그랬네."

"괜히 일만 커져. 그럼 내가 먼저 나선다."

"가. 조심하고."

고개를 끄덕인 반유가 태랑을 향해 달렸다. 동시에 태랑도 울부짖으며 빠른 속도로 반유에게 돌진했다. 둘이 부딪치기 직전, 반유가 급하게 몸을 틀어 옆으로 달리며 도망치자 태랑이 쫓아갔다.

하제는 당기고 있던 활시위를 놓고 손으로 활과 화살을 쥐었다. 번쩍하는 빛과 함께 그의 손으로 사라졌고 그는 솔루를 향해 신속하게 뛰었다.

"이게 뭐야!"

솔루를 본 하제의 첫마디였다. 숨을 쉬는지 확인하기 위해 그는 솔루의 코에 귀를 갖다 댔다. 다행히 그녀는 미약하게 숨을 쉬고 있다. 피범벅이 된 그녀를 안아 들어 궁 안으로 들어갔다. 그가 지나간 자리마다 솔루의 피로 얼룩졌다.

"허억! 혹시 태랑이 짓이야?"

솔루를 본 연초가 물었다. 그녀의 질문에 하제는 대답하는 것도 잊었다. 빨리 치료를 하지 않으면 솔루가 죽을 수도 있는 상황이다.

'저 여인, 태랑에게 단순히 심장의 의미만을 가지고 있진 않아. 제 손으로 죽였단 걸 태랑이 알게 되면 그때가 더 감당하기 힘들 거다.'

반유의 말에 하제도 동감했다. 태랑에게 심장을 줄 수 있는 유일한 여인. 거기다 태랑이 처음으로 마음을 준 여인이었다. 이대로 솔루가 죽는다면 태랑에게 너무 가혹했다.

"파고는 어딨지? 그 녀석이 있어야 전의를 부르든가 할 텐데."

하제는 이불을 걷어 솔루를 침상에 눕힌 다음, 이불을 반으로 찢었다. 그리고 한쪽을 연초에게 주자 그녀는 두껍게 뭉쳐서 피가 나는 솔루의 상처에 댔다. 피가 나는 정도가 아니었다. 물이 흐르는 것처럼 쏟아졌다. 찢어진 이불 뭉치가 금세 빨갛게 물들었다.

"파고를 찾아볼게."

하제가 밖으로 나가려고 하는 순간 문이 열리고 파고가 들어왔다. 허둥지둥 들어온 그는 얼이 빠진 것처럼 보였다.

"네 이 녀석! 어디에 있었던 것이냐!"

소리를 버럭 지르는 하제.

"그, 그것이…… 잠들었습니다."

파고의 얼굴에 당혹스러움이 역력했다. 그의 대답을 들은 하제는 '하!' 하고 어이없는 웃음을 터뜨렸다.

"공존의 밤에 잠을 자? 너는 태랑이 어떻다는 걸 다 알고 있으면서?"

"지금까지 잠든 적은 한 번도 없었습니다. 잠시 방에 들어갔다가 갑자기 졸음이 쏟아져서……."

"이건 또 무슨 소리야. 아니다. 지금 그게 급한 것이 아니지. 전의를 불러라."

"백해궁에는 아무도 없습니다."

"전의도 궁을 나갔단 말이냐!"

"네, 태랑 님과 저 외에는 남는 이가 없습니다."

"돌겠군."

"무슨 일 있습……!"

하제의 어깨 너머로 피투성이가 되어 있는 솔루를 본 파고의 말이 끊겼다. 뛰듯이 걸어간 그는 솔루를 보더니 털썩 무릎을 꿇었다.

"밖에 나가지 말라고 분명히 말했는데, 왜……."

파고는 솔루가 누구에게 상처를 입었는지 짐작됐다. 솔루에게 더 단단히 일렀어야 했다. 그녀의 방문 앞을 지키고 서 있어야 했다.

너무 안일하게 생각했나. 솔루야, 왜 밖으로 나갔어?

그는 오늘 일어난 공존의 밤에서 뭔가 이상함을 느꼈다. 건강한 자신이 갑작스레 쓰러지듯이 잠든 것도 그랬고, 솔루도 지난번의 일로 밖에 나가지 않으려 했을 텐데, 어찌 된 일인지 감이 오지 않는다.

"생각은 나중에 해라. 치료가 시급해."

하제가 파고의 어깨를 잡았다.

"제가 전의에게 갔다가 그를 데려오기까지 시간이 너무 오래 걸립니다. 해국을 돌아다니는 태랑 님의 눈에 띄지 않으려면 더 지체될 것입니다. 전의에게 솔루를 바로 데려간다 하더라도 그가 약재를 충분히 가지고 있을지 의문이고요."

"이를 어쩐다."

자신의 턱을 잡으며 고민에 빠져 있던 하제가 해결책을 찾았다.

"반유의 궁으로 가자."

연초의 궁에는 비한이 전의의 역할을 했던 터라 전의가 애초에 존재하지 않는다. 설담의 궁은 후궁들이 많아 나중에 소문이 돌 것이 뻔했다. 하제는 그의 아버지 때문에 불가능하다.

"파고, 너는 여기에 남아 반유가 오면 흑해궁으로 오라고 전해라. 태랑에 게는…… 하아."

하제가 손으로 제 이마를 눌렀다.

그에게 뭐라고 전해야 한단 말인가. 태랑은 자신의 벌인 일을 기억이나 할까.

기억하고 있다면 이후의 문제는 전적으로 그가 짊어져야 한다. 허나 만일 기억하지 못한다면 솔루가 목숨이 위태로운 상태인 것만으로도 충격을 받을 것이다. 그런 그에게 '네가 그랬노라.'고 알려줘야 하는 것도 문제다.

"파고, 태랑에게도 저 아이의 상태를 설명해줘라. 하나도 빠짐없이."

태랑이 기억하지 못한다 하더라도 어차피 그의 몫이라는 결론을 내린 하제가 파고에게 명했다. 파고의 표정이 참담하게 변했다.

"네게 어려운 일을 시켜 미안하다."

"전 괘념치 마시고 솔루를 부탁드립니다. 부디 흑해궁까지 무사히 가십시오. 이 아이, 꼭 살려주셔야 합니다."

그녀가 살아야 태랑이 산다. 태랑에게는 솔루의 심장이 필요하다. 그리고 이제는 솔루의 존재 자체가 태랑에게는 큰 의미였다.

잔혹했던 밤이 지나가고 있었다. 하늘에 동시에 떠 있던 태양과 달은, 빛과 어둠이 사라지자 함께 없어졌다. 이제 곧 다시 태양이 등장하는 시간이 다가오고, 동이 틀 것이다.

파고는 솔루가 누워 있었던 침상에 앉아 그녀의 피로 물든 자리를 보고 있었다. 아직 흑해궁에서 연락이 오지 않았다. 괴물로 변한 태랑을 피해 흑해궁에 잘 도착했는지 염려스러웠지만 하제와 연초를 믿었다. 태랑보다 솔루에 관한 좋은 소식이 먼저 와 그가 받을 충격을 줄여주면 좋겠지만, 그런 바람은 이뤄지지 않을 모양이었다.

조용한 백해궁을 울리는 발소리가 들려왔다. 파고가 깊은 한숨을 쉬었다. 문이 열리자 파고는 자리에서 일어났다. 고통에 시달리다 온 태랑의 얼굴은 지쳐 보였지만 눈빛은 살아 있었다. 그는 공존의 밤이 지나면 육체적으로나 정신적으로 피로해 보였으나 억지로 그러지 않은 척했다. 모든 사실을 알고 있는 파고 앞에서도 그랬다. 태랑을 보는 그의 마음이 쓰렸다.

어떻게 말씀을 드려야 합니까.

파고는 걸어 들어오는 태랑을 향해 고개를 숙이며 말없는 인사를 건넸다. 태랑이 성의 없이 한 손을 들어 답을 대신했다.

"아무 일도 없었느냐."

공존의 밤에 태랑과 파고를 제외하고 다른 이들이 머문 건 처음이라 신경이 쓰였다. 어쩌면 반유나 하제, 연초는 공존의 밤 괴물에 대한 비밀을 풀었을지도 모른다. 그들을 만나게 되면 어떤 말을 들을지 태랑은 조금 걱정스럽기도 했다. 솔루는 방에서 꼼짝 않고 있었으리라. 그것만큼은 확실하게 믿었다. 태랑이 파고를 지나쳐 침상을 향해 갔다.

곧 벌어질 일을 예상하는 파고가 눈을 질끈 감았다. 태랑에게 숨길 작정이었다면 그가 오기 전에 침상의 피 묻은 이불을 깨끗하게 정리했을 것이다. 하지만 하제의 명령도 있었고, 파고 역시도 태랑을 속일 수 없다 여겨 그대로 뒀다. 과거 태랑이 이령도 공격한 일이 있었기에, 그는 괴물로 변했을 때 자신이 어떤 일을 벌이는지 대충은 알았다. 허나 이번엔 솔루였다. 태랑이 어떤 반응을 할지 짐작할 수 없었다. 그저 그가 사실을 알고도 무사히 넘어가길, 이겨내길 바랐다.

태랑의 걸음 소리가 멈췄다.

"파…… 고."

낮게 가라앉은 그의 목소리가 가느다랗게 떨렸다.

"이게 무엇이냐."

파고는 감았던 눈을 뜨며 몸을 돌렸다. 태랑은 침상 앞에 서서 피로 물든 이불을 뚫어져라 보고 있었다. 그의 물음에 답을 해줘야 하는데 파고는 말이 목구멍에 콱 막혀서 나오지를 않았다.

"무엇, 이냐고 물었다."

호흡을 가다듬는 태랑. 반듯하고 단단한 그의 어깨가 미세하게 흔들렸다. 파고는 입술을 벌리고 나오지 않는 말을 끄집어냈다.

"태랑 님."

"그래."

"놀라지 마십시오. 솔루가……."

"또, 그 녀석이 문제를 일으켰나 보구나."

애써 침착하려는 태랑을 본 파고는 헛기침을 몇 번 했다.

"솔루가 많이 다쳤습니다."

"……얼마나 다쳤기에 피를 이리도 많이 흘렸단 말이냐."

"상처가 심각해 전의가 올 때까지 기다릴 수 없어 하제 님과 연초 님께서 흑해궁으로 데리고 가셨습니다."

"어쩌다 다쳤는데."

"……."

어찌어찌 여기까지 이야기는 했는데 어쩌다 다쳤냐는 질문에는 차마 입이 떨어지시 않았다. 파고가 답하지 못하고 망설이자 태랑이 얼굴을 돌려 그를 노려봤다.

빨리 답하지 못할까, 라며 그를 채근하고 싶었다. 하지만 태랑은 자신의 머리로 떠올리는 대답을 파고가 할까 싶어서 그럴 수 없었다. 머리가 통째로 흔들리는 것처럼 어지러웠다. 가슴에서 뻐근한 통증이 느껴졌다.

문득 놀란 솔루의 얼굴이 떠올랐다. 괴물로 변했을 때 일어난 일은 기억하지 못하지만 변하기 바로 전까지는 기억난 적이 많았다. 해서 생살이 뒤집어지는 고통과 불에 타들어가는 고통도 느꼈었다.

방금 기억난 솔루의 얼굴은 지난밤의 기억이었다. 변한 자신을 그녀가 보고 있었다.

"흑……."

태랑이 힘겨운 숨을 토하듯이 말을 뱉어냈다.

"태랑 님께서 그러셨습니다."

파고는 태랑이 직접 자신이 그랬냐며 묻는 일만큼은 막고 싶었다. 그럴바에는 차라리 다른 사람이 알려주는 편이 낫다.

"기억에 없으시겠지만 변했을 때 솔루를 공격하셨습니다."

"너는 뭘 하고 있었느냐!"

"으윽!"

순식간에 손을 뻗은 태랑이 파고의 목을 움켜쥐었다.

"태랑 님, 윽. 제, 제게 벌은 나중에…… 내리셔도 됩니다. 당장, 당장…… 솔루의 상태를 살펴보러 가셔야…… 합니다."

목이 잡힌 파고가 그를 설득하기 위해 천천히 말을 이어갔다.

"위중…… 합니다."

태랑이 힘껏 쥐고 있었던 손에 힘을 풀었다. 콜록거리며 제 목을 문지른 파고는 잠시 막혀서 들어오지 않았던 공기를 보충하기 위해 거칠게 숨을 쉬었다.

그를 내려다본 태랑은 침상 위에 털썩 앉았다. 일부러 묻어두고 잊으려 했던 지난 일들이 해일처럼 그를 덮쳤다.

태랑은 자라오면서 제 어머니에 대한 기억이 없는 척했다. 전부를 기억하는 건 아니었지만 적어도 당신이 왜 떠났는지 정도는 알고 있었다.

허나 태랑은 아버지인 선대왕이나 파고가 들려주는 이야기를 믿는 것처럼 행동했다. 그건 그의 마지막 자존심이었고, 자신이 무너지지 않도록 지키는 길이었다. 늘 그를 멀리했던 어머니.

처음에 태랑은 저가 가진 몹쓸 병 때문인 줄 알았다. 설령 어머니라도 여인과 가까이할 수 없는 병을 앓는 아들이었기에 자식을 사랑하는 마음에서 그랬다 믿었다. 어려도 모두 알고 느꼈다. 자식이 부모의 사랑을 찾고 느끼는 건 본능이었기에.

그래서 알면서도 이해하려 했다. 한 번도 어머니의 사랑을 제대로 느껴보지 못했지만 그렇게 스스로 위안하는 편이 훨씬 좋았다.

그러던 어느 날.

'꺄악! 이 괴물! 내 아들이 아니야! 내가 이런 괴물을 낳았을 리가 없어! 눈앞에서 보이지 않게 해줘!'

태랑은 어렸다. 그렇지만 그를 보고 외치던 말이 잊히지 않고 똑똑히 머릿속에 남았다. 어머니는 태랑만 보면 입에 거품을 물고 발악했다. 왜 그런지 몰랐다. 자신이 공존의 밤만 되면 괴물로 변한다는 사실조차 그는 제대로 모르고 있었으니까. 견딜 수 없이 고통스러웠던 기억은 있지만 그저 꿈속에서의 일이라 치부했다.

'이 사악한 검은 인어! 저리 꺼져!'

한번은 앙칼진 목소리로 외치는 제 어머니 앞에서 울었었다. 발음이 제대로 되지 않는 어린아이가 혀 짧은 소리로 눈물을 흘려가며 왜 그러시냐고 물었다. 이유도 모르면서 무조건 잘못했다고 빌었다. 그렇게라도 사랑받고 싶었다. 그 품에 안기길 바라면서도 감히 원할 수 없어서 치맛자락이라도 잡고 싶었는데, 그의 어머닌 그것조차 용납하지 않았다. 절대 당신의 시야 안으로 태랑이 들어오는 것을 허락하지 않았다.

시간이 흘러 어머니가 떠났다는 소식을 듣고 어렴풋이 그 연유를 짐작했던 그였다. 그리고 태랑의 아버지이자, 13살밖에 안 됐던 아들에게 왕위를 넘기고 사라진 무책임했던 선대왕.

그는 어렸던 태랑에게 공존의 밤만 되면 괴물로 변한다는 사실을 알려줬다. 직접적으로 '네 어미가 그것 때문에 너를 거부했다.'고 말해주지는 않았으나, 곧 그 뜻이었다.

태랑이 13살이 되던 해까지 그의 아버지는 어머니처럼 밀어내지는 않았지만 별반 다르지 않았다. 험악한 소리만 하지 않는다 뿐, 태랑을 방치하고 멀리했다. '사악한 검은 인어'라고 불렀던 어머니 때문에 그는 보통의 인어 모습으로 변하는 것마저도 싫었다.

한 달에 한 번, 괴물로 변하는 자신이 추악해 언제나 아름다워 보이기 위해 노력했다. 해서 아름답지 않은 모든 것을 경멸했다.

그렇게 태랑은 마음은 메말라갔다. 풍족하게 모든 걸 누리며 하고 싶은 대로 살았으나 늘 부족하고 목말랐다. 채워지지 않은 허기짐으로 하루하루를 보냈다.

모두들 태랑에게 잘 보이기 위해 무릎을 꿇고 온갖 미사여구를 붙여가며 그를 아름답다 칭송했다. 그때마다 태랑은 코웃음을 쳤다.

너희들이 내 다른 모습을 봐도 이럴까. 과연 그 모습을 보고도 날 아름답다 해줄까.

믿지 못했다. 믿을 수 없었다. 진실을 알면 모두가 그에게 등 돌릴 이들이었다. 그러다 태랑이 16살 때, 이령을 만났다. 갖은 구박에도 사랑한다 말하는 그녀에게서 심장을 취할 생각은 전혀 없었다. 안을 수도 없었고, 마음도 가지 않았다. 하지만 돌아보지 않는 사랑을 갈구하는 모습이 꼭 어릴 적 어머니를 향한 자신처럼 보였다.

측은했다. 그녀를 믿어볼까 하는 생각도 들었다. 그러나 공존의 밤, 이령은 괴물로 변했던 태랑을 맞닥뜨렸었다. 그의 기억에 없었으나 다음 날 태랑을 본 그녀는 겁에 잔뜩 얼굴로 미친 듯이 비명을 질러댔다.

'다가오지 마세요!'

고함을 지르는 음성이 그를 괴롭혔다. 발악하던 어머니가 떠올랐다.

누구든 나의 다른 모습을 알면 저렇게 되는 건가. 어머니도, 사랑한다던 여인도 이런 식으로 날 거부하는구나. 내게 원했던 건 아름다운 모습뿐인가.

그에게 여인이란 믿을 수 없고 가까이할 수 없는 존재들로 강하게 인식됐다.

태랑은 솔루를 만날 일이 불안했다. 과거에 그의 어머니가 그랬던 것처럼, 이령이 그랬던 것처럼 그녀도 끔찍해할까 봐.

거기다 위중할 정도로 공격을 받았다면 결과는 너무나도 뻔했다. 다친 솔루가 걱정돼서 미친 듯이 보고 싶었다. 즉시 흑해궁으로 가고 싶었다. 하지만 그러면서도 두려움에 떨며 그를 밀어내는 그녀가 그려져 쉽게 발길이 떨어지지 않았다.

나는 어떻게 해야 하는 것이냐.

만약 솔루가 옆에 있다면 묻고 싶었다. 너라면 속 시원한 해결책을 제시해줄 수 있을까. 그녀의 해맑은 얼굴이 떠올랐다.

'태랑 님!'

쾌활한 음성으로 그를 부르는 목소리가 들리는 듯했다. 곧이어 그 음성이 비명으로 찢어지고, 해맑은 얼굴이 겁에 질려 창백하게 변해갔다.

그 녀석이 날 괴물이라 부르면 어떻게 해야 하나. 내가 무섭다고 하면 어떻게 해야 하나. 그보다 네가 떠난다고 하면…… 더는 날 보지 않겠다고 하면.

'태랑 님이 싫습니다!'

두 손으로 머리를 감싸고 고개를 저으며 외치는 솔루가 상상됐다.

그녀가 없다면 백해궁이 텅 비어버린 기분이 들 것이다.

그녀가 없다면 잠을 이루지 못하는 밤이 다시 시작될 것이다.

그녀가 없다면 따뜻함을 더는 경험하지 못할 것이다.

그녀가 없다면 웃을 일도 사라질 것이다.

그녀가 없다면…… 그녀가 없다면…….

솔루가 없기 때문에 일어나는 일들이 수도 없이 생각났다.

그녀가 없다면 여인을 안을 일이 절대 없을 것이다.

그녀가 없다면 내 심장도 없다.

그녀가 없다면 나는 죽는다.

그래, 안 돼. 놓아줄 수 없다.

나는 너를 놓지 않는다.

태랑의 결론이었다. 언제부터 남의 마음 따위를 배려해줬다고. 언제부터 남의 마음 따위를 존중해줬다고. 이제 와서 그럴 필요는 없다.

네 녀석이 아무리 나를 떠난다고 난리를 치고, 끔찍하다고, 싫다고 외쳐도 절대 놓아주지 않으리라. 도망가지 못하도록 내 품에서 안고 있을 테니 다른 생각은 하지 마라. 내 침소에 나타난 그때부터 너는 내 것이었다.

태랑이 침상에서 벌떡 일어섰다.

"목욕을 하고 옷을 갈아입어야겠구나."

"네?"

파고는 태랑이 당장 흑해궁으로 가자 할 줄 알았더니 난데없이 목욕을 하고 옷을 갈아입는다는 소리에 놀랐다.

"귀가 먹은 것이냐. 나갈 채비를 제대로 한 다음, 흑해궁으로 가겠다."

태랑은 솔루가 어젯밤 흉물스러운 제 모습을 봤다면 지금의 차림으로 가면 안 된다 생각했다. 옷은 더러워졌고, 땀을 흘린 몸은 끈적였다.

그는 방을 나가기 전, 솔루의 피로 얼룩진 침상 위를 봤다. 갑자기 날이 선 칼이 가슴을 지나가는 것 같은 아픔이 느껴졌다.

"윽!"

예고 없이 찾아온 통증에 태랑이 손으로 가슴을 쥐었다.

칼에 베인다면 이런 기분인가.

"태랑 님! 괜찮으십니까?"

파고가 놀랐는지 그를 부축하려 했지만 그 손을 거부한 태랑은 가슴을 펴고 욕실을 향해 걸었다. 아직도 가슴이 얼얼했다. 아니, 얼얼하기보다는 쓰라렸다. 상처에 짠 바닷물을 부어 생살에 스며드는 것처럼 가슴이 아팠다.

그러나 그는 제 가슴을 문질러 아픔을 줄일 생각도 못 했다. 왠지 고작 이런 아픔에 그러면 안 될 것 같았다.

태랑은 청을 타고 반유의 흑해궁으로 날아갔다. 하인에게 안내를 받아 솔루가 있다는 침전으로 간 그는 연초를 먼저 만났다. 그녀를 본 태랑이 지그시 이를 물었다.

"너 지금 뭐 하고 온 거야?"

그녀가 소리를 꽥 지르며 빠르게 걸어서 태랑에게 다가갔다. 한껏 단장을 하고 온 태랑을 보자 기가 막혔다. 이 와중에 목욕도 했는지 피부에서 좋은 향기가 나자 화가 났다.

지금 솔루가 누구 때문에 사경을 헤매고 있는지도 모르고!

어젯밤 태랑의 아픈 상처를 봤기 때문에 오늘만큼은 그를 위해 조용히 있으려 했다. 솔루가 그에게 공격을 당했다는 걸 알면 힘들어할 것 같아 참으려 했는데.

"이 정신 나간 놈아! 너 미쳤지?"

자초지종을 설명할 수 없어 답답해진 연초가 고래고래 소리를 질렀다. 화를 내는 연초를 무시하고 태랑이 지나쳤다.

"야! 태랑!"

"그 녀석, 어디 있어."

등을 보인 채로 태랑이 물었다. 크게 숨을 쉬는지 넓은 그의 등이 부풀어 올랐다 꺼졌다. 그는 연초를 따라 복도를 느릿하게 걸었다. 그 어느 때보다도 흐트러짐이 없게. 그 어느 때보다도 우아하게.

비록 공존의 밤이면 흑화(黑化)되는 자신이었지만 솔루를 비롯한 모두에게 여전히 아름답다는 것을 과시하고 싶었는지도 모른다. 그러나 안쪽으로 들어갈수록 진해지는 혈향(血香)에 그 마음은 사라졌고, 가슴 한쪽이 아려 왔다. 손에서 작은 떨림이 느껴져 그는 주먹을 세게 쥐었다. 문이 열리면 펼쳐질 장면을 가늠하기 힘든 그는 걷는 동안 마음을 단련시켰다.

솔루가 자신을 어떤 눈으로 바라볼까. 어떤 말을 먼저 할까.

초조했지만 모두 받아들이고 견디리라 다짐한 그는 솔루가 있는 방 앞에 당도하자 움츠러드는 어깨를 폈다. 그녀 앞에서 초라해지는 모습을 보이고 싶지 않았다.

소리 없이 문이 열리는 순간 비릿한 혈향이 태랑의 머리를 어지럽혔다. 얼마나 많은 피를 흘렸는지 피 냄새가 진동했다. 문득 솔루가 위중하다 했던 파고의 말이 스쳐갔다. 그때는 그녀가 자신의 참혹한 모습을 본 것만으로도 모자라 상처를 입었다는 사실에만 집중하고 있어 깊게 생각하지 못했다.

그가 안으로 들어서자 의자에 앉아 있던 반유와 하제가 벌떡 일어났다. 그러나 옷 전체가 피로 물든 하제는 태랑의 눈을 피했고, 반유는 묵묵히 그를 바라보기만 했다.

이 상황에서 그들이 태랑에게 할 말이 없었다. 뭐라 하겠는가. 태랑이 힘들게 보냈을 지난 시간을 위로할 틈도 없이 벌어진 사건은 잔인했다.

잠시 태랑에게 큰소리를 냈던 연초는 막상 솔루가 누워 있는 방으로 들어가니 말도 안 되는 현실에 짜증 날 정도로 화가 났다. 답답한 마음에 입술만 잘근잘근 깨물다 밖으로 나가버렸다. 가만히 서 있던 태랑이 침상으로 가려던 때였다.

"진작…… 우리에게 알려주지 그랬냐."

반유가 흔들리는 태랑에게 말했다. 무표정한 얼굴로 곧게 뻗은 시선과 달리 태랑은 힘겨워 보였다.

"방도도 없는 일을 이야기해봤자 우울해질 뿐이다."

태랑이 픽 웃었다. 말하면 달라질 게 뭐가 있나.

"네가 겪는 고통을 미리 알려줬더라면 최소한 오늘과 같은 일은 피할 수 있었겠지. 네 심장을 지킬 수는 있었을 거야."

"내 심장은 내가 지켜. 너희들의 도움, 필요 없다."

다시 걸으려던 태랑이 '아!' 하고 작은 소리를 냈다.

"내 모습 봤지. 그게 바로 흑화다. 너희도 빨리 심장을 취하도록 해. 25살이 되어 죽지 않고 살아난다면 그 괴물의 모습을 하고 평생을 살게 돼. 어찌 보면 차라리 죽는 편이 좋을지도."

그래서 태랑은 나중에 심장을 갖지 못해 흑화될 바엔 스스로 자결해서라도 고통을 끊어내려 했었다. 한 달에 한 번도 겨우 버티며 살았는데 평생 검은 인어의 형상을 한 채로 살고 싶지 않았다. 솔직히 자신의 흑화에 대한 진실을 알고 나서 죽고 싶었던 적이 한두 번이 아니었다. 그럼에도 지금까지 살아 있었던 이유는 백해국의 안위가 걱정되기도 했지만, 그보다는 억울해서였다. 너무나도 억울해서 기나긴 비참한 세월을 버텼다. 해서 앞으로도 버텨낼 것이다. 이왕지사 이렇게 됐으니 한 달에 한 번씩 겪는 고통에서 죽을 때까지 벗어나지 못해도 좋다.

솔루의 심장을 가져 끝까지 살아남으리라.

그는 방을 가로질러 침상 쪽으로 갔다. 침상 주위에는 전의를 비롯해 그를 돕는 하인들이 분주히 움직이고 있었다. 전의가 입고 있는 하얀 옷도 빨간 피로 범벅이었다. 침상 아래로 버려진 천들 또한 피에 젖어 붉게 물들었다. 불길했다. 마치 공존의 밤에 자신을 따라다니는 검은 그림자가 솔루의 침상 근처에도 에워싸고 있는 기분이었다. 태랑은 마른침을 삼켰다.

한 걸음, 한 걸음 침상 가까이 다가간 태랑은 늘어뜨려진 휘장을 손으로 잡아 치웠다. 허나 엎드려져 있는 솔루를 본 순간, 잡고 있던 휘장과 함께 그의 손도 힘없이 툭 떨어졌다.

상의를 입고 있지 않은 솔루의 어깨부터 허리 바로 위까지 살점의 일부분이 떨어지고 없었다. 벌겋게 드러난 곳이 그녀의 하얀 피부와 대조를 이뤘고, 그녀의 얼굴은 피를 많이 흘려서인지 평소보다 더 하얬다. 핏기가 없는 낯빛과 입술색이 동일했다. 누워 있는 그녀 주위가 피로 물들어 흡사 붉은 물에 몸을 담고 있는 것처럼 보일 정도였다. 옅게 들리는 숨소리만 아니었다면 살아 있나 의심이 들었을 것이다.

휘청. 태랑은 다리에 힘이 풀려 그대로 주저앉을 뻔했지만 가까스로 버텼다. 다량의 피를 흘리고 있는 건 솔루인데 태랑은 제 몸에서 피가 몽땅 빠져나가는 듯했다. 아무리 주먹을 세게 쥐어도 손의 떨림은 멈추지 않았다.

"솔……."

차마 이름을 부를 수 없었다. 몸에 아무것도 가해지지 않는데 왜 이리 고통스럽고 아픈지 모르겠다. 숨이 턱턱 막히고, 목을 손톱으로 긁어내리는 느낌이다. 가슴에 무거운 돌덩이가 들어앉아 숨을 못 쉬게 막다가 강하게 부딪쳐오기도 했다.

태랑이 가슴을 쥔 채로 그녀를 바라봤다.

눈을 떠라. 왜 그러고 있는 것이냐.

뱉을 수 없는 말들이 쥐고 있는 제 가슴에서만 울릴 뿐이다. 이건 상상해 본 적이 없는 일이었다. 그녀가 저를 떠날 수도 있겠다고 생각한 적이 있었지만 이런 식은 아니었다.

어머니가 곁을 떠나고, 아버지가 떠났어도 언젠가는 만날 수 있다는 기대는 있었다. 어디선가 잘 지내고 계시겠지 했다. 그러다 만약 심장을 갖지 못해 죽음을 맞이한다면 그 전에 한 번은 찾아오고 싶었다. 설령 기약 없는 기다림이래도 그것이 있었기에 외로움을 받아들인 그였다.

하지만 이런 식으로 솔루가 떠난다면 기대조차 할 수 없는 영원한 이별.

세상에서 그녀가 흔적도 없이 사라져 영영 만날 수 없는 상황이란 건 어떤 걸까. 지금 당장 솔루가 희망조차 걸 수 없는 세계로 가버린다면…….

가슴의 통증이 심해졌다. 정의할 수 없는 괴로움이었다. 다리에 완전히 힘을 잃은 그가 넘어지려던 찰나 휘장을 붙잡으며 중심을 잡았다. 아직 아무 일도 일어나지 않았다. 아직 이별을 생각할 때는 아니다.

"살려야 한다."

옆에 있는 전의에게 태랑이 말하자 바쁘게 움직이던 전의의 손이 멈췄다. 그는 태랑을 보고 고개를 저었다. 가망이 없다는 눈빛으로.

"내 심장이다. 살리지 못한다면 너 역시 살지 못할 것이다."

"피를 많이 흘리셨습니다."

"살리겠다고 대답하라."

"아무리 좋은 약재를 쓰고, 뛰어난 의술을 행한다 한들 피가 부족하면 소용이 없습니다."

"그래서 살리지 못하겠다는 것이냐."

"최선을 다하겠습니다."

"최선이라는 말 따위 필요 없다. 기필코 살리겠다고 말해라!"

태랑이 전의의 멱살을 잡자 반유가 빠르게 다가와 그의 손목을 잡아 저지했다.

"태랑, 그만해."

반유를 노려보던 태랑은 멱살을 잡고 있던 전의를 놔주고 몸을 돌렸다. 고개를 삐딱하게 기울인 그가 이번엔 반유의 어깨를 움켜잡았다.

"너의 전의라는 거군. 알았어. 백해궁으로 솔루를 옮겨 내 전의더러 치료를 맡겨야겠다."

"지금 옮기는 건 위험해. 하제가 흑해궁의 전의를 불렀으면 됐을 텐데 그 생각을 못 하고 솔루를 이곳으로 데리고 오는 바람에 출혈이 더 심해졌어. 더 이상의 이동은 안 돼."

"그럼 난 뭘 하라는 거야. 이것도 안 된다, 저것도 안 된다고 하면 어쩌라는 것이지? 어떻게 아무것도 안 하고 있을 수 있어. 어떻게 그럴 수 있느냔 말이다!"

"나가서 얘기해."

"할 얘기 없다. 여기에 있을 거야."

보고 있지 않으면 불안할 것 같았다. 솔루가 내쉬는 숨을 듣고, 보고 확인해야 그도 숨을 쉴 수 있어서였다. 아무리 움켜쥐려 해도 쥘 수 없는 물처럼, 보고 있지 않으면 그녀가 어디론가 빠져나가 사라질 것만 같았다.

"잠깐이야. 너 지금 감정에 휘둘리고 있어. 그녀에게 도움 되지 않는다. 머리 좀 식히자."

반유가 힘을 실어 권유하자 그의 어깨를 잡고 있던 태랑의 손이 풀렸다. 솔루 옆을 벗어나고 싶지 않지만 이렇게 있다간 전의와 하인들에게 압박감만 줄 뿐이겠지.

하제는 옷을 갈아입으러 갔고, 태랑과 반유는 방에 딸린 난간으로 나왔다.

어느새 날이 밝아 태양이 떴다. 태랑은 어제 아무 일도 없던 것처럼 찬란하게 빛나는 태양이 야속했다. 하지만 하늘이 연한 먹색이라 전체적으로 흐릿했다.

"오늘은 흑해국의 기운이 강한 날이군."

반유가 고개를 젖혀 하늘을 바라봤다. 물속에 먹 몇 방울을 떨어뜨려놓은 듯한 빛깔이 하늘을 채웠다.

"네가 저 여인을 그토록 염려하는 건 오직 심장 때문인가?"

반유의 얼굴은 여전히 하늘을 향해 있었다.

"당연하지. 죽을 날만을 기다리며 시간을 보내는 일, 다시 하고 싶지 않다."

"심장을 취한 다음 어쩔 생각이야."

"네게 말해야 할 필요는 없는 듯한데."

"나도 심장이 아직이니 그렇지. 궁금하잖아."

"한 번도 심장에 관한 이야기를 하지 않아서 관심 없는 줄 알았는데, 의외군."

"표현만 하지 않을 뿐, 나라고 죽고 싶겠어."

과묵한 성격 탓도 있었지만 다른 이의 심장을 취해 살아가고 싶지 않았다. 심장을 뺏긴 여인이 어찌 되는지 알기에 더욱.

"심장을 가진 다음엔 비(妃)로 맞아 곁에 두려 해. 내게 제 심장을 내어줬으니 그 정도의 대우는 해야 하지 않을까 해서."

태랑이 팔꿈치를 난간에 기대며 말했다. 흑해궁은 과묵한 주인과 다르게 시끌벅적했다. 태랑이 온 줄 아는 모양인지 궁에서 일하는 여인들이 멀찍이서 그를 구경하고 있었다.

"죽을지 살지 모르는데 비(妃)로 맞겠다는 계획은 뭐야."

심장을 빼앗긴 여인의 결말은 항상 같았다. 죽거나 사라지거나.

"살려."

태랑은 답은 간단명료했다. 그녀가 죽는다는 생각은 애초부터 하지 않았다. 설담에게 심장을 줬던 여인은 죽지 않고 사라졌으니 솔루도 설담의 여인처럼 되리라 확신하고 있는 태랑이었다. 어디든 가지 못하게 붙잡고 있기만 하면 되는 거 아닌가.

"설담의 경우만 염두에 두지 말고 비한과 상의해봐."

좋지 않은 예감을 느낀 반유가 권했지만 태랑이 단호하게 거절했다.

"싫어."

"설마 심장만 갖게 된다면 죽어도 괜찮다는 건 아니겠지."

"그런 거 아냐."

"그나저나 네가 심장을 갖게 되면 공존의 밤마다 흑화되는 일도 사라지는 건가?"

"거기까진 나도 아는 바가 없다. 나 같은 일이 기록이 남아 있나 서고를 뒤져도 나오지 않아."

반유는 아무리 생각해봐도 어젯밤 일이 마음에 걸렸다. 지금까지 공존의 밤 괴물이 사람을 공격하는 일은 없었다. 물론 어제 봤던 태랑이라면 충분히 벌어질 수 있는 일이었고 사람을 잡아먹는다는 소문도 돌았지만, 그동안 보고가 되지 않은 걸로 보아 흑화된 그가 사람을 공격하는 일은 없지 싶었다. 설사 흔적도 없이 일을 저지르고 마무리를 지었다 하더라도 20년이 넘도록 아무도 모르게 감쪽같이 속일 수는 없겠지. 그렇다면 왜 어젠 그랬던 걸까? 솔루를 본 태랑도 적잖이 충격을 받은 얼굴이었다. 여태까지 계속 그런 일이 발생했다면 태랑이 그렇게까지 놀랐을까.

반유는 속 시원히 풀리지 않는 찜찜함에 기분이 좋지 않았다. 이 와중에 그나마 다행이라면 솔루를 대하는 태랑의 마음이 자신의 짐작처럼 그저 심장의 의미만 가지고 있지 않다는 것이었다. 당사자인 태랑은 모르고 있지만.

"만일 네가 심장을 갖은 뒤에 그 여인이 살아남아 너의 비로 곁에 있게 된다고 가정했을 때 말이다."

반유가 몸을 돌려 난간에 허리를 기대며 옆으로 슬쩍 태랑을 봤다. 무슨 생각을 하는지 태랑의 눈빛은 정처 없이 여기저기를 헤매고 있었다.

"어제 같은 일이 일어나지 않으리란 법은 없겠지?"

"내 눈에 띄지만 않으면 된다."

"앞일을 어떻게 장담해."

"……반유, 오늘 너 말이 많다."

"워낙 격동적인 밤을 보내서 그래."

반유의 답에 태랑이 옅게 웃으며 허리를 세웠다. 그는 여전히 아름다웠으나 번민의 기운이 역력했다.

"태랑."

"......"

반유가 부르자 태랑이 고개를 돌려 응시했다.

"너는 내가 알고 있는 이들 중에 가장 아름답다."

바다 세계에 사는 모든 생물을 만나지는 않았지만 제법 활동 범위가 큰 반유가 자신 있게 말했다.

"위로하는 거냐."

"위로가 아닌 진실이야."

"아마 네가 아는 이들 중에서 가장 흉하기도 할걸."

"맞다. 그 역시 진실이지."

장난이라고는 모르는 반유로서는 최고의 농담이었다. 오랜 시간을 함께 해온 친우 사이에 허울 좋은 위로는 필요치 않았다. 특히 자존심이 강한 태랑에게 섣불리 먼저 나서서 그의 지난 세월을 이해하는 척, 품어주는 척할 수가 없었다. 겪지 않은 일을 어떻게 이해할 수 있겠는가.

다만 자연스럽게 아무 일도 없었다는 듯이, 원래 알고 있었다는 듯이 이야기를 나누고 묻고 하며 '내게 너는 그저 벗이다.'라는 뜻만 전하면 됐다. 흔들림 없는 우정을 지키면 됐다. 설담이나 하제, 연초도 같은 마음이 리라.

태랑의 다친 마음을 더 깊게 치유해주는 역할은 솔루였다. 그녀의 위로라면 태랑도 받아들일 수 있을 것이다. 어제 일로 솔루가 태랑을 멀리하면 안될 텐데. 그것이 염려스러웠다. 그녀가 태랑을 두려워하게 되면 그가 받을 상처가 얼마만큼일지.

그때였다.

"반유 님! 태랑 님!"

잠깐의 휴식이 날카로운 부름에 깨졌다. 안에서 전의를 돕던 하인 중의 하나였다.

"곧, 곧 숨이······."

누구의 숨이 어찌 되었냐 물어볼 엄두가 나지 않은 태랑은 황급히 하인을 밀치고 안으로 들어갔다.

-2권에 계속-